크라카티트

Krakatit

크라카티트

초판 1쇄 펴낸 날 / 2020년 7월 21일

지은이 • 카렐 차페크 | 옮긴이 • 김규진 | 펴낸이 • 임형욱 | 디자인 • 예민
펴낸곳 • 행복한책읽기 | 주소 • 서울시 종로구 창신11길 4, 1층 3호
전화 • 02-2277-9217 | 팩스 • 02-2277-8283 | E-mail • happysf@naver.com
인쇄 제본 • 동양인쇄주식회사 | 배본처 • 뱅크북(031-977-5953)
등록 • 2001년 2월 5일 제2014-000027호
ISBN 979-11-88502-17-2 03890   값 • 18,000원

이 책은 텀블벅 크라우드펀딩에 참여한 후원자님들의 도움으로 제작되었습니다.
펀딩에 참여한 후원자님들의 명단은 아래와 같습니다(가나다 순).
강도연 강동화 강정원 강현욱 곽용화 구혜미 권순조 길민영 김계영 김대건 김도환 김동구
김영진 김유한 김은연 김정미 김지일 김진호(서울오라토리오) 김태경 김학미 김현영 노성훈
노희건 문정윤 박경희 박동웅 박동직 박보연 박주헌 박지수 박찬민 방성훈 서병국 성찬얼
성창원 신영민 신윤영 신재경 안수진 안인경 안주희 양문규 여경민 연민경 우성철 유하영
윤여송 윤종석 이강휘 이강희 이나경 이동원 이동환 이민경 이상민 이영근 이완식 이원중
이윤수 이은이 이일성 이정건 이종진 이주영 이준영 이지선 임서하 임예리 장은선 전은정
전홍식(SF&판타지도서관) 정경숙 조미희 조정학 조태현 지나 최성은 최숭임 최유안 한경민
허남윤 홍명진 홍석우 홍완석 황민우 황순필 황지원 황탑용

※이 책의 번역은 2020년 체코공화국 문화부의 지원 하에 이루어졌다.
 This translation was subsidized by the Ministry of Culture of the Czech Republic.

※이 책의 번역에 사용된 판본은 다음과 같다.
Čapek, Karel, Krakatit, Nakladatesltví Fr. Boroby v Praze, 1947

크라카티트

카렐 차페크 지음
김규진 옮김

행복한책읽기

차례

제 1 장

차갑고 습기 찬 안개는 저녁이 되자 더욱 짙어졌다. 등 뒤에서는 피할 수 없는, 엷고 습기 찬 물질 속을 뚫고 지나가는 것 같은 섬뜩함이 느껴졌다. 불현듯 집에 있고 싶다는, 램프가 켜진 네 개의 벽으로 둘러싸인 아늑한 집에 있고 싶다는 생각이 들었다. 지금껏 한 번도 느껴본 적 없는, 버림받은 것 같은 고독감이 느껴졌다.

프로코프는 강둑을 따라 길을 헤쳐 나갔다. 추워서 얼어 붙은 그의 이마에는 식은땀이 흘러내렸다. 그는 힘이 빠져 근처의 젖은 벤치에라도 주저앉고 싶었으나 순찰이 무서웠다. 그는 어지러움을 느꼈다. 구 시가지 광장 방앗간 옆에서 누군가 마치 취객이나 만난듯이 그를 피해 갔다. 이제 그는 온 힘을 다해 똑바로 가려고 발버둥쳤다.

바로 그때, 어떤 사람이 모자를 귀까지 눌러쓰고 깃을 올린 채 그를 향해 걸어오고 있었다. 프로코프는 이를 악물고 눈살을 찌푸리며 그를 제대로 지나쳐 가려고 온 힘을 다했다. 그러나 그 사람 앞에 서자 그는 갑자기 머릿속이 멍해지고 온 세상이 빙글 돌아가는 것 같았다. 그는 문득 아주 가까이서 자신을 쏘아보는 눈초리를 느꼈다. 그는 그 사람의 어깨에 부딪혔다. 그는 입속으로 "실례합니다"라고 중얼거렸다. 프로코프는 가슴이 터질 것 같은 긴장감을 느끼며 계속 발길을 옮겼다. 몇 걸음 후에 그는 뒤돌아보았다. 그 사람도 걸음을 멈추고 그에게 시선을 고정시켰다.

프로코프는 정신을 가다듬고 조금 더 빨리 걸음을 재촉했다. 그러나 소용없었다. 그는 다시 그 사람을 바라보았다. 이것 봐라, 그 사람은 마치 자라처럼 코트 깃으로부터 머리를 빼고는 그 자리에 계속 선 채 그를 바라보고 있었다.

"볼 테면 보라지." 프로코프는 불안한 생각에 잠겼다. "이제 난 그자를 보지 않을 거야." 그리고 그는 가능한 빨리 걸어갔다. 갑자기 그는 자신의 뒤에서 발걸음 소리를 들었다. 깃을 올린 사나이가 그를 뒤따라왔다. 그는 마치 달려오는 것 같았다. 프로코프는 참을 수 없을 정도로 겁이 나서 달아났다. 세상이 또다시 빙글빙글 돌아갔다. 그는 숨을 몰아쉬고 이를 딱딱거리며 나무에 기대서서 눈을 감았다. 그의 몸 상태는 매우 나빴다. 그는 넘어질까 봐, 가슴이 터질까 봐, 그리고 입으로 피가 솟구칠까 봐 두려웠다.

프로코프가 눈을 떴을 때 그는 깃을 올린 사나이가 바로 앞에 있는 것을 보았다.

"혹시 엔지니어 프로코프 아니세요?" 그 사람은 거듭해서 물었다.

"나는… 난 거기에 가지 않았어요." 프로코프는 뭔가 거짓말을 하려고 했다.

"어디에요?" 그 사람은 물었다.

"저기요." 프로코프는 말하고 머리로 스트라호프 쪽을 가리켰다. "내게 원하는 게 뭐요?"

"나 못 알아보겠어? 나, 토메시야. 공과대학 출신 토메시라고. 벌써 나를 못 알아보는 거야?"

"토메시." 프로코프는 되풀이해서 중얼거렸다. 그에게는 그 이름이 전혀 아무런 의미가 없는 것 같았다.

"그래, 토메시. 물론이지. 그런데 내게 원하는 게 뭐야?"

깃을 올린 그 사나이는 프로코프의 팔을 잡았다.

"잠깐. 자, 이제 앉아 봐. 내 말 알아듣겠어?"

"그래." 프로코프는 말하고 그가 벤치로 이끄는 대로 몸을 맡겼다. "난, …나는 지금 몸 상태가 안 좋아. 알겠어?" 갑자기 그는 더러운 헝겊으로 싼 손을 주머니에서 꺼냈다. "상처를 입었어, 알겠어? 빌어먹을. 일을 망쳐버렸어."

"머리는 아프지 않아?" 그 사내는 말했다.

"아파."

"자 그림, 내 말 잘 들어, 프로코프." 그는 말했다. "지금 자네는 열이 있어. 병원으로 가야 해, 알겠지? 누가 봐도 자네는 지금 상태가 나빠. 그러나 적어도 우리가 서로 아는 사이란 걸 상기해. 나는 토메시야. 우리는 함께 화학과에 다녔어. 이봐 친구, 기억해 내 봐봐!"

"토메시라면 알고 있지." 프로코프는 겨우 반응했다. "그 불한당 토메시. 그는 어떻게 됐지?"

"이제 괜찮아." 토메시는 말했다. "그 불한당이 지금 너와 이야기하고 있어. 알겠어? 넌 어디에 살고 있지?"

"저기." 프로코프는 말을 하려고 시도하다가 머리로 어딘가를 가리켰다. "히브슈몬카에."

갑자기 프로코프는 일어섰다. "나는 저기에 가고 싶지 않아! 저기 가지 마! 저기에는… 저기에는…"

"뭐가 있어?"

"크라카티트." 프로코프는 중얼거렸다.

"그게 뭔데?"

"아무것도 아니야. 말하고 싶지 않아. 저기에는 아무도 가서는 안 돼. 그렇잖으면… 그렇잖으면…"

"뭔데?"

"프프프트, 꽝!" 프로코프는 말하고 손을 높이 쳐들었다.

"그게 뭔데?"

"크라카토에. 크라카타우. 화산. 활화산이야. 알겠어? 화산이 내 손가락을 망가뜨렸어. 나는 어떻게 해야 할지 모르겠어." 그는 갑자기 말을 멈추고 천천히 이어갔다. "그건 엄청난 사고였어, 이 친구야."

토메시는 뭔가를 기다리는 것처럼 주의 깊게 바라보았다.

"그러고 나서…." 잠시 후 그는 계속 물었다. "너는 아직도 계속해서 그 폭발물을 다루고 있어?"

"계속하고 있어."

"성공적이야?"

프로코프는 뭔가 의미심장한 미소를 띠었다. "너는 말하고 싶어 하는구나, 그렇지 않아? 이 친구야, 그건 그렇게 간단한 게 아니야. 아니야, 그렇게 간단하지 않아." 그는 술에 취한 듯 머리를 흔들며 되풀이해 말했다. "이 친구야, 그게 자동으로… 저절로…"

"뭐라고?"

"크라-카-티트, 크라카티트, 크르라카티트. 그게 저절로…. 난 그저 책상 위에 가루를 조금 남겼을 뿐인데…. 알겠어? 나머지는 담배갑에 담아뒀어. 책상 위에는 단지 아주 조금만 남아 있었어. …그러고 나서 갑자기…"

"…폭발했어."

"응, 폭발했어. 아주 엄청난 폭발이었어. 내가 남겨 놓은 가루는 아주 조금 뿐이었는데. 눈에도 보이지 않을 정도였는데. 그러고 여기 …전구가 …1킬로미터나 멀리 있었고. 그것은 거기 없었어. 그리고 나는 안락의자에서 마치 나무등치처럼…. 알다시피 난 피로했거든. 너무 일이 많아서. 그런데 갑자기… 꽝! 나는 방바닥에 나가 떨어졌어. 창문은 날아가 버리고, 그리고 전구도 없었어. 리다이트 탄약통이 폭발하는 것 같았어. 이마아마한 에너지가. 나는 처음에는 자기, 자-기…, 도-자기, 도자기가 터지는 줄 알았어. 알다시피 순간 그 하얀 절연체가 폭발했어. 그, 왜, 뭐라고 하지? 점토질 규산염이던가?"

"도자기."

"코담배갑. 나는 코담배갑이 온 사방으로 폭발한 줄 알았어. 그래서 내가 성냥을 켰어. 그것은 아무렇지도, 아무렇지도, 아무렇지도 않았어. 그리고 나는… 거기서 마치 기둥처럼… 성냥에 내 손가락을 델 때까지. 그리고 멀리… 들판을 넘어… 어둠을 뚫고… 브르제브노프 또는 스트르제쇼비츠까지…. 어디선가 갑자기 그 단어가 떠올랐어. 크라카토에. 크라카티트. 크라-카-티트. 아니야. 그게 아니, 그게 아니었어. 그것이 쾅하고 폭발하자 나는 땅바닥으로 날아가면서 크라카티트, 크라카티트라고 소리쳤어. 그러고 나서 나는 잊어 버렸어. 거기에 누가 있었어? 누구…, 당신 누구지?"

"네 친구 토메시."

"토메시. 아하, 그 불한당 같은 녀석! 그 녀석 내 강의노트를 빌려 가곤 했었지. 그러곤 내게 돌려 주지 않았어. 화학 강의노트를. 토메시, 그 녀석 이름이 뭐지?"

"이르지."

"이제 알아보겠군. 이르카. 너 이르카지? 난 알고 있어. 이르카 토메시. 내 노트 어디에 있어? 잠깐 기다려, 네게 뭔가 말해 줄게. 만일 나머지가 날아간다면 그건 무서울 거야. 이봐 친구야, 프라하 전체를 부서 버릴 거야. 휩쓸어 버릴 거야. 날려 버릴 거야. 휙! 그 도자기 항아리가 날아갈 때…, 알겠어?"

12

"어떤 항아리?"

"너 이르카 토메시지? 난 알고 있어. 카를린으로 가든지 아니면 비소차니로 가. 그것이 날아가는 것을 봐봐. 달려가, 곧장 달려가!"

"왜?"

"내가 그것을 몇 센티그램 만들었어. 크라카티트 몇 센티그램. 아니, 아마도 …십오 데카일 거야. 저기 저 위에, 도자기 항아리 속에. 이봐 친구, 날아갈 때… 하지만 기다려, 그건 불가능해, 그건 말도 안 돼." 프로코프는 머리를 움켜잡으며 중얼거렸다.

"자, 그래서?"

"왜… 왜… 도대체 왜 그것은 도자기 항아리 속에서 폭발하지 않았을까? 그 가루가 스스로 폭발했다면…. 기다려, 책상 위에는 아연 접시가… 접시가…. 왜 그것은 책상 위에서 폭발했을까? 기다려, 조용히 해, 조용히 해." 프로코프는 이를 딱딱거리고는 비틀거리며 일어섰다.

"자네, 뭐가 문제야?"

"크라카티트." 프로코프는 중얼거리며, 빙글 돌다가 대리석 바닥으로 굴러 넘어졌다.

제2장

맨 먼저 프로코프가 알아차린 것은 그와 함께 모든 것이 덜거덕거리는 소리를 내며 흔들린다는 것이었다. 그다음은 누군가가 그의 허리를 꽉 잡고 있다는 것이었다. 그는 눈을 뜨는 것이 두려웠다. 그는 뭔가가 자기를 덮친다고 생각했다. 그러나 아무 일도 일어나지 않자 그는 슬며시 눈을 떴다.

그의 눈앞에는 희미하게 빛나는 전구와 불빛들이 조금씩 움직이는, 희미한 사각형이 보였다. 그는 그것을 설명할 수 없었다. 그는 덜컹거리며 뛰어올랐다가 슬며시 사라지는 그림자들을 보았다. 그는 자신과 함께 일어나는 모든 것들에 수동적으로 자신을 내맡겼다. 그러고 나서야 그는 그 무서운 덜커덩거림은 자동차의 바퀴 소리이고, 바깥에는 안개 속에서 자동차의 램프들이 지나가고 있다는 것을 깨달았다. 이러한 것들에 예민하게 집중하다보니 피로감을 느꼈다. 그는 또 다시 두 눈을 감고 자신을 싣고 가는 것에 가만히 몸을 맡겼다.

"지금 너는 누워 있는 거야." 그의 머리맡에서 누군가가 조용히 말했다. "아스피린을 삼켜. 그러면 좋아질 거야. 아침에 의사를 불러 줄게, 알겠지?"

"누구지?" 프로코프는 졸리는 듯이 말했다.

"토메시야, 프로코프. 너는 내 집으로 가는 택시 안에 누워 있는 거야. 넌 지금 열이 있어. 어디가 아프니?"

"온 몸이…. 머리가 빙글빙글 도네."

"조용히 누워 있어. 내가 있다가 차를 끓여 줄게, 그러면 잠이 잘 올 거야. 이건 흥분 때문이야, 알겠지? 이건 신경쇠약으로 인한 열병일 거야. 내일 아침이면 나아질 거야."

프로코프는 뭔가 상기해 내려고 미간을 찌푸렸다.

"나는 알고 있어." 그는 잠시 후 조심스럽게 말했다. "내 말 들어. 하지만 누군가가 그 코답배갑을 물속에 던져야 해. 그래야 폭발하지 않거든."

"걱정하지 마. 그리고 이제 말하지 마."

"…나는 앉고 싶어. 내가 무겁지는 않지?"

"응, 안 무거워. 그냥 누워 있기나 해."

"그리고 너, 그… 내 화학 노트 가지고 있지?" 갑자기 프로코프는 노트를 기억해 냈다.

"그래. 너는 그것을 돌려받게 될 거야. 하지만 지금은 안정을 취해야 해. 내 밀 들려?"

그동안 택시는 덜커덩거리며 예츠나 거리를 따라 위로 올라갔다. 토메시는 부드럽게 휘파람으로 노래를 부르며 차창 밖을 바라보았다. 프로코프는 조용히 신음하며 가쁜 숨을 몰아쉬었다. 안개 때문에 도로가 습했고, 그 안개는 코트 밑으로 스며들어 습하고 차가웠다. 때는 늦었고 거리는 한적했다.

"곧 우리는 집에 도착할 거야." 토메시는 큰 소리로 말했다. 택시는 광장에 들어서면서 더욱 세게 덜커덩거렸고 오른쪽으로 방향을 바꾸었다.

"잠깐 기다려, 프로코프. 너 몇 발짝은 걸을 수 있지? 내가 부축해 줄게."

토메시는 어렵사리 자기의 손님을 3층으로 끌고 올라갔다. 프로코프는 가볍고 무게도 나가지 않는 것 같았다. 그는 자기를 위층으로 끌고 가는 친구에게 거의 몸을 맡겼다. 그러나 토메시는 어렵게 숨을 몰아쉬며 이마의 땀을 훔쳤다.

"자, 보다시피 나는 실오라기 같아." 프로코프는 놀라면서 말을 했다.

"그래 물론이지." 토메시는 숨이 차서 헉헉거리며 자기 아파트 문을 열었다.

토메시가 프로코프의 옷을 벗길 때 프로코프는 마치 어린아이 같았다.

"우리 엄마는." 그는 뭔가 말하기 시작했다. "우리 엄마는… 오래 전 아빠는 탁상 머리에 앉아 있고, 엄마는 나를 침대로 안고 갔어. 이해하겠어?"

이미 프로코프는 침대에 누워서 턱까지 이불을 덮고 이를 덜덜

거리며, 토메시가 재빠르게 난로에 불을 피우는 것을 바라보았다. 그는 감동과 동정심과 연약해진 마음 때문에 눈물이 날 지경이었다. 그는 계속해서 중얼거렸다. 그리고 토메시가 그의 이마에 차가운 수건을 얹어 주자 프로코프는 비로소 조용해졌다. 그는 조용히 방을 둘러보았다. 방에는 담배와 여자 냄새가 났다.

"너 여전히 불한당이구나, 토메시." 그는 진지하게 말했다. "예나 지금이나 줄곧 여자를 끼고 있구나?"

토메시는 그에게 몸을 돌리고 말했다.

"그게 왜? 뭐가 문제야?"

"아무것도 아니야. 넌 그런데 무슨 일을 하니?"

토메시는 손을 내저었다. "절망적인 상황이지. 친구야, 난 돈이 하나도 없어."

"여자 꽁무니 쫓아다니느라?"

토메시는 머리를 절레절레 내저었다.

"너 정말 안됐구나. 알겠어." 프로코프는 토메시에게 관심을 보이며 말했다. "너도 할 수 있어. 봐봐, 나는 벌써 12년째 이 일을 하고 있어."

"그래서 너는 뭘 얻는데?" 토메시는 날카롭게 대꾸했다.

"여기저기에 뭔가를 팔지. 나는 올해엔 폭발성 덱스트린을 팔았어."

"얼마나?"

"일만. 알다시피 그건 아무것도 아니야. 쓰레기지. 별 볼일 없는 광산의 폭약일 뿐이야. 그러나 내가 만일 원하기만 한다면…"

"너, 몸이 좀 괜찮아졌어?"

"아주 좋아졌어. 내가 널 위해서 방법을 하나 알아냈어! 이봐 친구야, 질산세륨 일 그램. 그건 네게 굉장한 괴물이 될 거야. 그리고 염소, 염소, 4염화물. 이건 불빛에 의해서 폭발해. 성냥불을 켜면 꽝! 하지만 그건 아무것도 아니야. 이것 봐봐." 그는 단언하며, 갑자기 담요 밑으로부터 심하게 상한 그의 손을 꺼냈다.

"만일 내가 이 손으로 뭔가를 만들면, 그러면 나는 원자의 떨림을 느낄 수 있어. 개미처럼. 모든 개미산(포름산)의 물질이 다르듯이, 이해하겠어?

"아니, 모르겠는데."

"그건 파워야. 알겠어? 물질 속의 에너지라고. 물질은 무서울 정도로 강력해. 나는… 나는 그 속에서 그것의 움직임을 감지할 수 있어. 그것은 놀라운 노력으로 모든 것을 함께 유지하고 있지. 그런데 내부가 느슨해지면, 그것은 분열하지. 꽝! 모든 것은 폭발이야. 꽃이 피면 그것도 폭발이야. 모든 생각은 머릿속에서 일어나는 폭발이야. 만일 네가 네 손을 내게 주면 나는 너의 내부에서 무엇이 폭발하는지 감지할 수 있어. 나는 놀라운 접촉의 느낌을 가지고 있어, 친구야. 그리고 듣는 능력도 있지. 모든 것이 반짝거리는 가루처럼 부글부글대고 있어. 그것 자체는 아주 작은 폭발이야. 내 머릿속에서 웅웅거리는 소리가 나. …자동소총처럼 두타타타."

"그래." 토메시는 말했다. "자, 이제 이 아스피린 삼켜."

"응. 폭발하는 아스피린. 과염소산염 아세틸살리실산. 이건 아무엇도 아니야, 친구야. 나는 발열성 폭발물을 발견했어. 모든 물질은 폭발성이 있어. 물, 물도 폭발성이 있어. 진흙… 그리고 공기도 폭발성이 있어. 깃털, 깃털. 이불 속의 깃털도 또한 폭발성이 있어. 알다시피, 지금까지 그건 이론적으로만 의미가 있어. 나는 원자의 폭발성을 발견했어. 나는, 나는, 나는 알파 폭발을 해냈어. 그것은 아주, 아주 작은 입자로 분열돼. 그것은 열화학이 아니야. 파괴, 파괴적인 화학이야. 이 친구야, 이건 어마어마한 거라구, 토메시. 순수 과학이지. 집에는 도표가 있는데… 만일 여기내 기구만 있다면…. 하지만 지금은 그저 눈과 손만 있어. 그래도 잠깐 기다려 봐, 그것을 써 볼게!"

"잠자고 싶지 않아?"

"자고 싶어. 난 오늘 무척 피로해. 그런데 넌 뭘 계속 하고 있니?"

"그저, 아무것도…. 인생이 그렇지 뭐."

"인생도 폭발성이 있어, 알겠어? 꽝, 인간은 태어나고 그리고 분열되지, 꽝! 그저 몇 년간 지탱하는 것처럼 보이는 거지, 안 그래? 잠깐 기다려. 지금 내가 뭔가를 혼동하고 있는 거지, 그렇지 않아?"

"모든 게 정상이야, 프로코프. 아마도 내일 우린 폭발할 거야. 만일, 돈이 생긴다면. 하지만 모든 게 마찬가지야, 걱정 말고 잠이나 자."

"네가 원한다면 내가 네게 돈을 빌려 줄게."

"아니. 네 돈으론 충분하지 않아. 아마도 아버지 돈은 되어야…." 토메시는 손을 내저었다.

"아하, 네겐 아직도 아버지가 있지?" 잠시 후 프로코프는 갑자기 부드러운 음성으로 말했다.

"응, 그래. 티니체에서 의사로 계시지." 토메시는 일어서서 방을 가로질러 갔다. "절망적이야 친구, 절망. 나는 생활이 불안정해서… 이런! 내 걱정은 하지 마. 나는 뭔가를 해낼 거야. 넌 잠이나 자!"

프로코프는 조용해졌다. 그는 눈을 반쯤 뜨고 토메시가 책상머리에 앉아서 종이를 뒤적거리는 것을 보았다. 프로코프는 종이 부스럭거리는 소리를 들으며 난로에서 조용히 장작 타는 소리를 듣는 것이 기분 좋았다. 토메시가 책상에 머리를 숙이고 손바닥으로 머리를 괴고 있는 게, 마치 숨죽이며 뭔가에 집중하는 것 같았다. 프로코프에게 그것은 마치 집에 누워서 자신의 형 요제프가 전기공학과 책을 공부하며 내일 시험 준비를 하는 걸 바라보는 것 같았다.

프로코프는 열병으로 인해 곧 깊은 잠에 빠져 들었다.

제3장

프로코프는 셀 수 없는 바퀴소리를 듣는 것 같았다. '여긴 어디 공장인가?' 그는 생각하며 계단을 따라 위로 올라갔다. 그는 갑자기 커다란 문 앞에 서 있는 자신을 발견했다. 문에는 〈플리니우스〉란 유리 문패가 달려 있었다. 그는 너무 기뻐서 문 안으로 들어갔다.

"여기 플리니우스 선생님 계신가요?" 그는 타자기 앞에 앉아 있는 소녀에게 물었다.

"선생님은 금방 오실 거예요." 소녀는 말했다. 바로 그 순간, 수염을 잘 깎았고, 커다랗고 둥근 안경을 쓴, 키 큰 남자가 나타났다.

"무엇을 원하시는지요?" 그가 말했다.

프로코프는 그가 플리니우스란 확신을 가지고 무척 인상적인 그의 얼굴을 바라보았다. 그는 영국인 특유의 입을 가지고 있었고, 이마에는 깊은 주름살이 파였으며, 동전 크기의 사마귀가 나 있고, 턱은 영화배우의 턱을 닮아 있었다.

"선생님이…, 실례지만 선생님이 플리니우스 씨인가요?"

"자, 이쪽으로…"라며 키가 큰 사람은 짧은 손짓으로 그에게 자신의 사무실에 앉으라고 가리켰다.

"저에…게는, 저는 무척 큰 영광입니다." 프로코프는 앉으면서 말을 더듬었다.

"무엇을 원하시는지요?" 키가 큰 사람은 그의 말을 가로챘다.

"저는 물질을 분열시켰습니다." 프로코프는 단언했다. 플리니우스는 침묵을 지켰다. 그는 열쇠를 만지작거리며 안경 너머로 무거운 눈을 감았다.

"이것은 바로 이렇습니다." 프로코프는 서둘러 말을 꺼냈다. "모든 것은 분열됩니다, 아시겠어요? 네, 물론 물질은 잘 부서집니다. 그러나 저는 그것을 갑자기 순식간에 분열시킬 수 있습니다. 꽝! 폭발. 이해하시겠어요? 산산조각으로, 분자로, 원자로. 게다가 저는 또 이 원자를 분열시킬 수 있습니다."

"유감이군요." 플리니우스는 신중하게 말했다.

"왜요? 뭐가 유감인가요?"

"뭔가가 분열된다는 것이 유감입니다. 심지어 원자까지도. 자, 계속 말씀하시죠."

"저는… 원자를 분열시킵니다. 저는 루터포드가 벌써 이 방법을 시도했다는 걸 알고 있어요. 하지만 그건 그저 방사선으로 하는 고되고 단순한 작업일 뿐입니다, 아시겠어요? 그건 아무것도 아니에요. 제대로 하려면 총체적 방식으로 해야 합니다. 만약 당신이 원한다면 저는 그런 방식으로 금속원소 창연(비스무트) 일 톤을 폭파시킬 수 있습니다. 그건 온 세상을 폭파시킬 것입니다. 그걸 원하시나요?"

"왜 그것을 하고자 하시죠?"

"그것은 과학적으로 흥미로운 일이기 때문입니다." 프로코프는 혼란스러워했다. "잠깐, 이거 제가 어떻게… 이것은 선생님께 어마어마하게 흥미로울 거예요." 그는 머리를 움켜잡았다. "잠깐 기다려요. 머리가 깨질 것 같아요. 그것은… 과학적으로… 어마어마하게 흥미로울 거예요. 그렇지 않아요? 아하, 아하." 그는 폭발하려는 마음을 가라앉혔다.

"제가 그것을 당신에게 설명해 드리지요. 다이너마이트… 다이너마이트는 물질을 파편으로, 덩어리로 파열시킵니다. 하지만 벤졸트리오엑소조니드는 물질을 먼지로 분열시킵니다. 그것은 작은 구멍만을 내지만, 이것은 물질을 극미소물체의 파편으로 분열시킵니다, 이해하시겠어요? 이것은 아주 빠르게 폭파를 통해서 이루어집니다. 물질은 물러설 시간이 없어요. 그것은 이미 부서질 수조차 없어요. 아시겠어요? 저, 저는 폭파의 속도를 가속화시키는 방법을 알아냈어요. 아르돈조니드, 클로라고녹소조니드, 테트라곤, 그리고 기타등등. 그러면 이제 공기조차 물러설 수 없어요. 그것은 마치 철판과 마찬가지로 똑같이 단단합니다. 그리고 그것은 분자로 분열됩니다. 그리고 또 계속해서, 갑자기 무섭게 빠른 속도로… 무서울 징도로 폭발력이 증가합니다. 그것은 이차식으로 증가합니다. 저는 멍청하게 바라볼 뿐입니다. 이게 어디서 발생하는 거지? 어디서, 도대체 어디서 이 에너지가 일어나는 거야? 하면서요." 프로코프는 열광하며 소리쳤다.

"글쎄요, 아마도 원자로부터이겠지요." 플리니우스는 말했다.

"아하!" 프로코프는 승리감에 도취하여 단언하며, 이마의 땀을 훔쳤다. "여기에 바로 그 멋진 농담이 있군요. 단순한 원자에 말이지요. 그렇게 원자들을 한데 뭉치게 하고 그리고 베타 층을 떼어냅니다. 그러고 나서 핵이 분열돼야 합니다. 그것은 알파폭발이라고 합니다. 이제 아시겠지요, 제가 누군지? 선생님, 제가 바로 압축률 계수(係數)를 극복한 첫 번째 사람입니다. 제가 원자의 폭발을 발견해냈습니다. 제가… 제가 창연으로부터 탄탈룸을 추출했어요. 잘 들어봐요. 아시겠어요? 일 그램의 수은에서 얼마나 큰 폭발력이 나오는지요? 4백억6천2백만 킬로그램. 물질은 놀라울 정도로 폭발력이 있어요. 물질은 한 곳에서 맴도는 연대입니다. 하나 둘, 하나 둘! 하지만 정확한 명령만 내리면 연대는 공격을 감행합니다. 돌격 앞으로! 그것이 바로 폭발입니다. 아시겠어요? 브라보!"

프로코프는 자신의 외침에 놀랐다. 머리에 울림소리가 너무나 커서 주위를 파악하지 못했다.

"죄송합니다." 그는 혼란을 숨기기 위하여 말하고는 떨리는 손으로 시가 케이스를 찾았다. "담배 피우세요?"

"아니오."

"고대 로마인들조차 담배를 피웠습니다." 프로코프는 확신시키며 시가 케이스를 열었다. 거기에는 무거운 퓨즈만 있었다.

"불을 붙여 보세요." 그는 강요했다. "이것은 아주 가벼운 노벨 엑스트라입니다." 그는 스스로 테트릴 퓨즈의 끄트머리를 잘라내고 성냥을 찾았다.

"이건 아무것도 아닙니다." 그는 말하기 시작했다. "폭발하는 유리를 알고 있지요? 안됐군요. 들어봐요. 저는 폭발하는 종이를 만들겠습니다. 당신이 편지를 씁니다. 누군가가 그것을 불 속에 집어넣습니다. 그리고 꽝! 블록 전체가 무너져 내립니다. 이걸 원하시는지요?"

"무엇 때문에요?" 그가 눈썹을 치켜들며 되물었다.

"글쎄요. 에너지는 밖으로 분출되어야 합니다. 당신에게 뭔가를 말해 줄게요. 만일 당신이 천정에서 걸어다닌다면 당신에게 무엇이 일어날까요? 일단 저는 원자가(原子價) 이론은 제쳐두겠습니다. 모든 것은 가능합니다. 바깥에서 일어나는 시끄러운 소리가 들립니까? 그것은 풀이 자라는 소리, 바로 폭발입니다. 모든 씨앗은 폭발하는 카트리지입니다. 로켓처럼 펑. 어리석은 사람들은 호변이성(互變異性) 같은 것은 존재하지 않는다고 생각합니다. 저는 그들에게 그것 때문에 미쳐 버리는 메로트로피를 보여줄 겁니다. 순수한 실험실의 실험입니다, 선생님."

프로코프는 자기가 터무니없이 조잘대는 것에 두려움을 느꼈다. 그는 도망가고 싶었다. 그러나 그는 모든 것을 뒤섞으며 더욱 빠르게 지껄였다. 플리니우스는 심각하게 머리를 끄덕였다. 그리고는 마침내 그는 마치 절이라도 하듯이 자기 몸 전체를 계속해서 더욱더 앞으로 기울였다. 프로코프는 명확치 않은 공식을 재빨리 지껄이고 있어서 멈출 수가 없었고 두 눈으로 플리니우스를 바라보았다. 그는 마치 기계처럼 속도로 점점 더 빨리하면서 몸을 앞뒤로 흔들었다. 프로코프의 밑에서 방바닥은 이리저리 움직이기 시작하며 위로 솟아 올라왔다.

"하지만 이봐요, 그만하세요." 프로코프는 공포에 사로잡혀 고함을 질렀다.

그때 그는 플리니우스 대신 토메시를 보았다. 그는 책상머리에서 몸도 돌리지 않고 소리쳤다. "제발 소리치지 마!"

"나는 소리치지 않아." 프로코프는 말하고 두 눈을 감았다. 그의 머릿속에는 빠르고 고통스러운 진동이 울리기 시작했다.

그는 최소한의 광속도로 움직이는 것 같았다. 똑같이 그에게는 자신의 가슴이 조여 오는 것 같았다. 하지만 그것은 오직 피츠제럴드-로렌츠 수축일 뿐이었다. 그는 자신에게 말했다. 나는 판케이크처럼 납작해질 거야.

갑자기 그를 향해 헤아릴 수 없는 수많은 유리 프리즘이 날아왔다. 아니, 그것들은 크리스털 모델처럼 날카로운 모서리에 교차된, 오직 끝없이 정교하게 반들반들해진 평면이었다. 그는 그러한 모서리에 무서운 속도로 던져졌다.

"조심해!" 그는 자신에게 말했다. 왜냐하면 그는 수천분의 일초 내로 산산조각이 날 수도 있었기 때문이다. 그러나 그 순간 그는 빛의 속도로 거대한 피라미드 꼭대기로 날아갔다. 그는 광선처럼 되돌아왔고, 부드러운 유리벽에 부딪혔고, 그것을 따라 내려가다가 날카로운 모서리 속으로 소리를 내며 움직여 갔고, 그 모서리 벽 사이로 미칠 듯이 미끄러져 갔다. 그리고 알 수 없는 것에 부딪히며 되돌아왔다. 또다시 내팽개쳐져서 날카로운 모서리로 떨어지다가, 마지막 순간에 다시 위로 던져졌다. 이제 그는 2차원의 유클리드 공간에 머리를 부딪고 아래로 아래 어둠 속으로 곤두박질쳤다. 갑작스런 충돌. 온몸에 느껴지는 공포의 전율. 그러나 곧 또다시 일어나서 도망치기 시작했다. 그는 미로 같은 통로를 달려가고, 뒤에서 자기를 추적하는 소리를 들었다. 통로는 점점 더 좁아지고, 조여지고 그 벽들은 무섭고 피할 수 없는 움직임으로 서로를 향해 밀어붙였다. 그는 송곳처럼 납작해졌고, 그리고 벽들이 그를 박살내기 전에 도망가려고 숨을 몰아쉬며 미칠 듯한 공포 속에서 내달렸다. 그의 뒤에서 돌 벽이 충돌하면서 닫히기 시작했다. 그동안 그는 차가운 바람을 일으키는 벽 틈새로 빨려 들어갔다. 무서운 충격으로 그는 의식을 잃었다.

그가 깨어났을 때 그는 자신이 컴컴한 어둠 속에 있는 것을 알았다. 그는 끈적끈적한 벽을 더듬어 가면서 도와달라고 소리치기 시작했다. 그러나 그의 입으로부터는 아무 소리도 나오지 않았다. 거기는 그처럼 너무나 어두웠다.

그는 무서워서 온몸을 떨면서, 구덩이의 바닥을 따라 휘청거리며 걸어갔다. 그는 통로 옆을 더듬으며 걸어갔다. 사실 거기에는 계단들이 있었고, 위로 끝없이 머나먼 곳에서 마치 광산 갱도 속에서처럼 작은 구멍이 빛을 발하고 있었다. 그는 여기서 위로 매우 가파른 수많은 계단들을 따라 올라갔다. 그러나 위에는 플랫폼만이 있었다. 가벼운 금속 플랫폼이 아찔한 심연 속에서 흔들거렸고, 그리고 밑으로 철판들로 이루어진 나선형 계단이 끊임없이 나 있었다.

그는 여기서 다시 자기 뒤에서 자기를 추적하는 사람들의 헐떡거리는 숨소리를 들었다. 그는 공포 때문에 정신을 잃고, 그는 구불구불 나 있는 계단을 따라 내려갔고, 그의 뒤에서는 그의 적들의 발걸음 소리가 쨍그랑거리는 금속 소리를 내었다. 갑자기 나선형 계단들은 빈 가파른 공간 속에서 끝났다. 프로코프는 소리를 질러대고 손을 뻗쳐 내저었으나 허공으로 떨어졌다. 그는 머리가 빙글빙글 돌고, 이제 아무것도 들을 수도 볼 수도 없었다.

그는 꿈틀거리는 두 발로 무섭고 맹목적인 충동에 이끌려, 더 늦기 전에 어딘가로 가기 위해 알 수 없는 곳으로 달렸다. 그는 점점 더 빨리 끊임없는 아치형 복도를 따라 달려갔다. 그는 때때로 안내 신호등을 지나갔다. 매번 그 등에 쓰여 있는 숫자는 17, 18, 19 같이 더 커졌다.

그는 갑자기 자기가 원을 그리며 달려가고 있다는 것을 느꼈고, 그리고 그 숫자는 그가 만든 수 40, 41을 지시하고 있다는 것을 깨달았다. 그는 너무 늦어 여기서 도망갈 수 없다는 사실에 참을 수 없는 공포에 사로잡혔다. 그는 미치광이 속도로 지나갔다. 그래서 가로등은 특급열차에서 보이는 전봇대처럼 움직였다. 아직 더욱더 빨리! 이제 가로등은 더 이상 움직이지 않고, 한 장소에 서 있고, 수천 수만 번 순환하는 빛의 속도를 기록하고 있다.

그리고 그 통로로부터 출구가 아무데도 없었고, 통로는 똑바르고 함부르크의 터널처럼 매끈거렸다. 결국 그 자체로 돌기 시작했다. 프로코프는 공포로 흐느끼기 시작했다. 그것은 아인슈타인의 우주였고, 그리고 그는 늦기 전에 거기에 도달해야 했다! 갑자기 무서운 외침이 들려왔다. 프로코프는 공포에 사로잡혔다. 그것은 누군가에 의해 살해당한 자기 아버지의 목소리였다.

그는 계속해서 더 빨리 달리기 시작했다. 가로등은 사라지고 어둠이 찾아왔다. 프로코프는 벽들을 더듬어 가다가 닫혀 있는 문을 발견했다. 그는 자신의 뒤에서 절망적인 탄식과, 가구를 내던져 부딪히는 소리를 들었다. 프로코프는 공포에 사로잡혀 소리치고, 손톱으로 문을 긁어 대서 틈을 내어 산산조각을 냈다. 그는 자신의 뒤에서 잘 알고 있는 계단을 찾아냈고, 그는 그가 어렸을 때 매일 그랬듯이 계단을 따라 집으로 갔다.

위층에서는 아버지가 숨이 막혀 고통스러워하고 있었다. 누군가가 아버지의 목을 조르며 바닥을 따라 끌고 가고 있었다. 프로코프는 고함을 지르며 위로 날아가듯이 올라갔다. 그는 집 계단에서 물통과 어머니의 빵 상자를 보았고, 부엌으로 문이 조금 열린 것을 보았다. 거기 안쪽에서 아버지의 신음소리를 들었다. 아버지는 자신을 살해하지 말라고 간청하고 있었다. 누군가가 그의 머리를 땅바닥에 부딪치고 있었다. 그는 아버지에게 도움을 주고 싶었으나, 그러나 이상한 맹목적이고 미친 힘이 그로 하여금 여기 통로에서 원을 그리며 달리라고 강제했다. 그는 계속해서 더 빠르게 원을 그리며 달리고 통렬하게 웃었다. 그러는 동안 내부에서는 아버지가 죽어가고, 신음소리가 잦아지고 있었다. 프로코프는 이러한 어지럽고 변덕스러운 원으로부터 도망을 칠 수 없어서 갑자기 공포에 사로잡혀 계속 넘어지면서 미치듯이 크게 웃기 시작하였다.

그는 식은땀에 젖은 채 잠을 깼고 이를 달가닥거렸다. 토메시는 그의 머리맡에 서서 불타는 듯한 그의 이마에 새로운 차가운 수건을 덮어주었다.

"괜찮아, 괜찮아." 프로코프는 중얼거렸다. "나는 이제 더 이상 자지 않을 거야."

그는 누워서 램프 밑에 앉아 있는 토메시를 자세히 바라보았다. 이르카 토메시, 그는 자신에게 말했다. 잠깐. 친구 두라스, 그리고 혼자 부흐타, 수디크, 수디크, 수디크, 또 누가 있지? 수디크, 트를리차, 트를리차, 페셰크, 요바노비치, 마드르, 안경을 쓴 홀로우베크, 이들이 우리 화학반 동기들이었지. 하나님 맙소사, 저기 저자는 누구지? 아하 저자는 트를리차, 셰바처럼 모두 그해 동기들이었지. 그리고 그는 다음과 같은 소리를 들었다.

"프로코프 씨가 검사를 받을 차례입니다."

그는 지독한 공포에 사로잡혔다. 왈드 교수는 책상머리에 앉아서 늘 하던 버릇대로 메마른 손을 수염 있는 데로 뻗쳤다.

"이야기해 보세요." 왈드 교수는 물었다. "폭발에 대해 뭘 알고 있단 말인가요?"

"폭발물, 폭발물." 프로코프는 불안하게 말했다. "그것들의 폭발은 상당히 적은 폭발물로부터 확장되는 거대한 가스의 용량이 갑자기 유출된다는 그 사실, 그 사실, 그 사실에 달려 있습니다. 실례지만, 이것이 맞지 않나요?"

"어떻게요?" 왈드는 엄격하게 물었다.

"저, 저, 저는 알파폭발을 발견했습니다. 폭발은 바로 원자의 분열로부터 일어납니다. 원자의 일부분들이 날아… 날아가지요…."

"말도 안 돼." 교수는 그의 말을 가로막았다. "원자라는 것은 존재하지 않아요."

"존재해요, 존재해요, 존재합니다." 프로코프는 이 가는 소리를 냈다. "실례지만, 제가, 제가, 제가 증명할게요…."

"낡아빠진 이론이지요." 교수는 중얼거렸다. "원자라는 것은 존재하지 않아요. 오직 굼메탈만 있어요. 굼메탈이 뭔지 아는가요?"

프로코프는 두려워서 식은땀이 났다. 그는 그런 단어를 일생동안 들어본 적이 없었다. 굼메탈?

"그건 모르겠는데요." 그는 근심에 젖어 한숨을 내쉬었다.

"그것 보세요." 왈드 교수는 무미건조하게 말했다. "그리고 당신이 콜로퀴움을 하겠다고요? 당신, 혹시 크라카티트에 대해 뭔가 아는 게 있는가요?"

프로코프는 크게 놀라서 말을 멈추었다. "크라카티트라고?" 그는 소곤거렸다. "그건… 그건 지금까지… 있어 왔던 것 중에서 완전히 새로운 폭발이에요…."

"무엇으로 점화를 시켜요? 점화는 무엇으로? 무엇으로 폭발시키는가요?"

"헤르츠 파(波)로요." 프로코프는 안도의 한숨을 내쉬었다.

"그걸 어떻게 알고 있는가요?"

"왜냐하면 크라카티트가 갑자기 폭발해 버렸거든요. 왜냐하면… 왜냐하면 다른 아무런 충격도 없이. 왜냐하면…."

"이런…, 그래서요?"

"제가… 고주파 진동이 일어나는 동안… 동안… 그동안에 그것을 합성시켰어요. 이것은 어떻게 설, 설, 설명이 안 돼요. 하지만 제 생각인데 그것은 그 어떤 전자파예요."

"전자파가 맞아요. 나도 알고 있어요. 자, 이제 이 판지에 크라카티트의 제작공식을 기록해 봐요."

프로코프는 분필로 판자 위에 자신의 제작공식을 썼다.

"읽어 봐요."

프로코프는 그 공식을 큰소리로 읽었다. 그때 왈드 교수는 일어서서 갑자기 완전히 다른 목소리로 말했다.

"어떻게? 그래서 어떻게 됐어요?"

프로코프는 공식을 되풀이했다.

"테트라르곤?" 교수는 재빨리 물었다. "Pb는 얼마만큼요?"

"2."

"어떻게 준비해요?" 목소리가 아주 가까이서 물었다. "방법은! 어떻게 준비해요? 어떻게? … 어떻게 크라카티를 만들어요?"

프로코프는 눈을 떴다. 그의 몸 위로 토메시가 손에 노트와 연필을 들고 숨을 죽인 채 그의 입을 바라보고 있었다.

"무엇이라고?" 프로코프는 불안하게 중얼거렸다. "너, 뭘 원하니? 어떻게… 그걸 어떻게 준비하느냐라고?"

"너, 뭔가 이상한 것을 생각하고 있구나." 토메시는 노트를 몸 뒤로 숨기며 말했다.

"잠이나 자. 이봐 친구야, 잠이나 자."

제4장

'지금 내가 뭔가를 누설했다.'

프로코프는 뇌리의 한 쪽에서 그것을 분명히 깨달았다. 그렇지 않았다면 그는 그것에 대해 완전히 무관심했을 것이다. 사실 그는 오직 자고 싶었다. 실컷 자고 싶었다. 그는 잠결에 이상한 터키 양탄자를 보았다. 그 패턴은 끊임없이 다양한 모양으로 변했다. 그것은 별로 중요하지 않았지만 뭔가가 그를 성가시게 했다. 심지어 그는 잠결에 또다시 플리니우스를 만나고 싶었다. 그의 모습을 지우고 싶었으나, 그대신 그는 자신의 눈앞에서 혐오스럽게 웃고 있는 얼굴을 보았다. 그 얼굴은 썩어빠진 금니를 너무나 갈아댄 탓에 그것들이 박살나서 결국은 이 조각들을 내뱉고 있었다.

그는 이 장면으로부터 벗어나고 싶었다. 갑자기 그에게 '어부'라는 단어가 떠올랐다. 이것 봐라, 어부가 급류 위에서 고기가 가득한 그물을 들고 나타났다. 그는 자신에게 '발판'이라고 말했다.

그는 실제로 낚시고리와 줄이 있는 발판을 목격했다. 그는 단어들을 생각하고 그들에 의해서 상기되는 그림들을 바라보는 것을 오랫동안 스스로 즐거워했다. 그러나 그럼에도 불구하고 이제 그는 온갖 노력을 다해도 아무런 단어도 상기해낼 수 없었다. 그는 적어도 한 단어라도, 또는 한 가지 사실이라도 찾아내려고 맹렬하게 분투했지만 소용이 없었다. 그래서 그는 무기력한 공포 때문에 차가운 땀에 흠뻑 젖었다.

나는 체계적으로 다시 시작해야 해. 그는 속으로 생각했다. 나는 처음부터 다시 시작해야 해, 그렇지 않으면 기회를 놓칠 거야.

그는 다행히도 '어부'라는 단어를 상기해 냈다. 그러나 그의 앞에는 텅 빈 석유통이 나타났다. 그것은 무서웠다. 그는 속으로 '의자'라고 말했다. 그러자 그의 앞에는 이상할 정도로 분명하게, 기분 나쁠 정도로 먼지투성이 풀과 녹슨 고리와 함께, 타르 칠을 한 공장 울타리가 나타났다. 이것은 어리석은 짓이야. 그는 냉정할 정도로 명확함을 가지고 속으로 말했다. 여러분들, 이것은 전형적인 정신이상 증상이에요. 하이퍼로파블라 우곤기 두곤기 다윈(hyperofabula ugongi dugongi Darwin). 이러한 전문적인 용어가 아무 이유 없이 그에게 잔인할 정도로 이상하게 나타났다. 바로 그 순간 그는 포복절도할 정도로 웃었다. 그 덕에 그는 겨우 잠에서 깨어났다.

그는 완전히 땀에 젖어서 이불을 걷이챘다. 그는 충혈된 눈으로 토메시를 바라보았다. 그는 방을 바삐 쏘다니며 트렁크에 뭘

가를 집어넣기 시작했다. 그러나 프로코프는 그를 알아보지 못했다.

"내 말 좀 들어 봐봐, 내말 좀 들어 봐봐." 그는 말하기 시작하였다. "이건 정말 우스꽝스러운 짓이야, 내 말 좀 들어 봐봐. 자, 좀 기다려 봐봐, 내 말 좀 꼭 들어 봐야 해…."

프로코프는 그 놀라운 전문 용어를 농담으로 말해 주고 싶었으나, 스스로 먼저 웃음을 터뜨렸다. 그러나 그는 아무리 애써도 그 용어가 실제로 어떤 것이었는지 기억해 낼 수 없었다. 그는 혼란에 빠져 침묵했다.

토메시는 털 코트를 입고 모자를 썼다. 그리고 그는 트렁크를 집어 들고는 잠시 머뭇거리더니 프로코프의 침대 끝에 앉았다.

"내 말 들어, 옛 친구야." 그는 걱정스레 말했다. "나는 지금 가야 해. 티니체에 있는 아버지한테. 만일 그가 내게 돈을 주지 않으면, 아마 나는 다시 돌아오지 않을 거야. 알겠지? 그러나 걱정 마. 아침에 파출부가 이리로 와서 널 의사한테 데려갈 거야, 알겠지?"

"지금 몇 시야?" 프로코프는 무표정하게 물었다.

"네 시, 네 시 오 분. 자, 여기 뭐 필요한 거 있어?"

프로코프는 눈을 감았다. 그는 이제 이 세상 아무것에도 관심이 없다는 결단을 내렸다. 토메시는 그를 조심스레 덮어 주었고 주위는 조용해졌다.

갑자기 프로코프는 두 눈을 크게 떴다. 그는 자기 위에 있는, 익숙하지 않은 천장을 봤다. 거기 가장자리에는 알 수 없는 무늬가 장식되어 있었다. 그는 침대머리 탁자로 손을 뻗쳤으나 아무것도 닿지 않았다. 그는 놀라서 몸을 돌렸다. 그는 자신의 넓은 실험실 책상 대신 작은 램프가 있는 낯선 탁상만을 보았다. 창문이 있던 곳에는 스크린이 있었고, 거기에는 또 세면대가 있었고, 그리로 문이 나 있었다. 그것들은 그를 혼돈에 빠뜨렸고, 그는 자기한테 무엇이 일어났는지, 그가 어디에 있는지 이해할 수 없었다.

그는 현기증을 이겨내며 침대에 앉았다. 그는 서서히 여기가 집이 아니란 것을 알게 됐다, 그러나 여기에 어떻게 오게 됐는지 기억해 낼 수 없었다.

"거기 누가 있어요?" 그는 어렵사리 혀를 휘두르며 무턱대고 물었다. "물." 그는 잠시 후 소리쳤다. "물 좀 줘요!" 주위는 지독하게 조용했다. 그는 침대에서 일어나 조금 불안하게 걸으며 물을 찾아 나섰다. 그는 싱크대에서 물병을 찾아서 게걸스럽게 물을 마셨다. 그가 침대로 돌아올 때 두 다리에 기운이 빠져서 의자에 주저앉고, 아무것도 할 수 없었다. 그는 아주 오래 앉아 있었다. 그러고 나서 그는 병의 물을 전부 마신 탓에 추위로 온몸을 떨었다. 그는 여기가 어딘지, 자기가 대체 어디에 있는지도 모르고, 그는 더 이상 혼자서 침대에도 갈 수 없으며, 아무런 충고나 도움도 받을 수 없는 자신이 불쌍해졌다. 그래서 그는 어린아이처럼 처량하게 울음을 터뜨렸다.

좀 울고 나니 머리가 맑아지는 것 같았다. 마침내 그는 침대로 가서 이를 달그락거리며 누웠다. 그는 겨우 훈기가 좀 들어서 시체처럼 꿈도 꾸지 않고 잠들었다.

그가 깨어났을 때 희미한 회색빛이 블라인드를 통해 비쳐졌다. 방은 어느 정도 정리가 되어 있었다. 그는 누가 그렇게 했는지 기억해 낼 수 없었다. 그러나 그는 곧 모든 것을, 저녁에 있었던 폭발을, 토메시를, 그리고 토메시의 출발을 상기해 냈다. 그래서 그는 머리가 터지는 것 같았고, 가슴이 답답했다. 기침 때문에 무척 고통을 받았다. 이건 나쁜데, 그는 자신에게 말했다. 이건 정말 나쁜데. 나는 집에 가서 드러누워야 해.

그는 일어나서 잠시 휴식을 취해 가며 천천히 옷을 입기 시작하였다. 그에게는, 그에게는 마치 뭔가가 무서운 압박으로 가슴을 짓누르는 것 같았다. 그는 모든 것에 무관심하게 앉아서 어렵게 숨을 몰아쉬었다.

그때 초인종이 짧고 가볍게 울렸다. 그는 겨우 정신을 차리고 문을 열어주러 갔다. 복도 현관에는 베일로 얼굴을 가린 젊은 아가씨가 서 있었다.

"여기에… 토메시 씨가 살고 있나요?" 그녀는 불안한 듯 재빨리 물었다.

"자, 들어오세요." 프로코프는 그녀에게 길을 안내했다. 그녀가 조금 머뭇거리며 그에게 가까이 안으로 들어왔을 때 희미하지만 매혹적인 향기가 그를 자극했다. 그는 즐거이 그 향기를 맡았다.

그는 그녀를 창가에 앉히고 맞은편에 앉아서 할 수 있는 한 똑바로 자세를 취했다. 그는 온 힘을 다해 엄숙하고 꼿꼿한 자세를 취하려고 애썼다. 그러나 그것은 그 자신뿐만 아니라 그녀를 지나치게 당황하게 했다. 그녀는 베일 아래에서 입술을 깨물고 두 눈을 아래로 내려뜨렸다. 오, 그녀의 얼굴은 얼마나 달콤하고 부드러운가. 아, 지독하게 떨고 있는 저 자그마한 손이라니!

갑자기 그녀는 두 눈을 들어올렸다. 프로코프는 놀라움에 사로잡혀 숨 쉬는 것을 멈추었다. 그녀는 그에게 너무나 아름다워 보였다.

"토메시 씨는 집에 없나요?" 그녀는 물었다.

"토메시는 떠나갔어요." 프로코프는 머뭇거리며 말했다. "아가씨, 오늘 밤에요."

"어디로요?"

"티니체로, 아버지한테요."

"그는 돌아올까요?"

프로코프는 양 어깨를 추썩거렸다.

그녀는 머리를 숙이고 손으로 뭔가를 꺼냈다.

"그리고… 그가 선생님에게 말했나요? 왜… 왜…"

"말했습니다."

"선생님은 그가 진짜 그것을 할 거라고 생각하세요?"

"무엇을요, 아가씨?"

"자살할 거라고요."

프로코프는 순간, 토메시가 트렁크에 권총을 넣던 것을 상기해냈다. '나는 아마도 내일 폭발을 일으킬 거야.' 그는 자기도 모르게 자기 입에서 나는 이 가는 소리를 들었다.

그는 아무것도 말하고 싶어하지 않았지만, 그러나 그녀는 매우 심각해 보였다.

"오, 하나님 맙소사, 하나님 맙소사." 그녀는 속으로 중얼거렸다. "하지만 그건 무서운 일이에요! 말 좀 해봐요, 말 좀 해봐요…."

"아가씨, 무슨 일이에요?"

"만일 누군가가… 누군가가 그를 따라갈 수만 있다면! 만일 누군가가 그에게 말을 할 수만 있다면…, 만일… 그에게 전해 줄 수만 있다면…, 좌우간 그는 그렇게 해서는 안 되는데, 이해하시겠어요? 만일 누군가가 오늘 그를 따라 간다면…"

프로코프는 그녀가 절망적으로 두 손을 꽉 움켜잡는 것을 바라보았다.

"그럼, 제가 거기로 가겠습니다, 아가씨. 아시겠어요?" 그는 조용히 말했다. "우연히… 제가 그쪽으로 갈 일이 생겨서요. 만일 당신이 원하신다면… 제가…"

그녀는 머리를 치켜들었다. "정말로요?" 그녀는 기쁨에 넘쳐 소리 질렀다. "당신이 가 주실 수만 있다면…"

"저는 그의… 오래된 친구입니다. 아시겠어요?" 프로코프는 설명하기 시작하였다. "만일 당신이 뭔가를 그에게 전하고 싶다면…, 뭔가를 보내고 싶다면… 제가 기꺼이…"

"오, 하나님 감사합니다. 당신은 정말 친절하시군요." 그녀는 안도의 숨을 내쉬었다.

프로코프는 얼굴이 붉어졌다.

"그건 별거 아닙니다, 아가씨." 그는 자신을 변명했다. "우연하게도… 저는 지금 시간이 좀 있어요. 어딘가로 가고자 하는 참이었어요. 사실…" 그는 당황하여 손을 내저었다. "이건 아무것도 아니에요. 당신이 원한다면 모든 것을 다 하겠습니다."

그녀는 얼굴을 붉히고 즉각 다른 방향을 바라보았다. "저는 모르겠어요, 어떻게 감사의 말씀을 드려야 할지." 그녀는 혼란에 빠져 말했다. "선생님이…, 선생님이 직접 가신다니 미안하군요. 하지만 이건 너무나 중대해서요. …그리고 선생님은 그의 친구이시지요. …제가 직접 갈 수 있다고는 생각하지 않으시죠?" 여기서 그녀는 마음을 가다듬고 생생한 눈초리로 프로코프를 바라보기 시작하였다. "저는 그에게 뭔가를 보내야 해요. 누군가 다른 사람으로부터요. 선생님께 말씀을 드릴 수는 없지만요."

"말할 필요 없어요." 프로코프는 재빨리 말했다. "제가 그것을 그에게 전해 줄게요. 그게 전부에요. 저는 당신에게… 도움을 준다는 게, 그에게 갈 수 있다는 게… 무척 기뻐요. 혹 밖에 비가 오나요?" 그는 그녀의 털 코트에 붙은 물방울을 바라보면서 갑자기 물었다.

"예, 비가 오고 있어요."

"그것 참 잘 됐군요." 프로코프는 말했다. 그리고는 그는 사실, 만일 그의 이마를 그녀의 털 코트에 기댄다면 얼마나 시원해질까라는 생각에 잠겼다.

"저는 지금 그것을 가지고 있지 않아요." 그녀는 일어서면서 말했다. "그것은 단지 자그마한 소포예요. 만일 잠시 기다려 주신다면 두 시간 내로 가져올게요."

프로코프는 뻣뻣하게 허리를 굽혔다. 그는 균형을 잃을까 봐 겁이 났다. 그녀는 현관에서 몸을 돌려 그를 빤히 쳐다보았다.

"안녕히 계세요."

그리고 그녀는 떠나갔다.

프로코프는 앉아서 눈을 감았다. 털 코트의 빗방울들, 두껍고 이슬 맺힌 베일, 허스키한 목소리, 향기, 작고 꽉 조인 장갑 속의 불안한 손, 차가운 향기, 아름다우나 확고한 눈썹 밑에 깨끗하나 혼동에 빠진 눈빛, 무릎 위에 얹은 두 손, 튼튼한 장딴지 위에 걸쳐놓은 부드러운 드레스의 주름살,

아, 꽉 조인 장갑 속의 저 자그마한 손! 향기, 음침하고 활기찬 목소리, 부드럽고 창백한 얼굴, 프로코프는 떨고 있는 입술로 이를 꽉 물었다. 그녀는 슬프고 당황했지만 대담했다. 푸른 두 눈, 깨끗하고 반짝이는 두 눈. 오 하나님, 오 하나님. 그녀는 얼마나 입술로 베일을 꽉 물고 있었던가!

프로코프는 신음소리를 내며 두 눈을 떴다. 그녀는 토메시의 여자이겠지. 그는 맹목적인 분노를 가지고 자신에게 말했다. 그 여자는 어디로 가는지 알고 있었고, 오늘 여기 온 것이 처음이 아니다. 아마도… 그녀는 여기 바로 이 방에서…. 프로코프는 참을 수 없는 고통 속에서 손톱으로 손바닥을 찔렀다. 나는 바보다, 그

에게 가겠다고 내가 먼저 제안을 하다니. 나는 멍청이야. 내가 그에게 편지를 가져간다고! 나는 도대체 그녀에게 뭐란… 뭐란… 뭐란 말인가?

여기서 그에게 구원의 생각이 떠올랐다. 나는 우리 집으로, 저기 저 위 내 실험실로 도망갈 거야. 그리고 그녀가 그리로 오도록 해야지! 그녀가 하고 싶은 대로 하게 놓아둬야지! 만일, 만일 그것이 그녀에게 중요하다면 그녀 스스로 그에게 가도록 놔두자, 놔두도록 하자.

그는 방을 둘러보았다. 그는 헝클어진 침대를 보고는 부끄러워져서 집에서 늘 하듯이 침대를 정돈했다. 그러나 여전히 깔끔하게 보이지는 않았다. 그래서 그는 또다시 정돈을 했다. 그는 반듯이 펴고 부드럽게 정리했다. 그래서 모든 것을 반듯하게 하고, 청소를 하고, 커튼을 아름답게 주름잡으려고 시도했다. 그후 그는 어지러워서 머리를 감싸고 앉았다. 가슴이 고통스럽게 울렁거렸다. 그는 그녀를 기다렸다.

제5장

　그는 마치 거대한 채소 정원을 걷는 것 같았다. 온 사방에는 양
배추 머리 외에는 아무것도 없었다. 하지만 그것들은 양배추 머
리들이 아니다. 그러나 그것들은 찡그리고, 끈적끈적하고, 눈곱
이 많이 끼이거나, 우물거리거나, 무시무시하고, 물기가 많은, 여
드름투성이고, 불거져 나온 사람들의 머리통이다. 그것들은 가느
다란 양배추 줄기로부터 자라나고, 징그러운 녹색의 애벌레들이
그것들을 따라서 기어 다닌다.

　그런데 이것 봐라, 들판을 가로질러 그를 향해 얼굴에 베일을
쓴 아가씨가 달려온다. 그녀는 스커트를 조금 쳐들고 사람들의
머리통을 뛰어넘는다. 그러나 여기 모든 머리통 밑에서 놀라울
정도로 가느다란, 털투성이 손들이 그녀의 다리와 스커트를 만진
다. 그녀는 무서운 공포에 사로잡혀 소리치고 스커트를 더 높이
튼튼한 무릎 위까지 쳐든다. 그녀는 하얀 다리를 드러내며 잡아
채려고 하는 손들을 뛰어넘으려고 몸부림친다. 프로코프는 눈을

감는다. 그는 그녀의 튼튼한 하얀 다리를 차마 바라볼 수 없고, 이 초록색 양배추들이 그녀를 더럽히는 것이 두려워 미칠 지경이다.

프로코프가 땅에 뛰어들어 주머니칼로 첫 번째 머리통을 자르니 그것은 짐승같이 소리를 지르며, 썩어빠진 이빨로 그의 손을 문다. 그리고 이제 두 번째, 세 번째. 하나님 맙소사, 거기서 투쟁을 벌이는 그녀가 끝없는 채소 정원의 반대편에 도달할 때까지 이 거대한 들판을 다 베어낼 수 있을까? 그는 미친 듯이 뛰어다니며 그 무시무시한 머리통들을 발로 차버리고 짓밟아 버렸다. 그러나 그의 발은 흡인력이 있는 가느다란 발톱에 휘감겨 버려서, 그는 넘어지고, 꼼짝달싹 못하고, 찢어지고 숨이 막혀 버렸다. 그리고 모든 것이 사라졌다.

모든 것은 휘청거리는 소용돌이 속으로 사라졌다. 갑자기 가까이서 허스키한 목소리가 들려왔다.

"선생님께 작은 소포를 가져왔습니다."

그는 벌떡 일어나서 눈을 떴다. 그의 앞에는 히브슈몬카에서 온 여자가 서 있었다. 사팔눈을 하고, 임신을 해서 배가 불룩 튀어나온 그 여자는 그에게 젖은 넝마로 싼 소포를 내밀었다.

그 여자가 아닌데. 프로코프는 고통스럽게 신음소리를 냈다. 그는 순간, 키가 홀쭉하고 슬픈 얼굴을 한 방문판매원을 보았다. 그녀는 나무지팡이로 장갑을 내밀었다. 그녀가 아니야. 프로코프는 자신을 방어했다. 그의 앞에는 얼굴이 부어오르고 곱삿병으로 다리가 굽은 여자가 나타났다. 그녀는 부끄러움도 없이 자신을 그에게 바치려고 했다.

"저리 가." 프로코프는 소리쳤다. 여기저기 달팽이들이 가득 달라붙은 양배추가 있는, 말라빠진 잔디밭 한가운데에 아무렇게나 던져버린 통조림통이 보였다. 그는 갖은 힘을 다 썼지만 이 장면이 뇌리에서 사라지지 않았다.

그 순간 마치 새 울음소리 같이 벨이 울렸다. 프로코프는 문으로 달려가 문을 열었다. 현관에는 베일을 쓴 그녀가 서 있었다. 그녀는 가슴에 소포를 끌어안고 깊은 숨을 몰아쉬었다.

"아, 당신이군요"라고 말하며, 프로코프는 말하고는 알 수 없는 이유로 감동을 받았다. 그녀는 방에 들어오면서 그의 어깨를 스쳤다. 그녀의 향기는 프로코프를 고통스레 숨 막히게 했다.

그녀는 방 한가운데 서서 말했다. "실례이긴 합니다만, 제게 화를 내지는 마십시오." 그녀는 조용하지만 다급히 말했다. "제가 선생님께 어려운 부탁을 드린 것을 말입니다. 좌우간 왜, 왜 제가 당신한테 이런 부탁을…, 이것이 선생님한테 너무 부담이 안 된다면…"

"제가 가겠습니다." 프로코프는 쉰 목소리로 말했다.

그녀는 맑고 심각한 눈초리로 그에게 의지하며 말했다. "저에게 대해 나쁘게 생각하지 마십시오. 저는 그저 두려울 뿐입니다. 그분이, 당신의 친구가 뭔가를 하지 않기를, 누군가를 죽음으로 몰아넣지나 않을까 두려울 뿐입니다. 저는 선생님을 전적으로 믿습니다. 그분을 보호하실 테지요, 그렇지 않아요?"

"저는 기꺼이 그렇게 할 것입니다." 프로코프는 이상하게도 자기 목소리가 아닌, 떨리는 목소리로 말했다. 그렇게 그는 열정에 사로잡혔다.

"아가씨, 저는… 당신이 원하는 것이라면 …" 그는 시선을 돌렸다. 그는 자기도 모르게 뭔가를 발설할까 봐 두려웠고 그녀가 자기의 심장이 뛰는 것을 들을까 봐 두려웠다. 그는 자신의 지나친 조심성이 부끄러웠다.

그의 혼란스러운 마음이 그녀를 압도했다. 그는 지독하게 얼굴을 붉히고 시선을 어디로 둬야 할지 몰랐다.

"감사합니다. 감사합니다." 그녀는 봉인을 한 소포를 더욱 꽉 잡으며, 자신 없는 목소리로 계속 말하려고 애썼다. 침묵이 흘렀다. 프로코프는 고통스럽고 달콤한 현기증을 느꼈다. 그는 그녀가 자기를 피상적으로 바라보고 있다는 것에 전율했다. 갑자기 그가 그녀에게 시선을 돌렸을 때 그는 그녀가 땅바닥을 바라보며 그의 시선을 견뎌내기를 기다리고 있는 것을 알아차렸다. 프로코프는 뭔가 말을 꺼내서 이 상황을 벗어나고 싶었다. 그 대신 그는 두 입술을 불안하게 움직이며 온몸을 떨었다.

마침내 그녀는 그의 손을 만지며 속삭였다. "이 소포는…" 그때 프로코프는 왜 자기가 손을 뒤로 숨기고 있었는지를 잊어버리고 있었다. 그는 손으로 소포를 만지작거렸다. 그녀는 얼굴이 창백해지면서 한 걸음 물러섰다.

"선생님, 손을 다치셨군요." 그녀는 소리쳤다. "이리 보여주세요!" 프로코프는 즉시 손을 감추었다. "아무것도 아닙니다." 그는 급히 그녀를 안심시켰다. "이건… 그저 조금… 아시다시피 조금만 상처를 입었을 뿐입니다."

그녀는 매우 창백해져서 마치 자기가 그 아픔을 느끼듯이 간신히 숨을 몰아쉬었다.

"왜 의사한테 안 가세요?" 그녀는 날카롭게 말했다. "당신은 아무데도 갈 수 없어요! 저는 다른 사람을 보낼 거예요!"

"좌우간 이미 나아가고 있어요." 프로코프는 뭔가 귀중한 것을 빼앗기기라도 하는 것처럼 자신을 방어했다. "확실해요. 이제 거의 다 나았어요. 조금 긁힌 자국만…, 좌우간 이건 아무것도 아니에요. 왜 제가 못 간단 말입니까? 그리고 아가씨, 그런 소포는, 모르는 사람을 보낼 수는 없어요. 아시겠지요? 좌우간 이제 아프지도 않아요. 이것 보십시오." 그는 오른손을 흔들어댔다.

그녀는 안타까운 마음이 들었으나 단호하게 눈썹을 추켜세웠다. "당신은 가서는 안 돼요! 왜 제게 그걸 미리 말해주지 않았나요? 저는… 저는… 저는 허락하지 않을 거예요! 저는 원하지 않아요…."

프로코프는 완전히 불행에 빠진 느낌이 들었다. "이것 좀 보세요, 아가씨!" 그는 열렬하게 말했다. "이제 이건 아무것도 아니에요. 저는 이것에 익숙해졌어요. 여기 이것 보세요."

그는 그녀에게 왼쪽 손을 보여줬다. 거기에는 새끼손가락이 거의 붙어 있지 않았고, 집게손가락 마디 흉터는 부어올라 있었다.

"이건 직업상 어쩔 수 없어요, 아시겠어요?" 그는 그녀가 창백해진 입술로 뒤로 물러서서 그의 눈부터 머리카락까지 뻗쳐 있는 이마의 깊은 상처를 바라보는 것을 눈치채지 못했다.

"폭발이 있었어요. 예, 바로 그거예요. 저는 군인처럼 일어나서 가능한 멀리 도망갔어요. 이시겠어요? 이제 제게 아무 일도 없을 거예요. 자, 그러니 이리 줘요!" 그는 그녀의 손에서 소포를 빼앗다. 그리고 높이 던져 올려 잡았다. "아무 걱정 마세요. 신사답게 가겠습니다. 아시다시피 저는, 저는 오랫동안 아무 데도 안 갔습니다. 혹시 미국을 아세요?"

여자는 침묵한 채, 시무룩하게 인상을 쓰며 그를 바라보았다.

"새로운 이론이 있다고 하던데 그렇게 말하도록 하세요." 프로코프는 열렬하게 지껄여댔다. "기다려 봐요, 제가 다 계산을 해내면 그들에게 증명해낼 테니까요. 당신이 그런 걸 이해 못 하니 안 됐군요. 제가 당신에게 설명할게요. 저는 당신을, 당신을 믿어요. 그러나 그는 못 믿어요. 그를 믿지 마세요." 그는 다급하게 말했다.

"조심하십시오. 당신은 너무나 아름다워요." 그는 흥분해서 숨을 몰아쉬었다. "저기 저 위에 대해서는 저는 결코 말하지 않을 거예요. 거기엔 나무판자로 만든 헛간만 있어요. 아시겠어요? 하하, 당신은 그 머리통들을 얼마나 무서워했는지요! 하지만 저는 당신을 포기하지 않을 거예요. 아무것도 두려워하지 마세요. 저는 당신을 버리지 않을 거예요"

그녀는 공포로 두 눈을 크게 뜨고 그를 살펴보았다. "좌우간 당신은 가서는 안 돼요."

프로코프는 의기소침해지고 무기력해졌다. "아뇨, 내가 말한 것을 심각하게 받아들여서는 안 돼요. 제가 허튼 소리를 했어요, 그렇지 않아요? 저는 그저 당신이 내 손에 대해 아무 생각도 하지 않길 바랐어요. 당신이 걱정하지 않도록 하기 위해서요. 이제 모든 게 끝났어요."

그는 자신의 흥분을 이겨냈다. 그는 심각해졌고, 아주 단호했고, 골을 냈다.

"저는 티니체에 가서 토메시를 찾을 거예요. 그에게 그 소포를 주고 그가 알고 있는 아가씨가 보냈다고 말할 거예요. 그렇게 하면 되겠어요?"

"네." 그녀는 주저주저하며 말했다. "하지만 당신은 가서는 안 돼요…"

프로코프는 애원하듯이 미소를 지어보였다. 그의 심각하고 겁먹은 얼굴은 갑자기 아름답게 빛났다.

"내게 맡겨두세요." 그는 조용히 말했다. "좌우간 이건…, 이건 당신을 위한 것이니까요."

그녀는 두 눈을 깜빡거렸다. 그녀는 갑작스런 느낌에 거의 울 뻔하였다. 그녀는 말없이 그에게 몸을 기울이고 손을 내밀었다. 그는 형체가 없는 왼손을 들어올렸다. 그녀는 호기심 어린 눈으로 그것을 바라보다, 강하게 그 손을 꼭 잡았다.

"저는 선생님께 너무 감사해요." 그녀는 재빨리 말했다. "안녕히 계세요!"

문간에서 그녀는 걸음을 멈추고 뭔가 말하고자 했다. 손잡이를 돌리면서 그녀는 잠시 머뭇거렸다.

"그에게… 안부라도 전할까요?" 프로코프는 쓴웃음을 지으며 물었다.

"아뇨." 그녀는 큰 숨을 몰아쉬고 그를 재빨리 돌아보았다. "안녕히 계세요."

그녀 뒤로 문이 닫혔다. 프로코프는 그녀를 바라보고 갑자기 죽고 싶을 정도로 힘들고 약해졌다. 그는 머리가 핑 돌았다. 그리고 한 걸음을 내딛는 데 엄청난 힘이 들었다.

제6장

　그는 정거장에서 두 시간 반 동안 기다려야 했다. 그는 정거장 복도의 통로에 앉아서 추위로 몸을 떨었다. 상처 입은 손에서 고통이 지독하게 요동쳤다. 그는 두 눈을 감았다. 상처 입은 왼손이 거대한 머리처럼, 호박처럼, 빨래 삶는 냄비처럼 자라나는 것 같았다. 생생한 살이 아주 무지막지하게 과열되어 경련하는 것 같았다. 그동안 그는 몽롱하게 구역질이 났고, 이마에는 차가운 땀이 끊임없이 솟아났다. 그는 위장이 울렁대지 않도록 하기 위해, 더러운 침과 진흙으로 뒤덮인 복도 바닥을 애써 외면했다. 그는 옷깃을 풀어 제치고 선잠이 들었다가, 서서히 끝없는 무의식에 의해 압도당했다. 그는 또다시 병사가 되어, 상처를 입고 전쟁터에 누워있는 것 같았다. 어디서… 누가 왜 계속 싸우고 있는가? 그때 그의 귀에 시끄러운 벨소리가 들려왔다.

　"티니체, 두호프, 몰다바, 탑승하세요!"

이윽고 그는 열차간 창가에 앉았다. 그는 기분이 무척 좋았다. 그는 마치 누군가를 재치있게 이겨냈고, 또는 누군가로부터 도망을 친 것 같았다. 헤이 이봐, 이제 나는 티니체에 가고 있어, 아무것도 날 막지 못해. 그는 기쁨에 겨워 큰소리로 웃음을 터뜨렸고, 구석진 자리에 자리를 잡고 앉아서, 놀라울 정도로 생기에 넘친 채 함께 타고 가는 여행객들을 바라보았다.

그의 맞은편에는 가느다란 목을 한 재봉사가, 몸이 홀쭉한 얼굴이 검은 부인이, 이상할 정도로 아무런 표정이 없는 사나이가 앉아 있었다. 프로코프 옆에는 아주 뚱뚱한 신사가 앉아 있었다. 그의 배는 두 다리 사이에 제대로 자리할 수도 없을 정도로 컸다. 그리고 또 다른 사람도 앉아 있었으나 상관없었다.

프로코프는 창밖을 내다볼 수 없었다. 왜냐면 어지러움을 느꼈기 때문이다. 열차는 덜커덩 덜커덩 소리를 내며 달렸다. 모든 것이 울리고, 쾅쾅거리고, 불 같은 속도 때문에 흔들렸다. 재봉사의 머리는 좌우로, 좌우로 흔들리고, 얼굴이 검은 부인은 이상하게도 같은 장소에서 뻣뻣하게 일어섰다 앉았다 한다. 무표정한 사나이의 얼굴은 영화의 질나쁜 동영상처럼 흔들리고 떨리고 있다. 뚱뚱한 옆자리 사나이는 젤리 덩어리 같이 요동치고, 흔들거리고 매우 우스꽝스러운 모습으로 뛰어오르곤 한다. 티니체, 티니체, 티니체. 프로코프는 바퀴의 마찰을 유심히 살펴보았다. 더 빨리, 더 빨리, 더 빨리!

열차는 급히 달려서 열차간은 더 너워졌다. 프로코프는 땀을 흘렸다. 재봉사는 이제 두 개의 가느다란 목에 두 개의 머리통을 가지고 있다. 두 머리통이 흔들리고 서로 부딪힌다. 얼굴이 검은 부인은 매우 우스꽝스럽게, 매우 공격적으로 자기 자리에서 일어섰다 앉았다 한다. 그녀는 고의적으로 나무 인형의 모습을 보여준다. 무표정의 사나이는 사라졌다. 거기에는 무릎 위에 죽은 듯이 팔을 접고 있는 육체가 앉아 있었다. 팔은 생기 없이 뛰어올랐다 내려갔다 하고, 육체에는 머리가 없었다.

프로코프는 이 장면을 제대로 보기 위해 온 힘을 다 썼다. 그는 자신의 다리를 꼬집어 봤다. 그러나 소용이 없었다. 머리통이 없는 육체가 그대로 있고, 열차의 흔들림에 생기 없이 반응했다. 프로코프는 그래서 매우 불안했다. 그는 팔꿈치로 뚱뚱한 이웃을 건드려 봤다. 그러나 그는 젤리처럼 흔들리고 있을 뿐이었다. 프로코프에게는 그 뚱뚱이가 그에게 소리 내지 않고 웃는 것 같았다.

그는 더 이상 그것을 지켜볼 수 없어서 창 쪽을 향해 얼굴을 돌렸다. 그러나 갑자기 거기에 사람의 얼굴이 나타났다. 처음에 그는 왜 그것이 자기를 당황하게 했는지 몰랐다. 그는 두 눈을 활짝 뜨고 보니 그것은 또 다른 프로코프라는 것을 알았다. 그 제2의 프로코프는 무서울 정도로 열렬하게 그를 빤히 쳐다보았다. 무엇을 원하는 걸까? 프로코프는 겁이 났다. 하나님 맙소사. 토메시의 아파트에 그 소포를 두고 온 것은 아닐 테지?

그는 즉시 주머니를 뒤졌다. 소포는 속주머니 속에 있었다. 이제야 창문 속의 얼굴은 미소를 띠고, 프로코프는 불안한 마음이 가라앉았다. 마침내 그는 얼굴 없는 몸통을 바라볼 용기를 냈다.

그는 그 사람이 코트를 끌어내려 얼굴을 덮고 잠을 자기 시작하는 것을 보았다. 프로코프도 그렇게 하고 싶었지만, 그러나 그는 누군가가 주머니로부터 봉인된 소포를 가져갈까 봐 겁이 났다. 그렇지만 그에게도 잠은 중요했다. 그는 참을 수 없을 정도로 피곤했다. 그는 결코 자기가 그렇게 피로할 수 있으리라고 상상할 수도 없었다. 그는 깜빡 잠이 들었다. 그 때문에 다시 눈을 크게 떴다. 그리고 또 다시 잠이 들었다.

얼굴이 검은 부인은 머리 하나를 어깨 속으로 까닥거리고, 다른 하나는 무릎 위에 두 손으로 감싸고 있다. 재봉사의 경우, 그 대신 그 자리에 텅 비어 있고, 몸통이 없이 옷만 앉아 있다. 그 위로 도자기 사발이 튀어나와 있다. 프로코프는 다시 잠이 들었다. 그러나 갑자기 그는 벌써 티니체에 도달했다는 열광적인 확신을 가지고 박차고 일어섰다. 아마도 누군가가 밖에서 불렀거나 열차가 멈추었을 것이다.

그래서 그는 밖으로 나왔다. 때는 벌써 저녁이었다. 두세 명이 작은 불빛이 반짝이는 정거장으로 내렸다. 그 뒤에는 알 수 없는 어두운 안개가 끼어 있었다. 사람들은 티니체로 가려면 빈자리가 있는 우체국 우편마차로 가야 한다고 말했다.

우편마차는 앞에는 마부의 자리가 있고 그 뒤에는 소포 실을 공간이 있을 뿐이었다. 마부자리에는 벌써 우편배달부인 마부와 다른 승객이 앉아 있었다.

"실례지만, 저를 티니체로 좀 실어다 주실 수 있으세요?" 프로코프는 말했다.

우편배달부는 머리를 가로저으며 끝없이 애처로운 표정을 지으며 말했다. "안 돼요." 잠시 후 그는 대답했다.

"왜요…? 어떻게 그럴 수 있어요?"

"이미 자리가 없어요." 우편배달부는 신중히 생각한 끝에 말했다.

자기연민의 눈물이 프로코프 눈에 흘러내렸다. "얼마나 걸리나요, …걸어간다면?"

우편배달부는 그에게 공감하며 생각에 잠겼다. "아마도 한 시간 정도요." 그는 말했다.

"하지만 저는… 걸어갈 수가 없어요! 저는 토메시 박사님에게 가야 해요!" 프로코프는 절망에 빠져 말했다.

우편배달부는 잠시 생각에 잠겼다. "당신… 환자입니까?"

"네, 저는 아파요." 프로코프는 중얼거렸다. 실제로 그는 힘이 없고 추워서 떨고 있었다.

우편배달부는 심사숙고하더니 머리를 가로저었다. "그래도 어떻게 할 수 없군요." 마침내 그는 이렇게 말했다.

"저도 탈 수 있을 겁니다. …자리를 조금만 만들어 준다면요, 저는…"

마부석은 조용해졌다. 우편배달부만이 수염을 쓰다듬었다. 덜가닥 소리가 나고 우편배달부는 아무 말 없이 마차에서 내려 옆자리를 좀 손보고 말없이 정거장으로 갔다. 마부석에 앉아 있는 승객은 꼼짝도 하지 않았다.

프로코프는 너무나 지쳐서 바닥에 주저앉아야 했다. 나는 거기까지 못 갈 거야, 그는 절망에 빠졌다. 나는 여기 남아 있어야 해, 마차가 다시 올 때까지….

우편배달부는 정거장에서 텅 빈 통 하나를 들고 왔다. 그는 그것으로 마부석 옆에 자리를 하나 만들었다. 그는 그 자리를 주의 깊게 바라보더니 마침내 말했다. "자, 저기 앉아요."

"어디 말인가요?" 프로코프는 물었다.

"자, 여기 마부석에."

프로코프는 마치 천상의 힘이 그를 들어 올리는듯이 마부석에 초자연적인 힘으로 도달했다. 우편배달부는 또 다시 마구를 조정했다. 프로코프는 다리를 아래로 내려뜨리고 통에 앉았다. 마부는 고삐를 잡았다.

"이랴." 그가 말했다. 말은 꿈적도 하지 않고 떨기만 했다.

마부는 "워려려 워려려." 하고 목구멍소리를 냈다. 말은 꼬리를 흔들어대고는 크게 방귀를 뀌었다.

"워려려 워려려."

우편마차는 출발했다. 프로코프는 발작적으로 낮은 난간을 잡았다. 그는 마부석에 앉아 있는 것이 자기 힘으로는 벅차다는 것을 느꼈다.

"워려려 워려려." 마부의 이 높은 윙윙거리는 노래가 늙은 말에게 생기를 불러일으키는 것 같았다. 말은 절룩거리며 움직이고 꼬리를 쳤다. 한걸음마다 바람소리를 내는 것 같았다.

"워려려 워려려 워려려." 벌거숭이 나무 길을 따라 갔다. 때는 칠흑같이 어두웠다. 흔들거리는 램프 불빛만이 진흙길을 따라 미끄러져 갔다. 프로코프는 얼어붙은 손가락으로 난간을 잡고 있었고, 전혀 자기 몸을 좌지우지 못하고 있다는 것을 느꼈다. 그는 너무나 약해서 떨어지지 말아야 했다. 불 켜진 창문들, 골목길, 검은 들판.

"워려려 워려려." 말은 계속해서 걸음을 재촉했으나, 마치 벌써 오래 전에 죽은 듯이 다리를 뻣뻣하고 불안하게 움직여 나갔다.

프로코프는 옆으로 함께 타고 가는 승객을 바라보았다. 그는 목도리를 한 노인이었다. 그는 계속해서 뭔가를 씹고 있었고, 입 안에서 굴리다가 뱉어내기도 했다. 여기서 프로코프는 이전에 어디선가 그와 비슷한 사람을 본 것 같았다. 그는 꿈속에서 본 혐오스런 얼굴이었다. 그는 썩어빠진 이가 부서질 때까지 씹어대고 있었고, 그리고 나서 산산 조각이 난 이를 내뱉었다. 그것은 이상하고 무서웠다.

"워려려 워려려." 도로는 굽어지고, 언덕을 오르다가 다시 아래로 내려갔다. 누군가의 농가였고 거기서 개 짖는 소리가 들려왔다. 어떤 사람이 거리를 따라 걸어가다가 "안녕하세요." 하고 인사를 했다. 집들이 점점 더 많아지고, 그들은 언덕을 따라 올라갔다. 우편마차는 방향을 틀고, 마부는 높은 소리로 "워려려 워려려." 했다. 갑자기 마차는 서고 말도 걸음을 멈추었다.

"자, 여기에 토메시 박사가 살고 있습니다." 우편배달부가 말했다.

프로코프는 뭔가 말하고 싶었지만 할 수 없었다. 그는 난간을 놓으려고 했으나 할 수 없었다. 그의 손가락은 발작적으로 얼어붙었기 때문이다.

"자, 이미 우리는 도착했습니다." 마부는 다시 말했다.

프로코프는 쥐가 나서 천천히 일어나, 온몸을 떨면서 마부석으로부터 미끄러져 내려왔다. 마치 기억이라도 난 듯이 그는 대문을 열고 초인종을 눌렀다. 안으로부터 무서운 개 짖는 소리가 들려왔다. 젊은이의 목소리가 외쳤다. "혼지크야 조용해!"

문이 열리자, 프로코프는 겨우 혀를 움직여서 물었다. "박사님, 집에 계세요?"

잠시 침묵이 흐르고, 젊은 목소리가 말했다. "들어오세요."

프로코프는 따뜻한 거실로 들어갔다. 탁상 위에는 램프와 저녁이 차려져 있었다. 너도밤나무 향이 퍼졌다. 나이가 많은 신사가 이마에 안경을 걸치고 식탁으로부터 일어서서 프로코프에게 와서 물었다. "자, 무엇을 도와드릴까요?"

프로코프는 여기서 자기가 무엇을 원하는지를 겨우 기억했다. "저는… 말하자면…." 그는 시작했다. "여기 집에 선생님의 아들이 있습니까?"

나이 많은 신사가 프로코프를 자세히 바라보고는 말했다. "없어요. 그에게 무슨 볼일이 있나요?"

"이르카… 이르지." 프로코프는 우물거렸다. "저는… 그의 친구이고 그에게… 전해 줄 게 있어요…." 그는 주머니 속에서 봉인된 소포를 찾아냈다. "이것은… 중요한 것인데요. …그리고 …."

"이르카는 프라하에 있어요." 나이 많은 신사가 그의 말을 가로챘다. "이봐요, 자, 앉아요."

프로코프는 무척 놀랐다. "하지만 이르카가 말했는데요…, 여기로 온다고요. 저는 그에게 꼭 전해 줄 게 있어요…." 마룻바닥이 그의 아래에서 움직이고 있어서 그는 천천히 앞으로 몸을 굽히기 시작했다.

"아니츠카야, 의자 가져와!" 나이 많은 신사가 이상한 목소리로 외쳤다.

여기서 프로코프는 뭔가 외치는 목소리를 들었으나, 그대로 바닥으로 넘어졌다. 한량없는 어둠이 그를 덮쳤고, 아무 일도 일어나지 않았다.

제7장

아무 일도 일어나지 않았다. 다만 안개가 때때로 걷히기라도 하면 벽화의 모양이, 찬장에 새겨진 무늬가, 커튼 위쪽이나 천정의 조각 띠가 나타나곤 했다. 또는 어떤 사람의 얼굴이 마치 우물 입구에서 몸을 구부리듯이 그에게로 구부렸다. 그러나 그의 모습은 보이지 않았다. 뭔가가 일어났다. 누군가 때때로 프로코프의 뜨거운 입술을 적시거나 무기력한 그의 몸을 들어올렸다. 그러나 모든 것은 연속적으로 일어나는 꿈의 파편들 속으로 사라져 버렸다. 거기에는 시골 풍경들이, 양탄자의 문양들이, 다른 계산들이, 불덩어리들이, 화학 공식들이 있었다. 간혹 때때로 뭔가가 표면으로 올라왔고, 순간적으로 선명한 꿈의 형태를 띠었다. 그러나 곧 넓은 무의식의 흐름 속으로 흩어져 버렸다.

마침내 프로코프가 완전히 깨어난 순간이 찾아왔다. 그는 자신의 위쪽에서 치장 벽토 양식의, 따뜻하고 안전한 천장을 보았다.

그는 두 눈으로 꽃무늬 담요에 놓인 자신의 말라빠진, 감각이 마비된 두 손을 보았다. 그것들 뒤로는 침대 틀과 찬장과 하얀 문이 보였다. 모든 것이 뭔가 쾌적하고, 조용하고, 어느새 익숙해진 것들이었다. 그는 자신이 어디에 있는지 느낌이 없었다. 그는 그것에 대해 기억해 보고자 했으나 그의 머리는 너무나 힘이 약했다. 그에게는 모든 것이 또 다시 혼란스러워지기 시작했다. 그는 두 눈을 감고 자신의 연약함에 몸을 맡겼다.

문이 삐걱거리며 열렸다. 프로코프는 두 눈을 뜨고, 무엇인가 그를 들어 올리듯이 침대에 앉았다. 문 앞에 소녀가 서 있었다. 그녀는 날씬하고, 생기발랄하고, 경탄할 정도로 놀랍고 맑은 눈을 가지고 있었고, 놀라서 입을 반쯤 벌린 채 앞가슴에 흰 리넨을 안고 있었다. 그녀는 놀라서 꼼짝하지 않았고, 긴 속눈썹만 움직였다. 그녀의 장밋빛 얼굴은 불안하고 두려운 모습으로 미소를 띠기 시작하였다.

프로코프의 얼굴은 굳어졌다. 그는 뭔가 말하려고 온힘을 다 썼다. 그러나 머리는 텅 빈 것 같았다. 그는 소리 없이 입술을 움직이고, 뭔가를 상기해 내려는 듯이 심각한 눈으로 소녀를 바라보았다.

"나는 그대를 간절히 애원하노라, 오 왕비여." 갑자기 그의 입술로부터 자기도 모르게 그리스어 시가 튀어나왔다. "만일 그대가 저 넓은 하늘을 지키는 그들의 여신이라면, 아르테미스, 위대한 제우스의 딸이여. 나는 그대를 사랑할 텐데. 아름다움과 그 균형잡힌 모습을 위해서. 그러나 만일 그대가 이 지상에 살고 있는 사람들의 딸이라면, 그대의 아버지, 어머니와 형제들에게 세 번씩 축복을 내리리라. 당신이 춤의 서클 속으로 들어가는 것을 볼 때마다 확실컨대 그들의 영혼은 계속 기쁨으로 흘러넘칠 것이니라. 아가씨들 중에서 가장 어여쁜 그대여."

계속해서 시구가 시구를 따라 나오고, 성스러운 인사말이 흘러나온다. 이로써 오디세우스는 나우시카에게 말한다.

소녀는 마치 돌이 된 것처럼 꼼짝하지 않고, 알아들을 수 없는 말로 하는 인사말을 듣고 있다. 그녀의 부드러운 이마에는 너무나 큰 혼란이 일어나고, 그녀의 두 눈은 아이의 시선 같이, 놀라서 깜빡거렸다. 프로코프는 해안에 정박한 오디세우스의 연설을 열정적으로 더욱 읊조리지만 정작 그 단어의 의미는 분명하게 이해하지 못했다.

"그러나 그는 마음으로 가장 축복받았노라." 그는 서둘러 계속했다. "구애하는 입술을 이겨내는 모든 사람들보다도 먼저, 그대를 고향으로 이끌어 가리. 나는 결코 지금까지 한 번도 그러한 남자들과 여자들 사이에서 그런 사나이를 본적이 없으니, 나는 놀라움을 가지고 그대를 바라보노라."

소녀는 마치 그리스 주인공의 인사말을 이해라도 한 듯이 몹시 얼굴을 붉혔다. 세련되지 못하고 유쾌한 놀라움이 그녀의 사지를 꼼짝 못하게 했다. 프로코프는 양손으로 담요를 꽉 잡으면서 마치 기도라도 하듯이 말했다.

"아직 델로스에서." 그는 급히 계속했다. "언젠가 한번 델로스에

서, 아폴로 제단 옆에서 종려나무의 새싹이 돋아나는 것을 보았
노라. 왜냐하면 나는 그리로 가고 다른 많은 사람들이 내게 나쁜
고난을 불러일으킨 그 길로 나와 함께 갔노라. 나는 거기서 경이
로움에 젖어 그렇게 서 있었노라. 내가 그것을 그렇게 오랫동안
보았을 때, 그러한 새싹은 지금까지 땅에서 자란 적이 없나니. 그
래서 이제 나는 그대에게 놀라움을 금치 못하고, 무서워서 그대
의 무릎을 감히 만지기 두려워하노라, 비록 커다란 슬픔이 내게
임할지라도."

그렇다, 그는 지독하게 두려워했다. 하지만 그 소녀도 두려워했
고 가슴에 흰 리넨을 끌어안고 프로코프로부터 눈을 떼지 않았
다. 그는 계속해서 그의 고통스런 탄원을 계속했다.

"어제, 제 이십일 째 되던 날, 나는 눈부신 바다로부터 벗어났
다. 그러나 그동안 내내 나는 파도에 의해서 표류하고, 사나운 바
람은 오기기아 섬(Ógygie)으로부터 나를 몰아냈구나. 이제 어떤 신
이 나를 이 해안으로 던져 버렸다, 나로 하여금 고통을 겪도록.
좌우간 나는 그것이 끝나리라고 생각지 않노라. 신들은 아직도
내게 많은 불행을 내릴 것이니."

프로코프는 어렵게 숨을 들이쉬고 무서울 정도 여윈 손을 들어
올렸다.

"하지만 왕비여, 내게 자비를 내리소서. 결국 많은 고난을 겪고
서 맨 먼저 그대에게 왔으니…. 나는 이 도시와 이 땅에서 자신의
주거지를 가지고 있는 사람들은 아무도 모르나니, 도시로 가는
길을 가르쳐 주세요. 내 몸을 덥히게 가운을 주세요, 이리로 올

때 만일 그대가 리넨을 감쌀 포장을 가졌다면."

이제 소녀의 얼굴은 조금 밝아졌다. '촉촉한 입술을 반쯤 벌리고 아마도 나우시카가 말을 하는가 보다.' 하지만 프로코프는 그녀의 얼굴을 장밋빛으로 만드는 사랑스러운 동정의 구름을 위해서 여전히 그녀를 축복하고자 했다.

"신들이 그대에게 그대의 마음의 욕망을 다 들어주리라, 남편과 가정, 그리고 조화로운 영혼을, 귀중한 선물을. 왜냐하면 가정에서 아내와 남편이 함께하는 것보다 더 강하고 더 고상한 것은 존재하지 않으니까. 적들에게 슬픔을, 그들의 친구들에게는 커다란 기쁨을, 그들 자신들이 가장 잘 느끼리."

프로코프는 숨을 몰아쉬며 마지막 말을 간신히 했다. 그 스스로 그가 말한 것을 이해하는 데 힘이 들었다. 그것은 유창하게, 힘들지 않게, 알 수 없는 기억의 구석으로부터 흘러나왔다. 그는 그 6번째의 달콤한 노래를 들어본 지 거의 20년이나 됐다. 그것은 그에게 거의 자유로운 신체적 위안을 주었다. 그것은 그의 머리를 더욱 선명하게하고 가볍게 해주었다. 그는 이러한 무기력하고 기쁜 연약함 속에서 황홀감을 느꼈다. 당혹스러운 웃음 때문에 그의 입술은 떨기 시작했다.

소녀는 미소를 짓고는 조금 움직이더니 물었다. "자, 그래서요?" 그녀는 그를 향해 더 가까이 발을 옮기며 웃음을 터뜨렸다. "뭐라고 말하셨죠?"

"저도 몰라요." 프로코프는 불확실하게 대답했다.

그때 다 열려지지 않았던 문이 활짝 열리며 방으로 뭔가 자그마한 털북숭이가 들어와서, 기뻐서 낑낑거리며 프로코프 침대로 뛰어 올랐다.

"혼지크." 소녀는 놀라서 소리쳤다. "이리 내려와!" 그러나 강아지는 벌써 프로코프의 얼굴을 핥으며 기쁨에 젖어 흥분하여 담요 속으로 파고들었다.

프로코프는 얼굴을 훔쳤다. 그는 놀라서 손으로 텁수룩한 턱수염을 만졌다. 강아지는 미칠 듯이 기뻐서 지나친 상냥함으로 프로코프의 손을 물고, 신음소리를 내고, 코를 힝힝거리고, 젖은 주둥이를 그의 가슴팍까지 들이밀었다.

"혼지크." 소녀는 소리쳤다. "넌 미쳤어! 그분을 가만 둬!" 그녀는 침대로 다가가 강아지를 가슴에 안았다. "하나님 맙소사. 혼지크, 넌 바보야!"

"강아지를 그냥 두세요." 프로코프는 간청했다.

"하지만 선생님은 손을 많이 다쳤잖아요." 소녀는 강하게 반대했다. 그리고는 몸부림치는 강아지를 가슴에 꼭 안았다.

프로코프는 의심쩍은 눈초리로 자신의 오른손을 바라보았다. 손바닥을 가로질러 새롭게, 가늘고, 붉은 피부에 넓은 상처가 나 있었다. 그것은 기분 나쁘지 않을 정도로 가려웠다.

"어디에…, 제가 지금 어디에 있는 거지요?" 그는 놀라서 물었다.

"우리 집에요." 그녀는 아주 당연하다는 듯이 말했다. 그러나 프로코프는 다시 확인했다.

"당신 집이라고요?" 그는 안도의 숨을 쉬며 되풀이했다. 하지만 비록 그는 여기가 어디인지 감이 오지 않았다. "그리고 얼마나 오랫 동안요?"

"이십 일간요. 그리고 계속 해서…" 그녀는 뭔가를 말하려다가 멈추었다. "혼지크가 당신과 함께 잤습니다." 그녀는 빨리 더 보탰다. 그녀는 알 수 없는 이유로 얼굴을 붉히고 강아지를 어린 아기처럼 다루었다. "그 사실을 알고 있어요?"

"모르겠는데요." 프로코프는 상기하려고 애썼다. "제가 잠을 잤다고요?"

"계속해서요." 그녀는 소리를 질렀다. "이미 선생님은 충분히 잤어요." 그녀는 강아지를 바닥에 내려놓고, 침대가로 다가가서 물었다. "이제 좋아졌어요? …뭐 필요한 게 있어요?"

프로코프는 머리를 가로 저었다. 그는 무엇이 필요한지 알지 못했다.

"지금 몇 시입니까?" 그는 조심스럽게 물었다.

"10시입니다. 선생님이 무엇을 드셔야 하는지 저는 모르겠습니다. 아빠가 올 때까지…, 아빠는 기뻐하실 거예요. 그동안 뭐 필요한 거 있으세요?"

"거울이요." 프로코프는 머뭇거리며 말했다.

소녀는 미소를 띠고 달려갔다. 프로코프는 머리가 계속 웅웅거렸다. 그는 계속해서 뭔가를 상기해 내려고 애썼다. 그러나 모든 것이 사라졌다. 그리고 벌써 소녀가 와서 뭔가를 말하고 그에게 거울을 내밀었다. 프로코프는 손을 들어 올리려고 했다. 그러나 그렇게 할 수 없었다. 소녀는 그의 손가락 사이에 거울 끼우려 했다. 그러나 거울은 담요 위에 떨어졌다. 소녀는 얼굴을 붉히고 불안해 했다. 그녀는 거울을 그의 눈앞에 대었다. 프로코프는 수염투성이인 얼굴을 보았고 자신을 알아보지 못했다. 그는 주위를 살펴보았으나 이해할 수 없었다. 그의 입술은 떨기 시작했다.

"자 이제 누우세요. 다시 즉각 누셔야 해요." 그녀는 거의 눈물을 흘리듯이 가녀린 목소리로 말했다. 그리고 그녀는 재빨리 자기 손을 그를 눕히기 위해 베개로 가져갔다. 프로코프는 뒤로 눕고 두 눈을 감았다. 잠시 눈이나 붙여야지, 라고 그는 생각했다. 그리고 멋지고 깊은 침묵이 흘렀다.

제8장

누군가가 그의 소매를 당겼다.

"이런, 이런." 그 누군가가 말했다. "이제 우리 그만 자야 해요. 그렇지 않아요?" 프로코프는 눈을 뜨고 늙은 신사를 바라보았다. 그는 장밋빛 대머리와 하얀 수염과 이마에 금테안경을 쓰고 있었고, 매우 밝은 눈빛을 가지고 있었다.

"이제 그만 자요, 소중한 친구여." 그는 말했다. "이미 벌써 충분히 잤어요. 아니면 다른 세상에서 깨어날지도 몰라요."

프로코프는 침울하게 늙은 신사를 쳐다봤다. 그는 좀 더 꿈을 꾸고 싶었다.

"무엇을 원하세요?" 그는 짜증을 내며 말했다. "그리고 제가 지금 누구와 이야기할 영광을 가지고 있는지요?"

늙은 신사는 웃음을 터뜨렸다. "실례지만 저는 토메시 박사라고 합니다. 당신 아직까지 제가 누군지 알아보지 못하는군요. 안 그래요? 하지만 신경 쓰지 마세요. 자, 그럼 당신의 성함은?"

"프로코프." 환자는 불친절하게 말했다.

"자, 좋아요." 박사는 만족하다는 듯이 말했다. "저는 당신이 잠 자는 숲속의 미녀인 줄 알았어요. 자, 이제 기사님…." 그는 활발 하게 말했다. "우리는 당신을 살펴보아야 하겠습니다. 자, 짜증을 내지 마십시오." 그는 프로코프의 겨드랑이 밑에서 체온계를 꺼 내고는 유쾌하게 중얼거렸다. "35.8도. 이봐요, 당신은 파리 같아 요. 우리는 당신을 잘 먹여야 되겠군요. 움직이지 마세요."

프로코프는 가슴에서 대머리를 느꼈고, 또 활발하게 투덜대는 소리를 내며, 한쪽 어깨에서 다른 쪽 어깨로 그리고 배로부터 목 까지 움직이는 차가운 귀를 느꼈다.

"이런, 하나님 맙소사." 마침내 이렇게 말하며 박사는 안경을 썼다. "가슴에서 나는 작은 소리를 고쳐 주겠습니다. 그리고 심 장…. 그건 자동으로 정상이 되었지요, 그렇지 않아요?" 그는 프 로코프에게 몸을 숙여 손으로 그의 머리카락을 만져보고, 손가락 으로 그의 속눈썹을 치켜 올렸다가 다시 내렸다. "이제 그만 자야 지요, 아시겠어요?" 라고 말하면서 그의 눈동자를 검사했다.

"우리, 책을 좀 가져다가 읽읍시다. 그리고 아침을 먹고, 와인 한잔을 하지요. …움직이지 마세요! 저는 당신을 물지 않을 테니 까요."

"저는 무엇이 문제입니까?" 프로코프는 소심하게 물었다.

박사는 몸을 일으켰다. "자, 이제 아무 문제없어요. 제 말 잘 들 어요. 당신 어디서 여기로 왔어요?"

"여기가 어디인데요?"

"여기는 티니체입니다. 우리는 당신을 맨바닥에서 데려왔어요. 어디서 왔나요, 친구?"

"모르겠는데요. 아마도 프라하에서? 그렇지 않아요?" 프로코프는 상기했다.

박사는 머리를 내저었다. "프라하에서 열차로! 머리 세포막에 염증을 가지고요! 정신이 있어요? 이것이 도대체 무엇인지 알기나 해요?"

"무엇입니까?"

"뇌막염이오. 뇌가 잠 든 형태요. 게다가 폐에 염증까지 있고 열은 40도나! 이봐요, 그런 증상으로는 여행을 하면 안 되오. 아시겠지요? 자, 얼른 오른손 좀 보여 줘요!"

"그건 그저 조금 긁힌 자국일 뿐인데요." 프로코프는 자신을 옹호했다.

"멋진 상처이군요. 근데 패혈증입니다, 아시겠어요? 당신이 좋아지면 그때 당신이 당나귀같이 바보였다고… 말해 주고 싶었는데. 죄송하네요." 그는 위엄을 갖추고 분노했다. "더욱 더 나쁘게 말할 수도 있었는데…. 고등교육을 받은 사람이, 자기가 아픈 줄 3일간이나 모르다니요! 도대체 당신 어떻게 걸을 수 있었어요?"

"저는 모르겠습니다." 프로코프는 부끄러워하며 말했다.

박사는 더 이야기하고 싶었으나 그냥 호통을 치고 손을 내저었다.

"지금은 좀 어때요?" 그는 임숙하게 말하기 시작했다. "조금 마셨다고요, 그렇지 않아요? 기억이 전혀 없다고요? 그리고 여기는 또 뭔가요?" 그는 이마를 살짝 두드렸다. "머리도 조금 이상하지요, 그렇지 않아요?"

프로코프는 침묵했다.

"자, 환자분." 박사는 말했다. "앞으로 아무것도 하지 마십시오. 시간이 좀 걸릴 겁니다. 내 말 이해하겠지요? 머리에 너무 무리를 가하지 마세요. 생각도 하지 마세요. 조금씩 회복될 것입니다. 일시적인 장애, 약간의 기억력 상실도 있을 거고요. 내 말 이해하겠어요?" 박사는 소리치고, 땀을 흘리며, 마치 귀머거리와 벙어리와 논쟁을 하듯이 화를 냈다. 프로코프는 그를 주의 깊게 바라보면서 말했다.

"저는 이제 심신박약자로 남게 되나요?"

"아니, 아니오." 박사는 흥분했다. "전혀 그렇지 않아요. 단순히… 일정 기간 동안만… 기억력 혼란이, 건망증 현상이 있을 겁니다. 그냥 지쳐서 그런 증상들이…. 내 말 이해하겠어요? 자, 이제 휴식을 취해요. 안정…. 아무것도 하지 말고요. 존경하는 친구여, 그것들을 견뎌낸 것에 대해 하나님에게 감사하다고 하세요."

"살아남았으니까요." 잠시 후 그는 다시 말하고 기쁨에 넘쳐 손수건에 코를 풀었다. "내 말 좀 들어봐요. 나는 이제까지 이런 경우는 한 번도 못 봤어요. 당신이 이리로 왔을 때 당신은 완전히 의식을 잃고 있었어요. 당신은 땅바닥에 넘어졌고 그것으로 끝장날 수도 있었죠. 나는 당신을 이곳에 머물게 했어요. 내가 무엇을 할 수 있었겠어요? 병원은 멀리 떨어져 있었고. 소녀는 울부짖었어요. 좌우간 당신은 손님으로 왔고… 내 아들 이르카에게…. 그렇지 않아요? 그래서 우리는 당신을 여기 머물게 했어요. 내 말 이해하겠어요? 자, 우리는 괜찮아요. 그러나 나는 그런 재미있는 손님을 본 적은 한 번도 없었어요. 20일간 잠든다는 것. 대단히 감사하지요! 내 동료 의사가 당신의 손바닥을 수술했을 때조차 당신은 깨어나지도 않았어요. 자 어떻게 생각하세요, 잠만 자는 환자분? 그러나 그건 아무 상관없어요. 맹세코 당신이 그걸 벗어났다는 게 중요해요. 친구여."

박사는 자신의 장딴지를 세게 쳤다. "하나님 맙소사. 자 이제 잠은 그만 자요! 이봐요, 헤이, 이봐요, 당신은 하마터면 영원히 잠들 뻔 했어요, 아시겠어요? 자, 제발 뭐든지 좀 상기해 봐요! 그건 그만 두고요, 내 말 들려요?"

프로코프는 겨우 고개를 끄덕였다. 그는, 모든 것을 가리고, 방해하고 침묵시키는 장막이 자기와 현실 사이에 처지는 것 같음을 느꼈다.

"안둘라." 멀리서 짜증내는 소리가 들려왔다. "포도주! 포도주를 가져 와!" 재빠른 발걸음 소리, 물속에서 하는 듯한 대화. 차가운 포도주 향기가 그의 목구멍으로 넘어갔다. 그는 눈을 떴다. 소녀가 그에게 몸을 굽히고 있는 것이 보였다.

"잠을 자면 안 됩니다." 그녀는 격분하여 말했다. 그녀의 축 처진 머리카락들은 심장이 뛰듯이 나풀거렸다.

"저는 이세 더 이상 안 잡니다." 프로코프는 겸손하게 말했다.

"내가 그렇게 요구하고 싶었소. 친구여." 박사는 침대머리에서 소리쳤다. "전문의가 시에서 상담하러 올 겁니다. 우리 시골 의사들도 뭔가를 알고 있다는 것을 그가 알아야 할 텐데. 그렇지 않아요? 처신을 잘 하시기 바랍니다."

그는 아주 능숙하게 프로코프를 들어올리고 그의 등 뒤에 베개를 넣어주었다.

"자, 이제 선생님은 앉을 수 있어요. 점심 먹을 때까지 잠을 자서는 안 됩니다, 그렇지 않아요? 저는 제 진료실로 가야 합니다."

"자, 안다, 여기 앉아서 뭔가 좀 조잘대 봐. 다른 때에는 너는 잘도 떠들어대잖니, 그렇지 않아? 만일 환자가 자려고 하면 나를 불러. 내가 그를 다룰 줄 아니까." 그는 문간에서 돌아서서 중얼거렸다. "하지만… 나는 기쁘단다. 알겠지요? 뭐라고? 자, 조심해!"

프로코프의 두 눈은 소녀를 향했다. 그녀는 조금 떨어져 앉아서 무릎 위에 두 손을 놓았다. 그녀는 도무지 무슨 말을 해야 할지 몰랐다. 그래서 그때 그녀는 머리를 살짝 들고 입을 조금 벌렸다. 그녀가 뭔가를 말하는 것이 들려왔다. 그러나 그녀는 당황하여, 뭔가를 삼키고 머리를 더 아래로 숙였다. 오직 그녀의 긴 눈썹만이 볼 위에서 떠는 것이 보였다.

"아빠는 좀 무뚝뚝해요." 마침내 그녀는 말했다. "아빠는… 환자들에게… 그렇게 요란하게 소리치고… 야단치는 게 습관이 되었어요."

불행하게도 그녀에게는 더 이상 말할 것이 없었다. 그렇지만 다행히도 그녀는 접어야 할 앞치마가 있어 그것을 손가락으로 만지작거렸다. 그녀가 삐뚤어진 눈썹들을 빤짝거리는 동안 앞치마는 흥미롭게도 스스로 접혔다.

"저건 무슨 소음인가요?" 한참 후에 프로코프는 물었다.

그녀는 창가로 얼굴을 돌렸다. 그녀는 이마를 반짝이게 비추는 아름답고 밝은 머리카락을 가지고 있었고, 축축한 입술은 달콤할 정도로 유혹적이었다.

"저건 소들입니다." 그녀는 안도의 숨을 쉬며 말했다.

"아빠는 말과 마차도 가지고 있어요. 그리고… 이름은 프리체크라고 해요."

"누구 이름인가요?"

"말 이름이에요. 선생님은 티니체에 오신 적이 없지요, 그렇지 않아요? 여기는 아무것도 없어요. 골목길과 들판만…. 엄마가 살아계셨을 때까지는 즐거움이 넘쳐났는데. 우리 이르카 오빠도 여기에 오곤 했지요…. 오빠가 안 온 지 벌써 일 년이 되었어요. 아빠와 싸웠어요. 그래서 편지도 안 써 보내요. 우리 집에서는 그에 대한 이야기도 금한답니다. …오빠와 자주 만나시나요?"

프로코프는 단호하게 머리를 내저었다.

소녀는 한숨을 내쉬고 생각에 잠겼다.

"오빠는… 저도 잘 몰라요. 좀 이상해요. 오빤 주머니에 손을 넣은 채, 하품을 하며 왔다갔다 할뿐이에요…. 저는 알고 있어요, 그는 여기서 아무 소용없어요. 그러나 그렇지만… 선생님이 우리 집에 있는걸 아빠도 좋아해요." 그녀는 말을 마쳤으나 좀 일관성이 없었다.

어딘가 바깥에서 어린 수탉이 거칠게, 우스꽝스럽게 울어댔다. 갑자기 여러 암탉들이 매우 흥분하였고, 거칠게 "꼬-꼬-꼬" 하는 소리가 들려왔다. 그리고 승리에 찬 개들의 짖는 소리가 들려왔다. 소녀는 벌떡 일어섰다. "혼지크가 암탉들을 쫓고 있어요." 그러나 그녀는 암탉들을 그들 나름대로의 운명에 맡겨두고서 곧 다시 앉았다. 주위는 쾌적하고 조용했다.

"저는 무엇을 더 이상 이야기해야 할지 모르겠어요." 그녀는 잠시 후 매우 아름답고, 단순하게 말했다.

"선생님에게 신문을 읽어드릴까요?"

프로코프는 미소를 지어 보였다.

그녀는 이미 신문을 집어 들고 자신 있게 사설을 읽기 시작하였다. 재정적인 균형, 국가의 예산, 보호받지 못한 신용거래…. 그녀의 매력적이고 불확실한 목소리는 조용히, 이처럼 매우 중대한 항목들을 읽어내려갔다. 전혀 듣지 않고 있던 프로코프에게는 그저 깊이 잠드는 것보다는 좀 더 나았다.

제9장

이제 프로코프는 하루 몇 시간씩 침대에서 내려오는 것이 허락되었다. 지금까지 어느 정도 걸을 수 있으나 유감스럽게도 그와 많은 이야기를 나눌 수는 없었다. 그에게 무엇을 묻든 그는 대개 인색하게 대답할 뿐이고, 부끄러운 미소로 자신을 변명했다.

때는 4월 초순 정오 무렵. 그는 정원 벤치에 앉았다. 그의 옆에는 털북숭이 테리어 혼지크가 축축한 털을 한 채 빙빙 돌면서 웃는다. 분명 혼지크는 동반자로서의 역할을 자랑스러워하는 것 같다. 프로코프가 흉터가 난 왼손으로 따뜻하고 털이 수북한 머리를 쓰다듬어 줄 때에 강아지는 자신을 핥거나 눈을 깜박거린다.

그때쯤이면 박사는 진료실로부터 뛰어나온다. 그러면 그의 테 없는 모자가 그의 대머리에서 이리저리 움직인다. 그는 쪼그리고 앉아서 채소를 심는다. 그는 짧고 굵은 손가락으로 흙더미를 고르고 어린 싹들이 자라는 꽃밭을 조심스럽게 손질한다. 때때로 그는 화를 내며 중얼거린다. 그는 화단 어딘가에 파이프를 꽂아 놓고는 찾지를 못한다. 여기서 프로코프는 일어나서 탐정의 예감으로(그는 침대 맡에서 탐정 소설을 읽었기 때문에) 바로 잃어버린 파이프로 간다. 그러자 혼지크는 그 기회를 이용하여 시끄럽게 먼지를 털며 일어선다.

그 순간, 안치는(때때로 그녀는 안둘라고도 부른다) 아빠의 꽃밭에 물을 주러온다. 오른손에는 물통을 들고, 왼손은 공중에 흔들면서. 은빛 물줄기가 새 흙에 뿌려지는 소리가 나고, 우연히도 가까이 있던 혼지크는 바보처럼 머리에 즐거운 물줄기를 맞으며 컹컹 짖다가 프로코프 옆에서 숨을 곳을 찾는다.

아침 내내 환자들이 진료실로 몰려온다. 대기실에서 그들은 기침을 해대거나 침묵을 지키고, 각자 자기의 고통에 대해 생각에 잠긴다. 때때로 박사가 어떤 아이의 이를 뽑을 때 진료실에서는 무서운 외침이 들려온다. 이때 또 다시 안치는 놀라서 프로코프 뒤에 숨으며 창백해지고 정신을 잃는다. 그녀의 아름다운 눈썹은 불안하게 떨린다. 그녀는 그렇게 무서운 장면이 끝날 때까지 기다린다. 마침내 소년은 울부짖으며 바깥으로 달려 나간다. 그리고 안치는 다소 서툴게 자신의 인정어린 비겁함에 대해 사과한다.

박사님의 집 앞에 밀짚이 깔린 들것이 멈추어 서고, 두 명의 사내가 심하게 상처를 입은 사람을 조심스럽게 계단을 따라 들고 올 때는, 물론 뭔가 다른 장면이 펼쳐진다. 그는 손이 부서졌거나 다리가 부러졌거나 말발굽에 의해서 머리가 박살났다. 식어진 땀이 지독하게 창백한 이마로 흘러내리고, 그는 영웅적인 자제력을 지키며 조용히 신음한다. 집안 전체에 비극적인 침묵이 내리고, 뭔가 중차대한 것이 조용히 진료실에서 행해진다. 뚱뚱하나 명랑한 하녀가 발끝으로 걸어 다닌다. 안치의 두 눈에는 눈물이 가득하고, 그녀의 손가락은 떨리고 있다. 박사는 부엌으로 달려와서 럼주와 와인 또는 물을 가져오라고 소리 지른다.

그의 크나큰 거친 목소리는 고통스러운 동정심을 덮어 버린다. 그리고 다음날 하루 종일 그는 침묵을 지키며, 화를 내고 문을 거칠게 닫는다.

그러나 또한 큰 휴일이 시작되면, 매년 열리는 시골 의사의 영광스러운 축제마당이다. 아이들의 예방 접종. 수백 명의 어머니들이 비명을 지르고 외치고, 잠자는 아이들을 흔들어 달랜다. 진료실에, 복도에, 부엌에 그리고 정원에 사람들이 가득하다. 안치는 마치 넋 나간 듯이, 열성적인 모성애의 황홀감에 젖어 치아 없고, 보송보송하고, 울고 있는 아이들을 보살피고, 흔들고, 감싸고 있다. 나이 많은 박사의 대머리는 더욱 빛났다. 그는 이 개구쟁이들이 놀라지 않도록 아침부터 안경도 쓰지 않고 쏘다닌다. 그의 두 눈은 피로와 행복감으로 넘쳐났다.

언젠가 한밤중에 요란하게 초인종이 울렸다. 현관에 어떤 목소

리가 들려왔다. 박사는 투덜거렸고 요제프는 말안장을 준비해야
했다. 시골 마을 어딘가에서 새벽녘에 새 아이가 세상에 태어났
다. 아침이 되어서야 박사는 집으로 돌아왔고, 그는 피로했으나
만족했다. 멀리까지 소독약 냄새가 났다. 그러나 안치는 이러한
그를 가장 좋아했다.

그리고 여기 또 다른 사람들이 있다. 하루 종일 노래하고, 달가
닥 소리를 내고, 웃느라 몸을 웅크리곤 하는, 뚱뚱하고 수다스러
운 난다는 부엌에 있다. 또 턱수염이 수북한 진지한 마부 요제프,
그는 역사가로서 계속해서 역사책을 즐겨 읽고, 후스전쟁에 대해
서, 지방의 역사적인 비밀들에 대해서 설명하기를 좋아한다. 또
장원의 정원사, 탁월한 오입쟁이가 있다. 그는 박사의 정원에 매
일 나타나고, 장미 가지치기를 하고, 관목 숲을 자르고, 위험할
정도로 난다를 포복절도케 한다. 그리고 또 위에서 언급한 유쾌
한 털북숭이 혼지크. 그는 늘 프로코프를 동반하고, 빈대나 닭들
을 쫓아다닌다. 그는 무엇보다도 박사의 마부석에 앉아서 다니기
를 좋아한다.

프리츠(프리체크)는 약간 회색빛의 늙은 말이다. 토끼의 친구
이고, 성질이 온순하고 믿음직한 말이다. 그의 따뜻하고 민감한
콧구멍을 쓰다듬는 것은 가장 기분 좋은 일 중 하나다. 또 다른
적갈색 머리카락을 가진 소년, 그는 정원 일을 돕고 있고, 안치에
게 사랑에 빠졌다. 그러나 안치는 난다와 더불어 그를 짓궂게 놀

려주곤 한다. 그리고 정원의 집사, 늙은 여우이며 사악한 사람이다. 그는 박사와 체스를 둔다. 박사는 늘 흥분하고, 화를 내고 게임에 진다. 그리고 또 다른 지방 사람들, 그들 중 특별히 지루한, 정치적으로 흥미로운 측량기사가 있다. 그는 그러한 친절함으로 프로코프를 지루하게 한다.

프로코프는 독서를 많이 한다. 아니면 읽는 척 한다. 그의 흉터가 있는 무거운 얼굴은 많은 것을 드러내지 않는다. 특히 망가진 기억에 대한 그의 절망적이고 비밀스러운 투쟁에 대해서는 아무것도 드러내지 않는다. 특히 최근의 몇 년간의 연구는 많은 피해를 입었다. 가장 단순한 방식과 과정은 잃어버렸다. 프로코프는 자신의 책 여백에 그것을 최소한 생각할 때 머리에 떠오른 그 방식의 일부분을 메모해 두었다. 그러고 나서 그는 정신을 차리고 안치와 당구를 치러 갔다. 왜냐하면 이 운동을 할 동안에는 말을 많이 할 필요가 없기 때문이다. 그의 가죽같이 단단하고 불가해한 집중이 안치를 인상 깊게 했다. 그는 집중해서 경기를 했고, 눈썹을 찡그리고 겨냥을 했다, 그러나 당구공이 다른 방향으로 가면 그는 놀라서 입을 열고, 젖은 혀를 움직여서 똑바른 방향을 가리켰다.

저녁에는 램프 주위에서. 그들 중 가장 이야기를 많이 하는 사람은 박사였다. 그는 아무런 지식 없는 열광적인 과학자였다. 특히 그는 최근 우주의 신비들, 즉 방사능, 무한한 공간, 전기, 상대주의, 물질의 근원과 인류의 기원 등에 대해서 매혹되었다. 그는 철저한 물질주의자였다. 그래서 그는 해결되지 않은 사건에서 달콤하고 비밀스러운 공포를 경험했다. 프로코프는 때때로 자신을 억제하지 못하고, 그의 견해에 대한 독일학자의 순진함을 교정했다. 여기서 나이 많은 박사는 정중함을 갖추고 그의 말에 귀 기울였고, 특히 박사가 공명의 잠재력이나 양자론 같은 것에 대해 이해하지 못할 때에는 프로코프를 크게 찬양하기 시작했다. 안치는 턱을 받친 손을 책상에 기대고 조용히 앉아 있었다. 그녀는 이제 상당히 성장했다. 그러나 어머니가 돌아가신 이후 아마도 성인이 된 것을 잊어버렸다. 그녀는 눈 하나 깜박거리지 않고 두 눈을 크게 뜨고 아빠와 프로코프를 번갈아 바라보고 있었다.

밤들은, 밤들은 모든 시골이 그렇듯이 조용하고 한없이 넓었다. 때때로 소외양간으로부터 워낭소리가 들려왔고, 가까이 또는 멀리서 개 짖는 소리가 들려왔다. 하늘을 따라 별들이 떨어지고, 정원에서 봄비 내리는 소리가 들려왔다, 또는 적막한 우물 속에서 은방울소리가 들려왔다. 선명하고 깊은 추위가 창을 통해 들어왔고, 사람은 꿈꾸지 않고 축복받은 잠에 빠져들었다.

제10장

이제 모든 것이 더 좋아졌다. 나날이 조금씩 일상이 프로코프에게 돌아왔다. 프로코프는 권태를 느끼기 시작했다. 그는 계속해서 꿈속에서처럼 작은 것을 느꼈다. 박사에게 감사를 표하는 것 외에는 할 것이 없었고, 그는 자기 길을 가고 싶었다.

어느 날 저녁 식사 후, 그는 자신의 결심을 알리고 싶었다. 그러나 모두들 할 말을 못하고 침묵을 지켰다. 그러고 나서 박사는 프로코프의 팔장을 끼고 진료실로 데려갔다. 그는 얼마간 변죽을 울리고 나서는, 프로코프는 아직 떠나서는 안 되고, 차라리 더 휴식을 취해야 하고, 아직 싸움을 이기지 못 했고, 그래서 여기서 충분히 오래 머물러야 한다고 거칠게 불쑥 말했다. 프로코프는 맥없이, 사실 자기는 더 이상 말안장에 앉아 있다고 느끼지 않고, 조금은 의기소침해졌다고 자신을 옹호했다. 간단히 말해, 떠나가는 것은 더 이상 밀하지 않기로 했다.

매일 오후에 박사는 자기의 진료실에서 문을 잠그고 있었다. "때때로 내게로 놀러오세요. 그렇게 할 테지요?" 박사는 프로코프에게 지나가는 말로 했다. 그래서 여기서 프로코프는 박사가 온갖 병들과 도가니와 가루들에 둘러싸여 있는 것을 봤다.

"알다시피, 여기 이 마을에는 약국이 없어요." 박사는 설명했다. "내가 스스로 약을 제조해야 해요." 그는 뭉툭한 손가락을 떨면서 가루약을 자그마한 손저울 접시에 올려놓곤 했다. 그의 손은 불안했고, 저울은 이리저리 흔들리고 돌아갔다. 나이 많은 박사는 초조해 했고, 가쁘게 숨을 몰아쉬었고, 콧잔등 위에는 작은 땀방울이 맺혔다. "이전처럼 잘 보질 못해서." 그는 자기 손가락에 대해 변명을 했다. 프로코프는 잠시 바라보다가, 아무 말 없이 그의 손으로부터 저울을 받아들었다. 톡톡, 그는 가루를 밀리그램 단위로 달았다. 두 번째 세 번째 가루도. 미묘한 균형이 프로코프의 손가락에서 춤을 췄다.

"저것 좀 봐, 저것 좀 봐"라고 말하며 박사는 놀라운 표정으로 상처입고, 울퉁불퉁하고, 형태 없는 관절, 부서진 손톱, 잘려나간 몇 개의 짧은 손가락들로 이루어진 프로코프의 손을 바라보았다. "이봐 친구, 당신은 민첩한 손을 가지고 있군요."

잠시 후, 프로코프는 벌써 연고를 준비하고, 액체를 재고, 실험용 튜브를 데웠다. 박사는 기쁨에 넘쳐 라벨을 붙였다. 30분 내로 모든 약품이 준비되었고, 아직도 많은 가루가 남았다. 며칠 후에 이미 프로코프는 박사의 처방을 읽을 수 있었고, 말없이 약사 노릇을 하게 됐다. 좋아!

어느 날 저녁 무렵, 박사는 정원 꽃밭에서 흙을 손질하고 있었다. 갑자기 집안에서 폭발이 일어났다. 곧이어 유리창이 박살났다. 박사는 집으로 뛰어 들어갔고 복도에서 안치와 마주쳤다.

"무슨 일이니?" 그는 소리쳤다. "저는 몰라요." 소녀는 대답했다. "진료실 같아요…."

박사는 진료실로 들어가서 프로코프가 네발로 기어다니며 용기 부스러기와 종이를 모으고 있는 것을 발견했다.

"여기서 뭘 한 거요?" 박사는 소리쳤다.

"아무것도." 프로코프는 말하고 죄스러운 듯이 일어섰다. "실험용 튜브가 터져 버렸어요."

"그런데 도대체 이게 무슨 일이오?" 박사는 고함을 질러대고는 놀라서 나자빠졌다. 프로코프의 왼쪽 손에서 피가 흘러내렸다. "도대체 어떻게 했길래 손가락이 갈라졌어요?"

"조금 상처가 났을 뿐이에요." 프로코프는 말하고 죄를 지은 듯이 일어섰다.

"이리 보여줘요." 나이 많은 박사는 말하고 프로코프를 창가로 데려갔다. 손가락 하나가 반쯤 뼈에 달려 있었다. 박사는 가위를 가지러 찬장으로 달려갔다. 열려진 문에서 사색이 된 안치를 보았다.

"뭘 하고 있니?" 그는 소리쳤다. "당장 여기서 나가!" 안치는 꼼짝하지 않았다. 그녀는 양손을 가슴에 안고 어느 순간 기절할 것만 같았다.

박사는 프로코프에게로 돌아섰다. 맨 먼저 솜뭉치를 만들고, 가위질을 했다.

"불을 켜." 그는 안치에게 소리 질렀다. 안치는 스위치를 돌렸고 불이 들어왔다. "여기 서 있지 마." 늙은 신사는 고함을 지르고 바늘을 벤진에 적셨다. "거기서 뭐하고 있어? 얼른 실 좀 가져와!" 안치는 약 캐비닛으로 달려가서 그에게 실 상자를 주었다. "자 이제 가 봐!"

안치는 프로코프의 등을 바라보고 뭔가 다른 것을 했다. 그녀는 가까이 다가가서 두 손으로 상처 입은 손을 잡았다. 그 순간 박사는 손을 씻고, 안치에게 몸을 돌려 뭔가 고함을 지르려다가 그 대신 중얼거렸다. "자 좋아, 꼭 잡고 있어! 불빛 쪽으로 더 가까이!"

안치는 눈을 꼭 감고 잡고 있었다. 박사의 힘든 숨소리 외에는 아무것도 들리지 않자, 안치는 용기를 내어 두 눈을 살짝 떴다. 아래에, 아버지가 수술하는 데는 피가 흥건하고 역겨운 냄새가 났다.

그녀는 빨리 프로코프를 바라보았다. 그는 얼굴을 돌리고 있었고 고통으로 눈살을 찌푸렸다. 그녀는 떨고 있었고, 눈물을 삼켰다. 그녀는 아무소용이 없었다. 그동안 프로코프의 손은 점점 더 커졌고, 많은 붕대뭉치와 계속 감은 수 미터의 밴디지, 그리고 마지막으로 뭔가 거대한 흰 뭉치. 안치는 손을 잡은 채 무릎을 떨고 있었고, 이 무서운 수술이 영원히 끝나지 않을 것 같이 느껴졌다. 갑자기 안치의 머리가 핑 돌았다, 그리고 그녀는 아버지가 소리치는 것을 들었다. "이런, 이거 얼른 마셔!"

그녀는 눈을 떴고 자기가 진료실 소파에 앉아 있고 아버지가 그녀에게 뭔가 한 잔을 내미는 것을 알았다. 그 뒤에는 프로코프가 앉아서 미소를 띠며 거대한 인형 같이 보이는 칭칭 동여맨 손을 가슴에 안고 있었다.

"자, 한 잔 다 마셔." 박사는 재촉하고 이빨을 으르렁거릴 뿐이었다. 그녀는 그것을 들이키고 기침이 나와 숨이 막힐 지경이 됐다. 그것은 멋진 코냑이었다.

"그리고 이제 당신 차례요." 박사는 말하고 잔을 프로코프에게 주었다. 프로코프는 조금 창백해졌다. 그는 야단을 맞을 것을 용감하게 기다렸다. 마침내 박사 자신이 한 잔을 마시고 말했다. "자, 도대체 무슨 짓을 한 거요?"

"실험이요." 프로코프는 죄지은 사람처럼 겸연쩍은 웃음을 웃으며 말했다.

"뭐라고요? 어떤 실험을? 무엇을 가지고 실험을?"

"그저, 다만… 다만… 염산칼륨으로 뭔가를 시도해 보려고 했어요."

"무엇을 만들려고요?"

"폭약이요." 죄책감을 가지고 프로코프는 말했다.

박사는 붕대를 감은 프로코프의 손을 바라보았다. "이봐요, 대가를 치렀군요! 손이 날아갈 뻔 했어요, 그렇지 않아요? 아프지요? 당신한테 딱 어울리네." 그는 매섭게 쏘아붙였다.

"하지만 아빠." 안치가 대꾸했다. "제발 그를 좀 가만 놔둬요!"

"그게 너와 무슨 상관있니?" 박사는 중얼거리고, 석탄산과 요오드포름 냄새가 나는 손으로 그녀를 어루만졌다.

그 이후 박사는 진료실 열쇠를 주머니에 넣고 다녔다. 프로코프는 과학책 한 꾸러미를 주문하고 팔을 매달고 다니면서 하루 종일 책을 읽었다.

벌써 벚나무 꽃이 활짝 피고, 어린 잎들이 태양 아래서 반짝이고, 황금 백합이 무거운 꽃잎을 터트린다. 안치는 가슴이 풍만한 친구와 정원을 따라 쏘다닌다. 둘은 서로 허리를 잡고 깔깔 웃어댄다. 이제 그들은 장밋빛 얼굴을 마주대고 뭔가를 속삭이고, 웃음을 터트리고 키스를 해댄다.

여름이 지나고 또다시 프로코프는 육체적으로 건강함을 느낀다. 동물처럼 태양을 쏘이며, 자기 몸에서 나는 소리를 들으려고 눈을 가늘게 뜬다. 그는 한숨을 짓고 앉아서 일을 시작한다. 그러나 그는 금방 달리고 싶어서 시골 가장자리까지 먼 곳을 동경하며, 숨 쉬는 기쁨에 열정적으로 몸을 맡기고자 한다. 그는 정원에서 안치를 가끔 만나고 뭔가를 이야기하고 싶어 한다. 안치는 옆눈으로 그를 빤히 쳐다보지만 무엇을 말해야 할지 모른다. 프로코프도 그걸 모른다. 그래서 거친 목소리로 얼버무린다. 간단히 말해 그는 혼자 있는 게 더 좋거나, 적어도 혼자 있을 때 더 자신감이 생긴다.

연구를 하는 동안 그는 많은 것을 놓쳐 버렸다는 것을 깨달았다. 때때로 새로이 방향을 결정해야 했다. 주로 그는 자신의 본래의 작업을 기억해 내는 것도 두려웠다. 왜냐하면 그는 무엇보다도 연관성이 끊어져 버렸다고 느껴졌기 때문이다. 그는 노새처럼 일을 했고 꿈을 꾸었다. 그는 새로운 실험 방법을 꿈꿨다. 그러나 동시에 그는 정교하고 대담한 이론적인 계산에 매료되었다. 그의 아둔한 두뇌가 실낱같은 문제도 분리해 내지 못할 때 그는 자신에게 화를 냈다. 그는 그의 실험실적인 '파괴 화학'이 물질이론에 대해 가장 특이한 전망을 보여주었다는 것을 의식했다.

그는 기대치 않던 연관성에 직면했다. 그러나 곧바로 또다시 그는 너무나 무거운 생각에 의해서 억압을 받았다. 그는 화가 나서 모든 것을 버리고, 바보 같은 소설 속에 몰두하고자 했다. 그러나 그는 여기서도 실험실의 집착에 의해 사로잡혔다. 그는 단어들 대신 화학의 상징들을 읽었다. 그것들은 아직까지 발견되지 않은 미치광이 공식들이었고 심지어 그의 꿈속에서조차 그를 괴롭혔다.

제11장

　그날 밤 그는 꿈을 꾸었다. 그는 화학 잡지에 있는 매우 학문적인 논문을 연구하고 있었던 것 같았다. 그는 공식 AnCi에 깜짝 놀랐다. 그는 그것이 무엇을 의미하는지 알 수 없었다. 그는 생각해 보고 손가락 마디뼈를 깨물어 봤다.

　갑자기 그는 그것이 안치(Anči)를 의미한다는 것을 깨달았다. 그리고 그는 안치가 몸소 여기 와서 두 손바닥으로 머리를 받치고 그에게 미소를 짓고 있는 것을 보았다. 그는 그녀에게 다가가서 양손으로 그녀를 잡고 키스를 시작했고 그녀의 입술을 깨물기 시작했다. 안치는 무릎과 팔꿈치로 거칠게 저항했다. 그는 그녀를 잔인하게 잡고 한 손으로 옷을 길게 찢기 시작했다. 벌써 그는 그녀의 젊은 살갗을 느꼈다. 안치는 절망적으로 요동쳤다. 그녀의 머리카락은 얼굴로 떨어졌다. 그제야, 그제야 갑자기 그녀는 힘을 잃고 맥이 풀어졌다. 프로코프는 그녀에게 몸을 덮쳤다. 그러나 그는 자기 손에서 긴 누더기와 밴디지만을 발견했다. 그는 그것들을 뜯어서 찢어버리고 그것들로부터 벗어나고 싶었다. 그리고 그는 잠에서 깨어났다.

　그는 자기 꿈을 생각하니 한량없이 부끄러웠다. 그는 조용히 옷을 입고 창가에 앉아서 여명을 기다렸다. 밤과 낮 사이에는 경계가 없었다. 하늘만이 조금 엷은 색이었다. 빛도 소리도 아직 없다. 아침의 징후만이 공기 속에 날아오르고, 자연에게 '일어나라!'고 명령한다. 여긴 아직도 밤인데 아침이 시작된다. 수탉들이 울어대고, 동물들이 우리에서 꿈틀댄다. 하늘이 진주 빛으로 바뀌고, 더 밝아지다가 장미 빛으로 물든다. 동쪽 하늘에 첫 붉은 노을이 나타나고, "쩍쩍쩍쩍, 지지배배." 새들이 노래하며 지저귄다. 첫 사람이 활기찬 발걸음으로 일터로 향한다.

　학자도 또한 앉아서 일을 시작한다. 그는 오랫동안 펜대를 깨문다. 그리고 나서야 첫 단어를 쓴다. 왜냐하면 이것은 크나큰 과업이니까. 모두 20년간의 실험과 사고의 결과니까. 정말로 피를 토하는 일이다. 물론 이것은 아직 초고일 뿐이고, 그 어떤 물질적인 철학이거나 시, 또는 신념의 고백 같은 것이다. 이것은 숫자와 방정식으로 구성된 세계의 그림일 것이다. 그렇지만 이 천문학 질서의 숫자들은 하늘의 숭고함보다 더 다른 것을 측정하고 있다. 그는 물질의 불안정성과 파괴력을 계산해 낸다.

　존재하는 모든 것은 둔탁하고, 잠재하고 있는 폭발물이다. 그러나 불활성의 지수가 무엇이든지, 그것은 오직 폭발력의 미미한 일부분일 뿐이다. 일어나고 있는 모든 것, 별의 운행, 지구의 자전, 모든 엔트로피, 스스로 활발하고 끝없는 생명, 이 모든 것은 표면에만 존재한다. 반면에 표면 아래에 도사리고 있는, 보이지도 않고 가늠할 수도 없을 정도로 큰 그 폭발적인 힘은 곧 물질이라 불린다.

자, 여기서 물질을 묶어두는 수갑은 잠을 자고 있는 티탄 같은 거인의 사지에 있는 거미줄에 지나진 않다는 것을 고려하시길.

그것을 끊어낼 수 있게 거인에게 힘을 주시길.

그는 지구의 표면을 흔들어대고, 목성을 토성에 던져 버리리.

인류 여러분, 여러분은 우주 화약고의 지붕 아래 둥지를 짓는 제비일 뿐.

여러분은, 여러분 아래에 있는 나무통에서 조용히 무서운 폭발의 가능성이 진동하는 동안,

동쪽 태양 아래서 지지배배 지지배배 지저귀고 있을 뿐.

물론 프로코프는 이것들을 기록하지 않았다. 그에게 있어 그것은 전문적인 설명의 무거운 문구들에 날개를 달아주는, 오직 신성한 멜로디일 뿐이다. 그에게 있어서 순수한 공식에 더 많은 판타지가 있고, 폭발성의 지수에 눈부신 아름다움이 있다. 그래서 그는 시를 상징으로, 숫자로, 과학적인 단어들의 놀라운 전문용어로 썼다.

그는 아침을 먹으러 가지 않고 계속 써내려 갔다. 그래서 안치가 말없이 그에게 아침을 가져왔다. 그는 감사를 표하고 자기의

꿈을 상기했다. 그래서 그녀를 쳐다볼 수 없었다. 그는 고집스럽게 한쪽 구석만을 바라보았다. 하나님 맙소사. 어떻게 이게 가능할까. 그럼에도 불구하고 그는 그녀의 맨팔에 돋아난 금빛 털을 목격했다. 그전에는 한 번도 본 적이 없었다.

안치는 가까이 서 있었다.

"계속 쓰실 건가요?" 그녀가 물었다.

"쓸 거요." 그는 중얼거리며 생각에 잠겼다. 만일 그가 갑자기 머리를 그녀의 가슴에 파묻는다면 그녀는 뭐라 말할까 하고 그는 궁금해 했다.

"하루 종일?"

"하루 종일!"

그녀는 상당히 감동받아서 뒤로 물러났다. 그러나 그녀는 자기 자신도 인식하지 못하는, 작지만 단단하고 넓은 젖가슴을 가지고 있었다. 하지만 그게 무슨 상관인가!

"뭐 필요한 게 있으세요?"

"아니, 아무것도!"

그것은 정말 어리석은 대답이었다. 그는 그녀의 팔이나 뭐 아무데나 깨물고 싶었다. 여자들은 그들이 남자들을 방해하고 있다는 것을 결코 알 수 없을 거야.

안치는 약간 기분이 상한 듯이 어깨를 으쓱했다. "그럼 좋아요." 그녀는 떠나갔다.

그는 일어서서 방을 왔다 갔다 했다. 그는 자신과 그녀에게 화를 냈다. 중요한 것은, 그는 이제 더 이상 쓰고 싶지 않았다. 그는 생각들을 모았다. 그러나 그게 단순히 잘 되지 않았다. 그는 안절부절했다. 그는 불안해져서 시계추처럼 이 벽에서 저 벽으로 왔다 갔다 했다. 한 시간, 두 시간. 아래에서는 접시 부딪히는 소리가 났다. 점심을 준비하고 있었다.

그는 다시 종이 앞에 앉아서 머리를 손바닥에 괴었다. 잠시 후, 하인이 점심을 가지고 왔다. 그는 거의 손도 안 대고 옆으로 밀쳤다. 그리고 그는 귀찮은 듯이 침대에 몸을 던졌다. 그들이 그에게 싫증내고, 그도 모든 것에 싫증내고 있는 것이 분명했다. 이제 떠나갈 때가 왔다. 그래 내일 당장.

그는 다음 일을 위해 준비했다. 왜 그것이 고통스럽고, 왜 그가 부끄러움을 느꼈는지 알지도 못하고 그는 깊은 잠에 빠져 들었다.

그는 오후 늦게 깨어났다. 넋이 나간 것 같고, 타락한 게으름에 의해 육체가 오염된 것 같았다. 그는 방안을 배회하며, 하품을 하고 아무 생각 없이 지루해 했다. 곧 어두워졌으나 불도 켜지 않았다.

하녀가 그에게 저녁을 가져왔다. 그는 그것을 식을 때까지 남겨두고 아래층에서 그들이 뭘 하는지 귀 기울였다. 포크 부딪히는 소리가 나고, 박사는 소리를 지르고 저녁식사가 끝나자 곧 바로 자기 문을 열고 들어갔다. 주위는 조용해졌다.

이제 아무도 만나지 않는다는 것이 분명해져서 프로코프는 정원으로 들어갔다. 축축하고 맑은 저녁이었다. 벌써 라일락과 여러 꽃들이 피고 목동 별자리는 하늘을 가로질러 멀리 팔을 활짝 펴고 있었다. 주위는 조용했으나 멀리 개 짖는 소리가 들려왔다. 정원 돌 벽에 뭔가 하얀 것이 기대어 서 있다.

물론 그것은 안치였다.

"아름다운 저녁이지요, 그렇지 않아요?" 그는 뭔가 말하려고 했다. 그는 그녀 옆 벽에 기대섰다. 안치는 꼼짝도 안 했다. 그녀는 얼굴을 돌렸다. 그녀의 어깨만이 이상하게 불안하게 떨었다.

"저건 목동 별자리예요." 프로코프는 수다스럽게 말했다. "그 위에는 용자리이고… 카시오페이아자리, 그리고 저기는 케페우스자리. 저기 저 네 개의 작은 별이 함께 있는 것, 하지만 저 위로 봐야 해요."

안치는 몸을 돌려 눈언저리를 문질렀다.

"저기 저 밝은 곳." 프로코프는 머뭇거리며 말했다. "그건 폴룩스. 쌍둥이자리(Gemini)의 별. 내게 화를 내면 안 돼요. 아침에 내가 좀 거칠게 대했나요? 그랬어요? 나는… 뭔가 잘못되어서…. 알겠어요? 그걸 마음에 새겨둬서는 안 돼요."

안치는 소리를 내며 흐느꼈다.

"저기… 저것은 무슨 별이에요?" 그녀는 조용하고 소심한 목소리로 물었다. "저기 저 아래 가장 밝은 것."

"그것은 시리우스, 천랑성(天狼星)이오. 알하보르라고도 하지요. 아르크두무스(내각성:大角星), 스피카(저녀자리 일파). 지금 별이 떨어졌네요. 봤어요?

"봤어요. 아침에 왜 제게 그렇게 화를 냈어요?"

"화낸 게 아니에요. 난 아마… 때때로… 조금 어색한 데가 있어서. 하지만 난 힘든 삶을, 알다시피, 너무 힘든 생활을. 줄곧 혼자서 그리고… 최초의 파수꾼같이. 나는 줄곧 말도 잘 할 줄 몰라요. 오늘 나는 뭔가를… 오늘 뭔가 멋진 것을 쓰고 싶었는데… 학문적인 기도 같은 것, 누구나 이해할 수 있는 것. 나는 당신에게 그걸… 읽어줄까 생각했었는데. 그런데 알다시피, 모든 게 내 속에서 메말라 버렸어요. 사람은 그래서 흥분한 것을 부끄러워하지요. 마치 그것이 약점인 것처럼. 또는 적어도 뭔가를 말해야 하는 것처럼. 나는 그처럼 진부하지요. 알겠지요? 벌써 나는 벌써 늙어가고 있어요."

"하지만 그건 당신에게 잘 어울리는데요." 안치는 부드럽게 말했다.

그녀 말의 이런 면이 프로코프를 놀라게 했다. "그런데 알다시피." 그는 당황하며 말했다. "그것은 달갑지 않아요. 벌써 때가 됐어요. …이미 자신의 수확을 집으로 가져갈 때가 되었어요. 내가 알고 있는 그것으로 다른 무엇을 또 할 수 있겠어요! 나는 아무것도, 아무것도, 그 모든 것으로부터 아무것도 없어요. 나는 오직… '유명하고' 그리고 '저명하지요.' '매우 존경받지요.' 그런데 이것에… 대해서 아무도… 모른답니다. 내 생각인데, 알다시피, 내 이론은 매우 좋지 않아요. 나는 이론에는 머리가 없어요. 그러나 내가 발견한 것은 가치가 없는 게 아니에요. 나의 발열성 폭발은… 도해… 원자의 폭발은… 가치가 있어요. 나는 내가 아는 것들 중 1/10만 발표했어요. 다른 것들로 무엇을 못 하겠어요! 나는 이제… 그 이론들은 잘 몰라요. 그것들은 매우 미묘하고 지능적인지… 나를 혼란만 시켜요. 내 영혼은 부엌에 있어요. 무슨 물질이든지 내 코 가까이 가져오세요, 나는 바로 냄새를 맡고, 그것으로 뭘 할지 말해 줄게요. 그러나 그것으로부터 뭐가 유래될지…. 이론적으로 그리고 철학적으로… 이해한다는 것은 저는 몰라요. 나는 그냥 실제만을… 알고 있어요. 나는 그것을 만들 수 있어요. 그것들이 나의 실제에요. 알겠어요? 그러나 좌우간… 나는… 나는 그것에서 그 어떤 진실을 맡아요. 거대한 보편적인 진실을… 모든 것을 변화시키는… 마침내 폭발시키는. 하지만 그런 거대한 진실은 실제 속에 숨어 있지, 언어 속에 있는 게 아닙니다. 그러니 당신은 실제를 추구해야 합니다! 비록 두 손을 찢어낼지라도….”

안치는 벽에 기대서 간신히 숨을 몰아쉬고 있었다. 지금까지 이 우울한 손님이 이렇게 말을 한 적은 없었다. 그리고 무엇보다도 자기 자신에 대해서는 말한 적이 없었다. 그는 단어들과 힘들게 싸웠다. 거대한 자존심이 그의 속에서 싸우고 있었다. 그러나 또한 고통과 부끄러움이. 심지어 그가 정수(整數)에 대해 말을 할 때도, 안치는 자기 눈앞에서 인간적인 고충으로 인한 내적 몸부림이 그의 마음속에서 일어나고 있다는 것을 알아차렸다.

“그러나 그것은 가장 나빠요, 가장 나빠요.” 프로코프는 중얼거렸다. “그것은 때때로… 그리고 특별히 지금… 그것도, 그것도 내게는 어리석어 보여요…. 그리고 아무 가치도 없고… 심지어 이러한 최후의 진실도… 실제로 모든 것들이. 이것은 이전에 내게한 번도 일어나지 않았어요. 왜, 도대체 왜… 아마도 포기하는 것이 더 현명할지도… 그저 단순히 그 모든 것을 포기하는 것이…(그 순간 그는 손으로 주위에 있는 뭔가를 가리켰다.) 단순히 인생을. 인간은 행복해서는 안 돼요. 그것은 인간을 부드럽게 해요,알겠어요? 그러고 나면 모든 다른 것은 쓸모없고, 작고… 무의미해져요. 인간은 절망을 통해서 가장 큰 것을… 가장 큰 것을 이루어요. 분노를 통해서, 고독을 통해서, 충격을 통해서. 왜냐하면 아무것도 그에게는 충분하지 않으니까요.

나는 미친 듯이 일했어요. 그러나 여기서, 여기서 나는 행복해지기 시작했어요. 여기서 나는 아마도… 생각하는 것보다 뭔가더 좋은 것이 있다는 것을 알게 됐어요. 여기서는 사람이 살아갈뿐이에요. 그리고 이것이, 그냥 산다는 것이… 뭔가 엄청나다는것을 보게 돼요. 당신의 강아지 혼지크처럼, 고양이처럼, 닭처럼.모든 동물들은 그것을 할 줄 알아요. …그것은 내게 엄청난 것 같아요, 마치 지금까지 살아보지 못한 것처럼. 그리고 그렇게… 그렇게 나는 또 다시 12년을 잃어버렸어요."

그의 상처 입은, 수없이 꿰맨 오른손은 벽 위에서 흔들리고 있었다. 안치는 침묵을 하고 있다. 어둠 속에서도 그녀의 긴 눈썹이보였고, 팔과 가슴을 벽돌 벽에 기대고 별들을 바라보고 있다.

그때 뭔가 관목숲속에서 부스럭거렸다. 안치는 놀라서 프로코프의 어깨에 기댔다. "저게 뭐예요?"

"아무것도 아니오. 아마도 담비일 거요. 아마 닭을 잡아먹으러 마당으로 들어가는가 봐요."

안치는 온몸이 굳어졌다. 그녀의 풍만하고 부드러운 젊은 가슴은 프로코프의 오른팔에 기댔다. …아마도 그녀 자신은 이것을 모르고 있는 것 같다. 그러나 프로코프는 이 세상 그 어떤 것보다 이것을 더 잘 알고 있었다. 그는 자기의 손을 움직이는 것이 두려웠다. 왜냐하면 무엇보다도 먼저, 안치가 그가 일부러 그것을 거기에 놨다고 생각할지도 모르고, 두 번째로 그녀가 위치를 옮길지도 모르기 때문이다.

이상하게도 이 상황은 그가 더 이상 자신에 대해, 자기의 잃어버린 인생에 대해 이야기하게 놔두지 않았다.

"결코 한 번도." 그는 혼란에 빠져 말을 더듬었다. "나는 결코 한 번도 이처럼 행복한 적이… 오늘 여기처럼 이렇게 행복한 적이… 없었습니다. 당신의 아버지는 이 세상에서 가장 좋은 사람입니다. 그리고 당신은… 당신은 너무나 젊고요…."

"저는 제가 당신에게 너무나… 어리석어 보였다고 생각했어요." 안치는 조용히 행복에 겨워 말했다. "당신은 한 번도 이렇게 말한 적이 없었어요."

"맞아요, 지금까지 한 번도 없었어요." 프로코프는 중얼거렸다.

둘 다 침묵했다. 그는 자기 팔에서 그녀의 젖가슴이 가볍게 숨 쉬는 것을 느꼈다. 그것은 그를 얼어붙게 했고 그는 숨을 쉴 수조차 없었다. 그녀도 조용히 마비가 되어 숨을 멈추는 것 같았다.

그녀는 눈도 깜빡거리지 않고 멀리 어딘가를 바라보았다.

아, 어루만지고 포옹한다는 것! 아, 현기증, 첫 접촉, 무의식적인 불타는 기쁨이여! 당신은 이러한 무의식적이고 헌신적인 친밀감보다 더 도취시키는 모험을 만난 적이 있는가? 수그러진 꽃봉오리, 수줍고 여린 육체여! 만일 당신이 조용히 당신을 어루만지고 꼭 잡고 있는 이 거칠고 어린 손길의 고통스러운 부드러움을 느낀다면! 만일 당신이… 만일 그녀가… 만일 지금 내가 할 수만 있다면… 그리고 꼭 잡을 수만 있다면….

안치는 갑자기 부자연스러운 몸짓으로 일어섰다. 아, 아가씨, 당신은 아무것도 모르고 있었군요!

"안녕히 계세요!" 안치는 조용히 말했다. 그녀의 얼굴은 창백하고 몽롱해 보였다. "잘 주무세요!" 그녀는 다소 딱딱하게 말하며 그에게 손을 내밀었다. 그도 왼쪽 손을 부러진 듯이 힘없이 그녀에게 내밀고 어딘가 멀리 다른 곳을 바라보았다.

정말 그녀는 조금 더 있고 싶어 하지 않았을까? 아니야, 벌써 그녀는 가고 있어. 망설이다가. 아니야. 선채나무 이파리의 가장자리를 뜯는다. 무엇을 더 할 말이 있을까? 잘 자요, 안치. 나보다 더 잘 자요.

왜냐하면 분명히 지금 잘 이유가 없었다. 프로코프는 침대에 몸을 던지고 두 손으로 머리를 감쌌다. 아무것도, 아무것도 이루지 못 했어…. 그렇게 멀기만 하다니. 하나님만이 아시는 것을 생각한다는 것은 부끄러운 짓이야. 안치는 순수하고 송아지처럼 철

이 없다. 이제 안치 이야기는 그것으로 충분해, 좌우간 나는 총각
이 아니니까.

그때 이층에 불이 들어왔다. 안치의 침실이다.
프로코프의 가슴은 요동쳤다. 그는 거기를 비밀히 바라본다는
것은 부끄러운 일이라는 것을 알고 있었다. 확실히 손님은 그런
짓을 하지 말아야 해. 마침내 그는 그녀가 그를 들을 수 있게 기
침을 했다. 하지만 이것도 나빴다. 그는 동상처럼 앉아서 황금빛
창문으로부터 눈을 뗄 수 없었다.
안치는 거기서 왔다 갔다 하고, 몸을 굽히고 뭔가를 하는 데 오
래 걸렸다. 아하, 그녀는 잠자리를 준비하고 있다. 지금 창가에
서서 어둠을 바라보고 있으며 손을 머리 뒤로 하고 있다. 정확하
게 꿈에서 본 그녀의 모습이다.
바로 지금 그는 기꺼이 그녀를 부르고 싶었다. 왜 부르지 않았
을까? 이미 늦었다. 안치는 몸을 돌리고 움직이기 시작한다. 아직
도 거기에 있다, 아니 아니다. 창문을 뒤로 하고 앉는다. 아주 천
천히 생각에 잠겨 신발을 벗는다. 손에 신발을 잡고 있는 것보다
더 좋은 꿈은 없다. 이제 적어도 사라질 시간이다. 그러나 그렇게
하는 대신 그는 더 잘 보려고 의자 위로 올라간다. 안치는 돌아
선다. 벌써 상체 보디스는 벗었다. 그녀는 팔을 들어 올려 머리를
빗는다. 이제 머리를 흔든다. 헝클어진 머리 전체가 어깨 너머로
떨어진다. 그녀는 머리카락을 흔든다. 그녀의 풍성한 머리카락
전체가 이마 위로 굴러 떨어진다. 이제 그녀는 빗과 솔로 머리를

다듬으니 그것은 양파처럼 부드러워진다.

　이것은 사실 매우 우스꽝스러웠다. 왜냐하면 부랑자 프로코프는 행복에 겨워 빛을 발하고 있었기 때문이다.

　순결한 처녀 안치는 서서 머리를 숙이고 머리카락을 두 다발로 땋는다. 그녀는 눈썹을 아래로 내려뜨리고 뭔가를 자기 자신에게 속삭이고, 웃음을 웃으며 수줍어한다. 어깨를 위로 쳐든다. 조심, 슈미즈 끈이 아래로 내려온다. 안치는 뭔가 골똘한 생각에 잠겼다가 기쁨에 넘쳐 하얀 어깨를 문지르고, 추위로 몸을 떤다. 슈미즈 끈은 벌써 더 위험하게 아래로 내려가고 불이 꺼진다.

　그는 불 켜진 창문보다도 더 희고, 더 아름답고 그리고 더 환한 것을 결코 본 적이 없다.

제12장

아침 일찍 그는 안치가 목욕통에서 혼지크를 비누로 씻는 것을 목격했다. 애완견은 절망적으로 몸부림치며 물을 뿌리쳤다. 그러나 안치는 포기하지 않고, 그의 더벅머리를 잡고, 열렬하게 비누를 칠하고, 물을 뿌리며, 배를 물에 담그고는 웃어댔다.

"조심하세요." 그녀는 프로코프가 아직 멀리 떨어져 있는데도 소리쳤다. "강아지가 당신에게 물을 튀길 거예요!"

그녀는 마치 열정적인 엄마 같았다. 오, 하나님 맙소사. 아, 태양이 비치는 세계에서 이 모든 것이 얼마나 단순하고 분명한가!

프로코프조차도 한가하게 놀고 있을 수 없었다. 그는 벨이 작동하지 않는다는 것을 상기해냈다. 그는 배터리를 수리하러 출발했다. 그는 그녀가 가까이 다가올 때, 마침 아연을 긁어 모으고 있었다. 그녀의 소매는 팔꿈치까지 올려져 있었고, 손은 물에 젖어 있있다.

"그것은 폭발하지 않겠지요?" 그녀는 걱정스레 물었다. 프로코프는 웃지 않을 수 없었다. 그녀도 웃으며 비눗물을 그에게 퍼부었다. 그러나 곧 그녀는 심각한 얼굴을 하고 그의 머리카락에 붙은 비눗물을 팔꿈치로 문질렀다. 이것 봐라, 어젯밤에만 해도 그녀는 이럴 용기가 없었는데.

정오 무렵, 그녀는 난다와 더불어 빨래거리를 가지고 정원으로 갔다. 그녀는 그것을 하얗게 빨 것이다. 프로코프는 감사한 마음으로 책을 닫았다. 그는 그녀가 무거운 빨래 통을 들고 가는 것을 허락할 수가 없었다. 그는 물통을 낚아채고, 빨래거리에 물을 뿌리기 시작하였다. 걸쭉하게 흐르는 시냇물줄기가 테이블보 주름 위에, 넓게 펼쳐진 하얀 침대보에, 그리고 넓게 펼쳐진 남자 셔츠의 양쪽 팔소매 속으로 기쁜 듯이 힘차게 거품을 일으키며 흘러갔다. 물이 졸졸 소리내며 흘러가고, 피오르와 작은 물웅덩이를 만들었다. 프로코프는 그녀의 종모양의 치마와 다른 흥미로운 빨래거리에 물을 뿌렸다. 그러나 안치는 그의 손으로부터 빨래 통을 빼앗아 스스로 물을 뿌렸다. 그동안 프로코프는 잔디 위에 앉아서, 습한 향기를 기쁨에 젖어 들이마시며 안치의 활발하고 아름다운 손을 바라보았다.

Soi de theoi tosa doien, 그는 경건하게 상기했다.

Sebasm'echei eisoroónta. 나는 놀라움을 가지고 그대를 바라보노라.

안치는 그의 옆 풀밭에 앉았다.

"무슨 생각을 하고 있어요?" 그녀는 기쁨에 젖어 행복하게 눈을 깜박였다. 그녀는 얼굴을 붉혔다. 그리고 무슨 이유인지 매우 행복해 보였다.

그는 신선한 풀을 한 움큼 뜯어서 생기발랄하게 그의 머리카락 속으로 던져 넣고자 했다. 그러나 갑자기 이제 그녀는 무슨 이유인지 이 가정적인 주인공 앞에서 부끄러움을 느꼈다.

"언젠가 누구를 사랑해본 적 있나요?" 그녀는 갑자기 묻고는 즉각 다른 곳을 쳐다봤다.

프로코프는 미소를 지으며 되물었다. "당신도 누구를 사랑해 적 있나요?"

"저는 그때 어리석었어요." 그녀는 버럭 소리를 지르고는 자기 의지와는 반대로 얼굴이 붉어졌다.

"학생하고?"

그녀는 고개를 끄덕이고 풀잎을 씹었다. "그러나 그건 아무것도 아니었어요." 그녀는 재빨리 말했다. "당신은요?"

"나도 한번 아가씨를 만났었지요. 그녀는 당신과 같은 모습이었어요. 아마도 당신은 그녀와 닮았어요. 장갑 같은 것을 팔고 있었어요."

"그리고 어떻게 계속됐어요?"

"아무것도 계속되지 않았어요. 거기에 두 번째로 장갑을 사러 갔을 때는 이미 그녀는 없었어요."

"그리고… 그녀가 마음에 들었어요?"

"마음에 들었어요."

"그리고… 그녀를 다시 만난 적은…?"

"전혀. 지금은 다른 사람이 제게 장갑을 만들어 줘요."

안치는 시선을 땅바닥에 집중시켰다. "왜… 당신은 항상 제 앞에서 당신 손을 숨기나요?"

"왜냐하면… 내 손은 부서졌기 때문에요." 프로코프는 말했다. 그리고 이 불쌍한 사람은 얼굴이 붉어졌다.

"그것은 그 나름대로 아름다워요." 그녀는 눈을 아래로 향한 채 속삭였다.

"점심 드세요, 점심 드세요." 집 앞에서 난다가 불렀다.

"하나님 맙소사, 벌써." 안치는 헐떡거리며 말했지만, 일어나는 것을 썩 좋아하지는 않았다.

점심 식사 후 박사님은 아주 잠시만 낮잠을 잤다.

"아시다시피." 그는 사과했다. "나는 개처럼 아침까지 견뎌내야 했어요." 그리고 그는 즉각 규칙적으로 열심히 코를 골기 시작했다.

그들은 서로 서로 두 눈으로 신호를 보내고 조용히 발끝으로 걸어 나갔다. 그리고 심지어 정원에서도 조용히 이야기를 했다. 마치 그의 깊은 잠을 존중이라도 하듯이.

프로코프는 자신의 인생에 대해 이야기를 해야 했다. 그는 어디서 태어나고, 어디서 자라고, 미국에 간 이야기, 가난을 겪은 것, 언제 무엇을 했는지 이야기했다. 이러한 인생 전체를 되풀이하는 것은 그의 마음에 들었다, 왜냐하면 놀랍게도 그것은 그가 생각한 것보다 더 복잡하고 경이로웠기 때문이다. 그리고 또 많은 것을 다 이야기할 수도 없었다. 예컨대 그 어떤 감정적인 경험들, 왜냐하면 맨 먼저 그런 것들은 그렇게 중요하지 않기 때문이고, 두 번째로 알다시피 남자는 침묵을 지키지 않을 수 없는 뭔가가 있기 때문이다. 안치는 거품처럼 조용했다.

프로코프도 똑같이 어린 시절과 젊은 시절이 있고, 무뚝뚝하고 이상한 사람과는 일반적으로 뭔가 달랐다는 것과, 그의 옆에서 자신이 매우 어색하고 작게만 느껴지는 것이 그녀에게 어느 정도 우스꽝스럽고 특별한 것 같았다. 이제 벌써 그녀는 그를 만지는 것도, 그의 넥타이를 매어 주는 것도, 머리를 빗겨 주는 것도 전혀 두려워하지 않을 것 같았다.

그녀는 이제야 처음으로 그의 두툼한 코를, 거친 입술을, 엄하고, 검고, 충혈되고 핏발이 선 두 눈을 의식했다. 이 모든 것이 그녀에게는 신기했다.

이제 그녀에게 자신의 인생에 대해서 이야기할 차례가 왔다. 그녀는 진즉 입을 열고 숨을 가다듬었다, 그러다 갑자기 웃음을 터트렸다. 언젠가 한번은 전쟁 중에 참호에서 12시간 갇혀 있었고, 미국에도 가봤고, 그리고 온갖 경험을 한 사람에게 별다른 경험이 없는 자신의 인생에 대해서 도대체 무엇을 말할 수 있을까… 그녀는 생각했다.

"저는 아무것도 이야기할 것이 없어요." 그녀는 직설적으로 말했다.

히지만, 말 좀 해보세요. 그러한 '아무것도 없는 것'도 남자의 경험들처럼 똑같이 가치가 있지 않을까요?

때는 늦은 오후였다. 그들은 함께 태양이 내리쪼이는 들판의 오솔길을 따라 걸어갔다. 프로코프는 침묵했고 안치는 듣기만 한다. 안치는 한 손으로 꺼끌꺼끌한 밀 이삭을 스치며 지나갔다. 안치는 어깨로 그를 슬쩍 건드리면서 발걸음을 천천히 하다가 또다시 빨리 발걸음을 옮긴다. 그리고 그보다 두 발 정도 앞서 가면서 뭔가 망가뜨리고 싶어 밀 이삭을 뽑아버렸다. 이 해맑은 고독이 마침내 그녀를 우울하게 하고, 신경을 예민하게 했다.

우리는 이리로 나오지 말아야 했어.

둘 다 비밀스럽게 생각했다. 이러한 억압적인 불협화음 속에서 그들은 피상적이고 망가진 대화를 이어가고 있었다. 마침내 여기에 그들의 목표물이 나타났다. 보리수 두 고목 사이에 작은 예배당이 있었다. 때는 목동들이 노래를 시작할 때인 늦은 오후였다. 거기에는 순례자들을 위한 자리가 있었다. 그들은 이전보다 더 조용히 앉아 있었다. 어떤 여인이 예배당 계단에 앉아서 자신의 가족을 위해서 기도를 올리고 있었다. 그녀가 떠나가자마자 안치는 그 자리를 차지했다. 그러한 행동에는 물론 영원히 여성다운 것이 있었다. 이런 오랜 전통의 성스러운 몸짓, 성숙한 단순성 앞에서 프로코프는 아이가 된 기분이었다.

안치는 마침내 일어섰다, 그녀는 좀 더 심각해지고 성숙해졌다. 뭔가 결단을 내리고 화해를 했다. 마치 뭔가를 깨달은 것처럼, 마치 근심이 있는 것처럼, 큰 부담을 느낀 것처럼, 생각에 잠긴 것처럼, 뭔가 상당히 변화된 것 같다. 그들이 석양에 오솔길을 따라 집으로 돌아올 때 그녀는 간단하게 한마디씩, 달콤하나 침침한 목소리로 대답하곤 했다.

저녁 먹는 시간 내내 그녀도 프로코프도 아무 말을 하지 않았다. 그들은 아마도 박사가 언제 신문을 읽으러 나갈까만 생각했다. 박사는 중얼거리고 안경 너머로 그들을 흘낏 바라보았다. 어이 친구, 뭔가가 여기서 그에게 늘 그랬던 것과는 달리, 어울리지 않은 것 같아.

시간은 당혹스럽게 질질 끌고 있었다. 세드미돌리나인지 르호타인지 어딘가로부터 전화가 와서 박사는 해산을 도우러 가야 했다. 노 박사는 전혀 기쁘지 않았다. 심지어 투덜거리는 것도 잊어버렸다. 그는 산부인과용 가방을 들고 문에서 서성이며 메마르게 말했다. "안치야, 그만 자러 가려무나."

그녀는 말없이 일어나 테이블로부터 사라졌다. 그녀는 오랫동안, 아주 오랫동안 부엌에서 서성거렸다. 프로코프도 불안하게 담배를 피워대다가 벌써 떠나려고 했다. 그녀는 되돌아와서 마치 얼어붙은 듯 창백한 얼굴로 간신히 자신을 제어하며 영웅적으로 말했다.

"당구 한판 치지 않을래요?"

이는 오늘은 더 이상 정원으로 나가지 않는 것을 의미했다.

그것은 매우 나쁜 게임이었다. 즉 안치는 전혀 융통성이 없어 보였고, 맹목적으로 당구를 치고 있었다. 그녀는 어떻게 치는지도 잊어버렸고, 거의 말대꾸도 하지 않았다. 한번은 그녀가 가장 쉬운 샷도 치지 못하자 프로코프는 어떻게 치는지 그녀에게 보여주었다. 오른손은 힘을 빼고 큐는 조금 아래 방향으로 하는 것이 요령이다. 그렇게 하는 동안 그는 그녀의 손을 잡고, 그의 다른 손을 그녀의 손에 올려놓았다. 그때 안치는 날카롭고 침울한 표정으로 그의 얼굴을 쳐다보다가 큐를 바닥에 던져버리고 떠나 가 버렸다.

자, 이제 무엇을 한담? 프로코프는 당구대가 있는 살롱을 배회하면서 담배를 피워 물고 어쩔 줄 몰랐다.

아, 이상한 아가씨. 왜 그녀는 나를 혼란에 빠트리는가? 그녀의 어리석은 입, 반짝이는 좁은 눈썹, 반들거리고 열정적인 얼굴. 이런, 사람은 나무로 만들어진 게 아니지. 왜 그것이 죄가 된단 말인가? 얼굴을 쓰다듬고, 뽀뽀를 해주고, 쓰다듬는 것이 아, 장밋빛 얼굴을 애무하는 것이, 머리카락을, 머리카락을, 생생한 목덜미에 처진 머리카락을 축복해주는 것이 (사람은 나무로 만들어진 게 아니지), 뽀뽀해 주고, 쓰다듬어주고, 손을 잡아주고, 경건하게 조심스럽게 키스해 주는 것이 죄가 된단 말인가?

어리석긴, 프로코프는 후회했다. 나는 늙은 당나귀야. 나는 나 자신이 수치스러워. …그러한 아이에게. 그런 것을 생각조차 하지 않은, 생각조차 하지 않은 그런 아이가 아닌가…. 좋아, 프로코프는 스스로 그런 유혹을 다루어야 했다. 그러나 그것은 그렇게 빨리 되지 않았다.

(여러분은 그가 거울 앞에 서서 어떻게 입술을 씹으며 우울하

게 열렬히 호소하며 자신의 나이를 생각하는지를 상상해 볼 수 있으리라.)

잠자러 가, 이 늙은 노총각아, 자러 가. 방금 너는 수치로부터 너 자신을 구한거야. 이 젊은 바보 같은 아가씨가 너를 비웃을 수도 있었어. 이러한 결과도 나름대로 가치가 있어. 그는 이처럼 결심을 하고 자신의 침실로 올라갔다. 다만 그가 안치의 방을 지나가야 하는 것이 마음에 걸렸다. 그는 발끝으로 걸어갔다. 벌써 그 아이가 자고 있을지도 모르니까. 갑자기 그는 심장이 심하게 뛰어서 잠시 멈춰 섰다. 이 문이, 안치의 문이 다 닫혀 있지 않았다. 문은 전혀 잠겨 있지 않았고 그 안쪽은 캄캄했다. 무슨 일이지? 안쪽에서 흐느끼는 소리가 들려왔다.

그는 거기로, 그 문 안으로 들어가고 싶은 충동을 느꼈다. 그러나 더 강력한 어떤 것이 그를 아래로 내려가게 하고 정원으로 나가게 했다. 그는 어두운 관목 숲에 서서 마치 경고를 하듯 심하게 뛰는 가슴을 손으로 눌렀다. 하나님 맙소사, 다행히도 나는 그녀에게 가지 않았다! 안치는 아직도 무릎을 꿇은 채 —반 정도 옷을 벗고— 베개에 대고 울고 있었다. 왜? 나는 모르겠다. 그러나 만일 내가 거기로 들어갔었더라면, …이거 참, 무엇이 일어났을까? 아무것도…, 나는 그녀의 옆에 무릎을 꿇고 울지 마라고 타일렀을 것이다. 그리고 그녀의 부드러운 머리카락을, 벌써 헝클어진 머리카락을 쓰다듬어주었을 것이다. …오 하나님 맙소사, 왜 그녀는 문을 열어놨을까?

밝은 그림자가 집으로부터 미끄러져 나와 정원으로 향했다. 그것은 안치였다. 그녀는 옷을 입고 머리카락도 흐트러지지 않았다. 하지만 손으로 관자놀이를 누르고 있었다. 왜냐하면 손으로 불타는 이마를 식혀야 했기 때문이다. 그리고 그녀는 아직도 조금 전의 울음 때문에 흐느끼고 있는 것 같았다. 그녀는 프로코프 옆으로, 자신의 오른쪽 옆구리 쪽으로 공간을 만들어 지나가면서 그를 쳐다보지도 않았다. 그러나 그가 그녀의 팔을 잡고 의자로 데려갔을 때 저항을 하지 않았다. 프로코프가 뭔가 위로의 말을 하려고 할 때(좌우간 도대체 실제로 무슨 말을?), 그는 갑자기 자신의 어깨 위에 그녀의 머리를 느꼈다. 그녀는 또다시 발작적으로 격렬하게 울음을 울었다. 그 울음 속에서 코를 풀면서 그에게 대답했다. "이건 아무것도 아니에요."

프로코프는 마치 친척 아저씨처럼 양팔로 그녀를 포옹했다. 그리고 뭔가 충고의 말을 중얼거렸다. 그는 그녀가 착하고 아주 친절하다고 말을 해서 그녀의 흐느낌은 긴 한숨으로 바뀌었다(그는 자신의 팔에 뜨거운 물기를 느꼈다). 그것은 좋았다.

오 밤이여, 하늘의 여왕이여, 그대는 답답한 가슴을 가볍게 하고, 무거운 혀를 풀어지게 하고, 기운을 북돋우고, 축복하고, 방망이 치는 가슴에, 억압받고 닫힌 가슴에 조용히 날개를 달아주고, 그대는 그대의 영원성으로부터 목마른 자에게 마실 것을 주는구나.

어딘가 저 우주공간 작은 곳에, 극지와 남십자성 사이 어딘가에, 센타우러스자리와 거문고자리 사이에 뭔가 부드러운 것이 일어나고 있다. 어떤 남자가 아무 이유 없이 여기 이 눈물 젖은 작은 얼굴을 한 아가씨를 보호하는 유일한 자라는 것을 느낀다. 그는 그녀의 머리 정수리를 어루만지며 이야기한다. …실제로 무엇을? 그는 자기 어깨 위에서 흐느끼며 울고 있는 것을 무척 사랑하고, 지독하게 사랑해서 매우 행복하고, 그는 여기서부터 절대로 어디로도 가지 않을 것이라는 것이 엄청나게 행복하다.

"저는 제게 무엇이 일어났는지 모르겠어요." 그녀는 흐느끼며 한숨을 내쉬었다. "저는… 저는 당신에게 뭔가를… 무척 말하고 싶었어요."

"그런데 왜 당신은 울었어요?" 프로코프는 중얼거렸다.

"왜냐하면 당신은 제게 그렇게 오랫동안 다가오지 않았었잖아요." 놀라운 답변이 울려 퍼졌다.

프로코프한테서 뭔가가 연약해졌다. 의지나 뭐 비슷한 것.

"당신은… 당신은… 나를 좋아하나요?" 그는 어렵사리 말했다. 그의 목소리는 14살 소년의 목소리처럼 혼란스러웠다. 그녀의 머리가 그의 어깨에 빠르게 파묻히고 거리낌 없이 끄덕거렸다.

"아마도 나는… 당신에게 갔어야 했어요." 프로코프는 의기소침하여 속삭였다. 그녀는 머리를 단호하게 내저었다. "지금이… 저는 더 좋아요." 안치는 잠시 후 숨을 몰아쉬었다. "여기는… 정말 니무 아름다워요!" 담배 냄새와 땀 냄새가 나는 기친 남자의 코트가 그처럼 아름답다는 것을 이해하는 사람은 아마도 없을 것이다. 그러나 안치는 머리를 거기에 박고 이 세상 어떤 것도 그녀로 하여금 하늘의 별을 보도록 머리를 들게 하지 않았다. 그 어둡고 담배 냄새 나는 은신처에 있다는 것은 얼마나 행복한가. 그녀의 머리카락은 프로코프의 코밑을 간지럽혔고 짙은 향수 냄새를 풍겼다. 프로코프는 그녀의 처진 어깨를 쓰다듬고, 그녀의 싱싱한 목과 가슴을 쓰다듬었다. 그는 오직 헌신적으로 떨고 있는 그녀를 발견하고, 순간 모든 것을 잊어버리고, 강하고 거칠게 그녀의 머리를 잡아서 축축한 입술에 키스를 퍼붓기 시작하였다. 그리고 오 이것 봐라. 안치는 거칠게 자신을 방어했다. 그녀는 공포로 기절할 듯이 숨을 몰아쉬었다. "안 돼요, 안 돼요, 안 돼요."

그리고 이제 다시 그녀는 그녀의 얼굴을 그의 코트에 파묻었다. 그는 그녀의 거칠게 뛰는 심장소리를 들었다. 프로코프는 갑자기 그녀가 아마도 키스를 처음으로 했다는 것을 깨달았다.

그때 그는 자신이 부끄러워졌고 엄청나게 심각해져서 이제 그녀의 머리를 쓰다듬는 것 외에 더 이상 아무것도 할 용기가 나지 않았다.

이것은 할 수도 있어, 이것은 할 수도 있어. 오 하나님, 그러나 그녀는 아직 어린애야, 아직 철없는 아이야! 이제는 이 하얀 커다란 암송아지에게 상처를 줄 수 있는 말 한마디도, 단 한마디도 해서는 안 돼. 오늘 저녁의 혼란스러운 감정을 무모하게 설명하고자 하는 생각은 절대로 안 돼!

사실 그는 자신이 무슨 말을 하고 있는지 알 수 없었다. 그것은 곰의 멜로디였고 텅 빈 구문이었다. 그것은 차례로 별들을, 사랑을, 신을, 아름다운 밤과 오페라들을 언급했다. 프로코프는 오페라 제목을 상기해낼 수 없으나 그 음표들과 소리는 그에게 도취된 듯이 울렸다.

잠시 후 그에게는 안치가 잠이든 것처럼 보였다. 그리고 그는 다시 자신의 어깨 위에서 졸리면서도 자신의 말에 주의를 기울이는 행복한 숨소리를 느낄 때까지 말없이 기다렸다.

마침내 안치는 몸을 일으켰다. 손을 무릎 위에 포개놓고 생각에 잠겼다.

"난 믿을 수 없어요, 난 믿을 수 없어요." 그녀는 상냥하게 말했다. "이것은 있을 수 없어요." 하늘에는 별이 한줄기 광선을 남기며 떨어졌다. 인동초 꽃향기가 풍기고, 가까이 작약이 꽃잎을 움츠리고 잠들었다. 그 어떤 천국의 숨소리가 나무 꼭대기에서 살랑이고 있다.

"저는 너무나 여기 더 머물고 싶어요." 안치는 속삭였다.

다시 한 번 프로코프는 유혹과 소리 없는 투쟁을 해야 했다. "잘 자요, 안치." 그는 어렵사리 말했다. "만일… 만일 당신의 아버지가 돌아오신다면…"

안치는 얌전하게 일어났다.

"잘 자요." 그녀는 말하고 주저주저했다. 그렇게 그들은 마주서서 무엇을 시작해야 할지 무엇을 끝내야 할지 몰랐다. 안치는 창백해지며 그녀의 눈꺼풀은 불인하게 떨고 있었고, 그리고 뭔가 영웅적인 행동을 준비하는 것처럼 보였다. 그러나 프로코프는 ―

벌써 완전히 머리를 아래 내려뜨리고— 손으로 그녀의 팔꿈치를 잡았다. 그녀는 겁을 내며 뿌리치고 도망치기 시작했다.

그렇게 그들은 조금 떨어진 채 정원의 오솔길을 따라가 걷기 시작했다. 그러나 가장 어두운 곳에 도달했을 때, 그들은 아마도 길을 잃어버렸는지, 프로코프의 이는 어떤 사람의 이마에 부딪혔다. 그는 급히 차가운 코에 키스를 했고, 마침내 자신의 입술로 절망적으로 젖어버린 입술을 찾았다. 그는 강압적으로 그녀의 입을 열어젖히고, 그녀의 목덜미를 꽉 잡고서 달가닥거리는 치아들을 비집어 열어젖히고, 폭력적으로 불타는 듯하고 열은 신음소리를 내는 축축한 입에 키스를 해댔다.

그리고 나서 그녀는 그의 손으로부터 벗어나 정원 문으로 달려가서 울음을 터뜨렸다. 프로코프는 그녀를 달래기 위해 그녀에게 달려가서 그녀를 어루만지고, 그녀의 머리카락에, 그녀의 귀에, 목덜미에, 그리고 등에 키스를 퍼부었다. 그러나 그것은 도움이 되지 않았다. 그녀는 놓아달라고 요구하고, 자신에게 젖은 얼굴을, 젖은 두 눈을, 젖고 흐느끼는 입을 돌렸다. 그녀의 입은 짠 눈물로 넘쳐났다. 그는 그녀에게 키스를 하고 애무를 하고 갑자기 그녀가 이제 더 이상 저항을 하지 않는 것을 보았다. 그녀가 명예나 불명예 관계치 않고 자신을 맡기고, 그리고 아마도 자신의 이러한 무모하고 갑작스런 행동에 울음을 터뜨리고 있는 것을 알았다. 그래서 프로코프에게는 갑자기 남자의 기사도정신이 나타나서, 그는 자신의 팔로부터 이 작은 불행의 씨앗을 놓아주고, 한량없이 감동되어 오직 눈물로 뒤범벅이 되고, 떨고 있는 절망적인 손가락에게만 키스를 했다.

자, 이제 상황이 더 좋아졌다. 이제 다시 그녀는 얼굴을 그의 거친 손에 기댔다. 그는 자신의 촉촉하고 불타는 입술로, 뜨거운 숨을 몰아쉬며, 젖은 속눈썹을 요동치며 그녀에게 키스를 했다. 그리고는 그녀가 더 이상 몸을 맡기지 않게 했다. 여기서 그는 고통스러운 다정함을 이겨내기 위해서 두 눈을 깜빡이면서 숨을 멈추었다.

안치는 머리를 들어올렸다. "안녕히 주무세요." 그녀는 조용히 말하고 아주 단순하게 그녀의 입술을 그에게 허락했다. 프로코프는 그에게 몸을 숙여 숨을 몰아쉬고 그가 할 수 있는 가장 부드러운 키스를 했다. 그는 이제 더 이상 그녀를 안내할 용기가 없어 잠시 걸음을 멈추고 얼어붙었다. 그러고 나서 그녀의 창문으로부터 불빛이 비치지 않는 정원의 반대쪽으로 갔다. 거기서 그는 마치 기도라도 하듯이 서 있었다. 전혀, 그것은 기도가 아니었다. 그것은 그의 인생에서 가장 아름다운 밤이었을 뿐이었다.

제13장

　새벽이 왔을 때 그는 이제 더 이상 집 안에 있을 수 없었다. 달려 나가서 꽃들을 꺾어서 안치의 방문 앞에 놓아야지, 그러면 그녀가 방을 나왔을 때⋯ 하고 그는 생각에 잠겼다. 기쁨의 날개가 돋아서 그는 4시가 좀 넘어서 벌써 집으로부터 나왔다. 아, 얼마나 멋진 날씨인가. 모든 꽃들은 두 눈처럼 반짝인다. (그녀의 눈은 암소의 눈처럼 커다랗고 조용하다.) (그녀는 매우 긴 속눈썹을 가지고 있다.) (그녀는 잠을 자고 있고, 그녀의 눈썹은 비둘기의 알처럼 둥글고 부드럽다.) (오, 하나님, 그녀의 꿈을 알 수만 있다면.) (그녀는 양손을 가슴 위에 얹고 있다면 숨 때문에 오르락내리락 하겠지, 그러나 만일 머리 밑에 놓여 있다면 틀림없이 그녀의 소매가 아래로 처지겠지, 그러면 그녀의 거칠지만 장밋빛 둥근 팔꿈치가 보이겠지.) (그저께 그녀는 지금까지 어릴 때부터 자던 초록색 침대에서 잔다고 말했지.) (그녀는 오는 10월에 19살이 된다고 말하곤 했었지.) (그녀는 목덜미에 모반이 있다.)

(그녀가 나를 사랑하는 것이 도대체 어떻게 가능할까, 그것은 정말 이상해.)

　실제로 여름 아침보다 더 아름다운 것은 없다. 그러나 프로코프는 땅을 바라보며 미소를 머금고 할 수 있는 한 멀리 바라보며 생각에 잠겨서 강가까지 방랑했다. 거기에… 아니 저 강 건너 둑에… 수련 꽃봉오리가 보였다. 그는 온갖 위험을 무릅쓰고 옷을 벗고 진흙탕 물속으로 뛰어 들어갔다. 뭔가 날카로운 것에 의해서 발에 상처를 입은 채 그는 수련 꽃을 한 움큼 쥐고 돌아왔다. 수련은 시적인 꽃이다. 그러나 그 진득한 줄기는 불쾌한 물기를 내뿜는다. 프로코프는 이 전리품을 들고 집으로 달려와서 이 꽃들로 어떻게 멋진 꽃다발을 만들까 하고 생각했다. 그는 집 앞에 있는 벤치에서 박사가 잊어버린 석간신문 〈폴리티카〉를 발견했다. 그는 그것을 아무렇게나 찢으면서 얼핏 기사를 살펴보았다. 발칸 전쟁의 동원, 어떤 정부 부처의 혼란스러운 상황, 물론 전 국민이 애도하는 검은 테두리 안에 있는 사망기사, 그는 이 젖은 꽃줄기를 신문으로 감쌌다. 그러고 나서 자신의 자랑스러운 꽃다발 작품을 바라보려고 한 순간, 그는 무서운 충격을 받았다. 그는 신문 뒷면에서 한 단어를 발견했다.
　그것은 크라카티트였다.

　잠시 그는 얼어붙어서 그것을 바라보았으나 자신의 눈을 믿을 수 없었다. 그는 무척 흥분한 상태에서 서둘러 그 신문을 다시 펼

치면서 모든 멋진 수련 꽃들을 바닥으로 흩어버렸고, 마침내 이런 광고를 발견했다.

"크라카티트! 엔지니어 P. 주소를 보내기 바람. 카슨, 우편국 유치."

더 이상 아무것도 없다. 프로코프는 눈을 비비고 다시 읽어봤다.

"엔지니어 P. 주소를 보내기 바람. 카슨."

하나님 맙소사. …도대체 이 카슨이란 자가 누구지? 어떻게, 도대체 어떻게 그자가 이것을 알고 있단 말인가? 프로코프는 이 수수께끼 같은 광고를 15번이나 읽었다.

"크라카티트! 엔지니어 P. 주소를 보내기 바람." 그리고 또 "카슨, 우편국 유치." 이제 더 이상 읽을 게 없었다.

프로코프는 마치 망치로 얻어맞은 것처럼 앉아 있었다. 왜, 도대체 왜 나는 이 저주받을 신문을 손에 넣었단 말인가. 이런 생각이 절망적으로 그의 머리에 떠올랐다. 어떻게 그것이 거기에 있단 말인가? "크라카티트! 엔지니어 P. 주소를 보내기 바람." 엔지니어 P.는 프로코프를 의미하지 않는가? 그리고 크라카티트, 그것은 바로 그 저주 받을 장소가 아닌가. 자신의 뇌 속 어딘가 희미한 곳, 심각하게 부어오른 뇌, 생각하고 싶지 않은 것, 그로 하여금 벽에 부딪히게 한 것, 이제는 이름도 없는 것, …그런데 어떻게 그것이 거기에 있단 말인가?

"크라카티트!"

프로코프는 내적인 충격에 의해서 두 눈을 크게 떴다. 갑자기 그는… 이상한 납 소금을 보았다. 순간적으로 그의 기억 속에 희미한 필름이 지나갔다. 실험실에서 무겁고, 무디고, 냉담한 물질과의 기나긴 맹렬한 투쟁, 모든 것을 실패했을 때 맹목적이고 바보 같은 시도, 화가 나서 손가락으로 그것을 부수어 가루로 만들 때, 부식을 일으키는 느낌, 혀에 느껴지는 끈적한 느낌, 자극성 냄새가 나는 연기, 피로에 지쳐서 의자에 잠이 들고, 수치심과 고집 그리고 갑자기, …마치 꿈속에서처럼 또는 그와 비슷한 상황에서 …최후의 영감, 역설적인 시도. 그리고 그가 지금까지 한 번도 사용하지 않았던 기적적이고 단순한 육체적인 계략. 그는 마침내 도자기 상자에 쓸어 모았던 가느다란 작은 바늘들을 보았다. 그는 저기 들판에 파 놓은 모래 구덩이 속에서 내일 멋지게 폭파시키리라는 것을 확신하고 있었다. 그곳은 그의 불법적인 폭발장소였다.

그는 자기 실험실에 있는 철사 줄과 솜뭉치가 튀어나온 안락의자를 보았다. 거기서 그는 피로에 지친 개처럼 빙글빙글 돌다가 아마도 잠이 들었다. 거기는 완전히 어두워서 무서운 폭발이 일어나고 유리 파편이 떨어지는 동안 그는 의자로부터 바닥에 나뒹굴어졌다. 그러고 나서 오른손이 심하게 아팠다, 왜냐하면 뭔가가 그것을 베었기 때문이다. 그러고 나서… 그 다음에….

프로코프는 이러한 갑작스런 기억 때문에 고통스럽게 이마를 찡그렸다. 사실, 여기 손에 그 흉터가 남아 있다. 그러고 나서 불을 켜고자 했다. 그러나 전구가 터져 버렸다. 그는 무엇이 일어났는지 알아보려고 어둠 속에서 더듬었다. 책상 위에는 부서진 조각들이 가득했고, 그가 일하던 곳에는 아연판이 산산조각이 나고, 뒤틀려지고, 녹아 버리고, 참나무 책상은 마치 벼락을 맞은 것처럼 부서져 버렸다. 그러고 나서 그는 이 도자기 상자가 손에 닿았다. 그것은 안전했고, 그는 그제야 공포에 사로잡혔다. 바로 이것이, 그렇다, 이것이 크라카티트였다. 그러고 나서….

프로코프는 더 이상 앉아 있을 수 없었다. 그는 흩어진 수련꽃을 뛰어 넘어 정원으로 달려가면서 신경질적으로 손가락을 물어 뜯었다. 그 다음 그는 어딘가로, 들판을 넘어, 갈아엎은 밭을 넘어 몇 번인가 넘어져 가면서 달려갔다. 하나님 맙소사, 도대체 그 곳이 어디였단 말인가? 여기서 그의 기억의 고리는 분명히 끊어졌다. 오직 이마 뼈 아래의 고통과, 뭔가 경찰과의 옥신각신, 그러고 나서 이르카 토메시와 이야기를 했고, 우리는 그의 집으로 걸어갔고, 아니 택시를 타고 갔다. 그는 병이 들어 토메시가 그를 간호했다. 이르카는 친절했다. 하나님 맙소사. 그건 얼마나 오래 전이었던가? 이르카 토메시는 여기 아버지한테 간다고 말했지만 그는 가지 않았다. 자, 조심해야지, 그것은 이상했다. 그후 나는 잠들었고 아니 뭔가가 ….

잠시 후 초인종이 부드럽게 울렸다. 그는 문을 열었다. 바깥현관에는 얼굴을 베일로 가린 소녀가 서 있었다.

프로코프는 신음을 하고 양손으로 얼굴을 가렸다. 그는 그가 어젯밤에 누군가 다른 사람을 어루만지고 위로하던 그 자리에 앉아 있다는 것을 까맣게 잊어버렸다.

"여기 토메시 씨가 살고 있습니까?" 그녀는 숨을 몰아쉬며 물었다. 아마도 달려온 것 같았다. 그녀의 털외투는 비에 젖어 있었고, 갑자기 그녀는 두 눈을 치켜 올렸다….

프로코프는 거의 고통으로 신음 소리를 낼 뻔 했다. 그는 그녀가 마치 어제 저녁에 여기 있었던 것처럼 느껴졌다. 손, 꽉 조인 장갑 속의 작은 손, 숨결 때문에 두꺼운 베일 위에 떨어진 이슬방울, 청순한 모습과 고통으로 충만한 모습, 아름답고, 슬프고 용감한 모습. "당신은 그를 보살필 테지요?" 그녀는 가까이서 심각하고 혼란스러운 눈으로 그를 바라보았다. 그는 잘 봉인된 소포를 꼭 잡고, 불안한 손으로 그것을 가슴에 꽉 누르고, 온힘을 다해 자신을 통제하고 있었다….

프로코프는 얼굴에 한 대 맞은 기분이었다. 나는 어디에 그 소포를 놔둬야 한단 말인가? 그녀가 누구든지 간에 나는 그것을 토메시한테 전달한다고 약속했다. 나는 몸이 아팠을 때… 나는 모든 것을 잊어버렸다. 아니면… 아마도… 나는 그것을 상기하고 싶지 않았을 것이다. 하지만 지금… 나는 지금 반드시 찾아내야 한다. 그것은 확실해.

그는 자기 방으로 한걸음에 달려가서 서랍을 열었다. 없어, 없어, 그것은 여기 없어. 그는 스무 번이나 자신의 소지품들을 뒤졌다. 종이 한 장 한 장씩, 물건 하나하나씩. 그러고 나서 그는 마치 예루살렘의 폐허 위에서와 같이 무서운 무질서 속 한가운데에 앉왔다. 그리고는 인상을 찌푸렸다. 그것은 아마도 박사님이나 안치, 아니면 깔깔대기 좋아하는 난다가 가져갔을 거야. 그렇지 않다면 어떻게 여기에 없단 말인가? 그가 탐정처럼 확실하게 기억을 찾아냈을 때, 그는 메스꺼움과 혼란을 느꼈다. 그리고 마치 꿈속에서처럼 난로로 다가갔다. 그리고 그 깊은 난로 속에 손을 넣어 잃어버린 봉투를 끄집어냈다. 비록 그 자신이 그것을 거기에 넣었는지 분명하지는 않지만, 그가 아직 완전히 건강이 회복되지 않았을 때, 그리고 또한 자신이 혼수상태나 환각에 빠져서 그것을 침대로 가져가야 했고, 그들이 그것을 그로부터 뺏으려 했을 때 그는 분노했던 것을, 그리고는 그가 그것에 대해 무척 걱정을 했던 것을, 또는 그는 그것에 대해 고통스러울 정도로 불안과 초조에 젖었던 것을 상기했다.

분명히 영특한 미치광이처럼 그는 안정을 되찾기 위해서 그것을 스스로 숨겼을 것이다. 그런 잠재의식의 비밀은 악마나 알고 있을 것이다.

이제 그것이 여기에 있다, 5개의 인장이 찍힌 아주 잘 봉인된 소포. 거기에는 "이르지 토메시 님에게"라고 써져 있다. 그는 이 세련되고 선명한 글씨로부터 뭔가 친밀한 것을 찾아내려고 애썼다. 그러나 그대신 그는 떨리는 손으로 소포를 잡고 있는 베일을 쓴 여자를 보았다. 이제, 지금 그녀는 두 눈으로 위로 올려다본다. …그는 열정적으로, 멀리서 순간적으로 풍겨오는 소포의 냄새를 맡았다.

그는 그것을 책상 위에 올려놓고 방을 이리저리 돌아다녔다. 그는 다섯 개의 인장이 찍혀 있는 그 소포 속에 무엇이 있는지 몹시도 알고 싶었다. 그것은 분명히 중대한 비밀이고, 운명적이고 긴급한 관계일 것이다. 비록 그녀는 그것이 어떤 다른 사람을 위해서라고 말했지만, 그녀는 무척 흥분상태였다. …좌우간 그녀가 적어도 그를 사랑하고 있을 수도 있어, 그건 믿기 어렵지만. 토메시는 악당이야. 그는 겉잡을 수 없는 분노로 자신에게 말했다. 그는 언제나 여자들한테서 행복을 얻어. 그는 냉소가야. 좋아, 그를 찾아내서 그 사랑의 소포를 전할 거야. 그리고 그것으로 끝장이야….

갑자기 어떤 생각이 머리에 떠올랐다. 토메시와 그 사람, 그의 이름이 뭐더라, 그 저주받을 카슨 사이에 무슨 연관성이 있을 거야! 좌우간 어느 누구도 크라카티트에 대해서 몰랐고, 그리고 모르고 있단 말이야. 맙소사 아마도 이 작자와 오직 토메시 이르카만이 스파이 짓을 했을 거야. …새로운 영상이 스스로 혼란스러운 기억의 필름 속으로 들어왔다. 프로코프는 몹시 흥분하여 뭔가를 중얼거렸다(그건 아마도 토메시의 아파트일 거야). 그 녀석, 이르카는 그에게 몸을 숙이고 뭔가를 노트에 써 넣었어. 틀림없이 맹세코 그건 내 공식임이 틀림없어! 나는 그것을 말해 버렸고, 그는 나를 꾀어내어 그것을 도적질해서 카슨한테 팔아넘겼어!

프로코프는 그런 사익한 짓을 생각하니 몸이 얼어붙었다. 하나님 맙소사. 그 여자가 그런 자의 손아귀에 넘어가다니! 이 세상에서 뭔가 분명히 해야 할 것이 있다면 어떤 대가를 치르더라도 그녀를 보호해야 해!

좋아, 맨 먼저 이 악당, 토메시를 찾아서 그에게 5개 봉인이 찍힌 소포를 건네주고 이빨에 한방 갈기는 거야. 그리고 계속해서 그자를 내 손아귀에 넣어야 해. 그 녀석 내게 그녀의 이름과 어디에 사는지 말하고 맹세하도록 해야 해. …아니야, 그런 망나니 녀석으로부터는 아무런 약속도 필요 없어. 그러나 나는 그녀에게 가서 모든 것을 말할 거야. 그러고 나서 그녀로부터 영원히 사라지는 거야.

이러한 기사도다운 해결에 만족한 프로코프는 그 불행한 소포를 가지고 일어섰다. 아하, 그녀가 토메시의 연인인지만 안다면, 알 수만 있다면!

또다시 그는 아름답고 강한 모습으로 서 있는 그녀를 보았다. 그녀는 그때 결코 어떤 시선으로도, 어떤 윙크로도 토메시의 죄악으로 물든 침대를 돌아보지 않았을 거야. 어떻게 그녀가 두 눈으로 거짓을 말할 수 있단 말인가, 그런 눈초리로 거짓을 말할 수 있단 말인가….

그는 숨을 몰아쉬며 그 소포의 봉인을 뜯고, 매여 있는 끈을 풀고 봉투를 찢었다. 거기에는 은행수표와 편지가 있었다.

제14장

토메시 박사는 힘든 일을 한 후, 아침 식탁 옆에 앉아 숨을 몰아쉬며 투덜거리고 있었다. 그는 가끔 걱정스러운, 불만족스런 표정으로 안치를 쳐다보곤 했다. 안치는 꼼짝도 하지 않고 앉은 채 먹지도 마시지도 않았다. 그녀는 프로코프가 아직 나타나지 않아, 자기 눈을 믿을 수가 없었다. 그녀의 입술은 떨고 있었고, 분명히 울음을 터뜨릴 찰나였다.

그때 프로코프가 쓸데없이 단단히 결심이라도 한 모습으로 들어왔다. 그는 창백해져서 앉을 수조차 없었다. 그는 바쁘다는 듯 건성으로 인사를 하고, 안치를 모르는 듯이 그녀의 시선을 피했다. 그는 즉각 신경질적이고 초조하게 물었다.

"당신의 아들 이르카는 어디에 있습니까?"

박사는 몸을 홱 돌렸다. "뭐라고요?"

"지금 당신의 아들은 어디에 있습니까?" 프로코프는 반복적이고 고집스런 눈초리로 물고 늘어졌다.

"내가 어떻게 알아요." 박사는 으르렁거렸다. "나는 그 녀석에 대해 알고 싶지도 않아요."

"그는 프라하에 있습니까?" 프로코프는 주먹을 움켜쥐며 강하게 대답을 촉구했다. 박사는 침묵을 했으나 그의 속에서 뭔가가 끓어올랐다.

"저는 그와 이야기를 해야 합니다." 프로코프는 밀어붙였다. "저는 반드시…, 제 말 듣고 있어요? 저는 지금 그에게 가야 해요, 지금 당장! 그 녀석 어디 있어요?"

박사는 턱뼈를 곱씹으면서 문을 향해 나아갔다.

"그는 어디 있어요? 어디에서 살고 있어요?"

"나는 몰라요." 박사는 자기 목소리가 아닌 듯이 소리치고는 문을 꽝 닫았다.

프로코프는 안치에게 몸을 돌렸다. 그녀는 얼어붙은 듯이 앉아서 눈을 크게 뜨고 멀리 바라보고 있었다.

"안치." 프로코프는 열병에 걸린 듯이 지껄였다. "당신 오빠 이르카가 어디 있는지 내게 말해 줘야 해요. 나는… 나는 그를 찾아가야 해요. 알겠어요? 그것이 바로, 말하자면… 중요한 일이에요. …간단히 말해 그것은 몇몇 사건과 관련이 있어요. 나는…. 이것을 읽어봐요." 그는 급히 말하고, 그녀의 눈앞에 구겨진 신문 뭉치를 내밀었다. 그러나 안치는 뭔가 둥근 원을 보았을 뿐이다.

"이것이 나의 발명품이에요, 아시겠어요?" 그는 불안해하며 말했다. "그들은 나를 찾고 있어요, 카슨이란 작자가. …당신의 오빠 이르지는 어디 있어요?"

"저는 몰라요." 안치는 속삭였다. "벌써 2년, 벌써 2년이나 우리들에게 편지 하나 안 썼어요…."

"아아…" 프로코프는 중얼거리고, 분노하며 신문을 짓이겨 버렸다. 소녀는 돌처럼 굳어 버렸다. 그녀의 두 눈만이 더욱 커지고, 반쯤 열린 입술로 간신히 놀라고 고통스러운 숨을 몰아쉬었다.

프로코프는 땅바닥에 주저앉고 싶었다.

"안치." 그는 고통스러운 침묵을 깨고 간신히 말했다.

"나는 돌아올 거요. 나는… 며칠 후에…. 이건 정말 중대한 일이에요. 사람은… 마침내 자신의 사명을… 생각해야 해요. 그리고 그는, 아시다시피, 그 어떤… 의무를 가지고 있어요. (하나님 맙소사, 그는 그만 말을 망치고 말았다!) 내가 꼭 가야 하는 것을… 이해해 주세요." 그는 갑자기 소리쳤다. "가지 않으니 차라리 죽고 싶어요. 이해하겠어요?"

안치는 겨우 고개를 끄덕일 뿐이었다. 아하, 만일 그녀가 조금만 더 고개를 숙였더라면 그녀는 머리를 책상 위에 처박고 크게 울음을 터트렸을 것이다. 그러나 그녀는 다만 두 눈에 눈물을 머금고 간신히 참아낼 수 있었다.

"안치." 프로코프는 절망에 젖어 소리치고는 문 쪽으로 몸을 돌렸다. "나는 이별을 하는 게 아니에요. 이것 봐요, 그럴 가치가 없어요. 일주일 후, 한 달 후, 여기 다시 돌아올 기니까요. …자, 우린 다시 보게 될 거에요."

그는 그녀를 볼 면목이 없었다. 그녀는 꼼짝하지 않고 멍하니 앉아 있었다. 그녀는 편하게 어깨를 늘어뜨리고, 장님처럼 아무것도 보지 않고 있지만, 그녀의 코는 속으로 울음을 훌쩍이기 시작하였다.

그녀를 바라보는 것은 고통스러웠다. "안치." 그는 또다시 시작했으나, 더 이상 말을 계속할 수 없었다. 문간에서의 순간은 영원히 지속될 것 같았다. 그는 뭔가 아직 할 말이 있고 뭔가를 해야 할 것 같았으나, 그렇게 하는 대신 온힘을 다해 "안녕히"라고 말하고 고통스럽게 도망쳐 나왔다.

그는 마치 도둑처럼 발끝으로 걸어서 그 집을 빠져나왔다.

그는 안치를 떠나온 집 문 뒤에서 잠시 동안 망설였다. 집 안은 조용했다. 그것은 그에게 말할 수 없는 고뇌를 가져왔다. 그는 현관에서 그는 뭔가 잊어버린 사람처럼 잠시 걸음을 멈추었다가 발끝으로 걸어서 부엌으로 들어갔다. 다행히도 거기는 난다가 없었다. 그는 신문 〈폴리티카〉를 집어 들었다.

"…카티…. 주소, 카슨, 유편국 유치."

그것은 유쾌한 난다가 찬장을 덮어놓던 신문의 일부분이었다. 거기에 그는 그녀를 위하여 그동안 도와준 것에 대해서 충분한 돈을 남겨두고 떠나왔다.

프로코프, 프로코프. 당신이 일주일 안에 돌아오고 싶어하는 유일한 사람은 아니라오!

"출발, 출발." 열차가 출발신호를 울린다. 하지만 인간의 조급함은 부산하게 종종대는 발걸음으로도 어떻게 할 수 없다. 인간의 조급함은 절망적으로 굼실거리고, 계속해서 시계를 꺼내 보고, 신경질적으로 자기 주위에서 발을 굴린다.

하나, 둘, 셋, 넷, 저것들은 전신주들이다. 나무들, 들판, 나무들, 초소, 집들, 강둑, 강둑, 울타리와 들판, 11시 17분. 사탕수수 들판, 푸른 앞치마를 두른 여인들, 집 한 채, 머리를 숙이고 열차를 따라잡는 강아지, 들판, 들판, 들판. 11시 17분. 하나님 맙소사, 어떻게 시간이 멈추어 있을까? 차라리 생각을 하지 않는 게 낫다. 눈을 감고 천을 헤아리든지, 주기도문을 읊거나 화학방정식을 중얼거리든지. "출발, 출발!" 11시18분. 하나님 맙소사. 무엇을 한담?

프로코프는 출발했다. 갑자기 '크라카티트'가 그의 눈에 들어왔다. 그는 놀라움을 금치 못했다. 여기가 어디야? 맞은편에 앉아 있는 사람이 신문을 읽고 있다. 그 신문 뒤쪽에 이런 광고가 있다.

"크라카티트! 엔지니어 P. 주소를 보내기 바람. 카슨, 우편국 유치."

이 카슨이란 자야, 제발 나를 좀 가만 내버려 두렴, 엔지니어 P는 생각에 잠겼다. 어쨌든 그는 가장 가까운 역에서 자신의 조국이 발행한 모든 신문을 모을 것이다. 그 모든 신문에는 광고가 있었다. 그 모든 신문에는 똑같이 "크라카티트! 엔지니어 P, 주소를…" 하나님 맙소사, 엔지니어 P는 자신에게 말한다. 나를 찾다니! 토메시가 벌써 그것을 팔아넘겼는데 왜 나를 필요로 할까?

그러나 이 근본적인 수수께끼를 해결하는 대신 그는 자신이 다른 사람들에게 관찰되고 있는지를 먼저 살펴보았다. 그런 후 그는 벌써 수백 번 눈에 익은, 찢어진 그 봉투를 꺼냈다. 그에게 강한 기쁨을 불러일으킨, 그런 가능한 모든 망설임과 더불어, 그리고 모든 고려와 주저함 끝에, 그는 봉투로부터 돈과 편지를, 어른스럽고 힘찬 글씨로 씌어진 귀중한 편지를 꺼냈다.

"친애하는 토메시."

그는 다시 흥분을 감추지 못하고 읽어내려 갔다.

"이것은 당신을 위한 것이 아니라 내 누이를 위한 것입니다. 그녀는 당신이 그녀에게 당신의 그 무서운 편지를 보냈을 때 정신이 나갈 지경이었습니다. 그녀는 당신에게 돈을 부치기 위해서 그녀의 모든 옷가지와 보석을 팔려고 했습니다. 저는 그녀가 결국에는 자신의 남편 앞에서 숨길 수 없는 그런 일을 저지르지 못하도록 모든 노력을 다했습니다. 지금 당신에게 보내는 것은 제 돈입니다. 저는 당신이 쓸데없는 어려움 없이 그 돈을 가질 것이라는 걸 잘 알고 있습니다. 그리고 제발 청컨대, 제게 감사하다고 말하지 마십시오. L."

그리고 급히 추신을 달았다.

"제발, 이제 그녀를 가만 놔두시기 바랍니다! 그녀는 그녀가 가지고 있는 것을 모두 주었습니다. 그녀는 그녀가 가지고 있는 것보다 더 많이 당신에게 주었습니다. 저는 이 모든 것이 드러나면 무엇이 일어날지 생각하니 무섭습니다. 저는 당신에게 간청컨대, 제발 당신의 그 무서운 영향을 그녀에게 악용하지 마십시오! 만일 당신이 그렇게… 그것은 너무나 치사할 것입니다."

나머지 문장은 지워졌다. 그리고 또 다시 추신이 덧붙여졌다.

"이 편지를 가져가는 당신의 친구에게 감사하다고 하십시오. 그는 제가 인간적인 도움이 절실했을 때 저에게 잊어버릴 수 없을 정도로 친절했습니다."

프로코프는 넘치는 행복감에 젖었다. 그래 그녀는 토메시의 여자가 아니야! 그녀에게는 기댈 만한 사람이 없는 거야!

용감하고 관대한 아가씨, 자기 누이를 불명예로부터 조심스레 구하려고 4만을 모았어! 3만은 은행으로부터 나온 거야. 그녀가 돈을 출금했을 때 아직 밴드에 묶여 있었어, 제기랄, 그 밴드에 왜 은행 이름이 없는 거지? 나머지 1만은 그녀가 어떻게 해서든 끌어 모은 거야. 왜냐하면 그것들은 잔돈들, 더러운 5코루나짜리 지폐들, 헤진 헝겊에 싸여 여성의 지갑에 접어 넣어졌던 돈들이었어. 하나님 맙소사. 이러한 한주먹의 돈을 모으려고 그녀는 얼마나 짜증스런 일들을 했을까!

"그는 잊어버릴 수 없을 정도로 내게 친절했었지…." 그 순간 프로코프는 토메시를, 무책임하고 비열한 놈을 쳐 죽이고 싶었다. 그러나 동시에 그는 어느 정도 그를 용시하였다. 왜냐하면 그녀가 그의 연인이 아니었기 때문이다! 그녀는 토메시의 여자가 아니었다. 그것은 적어도 그녀가 가장 순수하고, 전혀 흠 없는 거룩한 천사라는 것을 의미했다. 그것은 그의 심장에서 알 수 없는 상처가 강렬하게, 동시에 고통스럽게 치유된 것 같았다.

그렇다, 그녀를 찾아야 한다. 무엇보다도 그녀를 찾아서… 무엇보다도 그녀에게 이 돈을 돌려줘야 한다. (그는 그런 척 하는 것에 전혀 부끄러움을 느끼지 않았다.) 그리고 그녀에게 … 간단히 말해… 그녀가 내게 의지할 수 있다고 말할 것이다. 토메시에 관해서는 전혀 아니야,

"그는 잊어버릴 수 없을 정도로 내게 친절했었지…." 프로코프는 양손을 꽉 잡았다. 오 하나님, 제가 무엇을 해서라도 그런 말을 들을 정도로 결단을 내릴 수 있을까요.

오오, 열차는 도대체 왜 이렇게 천천히 달린담!

제15장

프라하에 도착하자마자, 그는 토메시의 아파트를 향해 갔다. 그는 박물관 옆에서 당황했다. 제기랄, 토메시는 실제로 어디에 살고 있는 거지? 나는 걸어갔었어, 그래 나는 여기에 걸어갔었어. 나는 열병으로 떨고 있었어. 박물관 옆 두 번째 거리, 그러나 어디서부터지? 어느 거리로부터지?

그는 화가 났다. 그리고 프로코프는 가능성 있는 방향들을 찾으며 박물관 주위를 배회하였다. 그는 아무것도 찾지 못했다.

그는 경찰서 정보과에 들렀다. 이르지 토메시, 먼지를 덮어 쓴 직원이 서류를 뒤적였다. 엔지니어 이르지 토메시, 실례지만 그는 스미호프에 있는 모모 거리입니다. 그것은 아마도 옛날 주소였을 것이다. 하지만 프로코프는 스미호프의 그 거리로 날듯이 달려갔다.

그가 아파트 관리인에게 이르지 토메시에 대해 물었을 때, 그는 머리를 내저었다. 분명히 그는 여기에 살았어요. 그러나 벌써 일 년도 넘었어요. 지금 그가 어디에 사는지 아무도 몰라요. 더구나 그는 온통 빚을 남겨 놓았어요….

절망에 빠져 프로코프는 카페를 전전했다. "크라카티트." 그는 신문 뒷면을 상기해냈다.

"엔지니어 P. 주소를 보내기 바람. 카슨, 우편국 유치."

그래, 이 카슨이 틀림없이 토메시를 알고 있을 거야. 그들 사이에는 무슨 연락이 있음에 틀림없어. 좋아, 여기에 쪽지가 있어.

"카슨, 우편국 유치. 내일 정오에 모모 카페로 오십시오. 엔지니어 프로코프."

그는 이렇게 썼다. 그러나 벌써 또 다른 생각이 떠올랐다. 그 빚. 그는 급히 법원 조사국으로 달려갔다. 그렇다, 그들은 토메시의 주소를 알고 있었다. 거기에는 배달되지 않은 소환장, 재판 독촉장 등등이 수북 쌓여 있었다. 그러나 이 토메시라는 작자는 흔적도 없이 사라지고 현재 주소를 남기지도 않았다.

그렇지만 프로코프는 또 다시 새 주소로 향했다. 적당한 팁을 받고 생기가 넘쳐난 아파트 관리인 부인은 거기서 하룻밤을 잔 프로코프를 즉각 알아봤다. 그녀는 먼저 나서서 그에게 자발적으로 이야기를 꺼냈다. 엔지니어 토메시는 사기꾼에 건달이었으며, 여기서 야반도주했고, 여기에 신사 한 분을 그녀가 돌보도록 남겨두었다고. 그녀는 세 번이나 올라 와서 무엇이 필요한지 물었다. 그러나 그 신사는 오직 계속 잠만 자고, 잠결에 말하다가 오후에 사라졌다고 했다.

그럼 도대체 토메시는 어디에 있담? 그래, 그날 그는 떠나갔고 뒤에다 모든 것을 남겨두었고 아직 돌아오지 않았다. 다만 외국 어딘가로부터 돈을 보내왔다. 그러나 그는 새 아파트에서도 벌써 빚을 지고 있다. 그들이 말하기를, 만일 그자가 이달 말까지 연락이 없으면 법원경매에서 그의 옷가지들을 처분할 것이다. 그는 거의 이십오만이나 빚을 지고 있고, 그리고 도망을 갔다고 그들이 말했다.

프로코프는 이 멋진 여인을 반대심문으로 다스렸다. 토메시가 관계하는 어떤 여성이 있는지, 여기에 오곤 하는지 그녀에게 물었다. 관리인 부인은 전부 다 알 수 없었다. 여성관계라면 여기에 아마도 20명이나 오곤 하였고, 어떤 여자들은 얼굴을 베일로 가리고 어떤 여자들은 가면을 쓰거나 해서 오곤 하였다. 그것은 온 거리의 스캔들이었다. 프로코프는 이 새 아파트 빚을 대신 갚아주고 그대신 토메시의 아파트 열쇠를 받았다.

거기는 오래 사용하지 않아 퀴퀴한 냄새가 났고 거의 죽음의 기운이 느껴졌다. 이제야 프로코프는 열병으로 몸부림쳤던 이상한 호화로운 장소를 알아보았다. 온 사방에 페르시아와 부하라 카펫이나 쿠션, 벽에는 태피스트리, 동양의 그림과 안락의자, 시녀의 화장대, 고급 창녀의 욕탕, 고급과 싸구녀의 혼합, 간음과 난잡함이 어울어져 있었다.

여기, 이 추잡한 것들의 한가운데에 그때 그녀는 소포를 가슴에 누르고 서 있었어. 순결하고 비통한 눈초리로 바닥을 바라고 있었지. 그리고 지금, 하나님 맙소사. 그녀는 용감하고 순수한 믿음을 가지고 두 눈을 들어 올렸지. 하나님 맙소사, 그녀가 그런 소굴에서 나를 만났을 때 그녀는 나에 대해서 어떤 생각을 해야 했을까! 나는 그녀를 찾아야 해, 적어도… 적어도 그녀에게 그 돈을 돌려주기 위해서라도. 그것이 별것 아닐지라도, 그것이 전혀 중요하지 않을 지라도… 그녀를 꼭 찾아내야 해!

그렇게 말하기는 쉽지. 하지만 어떻게? 프로코프는 입술을 맹렬하게 깨물었다. '어디서 이르카를 찾을지 알기만 한다면…' 그는 자신에게 말했다.

마침내 그는 여기에서 토메시를 기다리고 있는 편지들을 찾았다. 대부분 그것들은 상업문서들이고, 주로 청구서들이었다. 몇몇 사적인 편지들이 있어서 그는 그것들을 이리저리 돌려보고 낌새를 맡았다. 아마도 그것들 중 하나에는 뭔가 실마리가 있겠지, 주소라든가 뭐 비슷한 거, 그를 찾을 수 있거나… 그녀를 찾을 수 있겠지!

그는 적어도 용기를 내어 편지 하나를 열어보았다. 그러나 그는 더러운 창문 뒤에 오직 자신만 홀로 있었다. 여기 모든 것은 뭔가 비열하고 비밀스런 수치스러운 냄새가 났다.

그는 망설임을 재빨리 극복하고 모든 봉투를 열어서 편지들을 차례로 읽어보았다. 페르시아 카펫, 꽃다발과 세 개의 책상 청구서, 위원회에 제출된 긴급독촉장, 말을 거래한 비밀스런 거래장부, 외환거래 장부, 크레므니체 근방 어딘가에서 거래한 통나무 장부.

프로코프는 자신의 눈을 믿을 수 없었다. 이러한 서류로 볼 때 토메시는 거대한 밀수업자이거나 페르시아 카펫 거래상일 것이다. 또는 외환투기꾼, 아니면 그 세 가지 다일 것이다. 그러한 것으로 볼 때 그는 자동차딜러였고, 자격증 전문가였고, 사무실 가구 취급자였고, 그리고 그 모든 것을 다루었을 것이다.

어떤 편지에는 이백만에 대한 언급이 있었고, 연필로 쓴 더럽혀진 두 번째 편지는 어떤 가짜 골동품에 대한 위협적인 불평이 있었다. 이 모든 것으로 볼 때 그것들은 모두 사기, 횡령, 수출 서류와 다른 문서들의 위조였다. 지금까지 그것이 여태 들통이 나지 않았다니 정말 놀라운 일이었다. 어떤 변호사가, 어떤 한 회사가 토메시가 4만 코루나를 사기친 것에 대해서 고소를 한다고 간략하게 암시했다. 그의 사무실에서 나타나는 그것은 토메시 자신의 관심이었다.

프로코프는 공포에 사로잡혔다. 만일 이것이 드러났다면 이렇게 말할 수조차 없는 추악한 것들의 수치가 어디까지 그 파문을 불러일으켰을까? 그는 티니체에 있던 조용한 집을 상기했다. 그리고 거기에 서서 절망적으로 그자를 보호하려고 용기를 냈던 그 소녀를 상기했다.

그는 토메시의 여러 회사의 비즈니스 편지들을 모아서 벽난로에서 태워버렸다. 종이가 탄 재가 수북했다. 틀림없이 토메시 자신도 떠나기 전에 이런 식으로 상황을 간단히 하고 싶어 했을 것이다.

　좋아, 이제 비즈니스 문서들은 해결됐고. 이제 남은 건 애정어리거나 무질서하게 끼적거리며 쓴 순전히 사적인 편지들이 남아 있다. 이것들을 다시 숙고하면서 프로코프는 극심한 수치심으로 망설였다. 그러나 도대체 그는 다른 무엇을 더 할 수 있을까? 그는 비록 수치심으로 숨이 막혀왔지만, 그러나 용감하게 다른 나머지 봉투들을 뜯었다. 여기에는 몇몇 친밀한 말들, 즉 내 사랑, 나는 기억나요, 새로운 만남, 그리고 기타등등이 있었다.
　안나 흐발로바라고 하는 어떤 여인이 "예니체크가 발진으로 죽었다"라고, 틀린 맞춤법이지만 감동적으로 쓴 편지도 있었다. 누군가는, "무언가가 경찰이 관심을 가질 거"라는 것을 알고 있지만 그 문제에 대해 의논하고 싶고, 토메시 씨가 그런 재량권이 얼마나 가치가 있는지를 "확실히 알고 있다"는 것을 암시하는 편지도 있었다. 게다가 만일 그 사건이 비밀로 지켜진다면 토메시 씨가 누구에게 말할지를 알고 있는, 브르제트 거리에 있는 그 집에 대한 암시도 있었다.
　또 무슨 비즈니스에 대한 것, "당신의 루자"가 서명한 팔아버린 채권에 대한 것, 그 루자는 또 자기의 남편이 떠나갔다고 언급하고 있다. 편지 번호 1번에는 똑같은 필체로 온천장에서 보내왔다. 미련한 감상주의, 감언이설과 책망과 고상한 감정으로 회유한, 성숙했지만 비만인 블론디의 억제할 수 없는 열정, 또 거기에다가 "내 사랑"과 "귀여운 야만인" 그리고 비슷한 추악함이 써져 있었다. 프로코프는 그것 때문에 속이 메스꺼웠다.

"G"라고 서명한 독일 편지, 외환거래, 이 서류를 매각할 것, 당신의 답을 기다리겠음. 추신을 주의할 것, K. 함부르크로부터 도착. 똑 같은 "G"의, 긴급하게 쓴 모욕적인 편지. 싸늘한 존칭, 일만 코루나를 돌려주십시오. 그렇지 않으면 K가 알아낼 것입니다. 흠.

프로코프는 퀴퀴한 우울함을 자아내는, 그러한 비난의 여지가 있는 사건들 속으로 파고드는 것이 너무나 창피했다. 그러나 이제는 그만둘 수는 없었다. 드디어 "M"이란 사인이 있는 네 통의 편지들, 눈물어린 편지들, 신랄하고 고통스런 편지들, 그런 편지들로부터는 맹목적이고 숨 막히는 듯한 비열한 사랑의 심각하고 열정적인 이야기가 흘러나왔다. 여기에는 열정적인 요구들이, 먼지 속에서 굽실거림, 절망적으로 덧씌운 죄악, 자신을 바치는 무서운 제물, 더 무시무시한 고행, 아이들과 남편에 대한 언급, 새 대출 제의, 불분명한 암시, 사랑에 사로잡힌 여자의 너무나 지나칠 정도로 분명한 측은함이 있었다.

그래, 이것은 그녀의 누이다! 프로코프는 마치 자기 앞에서 토메시의 잔인하고 조롱하는 듯한 입술을, 날카로운 눈초리를, 귀족스럽고 자신만만하고 자만에 젖은 머리통을 보는 것 같았다. 그는 주먹으로 그 머리를 박살내고 싶었다.

그러나 그것은 아무 소용도 없었다. 그 불쌍할 정도로 생생한 여자의 사랑은 그에게 아무것도 아니어서… 그에게 지금까지 이름도 없고, 그러나 그가 꼭 찾아내야 하는, 또 다른 여자에 대해서는 아무것도 말해주지 않았다.

그러니 토메시를 찾는 것 외에는 다른 방법은 아무것도 없었다.

제16장

토메시를 찾는 일은, 보기엔 얼마나 쉬운 일처럼 보이는가.

프로코프는 다시 집 전체를 전반적으로 살펴보았다. 그는 모든 찬장들과 옷장들, 그리고 서랍들을 샅샅이 뒤졌다. 그는 오래된 영수증들, 연애편지들, 사진들 그리고 그 젊은 악당의 다른 소유물들 외에는 토메시의 문제를 밝혀 줄 그 어떤 것도 찾을 수 없었다. 그래 물론이지, 만일 누군가가 그런 흠이 많이 있다면 주도면밀하게 사라졌을 것이야!

프로코프는 또다시 관리인 부인에게 자세히 물었다. 그는 온갖 이야기를 알게 됐다. 그러나 어느 것도 토메시에게 다다르는 길은 보여주지 않았다.

그는 건물주에게 가서 토메시가 외국 어디에서 돈을 보냈는지 물었다. 그는 이 신경질적이고 전혀 친절하지 않은 노인네의 긴 연설을 들어야 했다. 그 노인은 염증으로 고통을 받고 있었고, 요즘 젊은 신사들의 타락을 저주했다. 초인적인 참을성 덕분에 그는 마침내 그 돈은 토메시가 직접 보내는 것이 아니라 드레스덴 은행 구좌로 어떤 외환거래자가 토메시의 위임을 받아 보냈다는 것을 알게 됐다.

그는 사라진 사나이와 종결짓지 못한 사건을 맡고 있는, 위에서 언급했던 변호사에게 달려갔다. 변호사는 전문직업상 비밀이란 이유로 불필요한 것은 일체 말하지 않았다. 그러나 프로코프가 어리석게도 토메시를 위한 돈을 가져왔다고 불쑥 말해버렸을 때, 그 변호사는 활기를 되찾아서 자기가 그에게 전해 준다고 그 돈을 요구했다. 프로코프는 그 상황을 벗어나는 데 상당한 노력을 기울여야 했다. 이 사건은 그에게 토메시와 거래를 한 사람들에게서는 토메시에 대해 물어보지 않아야 한다는 교훈을 주었다.

그는 가장 가까운 모퉁이에서 발걸음을 멈추었다. 이제 무엇을? 오직 카슨만이 남아 있다. 뭔가에 대해 알고 있고, 뭔가를 원하고 있는 미지의 인물. 좋아, 그래 카슨이야.

프로코프는 주머니 속에서 뭔가를 느꼈다. 그것은 잊어버린 편지였다. 그는 우체국으로 달려갔다. 그러나 우체통 앞에서 그의 손은 아래로 처졌다. 카슨, 카슨, 그렇다. 그러나 그가 원하는 것은… 결코 사소한 것이 아니야. 악마나 물어가라지. 그 작자, 크라카티트에 대해 뭔가 알고 있어, 그리고 뭔가를 숨기고 있어…. 하나님이나 뭔지 알겠지. 왜 그가 나를 찾고 있을까? 틀림없이 토메시는 모든 것을 알지 못해. 아니면 모든 것을 팔아넘기고 싶

144

어 하지 않았을 거야. 아니면 불가능한 조건을 내걸었을 거야. 나는, 당나귀처럼 더 저렴하게 팔아야 했을 거야. 아마도 뭔가 그것과 비슷했을 거야. 그러나 (여기서 프로코프는 처음으로 그 사건의 중대성에 대해 놀라지 않을 수 없었다.) 그 녀석은 실제로 그 크라카티트로 무엇을 하고자 했을까?

무엇보다도 그 물질이 무엇인지 분명하게 알아야 하고, 그리고 그것을 어떻게 다루어야 하는지 잘 알아야 한다. 이봐 친구야, 크라카티트, 그것은 아이들을 위한 코담배나, 잠 잘 들게 하는 가루가 아닐세. 그리고 두 번째로, 정말 두 번째로, …그것은 이 세상을 위해서는 아마도 너무나 강한 담배일세. 그가 그것으로 무엇을 할 건지 우리 상상이나 좀 해보자구. 예컨대 전쟁에서….

프로코프는 이 모든 것들을 생각하고는 공포에 사로잡히기 시작했다. 도대체 어떤 악마가 저주받을 카슨을 이리로 데려왔을까? 하나님 맙소사, 어떤 대가를 치르더라도 그것을 멈추어야 한다.

프로코프는 자신의 머리를 너무나 세게 잡아당겨서 길 가던 사람들이 걸음을 멈추었다. 왜냐하면, 하나님 맙소사! 그는 저 위, 히브슈몬카에 있는 자신의 실험실에 있는 도자기 항아리에 거의 15그램의 크라카티트를 남겨두지 않았던가! 그것은, 잘은 모르겠지만, 한 구역 전체를 파괴하고도 남을 만한 양이 아닌가.

그는 공포에 사로잡혀 몸이 얼어붙는 것 같았다. 그는 전속력으로 전차를 타러 달려갔다. 이제 모든 것이 마치 몇 분에 달려 있기라도 한 것처럼! 그는 전차가 반대편을 도달하기 전까지는 지옥을 통과하는 기분이었다. 그는 할 수 있는 한 빨리 그 거리를 따라 올라가서 자신의 오두막에 도착했다. 거기는 잠겨 있었다. 프로코프는 주머니에서 비슷한 열쇠를 찾느라 헛고생을 했다. 그래서 그는 도둑처럼 석양을 이용하여 창문 유리를 부수어 빗장을 밀고는 창문을 통해 집안으로 들어갔다.

그는 성냥을 켜자 그곳이 아주 조직적으로 털렸다는 것을 알게 됐다. 침대와 가구가 좀 남아 있었지만, 모든 실험용 플라스크들, 테스트 튜브들과 막자사발, 작은 사발, 숟가락, 저울, 그의 기본적인 화학 실험실의 모든 것들이, 그가 실험을 했던 모든 자료들을 포함한 모든 것들이, 아주 작은 침전물이나 어떤 화학적 흔적들 모두 사라졌다. 크라카티트가 든 도자기 항아리도 사라졌다.

그는 책상서랍을 열었다. 그의 모든 종이들과 노트들, 그가 필기한 모든 종이쪽지들, 12년간 실험한 작업들의 작은 흔적들, 모두가 거기 있었는데. 마지막으로 바닥으로부터 더러운 흔적 자국도 닦여 없어졌고, 그리고 그의 작업복, 낡아빠지고 얼룩진 외피, 화학약품이 묻어서 굳어진 셔츠 등 모두 없어졌다. 그는 겨우 울음을 참았다. 그렇게 그들은 내 물건들을 가져가 버렸다!

그날 밤 늦게까지 그는 군대식 널판지 침상에 앉아서 얼어붙은 듯이 약탈당한 자신의 작업실을 바라보았다. 잠시 그는 12년간 자신이 기록한 모든 것을 회상하면서 자신을 위로했다. 그러나 그는 무작위로 몇몇 실험을 선택하여 머릿속에서 다시 생각하며,

있는 힘을 다해 필사적으로 상기해 내려고 했지만, 할 수 없게 되자, 그는 다친 손가락을 물어뜯고 신음했다.

갑자기 그는 열쇠 소리에 잠을 깼다. 때는 밝은 아침이었고, 아무것도 없다는 듯이 낮모르는 사람이 작업실로 들어와서 책상으로 향했다. 그는 거기서 머리에 모자를 쓴 채 중얼거리며 책상 위의 아연을 긁어냈다. 프로코프는 침상에 앉아서 소리쳤다.

"여보세요, 여기서 뭘 하려는 거요?"

그 사람은 매우 놀라서 몸을 돌리고 말없이 프로코프를 쳐다보았다.

"여기서 뭘 하려는 거요?" 프로코프는 화가 나서 다시 물었다. 그 사람은 아무 말 없이, 게다가 안경을 쓰고는 커다란 관심을 가지고 프로코프를 바라보았다.

프로코프는 이를 갈았다, 왜냐하면 그는 지독한 모욕감을 느꼈기 때문이다. 그러나 여기서 그 사람은 상냥하게 얼굴을 밝게 비추고 의자에서 뛰어나오며 갑자기 마치 기쁘게 꼬리를 흔드는 것 같았다.

"카슨입니다." 그는 즉각 말하고 독일어로 말을 계속했다. "하나님, 당신이 돌아와서 무척 기쁩니다! 저의 광고를 읽어보셨지요?"

"읽어봤습니다." 프로코프는 거칠고 무거운 독일어로 말했다. "딩신 여기시 무엇을 찾고 있습니까?"

"당신을." 손님은 매우 유쾌하게 말했다. "아시다시피 저는 당신을 벌써 6주째 찾고 있었어요. 모든 신문에, 모든 탐정 기관에….
하하, 선생님! 어떻게 생각하십니까? 하나님, 저는 그지없이 기쁩
니다! 어떻게 지내세요? 건강하시죠?"

"왜 당신은 제 물건들을 훔쳤습니까?" 프로코프는 침울하게 물
었다.

"실례지만 무슨 말씀을?"

"왜 당신은 제 물건들을 훔쳤습니까?"

"하지만 엔지니어님." 유쾌한 사나이는 전혀 놀라지 않고 계속
말했다. "무슨 말씀을 하시는 겁니까? 훔치다니! 이 카슨이? 그거
정말 멋지군요, 하하하!"

"훔쳤지요." 프로코프는 의미심장하게 되풀이했다.

"쯧쯧쯧." 카슨은 항의했다. "숨겨놨습니다. 모든 것을 보관해
두었습니다. 선생님, 당신은 어떻게 그것들을 여기 방치해둘 수
가 있었습니까? 그렇지 않아요? 물론 누구나 훔치고, 팔아버리
고, 공개할 수 있어요. 그렇지 않아요? 이해할 만하지 않아요. 선
생님, 그렇게 할 수 있었어요. 그러나 저는 그것을 당신을 위해서
숨겨놨습니다. 아시겠어요? 정직하게 말해서 그래서 저는 당신
을 찾아다녔습니다. 모든 것을 되돌려 주겠습니다. 모든 것을, 바
로 그것입니다." 그는 주저하며 덧붙였다. 번쩍거리는 안경 아래
로 눈이 차갑게 빛났다.

"즉 그것은… 당신이 만일 사리를 아신다면. 좌우간 우리는 서
로 이해하게 되겠지요, 그렇지 않아요?" 그는 재빨리 덧붙였다.
"당신은 자격을 갖추어야겠지요. 어마어마한 경력. 원자탄의 폭

발. 원소의 분열. 놀라운 물질. 과학, 무엇보다도 과학! 우리는 합의를 보는 거죠. 그렇지 않아요? 솔직히 말씀드리지요, 모든 것을 되돌려 받을 것입니다. 그렇게요."

프로코프는 이렇게 마구 퍼붓는 말들에 놀라서 침묵했다. 반면에 카슨은 지나치게 기뻐서 이 작업실을 따라 빙글빙글 돌아다녔다.

"모든 것을 당신을 위해서 숨겨 두었습니다." 그는 활기에 넘쳐서 말했다. "바닥으로부터 모든 조각들을, 분류하고 보관했습니다. 저는 덴마크 출신으로 코펜하겐에서 조교수를 역임하였습니다. 저는 또한 과학과 신학을 연구했습니다. 실러가 뭐라고 했지요? 어떤 사람에게 그것은 천사의 여신이고 다른 사람에게는 우유를 주는 훌륭한 암소다. 저는 이제 모르겠습니다만 그러나 그것은 뭔가 과학에 관한 것입니다. 재미있지요, 그렇지 않아요? 자, 아직 제게 감사하다 하지 마십시오, 조금 후에나, 자 그렇게 하지요."

프로코프는 감사하고 싶은 생각조차 하지 않았다. 그러나 카슨은 마치 행운의 후원자처럼 상기되었다.

"당신의 입장이라면." 그는 열광적으로 말했다. "당신의 처지라면, 저는 기꺼이 따르겠습니다."

"토메시는 어디 있어요?" 그는 그의 말을 가로챘다.

카슨은 그에게 심문하듯이 그를 바라보았다.

"그래요." 그는 조심스레 밀을 꺼냈다. "우리는 그에 내해 알고 있어요. 아 예." 그는 급히 말했다. 당신은 준비해야 합니다. "당신은 세상에서 가장 큰 실험실을 준비해야 합니다. 가장 좋은 기구들을. 폭발물 화학을 다루는 세계적인 연구소. 당신이 옳습니다. 대학은 바보 같아요. 낡은 것들을 반복하지요, 그렇지 않아요? 시간이 안타깝네요. 미국식으로 준비해야 합니다. 거대한 연구소와 수많은 연구보조원들. 모든 것을, 당신이 원하는 대로. 자금에 대해서는 걱정할 필요 없어요. 어디서 아침식사를 하세요? 저는 당신을 기꺼이 초대하겠습니다."

"당신은 도대체 뭘 원하시오?" 프로코프는 폭발했다.

카슨은 그의 옆 널판지 침상에 앉았다. 그는 아주 친절하게 팔로 그를 끌어안으며 완전히 다른 목소리로 말했다.

"놀라지 마십시오. 당신은 어마어마한 돈을 벌 수 있습니다."

제17장

프로코프는 놀라움을 가지고 카슨을 바라보았다. 정말 이상하게도 이제 그의 얼굴은 즐거움으로 빛나는 것이 아니고, 모든 것은 심각하고 엄격해졌다. 열정적이던 남자의 두 눈은 무거운 눈썹 밑으로 사라졌고 잠시 동안만 날카롭게 반짝거렸다.

"바보 같은 짓 하지 마세요." 그는 단호하게 선언했다. "우리에게 크라카티트를 파세요, 모든 게 준비됐습니다."

"하지만 어떻게 그것을 알고 있지요?" 프로코프는 고함을 질렀다.

"모든 것을 말씀드리겠습니다. 모든 것을 정직하게. 토메시가 우리에게 왔었습니다. 15그램과 제조방정식을 가져왔습니다. 그러나 불행하게도 제조공정은 가져오지 않았습니다. 그자도 우리의 과학자들도 지금까지 그것에는 도달하지 못했습니다. 어떻게 그것을 합성하는 것을 일지 못했습니다. 무슨 속임수가 있나요?"

"예."

"흠, 그럼 아마도 우리는 당신의 도움 없이 거기에 도달하겠네요."

"도달하지 못합니다."

"토메시 씨가 그것에 대해 뭔가를 알고 있어요, 그러나 그는 그 것을 비밀로 하고 있어요. 그는 문을 잠근 채 우리에게서 일하고 있어요. 그는 매우 나쁜 화학자예요. 그러나 당신보다는 더 영리해요. 그는 자기가 알고 있는 것에 대해 허튼소리는 안 해요. 왜 당신은 그에게 말해 주었습니까? 그는 아무것도 할 줄 몰라요, 그러나 봉급을 챙깁니다. 당신은 스스로 와 봐야 합니다."

"저는 그를 당신에게 보내지 않았습니다." 프로코프는 소리쳤다.

"아하." 카슨은 말했다. "대단히 흥미롭군요. 당신의 그 토메시 씨는 스스로 우리에게 왔습니다."

"실제로 어디로요?"

"우리들에게. 발틴에 있는 공장으로. 그곳을 아시나요?"

"모릅니다."

"외국 기업이에요. 매우 현대적인, 새로운 폭발물을 다루는 실험실. 우리는 케라니트, 메틸질산염, 황색 가루와 그 비슷한 것들을 만듭니다. 주로 군사용이지요. 아시겠어요? 비밀특허권. 우리들에게 크라카티트를 파십시오. 어떻게 생각해요?"

"아니오. 토메시는 지금 거기 당신들한테 있어요?

"아하, 토메시 씨라. 잠깐 기다려 보세요. 그것 참 재미있군요. 예, 그때 그가 우리들에게 와서 말했습니다. '이것은 내 친구, 천

152

재 화학자 프로코프의 유산입니다. 그는 제 품에서 마지막 숨을 거두었습니다. 하하, 그는 제게 맡겼습니다. 하하하, 엄청난 것입니다.' 어떻게 생각하세요?"

프로코프는 쓴 웃음을 지었습니다.

"그리고 토메시는 지금까지… 발틴에 있습니까?"

"잠깐만요. 물론 먼저 우리는 그를 스파이 혐의로… 감금했습니다. 우리에게 그런 자들이 많이 오곤 하지요, 아시겠어요? 그 가루. 크라카티트, 우리들이 실험을 해봤지요."

"결과는?"

카슨은 양손을 하늘로 치켜들었다. "기가 막히게 좋았어요!"

"폭발 속도는 어땠어요? Q를 어떻게 발견했어요? t는 어땠어요? 숫자들은?"

카슨은 손을 내리면서 무릎을 쳤다. 그리고 놀라서 두 눈을 크게 떴다.

"이봐요, 무슨 숫자? 첫 시도에서… 50퍼센트 전분, 크러셔 측량기가 산산조각 났어요. 한 명의 엔지니어와 두 명의 실험실보조원들이… 모두 산산조각으로. 믿을 수 있겠어요? 두 번째 시도. 트라우스 블록. 90퍼센트 바셀린, 그리고 꽝! 지붕이 날아가고 노동자 한 명이 희생되었어요. 블록 전체가 파편만 남았어요. 그래서 우리는 군인들을 보냈어요, 그들은 우리들을 보고 웃었어요. …그들은 우리가 시골 대장장이… 정도만 알고 있다고 말했어요. 그래서 우리는 그들에게 그것을 조금 주었어요. 그들은 그것을 톱밥과 함께 소총 속에 채워 넣었어요. 어마어마한 결과. 하사관 한 명과 7명의 병사들이…. 다리 하나가 멀리 3km나 날아가고, 이틀 동안 12명의 사망자. 여기 통계 숫자가…. 하하! 기가 막혔어요, 허허."

프로코프는 뭔가 말을 하려다가 참았다. 이틀 동안 12명의 사망자라, 귀신 곡할 노릇이다!

카슨은 무릎을 긁고 나서 상기된 모습을 띠었다.

"제3일째 날 우리는 쉬었습니다. 아시다시피 많은 사고가 나면, 기분 나쁜 인상을 주지요. 우리는 오직 아주 미량의 크라카티트를, 약 3밀리그램을 글리세린과 그와 비슷한 것에 넣었어요. 돼지 같은 실험실 보조가 그것을 아주 조금 바닥에 놔두었어요, 그리고 밤에 그 실험실을 잠가 놓았습니다…."

"실험실이 폭발했군요."프로코프는 소리쳤다.

"예. 10시 35분에. 실험실 연구원이 박살났어요. 그 외에도 두 블록의 건물들이… 약 3톤의 메틸질산염이 그것과 함께 날아갔어요. 간단히 말해 60여 명이 죽었습니다. 물론 대대적인 조사와 그밖에 여러 가지. 아무도 실험실에 없었다는 것이 증명되었지만, 분명히 폭발되었음에 틀림없어요."

"…저 혼자서 스스로."프로코프는 간신히 숨을 몰아쉬며 말했다.

"예, 당신의 경우도 똑같았나요?"

프로코프는 못마땅하듯이 고개를 끄덕였다.

"자, 이제 아시겠지요?"카슨은 급히 말했다. "다 이유가 있어요. 그것은 무서운 물질이에요. 그것을 우리한테 파십시오, 그러면 더 이상 걱정하실 필요 없어요. 그것으로 무엇을 하시겠어요?"

"당신들은 그것으로 무엇을 하려 합니까?" 프로코프는 되물었다.

"우리들은 벌써… 우리들은 다 준비했습니다. 하나님 맙소사. 사망자가 몇 명 난 것은 어쩔 수 없지만, …만일 당신이 상처를 입는다면 큰 손실일 테지요."

"하지만 도자기 항아리 속에 있는 크라카티트는 폭발하지 않았어요." 프로코프는 고집스레 생각에 잠긴 채 말했다.

"정말 다행이네요. 폭발하지 않았다. 전혀 생각지도 못 했네요!"

"그리고 때는 밤이었지요!" 프로코프는 계속 생각에 잠겼다.

"정확히 10시 35분이었습니다."

"그리고… 그 소량의 크라카티트는 아연 위에… 철판 위에 놓여 있었고요." 프로코프는 계속 주장했다.

"그것과는 아무런 상관이 없었는데요." 놀라운 표정을 한 키가 작은 사나이는 소리쳤다. 그리고 그는 입술을 깨물며 실험실을 왔다 갔다 하기 시작했다. "그것은… 그것은 아마도 어떤 산화작용이었을 거예요." 잠시 후는 그는 확신했다. "어떤 화학작용. 글리세린과 섞을 때는 폭발하지 않았어요."

"왜냐하면 그것은 전도성이 없기 때문이지요." 프로코프는 중얼거렸다. "또는 이온화할 수 없기 때문이지요. 나도 잘 모르지만."

카슨은 손을 그의 등 뒤에 대고 그의 말을 가로챘다. "당신 대단히 현명하시군요." 그는 감탄하며 말했다. "당신은 엄청난 돈을 벌 수 있습니다. 당신이 여기에 처박혀 있다니 안됐습니다."

"토메시가 계속 발틴에 있나요?" 무관심하다는 것을 보여주기 위해 온갖 힘을 쓰면서 프로코프는 물었다.

카슨의 안경 아래서 뭔가가 빛났다. "우리는 그를 예의주시하고 있습니다." 그는 얼버무리며 말했다. "그는 이제 더 이상 이리로 오지 않아요. 우리들한테 오십시오, … 당신이 그를 정말… 꼭… 찾고 싶으시면. 아마도 그를 찾을 수 있을 것입니다."

"그는 어디 있어요?" 더 이상 이야기하고 싶어하지 않는 것을 분명히 하면서 프로코프는 고집스레 물었다.

카슨은 손사래를 쳤다. "그는 도망을 쳤어요." 그는 프로코프에게 이해할 수 없다는 듯이 바라보며 덧붙였다.

"도망을 쳤다고요?"

"그는 사라졌어요. 감시가 소홀했어요. 그는 영리했지요. 그는 크라카티트를 완전히 준비한다고 약속했어요. 그는 약 6주간… 실험했습니다. 그는 우리들에게 엄청남 비용을 들게 했습니다. 그러고 나서는 사라졌어요. 망나니 같은 녀석. 그는 무엇을 해야 할지 몰랐어요. 아는 게 아무것도 없었어요."

"지금 그는 어디 있어요?"

카슨은 프로코프에게로 몸을 숙였다. "망나니 같은 녀석. 지금 크라카티트를 다른 나라에 팔려고 제의하고 있어요. 그러는 와중에 그는 우리들의 메틸질산염을 가져갔어요. 그 망나니. 지금 그는 우리에게와 똑같이 그들에게 재주를 부리고 있을 거예요."

"어디서요?"

"말할 수 없어요. 정말로 말할 수 없어요. 그가 우리들로부터 도망갔을 때 저는, 하하, 당신의 묘지를 찾아갔습니다. 경의를 표하러. 천재 화학자에게. 아무도 모르는 그에게. 그것도 큰일이었어요, 아시겠어요? 저는 바보처럼 광고를 내야 했지요. 다른 사람들도 그것을 알아야 하는 것은 당연하지 않겠어요? 제 말 이해하시겠어요?"

"아니오."

"자, 그럼 보러 갑시다." 카슨은 활발하게 말하고는 맞은편 벽으로 향했다. "여기." 그는 말하고 판자를 두들겼다.

"이게 무엇입니까?"

"작은 구멍이지요. 누군가가 여기 왔었어요."

"누가 그에게 총을 쏘았어요?"

"글쎄요, 제가요. 당신이 창문을… 통해 여기에 들어왔듯이… 2주 전에 누군가가 그렇게 매우 끔찍하게 당신을 총으로."

"누구일까요?"

"누구든 마찬가지예요. 이 나라든지 다른 나라든지. 이봐요, 매우 강력한 나라들이 이 문을 두들기곤 했어요. 그리고 당신은 그동안 다른 데서 물고기나 잡고 있었지요, 그렇지 않아요? 멋진 친구! 하지만 제 말 잘 들어요, 소중하신 분." 갑자기 그는 진지하게 말했다. "여기에 절대로 오지 않는 것이 좋을 거예요. 아시겠어요?"

"말도 안 되는 소리요!"

"잠깐 기다려요. 당신을 기다리고 있는 척탄병은 없을 거예요. 전혀 눈에 띠지 않은 사람들. 오늘날 그들은 매우 신중하게 해치 우지요…." 카슨은 창가에 서서 유리를 두드렸다. "제가 광고로 인해서 받은 편지들이 얼마나 되는지 상상 못 하시겠지요. 약 6 명의 프로코프들이 나타났어요. …자 빨리 이리 와서 좀 봐요!"

프로코프는 창가로 갔다. "무엇입니까?"

카슨은 짧은 손가락으로 길을 가리켰다. 거기에는 한 젊은이가 균형을 유지하려고 안간힘을 쓰며 자전거를 타고 있었다. 각각의 바퀴는 완강하게 다른 방향으로 기울어지려고 하고 있었다. 카슨 은 호기심을 가지고 프로코프를 바라보았다.

"자전거 타는 법을 배우고 있군요." 프로코프는 의심스레 말 했다.

"매우 서투른 녀석이지요, 그렇지 않아요?" 말하며 카슨은 창문 을 열었다. "봅!"

젊은이는 곧장 자전거를 멈추고 대답했다. "예, 선생님."

"시내에 가서 우리 자동차를 가져와!"

"예. 알겠습니다." 젊은이는 휘파람을 불며 시내로 페달을 밟았 다.

카슨은 창문으로부터 돌아섰다. "아일랜드 출신으로, 매우 영 리한 아이에요. 제가 무슨 말을 하고 있었지요? 아하. 여기 6명의 프로코프들이 나타났어요. …각각 다른 장소에서 만났지요. 주로 밤에. 재미있지 않아요, 그렇지요? 이 편지 읽어보세요."

"내일 저녁 10시에 저의 실험실로 오십시오. 엔지니어 프로코프." 프로코프는 마치 꿈속에서처럼 읽었다. "하지만 이것은… 실제로… 제 글씨인데요!"

"자, 아시겠지요?" 카슨은 이빨을 드러내고 웃었다. "친구여, 쇠뿔도 단김에 뽑으라고. 그걸 우리에게 파십시오. 그리고 편히 지내시죠!"

프로코프는 머리를 내저었다. 카슨은 그에게 중대하고 끈질긴 시선을 고정시켰다. "당신은 요구할 수 있어요. …예컨대 …이천만. 우리들에게 크라카티트를 파십시오."

"아니오."

"당신은 모든 것을 되돌려 받을 것입니다. 이천만. 이봐요, 제발 좀 팔아요!"

"아니오." 프로코프는 어렵게 말했다. "저는 당신들의 그 전쟁을… 원치 않아요. 원하지 않아요."

카슨은 손을 주머니에 넣고 하품을 했다. "전쟁이라고요! 당신은 전쟁이 없어질 거라고 생각하세요? 쳇! 파시고 아무것도 신경 쓰지 마세요. 당신은 과학자입니다. …다른 게 당신과 무슨 상관이 있습니까? 전쟁이라고요? 제발 어리석은 짓 하지 마세요. 사람들이 필사적으로 싸우는 한…"

"저는 팔지 않을 것입니다." 프로코프는 이를 갈며 말했다.

카슨은 어깨를 들썩였다. "좋을 대로 하시죠. 우리들 스스로 찾아내겠습니다. 아니면 토메시기 찾을 것입니다. 자 좋아요."

잠시 침묵이 흘렀다. "저에는 매 마찬가지입니다." 카슨은 말했다. "만일 당신이 원한다면, 우리는 프랑스나 영국에 제의할 것입니다. 당신이 어디를 원하시든지, 예컨대, 중국이나…. 우리 둘이 함께…, 아시겠어요? 여기서는 아무도 사지 않을 것입니다. 만일 당신이 그것을 이천만에 파시다면 당신은 바보가 될 거요. 카슨을 믿어주세요. 자 어떻게 하시겠습니까?"

프로코프는 단호하게 머리를 내저었다.

"고아한 품격이시군요." 카슨은 공손하게 말했다. "모든 존경심을…. 저는 그러한 것을 매우 좋아합니다. 제 말 좀 들어봐요. 당신에게 고백컨대, 철저한 비밀이 있습니다. 저는 맹세합니다."

"저는 당신의 비밀에 대해 묻지 않겠습니다." 프로코프는 투덜거렸다.

"브라보! 신중하신 분. 그게 제 타이프입니다. 선생님."

제18장

카슨은 앉아서 매우 통통한 시가에 불을 붙였다. 잠시 후 그는 생각에 잠겼다. "자!" 그는 마침내 말했다. "그래서 그것이 당신한테도 일어났었군요. 언제였습니까? 날짜가?"

"…이젠 모르겠는데요."

"무슨 요일이었죠?"

"…모르겠어요. 제 생각인데 일요일 이후 둘째 요일."

"그러면 화요일이네요. 몇 시였어요?"

"아마도 저녁 10시 이후?"

"맞습니다." 카슨은 생각에 잠긴 듯 연기를 내품었다. "우리도 그때 처음으로 폭발했어요. …당신이 설명을 했듯이, 저절로 폭발했지요. …화요일 10시 35분에. 그후 무엇을 목격했습니까?"

"아니오. 저는 잠이 들었습니다."

"아하! 그것은 또한 금요일 10시 30분 이후에 폭발했습니다. 화요일과 금요일에도. 우리는 실험을 해보았습니다." 그는 망연자실한 프로코프에게 설명했다. "우리는 크라카티트 1그램을 바닥에 펼쳐놓고 밤낮으로 기다렸습니다. 그것은 화요일과 금요일 10시 30분 이후에 폭발했습니다. 7번이나. 또한 월요일 10시 29분에 또 한 번. 그렇게."

프로코프는 놀라서 체념했다.

"크라카티트에 의해서 이상한 푸른 불꽃이 일어났습니다." 카슨은 열중하여 덧붙여 말했다. "그러고 나서 폭발했습니다."

너무나 조용해서 프로코프는 째깍거리는 카슨의 시계소리를 들을 수 있었다.

"자." 카슨은 숨을 몰아쉬고, 손으로 붉은 머리카락을 절망적으로 뒤적였다.

"그게 무슨 뜻입니까?" 프로코프는 소리 질렀다.

카슨은 어깨를 추썩거렸다. "그리고 당신 무엇을…" 그는 말했다. "그것이… 저절로… 폭발했을 때, 당신은 실제로 무엇을 생각했습니까? 자, 그래서?"

"아무것도." 프로코프는 얼버무렸다. "저는 그것에 대해서… 더 이상 생각해보지 않았어요."

카슨은 뭔가 불쾌하다는 듯이 중얼거렸다.

"그것은." 프로코프는 정정했다. "저는… 아마도 전자파가 그것을 일으키는 줄 알았어요."

"아하, 전자파라. 우리도 그렇게 생각했어요. 멋진 아이디어입니다. 하지만 바보 같았지요. 불행하게도 완전히 바보 같았어요. 그렇지요?"

이제 프로코프는 정말 혼란에 빠졌다.

"맨 먼저." 카슨은 계속했다. "무선전파는 오직 화요일과 금요일 10시 이후에만 저 세상으로 퍼지지 않아요. 그렇지요? 그리고 두 번째로… 이봐요, 당신은 우리가 즉각 실험을 했다는 것을 염두에 둬야 합니다. 짧고 긴, 그리고 모든 가능성의 전자파들. 그리고 당신의 크라카티트는 그렇게 많이 달라지지 않았습니다." 그는 손톱에 아주 미미한 뭔가를 가리켰다. "그러나 화요일과 금요일 10시 30분 이후에 그것은 저절로 폭발한다는 것을 염두에 두고 있었습니다. 그리고 당신은 그 외 뭐 아시는 게 있습니까?"

물론 프로코프는 아는 게 없었다.

"아직 이것이. 얼마 동안… 약 6개월이나 뭐 그 비슷한 기간 동안 유럽의 무선전신국들은 지독하게 짜증을 냈습니다. 아시다시피 뭔가가 그들의 대화를 방해했습니다. 아주 규칙적으로요. 우연히도 언제나 화요일과 금요일 밤 10시 30분 이후에. 무슨 말씀 좀 해보시죠?"

프로코프는 아무 말도 하지 않고 이마를 닦았다.

"예, 그래요. 화요일과 금요일에. 그것은 '지워진 대화'라고 합니다. 전신기사 귀에 뭔가가 탁탁거리기 시작했습니다…."

"…예 그래요, 화요일과 금요일에. 대화는 교란되곤 했습니다. 전신기사 귀에 뭔가가 탁탁거리기 시작했습니다. 그렇습니다. 그것 때문에 아이들이 미칠 지경이었습니다. 괴로웠어요, 그렇지 않아요?"

카슨은 안경을 벗어서 매우 정성을 다하여 닦았다. "처음에는,

처음에는 그들은 그것이 자기폭풍이나 뭔가 비슷한 것이라고 생각했습니다. 그러나 그들의 작동시간이… 규칙적으로… 화요일과 금요일이라는 것을 알았을 때, …간단히 말해, 마르코니, TSF, 트랜스라디오 그리고 우편국과 해양부, 상공부, 내무부 그리고 저는 그 모든 것은 잘 모르지만, 그 진상을 규명하는 영리한 자에게 이만 파운드를 지불할 것입니다."

카슨은 다시 안경을 쓰고 쾌활하게 쳐다보았다. "그들은 화요일과 금요일에 대화를 방해하는 것을 즐거워하는 어떤 불법적인 전신국이 있다고 생각합니다. 말도 안 되는 소리죠, 그렇지 않아요? 그냥 재미로 공중으로 적어도 100킬로와트를 내보낸 사적인 비밀 전신국이 있다니! 허참!" 카슨은 침을 내뱉었다.

"화요일과 금요일에." 프로코프는 말했다. "그래서 동시에… 규칙적으로…"

"이상하지요, 그렇지 않아요?" 카슨은 인상을 썼다. "저는 그것을 기록해놨습니다. 어느 어느 날 화요일, 10시 30분 몇 초에 레발로부터 모든 전신국에 방해가 있었어요, 그리고 또. 그리고 우리들한테도 똑같은 순간에 당신이 말씀하시던 그 크라카티트의 일정한 양이 '저절로' 폭발했습니다. 어? 무슨 하실 말씀이라도? 즉 위와 같이 다음 금요일 10시 29분 몇 초에 방해와 폭발이 있을 것입니다. 또한 다음 화요일 10시 30분에 폭발과 방해가 있을 것입니다. 그리고 등등. 예외적으로, 원래 계획에 반해서 월요일 10시 29분 30초에 한번 방해가 있었어요. 위와 같이 폭발이 있었고. 일초 간 짤깍거렸어요. 8번의 경우에 8번씩이나. 이거 재미있지 않아요? 어떻게 생각하세요?"

"음… 저는 모르겠는데요." 프로코프는 중얼거렸다.

"자, 그리고 또 아직 한 가지가 더 있어요." 카슨은 오랫동안 생각 후 말했다. "토메시 씨가 우리한테서 일한 적이 있지요. 그는 별로 능력이 없어요, 그러나 뭔가 아는 게 있긴 있어요. 토메시 씨는 고주파발생기를 실험실에 장치하고는 우리들 코앞에서 문을 잠갔어요. 망나니 같으니라고. 보통 화학 실험에서 고주파발생기를 사용한다는 것을 저는 난생 처음으로 들어봤어요. 당신은 어떻게 생각해요?"

"글쎄요… 물론." 프로코프는 마지못해 말했다. 그리고 그는 구석에 있는 자신의 새로운 발전기를 불안한 눈초리로 바라보았다.

카슨은 재빨리 이런 시선을 눈치챘다. "흠." 그는 말했다. "당신도 여기 똑같은 장난감을 가지고 있군요. 그렇지 않아요? 멋진 작은 변압기네요. 그것은 얼마였어요?"

프로코프는 음울해졌다. 그러나 카슨은 조용히 얼굴에 화색을 띠기 시작했다.

"제 생각인데요." 그는 점점 더 행복한 얼굴로 말했다. "그것은 어떤 물질 속에서 발생한다면 그것은 멋진 것이 될 것입니다. … 말하자면 고주파의 도움으로… 발화장치가 있는 벌판에서나 아니면 진동하거나, 느슨하거나, 내부의 구조를 헐겁게 하여 멀리서 가볍게 두드리면 족할 것입니다. …어떤 파동으로 …촉발시키고 …진동이나 뭐 그런 것으로, 그래서 물질이 산산조각이 나도록… 어떻게 생각해요? 쾅! 저 멀리서! 이것에 대해 할 말 있나요?"

프로코프는 아무 말도 하지 않았다. 카슨은 즐거이 시가를 한 모금 빨아들이고는 그를 빤히 쳐다보았다.

"저는 전기기사가 아닙니다. 아시겠어요?" 잠시 후 그는 계속했다. "한 과학자가 제게 설명했습니다. 하지만 저는 도대체 그것을 이해할 수 없었어요. 그 작자는 제게 전자, 이온, 기본 양자 그리고 제가 무엇이라 이름 붙여야 할지도 모르는 것들을 가지고 제게 왔습니다. 마침내 이 과학자라는 분이 간단히 말해 그것은 전혀 불가능하다고 선언했습니다. 이봐요 선생! 당신은 어처구니없는 짓을 한 거요! 당신은 세계적인 권위자들에 의하면 불가능한 것을 해냈어요."

"저는 그것을 스스로 설명하고자 했습니다." 그는 계속했다. "그저 구두수선공처럼 그렇게요. 자, 누군가가… 어떤 납염으로부터… 불안정한 화합물을 만드는 것을… 염두에 두고 있다고 가정합시다. 위에서 언급한 소금은 골칫거리입니다. 아니, 그것은 융합되지 않아요. 그렇지 않아요? 그래서 그 화학자는… 마치 미친 사람처럼… 모든 가능한 것을 시도해봤습니다…. 그리고 여기서 그러니까, 위에서 언급한 점액질의 소금이 멋진 코히러이고… 전자파 탐지기라는 이야기가 〈화학〉 1월호에 실려 있다는 것을 그는 기억을 하고 있습니다. 그는 영감을 얻습니다. 불쌍하고 천재적인 영감을. 그는 아마도 전자파를 이용해서 그 저주스런 소금을 더 좋게 생각하는 것 같습니다, 안 그래요? 그는 전자파를 이용해서 그것을 더 강화시키고, 춤추게 하고, 이불 커버처럼 흔들어 댑니다, 그렇지 않아요? 사람은 바보 같은 짓에서 가장 좋은 영감을 얻습니다. 그래서 그렇게 그는 그런 우스꽝스런 변압기를 얻게 되고, 작업을 시작하고, 그가 한 것은 그동안 그의 비밀이었습니다. 그러나 마침내, 그는 그가 원하던 합성물을 얻게 될 것입니다. 제기랄, 그는 그것을 얻게 될 것입니다. 적어도 진동이 그렇게 할 것입니다. 이봐요 친구, 제가 이 나이에 물리학을 공부하려면 사지로 기어다녀야 할 것입니다. 제가 쓸데없는 말을 하는 것은 아닌지요?"

프로코프는 전혀 알 수 없는 말을 중얼거렸다.

"그것은 상관없어요." 카슨은 만족스럽게 선언했다. "그것이 함께 합쳐져 있기만 한다면. 저는 우둔해서, 저는 그것이 전자기 구조 또는 그 비슷한 것을 하고 있다고 생각합니다. 만일 이 구조가 부서지면… 그것은 산산조각이 나겠지요. 그렇지 않아요? 다행히도 약 일만 개의 정규 무선전신국들과 수백 개의 불법적인 무선전신국들이 우리의 지구에서 그런 전자 자기의 기후환경을 유지하고 또 그 구조에 어울리는 진동하는 온천 같은 것을 유지하고 있습니다. 그래서 그것은 함께 유지되고 있습니다."

카슨은 잠시 생각에 잠겼다. "그리고 지금." 다시 그는 시작했다. "자, 이제 이 세상에서 어떤 악마나 어떤 악당이 전자파를 완전히 방해하는 수단을 가지고 있다는 것을 생각해 보십시오, 단순히 그것들을 없애든지 뭐 그렇게 한다는 것을. 하나님은 아시겠지만… 그가 화요일과 금요일 밤 열시 반에 그것을 정기적으로 행한다고 가정해 보세요. 그 순간에 이 세상의 모든 무선통신이 장애를 받습니다. 하지만 바로 그 순간에… 또 이 불안정한 혼합물에서도 뭔가가 일어납니다. 그것이 서로 분리되지 않는 한… 예컨대, 도자기 항아리 속에서 뭔가가 손상이 나고… 부서지면, 그것은… 그것은…"

"…산산조각이 나겠지요." 프로코프는 소리쳤다.

"그렇습니다. 산산조각이 나겠지요, 폭발하겠지요. 흥미롭군요. 그렇지 않아요? 어떤 학자가 제게 설명해주었어요. …제기랄, 그 자가 뭐라고 말했더라? 그게… 그게…"

프로코프는 펄쩍 일어나서 카슨의 코트를 잡았다. "내 말 좀 들어봐요." 그는 심하게 분노하며 소리쳤다. "만일 그래서 누가… 크라카티트를… 여기에 조금이라도 뿌린다면… 말하자면 여기 땅에다가…"

"…그러면 가장 가까운 화요일이나 금요일 10시 30분에 그것은 폭발하겠지요. 에잇, 이봐요, 내 목을 조르지 말아요."

프로코프는 카슨을 놓아 주었다. 그리고 그는 절망하여 손가락을 물어뜯으며 방을 배회했다.

"그것은 분명해." 그는 중얼거렸다. "그것은 분명해! 아무도 크라카티트를 준비하지 못 해요."

"토메시 씨 외에는." 카슨은 회의적으로 제의했다.

"제발 저를 가만 놔둬요." 프로코프는 소리쳤다. "그자도 그것을 할 수 없어요!"

"자, 그래서요." 카슨은 의심스럽다는 듯이 말했다. "저는 당신이 그에게 어디까지 말해 주었는지 모릅니다."

프로코프는 마치 땅이 뿌리를 내린 듯이 멈추어 섰다. "상상 좀 해봐요." 그는 흥분하여 강요했다. "예컨대, 전쟁 같은 것을 상상해 봐요! 누구든지 크라카티트를 손에 넣는다면, 그는 … 언제든지 원하면… 할 수 있어요…. 할 수 있어요."

"현재로선 화요일과 금요일에만."

"도시 전체를… 군대 전체를… 그리고 모든 것을 폭발시켜 버릴 거예요! 조금만 뿌려도 충분해요. …충분하단 말입니다. …상상이나 할 수 있어요?"

"이해해요, 아주 멋진데요."

"그래서 세상의 이익을 위해… 결코… 누구에게도 주지 않을 것입니다!"

"세상의 이익을 위해서라." 카슨은 중얼거렸다. "아시다시피, 세상의 이익을 위해서는 꼭 함께 연대해야 합니다."

"어떤 연대를 말씀인가요?"

제19장

"그래서 당신은 그것이 아마도…" 프로코프는 말을 더듬었다. "…있다고 생각하십니까?"

"이 세상에는 발신 전신국들과 수신 전신국들이 있어요." 카슨은 그의 말을 가로챘다. "그래서 우리는 알고 있습니다. 규칙적으로 화요일과 금요일에 우리는 '그냥 잘 주무세요' 대신 다른 말도 덧붙입니다. 그들은 현재까지 우리들에게는 알려지지 않은 어떤 힘을 자기들 마음대로 사용하고 있습니다. 폭발, 진동, 발화, 광선이나 뭐 다른 저주받을 만한 것들, 그리고… 그리고 간단히 말해 지각할 수 없는 것. 아니면 그 어떤 역파동, 역진동, 또는 그것을 무엇이라 부르든지, 그리고 뭔가에 의해서 우리의 파동을 방해하거나 지워버리는 것, 이해하겠어요?"

카슨은 실험실을 힐끔 쳐다보았다. "아하." 그는 말하고 분필을 집어 들었다. "그것은 아마 이럴 것입니다." 그는 바닥에 분필로 팔 길이만한 화살을 그리면서 말했다. "아니면 이렇게요." 그리고는 그는 판자 전체에 분필로 그리고 나서 거기에다가 젖은 손가락으로 검은 선을 그려 넣었다. "이렇게 또는 이렇게요. 아시겠어요? 긍정적으로 또는 부정적으로요. 그들은 우리들의 매체에 다른 새로운 파동을 보내거나 텔레그래프의 수단을 통해서 우리들의 매체를 규칙적인 간격으로 방해합니다. 이해하시겠어요? 두 경우 다 그들은 우리들의 통제 없이… 행합니다. 두 경우 다 지금까지… 기술적으로 그리고 물리학적으로 그저 수수께끼일 뿐입니다. 제기랄, 빌어먹을." 카슨은 소리치고 갑자기 화를 내며 분필을 박살냈다. "이것은 너무 지나쳐요! 알 수 없는 파동으로 미지의 수신자에게 비밀 메시지를 보낸다는 것! 누가 이런 짓을 할까요? 이거 어떻게 생각하세요?"

"아마도 화성인?" 프로코프는 농담을 하도록 자신을 내버려뒀다. 그러나 실제로 그것은 카슨에게는 농담이 아니었다.

카슨은 악의에 차서 그를 훑어보았다. 그리고 나서는 꼭 말처럼 웃어댔다.

"좋아요, 그러니까 화성인이라, 멋지네요! 좋아요, 그러니까, 선생. 그러나 예컨대, 차라리 지구인이 어때요. 예컨대, 어떤 지상의 권력이 자신의 비밀스런 지시를 보냈다고 치지요. 예컨대, 그것은 인간의 통제를 벗어나기 위해서는 중대한 이유를 가지고 있을 것입니다. 예컨대, 그 어떤 국제적인 업무나 조직 또는 그게 뭔지는 모르겠지만, 그는 미지의 힘을, 비밀 무선국 등을 자기 마음대로 합니다. 어쨌든… 어쨌든 사람들은 그러한 비밀 메시지에 대해 관심을 가질 권리를 갖고 있습니다. 그렇지 않아요? 그것들이 지옥이나 화성에서 올지라도. 그것은 오직… 인간사회의 관심입니다. 당신은 상상할 수 있습니다. …그래서, 선생님, 그것들은 틀림없이 빨간 모자를 쓴 아이에 대한 무선 메시지가 아닐 것입니다. 그래서."

카슨은 오두막 작업장을 왔다 갔다 했다. "무엇보다도 먼저, 그것은 확실합니다." 그는 큰 소리로 말했다. "문제의 그 송신 전신국은… 중부유럽 어딘가에 있습니다. 방해가 일어나는 지역 한가운데에 가까이, 그렇지 않아요? 상대적으로 그것은 약합니다. 그래서 밤에만 이야기합니다. 더욱 나쁜 것은, 에펠탑이나 나움 (1906년 독일 최초 라디오 방송국이 세워진 도시: 역주)을 찾기가 어렵지 않다는 것입니다. 어떻게 생각하세요, 선생님?"

그는 갑자기 소리치고 꼼짝하지 않고 서 있었다. "바로 유럽 한가운데에 뭔가 이상한 것이 존재하고 준비되고 있다는 것을 상상해 보십시오. 그 조직은 지사와 사무실을 갖추고 있고, 비밀연락망을 유지하고 있습니다. 우리는 그들의 기술적인 수단을 알지 못합니다. 아시는지 모르지만, 비밀 권력을." 카슨은 고함을 질렀다. "그들은 또 크라카티트를 가지고 있습니다! 자 어떻게 하시겠어요?"

프로코프는 미친 듯이 일어섰다. "뭐… 뭐라고요?"

"크라카티트. 9그램하고 35밀리그램. 우리한테 남아 있는 모든 것을."

"그것을 가지고 무엇을 했단 말입니까?" 프로코프는 분노했다.

"실험을요. 우리는 그것을 마치 아주 귀중한 것처럼 다루었습니다. 그리고 어느 날 저녁에…"

"뭐라고요?"

"그것은 사라졌습니다. 도자기 항아리와 함께."

"도둑맞았어요?"

"예."

"그리고 누가… 누가…"

"물론 화성인들이지요." 카슨은 웃음을 지었다. "불행하게도 한 실험실 연구원이 지하실을 통해서 사라졌어요. 물론 도자기 항아리를 가지고요."

"언제 그랬어요?"

"저, 그들이 당신을 찾으라고 저를 이리로 보내기 직전에요. 교육받은 사람, 색슨인. 가루 하나도 남기지 않았어요. 아시겠지요, 그래서 제가 여기에 온 이유를."

"당신은 그것이 그런… 그런 미지의 사람들 손에 넘어갔다고 생각하세요?"

카슨은 코웃음을 쳤다.

"당신은 어떻게 알고 있습니까?"

"저는 확신합니다. 제 말 좀 들어봐요." 카슨은 짧은 다리로 뛰어 오르며 말했다. "제가 겁쟁이처럼 보여요?"

"아… 아니요."

"자, 그럼 당신에게 말씀드릴게요. 그것 때문에 우리는 공포에 사로잡힌답니다. 제 명예를 걸고, 저는 공포에 사로잡혔어요. 크라카티트… 그것은 저주받을 물건이에요. 그 미지의 무선전신국은 더욱 나빠요. 그러나 만일 그 두 개 다 한 사람의 손아귀에 들어갔다면, …끝장이지요. 그러면 카슨은 가방을 챙겨서 타스마니아 카니발축제에 갈 것입니다. 아시다시피, 저는 유럽의 종말을 보고 싶지 않아요."

프로코프는 두 손을 무릎 사이에 비벼댈 뿐이었다. "하나님 맙소사, 하나님 맙소사." 그는 속으로 속삭였다.

"자, 좋아요." 카슨은 말했다. "아시다시피, 저는 놀라울 뿐입니다. 지금까지 뭔가 거대한 것이 공중에 나타나지는 않았습니다. 당신은 그저 단추 같은 것을 누르기만 하면 2천 킬로미터 멀리에서… 꽝! 바로 이것입니다. 뭘 더 기대하겠어요?"

"그것은 명확합니다." 프로코프는 흥분하며 말했다. "크라카티트를 포기해서는 안 됩니다. 그리고 토메시, 토메시를 막아야 합니다."

"토메시 씨는" 카슨은 빨리 반박했다. "토메시 씨는 악마라도 돈을 지불하면 그것을 악마에게 팔 것입니다. 그 순간 토메시 씨가 이 세상에서 가장 위험한 인물이 될 것입니다."

"악마에게." 프로코프는 절망적으로 중얼거렸다. "이제 어떻게 해야 되지요?"

카슨은 잠시 기다렸다. "그것은 분명합니다." 마침내 그는 말했다. "크라카티트를 절대 포기해서는 안 됩니다."

"예! 절대로!"

"포기한다는 것은, 간단히 말해 암호해독 열쇠를 판다는 것입니다. 그것은 절호의 기회입니다, 선생님. 제발, 그것을 누구든지 원하는 사람에게 주십시오. 그러나 다만 대혼란만은 일으키지 마십시오. 아니면 그것을 스위스에 주든지 아니면 노처녀동맹협회에, 그것도 아니면 마귀할멈에게 주십시오. 그러면 당신이 미치지 않았다는 것을 이해하는 데 6개월이 걸릴 것입니다. 아니면 우리들에게 주십시오. 우리는, 당신도 아시다시피. 발틴에 벌써 그러한 수신 장치를 설치해 놨습니다. 아시다시피, 끊임없이 아주 빨리 폭발하는 크라카티트라는 미세한 원자들을 상상해 보십시오. …미지의 전류에 의해서 점화된다는 것을. 바로 어딘가에서 스위치를 누르자마자 모든 것이 발사될 것입니다. 트르르 타타 트르르 트르르 타 트르르 타타타. 바로 이것입니다. 암호를 해독하면 모든 게 준비됩니다. 크라카티트를 가지기만 한다면요!"

"저는 포기하지 않을 것입니다." 프로코프는 식은땀에 젖어서 말했다. "당신들은 크라카티트를 당신들 자신들을 위해서 만들고자 하는 거지요?"

카슨은 입술을 실룩거렸다. "그래서." 그는 말했다. "만일 오직 그것이 당신이 원하는 것이라면, 우리는 당신을 위해서 국제연맹을, 국제우편국협회를, 성체대회나 당신이 위하는 아무 협의회라도 소집할 수 있습니다. 그리하여 영혼의 안식을 위하여…. 저는 덴마크 사람이라 정치라는 것은 질색입니다. 그러니 당신은 크라카티트를 국제위원회 손에 맡길 수 있습니다. 무슨 문제가 있나요?"

"저는… 저는 오랫동안 아팠습니다." 프로코프는 죽을 정도로 창백해져서 사과했다. "아직까지 저는 편하지 않아요. 그리고 이틀 동안 먹지도 못했어요."

"약해지셨군요." 카슨은 말하고는 그에게 다가가 앉아서 그의 목을 끌어안았다. "그것은 곧 사라질 것입니다. 발틴으로 갑시다. 아주 건강에 좋은 지역입니다. 그러고 나서 토메시를 찾으러 갈 수 있습니다. 당신은 백만장자가 될 것입니다. 당신 위대한 사람이 될 것입니다. 자, 좋아요?"

"예." 프로코프는 마치 어린이처럼 말했다. 그는 자신을 알맞게 흔들도록 맡겼다.

"그렇게, 그렇게. 지나친 긴장은…. 아시겠어요? 그것은 아무것도 아니에요. 중요한 것은… 중요한 것은 미래입니다. 이봐요, 선생. 당신은 가난을 경험했어요, 그렇지 않아요? 당신은 착한 사람이에요. 보시다시피, 당신은 이제 더 좋아졌어요."

카슨은 생각에 잠겨 담배를 피웠다. "미래는 놀라울 정도로 엄청날 것입니다. 당신은 돈방석에 앉을 것입니다. 제게 10프로만 주세요, 그렇게 할 거지요? 그것은 이제 국제적 관례입니다. 카슨도 역시 돈이 필요하거든요…"

막사 앞에 자동차가 경적을 울렸다.

"하나님 감사합니다." 카슨은 안도의 숨을 몰아쉬었다. "여기 차가 왔습니다. 자, 선생님. 갑시다."

"어디로요?"

"먼저 식사부터 하시죠."

제20장

　이튿날 프로코프가 일어났을 때, 머리가 지독하게 무거웠다. 그는 먼저 자기가 실제로 어디에 있는지 알 수 없었다. 그는 닭 울음소리와 혼지크의 짖는 소리를 기다렸다. 차츰 그는 더 이상 티니체에 있지 않고 호텔 침대에 누워 있다는 것을 깨달았다. 카슨이 술에 취해서 의식을 잃고, 동물처럼 울부짖는 그를 데려왔다. 그러나 그는 머리를 흐르는 찬물에 넣고 나서야 어제 저녁에 있었던 모든 일을 상기해 냈고, 수치심에 젖었다.

　그들은 조금이긴 하지만 점심때도 벌써 술을 마셨다. 그러나 그들의 얼굴은 매우 붉어질 정도였고, 그들은 두통을 없애기 위하여 자동차로 사자바인지 또는 다른 숲 어딘가로 갔다. 프로코프는 쉼 없이 계속 지껄여댔고, 반면에 카슨은 시가를 피우며 머리를 끄덕였다.

　"당신은 위대한 사람이 될 것입니다." 위대한 사람, 위대한 사람이 프로코프 머리에 마치 종소리처럼 울려 퍼졌다. 만일 베일을 쓴 그 소녀가… 그러한 영광 속에 있는 나를 본다면! 그는 폭발하듯이 카슨에게 분노를 터뜨렸다. 그러나 카슨은 고관대작처럼 머리만 끄덕였다. 그리고 그는 자신의 격분한 자존심에 불을 질렀다. 프로코프는 분노 때문에 차에서 떨어질 뻔하였다. 그는 파괴적인 화학, 사회주의, 결혼, 아이들 교육 그리고 다른 무의미한 것들을 다루는 국제연구소의 개념을 설명하고 있었다. 저녁에 그들은 정말로 말다툼을 했다. 어디서든지 그들이 술을 마시면, 하나님은 그것을 알고 있다. 그것은 무서운 일이었다. 카슨은 붉어져서 반짝이는 얼굴을 가리기 위해 헤진 모자를 덮어쓰고, 모든 미지의 사람들을 위해 건배했다. 그동안 몇몇 처녀들이 춤을 추고 있었다. 누군가가 유리잔을 깨트렸고 프로코프는 흐느끼면서 카슨에게 미지의 처녀를 끔찍하게 사랑했던 것을 이야기했다. 이러한 것을 상기하면서 프로코프는 수치와 고통으로 머리를 감싸안았다.

그러고 나서 그들은 "크라카티트"라고 소리치는 그를 차에 태웠다. 그들이 어디로 그를 데려갔는지 알 길이 없었다. 그들은 끝없는 고속도로를 달려갔다. 프로코프 옆에는 붉은 불빛이 뛰어오르고 내리곤 했다. 그것은 아마 시가를 피우는 카슨일 것이다. 그는 "봅, 빨리"라고 딸꾹질을 하며 소리쳤다.

갑자기 어딘가 굽이친 곳에서 그들에게 두 개의 강한 불빛이 비추었다. 그리고 두 사람의 목소리가 들려왔다. 자동차는 길을 벗어나고 프로코프는 입이 먼저 풀밭에 닿으면서 굴러 떨어졌다.

그는 어렴풋하게나마 정신이 들기 시작했다. 몇몇 개의 목소리가 미친 듯이 논쟁을 했고, 술 취했다고 저주를 퍼부었다. 카슨도 지독하게 욕을 퍼붓고 소리쳤다. "지금 되돌아가야 해!"

그리고 나서 그들은 조심에 조심을 다해 심하게 상처 입었다고 생각되는 프로코프를 다른 차로 옮겨 실었다. 카슨은 그의 옆에 앉았다. 자동차는 되돌아갔다. 봅은 고장 난 자동차에 남아 있었다. 절반 가량 왔을 때 심하게 다친 환자가 다시 노래를 부르고 고함을 치기 시작하였고, 프라하에 도착하기 전에 또다시 갈증을 느꼈다. 그들은 그가 침묵할 때까지 그와 함께 몇몇 지방 술집에 들러야 했다.

프로코프는 침울한 혐오감을 가지고 거울 속에서 자신의 일그러진 얼굴을 자세히 들여다 보았다. 이런 고통스러운 광경 속에 처해 있는 그에게 호텔 직원이 정중한 사과와 더불어 등록카드를 가져왔다. 프로코프는 자신의 신상을 기록하고 일처리가 잘되길 기대했다. 호텔 직원이 그의 이름과 신상을 읽자마자 그는 완전히 정신이 들었고 호텔직원은 그에게 이제 호텔방을 나가지 말 것을 당부했다. 왜냐하면 외국으로부터 어떤 신사가 엔지니어 프로코프 씨가 호텔에 투숙하면 즉각 그에게 전화를 걸어주라고 부탁했기 때문이다. 만일 엔지니어가 허락을 한다면 등등.

엔지니어는 자신에게 화가 너무 나서 자기의 목을 자르는 것을 허락한다고 했다. 그는 앉아서 아픈 머리 때문에 고동스럽게 사신을 체념하면서 기다렸다. 25분 후 호텔 직원이 다시 나타나 그에게 명함을 건넸다. 명함에는 누군가의 이름이 쓰여 있었다.

"그를 들여 보내세요." 프로코프는 요청했다. 그는 속으로 매우 놀랐다. 왜 카슨이란 작자가 어젯밤에 이 귀중한 손님에 대해 일 언반구도 없었고, 또 오늘 왜 그 사람이 그런 야단법석을 떨며 오 는지, 그 외에도 그는 카슨이 어제의 그 터무니없는 열광적인 밤 이후에 어떠한지도 궁금했다. 그러나 그는 벌써 믿을 수 없을 정 도로 놀라서 눈이 휘둥그레졌다. 미지의 사나이가 문으로 들어왔 다. 그는 어제의 그 카슨 씨보다는 반팔 정도 키가 컸다.

"만나서 대단히 반갑습니다." 미지의 신사가 천천히 말하고는 마치 전신주처럼 그렇게 허리를 굽혔다.

"저는 레지널드 카슨 경입니다." 그는 자기를 소개하고 의자 쪽 을 바라보았다.

프로코프는 애매모호한 소리를 내고는 그에게 의자를 가리켰 다. 그 신사는 의자에 똑바로 앉아서 멋진 사슴 가죽 장갑을 폼을 재며 벗기 시작했다. 그는 키가 매우 크고, 매우 진지한 신사였 다. 얼굴은 말 얼굴을 닮았고 거기에는 선명한 주름이 나 있었다. 넥타이핀은 큼직한 인도 오팔이었다. 그의 금시계 줄에는 골동품 카메오 보석이 달려 있었다. 그는 거대한 골프 신발을 신고 있었 고, 뭐로 보나 그는 영국신사다웠다.

프로코프는 깜짝 놀랐다. "자, 말씀하시죠." 그는 침묵이 견딜 수 없을 정도로 오래 가서 마침내 먼저 입을 열었다.

신사는 전혀 서두르지 않았다. "물론이지요." 그는 천천히 영어로 말하기 시작했다. "당신이 신문에서 저의 광고를 봤을 때 틀림없이 놀랐을 것입니다. 제 생각인데 당신은 엔지니어 프로코프 씨이며 폭발물에 대한 매우 흥미로운 논문들의 저자이시지요."

프로코프는 말없이 고개를 끄덕였다.

"만나서 반갑습니다." 카슨 경은 서두르지 않고 말했다. "저는 위대한 과학적인 관심과 그리고 실질적으로 우리 회사, 마르코니 무선전신 회사를 위해 매우 중대한 것과 관련하여 당신을 만나기를 고대하고 있었습니다. 영광스럽게도 저는 이 회사의 회장입니다. 무선전신국제협회가 저를 그들의 회장으로 뽑은 것도 그들을 위해서도 매우 중요합니다. 당신은 분명히 어느 정도 놀라시겠지요." 그는 숨을 쉬지도 않고 그렇게 긴 문장을 계속 말했다. "비록 당신의 빼어난 연구가 완전히 다른 분야이지만 회사가 저로 하여금 당신을 만나보라고 보냈습니다. 용서하십시오." 그러고 나서 카슨 경은 악어가죽 지갑을 열고 종이와 받침대와 황금 펜을 꺼냈다.

"약 아홉 달 전에." 그는 천천히 말하고 글씨를 자세히 보기 위하여 황금테 안경을 썼다. "유럽 무선전신국은 언급했습니다…."

"실례합니다." 프로코프는 자신을 통제할 수 없어서 그의 말을 가로챘다. "그럼 당신이 그 광고를 냈습니까?"

"분명히 그렇습니다. 그때 무선전신국들의 규칙적인 전파 방해를 알게 됐습니다."

"…회요일과 금요일에. 저도 알고 있어요. 누가 당신에게 크라카티트를 알려 줬습니까?"

"그것에 대해서는 제가 다시 말씀드리겠습니다." 이 덕망 있는 신사는 비난조로 말했다. "그래서, 당신은 어느 정도 우리의 목표에 대해 알고 계시라 간주하기 때문에 저는 상세한 것은 제외하겠습니다. 그리고 오, 에, 아…"

"…국제적인 비밀 음모에 대해서 …그렇지 않아요?"

카슨 경은 창백한 푸른 두 눈을 떴다. "실례합니다만 어떤 음모를 말하는지요?"

"글쎄요, 비밀스런 야간 메시지들, 메시지를 내보내는 비밀조직들 말입니다."

레지널드 카슨 경은 그의 말을 가로챘다.

"환상입니다." 그는 유감스럽다는 듯이 말했다. "그건 순수한 환상입니다. 저는, 우리 회사가 상대적으로 상당한 보상을 광고했을 때 데일리 뉴스가 마침내 그것을 유포했다는 것을 알고 있습니다."

"알고 있습니다." 이 문제에 대해 느긋한 신사가 토론할까 봐 두려워서 프로코프는 빨리 말했다.

"예. 완전히 허튼 소리죠. 그 일 전체는 상업적인 기반을 가지고 있습니다. 누군가가 우리 전신국을 신뢰할 수 없다고 증명하는 데에 관심을 가지고 있습니다. 아시겠어요? 그는 공공의 신뢰를 훼손하고 있습니다. 유감스럽게도 우리의 수신기들이 그리고… 에… 무선 전신용 검파기들이 방해를 일으키는 특별한 타입의 신호들을 감지할 수 없습니다. 우리들은 이러한 방해 작용에 매우, 매우 민감하게 반응하는 어떤 물질이나 화학물질을 당신이 가지고 있다는 보고를 받은 이래…"

"누구로부터 보고를?"

"당신의 동료 신사분…. 에… 토메시 씨. 미스터 토메시, 안 그래요?" 느긋한 신사는 서류들 속에서 편지 한 장을 꺼냈다.

"친애하는 선생님께." 그는 힘을 들이면서 읽기 시작했다. "저는 신문에서 보상 등등을 발견했습니다. 제가 현재로선 어떤 발명품에 대해서 작업 중인 발틴으로부터 떠나갈 수 없고, 또 이러한 것들은 너무나 중요해서 편지에서는 다루지 못하기 때문에, 저는 당신이 저의 동료이며 오랫동안 함께 일한 엔지니어 프로코프 씨를 찾기를 요청하는 바입니다. 그는 새로 발명한 물질인 크라카티트, 사각형의 납소금, 고주파전류의 효력을 활용함으로써 생성된 합성물질을 소유하고 있습니다. 정확한 실험으로 증명했듯이 크라카티트는 강력한 폭발에 의해서 생성된 미지의 방해전파에 반응합니다. 위에서 언급한 전파의 연구에 결정적인 중요성을 띠고 있습니다. 이러한 일의 중대성을 고려해 볼 때, 저는 제 자신과 제 친구를 위해서 제의하신 보상이 근본적으로 상당히 더 많아야 된다고 제의하고자 합니다…."

카슨 경은 기침을 시작했다. "이게 전부입니다." 그는 말했다. "…우리는 보상에 대해 특별히 논의하고자 합니다. 발틴으로부터 토메시 올림."

"흠." 프로코프는 심각한 의혹을 가지고 말했다. "그러한 사적인… 믿기 어려운… 환상적인 보고가 마르고니 회사를 충족시켰군요."

"죄송합니다." 얼굴이 긴 신사는 이의를 제기했다. "물론 우리는 발틴으로부터 어떤 실험에 관한 매우 정확한 보고서를 받았습니다."

"아하, 어떤 색슨 실험실 보조원으로부터요?"

"아니오, 우리들의 대표자로부터, 지금 곧 읽어드리겠습니다." 카슨 경은 또 다시 서류를 뒤적였다. "여기 있습니다. …친애하는 선생님, 여기 우리 무선국은 지금까지 문제의 방해를 극복하지 못 하고 있습니다. 향상된 송신 에너지를 사용하고자 하는 시도는 완전히 실패했습니다. 저는 신뢰할 수 있는 정보요원으로부터 발틴에 있는 군부대 연구소가 어떤 물질을 충분히 확보했다는 보고서를 받았습니다."

누군가가 문을 두드렸다.

"들어오세요." 프로코프는 말했다. 웨이터가 명함을 가지고 들어왔다. "어떤 신사분이 만나자고 요청하시네요."

명함에는 이렇게 쓰여 있다.

Mr. Carson, Balttin.

"들어오라고 하세요." 프로코프는 명령하고 갑자기 격하게 화를 내며 카슨 경의 항의 제스처를 완전히 무시했다.

곧바로 어제의 그 카슨이 들어왔다. 그의 얼굴에는 잠을 설친 모습이 역력했다. 그는 다시 만나는 것을 기뻐하면 프로코프에게로 향했다.

제21장

"잠깐만 기다려요." 프로코프는 그를 멈춰 세웠다. "당신에게 이 분을 소개할게요. 엔지니어 카슨 씨, 이분은 레널드 카슨 경이십니다."

카슨 경은 몸을 똑 바로세우고 위엄을 잃지 않고 그대로 앉아 있었다. 반면에 엔지니어 카슨은 놀라서 휘파람을 불고 갑자기 다리에 힘이 빠진 사람처럼 의자에 털썩 주저앉았다. 프로코프는 문에 기대어 서서 제어할 수 없는 악의를 가지고 두 신사들을 쳐다보았다.

"자, 그래서요?" 그는 마침내 입을 열었다.

카슨 경은 자신의 서류들을 가방에 넣기 시작했다. "물론이지요." 그는 천천히 말했다. "다른 때에 다시 당신을 찾아오는 게 더 좋겠군요."

"그냥 남아 있는 게 더 좋겠습니다." 프로코프는 그의 말을 가로챘다. "실례지만 혹 두 분이 서로 친척이 아닌지요?"

"아니오." 엔지니어 카슨이 대답했다. "그 반대입니다."

"여러분들 중 누가 진짜 카슨입니까?"

아무도 대답을 하지 않았다. 고통스러운 침묵이 흘렀다.

"당신에게 그의 서류를 보여 주시라고 이분에게 물어보십시오." 레널드 카슨 경이 날카롭게 말했다.

"기꺼이 하겠습니다." 엔지니어 카슨이 비난조로 말했다. "앞서 말한 분이 한 다음에요. 자, 좋아요."

"여러분들 중 누가 광고를 신문에 냈습니까?"

"제가요." 엔지니어 카슨이 주저 없이 말했다. "저의 아이디어입니다, 선생님. 우리 전문분야에서는 다른 사람의 아이디어를 주저 없이 가로채는 추잡한 일이 벌어지곤 한답니다. 그래서요."

"제가 말하는 것을 용서하십시오." 레널드 경은 진정한 도덕적 분노를 가지고 프로코프를 향해 말했다. "그것은 너무 심하군요. 아직도 어떤 자가 다른 사람의 명의로 광고를 낸다면 어떻게 보일까요! 그래서 저는 저 신사분이 도발한 것을 받아들여야 할 의무가 있습니다."

"아하." 카슨은 공격적으로 말을 걸었다. "그래서 저 신사분은 또한 제 이름을 도용했습니다, 아시겠어요?"

"제가 말하고 싶은 것은." 레지널드 경은 자신을 방어했다. "저 신사분은 간단히 말해 카슨이 아닙니다."

"그럼 그의 이름이 뭡니까?" 프로코프는 재빨리 물었다.

"…저는 정확히는 모릅니다." 신사는 경멸스럽게 말을 내뱉었다.

"카슨 씨." 프로코프는 엔지니어에게로 향해서 물었다. "그럼 이 신사는 누구입니까?"

"경쟁이군요." 카슨은 쓰디쓴 유머로 말했다. "이 신사가 저에게 가짜서류로 저를 궁지에 몰아넣으려고 유혹을 한 분입니다. 맨 먼저 그는 거기에서 매우 친밀한 사람들을 소개하고 싶어 했습니다."

"이 지방 군경찰들을." 레지널드 경은 중얼거렸다.

엔지니어 카슨은 악의에 찬 두 눈을 깜박이며 경고라도 하듯이 기침을 해댔다. "실례지만, 그 문제는 더 이상 말하지 마십시오."

"자, 두 신사분들 서로 할 말이 아직 더 있습니까?" 프로코프는 문 옆에서 얼굴을 찡그리며 말했다.

"아니, 없습니다." 레지널드 경은 엄숙하게 말했다. 지금까지 그는 다른 카슨을 좋은 마음으로 한 번도 쳐다보지 않았다.

"자, 그럼." 프로코프는 말하기 시작했다. "맨 먼저 여러분들의 방문에 대해 감사드립니다. 두 번째로 크라카티트가 안전하게 착한 사람의 손 안에, 즉 제 손 안에 있어서 저는 무척 기쁩니다. 왜냐하면 그와 달리 여러분들이 그것을 가지려고 아주 작은 희망이라도 가졌다면 저는 이렇게 여러분들이 찾는 인물이 되지 않았을 테니까요, 그렇지 않아요? 저는 이러한 본의 아닌 정보에 대해 여러분들에게 큰 빚을 지고 있습니다."

"아직 너무 즐거워하지 마십시오." 카슨은 중얼거렸다. "남아 있는 게…"

"…저 사람?" 프로코프는 레지널드 경을 가리키며 말했다.

카슨은 머리를 내저었다. "천만에요! 하지만 미지의 제3자가 있습니다."

"용서하세요." 프로코프는 거의 모욕을 당한 듯이 말했다. "당신은 어제 당신이 제게 말한 것을 믿으라고 생각하는 것은 아니겠지요?"

카슨은 유감스럽게 어깨를 들먹였다. "이런, 당신이 좋을 대로."

"제3의 인물이라." 프로코프는 계속했다. "지금 토메시가 어디 있는지 제게 말해 주시겠습니까?"

"하지만 저는 벌써 당신에게 말씀드렸는데요." 카슨은 펄쩍 뛰었다. "그것은 할 수 없어요. …발틴에 오십시오, 거기에서 알게 될 것입니다."

"그리고 당신은요, 선생님?" 프로코프는 레지널드 경에게로 몸을 돌렸다.

"실례합니다." 키가 큰 신사가 말했다. "하지만 저는 그것을 제 자신을 위해서 그냥 두겠습니다."

"네 번째로, 제가 없는 동안 여러분들이 여기서 서로를 잡아먹지 않으리라고 믿습니다. 저는 그동안 잠깐 나갑니다."

"경찰서로." 레지널드 경은 말했다. "아주 좋아요."

"여러분들이 동의해 줘서 저는 기쁩니다. 여러분들을 잠시 가두어놓는 것을 용서하십시오."

"오, 제발." 레지널드 경은 정중하게 말했다. 반면에 카슨은 절망적으로 항의하려고 몸부림쳤다.

크게 안심을 하며 프로코프는 호텔 문을 밖에서 잠그고, 또 거기에 두 명의 웨이터를 망보도록 세워놓았다. 그러고 나서 가까운 경찰서로 달려갔다. 왜냐하면 그는 무엇이 일어났는지를 거기에 알리는 것이 최고라고 생각했기 때문이다.

사건이 그리 단순한 것은 아니라는 것이 판명 났다. 왜냐하면 그는 그 두 사람을 은수저 절도죄나 카드놀이로 고발할 수도 없었기 때문이다. 그가 경찰로 하여금 의혹을 극복하게 하는 것은 힘들었다. 경찰들은 조심스레 그를 정신 나갔다고 간주했기 때문이다. 마침내… 아마도 안심을 하도록… 그들은 프로코프에게 허름한 사복을 입은 과묵한 경찰을 배당시켰다.

그들이 호텔에 도착했을 때, 그들은 용감하게 문을 지키는 두 웨이터를 발견했다. 거기에는 또 모든 호텔 사람들이 둘러싸고 있었다. 프로코프는 문을 따고, 사복을 입은 형사가 콧바람을 크게 불며 마치 브레이스를 사러 가듯이 조용히 호텔방 안으로 들어갔다. 방은 텅 비어 있었다. 두 카슨은 사라졌다.

과묵한 형사는 콧바람을 튕기며 바로 목욕탕으로 향했다. 프로코프는 그것을 완전히 잊고 있었다. 거기에는 채광통으로 나 있는 창이 열려 있었다. 반대편에는 화장실로 통하는 창문이 깨져 있었다. 과묵한 형사는 화장실로 직행했다. 그것은 또 다른 통로로 이어졌다. 거기는 잠겨 있었고 열쇠는 사라졌다. 형사는 마스터키로 그것을 열었다. 거기에는 아무것도 없었다. 거기 창문 아래에는 발자국들이 나 있었다. 과묵한 형사는 다시 문을 잠그고, 경찰국장을 이리로 모시러 간다고 말했다.

키가 작지만 매우 활동적이고 유명한 범죄전문가인 경찰국장은 금방 사태를 파악했다. 그는 족히 2시간 동안 프로코프로부터 그와 두 신사와의 관련된 정보를 캐냈다. 어떻게 해서든 그는, 적어도 그 두 외국인들과의 관계에 대해 자신의 설명을 하면서 매우 당혹해하는 프로코프를 체포하고자 하는 것 같았다.

그러고 나서 경찰국장은 문지기와 웨이터들을 심문하고 프로코프에게 6시에 경찰서로 출석하고 그동안 호텔을 벗어나지 않는 게 좋다고 강하게 지시했다.

프로코프는 그날의 남은 시간 동안 방안을 배회하며 다음과 같은 생각을 하니 공포에 사로잡혔다. 즉 그는 아마 구속될 것이고, 왜냐하면 크라카티트에 대해서는, 하나님 맙소사, 한마디도 안 하고 그가 어떻게 설명을 할 수 있을까? 도대체 그런 심문 구속이 얼마나 오래 동안 지속될까? 베일을 쓴 미지의 여성을 찾는 대신에⋯. 프로코프의 두 눈에는 눈물이 가득 고였다. 그는 자신이 약하고 물러터져서 창피함을 느꼈다. 그러나 6시에 그는 자신의 모든 용기를 내어 경찰서로 향했다.

그들은 그를 두꺼운 양탄자가 깔려 있고, 가죽 소파와 시가가 들어 있는 큰 상자가 있는 경찰 집무실로 데려갔다. (그것은 경찰 서장의 집무실이었다). 책상머리에서 프로코프는 서류뭉치에 몸을 숙인 거대한 등, 권투선수의 등과 맞닥뜨렸다. 그 등은 첫눈에 그에게 공포와 굴욕을 불러일으켰다.

"엔지니어 선생님, 앉으시죠." 권투선수의 등이 상냥스럽게 말했다. 황소의 목에 딱 어울리게 자리 잡은, 똑같이 기념비적인 얼굴이 프로코프에게로 향했다. 거대한 신사는 프로코프를 잠시 훑어보고는 말했다. "저는 당신이 당신 자신을 위하여 확실하게 고려한 후에 결정한 것을 제게 말하도록 강요는 하지 않을 것입니다. 저는 당신의 일을 알고 있습니다. 저는 그 사건에서 당신이 뭔가 폭발물을 다루었다고 생각합니다."

"예."

"그 물질은 아마 더 중대한 의미를… 말하자면 군사적인…."

"예."

거대한 신사는 일어서서 프로코프에게 손을 내밀었다. "엔지니어 양반, 당신이 그것을 외국 스파이한테 팔지 않아서, 저는 그저 당신에게 감사할 따름입니다."

"그게 전부입니까?" 프로코프는 숨을 내쉬었다.

"예."

"그들을 체포했습니까?" 프로코프는 소리를 질렀다.

"왜요?" 그 신사는 웃음을 띠었다. "우리는 그런 권리가 없어요. 그것은 지금까지는 당신의 비밀과 관계 있지, 우리 군대의 비밀과는 아무 관계가 없어요."

프로코프는 미묘한 비난을 감지하고는 혼란에 빠졌다. "그 사건은… 아직 성숙하지 않았단 말인가요?"

"저는 믿습니다. 저는 당신에게 믿음을 가지고 있습니다."

거구의 남자는 그렇게 말하고 또다시 프로코프에게 악수를 청했다.

그게 전부였다.

제22장

"나는 체계적으로 나아가야 한다." 프로코프는 결심했다. 좋아. 오랜 숙고와 매우 독특한 영감의 결과로 그는 다음과 같은 단계들을 확립했다.

맨먼저 그는 이틀에 한 번씩 모든 중요 신문들에 다음과 같은 광고를 냈다.

"토메시 씨. 상처입은 손을 가진 전달자가 베일을 쓴 여인의 주소를 요구한다. 매우 중요함. P. 우편함 '40,000'. 엔지니어 K. 그레그르."

이 형식은 그에게 매우 멋지게 보였다. 그 젊은 부인이 그 신문을, 특히 광고를 전혀 읽지 않을지도 모르지만, 하지만 흠 누가 안담? 우연이란 강력한 것이다. 그러나 우연대신 미리 예견할 수 있는 상황이 발생하니까.

하지만 프로코프는 예상하지 못했다. 그 광고에 대해서 아주 많은 편지들이 쇄도했다. 그것들은 대부분 실종된 토메시한테 보내온 청구서들, 독촉장들, 협박들과 모독이었다. 또는 "이르지 토메시 씨로 하여금 그 자신의 이익을 위해서 그의 주소를 밝힐 것" 등등이다. 게다가 어떤 야윈 남자가 신문사로 와서 얼빠진 듯이 바라보았다. 프로코프는 그에게 광고에 대한 반응을 요구하니 그는 그에게 다가와서 토메시가 어디 사는지 주소를 물었다. 프로코프는 그에게 상황이 허락하는 범위 내에서 거칠게 대했다. 반면에 그 야윈 사람은 경찰 신분증을 내밀며 프로코프에게 어리석은 짓을 하지 마라고 강하게 경고했다. 그것은 어떤 횡령과 다른 추잡한 사건과 관계있는 것이었다. 프로코프는 무엇보다도 자기 자신도 토메시가 어디 살고 있는지 꼭 필요하다고 하면서 그 야윈 남자를 설득할 수 있었다.

하지만 그러한 사건과 편지에 대한 답들을 검토한 후에, 광고의 성공에 대한 그의 신뢰는 심하게 약화되었다. 실제로 광고에 대한 반응은 점점 더 적어졌고, 반면에 점점 더 위협적이 되었다.

두 번째로 그는 개인 탐정을 찾아갔다. 그는 베일을 쓴 미지의 처녀를 찾는다면서 그녀에 대해서 설명을 하려고 시도했다. 그들은 그에게, 만일 그가 그들에게 그녀의 주소와 이름을 제공한다면 노력을 다해 그녀에 대한 신중한 정보를 제공하겠다고 했다.

그는 아무것도 얻지 못 하고 떠날 수밖에 없었다.

세 번째로 그는 천재적인 영감을 얻었다. 낮과 밤 늘 그와 함께

있었던 위에서 언급한 그 봉투에는… 적은 액수의 수표들 외에
도… 은행에서 많은 거액을 지불할 때 관습적으로 하듯이, 끈으
로 묶은 3만 코루나의 현금이 있었다. 거기에는 은행 이름이 없
었다. 그러나 처녀가 어떤 금융기관에서, 프로코프가 티니체로
간 그날, 그 돈을 받은 것은 분명할 것 같다.

자, 이제 그가 할 수 있는 것은 날짜를 알아내는 것이다. 그 다
음 프라하의 모든 은행을 돌아다니면서 어떤 날 누가 3만 코루나
와 좀 더 많은 돈을 찾아간 사람의 이름을 줄 것을 요청하면 될
것이다.

그래, 정확한 날짜를 알아야 한다. 프로코프는 크라카티트가 화
요일 폭발했다는 것을 알고 있다. 또는 일요일이나 국경일 이틀
전, 그래서 처녀가 틀림없이 돈을 찾아간 그 날짜 그 다음 수요일
일 것이다. 그러나 프로코프는 어느 주일인지도 어느 달인지도
확신할 수 없었다. 아마도 3월이나 2월일 것이다.

그는 어마어마한 노력을 다해 그것이 언제였는지 상기해 내려
고 하거나, 그도 아니면 계산해 내려고 애썼다. 그러나 얼마나 오
랫동안 앓아누워 있었는지 알 수 없다는 사실 때문에 모든 계산
은 소용없었다.

좋아, 티니체의 토메시 가족들은 틀림없이 그가 언제 그들 집
에 쳐들어 갔는지 알고 있을 거야! 이러한 희망에 젖어서 그는
늙은 토메시 박사에게 전보를 쳤다.

"제가 박사님 댁에 도착한 날자가 언제였는지 알려 주시기 바람.
—프로코프"

이 전보를 보내자마자 그는 후회했다. 왜냐하면 그는 그때 그들에게 공손하게 행동하지 못한 것을 또다시 심하게 느꼈기 때문이다. 사실 그는 그 전보에 대한 답을 받지 못했다. 그가 이런 맥락을 버리려고 했을 때, 그에게는 이르카 토메시의 집 관리인 부인이 아마도 그 날짜를 기억하고 있으리라는 생각이 떠올랐다. 그는 급히 그녀에게 갔다. 그러나 관리인 부인은 그날이 토요일이었다고 주장했다. 프로코프는 절망에 빠졌다.

그러나 그는 여학생에 의해서 큰 글씨로 매우 조심스럽게 쓴 편지를 받았다. 그녀는 그가 티니체에 모모 날짜에 도착했다는 것과 그러나 "제가 선생님에게 편지를 썼다는 것을 아빠는 알아서 안 된다"고 썼다. 더 이상 아무것도 없었다. 그 편지는 안치가 서명했다. 어떤 이유에서인지 이러한 편지 몇 줄에 의해 프로코프의 가슴은 찢어질 것만 같았다.

자, 이제 다행히도 날짜를 알게 되어 그는 첫 번째 은행으로 달려갔다. 그들이 그에게 모모 날짜에 누가 그 은행에서 3만 코루나를 찾아갔는지 말해줄 수 있을까? 그들은 그에게 고개를 가로저으며 그런 것을 절대로 알려줄 수 없다고 말했다.

그러나 그들이 그가 너무나 실망에 빠진 것을 보고는 누군가 높은 사람과 상의하고는, 어떤 구좌에서 돈을 찾아갔는지 그에게 물었다. 또는 수표인지, 보통예금인지, 신용장인지 물었다. 물론 프로코프는 알지 못했다. 계속해서 그들은 그에게, 그 미지의 고객이 어떤 지폐를 바꾸었다면 그 이름은 여기에 기록으로 남아 있지 않다고 했다.

그리고 마지막으로 프로코프는 그들에게 돈이 이 은행에서 지불되었는지 아니면 다른 은행인지 전혀 알 수 없다고 말했다. 그들은 그에게 미소를 띠며, 그가 프라하에 있는 250개의 모든 금융기관들에게 똑같은 질문을 가지고 알아보러 돌아다녔느냐고 물었다. 이리하여 프로코프의 천재적인 아이디어는 아무 쓸모없게 됐다.

이제 남아 있는 네 번째 가능성은 그녀를 우연하게 만나는 것이다. 프로코프는 이러한 가능성에 어떤 방법을 적용했다. 그는 프라하를 지역으로 구분하여 아침부터 저녁까지 각 지역을 하루에 두 번씩 수색했다. 그는 어느 한날 하루 종일 얼마나 많은 사람을 만나는지 계산을 해봤다. 거의 4만 명이라는 숫자에 이르렀다. 프라하의 시민 전체를 고려하면 그가 만날 가능성이 20명 중에 한 명이라는 계산이 나왔다. 그러나 이 작은 가능성은 커다란 희망이었다. 그녀가 살거나 걸어다니는 거리들이 있다. 아카시아 꽃이 피는 거리, 고색창연한 구시가지 광장, 심원하고 중요한 인생의 친밀한 구석들이 있다. 그녀가 사람들이 오직 바삐 걸어만 다니는, 그런 시끄럽고 음울한 거리에 있을 것이라는 것은 절대로 불가능하다. 또 특색 없는 아파트들이 있는 황폐한 지역도 아니고, 옛 시대의 더러운 흙더미가 있는 지역은 더더구나 아니다. 그러면 왜 그녀는 숨을 죽일 수 있고 그늘지고 아주 조용한 곳이 있는 넓은 창문 뒤에서 사는 것이 가능하지 않단 말인가?

마치 꿈이라도 꾸듯이 방황하면서, 프로코프는 그토록 오래 보낸 그 도시에서 무엇이 있는지 인생에서 처음으로 알아보게 됐다. 오 하나님, 평화롭고 성숙된 삶이 흘러가고 그리고 불안해하는 그대를 유혹하는 아름다운 곳은 얼마나 많을까?

프로코프는 멀리서 그에게 인상을 준, 수없이 많은 여자를 쫓아다녔다. 그렇지만 그는 오직 두 번밖에 보지 못했지만 그는 거칠게 두근거리는 가슴을 안고 그들을 쫓아갔다. 만일 그것이 바로 그 여자라면! 그로 하여금 그들을 쫓아다니게 한 것이 어떤 술법인지, 감각인지 누가 우리에게 말해줄 것인가. 좌우간 그들은 미지의 여자들이지만 아름답고, 우울하고 자기 자신 속에 갇혀 있었고, 또 뭔가 접근하기 어려운 것의 보호를 받고 있었다. 그후, 한번은 그 여자라는 것을 거의 확신한 적이 있었다. 그는 너무나 흥분하여 숨을 들이쉬기 위하여 잠시 발걸음을 멈추어야 했다. 그러나 그때 그녀는 전차를 타고 떠나 가버렸다. 그는 그 정거장에서 3일간 그녀를 찾았으나 이제 더 이상 그녀를 볼 수 없었다.

그리고 나서 가장 나쁜 것은 완전히 지칠 정도로 피곤해서 두 손을 양 무릎 사이에 비비면서 새로운 탐정계획을 세우려고 발버둥치는 저녁시간들이었다. 오 하나님, 나는 결코 그것을 포기하지 않을 것입니다. 내가 망상이 들었고, 미쳐 버렸고, 멍청이가 됐고, 미치광이가 되었다고 하더라도 나는 결코 그것을 포기하지 않을 것입니다. 그녀가 점점 더 나로부터 사라질지라도 나는 더 강력하게 매달릴 것이며… 단순히… 그것은… 뭔가 운명으로.

어느 날 밤중에 그는 갑자기 이런 식으로는 그녀를 찾을 수 없어서, 그녀에 대해서 알고 있고 그녀에 대해서 자기에게 말해줘야 하는 이르카 토메시를 찾아 나서야겠다는 확신을 가졌다. 비록 한밤중이지만 그는 아침까지 기다릴 수 없어 옷을 입었다. 그는 믿을 수 없을 정도로 여권을 획득하는 데 시간이 걸리는 것에 준비가 되어 있지 않았다. 그는 그들이 그에게 원하는 것을 이해하지 못해서, 분노하고, 조바심나서 참을 수가 없었다. 마침내, 드디어 어느 날 밤 급행열차는 그를 국경으로 싣고 갔다. 이제야 처음으로 발틴으로!

이제는 결단을 내릴 때다, 라고 프로코프는 느꼈다.

제23장

결정은 그가 생각한 것과는 달리 내려졌다.

그는 발틴에서 자기에게 카슨이라고 말한 그 사람을 찾아서 그 카슨에게 다음과 같이 말해야겠다고 계획을 세웠다. 즉 "무엇이 일어나든지, 나는 돈 같은 것에는 관심이 없으니. 내가 비즈니스로 할 이야기가 있는 이르지 토메시한테로 나를 즉각 데려가라고, 그렇게 하면 당신은 그 대가로 충분한 폭발물을 얻게 된다. 말하자면 초당 일만 미터의 폭발을 보장하는 요오드를 기폭약으로 사용하고, 또는 초당 일만 삼천 미터의 폭발을 보장하는 금속성 산도를 사용하는 등, 당신이 원하는 것은 무엇이든지 당신은 할 수 있다." …이러한 거래를 받아들이지 않는다면 그들은 미친 거나 다름없을 터였다.

바깥에서 볼 때 발틴의 공장은 거대하게 보였다. 그는 일반 경비원 대신 군인이 보초를 서고 있는 것을 보고 좀 놀랐다. 그는 군인 보초에게 카슨에 대해서 물어봤다 (제기랄, 물론 그것은 그의 진짜 이름도 아니었지만!). 군인 보초는 한마디도 안 하고 그를 하사관에게로 데려갔다. 그도 말 한마디 안 하고 프로코프를 장교에게로 데려갔다. 엔지니어 카슨은 누군지 모릅니다. 그 장교는 말했다. 이 신사분은 그와 무슨 용무가 있는지요? 프로코프는 실제로는 토메시 씨와 이야기하고 싶다고 선언했다.

이것은 장교에게 더욱 강력한 인상을 주어서 사령관님을 모시고 오게 했다. 사령관은 매우 뚱뚱한 천식환자였다. 그는 프로코프에게 누구이며 무엇을 원하는지 자세히 물었다. 그동안 사무실에는 다섯 명의 군인들이 들어왔다. 그들은 모두 프로코프를 자세히 바라보아서 프로코프는 진땀을 흘렸다. 그들은 누군가를 기다리고 있었던 게 분명했다. 그동안 누군가에게 전화를 걸었다.

그 누군가가 방안으로 급히 들어왔을 때 그는 카슨이었다. 그들은 그를 원장이라고 불렀다. 그러나 그의 진짜 이름은 프로코프도 알 수 없었다. 그는 프로코프를 보자 기뻐서 소리치며, 벌써 그를 오랫동안 고대하고 있었다고 했다. 그리고는 성으로 곧바로 전화해서 손님용 신사복을 준비하도록 부탁했다. 그리고는 그의 팔을 잡고 발틴 공장으로 안내했다. 프로코프가 공장 입구에서 발견한 것이라곤 군 초소와 소방대 초소뿐이었고, 거기서부터 그들은 긴 터널 길을 따라갔다, 길 양쪽에는 높이 10m의 울타리가 쳐져 있었다. 카슨은 프로코프를 위로 안내했다. 그제야 프로코프는 발틴 공장이 어떻게 생겼는지 알게 됐다. 지역 전체가 숫자와 문자로 표시된 군수품 공장 건물들이고, 언덕은 풀숲으로 덮여 있었는데, 그는 그것이 창고라고 했다. 좀 더 멀리에는 플랫폼과 크레인이 있는 철도 공원이고 그 뒤에는 검은 건물들과 판자들로 만든 오막살이 건물들이 있었다.

"저기 숲이 보이십니까?" 카슨은 지평선을 가리켰다.

"그 뒤에 실험용 실험실이 있습니다. 아시겠어요? 저 모래 언덕이 사격장입니다. 그렇습니다. 그리고 여기 공원에 성이 있습니다. 실험실을 보시면 놀랄 것입니다. 에에, 그것은 초현대적 시설입니다. 자, 이제 성 안으로 들어가시죠."

카슨은 즐겁게 종알댔으나 무엇이 있었는지 앞으로 무엇이 있을 것인지에 대해서는 한마디도 없었다. 그들은 똑바로 공원을 가로질러 갔다. 그는 그에게 진기한 식물인 여러 가지 아모르포팔루스와 일본산 벚나무 종류를 가르쳐 주었다. 벌써 담쟁이덩굴로 뒤덮인 발틴성에 도착했다.

입구에는 조용하고 상냥한 노인이 흰 장갑을 낀 채 기다리고 있었다. 폴이라고 하는 그는 프로코프를 '귀빈실'로 안내했다. 프로코프는 한 번도 이와 비슷한 곳에 간 적이 없었다. 상감 세공을 한 타일바닥, 영국 엠파이어 양식, 모든 것들이 고색창연하고 귀중한 것들이다. 그래서 그는 거기에 앉기가 두려웠다. 그가 손을 씻자마자 벌써 폴이 계란과, 포도주 병과 달그락거리는 유리잔을, 마치 공주에게 시중이라도 들듯이 테이블 위에 차리고 있었다. 창 아래에는 황갈색 모래가 덮인 마당이 있고, 거기서 긴 장화를 신은 마부가 키가 큰 얼룩말의 긴 고삐를 잡고 있었다. 그 옆에 허리가 야위고 갈색머리를 한 처녀가 서 있었다. 그녀는 눈을 반쯤 뜨고 말의 발 움직임을 바라보았다. 그녀는 이따금 간단한 명령을 하며, 마침내 무릎을 꿇고 말의 발목을 만져 보았다.

카슨은 또다시 바람처럼 나타나서 이제 프로코프를 총감독에게 소개해야 한다고 말했다. 그는 프로코프를 사슴뿔로 장식되고, 검은 색으로 조각된 의자가 가지런히 놓여 있는 긴 하얀 통로로 안내했다.

흰 장갑을 낀 붉은 얼굴의 시동이 그들에게 문을 열어 주었다. 카슨은 프로코프를 응접실 안으로 밀어 넣었다. 그의 뒤로 문이 닫혔다. 책상 앞에는 키가 큰 노인이 앉아 있었다. 그는 마치 금방 찬장으로부터 꺼내져서 환영인사를 준비한 것처럼, 놀라울 정도로 허리를 꼿꼿이 펴고 있었다.

"엔지니어 프로코프 씨입니다. 전하" 카슨은 말했다. "하겐-발틴 대공입니다."

프로코프는 인상을 쓰고 화가 나서 머리를 획 돌렸다. 아마도 이런 행동은 절을 하는 것처럼 간주되었다.

"당신을… 환영하는… 바입니다." 하겐 대공은 말하며 그에게 손을 뻗쳤다. 프로코프는 또다시 머리를 획 돌렸다.

"우리…한테서… 만족하시길… 기대합니다." 대공은 계속했다. 프로코프는 그가 반신불수라는 것을 눈치챘다.

"디너에… 함께할… 영광을." 대공은 틀니가 빠져나가지 않도록 불안해하며 말했다.

프로코프는 불안해하며 발을 움직였다. "실례지만 용서하십시오, 대공 전하." 그는 마침내 말하기 시작했다. "하지만 저는 여기에 머물 수 없습니다, 저는… 저는 오늘… 꼭 떠나가야 …"

"그건 불가능합니다. 전혀 불가능해요." 뒤에서 카슨이 소리쳤다.

"저는 오늘 꼭 떠나야 합니다." 프로코프는 고집스레 반복했다. "저는 다만… 당신이 제게 토메시가 어디 있는지 말해 줄 것을 바라는 바입니다. 저는 결국 그것에 대한 보답을… 할 것입니다."

"뭐라고요?" 대공은 말하고 눈을 크게 뜨고 전혀 이해하지 못한 표정으로 카슨을 바라보았다. "그가 원하는 게 뭔가요?"

"그 문제는 잠시 그냥 놔둬요." 카슨은 프로코프 귀에 대고 속삭였다. "프로코프 씨가 말하기를 전하, 전하의 초대에 아직 준비가 되지 못 했답니다. 그건 상관없어요." 그는 다시 재빨리 프로코프에게로 향했다. "제가 그것을 준비시키겠습니다. 오늘 디너는 잔디밭에서 할 것입니다. 그러니 검정 예복은 필요 없어요. 당신 있는 그대로 갈 수 있습니다. 저는 재봉사에게 연락을 했습니다. 아무런 걱정할 것 없어요. 내일은 준비가 될 것입니다. 자, 그럼."

이제 프로코프가 눈을 크게 뜰 차례였다. "재봉사라니? 무슨 뜻인지요?"

"이는… 우리들한테는… 특별한 영광입니다." 대공은 말을 마치고, 프로코프에게 힘없는 손가락을 내밀었다.

"이게 무슨 뜻인가요?" 프로코프는 복도에 나왔을 때 카슨에게 화를 내고 그의 어깨를 잡았다. "이봐요, 지금 당장 말해 줘요, 아니면…"

카슨은 말처럼 힝 소리를 내고 마치 거리의 악당처럼 그의 팔에서 몸을 홱 뿌리쳤다.

"아니면 어떻게…? 아니면?" 그는 웃음을 웃고는 마치 공처럼 튀어 올라 도망가기 시작했다. "만일 당신이 나를 잡으면, 모든 것을 말해 줄 것입니다. 내 명예를 걸고서."

"이 망나니야!" 프로코프는 화를 내며 소리를 버럭 지르고 그의 뒤를 따라갔다. 키슨은 힝 소리를 내고 계단을 날아 내려가서, 무기를 든 기사들을 지나 공원으로 들어갔다. 거기서 그는 프로코프를 조롱하며 마치 토끼처럼 풀밭에 주저앉았다.

"자 그래서요." 그는 소리쳤다. "저를 어떻게 하시겠습니까?"

"당신을 작살내주지." 프로코프는 화를 내며 그의 무거운 몸으로 그의 위로 올라타려고 했다. 카슨은 유쾌하게 몸을 빼서 마치 토끼처럼 풀밭을 뛰어다녔다.

"자 빨리." 그는 유쾌하게 말했다. "저는 여기 있어요." 그는 다시 프로코프 손을 뿌리치고는, 나무 둥치 뒤에서 까꿍 놀이를 하자고 말했다.

프로코프는 입을 다문 재 주먹을 움켜잡고 마치 아약스(AJAX : 그리스 신화에 나오는 트로이전쟁의 영웅: 역주)처럼 심각하게 위협하면서 그의 뒤를 쫓았다.

그는 갈색 눈의 여왕 아마존이 성의 계단에서 반쯤 감은 눈으로 그들을 바라보고 있다는 것을 갑자기 보게 됐을 때, 벌써 숨이 막혀왔다. 그는 너무나 부끄러워서 멈추어 섰고, 지금 당장 그 처녀가 그에게 다가와서 그의 발목을 만져 볼까봐 갑자기 몹시 두려웠다.

카슨은 갑자기 다시 매우 진지해졌다. 그에게 다가와서 주머니에 손을 넣은 채 친숙하게 말했다.

"운동연습이 부족해요. 계속 앉아 있어서는 안 됩니다. 심장 운동을 하세요, 자, 아아." 그는 밝은 모습을 띠며 노래하듯 말했다. "우리의 여성 지도자님, 하홀리후! 노 공작의 따님." 그는 조용히 덧붙였다. "윌레 공주, 윌헬미나 아델라이드 마우드, 그리고 등등. 흥미로운 아씨. 28살, 대단한 승마경주자, 당신을 소개해야겠습니다." 그는 큰 소리로 말하고 저항하는 프로코프를 처녀에게로 끌고 갔다. "공주마마." 그는 멀리서 소리쳤다. "여기 공주님께… 그의 의지에 반하지만… 우리의 귀빈을 소개하겠습니다. 엔지니어 프로코프, 매우 분노한 사람입니다. 그는 저를 죽이려고 합니다."

"안녕하세요?" 공주는 말하고 카슨에게로 몸을 돌렸다. "훨윈드의 말 한 마리가 발목이 부었는 걸 알고 있는지요?"

"하나님 맙소사." 카슨은 숨이 막혀왔다. "가엾은 공주님!"

"당신은 테니스를 칠 줄 압니까?"

프로코프는 눈살을 찌푸리고 공주가 그에게 말하고 있는 것도 눈치채지 못했다.

"그는 칠 줄 모릅니다." 카슨이 그를 대신하여 말하고는 그의 옆구리를 쑤셨다. "당신은 쳐야 합니다. 공주님은 레글렌노바에게 오직 한 게임만 졌습니다. 그렇지 않습니까?"

"왜냐하면 태양을 마주보고 해서 그랬어요." 공주는 약간 모욕을 받은 듯이 반박했다. "당신은 무슨 운동을 합니까?"

프로코프는 또다시 그것이 자기에게 묻는 것인지 몰랐다.

"엔지니어 프로코프는 과학자입니다." 카슨은 온화하게 말했다. "원자폭탄 같은 것을 발명하였습니다. 정말 대단한 영혼의 소유자. 그에 비하면 우리는 부엌데기에 불가합니다. 감자 같은 것이나 가는. 그러나 그는…." 그리고 카슨은 놀랍게 휘파람을 불렀다. "그는 진정한 요술가입니다. 원하시면 그는 비스무트로 수소를 만들어냅니다. 그렇다니까요, 공주님."

반쯤 감은 회색 눈이 프로코프를 슬쩍 바라보았다. 프로코프는 꼼짝하지 않고 서서 완전히 당황하여 카슨에게 화를 내고 있었다.

"매우 재미있는 이야기군요." 공주는 말하고 벌써 다른 곳을 바라보았다. "그에게 말해서 내게 좀 가르쳐 주라고 하세요. 자, 정오에 또 만나요, 그렇게 할 거죠?"

프로코프는 알맞게 경례를 했다. 카슨은 그를 공원으로 밀고 갔다. "달리기." 그는 감사하다는 듯이 말했다. "저 공주도 경주를 해요. 자존심이 강하지요. 그렇지요? 그녀를 더 가까이 알 때까지 잠깐 기다려 봐요."

프로코프는 걸음을 멈추었다. "카슨, 내말 좀 들어봐요. 분명히 알아두세요. 나는 아무도 더 자세히 알고 싶지 않아요. 오늘이나 내일 떠나갈 거예요, 아시겠어요?"

카슨은 아무렇지도 않다는 듯이 풀잎 하나를 씹고 있었다. "유감입니다." 그는 말했다. "여기는 지내기가 아주 좋은데요. 자, 그럼 할 수 없군요."

"간단히 말해, 토메시가 어디 있는지 말이나 해줘요."

"떠나가실 때, 그때나. 여기 영감 맘에 들었어요?"

"내가 그에게 무슨 관심이 있다고요?" 프로코프는 화를 냈다.

"자, 좋아요. 그는 골동품이나 마찬가지예요. 성을 대표하지만. 불행하게도 그는 일주일에 한 번 꼴로 가벼운 뇌졸중을 앓는답니다. 그러나 월레는 매혹적인 아가씨예요. 그리고 또 에곤은 18살 풋내기입니다. 둘 다 고아이지요. 그리고 또 손님들, 사촌 왕자 수왈스키, 온갖 장교들, 로흘라우프, 폰 그라운, 아시다시피, 승마 클럽, 그리고 크라프트 박사, 가정교수, 그리고 그런 친목회. 오늘 저녁 꼭 우리들 모임에 오셔야 합니다, 맥주 파티. 귀족나부랭이는 없어요. 우리들 엔지니어들 등등. 아시겠어요? 저기 제 별장에서요. 이는 당신의 명예를 위한 것이에요."

"카슨." 프로코프는 엄하게 말했다. "저는 떠나가기 전에 당신과 진진하게 이야기하고 싶어요."

"서두를 거 없어요. 휴식을 취하세요. 그리고 저는 해야 할 일이 좀 있어요. 당신 하고 싶은 대로 하십시오. 형식적인 것 아무것도 필요 없어요. 목욕을 하고 싶으시면 저기 개울이 있어요. 아무것도, 아무것도, 자 다음에 봐요. 편히 쉬세요. 됐어요."

그리고 그는 떠나가 버렸다.

제24장

프로코프는 공원을 따라 이리저리 배회했다. 그는 제대로 자지 못 해서 짜증이 나고 하품이 나왔다. 그는 그들이 그에게 진정 무엇을 원하는지 궁금했다. 그는 군용 워커를 닮은 자신의 신발과 헤진 바지가 맘에 들지 않았다. 이러한 생각에 사로잡힌 채 그는 공주가 하얀 옷을 입은 두 소녀와 테니스를 하고 있는 테니스코트 가까이까지 갔다. 그는 재빨리 몸을 틀어 공원의 끝자락이라고 생각되는 방향으로 갔다. 그러나 그 방향에서 공원은 끝나고 테라스가 나왔다. 거기에는 석조 난간이 있고 그 아래로 20미터 높이의 벽이 있었다. 거기서부터 소나무 숲을 조망할 수 있고, 총검을 장착한 병사가 위아래로 오르내리는 것이 보였다.

프로코프는 공원이 아래로 경사진 곳으로 갔다. 거기서 그는 샤워장이 딸린 호수를 발견했다. 그러나 그는 목욕하고 싶은 유혹을 떨치고 아름다운 자작나무 숲속으로 들어갔다. 그는 거기에 말뚝 울타리만이 있고, 정문으로 통하는 풀이 웃자란 오솔길을 발견했다. 그 문은 다 잠겨 있지 않아서 바깥으로 나가서 소나무 숲속으로 갈 수 있었다. 그는 미끄러운 솔방울 길을 따라 숲 가장 자리까지 조용히 걸어갔다. 제기랄, 거기에는 족히 4미터나 되는 가시철조망 울타리가 쳐져 있었다. 좌우간 이 철조망은 도대체 얼마나 강할까? 그는 궁금했다. 그는 손과 발로 조심스럽게 그것을 테스트해봤다. 그는 울타리 반대편에서 총검을 찬 보초병이 관심을 가지고 그를 살펴보는 것을 알아차렸다.

"날씨가 덥지요. 그렇지 않아요?" 프로코프는 말귀를 돌리며 말했다.

"여기는 접근 금지구역입니다." 보초병은 말했다. 프로코프는 몸을 돌려서 철조망 울타리를 따라 나아갔다. 소나무 숲이 덤불 숲으로 이어졌고, 그 뒤에는 헛간들과 외양간들이 있었다. 이는 틀림없이 성에 속한 정원이다. 프로코프는 울타리 안을 들여다 보았다. 곧 바로 거기에서는 무서운 소리, 으르렁거리는 소리, 개 짖는 소리가 들려왔다. 거기에는 족히 12마리의 개들이, 블러드 하운드들, 늑대 개들이 울타리에 매달리며 으르렁댔다. 네 쌍의 눈들이 네 개의 문으로부터 매섭게 바라보았다. 프로코프는 인사를 건네고 더 앞으로 나아가려고 했다. 그러나 한 농부가 그에게 달려와서 말했다. "여기 오시면 안 됩니다." 그리고 나서는 그를 다시 정문 쪽 소나무 숲으로 안내했다.

이 모든 것들이 프로코프를 언짢게 했다. 카슨이 내게 어디로 해서 바깥으로 나가는지 말해줄 거야, 그는 속으로 생각했다. 난

새장에 갇힌 카나리아가 아니야. 그는 테니스코트를 피해 돌아가서 카슨이 위쪽 성으로 자신을 데려갔던 공원길로 방향을 틀었다. 하지만 여기서 그가 연예인 같은 납작한 모자를 쓴 신사와 마주치자 그가 어디로 가는지 물었다.

"바깥으로." 프로코프는 짧게 말했다. 하지만 "여기는 금지 된 곳입니다." 모자를 쓴 사람이 설명했다. 그는 여기는 무기고 건물로 가는 길이라 누구든지 거기로 가려면 대장으로부터 통행증이 있어야 한다고 설명했다.

그래서 바깥으로 나가는 성의 정문은 저기로 돌아가서 중앙도로를 따라가다가 왼쪽으로 가야 한다고 한다. 그래서 프로코프는 중앙도로를 따라가다가 왼쪽으로 가서 커다란 쇠창살이 달린 문에 도달했다. 나이 많은 문지기가 문을 열어 주려고 그에게 다가와서 말했다.

"표를 가지고 있습니까?"

"무슨 표요?"

"통행증 말입니다."

"통행증이라니요?"

"외출증 말입니다."

프로코프는 화가 치밀었다. "그럼 저는 교도소에 갇혀 있는 것입니까?"

노인은 무관심하게 어깨를 추슬렀다. "실례지만 오늘 저는 그렇게 명령을 받았습니다."

불쌍한 늙은이라고 프로코프는 생각했다. 당신은 누구든지 바깥으로 나가는 자를 잡을 수 있다고? 그는 손을 내저었다.

경비실로부터 봅을 매우 닮은 친숙한 얼굴이 내다보고 있었다. 프로코프는 생각하던 것을 끝내지도 않고, 되돌아서서 성을 향해 다시 걸어갔다. 악마에 홀린 건가, 그는 자신에게 말했다. 이건 정말 이상한 장난이야. 이건 마치 여기에서 누군가가 갇혀 버린 것 같아. 좋아, 이 문제에 대해서는 카슨과 이야기를 나누어 봐야겠어. 무엇보다도 나는 그들의 접대를 전혀 받아들이지 않을 거야, 그리고 디너파티에 가지 않을 거야. 테니스코트에서 그의 등에 대고 웃어대던 아가씨들 옆에 앉지도 않을 거야.

대단히 화가 난 프로코프는 그를 위해 준비한 방으로 돌아갔다. 그는 소파에 몸을 날렸다. 소파는 우지직 소리를 냈다. 그는 화가 치밀어 올랐다. 잠시 후, 폴이 문을 두드리고 매우 정중하게 식사하러 갈 것인지 물었다.

"가지 않을 것이오." 프로코프는 으르렁댔다.

폴은 허리를 굽히고 떠나갔다. 잠시 후 그는 다시 와서 잔들과 깨어지기 쉬운 도자기들과 은그릇들로 덮인 바퀴 달린 작은 탁상을 그의 앞에 밀면서 물었다.

"무슨 포도주를 드릴까요?" 그는 친절하게 물었다. 프로코프는 방해를 하지 말라는 뜻으로 뭔가를 중얼거렸다.

폴은 발끝으로 걸어서 문 쪽으로 가서 두 개의 하얀 장갑으로 커다란 접시를 잡았다. "자라수프입니다." 그는 조심스럽게 속삭이고 프로코프에게 따라주었다. 그리고 나서 접시는 다시 두 장갑에 의해서 사라졌다. 같은 식으로 구운 생선요리, 샐러드, 그리고 프로코프가 한 번도 먹어본 적도 없고 어떻게 먹어야 하는지 잘 알지도 못 하는 것들이 들어왔다. 그러나 그는 폴 앞에서 당황함을 보이는 게 창피했다. 이상하게도 그의 화는 좀 누그러졌다.

"여기 앉으세요." 그는 폴에게 명령하면서, 코와 혀로 드라이한 백포도주를 맛보았다. 폴은 조심스럽게 허리를 굽혔다가 물론 다시 서 있었다.

"폴, 내 말 좀 들어봐요." 프로코프는 계속했다. "당신은 제가 갇혀 있다고 생각하세요?"

폴은 겸손하게 어깨를 들먹였다. "실례지만 저는 잘 모르겠습니다."

"여기서부터 어디로 해서 밖으로 나갈 수 있나요?"

폴은 잠시 생각에 잠겼다. "중앙도로를 따라가시다가 왼쪽으로요. 선생님, 커피 드실래요?"

"음, 좋아요." 프로코프는 훌륭한 모카커피로 그의 목을 적셨다. 그동안 폴은 시가 담배 갑에 들어 있는 모든 아라비아 향수시가와 은제 라이터를 그에게 주었다.

"폴, 내 말 좀 들어봐요." 또 다시 프로코프는 시가를 물고서 말하기 시작했다. "고마워요. 여기 혹 토메시라는 사람 몰라요?"

폴은 온 힘을 다해 뭔가를 상기해내려고 하늘을 쳐다보았다. "실례지만 모릅니다."

"여기에는 병사들이 몇 명이나 있어요?"

폴은 생각에 잠겼다가 계산을 했다. "본 경비대에 200여 명이 있습니다. 그들은 보병들입니다. 그다음 야전 경비장교들, 몇 명인지는 모르겠습니다. 발틴-도르툼에는 기병중대가 있습니다. 발틴-디켈른에 있는 사격장에는 포병들이 있습니다. 숫자는 변합니다."

"왜 야전 경비장교들이 있어요?"

"실례지만, 여기는 군부대입니다. 무기공장 때문이지요."

"아, 오직 이 지역만 감시합니까?"

"여기는 순찰만 있고, 철조망은 저 멀리 숲 뒤에 있습니다."

"어떤 철조망요?"

"순찰 지역말입니다. 거기는 아무도 들어갈 수 없습니다."

"만일 누군가가 떠나가고 싶다면…"

"그는 반드시 사령관으로부터 허가를 받아야 합니다. 선생님 뭐 또 필요한 게 있습니까?"

"아니, 감사합니다."

프로코프는 동방 이슬람의 배부른 통치자처럼 소파에 몸을 뻗치고 누웠다. 자, 두고 보자, 그는 속으로 자신에게 말했다. 지금까지 그렇게 나쁘지는 않았구면. 그는 모든 것을 회상하고 싶었다. 그러나 그대신 그의 앞에서 카슨이 어떻게 뛰어올랐는지를 상기해냈다. 그는 그를 잡지 못했었지? 라는 생각이 떠올랐고 그를 잡으러 출발했다. 5미터 점프 한 번이면 충분했다. 그러나 카슨은 메뚜기처럼 뛰어올랐고, 가볍게 숲 덤불을 날아서 넘었다. 프로코프는 그의 발을 밟고 그를 잡으러 날아올랐다. 그리고 그는 덤불 위로 날아갔을 때 겨우 발을 들어올렸다. 또 새로운 점 프를 했으나 어디로 날아가는지 몰랐다. 그는 더 이상 카슨을 신경 쓰지 않았다. 그는 빛처럼 그리고 새처럼 자유롭게 나무들 사이로 날아올랐다. 그는 양발을 수영하듯이 좀 더 움직이려고 시도했고, 곧 좀 더 부상하는 자신을 발견했다. 그것은 그에게 무척 마음에 들었다. 힘찬 발걸음으로 그는 점점 더 높이 떠올라갔다. 그의 발 아래로 마치 아름다운 지도처럼, 성의 공원이, 정자들이, 잔디밭이, 그리고 꼬불꼬불한 길들이 펼쳐졌다. 테니스코트와 양어장이, 성의 지붕이, 자작나무 숲이, 또 거기에는 개들이 있는 안마당, 소나무 숲, 그리고 철조망 울타리, 그리고 오른쪽으로는 무기고가 시작되고, 그 뒤에는 높은 담이 보인다. 프로코프는 공중에서 이제까지 가보지 않은 공원의 다른 쪽으로 향했다. 그리로 가는 도중에 그가 테라스라고 생각했던 것이 사실 강력한 성채와 양어장에서 물을 채운 해자가 딸린 성의 옛 요새라는 것을 알게 됐다.

주로 그는 주출구와 요새 사이의 공원 쪽에 관심이 갔다. 거기에는 풀이 무성한 길이 나 있고 거친 숲과 3미터 높이의 담장이 있었다. 그 아래에는 쓰레기 더미인지 두엄더미가 있었다. 좀 더 앞에는 텃밭이 있고, 그 주위에는 황폐한 벽이 있었고 벽 안쪽으로는 작은 초록 문이 있었고 그 문 반대편에는 도로가 있었다. 나는 저기를 살펴 봐야지, 프로코프는 속으로 말하고 아래로 천천히 내려갔다. 그러나 도로에는 총검을 찬 기병대가 나타나서 똑바로 그에게로 향했다. 프로코프는 그들이 그를 베어버리지 못하도록 다리를 턱까지 구부려 모았다. 그러나 그렇게 함으로써 그는 수직으로 상승해서 마치 화살처럼 날아올랐다. 그가 아래로 내려다 보았을 때 모든 것은 마치 지도에서처럼 작아 보였다.

저 아래 도로에는 작은 포대가 지나가고 있었고, 반짝거리는 대포 주둥이가 위로 향했다. 작은 흰 구름이 나타났다. 텅! 첫 포탄이 프로코프 머리 위로 날아왔다. 그들이 대포를 쏘았구나. 프로코프는 생각했다. 그는 팔을 휘저으며 내려갔다. 텅! 두 번째의 포탄이 프로코프의 코앞으로 지나갔다. 프로코프는 할 수 있는 한 빨리 내려갔다. 텅! 세 번째 포탄이 단번에 프로코프의 날개를 찢어버렸다. 프로코프는 머리를 땅에 박았다. 그는 잠에서 깨어났다. 누군가가 문을 두드렸다.

"들어오세요." 프로코프는 소리치고 자신이 어디에 있는지 알지도 못 하고 펄쩍 일어났다.

하얀 머리칼을 한 귀족다운 신사가 들어와서 허리를 깊이 숙여 인사를 했다.

프로코프는 선 채로 기품 있는 신사가 무슨 말을 할 때까지 기다렸다.

"드레흐바인입니다." 기품 있는 신사(적어도!)가 말했다. 그리고 또 다시 허리를 굽혔다.

프로코프도 똑 같이 허리를 깊게 굽혔다. "프로코프입니다." 그는 자신을 소개했다. "무엇을 도와드릴까요?"

"만일 잠시 서 있어 주신다면요."

"좋아요." 프로코프는 숨을 내쉬었다. 그는 자기에게 무엇이 일어날지 두려웠다.

머리가 흰 신사는 눈을 가늘게 뜨고는 프로코프를 자세히 관찰했다. 마침내 그의 주위를 돌아서 그의 뒷모습을 관찰했다.

"몸을 조금만 똑바로 해주신다면 좋겠습니다."

프로코프는 병사처럼 몸을 똑바로 했다. 도대체 이거 무슨 난리야.

"제발 허락해 주십시오." 그 신사는 말하고 프로코프 앞에 무릎을 꿇었다.

"무엇을 원하는 거예요?" 프로코프는 소리치고 뒤로 물러났다.

"몸을 재어 보려고요." 그는 벌써 자신의 연미복에서 줄자를 꺼내서 프로코프의 바지를 재기 시작했다.

프로코프는 창 가까이까지 물러섰다. "그만둬요, 알겠어요?" 그는 성가시다는 듯이 소리쳤다. "나는 옷을 주문하지 않았어요."

"저는 이미 지시를 받았습니다." 신사는 정중하게 말했다.

"내 말 들어봐요." 프로코프는 자기 자신을 제어하면서 말했다. "그만 나가봐요. …저는 옷이 필요 없어요! 이해하시겠어요?"

"좋아요." 드레흐바인 씨는 동의했다. 그는 프로코프 앞에 웅크리고 앉아서 그의 조끼를 들어 올리고 바지의 허리부분을 재기 시작하였다. "2센티미터 더." 그는 일어서며 언급했다. "제발 허락하십시오." 그는 아주 능숙하게 손을 그의 겨드랑이 사이로 넣었다. "조금 더 자연스럽게요."

"좋아요." 프로코프는 중얼거렸다. 그리고 그에게 등을 돌렸다.

"감사합니다." 신사는 말하고 그의 코트 뒤쪽 주름살을 폈다.

프로코프는 화를 내며 돌아서서 말했다. "이봐요, 손 좀 저리 치워요, 아니면…"

"용서하십시오." 신사는 사과를 하고 그의 허리부분을 부드럽게 끌어안았다. 그는 프로코프가 그를 바닥에 내동이치기 전에 프로코프의 코트의 허리 대를 느슨하게 하고, 뒤로 물러나서, 머리를 굽혀서 프로코프의 허리를 쟀다. "자, 이제 끝났습니다." 그는 아주 만족한 듯이 덧붙이고는 허리를 굽혀 인사를 했다. "자 이제 소인 물러가도 되겠습니까?"

"악마에게나 가버려." 프로코프는 그의 뒤에 대고 소리쳤다. "좌우간 나는 내일은 여기에 있지 않을 거야." 그는 자신에게 말하고 나서 방 이 구석 저 구석을 오갔다. "이런 빌어먹을, 여기 사람들은 내가 여기서 반년이나 머무를 거라고 생각하고 있는 걸까?"

그때 문 두드리는 소리가 들리고 카슨이 매우 순진한 표정을 하고 들어왔다. 프로코프는 뒤로 손을 한 채 걸음을 멈춰서 침울한 눈초리를 그를 쳐다보았다.

"이봐요," 그는 날카롭게 말했다. "당신 도대체 누구요?"

카슨은 눈을 깜박거리지도 않고 가슴 위에 성호를 긋고 터키인처럼 절을 했다.

"알라딘 왕자입니다." 그는 말했다. "저는 정령입니다. 당신의 종입니다. 명령을 내리십시오. 원하시는 것을 모두 실행하겠습니다. 당신은 주무시고 싶단 말인가요, 그렇지요? 자, 각하, 여기가 마음에 들었습니까?"

"엄청나게요." 프로코프는 쓰디쓰게 말했다. "무슨 권리로 저를 여기 가두어 놓았는지 알고 싶을 뿐입니다."

"갇혀 있다고요?" 카슨은 놀랐다. "하나님 맙소사, 아무도 당신을 공원으로 가는 것을 막지 않습니다요."

"아니, 그러나 공원 바깥으로 나가는 거 말이오."

카슨은 공감을 나타내듯이 머리를 흔들었다. "불편하다는 말이죠, 그렇지요? 당신이 여기에서 만족 못 하시다니 유감이군요. 연못에서 수영해 봤어요?"

"아니오, 어디로 해서 바깥에 나갈 수 있어요?"

"물론, 정문으로요. 똑바로 간 다음 왼쪽으로…"

"거기서 통행증을 보여 주어야 되지요, 그렇지 않아요? 저는 아무것도 없어요."

"그것 참 유감이군요." 카슨은 말했다. "여기 주위가 너무 좋은데요."

"너무 감시가 심해요."

"감시가 심해요." 카슨은 동의했다. "말씀 잘 하셨어요."

"이것 봐요." 프로코프는 폭발했다. 그의 이마는 분노로 떨기 시작했다. "당신은 열 발짝마다 총검이나 철조망을 마주치는 것이 기쁘다고 생각하세요?"

"어디입니까?" 카슨은 의아해했다.

"공원 가장자리 모든 곳에요."

"도대체 왜 공원 가장자리로 갑니까? 공원 안쪽으로 산보할 수 있습니다. 이게 전부입니다."

"저는 여기 갇혀 있군요?"

"하나님의 가호가 있길! 여기 당신의 신분증이 있습니다. 제가 잊어버리지 않아 다행이네요. 공장 출입 허가증, 아시겠어요? 만일 당신이 공장을 살펴보고 싶으시다면요."

프로코프는 신분증을 받아서 살펴보았다. 바로 그날 찍은 사진이 거기에 있었다. "이것으로 바깥으로 나갈 수도 있나요?"

"안 됩니다." 카슨은 즉각 말했다. "그런 것은 당신에게 별로 권하고 싶지 않습니다. 전하. 조금 주의하실 필요가 있어요, 뭐라고요? 이해하시겠어요? 이리 와서 이것 좀 보십시오." 그는 창문을 내다보며 말했다.

"저건 무엇입니까?"

"에곤이 권투를 배우고 있어요. 휴우, 그는 해냈어요. 저 사람은 폰 가운입니다. 보여요? 하하, 그 녀석 패기만만하지요!"

프로코프는 역겨움을 가지고 반나체의 소년이 입과 코에 피를 흘리며, 고통과 분노로 소리를 지르면서 나이 많은 상대방한테 거듭 달려들었다가, 다음 순간 더욱 피를 많이 흘리며 더욱 처참한 모습으로 뒤로 날아가곤 하는 안마당을 내려다보았다. 그에게 더욱더 역겨운 것은 휠체어에 앉아 있는 노 공작이 온 힘을 다해 웃고 있었고, 반면에 윌레 공주도 아주 잘 생긴 멋쟁이와 조용히 줄곧 이야기를 하고 있다는 것이었다. 마침내 에곤은 매우 처참하게 모래에 넘어졌고, 코로부터는 피가 흘러나오고 있었다.

"잔인하기 그지없어." 프로코프는 혼자서 고함을 치고 주먹을 불끈 쥐었다.

"너무 예민해할 필요 없어요." 카슨이 단언했다. "엄격한 규율. 여기 생활은… 군대 같지요. 우리는 아무도 고분고분 다루지 않아요." 그는 마치 위협이라도 하듯이 강조했다.

"카슨 씨." 프로코프는 심각하게 말했다. "저는 여기에서… 어느 정도… 갇혀 있는 거지요?"

"하지만, 천만에요! 당신은 보호받고 있어요. 화약 공장은 이발소가 아니에요, 그렇지 않아요? 당신은 여기에 적응해야 합니다."

"내일 나는 떠나갈 것이오." 프로코프는 버럭 소리를 질렀다.

"하하." 카슨은 웃었다. 그리고 그의 배를 쳤다. "멋진 광대군요! 오늘 저녁 당신은 여기 우리들한테로 오실 거지요, 그렇지 않아요?"

"아무데도 안 가요! 토메시는 어디 있어요?"

"무엇이라고요? 아하, 토메시? 저, 그는 잠시 멀리 가 있어요. 여기에 당신 실험실 열쇠가 있습니다. 거기서는 아무도 당신을 방해하지 않을 것입니다. 저는 시간이 없어 유감입니다."

"카슨 씨." 프로코프는 그를 붙잡고 싶었다. 그러나 그는 너무나 위엄 있는 몸짓에 뒤로 흠칫 물러섰고 감히 가까이 갈 수 없었다. 카슨은 훈련받은 찌르레기처럼 휘파람을 불면서 바깥으로 빠져나갔다.

프로코프는 신분증을 가지고 정문으로 갔다. 정문 할아버지 경비원은 그것을 살펴보고는 머리를 가로 내저었다. "이 신분증은

출구 C로만 갈 수 있습니다. 저기 저 실험실 가는 길 말입니다."
프로코프는 출구 C로 갔다. 납작한 모자를 쓴 배우 같은 멋진 사
나이가 신분증을 살펴보고 가리켰다. "이리로 똑바로, 세 번째 교
차로에서 북쪽으로 가세요." 물론 프로코프는 남쪽으로 첫 번째
길을 따라갔다. 그러나 다섯 걸음 정도 갔을 때 한 병사가 그를
멈춰 세웠다. "되돌아가서 세 번째 길 왼쪽으로 가십시오." 프로
코프는 세 번째길 왼쪽으로 가는 것을 무시하고 초원을 가로질러
똑바로 갔다. 그 순간 세 사람이 그를 쫓아왔다. "여기는 못 갑니
다!" 그래서 공손하게 북쪽으로 세 번째 길로 가다가, 아무도 보
고 있지 않다고 생각이 들어서, 다시 무기고 쪽으로 향했다. 거기
서 총검을 든 한 병사가 그를 세우고, 교차로 VII, N 6 길로 가라
고 충고했다. 프로코프는 교차로를 지날 때마다 자신의 행운을
시도해 봤다. 그러나 모든 곳에서 그를 불러 세우고 교차로 VII, N
6 길로 보냈다. 마침내 그는 허가증에 쓰인 번호가 **C 3 n. w. F.
H. A. VII, N 6. Bar. V. 7. S. b.!**라는 것을 알게 됐다. 그 표시는
비밀스럽고 피할 수 없는 중대한 의미를 가지고 있었고 그는 그
것을 무조건 따라야 했다는 것을 이해하게 됐다.

그래서 그는 길이 가리키는 데로 따라갔다. 여기는 이제 더 이
상 무기고 바라크들이 없었다. 그러나 시멘트 건물들이 번호가
매겨져 있었다. 분명히 실험용 연구소들이나 뭐 그와 비슷한 것
들이었다. 그 연구소 빌딩 사이에는 모래언덕이나 소나무 숲들
이 있었다. 그의 길은 완전히 독립적인 건물 V.7.으로 나 있었다.
문에는 구리로 된 문패에 〈엔지니어 프로코프〉라고 쓰여 있었다.

프로코프는 카슨이 준 열쇠로 문을 열고 안으로 들어갔다.

　거기에는 폭발화학을 위한 완벽한 실험실이 갖추어 있었다. 아주 현대적이고 완벽해서 프로코프는 전문가로서 기쁨에 겨워 숨을 몰아쉬었다. 못에는 그의 옛 작업복이 걸려 있었다. 구석에는 프라하에서처럼 군대식 널판지 침대가 있었다. 멋지게 장식된 책상 서랍에는 그의 모든 인쇄된 기사들과 필기한 사항들이 질서정연하게 분류된 채 놓여 있었다.

제25장

지난 6개월간 프로코프는 그토록 사랑하던 화학 기구들을 만져본 적이 없었다.

그는 기구들을 하나씩 살펴보았다. 그가 꿈꾸던 모든 것이 거기에 있었다. 반짝거리는 신제품들이 질서정연하게 정렬이 되어 있었다. 거기에는 책상과 전문도서 책장, 화학약품들이 있는 거대한 선반, 부서지기 쉬운 기구들이 있는 캐비닛, 폭발시험용 방음 부스, 변압기와 그가 한 번도 사용해본 적이 없는 기구들이 딸린 방이 있었다. 그는 이러한 신기하고 놀라운 것들의 반쯤도 채 살펴보지 못하고, 그는 순간적인 충동에 의하여 바륨소금, 질산과 다른 물질들이 있는 책상으로 다가갔다. 그리고 그는 실험을 해봤다. 그 과정에서 그는 손가락에 화상을 입었고, 테스트 튜브를 박살내고, 자신의 코트에 구멍을 냈다. 그는 이것에 만족하여 책상머리에 앉아서 두세 장 메모를 기록했다.

그러고 나서 그는 또다시 실험실을 살펴보았다. 그것은 그에게 새로이 준비한 향수 제조소 같았다. 모든 것은 매우 잘 준비되어 있었다. 그러나 그것들을 조금만 만져도 모든 것이 자신의 구미에 맞았고, 이제는 더 자신에게 친숙한 것 같았다. 가장 열성을 다하여 작업을 하다가 그는 갑자기 그만 멈추었다.

"아하." 그는 자신에게 말했다. "이런 식으로 그들은 나를 묶어 놓으려고 하고 있어! 잠시 후 카슨이 와서 당신은 틀림없이 위대한 인물이 되리라고 말하기 시작하겠지."

그는 널판지 침대에 앉아서 기다렸다. 아무도 오지 않자 그는 마치 도둑처럼 작업대로 가서 바륨소금으로 실험을 시작했다. "좌우간 나는 여기 마지막으로 있어"라고 그는 자신에게 말했다. 그의 시도는 마침내 성공적이었다. 그 물질은 기다란 불꽃과 함께 폭발했고, 매우 정교한 저울이 있던 유리 플런저가 박살났다. "이제 나는 성공하게 될 거야." 그는 엄청난 파손을 목격했을 때, 죄라도 진 듯이 자신에게 중얼거렸다. 그는 마치 유리창을 깬 학생처럼 실험실을 빠져나왔다.

바깥은 벌써 어둠이 내리고 가랑비가 내리고 있었다. 바라크 앞 열보 쯤에는 군 보초병이 서 있었다. 프로코프는 그가 가고 싶어 했던 길을 따라 성을 향해 천천히 걸어갔다. 공원에는 인기척조차 없었다. 보슬비가 나무꼭대기에서 속삭였다. 성 안에서는 불빛이 비추었다. 피아노소리가 어둠 속으로 승리의 찬가를 울렸다.

프로코프는 정문 사이와 테라스 사이로 해서 공원의 텅 빈 공간으로 접어들었다. 거기는 풀이 무성해서 길이 보이지 않았다. 멧돼지처럼 습기 찬 숲속으로 빠져들었다. 잠시 소리를 들어가며 그는 다시 우지직 소리 나는 관목 숲을 헤쳐 나갔다. 드디어 정글의 끝자락이다. 거기에는 숲이 3미터가 넘지 않은 오래 된 담장 너머로 웃자라고 있었다. 프로코프는 뻗어 나온 가지들을 따라 반대편 밑으로 내려가기 위하여 가지들을 꽉 잡았다. 그러나 그의 몸 아래에서 단단한 나뭇가지가 마치 권총소리처럼 날카로운 소리를 내며 부러졌다. 프로코프는 세게 부딪치면서 뭔가 쓰레기 더미 같은 곳에 떨어졌다. 그는 고동치는 가슴을 안고 가만히 앉아 있었다. 이제 아무도 그에게 오지 않았다. 비 내리는 소리 외에 아무 소리도 들리지 않았다. 그는 몸을 일으켜 세워 꿈에서 본 것 같은 푸른 문이 달린 벽을 찾기 시작하였다.

자세한 상황은 똑같았다. 정문은 열려져 있었다. 그는 매우 불안했다. 바로 누군가가 나갔거나, 곧 되돌아올 것이다. 두 경우 다 누군가가 가까이 있을 것이다. 그는 무엇을 해야 할까? 프로코프는 갑자기 결단을 내리고 문을 박차고 큰 거리로 나왔다. 아니나 다를까 그는 거기서 비옷을 입은 채 담배를 피우고 있는 키 작은 남자를 만났다. 그래서 그 둘은 누가 먼저 어떻게 시작해야 할지 당황해서 마주보고 서 있었다. 물론 더 민첩한 프로코프가 먼저 움직였다. 가능한 몇몇 가지 가능성을 재빨리 선택한 프로코프는 담배파이프를 문 사나이에게 덮쳤다. 그는 염소같이 그를 들이받고 그를 순간적으로 진흙 속에 처박았다.

이제 그는 그의 가슴과 팔꿈치를 땅바닥으로 밀어 붙이고 다음에 무엇을 해야 할지 망설였다. 왜냐하면 그는 그를 닭처럼 목을 조를 수는 없었다. 그의 아래에 있는 남자는 파이프를 여전히 입에 문 채, 조심스럽게 기다리고 있었다. "항복해." 프로코프는 고함을 질렀다. 그 순간 그는 그 사람의 무릎이 자신의 배를 치고 주먹이 턱을 치는 것을 느꼈다. 그래서 그는 도랑으로 굴러 떨어졌다.

그가 일어나기 시작하자 또다시 한방을 맞았다. 그러나 그 사나이는 파이프를 문 채 길 위에 조용히 서서 그를 바라보았다. "다시 한 번 더?" 그는 이빨 사이로 소리쳤다. 프로코프는 머리를 내저었다. 그때 그 사나이는 아주 더러운 손수건으로 프로코프의 옷을 닦기 시작했다. "진흙투성이군." 그는 말하고 가능한 가장 철저하게 문질러댔다.

"되돌아가시지요?" 그는 마침내 말하고 초록색 문을 가리켰다. 프로코프는 힘없이 동의했다. 파이프를 문 사람은 프로코프를 다시 오래된 담벼락으로 데려가서, 엎드리고, 양손으로 무릎을 잡았다. "올라가요." 그는 무덤덤하게 명령했다. 프로코프는 그의 어깨에 올라섰다. 그 사람은 갑자기 몸을 일으키며 소리쳤다. "위로!" 프로코프는 늘어뜨려진 나뭇가지를 잡고 성벽 위로 기어 올라갔다. 그는 창피해서 눈물이 날 지경이었다.

그리고 더욱 더 이 모든 상황은 창피하게 진행됐다. 그는 상처를 입고, 부어오르고 진흙투성이가 되어서 무서울 정도로 굴욕감을 느끼며 자신의 방으로 가기 위해, 성의 계단을 올라갔을 때, 월레 공주와 마주쳤다. 프로코프는 마치 자기가 아닌 것처럼, 그녀를 모르는 것처럼, 뭔가 그와 비슷한 행동을 했다. 간단히 말해, 인사도 하지 않고 진흙으로 만들어진 동상처럼 위로 올라갔다. 그가 그녀의 곁을 지나칠 무렵 그는 그녀의 놀라고, 오만하고, 정말로 매우 모욕 받은 모습을 보았다. 프로코프는 꼼짝도 하지 않고 서 있었다.

"잠깐 기다려요." 그는 소리치고 그녀에게로 다가갔다. 그의 얼굴에는 분노의 징후가 나타났다. "가세요." 그는 소리쳤다. "그들에게 말하세요, 저는 그들을 조금도 개의치 않는다고, 저를 감금한 것을 동의한 적이 없다고요, 아시겠어요? 동의하지 않는다고, 그들에게 말하세요." 그는 고함을 지르고 주먹으로 난간이 덜커덕거리도록 내리쳤다. 그러고 나서 그는 말 한 마디 못하고 창백해진 공주를 뒤에 남겨두고, 또 다시 공원으로 달려 나갔다.

잠시 후, 진흙으로 뒤범벅이 되어, 누군지도 알아볼 수 없는 어떤 사람이 경비실로 뛰어들어 저녁을 먹고 있는 늙은 경비원을 참나무 책상 위로 넘어뜨렸다. 그리고 봅의 목을 잡아채고 그의 머리가 벗겨지도록 너무나 세게 벽으로 밀어붙여서 그는 완전히 의식을 잃어버렸다. 그후 그는 열쇠를 잡아채서 문을 열고 밖으로 나갔다. 거기서 그는 보초병을 만났다. 그는 즉각 그에게 경고를 하고 총을 들어올렸다. 그러나 보초가 총을 쏘기 전에 그 알 수 없는 사람이 그를 강하게 밀어붙이고, 총을 빼앗아 총의 개머리판으로 그의 쇄골을 부러뜨렸다. 그래서 가장 가까이 있던 두 보초병들이 여기로 달려왔다. 어두운 그림자 사나이가 그들에게 총을 내던지고, 다시 공원으로 도망갔다.

거의 같은 순간에 출입구 C의 야간경비원이 공격을 받았다. 검고 거대한 누군가가 갑자기 그의 아래턱을 치기 시작했다. 금발의 거대한 경비원은 너무나 놀라서 잠시 후에야 지원 호루라기를 불렀다. 그때 그 누군가는 경비원을 지독하게 저주하고 놓아주고는 다시 어두운 공원으로 달아났다. 그리고 나서 경비원들이 소집되고 보초병들이 공원을 수색했다.

한밤쯤 누군가가 공원으로 난 난간을 부수고는 십 킬로그램의 돌들을 십 미터 아래로 지나가는 순찰병들에게 던졌다. 보초병은 총을 발사했고, 그러자 위에서 정치적인 모욕들이 쏟아져 나오고 곧 조용해졌다. 그 순간 디켈른으로부터 소집된 기마병들이 도착하고, 모든 발틴의 수비대들이 총검을 차고 숲을 수색했다. 성 안에서는 벌써 아무도 자려고 하지 않았다. 밤 한시에 테니스코트에서 총을 가지지 않은 채 기절한 병사 한 명이 발견되었다. 그후 곧 자작나무 숲에서 잠시 총 쏘는 소리가 들렸으나 천만다행히 아무도 다치지 않았다.

심각하고 걱정스런 표정을 한 카슨이 밤 추위로 몸을 떨며 싸움이 벌어진 곳에 용감히 나타난 월레 공주를 집으로 보내려고 했다. 그러나 매우 놀라울 정도 크게 뜬 눈을 한 채 그녀는 제발 좀 내버려 두라고 말했다. 카슨은 양 어깨를 추스르며 그녀가 미친 짓을 하도록 내버려 두었다.

성 주위에는 마치 파리떼처럼 사람들이 모여들었다. 누군가가 숲으로부터 조직적으로 성의 창문을 깨뜨리기 시작했다. 극심한 공포가 도래했다. 왜냐하면 동시에 거리에서 두세 발의 총소리가 들려왔기 때문이다. 카슨은 매우 걱정스런 모습이었다.

그동안 공주는 조용히 묽은 참나무 숲 속으로 난 오솔길을 걸어갔다. 갑자기 그녀의 앞에 거대한 검은 사람이 나타나서 걸음을 멈추었다. 그는 주먹을 불끈 쥐고 이것은 수치이고 스캔들이라고 하는 뭔가를 중얼거렸다. 그리고 나서 바스락거리고 지독한 습기로 흔들거리는 숲속으로 사라졌다. 공주는 순찰들을 멈추어 세우고, 여기에는 아무도 없다고 말했다. 마치 열병에라도 걸린 듯이, 크게 떠진 그녀의 두 눈은 반짝거렸다.

잠시 후 연못 뒤 숲으로부터 총소리가 들려왔다. 총소리로 볼 때 그것은 산탄총이었다. 카슨은 성 안뜰의 망나니들이 거기에 말려들기만 하면 그들의 귀를 잡아당겨버릴 거라고 중얼거렸다. 그는 그 순간 누가 돌을 그 귀중한 덴마크 개에게 던졌는지도 알 수 없었다.

새벽에 그들은 프로코프가 일본식 별장 벤치에 곤히 잠들어 있는 것을 발견했다. 그는 지독하게 긁혀 있었고, 더럽혀져 있었고, 옷은 넝마가 다 되어 있었다. 이마에는 주먹크기의 혹이 나 있었고, 머리카락들은 피로 물들어 있었다.

카슨은 한밤의 잠자는 영웅 위에서 머리를 내저었다. 그러고 나서 폴은 터벅터벅 걸어가서 코를 골며 자는 사람 위에 따뜻한 담요를 덮어주고 비누와 물은 담은 대야를 가져왔다. 깨끗한 수건과 드레흐바인 씨가 만든 새 양복을 가져다 놓고, 발끝으로 조용히 나갔다.

민간인 옷을 입은 별로 눈에 띠지 않은 두 사람이 떠오르는 태양을 관찰하는 사람들의 관심을 불러일으키지 않고 뒷주머니에 권총을 찬 채, 아침까지 일본식 별장 가까이 순찰을 돌았다.

제26장

프로코프는 그날 밤 사건으로 무엇이 일어날지를 기다렸다. 아무것도 일어나지 않았다. 다만 프로코프가 유일하게 뭔가 두려워했던, 그 파이프를 문 사나이가 그를 따라왔다. 그 사람의 이름은 홀츠였고, 그 이름은 그의 조용하고 관찰력 있는 성격을 잘 나타내고 있었다. 프로코프가 어디를 가든 그는 늘 다섯 발짝 뒤에서 따라왔다. 그것은 프로코프를 거의 미치게 했다.

프로코프는 그를 하루 종일 가장 교활한 방법으로 고통을 안겨주었다. 예컨대, 그는 이리로 저리로 짧은 길을 따라 50번, 100번을 달려갔다. 그래서 언제나 홀츠보다 20보 앞서 나가서 그로 하여금 따라오는 데 흥미를 잃게 하였다. 그러나 홀츠는 그것에 전혀 상관치 않았다. 프로코프는 도망을 치면서 온 공원을 세 바퀴나 돌아다녔다. 홀츠는 말없이 담배를 피우면서 그의 뒤를 따라 달려왔다. 반면에 프로코프는 숨이 차서 입 속에서 휘파람 소리가 나올 지경이었다.

카슨은 그날 얼굴도 비치지 않았다. 아마도 화가 났을 것이다. 저녁 무렵 프로코프는 정신을 차리고 자신의 실험실로 향했다. 물론 말없는 동행인이 따라왔다. 실험실 바라크 안에서 그는 뒤로 문을 잠그려 했다. 그러나 홀츠는 문 사이로 발을 들이밀어 넣고는 따라 들어왔다. 현관에 안락의자가 있어서 홀츠가 거기서 남아 있을 것이 분명했다. 자, 좋아. 프로코프는 뭔가 비밀스러운 것을 혼자서 시도했다. 반면에 홀츠는 현관에서 무미건조하게 잠시 동안 코를 골고 있었다.

새벽 두 시경 프로코프는 무슨 끈에다가 석유를 뿌리고 거기에 불을 붙이고 밖으로 할 수 있는 한 빨리 달려 나왔다. 홀츠도 그 순간 안락의자에서 솟구쳐서 그의 뒤를 따라 달려 나왔다. 프로코프는 백 걸음 정도 달려가서 얼굴을 아래로 하고 구덩이에 몸을 던졌다. 홀츠는 그의 위에서 걸음을 멈추고 파이프에 불붙였다. 프로코프는 머리를 들고 그에게 뭔가 말을 하려고 했다. 그러나 홀츠와는 대화가 금지되어 있다는 것을 기억하고 말하는 것을 멈추고, 손을 뻗쳐서 그의 다리를 당겼다.

"조심해." 그는 소리쳤다. 그 순간 바라크에서는 폭발이 일어나고 돌과 유리파편들이 그들 머리 위로 날아왔다. 프로코프는 일어나서 먼지를 털고 재빨리 거기서부터 달아나기 시작했다. 홀츠가 뒤를 따랐다. 그동안 경비원들이 모여들고 소방차가 나타났다.

그것은 카슨에게 주는 첫 경고였다. 이제 그가 와서 협상을 하지 않으면 더 나쁜 일이 벌어질 것이다.

카슨은 오지 않았다. 그 대신 새로운 실험 바라크로 갈 수 있는 신분증을 보내왔다. 프로코프는 화가 났다. "좋아." 그는 자신에게 말했다. "이번에 내가 무엇을 할 것인지 그들에게 보여 주어야지." 납득할 만한 자신의 항의가 담긴 계획을 생각하면서 그는 빠른 걸음으로 그의 새 실험실로 갔다. 그는 물로써 점화를 할 수 있는 탄산칼륨 폭발물을 만들 것이라고 결심했다. 그러나 그는 새 실험실에서 아무것도 할 수 없다는 것을 곧 깨달았다. "제기랄, 이 놈의 카슨은 악마야!"

실험실 바로 옆에는 공장 경비요원들의 초소들이 있었다. 정원에는 10여 명이 넘는 수의 어린이들이 놀고 있었고, 젊은 어머니가 소리를 질러대는 붉은 동물을 어루만지고 있었다. 화가 난 프로코프의 모습을 보자 그녀는 놀라서 노래하는 것을 멈추었다. "안녕하세요?" 프로코프는 중얼거리고 주먹을 불끈 쥐고 되돌아왔다. 홀츠가 다섯 발짝 뒤에서 따라왔다.

성으로 돌아오는 길에 기병장교단들과 함께 말을 타고 오는 공주를 만났다. 그는 옆길로 몸을 돌렸다. 그러나 공주는 순식간에 말머리를 그에게로 돌렸다. "말을 타고 싶으시다면." 그녀는 빨리 말했다. 그녀의 검은 얼굴은 핏빛으로 상기되었다. "최고의 말을 당신을 위해 준비했습니다."

프로코프는 춤을 추는 휠윈드 앞에서 뒤로 물러섰다. 그는 말을 타본 적이 없었지만, 그는 아무 이유 없이 그것을 고백하고 싶지 않았다.

"감사합니다." 그는 말했다. "제 감금을… 회유할… 필요 없어요."

공주는 얼굴을 찌푸렸다. 물론 그녀에게 그런 것들을 직접 말할 필요는 없었다. 그렇지만 그녀는 자신을 자제하면서 부드럽게 힐책을 비켜 나가면서 초청을 했다.

"당신은 이 성에서 저의 손님으로 와 계신다는 것을 잊지 마세요."

"저는 상관없다고 생각합니다." 프로코프는 신경이 예민한 말의 움직임에 조심을 하면서 고집스럽게 말했다.

공주는 신경질이 나서 발을 확 당겼다. 휠윈드는 코를 힝힝거리며 뒤로 물러서기 시작했다.

"말을 겁내지 마세요." 월레 공주는 웃음을 웃었다.

프로코프는 화가 나서 말의 주둥이를 쳤다. 공주는 그의 손을 내리치고자 채찍을 들어올렸다. 프로코프는 피가 머리끝까지 차올랐다. "조심하세요." 그는 날카롭게 소리쳤다. 그리고 붉어진 두 눈으로 불타오르는 공주의 두 눈을 응시했다. 그러나 장교들이 불행한 장면을 알아차리고 공주에게로 다가왔다.

"여보세요, 무슨 일이세요?" 검정 말을 타고 앞줄에 있던 자가 소리치고는 프로코프에게 똑바로 자신의 말을 몰아붙였다. 프로코프는 자기 머리 위에서 말의 머리를 보았다.

그는 말고삐를 잡고 온 힘을 다해 옆으로 밀었다. 말은 고통으로 소리 지르고 뒷걸음질 쳤다. 그 순간 장교는 침착한 홀츠의 팔에 떨어졌다. 두 개의 군도가 햇볕 속에서 번쩍거렸다. 그러나 그 순간 공주가 자신의 휠윈드를 그와 장교 사이로 몰아갔다.

"그만!" 그녀는 명령했다. "그는 내 손님이오!" 그러고 나서 그녀는 프로코프에게 침울한 눈초리를 보내며 말했다. "사실 그는 말을 두려워해요. 자 여러분들 서로 인사들 하세요. 로흘라우프 중위, 엔지니어 프로코프, 수발스키 공작, 폰 그라운. 자 사건은 해결됐어요, 그렇지 않아요? 로흘라우프가 말을 타면 우리는 떠나갈 겁니다. 최고의 말을 당신을 위해 준비했습니다. 자 선생님, 당신은 여기서 손님으로 와 있다는 것을 기억하시기 바랍니다. 안녕히 계십시오."

채찍이 매우 순조롭게 공기를 가르며 소리를 냈다. 휠윈드는 방향을 틀고 모래를 솟구쳤다. 기병대가 길모퉁이로 사라졌다. 로흘라우프 중위만 말을 타고 프로코프를 한 바퀴 돌았다. 화난 눈초리를 그에게 향한 채 분노로 가득 찬 목소리로 말했다. "당신 내 맘에 들게 될 거요, 선생!"

프로코프는 발꿈치를 돌려서 자신의 방으로 가서 문을 닫아걸었다. 두 시간 후 늙어 지친 폴이 장문의 편지를 귀빈실에서 간부실로 가져갔다. 즉각 카슨이 심각한 표정을 짓고 프로코프에게로 달려갔다. 그는 명령조의 손짓으로 방 앞 의자에서 졸고 있는 홀츠를 쫓아버리고 안으로 들어갔다. 그래서 홀츠는 성 앞에서 앉아서 파이프에 불을 붙였다. 방 안에서는 무서운 소동이 벌어졌다. 그러나 홀츠는 그것에 전혀 신경을 쓰지 않았다. 왜냐하면 그의 파이프로부터 연기가 잘 나오자 않았기 때문이었다. 그는 파이프 나사를 풀고 풀줄기로 솜씨 있게 청소를 했다.

'귀빈실'로부터 두 마리의 호랑이가 상대방을 물어뜯는 으르렁대는 소리가 났다. 한 마리는 포효하고 다른 한 마리는 격노했다. 가구가 뒤집히는 소리가 났고, 잠시 조용해졌다가 프로코프의 무서운 외침이 들려왔다. 공원 관리인들이 몰려왔으나 홀츠는 그들을 손짓으로 쫓아버리고 파이프에 몰두하기 시작했다. 위에서는 고함소리가 더 커지고 두 호랑이는 으르렁대고 화가 나서 서로에게 달려들었다. 폴은 백지장처럼 하얘져서 성 바깥으로 뛰쳐나와서 두 눈으로 하늘을 쳐다보았다.

그 순간 이곳으로 공주가 호위대와 함께 말을 몰아왔다. 그녀는 성의 객실 쪽에서 난리법석을 들었을 때 불안하게 미소를 짓고는 불필요하게 휠윈드를 채찍으로 내리쳤다. 외침소리가 잦아지자, 프로코프의 으르렁대는 소리가 들려왔다. 그는 뭔가를 위협하며 주먹으로 책상을 내리쳤다. 이에 맞서 위협하고 명령하는 날카로운 목소리가 그에게 들려왔다. 프로코프는 불같이 항의를 쏟아 부었다. 그러나 날카로운 목소리는 조용하나 단호하게 대답했다.

"무슨 권리로요?" 프로코프의 목소리가 울려 퍼졌다. 권위 있는 목소리는 놀라우나 조용하게 강조하면서 뭔가를 설명을 했다. "그러나 그런 경우, 아시겠지만, 여러분들 모두 폭발해 버릴 것입니다." 소동이 또다시 너무나 크게 일어나서 홀츠는 파이프를 주머니에 집어넣고 성으로 달려갔다. 그러나 다시 조용해졌다. 다만 날카로운 목소리가 명령을 하고, 침울하고 위협적인 으르렁 소리를 동반한 문장들을 분명하게 말했다. 그것은 마치 휴전조건을 지시하는 것 같았다. 아직 두 번 더 프로코프의 거친 고함소리가 울렸다. 그러나 날카로운 목소리는 이제 조용해졌다. 자신의 문제에 확신을 가진 것 같았다.

한 시간 반 후에 카슨은 프로코프 방에서 뛰쳐나왔다. 그는 땀에 젖어 사색이 다 되었다. 그는 콧방귀를 끼며 우울한 모습으로 공주의 방으로 걸음을 재촉했다. 그러고 나서 10분 후 폴은 존경심으로 떨면서, 자기 방에서 입술과 손가락을 물어뜯고 있는 프로코프에게 알렸다. "마마께서 납십니다."

야회복을 입은 공주가 사색이 다 되어 근심이 가득한 눈초리를 한 채 들어왔다. 프로코프는 그녀에게 다가가서 뭔가 일어난 일을 말하려고 했다. 그러나 공주는 명령과 항의의 제스처로 손을 내저으며 그의 말을 가로막고는 이상한 목소리로 말했다.

"저는 선생님… 당신에게 … 그 사건에 대해 사과하러 왔습니다. 저는 당신을 채찍으로 치려고 의도하지 않았습니다. 저는 그 것을 매우 죄송해하고 있습니다."

프로코프는 얼굴이 붉어져서 또다시 뭔가를 말하려고 했다. 그러나 공주는 계속했다. "로흘라우프 중위는 오늘 떠나갑니다. 대공께서는 당신이 우리들 디너파티에 참석하기를 바랍니다. 오늘 사건은 잊어버리십시오. 안녕히 계세요."

그녀는 그에게 빨리 손을 내밀었다. 프로코프는 겨우 그녀의
손가락만을 만졌다. 그녀의 손가락은 마치 죽은 것 같이 매우 차
가웠다.

제27장

그래서 카슨과 한바탕 한 후에 화해가 이루어진 것 같았다. 프로코프는 가장 가까운 기회에 도망갈 것이라고 분명히 선언했으나, 그때까지 어떤 폭력이나 경고도 참을 것이라고 그는 명예를 걸고 약속했다. 그대신 홀츠는 15보 정도 거리를 두고 떨어져 있기로 했고, 프로코프는 그의 동반 하에 아침 7시부터 저녁 7시까지 4평방킬로미터 범위 내에서 자유롭게 돌아다니는 것과, 실험실에서 자는 것과, 그가 원하는 곳에서 식사를 하는 것이 허락되었다.

반면, 카슨은 프로코프의 실험실에, 말하자면 부주의에 대한 도덕적 보증의 의미로써 두 아이가 딸린 여자를 상주시켰다. 우연하게도 그녀는 크라카티트가 폭발할 때 죽은 노동자의 미망인이었다. 그 외에도 프로코프에게는 금으로 지급하는 큰 보수가 책정되었고, 그동안 그가 놀든지 일을 하든지, 모든 것은 자유롭게 그의 의지에 맡겨졌다.

그런 합의를 보고 나서 첫 며칠 동안 프로코프는 도망 가능성을 연구하기 위해 4평방킬로미터 주위의 지역을 여러 방법으로 탐방했다. 아주 완벽하게 작동하는 감시 구역에서 도망갈 가능성은 아주 적었다.

프로코프는 홀츠를 살해하는 등 여러 방법을 생각해 봤다. 다행히도 이 무미건조하고 강력한 동반자 홀츠는 다섯 아이들에다가 모친과 장애인인 누이와 함께 살고 있었고, 게다가 그는 살인죄로 삼년간 철장 신세를 졌었다. 따라서 도주나 살해 같은 가능성들은 전혀 고무적이 아니었다.

은퇴한 집사인 폴이 프로코프에게 헌신하고 열렬하게 사랑에 빠져서 프로코프는 확실한 위안을 얻었다. 폴은 다시 누군가를 섬기게 되어서 무척 행복했다. 왜냐하면 그는 대공의 식탁에서 근무하기에는 너무 느리다고 취급되어 그동안 고통을 받아왔기 때문이다. 프로코프는 그의 성가시고 존경스러운 관심 때문에 때때로 절망적이 되었다.

게다가 또 여우처럼 머리가 붉고 아주 불행한 삶을 살아온 에곤의 가정교수인 크라프트 박사는 프로코프에게 지독할 정도로 집착했다. 그는 특별한 교육을 받았고, 약간은 신지론자이고 또 상상할 수 있을 정도로 가장 부조리한 이상주의자이다. 그는 부끄러움을 가지고 프로코프에게 접근했고, 통제할 수 없을 정도로 그를 찬양했다. 왜냐하면 그는 적이도 프로코프를 천재라고 간주했기 때문이다. 그는 벌써 오랫동안 프로코프의 전문논문들을 알고 있었고, 그리고 거기에 바탕을 둔 가장 적은 집합체, 또는 일 반적인 단어인 물질의 신지론을 세웠다. 그는 또한 평화주의자이 며, 너무 지나칠 정도로 고상함을 가지고 있었고, 다른 모든 사람 처럼 따분한 작자다.

프로코프는 마침내 감시받는 지역에 무작정 돌아다니는 것에 싫증을 느껴서 자신의 일을 연구하기 위하여 더욱 자주 자신의 실험실에 되돌아가곤 했다. 그는 옛날 노트를 점검하고 거기에 그간의 많은 공백을 보충해 나갔다. 그는 새로 구성하고 다시 자 신의 가장 중요한 가정들을 확고하게 한 일련의 폭발물들을 제거 했다. 그는 그런 나날들이 행복했다. 그러나 저녁에는 사람들을 피했고, 홀츠의 조용한 관찰 아래에서 창공과 별들과 수평선을 바라보면서 뭔가를 그리워했다.

딱 한 가지가 그에게 매우 관심을 끌었다. 그는 말발굽소리를 듣자마자 창가로 다가가서 기수들을 주시했다. 그것이 마부이든 지 또는 장교이든지 아니면 공주이든지(그 날 이후 그는 그녀와 말을 하지 않았다.) 그들이 어떻게 지나가는지 그는 우울한 눈초 리로 주의 깊게 바라보았다. 그는 사실 기수가 안장에 앉아 있지 않고 틀림없이 등좌 쇠에 서 있다는 것을, 그리고 기수가 등이 아 니라 무릎을 사용하고 있고, 기수가 감자부대처럼 말의 움직임에 수동적으로 자신을 흔들거리게 맡기는 것이 아니라 능동적으로 거기에 적응하는 것을 목격했다.

그 모든 것은 실질적으로 매우 단순한 것 같았다. 그러나 엔지니어인 관찰자에게 있어서, 특별히 말이 뒤로 물러서기 시작하거나, 뛰거나 순종이라 유연성 없이 겁을 먹어서 춤을 출 때에 그 메커니즘은 매우 복잡한 것 같았다. 프로코프는 이 모든 것을 커튼 뒤에 숨어서 오랜 시간 동안 연구했다.

어느 날씨 좋은 아침에 프로코프는 폴로 하여금 프레미어에게 안장을 준비시키라고 명령했다. 폴은 무척 당황해서 설명했다. 프레미어는 성질이 불같고, 길들여지지 않아서 지독히도 참을성이 없는 말이라고 설명했다. 그러나 프로코프는 잠시 후 다시 명령했다. 그의 승마복은 옷장에 준비되어 있었다. 그는 아주 작은 자만심을 가지고 승마복을 입고 마당으로 나갔다. 거기에서는 벌써 프레미어가 그의 고삐를 잡고 있는 마부를 당기면서 춤을 추고 있었다. 프로코프는 다른 사람들이 하는 것을 보아왔듯이 말의 코와 털이 없는 머리 부분을 부드럽게 쓰다듬어 주었다. 거세한 말은 약간 침착해졌으나 발로는 여전히 모래를 휘젓고 있었다.

프로코프는 의도적으로 말 옆으로 가까이 갔다. 그는 이미 등자를 향해 발을 들어올렸다. 프레미어는 잽싸게 뒷발로 그를 차려고 하며 등을 돌렸다. 프로코프는 간신히 뒤로 물러섰다. 마부는 잠시 웃음을 터뜨렸다. 프로코프는 말의 옆구리로 돌진해서는 자기도 모르는 사이에 등자 속으로 신발 끝을 집어넣고는 뛰어올랐다. 그 다음 순간 그는 무엇이 일어나는지 몰랐다. 모든 것은 빙글 돌아갔고, 누군가가 소리쳤다. 프로코프는 한 발은 공중에 뜨고, 반면에 다른 한 발은 절망적으로 등자에 넣었다. 마침내 프로코프는 어렵사리 안장에 앉아서 온 힘을 다해 양 무릎을 꽉 조였다.

프레미어가 엉덩이를 재빠르게 위로 던져 올렸을 때인 그 순간에 프로코프는 정신을 차렸다. 프로코프는 즉각 몸을 뒤로 넘겼다가 다시 앞으로 숙이고 순간적으로 고삐를 잡아당겼다. 그 결과로 이 짐승은 마치 초처럼 뒷다리로만 서 있었다. 프로코프는 양 무릎을 펜치 집게처럼 조였고, 얼굴을 말 귀 사이에 밀어놓았다. 말의 목을 잡지 않으려고 불안하게 주의를 기울였다. 그는 이런 모습이 우스꽝스럽게 보일까 봐 두려웠다. 그는 실제로 양 무릎으로만 매달려 있었다. 프레미어는 다시 네발로 서서 마치 늑대처럼 빙글빙글 돌기 시작했다. 프로코프는 이 기회를 이용하여 다른 한발의 끝을 등자에 넣었다.

"너무 세게 누르지 마세요." 마부가 소리쳤다. 그러나 프로코프는 말이 자기 양 무릎 사이에 있는 것이 기분 좋았다. 말은 사악하기보다는 절망적으로 자신의 이상한 승마자를 던져버리려고 발버둥쳤다. 그는 몸을 비틀고 모래를 차올렸다. 모든 부엌 인부들이 마당으로 나와 이 진기한 서커스를 바라보았다. 프로코프는 불안에 젖어 손수건으로 입을 막고 있는 폴도 목격했다. 그리고 크라프트 박사도 붉은 머리를 태양에 번쩍거리며 뛰어 나왔다. 그는 자신의 목숨을 위험에 빠트리면서 프레미어의 고삐를 잡으려 했다. "말을 가만두세요." 프로코프는 억제하지 못하는 자만심을 가지고 소리쳤다. 그리고는 박차로 말 옆구리를 가했다. 하나님 맙소사! 이런 것을 한 번도 경험하지 못한 프레미어는 화살처럼 마당을 벗어나 공원으로 질주해갔다.

프로코프는 날아갈 때 최악의 경우, 보다 부드럽고 둥글게 떨어질 것을 계산하면서 머리를 어깨 사이로 움츠렸다. 그는 무의식적으로 경주를 하는 기사를 흉내 내면서 등자에 의존하고 서서 앞으로 몸을 숙였다. 그가 테니스코트 옆을 빠르게 지나갈 때 그는 거기서 몇몇의 흰옷 입은 사람들을 목격했다. 그것 때문에 그는 격노하여 채찍으로 프레미어의 엉덩이를 때리기 시작했다. 이제 거친 동물은 완전히 이성을 잃어버렸다. 그는 말 옆구리와 말 등에서 몇 번인가 기분 나쁜 뛰어오르기를 하고 나서 그는 떨어질 것 같았다. 그러나 그대신 그는 미친 듯이 풀밭을 날아올랐다.

프로코프는 만일 그들이 둘 다 그렇게 믿기 어려울 정도로 바닥에 물구나무서기를 안 하려면, 이제 모든 것은 머리를 위로 꼿꼿하게 유지하고 말굴레에 매달려서 잡아당겨야 하는 것에 달렸다는 것을 알게 됐다. 프레미어는 뒷다리로 섰다. 말은 갑자기 땀에 젖었고 갑자기 이성적으로 구보를 시작했다.

그것은 승리였다. 프로코프는 크게 안심을 했다. 이제서 비로소 그는 그가 그렇게 열심히 이론적으로 연구한 것을 실행할 수 있었다. 승마학교에서 안장에 탄 기수처럼. 몸을 떠는 말은 기수가 하는 대로 복종하는 것을 좋아하게 됐다. 신처럼 자신만만한 프로코프는 데니스 코트를 향해 구불구불한 공원길을 따라 말을 몰았다.

그는 숲 뒤로 손에 라켓을 잡은 공주를 보았다. 그리고 프레미어가 달리도록 박차를 가했다. 그 순간 공주가 혀를 끌끌 찼다. 프레미어는 공중으로 솟아올라 화살처럼 빨리 숲을 넘어 그녀에게로 향했다. 프로코프는 이런 연습에 준비가 되어 있지 않아서 안장으로부터 날아올라 말머리를 지나서 잔디밭에 내려앉았다. 그 순간 뭔가 부러지는 소리를 느꼈고, 그 순간 그는 고통에 의해서 감각이 마비가 됐다.

그가 정신이 돌아왔을 때 그는 공주와 세 사람의 신사들을 보았다. 그들은 당황스런 위치에 서서 웃음을 터뜨려야 할지, 아니면 도움을 청하러 달려가야 할지 모르고 있었다. 프로코프는 팔꿈치에 기대서 자기 몸 밑에 이상하게 감겨버린 왼쪽 다리를 움직이려고 애썼다. 공주는 뭔가 의문을 가지고 또 조금은 놀란 모습으로 바라보고 있었다.

"자." 프로코프는 단호하게 말했다. "지금 넌 내 다리를 부러뜨렸어." 그는 무척 아파했고, 충격에 의해서 정신이 혼미해졌다. 그러나 그는 일어나려고 발버둥쳤다.

그가 다시 의식을 회복했을 때 그는 공주의 무릎에 누워 있었고, 윌레 공주는 향이 짙은 손수건으로 그의 땀이 난 이마를 닦고 있었다. 그는 다리에 무서운 고통을 느끼며 반쯤 꿈꾸는 것 같았다.

"그 말 어디… 있어요?" 그는 횡설수설하면서 불평하기 시작했다.

두 사람의 정원사들이 그를 들것에 실어서 성으로 데려갔다. 폴은 이 세상 모든 것으로 변신했다. 천사로, 간호사로, 가정의 어머니로, 그는 달려와서 프로코프의 머리 밑에 베개를 바르게 펴고, 그의 입술에 코냑을 떨어뜨렸다. 그리고는 그의 침대 머리에 앉아 있어야 했다.

프로코프는 경련이 난 손을 그에게 문질러댔다. 그는 이 늙은 이의 부드럽고 가벼운 손의 감촉에 의해서 원기를 회복하였다. 크라프트 박사는 눈물이 가득한 눈초리로 그 옆에 서 있었고, 홀츠도 분명히 감동을 받아 프로코프의 승마바지 가랑이를 잘라내고, 장딴지에 차가운 붕대를 붙여 주었다. 프로코프는 조용히 신음소리를 내고 잠시 동안 크라프트 또는 폴에게 파란 입술로 미소를 띠기 시작했다. 그리고 곧 연대 군의관이, 더 훌륭한 백정이 보조원과 함께 도착하여 긴 망설임 없이 프로코프의 다리를 치료하기 시작했다.

"으흠." 그는 말했다. "복합 대퇴골 파열과 그리고 또…. 이봐요, 적어도 6주는 침대에 있어야 해요." 그는 두 개의 베니어 판자를 가져와서 고통스러운 작업을 시작했다. "자 그의 다리를 당겨 봐요." 백정은 보조원에게 명령했다. 그러나 홀츠는 이 긴장한 신참자를 밀어내고 스스로 온 힘을 다해 부러진 사지를 잡았다.

프로코프는 짐승처럼 고통으로 고함을 치지 않기 위하여 베개를 물었다. 자신의 고통이 반영되어 고통스러워하는 폴의 얼굴을 바라보았다. "아직 조금만 더." 박사는 골절을 더듬으면서 베이스 목소리로 말했다. 홀츠는 조용히 그리고 단호하게 당겼다. 크라프트는 완전히 절망하여 뭔가 말을 더듬으며 도망을 가버렸다. 이제 백정이 재빨리 부목을 능란하게 잡아당겨 고정시켰다. 그리고는 내일 그 망할 다리에 기브스를 할 거라고 중얼거렸다. 드디어 모든 게 끝났다. 고통은 계속 지독했고, 처진 다리는 감각이 없어 죽은 것 같았다. 그러나 드디어 백정은 떠나 가버렸다. 오직 폴만이 발끝으로 왔다 갔다 하면서 부드러운 입술을 중얼거리며 환자의 고통을 덜어주려고 애를 쓰고 있었다.

여기에 카슨이 차를 몰고 와서 한걸음에 네 계단씩을 날아올라 프로코프에게 왔다. 방은 그의 넘쳐나는 동정어린 언급으로 가득 찼다. 그는 즉시 여기서 남자답게 더욱 명랑해졌다. 카슨은 정신 없이 위로의 말을 퍼부어댔다. 그리고 갑자기 프로코프를 수줍어하면서 어루만지고 친절하게 뻣뻣한 머리를 쓰다듬었다. 그 순간 프로코프는 자신의 고집 센 폭군이며 원수인 그의 사악함의 십분의 구를 용서했다.

카슨은 바람처럼 돌진해갔다. 이제 뭔가 무거운 것이 계단을 따라 움직이고 문이 열렸다. 하얀 장갑을 낀 손을 가진 두 시종이 안쪽으로 절름거리는 공작을 안내했다. 공작은 벌써 문간에서부터, 아마도 프로코프가 존경심으로 기적적으로 일어나지 말고 귀한 손님을 맞이하지 않도록 말라빠진 길고 가느다란 손을 흔들어댔다. 그리고 나서 그는 자신을 의자에 앉히도록 허락하고 자비로운 동정의 말씀을 몇 마디 했다.

갑자기 이 유령이 사라지고 누군가가 문을 두드렸다. 폴이 시녀에게 뭔가를 속삭였다. 그리고 곧 공주가 들어왔다. 그녀는 여전히 테니스복을 입고 있었고 그녀의 갈색 얼굴에는 반항과 후회의 모습이 나타났다. 왜냐하면 그녀는 스스로 들어와서는 자신의 지나친 서투른 짓을 사과했다.

그러나 그녀가 변명을 하기 전에 거칠고, 매끈하지 못하게 기브스를 한 프로코프의 얼굴이 천진한 웃음을 터뜨렸다.

"자 어떻습니까?" 환자는 오만하게 말했다. "제가 말을 두려워합니까, 아닙니까?"

공주는 너무 심하게 얼굴이 붉어지기 시작해서 아무도 그녀에게 말을 건넬 수 없었다. 그녀는 자신이 너무 미안해서 당황하기 시작했다. 그러나 곧 그녀는 자신을 극복하고 곧 바로 다시 매혹적인 여주인 역할을 하기 시작하였다. 그녀는 외과교수 의사가 올 것이라고 말하고, 프로코프에게 무엇을 먹고 싶은지, 무엇을 읽고 싶은지 등등을 물었다. 그리고 또 폴에게 하루에 두 번씩 그의 건강상태를 자신에게 보고하도록 지시했다. 그리고 멀리서부터 먼 가로 베개를 편평하게 하고는 고개를 약간 끄덕이고 떠나갔다.

오래지 않아 유명한 외과의사가 자동차를 타고 왔다. 그는 몇 시간을 기다려야 했다. 그러나 그는 자기 머리를 그의 위에서 흔들어야 했다. 그래서 엔지니어 프로코프는 깊은 잠에 빠져들었다.

제28장

　말할 것도 없이 유명한 외과의사는 군의관 백정의 수술을 이해하지 못했다. 그는 다시 프로코프의 부러진 다리를 폈다. 그리고 드디어 그것을 기브스에 넣고는, 그에게 왼쪽다리가 아마도 영원히 불구로 남을 것이라고 말했다.

　프로코프에게는 영광의 날들과 게으른 날들이 도래했다. 크라프트는 그에게 〈스웨덴보르그〉 지를 읽어주고, 폴은 가족 달력으로, 반면에 공주는 고통 받는 환자의 침상 주위를 멋진 장정의 세계문학전집으로 장식했다. 드디어 프로코프는 심지어 달력에도 싫증이 났다. 그래서 크라프트에게 파괴적인 화학에 관한 조직적인 연구를 구술했다. 이상하게도 그는 무엇보다도 카슨을 좋아하게 됐다. 그의 무례함과 무자비함은 그에게 인상 깊었다. 왜냐하면 그런 것들 속에서 그는 거대한 계획과 근본적이고 국제적인 군사주의 미치광이의 환상을 발견했기 때문이다.

　폴은 기쁨의 정점에 도달해 있었다. 지금 그는 밤낮으로 없어서는 안 될 인물이다. 그는 숨 하나하나를 통해서, 자기의 절음발이 걸음 하나하나를 통해서 프로코프에게 봉사할 수 있었다.

당신은 마치 쓰러진 나무 그루터기처럼 물질에 둘러싸여 꼼짝 없이 누워 있습니다. 그러나 당신을 묶고 있는 불화성의 물질에 있는, 그런 무섭고 알 수 없는 힘의 번쩍임을 느끼지 못하는가요? 당신은 다이너마이트 한 통보다도 더 큰 파괴력이 있는 솜털 베개에서 느긋하게 지내지요. 당신의 육체는 잠자는 폭발물입니다. 심지어 떨고 있는 빛바랜 폴의 손도 멜리나이트 폭약뇌관보다 더 큰 폭발력을 가지고 있습니다. 당신은 젤 수 없고, 분석할 수 없는, 활용할 수 없는 물리력(폭력)의 바다에 움직이지 않고 누워 있습니다. 당신을 둘러싸고 있는 것은 방의 벽들이, 조용한 사람들이, 바스락거리는 나무 가지들이 아니라 가장 무서운 실행을 위해 준비된 무기고와 방대한 탄약고입니다. 당신은 마치 당신이 에크라사이트폭약 한 통이 가득한지를 점검하듯이, 손가락으로 물질을 두드릴 것입니다.

프로코프의 손은 사용하지를 않아 투명해졌다, 반면에 놀라울 정도의 촉각을 얻게 됐다. 그의 손은 닿는 것은 무엇이든 폭발력의 가능성을 느끼고 감지했다. 젊은이의 몸은 어마어마한 폭발력을 가지고 있다. 그러나 또다른 열렬한 마니아이고 이상주의자인 크라프트 박사는 상대적으로 약한 폭발력을 가지고 있다.
반면에 카슨의 폭발력 인덱스는 테트라나이트라나이닐린에 접근하고 있다. 프로코프는 공주의 싸늘한 손의 감각에 전율했던 것을 상기했다. 그녀는 그에게 그런 오만한 아마존의 무서운 폭발력을 드러냈다. 프로코프는 유기체의 잠재적인 폭발 에너지가 어떤 효소나 다른 성분의 존재에 달렸는지, 아니면 세포 자체의 화학적인 구성에 달렸는지를 결정하려는 생각에 골몰했다. 그러함에도 불구하고 프로코프는 그 검은, 자만심이 강한 소녀가 어떻게 폭발할지 알고 싶었다.

이제 폴은 프로코프를 바퀴 달린 의자에 실어서 공원으로 갔다. 이제 홀츠는 별로 필요하지 않았다. 그러나 홀츠는 적극적이었다. 왜냐하면 그는 마사지에 탁월한 능력을 보여 주었기 때문이다. 프로코프는 그의 힘찬 손가락들로부터 유용한 폭발력이 솟아나오는 것을 느꼈다. 공주는 공원에서 이 환자를 만나면 그녀는 완벽하게, 그리고 정확하게 절제된 공손함을 가지고 말을 걸어왔다. 프로코프는 짜증스럽게도 그녀가 어떻게 그렇게 하는지 결코 이해할 수 없었다. 왜냐하면 그 자신 너무나 무례하거나 또는 너무나 친절하기 때문이다.

다른 사람들은 프로코프를 괴짜라고 간주했다. 이것이 그들로 하여금 그를 너무 심각하게 받아들이지 않게 했고, 또 이 때문에 그는 그들에게 마치 벌목꾼처럼 마음대로 무례하게 대할 수 있게 했다.

언젠가 한번 공주는 자신의 모든 호위대원들과 함께 프로코프에게 왔다. 그녀는 다른 사람들은 모두 서 있게 하고 혼자서 그의 옆에 앉아서 그의 과업에 대해 물었다. 프로코프는 그녀에게 가능한 의무를 다하고 싶어서 마치 국제학회에서 화학에 대해 발표하듯이 전문적인 강의를 시작했다.

수발스키 공작과 다른 친족들이 서로 쿡쿡 찌르면서 웃음을 터뜨렸다. 이에 프로코프는 화가 나서 그들에게 말을 하는 게 아니라고 쏘아붙였다. 모든 눈들이 공주마마에게로 향했다. 왜냐하면 그녀만이 이 무례한 평민을 제자리에 돌릴 수 있었기 때문이다. 그러나 공주는 참을성 있게 미소를 짓고 그들을 테니스장으로 보내버렸다.

그녀가 눈을 가늘게 뜨고 그들의 뒤를 바라보는 동안 프로코프는 곁눈으로 그녀를 살펴보았다. 실제로 그는 처음으로 그녀가 어떤지 보게 됐다. 그녀는 엄격하고, 가냘프고, 피부는 색소가 풍부하고, 실제로 별로 아름답지는 않았다. 젖가슴은 작고, 다리는 볼품이 없고, 멋진 귀족다운 손을 가지고 있고, 자만심이 강하고, 이마에는 점이 있고, 움푹 들어간 두 눈은 날카롭고, 날카로운 콧대 밑은 검은 보풀이 나 있고, 거만하고 단단한 입술, 자, 그래도 근본적으로 그녀는 예쁘다고 할 수 있다. 그런데 사실 그녀는 어떤 눈을 가졌을까?

그러고 나서 그녀는 그에게로 몸을 완전히 돌렸다. 프로코프는 당황했다.

"당신은 감촉으로 물질의 특성을 알 수 있다고 하던데요." 그녀는 제빨리 말했다. "크라프트가 그렇게 말했어요." 프로코프는 자신의 특별한 주화성(走化性)에 대한 이런 여성다운 언급에 미소를 지었다.

"글쎄요, 맞습니다." 그는 말했다. "인간은 사물이 얼마나 강한 힘을 가지고 있는 것을 느낍니다. 그건 아무것도 아닙니다." 공주는 그의 손을 급히 바라보고는 주위를 둘러보았다. 거기에는 아무도 없었다.

"보여 주십시오." 프로코프는 중얼거리고 상처 난 그의 손바닥을 폈다. 그녀는 거기에 부드러운 손가락 끝을 놓았다. 어떤 불꽃이 프로코프를 통과했다. 그의 심장이 크게 동요하고 머리에는 이상한 생각이 떠올랐다. '내가 만일 손을 꽉 잡는다면!' 그는 벌써 거친 손으로 뻣뻣해지고, 불타는 듯이 달아오른 그녀의 손을 주무르고 압박하고 있었다. 그의 머리는 취한 듯 현기증으로 어지러웠다. 그는 공주가 눈을 감고 반쯤 열린 입술로 숨을 몰아쉬는 것을 보았다. 그래서 그 자신도 눈을 감고 이를 악물고, 돌아가는 어둠 속으로 떨어졌다. 그의 손은 가늘고 우아한 손가락들과 열렬하고 거칠게 싸우고 있었다. 그녀는 손가락을 빼려고 독사처럼 비비꼬며 발버둥치고, 손톱으로 그의 손바닥을 찔러대고, 또다시 갑자기 경련을 하며 그의 살갗을 눌러댔다. 프로코프는 희열에 젖어 이를 덜덜 떨었다. 떨고 있는 손가락들이 섬뜩하게 그의 손목을 자극했다. 그는 붉은 동그라미를 보았고, 갑자기 날카롭고 불타는 압력을 느꼈고, 엷은 손이 그의 꽉 잡은 손바닥으로부터 벗어났다.

프로코프는 넋을 잃었다가 두 눈을 떴다. 머릿속에는 무거운 심장박동이 뛰었다. 놀라움과 더불어 다시 파랗고 노란 정원이 눈앞에 나타났다. 그는 한낮의 태양빛 때문에 눈을 반쯤 감아야 했다. 공주는 다시 창백해졌고 날카로운 이빨로 입술을 물어뜯었다. 그녀의 찢어진 눈 틈새로 한량없는 저항인가 뭔가가 반짝거렸다.

"자… 글쎄, 어떤가요?" 그녀는 날카롭게 말했다.

"순결하고, 무정하고, 도발적이고, 사납고, 자만심이 강하고…, 불쏘시개처럼 바삭 마르고, 사악하고…, 당신은 사악해요. 당신은 바로 그 잔인함 때문에 신랄하고, 거만하고, 무자비해요. 당신은 사악하고, 당신은 열정으로 가득차서 부서질 것 같아요. 접근하기가 어렵고, 탐욕스럽고, 고집불통이고, 자신에게도 엄격하고. 얼음과 불, 불과 얼음…"

공주는 조용히 머리를 끄덕였다. "네."

"아무에게도 소용이 없고, 무엇에도 쓸모가 없고, 건방지고, 난봉꾼처럼 화를 잘 내고, 사랑할 줄 모르고, 중독되고, 불타는 듯하고, 날카롭고, 열정에 의해서 윤택이 없어지고, 당신 주위 모든 것은 냉엄해집니다."

"저는 나 자신에게 엄격해야 합니다." 공주는 속삭였다. "당신은 몰라요… 당신은 몰라요…"

그녀는 손을 내젓고 일어섰다. "감사합니다. 폴을 보낼게요."

개인적이고 모욕적인 신랄한 언급으로부터 해방된 프로코프는 공주에 대해서 더 친절하게 생각하기 시작하였다. 결국 그녀가 이제 프로코프를 분명히 피한다는 것이 그를 무척 힘들게 했다. 그는 가장 가까운 기회에 그녀를 만나면 멋지고 친절한 언급을 하려고 준비했다. 그러나 그런 기회는 저절로 오지 않았다.

'우리 삼촌 찰스'라고 하는, 론이라는 공작이 성으로 왔다. 그는 돌아가신 공주의 남동생이며, 세련되고 교양 있는 범 세계주의자이고, 가능한 모든 것을 할 줄 아는 아마추어이고, 위대한 예술가라고 사람들이 말한다. 그는 벌써 몇몇 역사소설을 썼고, 또한 아주 특별히 선한 사람이다.

그는 프로코프에게 특별한 애정으로 대했고 그에게 와서 한 시간을 족히 보냈다. 프로코프는 이 상냥한 신사로부터 많은 것을 얻었고, 뭔가 세련됨을 배웠고, 그리고 이 세상에는 파괴적인 화학 외에도 다른 것들이 있다는 것을 깨달았다.

삼촌 찰스는 어마어마한 에피소드 연대기의 화신이었다. 프로코프는 공주에 대해 대화를 유도하는 것이 마음에 들었고 흥미를 가지고 경청했다. 그녀는 얼마나 사악하고, 무모하고, 오만하고 그리고 고결한 소녀였는가. 그녀는 한 번은 춤 교사를 향해 총을 쏘고, 또 한 번은 화상을 입은 간호사를 위해 자신의 피부를 잘라서 이식하기를 원했었다. 이것이 허락되지 않자 그녀는 화가 나서 가장 비싼 유리창을 박살냈다.

친절한 삼촌은 또 프로코프에게 젊은 에곤을 데려왔다. 그는 프로코프를 젊은이에게 칭찬의 본보기로 삼았던 것이다. 그래서 이 불쌍한 프로코프는 자신도 에곤처럼 똑같이 얼굴이 붉어졌다.

5주가 지나자 프로코프는 벌써 지팡이에 의존하며 걷기 시작했다. 그는 더 자주 실험실로 가곤 했고 흑인 노예처럼 열심히 일했다. 다시 다리에 고통을 느낄 정도가 되면 자상한 홀츠의 팔에 의존하여 집으로 오곤 했다. 카슨은 프로코프가 이처럼 평화스럽게, 열심히 연구하는 것을 보고 기뻐했다. 그는 크라카티트를 언급하면서 이따금 그를 격려했다. 그러나 이것은 바로 프로코프는 듣고 싶어 하지 않은 일이었다.

어느 날 저녁, 성에는 화려한 파티가 열렸다. 이 파티는 프로코프가 자신의 성공을 기념해서 준비했다. 공주는 장군들과 외교관들 그룹에 섞여 있었다. 문이 열리자 지팡이에 의존하지 않고 고집센 포로가 늘어왔다. 그는 비로소 저음으로 성의 손님들에게 인사를 하게 됐다. 삼촌 찰스와 카슨이 그를 맞이했고, 반면에 공주는 중국 대사의 머리 너머로 슬쩍 빠르게 그에게 시선을 보냈을 뿐이다. 프로코프는 그녀가 그를 맞이하러 올 거라고 생각했다. 그러나 그녀가 다른 두 나이 많은 부인들과 서 있는 것을 봤다. 그들의 드레스는 배꼽까지 믿을 수 없을 정도로 낮게 깎였다.

그는 우울해서 카슨이 "위대한 과학자", "우리의 영광스러운 손님"이라고 소개하는 귀중한 손님에게 마지못해 인사를 하면서 구석으로 물러났다. 카슨은 홀츠의 역할을 대신한 것 같았다. 왜냐하면 그는 프로코프로부터 한 발짝도 떨어져 있지 않았기 때문이다.

시간이 흘리갈수록 프로코프는 더 절망적으로 지루해졌다. 그는 더욱 더 구석으로 물러나서 눈살을 찌푸리며 온 세상을 바라보았다. 그때 공주는 귀빈들과 대화를 나누고 있었고, 그들 중 한 명은 해군제독이었고, 다른 한 사람은 유명한 외국 명사였다. 공주는 프로코프가 우울하게 서 있는 것을 얼핏 바라보았다. 그러나 그 순간 어떤 왕위의 참칭자가 그녀에게 와서 반대편으로 안내해 가버렸다.

"자, 나도 집으로 가야지." 프로코프는 중얼거리고 자신의 어두운 영혼 속 깊이 들어가려고 결단을 내렸다. 이제 삼일 내로 새로운 도망의 기회를 만들 것이다.

그 순간, 그의 앞에 공주가 와서 그에게 손을 내밀었다. "당신이 건강해서 기쁘군요."

프로코프는 삼촌 찰스한테서 배운 예절공부를 다 잊어버렸다. 그는 어깨를 힘차게 움직이며(마치 절을 하듯이) 거친 목소리로 말했다. "저를 보러 오지 않을 줄 알았습니다." 카슨은 땅 속으로 꺼지듯이 사라졌다.

공주는 목이 다 드러난 드레스를 입고 있었다. 그것은 프로코프를 당황스럽게 했다. 그는 어디로 바라보아야 할지 몰랐다. 그러나 그는 파우더를 뿌린 그녀의 단단한, 까무잡잡한 살갗을 보았고, 향기가 코를 찔렀다.

"당신은 다시 일을 시작했다고 들었습니다." 공주는 말했다. "정확히 무엇을 하십니까?"

"글쎄요, 이것저것 하고 있습니다." 프로코프는 대답했다. "특별히 중요한 게 아닙니다."

자, 이제야말로 그 잔인한 행동을… 그때 그 손으로 모독한 것을 보상할 기회가 왔다. 그러나 도대체 어떻게 특별히 상냥하게 말을 할 수 있단 말인가?

  "만일 당신이 원하신다면." 그는 중얼거렸다. "제가… 당신의 그 파우더로 실험을 한번 시도하도록…."

  "어떤 실험을요?"

  "폭발 실험이요. 당신이 가지고 있는 그 파우더로 대포를 발사할 수도 있습니다."

  공주는 미소를 지었다. "저는 파우더가 폭발하는지 몰랐습니다!"

  "모든 것이 폭발합니다. 그것을 제대로 다루기만 한다면요, 당신 자신도요…."

  "뭐라고요?"

  "아무것도 아닙니다. 잠재된 폭발이지요. 당신은 무서운 폭발력이 있어요."

  "누가 저를 제대로 잘 다루기만 한다면요." 공주는 미소를 지어 보였다. 갑자기 그녀는 심각해졌다. "사악하고, 무자비하고, 폭력적이고, 호기심 많고, 자만심 강하고, 그렇지요?"

  "나이 많은 할머니를 위해 자기의 피부를 희생하고 싶은 소녀지요."

  공주는 화를 냈다. "누가 그걸 말해 주었나요?"

  "찰스 삼촌이요." 프로코프는 누설했다.

  공주는 뻣뻣해졌다. 갑자기 그녀는 수백 킬로미터나 떨어져 있었다.

"아하, 론 공작," 그녀는 그의 말을 정정했다. "론 공작은 말이 많아요. 당신이 괜찮아졌다니 기쁘군요."

머리를 약간 숙이고 윌레는 화를 내기 시작한 프로코프를 구석에 남겨두고, 방을 가로질러 유니폼을 입은 어떤 기사 옆으로 갔다.

그럼에도 불구하고 이튿날 아침 폴은 공주의 시녀가 전해준 뭔가 귀중한 것을 프로코프에게 가져왔다.

그것은 향이 짙은 갈색 파우더 통이었다.

제29장

파우더 통에 몸을 기울여 작업을 시작했을 때 그 강한 여성 향수는 프로코프를 자극하고 동요시켰다. 그에게는 마치 공주가 몸소 실험실에 와서 그의 어깨에 기대는 것 같았다.

젊은 시절의 무지 속에서, 그는 이전에는 파우더가 녹말가루에 지나지 않는다는 것을 생각하지 못했다. 그는 그것을 그저 자연의 색깔이라고만 간주했다. (이를테면, 글쎄 녹말가루는 아주 강한 폭발을 위한, 둔감하지만 아주 멋진 물건이지. 왜냐하면 그 자체로는 그저 그렇게 무디지만, 그것이 자체적으로 폭발할 때는 더욱 더 멋지지.) 그는 지금 그것으로 무엇을 어떻게 해야 할지 모른다. 그는 손바닥에 머리를 감싸고 자극적인 공주의 향기를 추적했다. 그는 밤에도 실험실을 떠나지 않았다.

성에서 그가 좋아하던 사람들이 그에게 오는 것을 멈추어버렸다. 왜냐하면 그는 자신의 일로써 그들과 단절하고, 그들에게 참을성 없게 대하고, 저주받을 파우더에만 몰두했기 때문이다. 도대체 그는 무엇을 실험하고 있을까?

5일 지나고 그에게 희망이 빛이 나타나기 시작하였다. 그는 열광적으로 향기로운 니트로아민을 연구했다. 그 결과로 그는 이전에 이루지 못한 성가신 합성작업을 이룩했다. 어느 날 밤 그 앞에는 겉모습이 변하지 않은 채 향기를 내뿜는 그 파우더가 놓이게됐다. 성숙한 여인의 살 냄새를 풍기는 갈색의 파우더.

그는 피로에 지쳐 소파에 길게 앉았다. 그는 마치 "파우더라이트, 피부를 위한 가장 폭발성 좋은 파우더"라는 플래카드를 보는것 같았다. 그 플래카드에는 공주의 모습이 그려져 있고, 그녀가그에게 혀를 내밀고 있었다. 그는 돌아서려고 했으나 그 플래카드로부터 맨살의 갈색 양팔이 펼쳐져서 마치 메두사 같이 그를그녀에게로 끌어당겼다. 여기서 그는 주머니에서 칼을 꺼내 살라미를 자르듯이 그것들을 잘랐다. 그러고 나서 그는 자기가 살인을 저질렀다는 생각에 깜짝 놀랐다. 그는 몇 년 전 살던 거리로뛰쳐나갔다. 거기에는 덜커덩거리는 자동차가 있었다. 그는 차에뛰어오르며 소리쳤다. "빨리 몰아." 자동차는 출발했다. 그때야비로소 그는 운전대에는 머리에 가죽 헬멧을 쓰고 공주가 앉아있는 것을 알아봤다. 그는 그전에는 그녀의 그런 모습을 본 적이없었다. 길모퉁이에서 차를 멈추도록 누군가가 차 앞으로 뛰어들었다. 사람소리 같이 않은 외침이 들려왔다. 자동차 바퀴는 뭔가부드러운 것 위로 지나갔다. 프로코프는 잠에서 깨어났다.

그는 자신이 열이 있다는 것을 알게 됐다. 그래서 일어나 실험실에서 뭔가 약을 찾았다. 그는 순수 알코올 외에 아무것도 찾지 못했다. 그는 그것을 족히 한 모금은 마셨다. 그것은 그의 입과 목구멍을 태웠다. 그는 또다시 어지러워서 드러누웠다. 그의 눈앞에는 어떤 화학방정식이, 꽃들이, 안치와 혼란스러운 열차 여행이 떠올랐다. 그러고 나서 모든 것은 희미해지고 그는 깊은 잠에 빠져들었다.

아침에 그는 사격장에서 폭발실험 허가를 받았다. 카슨은 이를 무척 좋아했다. 프로코프는 조수도 허락하지 않고 혼자서, 성으로부터 가능하면 먼 모래바위에 실험용 구덩이를 파도록 감독했다. 그 사격장에는 어떤 전선도 없었기 때문에 보통의 퓨즈를 설치할 필요가 있었다. 모든 것이 준비되었을 때 그는 공주에게 정각 4시에 그녀의 파우더 상자를 폭발시킬 거라고 알려줬다. 그는 카슨에게 가장 가까운 바라크들을 비우고, 그 근방 1km 주위에 아무도 못 지나간다고, 그리고 또 이번에는 홀츠의 동행도 안 된다고 요구했다. 카슨은 이 야단법석은 너무나 지나치다고 생각했으나 프로코프의 요구를 전부 들어주기로 했다.

약속된 시간 15분 전에 프로코프는 자신의 손으로 파우더 상자를 폭발 데스크로 옮겼다. 그는 마지막으로 확실한 만족감을 가지고 공주의 향기를 맡고는 그 상자를 구덩이에 넣었다. 그리고 그는 거기에 수은 캡슐을 놓았다. 그리고는 5분 후 폭발하도록 블리크포드 코드를 연결시켰다. 그러고 그 옆에서 자리를 잡고 손에 시계를 들고 4시 5분 전이 될 때까지 기다렸다.

아하, 이제 그는 그녀에게, 이 오만한 소녀에게 그가 무엇을 하는지 보여줄 것이다. 이것은 정말 잘 어울리는 폭발이 될 거야. 게다가 이는 순찰경찰로부터 숨어서 했던, 빌라호라에서 시도한 그런 장난감 대포하고는 다를 것이다. 이 폭발은 장엄하고, 무한하고, 하늘까지 치솟는 거대한 기둥, 놀라운 폭발력, 거대한 천둥소리, 하늘은 불꽃에 의해서 갈라지고, 사람의 손으로 만들어진 번개에 의해서….

4시 5분 전. 프로코프는 빨리 도화선에 불을 붙이고 손에 시계를 들고 조금 절름거리며 거기서 도망을 쳤다. 3분 내로, 천둥이…, 이제 더 빨리, 2분 내로….

그때 그는 오른쪽 방향으로 카슨의 안내를 받으며 폭발 현장으로 향하는 공주를 보았다. 그는 그 순간 공포에 사로잡혀 얼어붙었고 그들을 향해 소리쳤다. 카슨은 걸음을 멈추었으나 공주는 둘러보지도 않고 계속 갔다. 카슨은 그녀 뒤를 따라 걸음을 옮기며 되돌아오라고 조심스럽게 설득했다. 발의 고통을 이겨 내면서 프로코프는 그들을 향해 돌진했다.

"엎드려요." 그는 고함을 쳤다. "하나님 맙소사, 엎드려요!" 그의 얼굴은 너무나 창백해지고 공포에 사로잡혔다. 카슨도 창백해져서 크게 두 발짝을 뛰어 깊은 구덩이로 뛰어들었다. 공주는 계속 나아갔다. 이제 폭발 구멍으로부터 200발짝도 되지 않았다.

프로코프는 시계를 땅바닥에 던져버리고 그녀에게로 덮쳤다. "엎드려요." 그는 고함을 지르고 그녀의 어깨를 잡았다. 공주는 재빨리 몸을 돌려서 놀란 표정으로 여유 있게 그를 바라보았다. 이때 프로코프는 두 주먹으로 그녀를 땅바닥으로 내리치고는 그녀의 위로 온 힘을 다해 넘어졌다.

굳어버린 가느다란 그녀의 몸이 절망적으로 그의 밑에서 몸부림쳤다. "독사." 프로코프는 쉬익 소리를 내고 그는 숨을 몰아쉬며 가슴의 힘을 다해 공주를 땅바닥으로 밀어붙였다. 그의 밑에서 그녀의 몸은 아치모양으로 일어나서 옆으로 빠져나오려고 했다. 그러나 놀랍게도 공주의 다문 입에서 말 한 마디도 나오지 않고, 격렬한 투쟁 속에서 겨우 짧게, 빨리 숨을 몰아쉬었다. 프로코프는 자신의 무릎을 그녀의 양 무릎 사이로 밀어 넣어서 그녀가 빠져나가지 못하게 했다. 그리고 폭발이 그녀의 고막을 파손하지 않도록 순간적으로 그녀의 두 귀를 손바닥으로 덮었다.

그녀의 날카로운 손톱이 그의 목을 찔렀다. 그는 얼굴에 그녀의 네 개의 송곳니가 미친 듯이 박히는 것을 느꼈다. "짐승 같아." 프로코프는 숨이 막혀서 공격적인 짐승을 떨쳐내려고 했다. 그러나 그녀는 그를 놓아주지 않았다. 그녀는 꽉 달라붙었고 그녀의 목구멍으로부터 거친 숨소리가 나왔다. 그녀의 육체는 파도치며 올라갔다가 경련을 일으키듯이 돌아갔다. 그녀의 친숙한 날카로운 향내가 프로코프를 흥분시켰다. 그의 가슴은 충동적으로 곤두박질했다.

그 순간 그는 금방이라도 터져버릴 폭발은 생각하지도 않고 일어나고 싶었다. 그때 그는 몸부림치는 두 무릎이 그의 다리를 압박하고, 두 팔은 발작적으로 그의 목을 휘감는 것을 느꼈다. 그는 자기 얼굴에서 뜨겁고, 축축하고, 떨고 있는 그녀의 입술과 혓바닥을 느꼈다. 그는 공포에 사로잡혀 신음소리를 내고 자신의 입술로 공주의 입술을 찾았다.

그 순간, 무서운 폭발이 일어났다. 거대한 흙과 바위기둥이 땅 위로 솟아올랐다. 뭔가 딱딱한 것이 프로코프의 정수리를 때렸다. 그러나 그는 그것이 무엇인지 알 수 없었다. 왜냐하면 그 순간 그는 숨을 멈추어 버린, 열정적이고 축축한 그녀의 입술에, 혀에, 이를 벌린 채 떨고 있는 입에 키스를 퍼부었다. 갑자기 그녀의 유연성 있는 육체는 그의 몸 밑에서 무너져 내리고 긴 파도에 의해서 떨었다. 그는 그때 카슨이 몸을 일으켜 그를 바라보고 다시 즉각 땅으로 엎드리는 것 같음을 느꼈다.

떨고 있는 손가락들이 프로코프의 목덜미를 참을 수 없고 이상한 쾌감으로 애무했다. 헐떡이는 입이 그의 얼굴에 키스를 퍼붓고, 미묘하게 떨리는 입술로 그의 눈에 키스를 했다. 반면에 프로코프는 격렬함으로 떨고 있는 향기로운 목덜미에 목마르게 그의 입술을 박아 넣었다.

"사랑해요, 사랑해요." 그의 귀에는 뜨겁고 축축하고 불타는 속삭임이 들려왔다. 부드러운 손가락이 그의 머릿결을 쓰다듬었다.

축 늘어진 육체가 조여 오면서 그에게 오랫동안 달라붙었다. 프로코프는 볼록거리는 그녀의 두 입술에 신음소리를 내며 오래오래 키스를 퍼부었다.

쉬쉬! 그녀의 팔꿈치에 의해서 밀려난 프로코프는 벌떡 일어섰다. 그는 마치 술에 취한 듯이 이마를 비볐다. 공주는 일어나 앉아서 머리를 가다듬었다. "손 좀 주세요." 그녀는 냉담하게 명령했다. 그녀는 급히 주위를 둘러보고, 그녀의 붉어진 얼굴을 향해 뻗은 그의 늘어뜨린 손을 잡았다. 그녀는 갑자기 그의 손을 뿌리치고, 일어서서 뻣뻣한 태도로 크게 눈을 뜨고 멀리 허공을 바라보았다.

프로코프는 그녀 때문에 좀 당황했다. 그는 그녀에게 다가가고자 했다. 그러나 그녀는 뭔가를 털 듯이 어깨를 신경질적으로 움직였다. 그는 그녀가 입술을 꽉 깨물고 있는 것을 보았다. 그때서야 그는 카슨을 알아보았다. 그는 조금 떨어진 곳에—그러나 이미 구덩이는 아니었다— 등을 대고 누워 있었다. 그는 유쾌하게 푸른 하늘을 바라보고 있었다.

"이제 다 끝났어요?" 그는 누운 채 손가락으로 배를 문지르고 있었다. "저는 그런 것이 너무 무서웠어요. 이제 일어나도 될까요?" 그는 일어나서 개처럼 몸을 흔들었다. "대단한 폭발이었어요." 그는 열광적으로 말했다. 그리고 시치미를 떼고 무심코 공주를 슬쩍 바라봤다.

공주는 몸을 돌렸다. 그녀는 백지장처럼 하얘졌다. 그러나 곧 빈틈없이 자신을 제어했다.

"그게 전부예요?" 그녀는 천연덕스럽게 물었다.

"오 하나님 맙소사." 카슨은 소리쳤다. "그걸로 충분하지 않았단 말인가요? 맙소사, 파우더 한 상자! 이봐요, 당신은 요술사요, 문자 그대로 악마요, 지옥의 왕이나 뭐 그 비슷한 것. 무엇이라고요? 정말로. 물질의 왕. 공주님, 왕을 보세요!"

그는 분명한 암시를 가지고 던졌다. 그리고 또 시작했다. "천재요, 그렇지 않아요? 특별한 사람이에요. 우리는 그저 넝마주의자일 뿐이에요, 맹세코. 그것을 어떻게 이름 지을 건가요?"

망연자실한 프로코프는 다시 정신을 차렸다. "공주님으로 하여금 이름을 짓게 하지요." 그는 말했다. 그는 그렇게 할 수 있는 게 기뻤다. "그것은 그녀의 것이니…"

공주는 몸을 떨었다. "비시트(Vicit)라 명명하세요." 그녀는 이빨 사이로 날카롭게 말했다.

"무엇이라고요?" 카슨이 말을 가로챘다. "아하, 비시트. '승리했다'라는 뜻이지요, 그렇지 않아요? 공주님, 당신은 천재이시군요! 비시트! 대단하십니다. 하하! 만세!"

그러나 프로코프에게는 완전히 다른 어원, 무서운 어원이 떠올랐다. 비티움(Vitium). 죄악(Le vice). 사악. 그는 공포에 사로잡혀 공주를 바라보았다. 그러나 그녀의 굳어진 얼굴에서는 아무런 답도 읽어 낼 수 없었다.

제30장

카슨은 폭발 장소로 달려갔다. 공주는… 아마도 고의로… 뒤로
처졌다. 프로코프는 그녀가 그에게 뭔가 말을 하리라고 생각했
다. 그러나 그녀는 손가락으로 그의 얼굴을 가렸다. 주의, 여기
에…. 프로코프는 재빨리 얼굴을 만져보았다. 그는 그녀의 손톱
으로 인해 피가 난 자국을 찾았다. 그리고 그는 진흙을 가지고 얼
굴을 문질렀다. 마치 폭발로 흙덩어리가 그에게 덮친 것처럼.

폭발이 일어난 구덩이는 약 5미터 폭의 분화구가 생겨났다. 폭
발의 힘을 가늠하기가 어려웠다. 그러나 카슨은 그것이 산소액체
의 폭발보다 5배나 더 크다는 것을 계산해냈다. "멋진 물질이군."
그는 말했다. "그러나 실용적으로 사용하기에는 너무 강력해."

카슨은 대화의 중요한 틈새를 능숙하게 파고들면서 모든 이야
기를 엿들었다. 그는 돌아오는 길에 어느 정도 눈부신 상냥함을
가지고 아직 이것저것을 해야 한다고 명령했다. 프로코프는 지독

한 중압감을 느꼈다. 이제 그는 무엇에 대해 이야기해야 하는가? 뭔가 이상한 이유 때문에 그는 "무서운 힘에 의해서 하늘이 갈라진" 그 폭발이 일어날 그 순간에 있었던 그 신비롭고 어두운 사건을 언급하지 말아야 한다는 느낌을 받았다. 그는 공주가 그를, 누구와 함께… 누구와 함께… 하인처럼 냉정하게 저버린다는 쓰디쓰고 불쾌한 느낌을 삭여야 했다. 그는 주먹을 심술궂게 불끈 쥐고, 뭔가 하잘 것 없는 것들, 승마용 말 같은 것들에 대해 중얼거리기 시작했다. 말이 그의 목구멍에 걸렸다.

공주는 무엇보다도 먼저 성으로 돌아가기 위해 분명히 걸음을 재촉했다. 프로코프는 심하게 다리를 절었다. 그러나 그는 그녀가 눈치채지 못 하게 했다. 공원에서 그는 그녀에게 작별을 하려고 했다. 그러나 공주는 옆길로 돌아섰다. 그는 머뭇거리며 그녀를 뒤따랐다. 여기서 그녀는 어깨로 그를 누르고, 머리를 돌려서 목마른 입술로 그의 입술을 덮쳤다.

공주의 중국산 차우차우 토이는 자기 여주인의 냄새를 맡고는 기뻐서 소리치며 풀밭과 덤불숲을 넘어 그녀에게 날듯이 달려갔다. 그리고 그자가 여기에 있네, 하하! 그러나 이게 무엇이람? 차우차우는 발걸음을 멈추었다. 이 불친절한 거구가 그녀를 흔들고 있네, 그들은 서로 물어뜯고 있네, 말없이 흔들어대며 절망적으로 싸우고 있네. 오호, 그의 여주인이 당했네, 그녀의 팔이 느려 뜨려지고, 신음을 하면서 거인의 팔에 누워 있네. 이제는 그가 그녀를 목 조르고 있네. 토이는 소리치기 시작했다. 개의 언어나 중국어로 "사람 살려! 사람 살려!"

공주는 프로코프의 포옹에서 벗어났다. "이 강아지도, 이 강아지도." 그녀는 신경질적으로 웃었다.

"갑시다!" 프로코프의 머리는 빙글 돌았다. 그는 어렵게 몇 걸음 내딛었다. 공주는 그에게 매달렸다(미친 듯이! 마치 다른 사람인양…). 그를 끌면서, 그러나 그녀의 다리는 힘이 빠졌다.

그녀는 손가락으로 그의 팔을 잡았다. 그녀는 잡아 뜯거나 마시고 싶었다. 그녀는 눈살을 찌푸렸고, 어둠이 눈 속으로 떨어져 내렸다. 그녀가 갑자기 거친 흐느낌과 더불어 그의 입을 찾으며 프로코프의 목으로 달려들어서 그는 넘어질 뻔했다. 프로코프는 팔과 이로 그녀를 으스러뜨렸다. 오랫동안 숨죽이며 포옹했다. 그녀의 육체는 활처럼 빳빳해졌다. 그리고 부드럽게 힘없이 그에게로 넘어졌다. 공주는 눈을 감은 채 그의 가슴에 누웠고, 아무 의미 없는 달콤한 말을 중얼거렸다. 그녀는 자기의 얼굴과 목을 그의 과격한 키스에 맡겼다. 그리고 마치 뭔가에 취한 듯 아무것도 의식하지 못 하고 머리를 돌렸다. 그녀의 머리카락에, 귀에, 어깨에 키스가. 그녀는 마비가 되고, 순종하며, 황홀해져서, 끝없이 상냥해지고, 겸손해지고, 그리고 아마도, 하나님 맙소사, 아마도, 그 순간 표현할 수 없는 행복에 겨워, 무방비의 행복에 젖어들었다. 오 하나님. 그 어떤 미소가, 떨고 있는, 그리고 너무나 아름다운 미소가 조용히 뭔가를 홀짝 마시던 입술에 나타났다.

그녀는 눈을 크게 뜨고 재빨리 그의 팔에서 벗어났다. 그들은 도로로부터 두 발짝 떨어져 있었다. 그녀는 마치 꿈에서 깬 것처럼 두 손으로 얼굴을 훔쳤다. 그녀는 불안하게 뒤로 물러나 참나무 둥치에 이마를 기댔다. 그녀를 자기의 손아귀로부터 풀어주자마자 프로코프의 심장은 부끄러움과 타락의 감정으로 두근거리기 시작했다. "하나님 맙소사, 나는, 나는 그녀의 시종이구나. 아마도 그녀가 제정신이 아닐 때… 그녀가 외로움을 이겨내지 못할 때… 그녀를 흥분시키는, 뭐 그런 짓을 하는 종이구나. 그리고 이제 그녀는 나를 개처럼 발로 차버리는구나, 또다시 그녀는 필요하면 누군가 다른 사람을…"

그는 그녀에게 다가가서 그의 손을 거칠게 그녀의 어깨 위에 놓았다. 그녀는 수줍고 놀라서, 거의 굴욕적인 미소를 띠며 돌아섰다. "아니, 아니에요." 그녀는 손을 비틀면서 속삭이기 시작했다. "제발 이제 그만…"

프로코프의 가슴은 갑자기 상냥함이 넘쳐나기 시작하였다. "언제?" 그는 중얼거렸다. "언제 다시 만날 수 있을까요?"

"내일, 내일." 그녀는 불안해하며 말하고 성을 향해 갔다. "가야 해요. 이제 여기 있을 수 없어요…."

"내일 어디에서?" 프로코프는 강요했다.

"내일." 그녀는 신경질적으로 되풀이하고 추워서 몸을 움츠리고 말없이 걸음을 재촉했다. 성 앞에서 그녀는 그에게 손을 내밀었다. "안녕히."

그녀의 손가락은 아직도 격렬하게 요동쳤다. 그는 자기도 모르게 갑자기 그녀를 자기한테로 잡아당겼다. "그렇게 해서는 안 돼

요, 지금은 안 돼요." 그녀는 속삭이고 그에게 불타는 눈초리로
바라보았다.

비시트 폭발이 일으킨 것보다 더 큰 피해는 없었다. 가까운 바
라크의 몇몇 굴뚝들이 무너지고, 공기의 급작스런 돌진에 의해서
몇몇 창문들이 박살났다. 하겐 공작의 대형 유리창도 부서졌다.
그 순간 절룩거리는 노신사는 일어서는 데 어려움을 겪었다. 그
는 병사처럼 일어서 또 다른 참사를 기다렸다.

어느 날 저녁 식사 후 성에서 손님들이 커피를 마시고 있었다.
거기서 프로코프는 곧 바로 공주를 찾고 있었다. 그는 이제 더 이
상 불타오르는 불확실한 고문을 견딜 수 없었다. 공주는 창백해
졌다. 그러나 유쾌한 삼촌, 론 삼촌은 프로코프를 잡고 훌륭한 업
적 등등을 축하했다. 마침내 오만한 수발스키도 흥미를 가지고
이분이 모든 물질을 폭발시킬 수 있는 게 사실인지 물었다.
"자, 설탕을 예로 들어 보지요." 그는 계속 말했고, 그리고 프로
코프가 이미 세계대전 당시 설탕으로 폭약을 만들었다고 하니 놀
라움을 금치 못했다. 얼마 동안 프로코프는 관심의 중심에 있었
다. 그는 머뭇거리며 모든 질문들에 대답을 했지만 그는 주로 공
주의 도발적인 시선의 의미를 파악하려고 집중했다. 그의 핏빛
비치는 눈초리는 무서운 주의력을 가지고 그녀에게 고정시켰다.
공주는 마치 바늘방석에 앉아 있는 기분이었다.
이제 대화는 다른 것으로 향했다. 프로코프는 아무도 그에게

신경 안 쓰는 것을 느꼈다. 이 사람들은 그가 전혀 이해하지 못하고 전혀 들어본 적도 없는 것들에 대해 큰 관심을 가지고, 암시적으로 서로서로 아주 잘 이해하고 매우 가볍게 이야기를 나누었다. 심지어 공주도 아주 활발했다. 자, 보시다시피 그녀는 당신보다는 이러한 신사들과 수천 배나 더 많은 사교를 하고 있지 않는가. 그는 눈살을 찌푸렸고, 손으로 무엇을 해야 할지 몰랐고, 그에게는 이유 모를 화가 치밀어 올랐다. 그때 그는 커피 잔을 너무 세게 놓아서 잔이 깨져 버렸다.

공주는 공포에 사로잡힌 눈초리로 그를 바라보았다. 매력적인 삼촌 찰스는 손가락으로 맥주병을 깨뜨린 선장 이야기를 꺼내면서 이 상황을 극복했다. 어떤 뚱뚱보 사촌이 자기도 그렇게 할 수 있다고 주장했다. 그래서 여기로 빈 맥주병들을 가져왔다. 한 사람씩 차례로 소동을 피우면서 부수려고 시도해 봤다. 그것은 무거운 검은 유리병이라 깨지지 않았다.

"이제 당신 차례예요." 공주는 프로코프를 재빨리 쳐다보며 말했다.

"저는 할 줄 몰라요." 프로코프는 중얼거렸다. 그러나 공주는 마치 명령이라도 하듯이 눈썹을 움직였다. …프로코프는 일어서서 병목을 잡았고 꼼짝하지 않고 서 있었다. 그는 다른 사람들처럼 힘으로 뒤틀지 않았다. 그러나 얼굴의 근육은 터질 것만 같았다. 그는 마치 작은 막대기로 누군가를 죽이려고 준비하는 원시인 같았다. 그는 씩씩대고 있었고, 입술은 긴장으로 비뚤어지고, 얼굴은 거친 근육으로 갈라지고, 어깨는 비스듬히 처지고, 마치 고릴

라의 공격에 유리병을 흔들어대는 것 같은 자세로 그는 핏빛으로 충혈된 눈으로 공주를 주시했다. 침묵이 흘렀다.

공주는 그에게 눈을 고정시키며 일어섰다. 그녀의 입술은 악물은 치아 위에서 팽팽해졌다. 힘줄이 거무스레한 그녀의 얼굴에 튀어나왔다. 눈썹이 주름지고, 마치 육체적으로 지나치게 힘을 쓰는 것 같이 그녀는 거칠게 숨을 몰아쉬었다. 그렇게 그들은 마치 두 분노한 레슬링선수처럼 일그러진 얼굴로 두 눈을 서로 응시한 채 서 있었다. 발작적인 경련이 그들의 육체 전체로, 머리에서 발끝까지 흘러갔다. 아무도 숨을 쉬지 않았다. 이 두 사람의 거친 헐떡거림 외에는 아무 소리도 들리지 않았다. 그때 뭔가 으드득하는 소리가 들렸다. 유리병이 부서졌고, 병의 밑부분이 바닥에 떨어지는 소리가 들렸다.

맨 먼저 정신을 차린 사람은 우리 삼촌 찰스였다. 그는 좌우로 혼란스럽게 몇 발걸음을 옮기고 공주한테로 달려갔다.

"애야, 애야." 그는 재빨리 속삭이고 숨을 제대로 쉬지도 못하고 거의 기절 상태인 그녀를 소파로 앉혔다. 그는 그녀 앞에서 무릎을 꿇고 온 힘을 다해 그녀가 꽉 쥐고 있는 주먹을 폈다. 그녀의 손바닥에는 피가 흥건했다. 파편들이 그녀의 손바닥에 박혀 있었다.

"공주의 손에서 병을 빼내세요." 공작은 즉각 명령했다. 그리고는 공주의 손가락을 하나씩 펴보려고 했다.

수발로프스키 공작도 정신을 차렸다. "브라보." 그는 소리치고 큰 소리로 칭찬하기 시작하였다. 그러나 그러는 동안 폰 그라운은 아직도 깨진 병을 잡고 있는 프로코프의 오른손을 잡고는 꽉 움켜진 손가락을 폈다. "물을." 그는 소리쳤다. 뚱보 사촌은 당황하며 주위를 살펴보다가, 탁상보에 물을 묻혀서 프로코프의 머리에 얹었다.

"아." 안도의 숨이 프로코프로부터 터져 나왔다. 경련은 끝났다. 그러나 그의 머리는 갑작스런 혈압상승으로 어지러웠다. 그의 다리는 힘이 빠져 떨려서 의자로 미끄러졌다.

삼촌 찰스는 그의 무릎 위에서 비틀린 채 떨고 있는, 땀에 젖은 공주의 손가락을 마사지해 주었다.

"이건 위험한 게임이었어." 그는 중얼거렸다. 그동안 공주는 완전히 피로에 젖어 숨을 겨우 몰아쉬었다. 그러나 그녀의 입술에는 매혹에 젖고 희열이 넘치는 승리의 미소가 전율했다.

"공주님이 그를 도와주었어요." 뚱보 사촌이 소리쳤다. "진짜 그랬어요."

공주는 일어섰지만 거의 움직일 수 없었다. "신사 여러분들, 저를 용서해 주시겠지요?" 그녀는 겨우 말하고, 불타는 눈초리로 프로코프를 주시했다. 그는 누군가가 눈치챌까 봐 공포에 사로잡혔다. 그녀는 삼촌 론에 의존해서 떠나갔다.

자, 이제 프로코프의 성공 같은 것을 축하할 필요가 있었다. 마침내 거기에는 그러한 영웅적인 행위를 지독히 찬양하기만을 좋아했던 선량한 젊은이들이 있었다.

　프로코프가 병을 깨뜨린 것과, 엄청난 양의 포도주와 양주를 퍼 마셨음에도 불구하고 책상 밑으로 쓰러지지 않았다는 것에 대해 그들은 그를 높이 우러러 보게 되었다.

　새벽 3시에 스발스키 공작은 진지하게 그에게 키스를 하고, 뚱보 사촌은 거의 눈에 눈물을 머금고 그에게 말을 놓고 지내자고 했다. 그러고 나서 그들은 의자 위로 오르락내리락하고 온통 무서운 소동을 벌였다. 프로코프는 미소를 지어보였다. 그리고 그는 몽상에 빠졌다. 그러나 그들이 그를 유일한 발틴 성의 창녀들에게 데려가고자 했을 때 그는 그들을 뿌리치고, 그들은 술 취한 짐승이라고 선언하고는 잠자러 갔다.

　그러나 그는 그러한 이성적인 행동을 하는 대신, 어두운 공원을 배회하고, 오랫동안 아주 오랫동안 창문 하나를 찾으면서 성 앞을 살폈다. 홀츠는 열다섯 발짝 떨어져서 나무에 기댄 채 졸고 있었다.

제31장

    그 이튿날 비가 내렸다. 프로코프는 그것 때문에 더 이상 공주를 만나지 않으리라는 생각에 화를 내며 공원을 배회하고 있었다. 그러나 그녀는 맨머리로 빗속으로 달려 나와 그에게로 다가왔다.

    "딱 5분만, 딱 5분만." 그녀는 숨을 몰아쉬며 속삭이고 그의 손에 키스를 하려고 했다. 그러나 그때 그녀는 홀츠를 봤다. "저 자는 누구에요?"

    프로코프는 재빨리 둘러보았다. "누구요?" 그는 벌써 자신의 그림자에 너무나 익숙해졌다. 그래서 그는 그가 늘 그에게 가까이 있는 것을 의식하지 못했다. "그 사람은 저의 경호원이에요, 아시겠어요?"

    공주는 홀츠에게 위엄조의 눈짓을 보냈다. 홀츠는 즉각 파이프를 주머니에 넣고 조금 멀리 몸을 숨겼다.

    "이리 와요." 공주는 속삭이고 프로코프를 정자 속으로 끌어당겼다. 이제 그들은 같이 앉았다. 그러나 키스할 용기를 내지 않았다. 왜냐하면 홀츠가 정자에서 멀지 않은 곳에 비를 맞고 있었기 때문이다.

"손을." 공주는 조용히 명령하고 뜨거운 자신의 손가락으로 상처 나고 엉망이 된 프로코프의 손을 어루만졌다. "내 사랑, 내 사랑." 그녀는 알랑거리듯 말하고 계속했다. "사람들 앞에서는 그렇게 나를 쳐다봐서는 안 돼요. 나는 뭘 해야 할지 몰라요. 기다려요, 기다려요. 언젠가 저는 당신의 목에 뛰어오를 거고, 그럼 그건 스캔들이 되겠지요. 오 하나님!" 공주는 그 생각에 즉각 경악했다.

"당신들은 어제 그 아가씨들을 만나러 갔어요?" 그녀는 갑자기 물었다. "당신은 그렇게 하면 안 돼요. 이제 당신은 제 것이에요. 내 사랑, 내 사랑, 저는 너무나 힘들어요. …왜 말이 없어요? 당신 조심하라고 말하러 왔어요. 삼촌 찰스는 우리들 관계를 벌써 낌새챘어요. …어제 당신 멋졌어요!" 그녀의 말은 너무 초조했다.

"그들은 당신을 계속 감시하나요? 어디든지? 실험실에서도? 오, 바보같이! 어제 당신이 그 유리병을 깼을 때 저는 달려가서 키스해 주고 싶었어요. 당신은 아주 멋지게 화를 내셨지요. 당신은 그날 밤에 목걸이를 어떻게 부셔버렸는지 기억나세요? 그때 저는 당신을 맹목적으로, 맹목적으로 따라갔어요…."

"공주님." 프로코프는 목쉰 소리로 그녀의 말을 가로챘다. "당신은 제게 뭔가를 말해줘야 해요. 그것은… 그 모든 것은 귀족 의성의 변덕인가요? 아니면…"

공주는 그의 손을 놔주었다. "아니면 뭐요?"

프로코프는 절망적으로 그의 두 눈을 그녀에게로 돌렸다. "아니면 그저 저와 장난을 치는 겁니까?"

"아니면?" 그녀는 그를 고문하는 것을 분명히 즐기듯이 말했다.

"아니면 저를… 어떤 정도까지…"

"…당신을 사랑하느냐, 이 말이죠? 들어 봐요." 그녀는 말하고 두 손을 머리 뒤로 가져가서 눈을 반쯤 감고 그를 바라보았다. "만일 한 번이라도 제가 당신에게 사랑에 빠졌다고 느껴졌더라면…. 아시겠어요? 목숨을 걸어놓고, 미친 듯이 정말로 사랑에 빠졌더라면, 그땐 저는 시도했을 거예요…, 당신을 좌절시키려고." 동시에 그녀는 그때 프레미어와 했듯이 혀를 찼다. "제가 만일 당신에게 사랑에 빠진다면 저는 결코 당신을 저버릴 수 없을 거예요."

"당신은 거짓말을 하고 있어요." 프로코프는 화가 나서 소리쳤다. "지금 거짓말을 하고 있는 거예요! 저는 이것이 한낱… 바람둥이 짓일 뿐이라고… 생각하지 않을 수 없어요. 그건 사실이 아니에요!"

"만일 당신이 그것을 아신다면." 공주는 조용히 진지하게 말했다. "왜 당신은 제게 물어보는 거예요?"

"저는 당신이 말하는 것을 듣고 싶어요." 프로코프는 이 사이로 말을 했다. "저는 듣고 싶어요. 당신이… 직접 저에게… 제가 당신에게 무엇인지 말하는 것을. 저는 그것을 직접 듣고 싶어요!"

공주는 머리를 내저었다.

"저는 꼭 알아야 해요." 프로코프는 거칠게 말했다. "그렇지 않으면… 그렇지 않으면…"

공주는 힘없이 미소를 띠었다. 그리고 자기의 손을 그의 주먹 속으로 넣었다. "아니에요. 제발, 물어보지 마세요, 제가 당신에게 말하도록 물어보지 마세요."

"왜요?"

"그땐 당신은 제게 너무 지나친 힘을 가지게 되니까요." 그녀는 조용히 말했다. 프로코프는 기뻐서 몸을 떨었다.

바깥으로부터 홀츠가 고의적으로 하는 기침 소리가 들려왔다. 멀리 덤불 숲 사이로 삼촌 론의 그림자가 희미하게 비쳐왔다.

"저것 봐요, 벌써 찾고 있어요." 공주는 속삭였다. "오늘 저녁에 우리한테 오시면 안 돼요." 서로 잡고 있는 손들은 조용해졌다. 빗소리만 정자 지붕 위에서 들려왔다. 차가운 빗방울들이 그들에게 날아왔다. "내 사랑, 내 사랑." 공주는 속삭이며 얼굴을 프로코프 얼굴 가까이 댔다. "당신은 어떤 사람이에요? 큰 코에, 고약한 성질에, 흉터 덩어리에. …당신은 유명한 과학자라고 하던데요. 왜 당신은 공작이 아니세요?"

프로코프는 성급하게 움직였다.

그녀는 얼굴을 그의 어깨에 비벼댔다. "벌써 화를 내시는군요. 저에게, 당신은 저에게 짐승이라고, 아니 그보다 더 나쁘게 말했지요. 이봐요, 당신은 저에게, 제가 하고 있는 것에, 제가 하고자 하는 것에 자비를 베풀지 못 해요… 내 사랑." 그녀는 조용히 말을 끝내고 그의 얼굴로 손을 뻗었다. 그는 그녀의 입술로 몸을 숙였다. 그들은 후회의 향수 속에서 달콤하게 키스를 했다.

빗소리 속에서 홀츠가 다가오는 발걸음소리가 들렸다.

그것은 불가능해, 불가능해! 하루 종일 프로코프는 슬펐고 어디서 그녀를 만날 수 있을지 염탐했다. "저녁에 우리한테 와서는 안 돼요." 그래, 물론, 당신은 그녀의 상류사회에 속하지 않아. 그녀는 그 귀족적인 건달들 사이에서 보다 더 자유로워. 그건 정말 이상했다. 가슴 깊숙이 프로코프는 실제로 그가 그녀를 사랑하지 않는다고 확신했다. 그는 미친 듯이 질투가 났고, 고문 받았고, 분노와 치욕에 가득 찼다. 저녁에 그는 지금 공주가 즐겁고 자유로운 파티에 참석하여 빛을 발하고 있다는 생각을 하며, 빗속에서 공원을 배회했다. 그는 자신이 마치 빗속으로 내팽개쳐진 초라한 강아지라는 생각이 들었다. 인생에서 가장 고통스러운 것은 야만인 취급을 받는 것이다.

자 이제 나는 이것에 끝장을 볼 거야. 그는 결심했다. 그는 집으로 달려가서 검정 양복을 차려입고, 어제처럼 연회장 흡연실로 들어갔다. 공주는 불행한 모습으로 앉아 있었다. 프로코프를 보자마자 그녀의 가슴은 요동쳤고, 입술은 행복에 겨운 미소로 부드러워졌다. 다른 젊은이들은 그를 친구처럼 환영했다. 삼촌 찰스만 좀 지나치게 정중하게 대했다.

공주의 두 눈은 경고하고 있었다. "조심해요!" 그녀는 거의 말을 하지 않았고 확실히 당황해서 꼼짝하지 않았다. 그러나 그녀는 기회를 잡아 프로코프 손에 구겨진 쪽지를 넘겨줬다. "내 사랑, 내 사랑." 그것은 연필로 큰 글씨로 휘갈겨 써졌다. "무슨 짓을 하는 거예요? 떠나가세요." 그는 쪽지를 짓이겨 버렸다. 아니오, 공주님, 저는 여기 남아 있겠소. 저는 향수 냄새 풍기는 바보들과 함께 당신의 믿을 만한 패거리들을 바라보는 것을 즐길 것이오. 그의 이러한 고집 덕택에 공주는 불타는 눈초리로 그에게 보상을 했다. 그녀는 수발로프스키, 그라운 그리고 그녀의 모든 기사들과 광대짓을 시작했다. 그녀는 사악하고, 잔인하고, 무례하고, 무자비하게 그들을 조롱했다. 이따금 그녀는 빠르게 프로코프에게, 마치 그로 하여금, 그녀가 발을 걸치고 있는 그녀의 추종자들의 육체에 만족을 하고 있는지 묻는 듯이 눈을 돌렸다.

그 신사는 만족하지 않았다. 그는 눈살을 찌푸리고 5분간 은밀한 대화를 나누자고 눈짓을 보냈다. 이에 그녀는 일어서서 그를 어떤 그림 있는 데로 안내했다.

"정신 좀 차려요, 제발 정신 좀 차려요." 그녀는 흥분하며 속삭이고는 발끝으로 일어서서 그의 얼굴에 있는 바로 그 장소에 부드러운 키스를 했다. 프로코프는 이 지독한 미치광이 짓에 놀랐다. 그러나 아무도 보는 사람이 없었다. 늘 합리적이고 슬픈 눈초리로 모든 것을 알아차리는 삼촌 론조차도.

그날은 더 이상 아무 일도 없었다. 하지만 프로코프는 자신의 침대에서 몸을 뒤척이며 베개를 물어뜯었다. 성의 한쪽 궁전에서도 누군가는 밤새 잠을 못 이루었다.

풀이 짙은 향내 나는 편지를 가져왔다. 누구한테서라고 말하지 않았다.

"사랑하는 그대에게." 계속 이렇게 쓰여 있었다. "오늘 저는 당신을 만날 수 없어요. 저는 어떻게 해야 할지 모르겠어요. 우리는 너무나 지나치게 노출되었어요. 제발 저보다 더 이성적이 되세요. (몇몇 줄은 지워졌다.) 당신은 성 앞으로 와서는 안 돼요. 제가 당신에게 달려갈게요. 제발 당신을 지키는 자를 쫓아버리도록 뭔가 조치를 취하세요. 저는 악몽 같은 밤을 보냈어요. 제 모습은 엉망이에요, 당신이, 저는 당신이 저를 보기를 원하지 않아요. 우리에게 오지 마세요. 우리 삼촌 찰스는 벌써 암시를 주셨어요. 저는 그에게 소리치고 그와는 말도 안 해요. 삼촌은 참을 수 없을 정도로 진실을 알고 있어서 화를 내시는 거예요. …내 사랑, 제게 충고 좀 해줘요. 저는 방금 제 방 시녀를 쫓아냈어요. 그녀가 마부랑 사귄다고 사람들이 제게 말해주었어요. 저는 그걸 참을 수 없어요. 그녀가 고백했을 때 저는 그녀의 뺨을 때리고 싶었어요.

그녀는 아름다웠어요, 그녀는 울음을 터뜨렸어요. 저는 그녀의 눈물을 바라보는 것을 즐겼어요. 저는 한 번도 눈물이 그렇게 흐르는 것을 그렇게 가까이 본적이 없었어요. 눈물방울이 고였다가, 재빨리 흘러내리고, 멈추었다가 다른 방울을 따라잡았어요. 저는 울 줄 몰라요. 제가 어렸을 때 저는 얼굴이 붉어질 때까지 소리쳤지만, 그러나 눈물은 흘리지 않았어요. 저는 한 시간 전에 그녀를 쫓아냈어요. 저는 그녀를 저주했어요. 저는 그녀가 내 앞에 있는 걸 견딜 수 없었어요, 당신 말이 맞아요, 저는 사악하고 불같이 화를 내요. 그렇지만 어떻게 그녀가 그따위 짓을 할 수 있어요? 내 사랑, 제발 그녀에게 충고 좀 해줘요. 저는 그녀를 다시 용서할 거에요, 그리고 당신이 원하는 대로 할게요. 다만 저는 당신이 여자가 그런 짓을 하는 걸 용서하는 것을 보고 싶어요. 아시다시피 저는 사악하고 모든 것에 질투를 느껴요. 슬픔 때문에 어떻게 해야 할지 몰라요. 당신이 보고 싶지만 지금은 할 수 없어요. 저에게 편지도 쓰시면 안 돼요. 키스를 보냅니다."

그가 이 편지를 읽을 동안 성의 측면 궁전방에서는 거친 피아노 소리가 들려왔다. 프로코프는 편지를 썼다. "당신은 저를 사랑하지 않는군요. 저는 알고 있어요. 당신은 온갖 변명을 생각해 내는군요, 그리고 당신은 당신 자신과 타협하고 싶어 하지 않는군요. 당신은 당신에게 강요하지 않는 사람을 고문하는 데 지쳤군요. 이제 저는 그것을 달리 이해하게 됐어요. 저는 그것이 수치스러워요. 그리고 당신이 이제 끝내고 싶어 한다는 것을 이해해요. 만일 오늘 오후에 일본 정원으로 오지 않으면 저는 사정이 그런 걸로 알고, 저는 더 이상 당신을 성가시게 하지 않을 것입니다."

프로코프는 안도의 숨을 몰아쉬었다. 그는 연애편지를 쓰는 데 습관이 돼 있지 않았다. 그에게 이 편지는 진지하고 친밀하게 써진 것 같았다. 폴은 달려가서 편지를 전했다. 성의 측면 궁전방에서 나던 거친 피아노 소리는 조용해졌다.

그 순간 프로코프는 카슨한테 달려갔다. 그는 창고에서 그를 만나 곧장 본론으로 들어갔다. 솔직하게 말하는데, 홀츠 없이 돌아다니게 해줄 수 있는지, 그러면 그는 다음에 알려줄 때까지 여기서 도망가는 것을 시도하지 않겠다고 맹세할 거라고. 카슨은 의미심장하게 인상을 썼다. 하지만 확실히, 왜 안 되겠어요? 당신은 새처럼 자유로이 돌아다녀요. 하하. 어디든지 언제든지. 딱 하나 자그마한 것만 해준다면요. 크라카티트를 양보한다면요. 프로코프는 화가 났다.

"저는 당신들에게 비시트를 주었어요. 또 뭘 더 원하세요? 이봐요, 감히 말하건대, 당신이 제 머리를 박살내더라도 크라카티트는 얻을 수 없을 거예요!"

카슨은 어깨를 추스르고 그런 경우 아무것도 해줄 수 없다고 아쉬워했다. 왜냐하면 누구든지 크라카티트를 모자 속에 가지고 다니면, 그자는 공공의 위협이요, 수백 번의 살인자보다 더 무서운 자예요. 그리고 전통적인 방어차원에서 감시 대상이에요. "크라카티트를 버려요. 바로 그거예요." 그는 말했다. "그렇게 하면 당신을 위해서 가치가 있을 거예요. 그렇지 않으면… 그렇지 않으면 우리는 당신을 다른 곳으로 보낼까 생각중이에요."

벌써 싸움이라도 할 듯이 소리를 지르려다가 프로코프는 갑자기 멈추었다. 그는 이해한다고 중얼거리고는 집으로 달려갔다. 아마 거기에 대답이 있을지도. 그는 스스로에게 말했다. 그러나 거기에는 아무 대답도 없었다.

오후에 프로코프는 일본식 정원에서 학수고대를 시작했다. 4시까지 그는 초초하게 희망에 젖어서 숨을 몰아쉬며 기다렸다. 지금, 지금 바로 이 순간에 공주는 와야 해.

4시가 되자 그는 더 이상 앉아 있을 수가 없었다. 그는 철장 속의 표범처럼 정자 속을 왔다 갔다 했다. 그는 그녀의 무릎을 끌어 안고, 황홀감과 공포로 몸을 떨고 있는 자신을 상상해봤다. 홀츠는 예의바르게 숲 속으로 사라졌다.

5시에 프로코프는 무서운 절망의 감정에 빠졌다. 그러나 아마도 그녀는 석양 무렵에 오겠지 하는 생각이 떠올랐다. 그래 석양에는 꼭 올 거야! 그는 자신에게 웃어 보이고 상냥하게 속삭였다.

성 너머로는 가을의 황혼 속에 태양이 지고 있었다. 마른 나무들이 앙상하게 꼼짝하지 않고 서 있었다. 벌레들이 떨어진 잎사귀 위에서 바스락 거리는 소리가 들려왔다. 알아차리기도 전에 밝은 낮의 시간이 황금의 석양으로 바뀌고 있었다. 초록색 지평선에 반짝이는 저녁 별들이 나타났다. 저녁 종소리가 우주에 퍼졌다. 대지는 희미한 하늘 아래에서 어두워진다. 박쥐들의 비상 소리가 들린다. 따뜻한 젖을 가득 채운 소들이 돌아올 때 공원 어디선가 저녁을 알리는 가축들의 풍경소리가 들린다. 성에서는 하나 둘 창에 불이 들어온다. 어떻게 벌써 저녁인가? 하늘의 별들, 야생 백리향의 경이로움에 젖은 소년이 얼마나 자주 그대를 바라보지 않았는가. 그 사람이 얼마나 자주 괴로워하고, 기다리고, 때때로 자기의 십자가 아래에서 흐느끼면서 그대를 향해 몸을 돌리지 않았는가?

홀츠가 어둠 속에서 나왔다. "우리 이제 가야지요?"

"아니오."

치욕의 술잔을 바닥까지 마신다. 왜냐하면, 이봐, 그녀가 오지 않는 것이 확실하거든.

될 대로 되라지. 이제 쓴잔을 밑바닥까지 마실 필요가 있다. 그 밑바닥에는 진실이 있다. 그대를 고통으로 취하게 하고, 고통과 수치를 쌓아올리고, 벌레처럼 비틀어지고 고통으로 망연자실하게 되었다. 당신은 행복 앞에서 온몸을 떨었고, 고통에 자신을 맡겨라, 왜냐하면 그것은 고통 받는 자의 마약이니까. 밤이다. 벌써 밤이다, 그리고 그녀는 오지 않는다.

무서운 기쁨이 프로코프의 가슴을 관통했다. 그녀는 내가 여기서 기다리고 있는 것을 알고 있다. (그녀는 알고 있어야 하니까.) 그녀는 모두들 잘 때 밤에 몰래 빠져나와, 두 팔을 벌리고, 달콤한 키스로 가득한 입술로, 내게로 날아오겠지. 말없이 서로 껴안고, 두 입술로 표현할 수 없는 고백을 마실 테지. 그녀는 오겠지, 어둠속에서도 창백하겠지, 싸늘한 기쁨의 공포로 떨면서, 내게 쓰디쓴 입술을 내밀겠지, 그녀는 칠흑의 밤으로부터 도망쳐 나오겠지….

성에는 불이 꺼진다.

홀츠는 주머니에 손을 넣은 채 정자 앞으로 갑자기 나온다. 그의 피로한 기색이 이렇게 말한다. "이제 이것으로 충분해요." 그러나 정자에 있는 자는 화가 나고 혐오스러운 웃음을 띠고 절망적인 순간에 매달리면서, 최후의 희망의 불꽃을 꺼버린다. 왜냐하면 기다림의 마지막 순간은 모든 것의 끝을 의미하기 때문이다.

멀리 도시에서 자정을 알리는 소리가 들린다. 자 이제 모든 게 끝장이다.

프로코프는 어두운 공원을 지나 집으로 걸음을 재촉한다. 그는 아무 이유 없이 그렇게 서둔다. 얼굴을 숙이고 달린다. 홀츠는 그의 뒤 다섯 발짝 떨어져서 하품을 하며 걸음을 재촉한다.

제32장

모든 것이 끝장났다. 그것은 차라리 다행이다. 아니면 적어도
뭔가 확실하고 의심의 여지가 없다. 프로코프는 옹고집으로 그것
에 끝까지 매달렸다. 좋아, 이제 끝장이야. 이제 아무것도 두려워
할 것은 없다. 그녀는 의도적으로 오지 않았어. 충분해. 그 키스
로 충분해. 이제 끝났어.

그는 안락의자에 앉아서 일어날 수 없었다. 그는 계속해서 자
신의 굴욕에 취했다. 버림받은 종. 그녀는 부끄러워하지 않고, 오
만하고, 무자비하다. 그녀는 분명히 나대신 보다 더 좋은 추종자
에게 손을 내밀었어. 그래, 끝났어, 차라리 더 잘 됐어.

복도에서 나는 발걸음소리마다 프로코프는 고백할 수 없는 흥
분된 기대 속에 고개를 들었다. 아마도 편지일 거야… 아니, 아
무것도. 그녀는 나에게 사과할 가치도 없다고 할 거야. 끝장이 났
어.

폴은 창백한 두 눈에 낡은 질문을 갖고 열 번이나 들락거렸다. "선생님 뭐 시킬 것 있으세요?" "아니오, 폴, 아무것도 필요 없어요." "잠깐만요, 혹 전해줄 편지라도 없어요?" 폴은 머리를 내저었다. "좋습니다. 이제 가도 됩니다."

프로코프는 가슴에서 얼음덩어리를 느꼈다. 이 공허. 만일 문이 열리고 거기에 그녀가 몸소 서 있을지라도 나는 끝장이라고 말할 거야. "내 사랑, 내 사랑." 프로코프는 그녀의 속삭임을 듣는다, 그러나 그는 절망 속에서 버럭 소리를 질렀다.

"왜 당신은 저를 그렇게 모욕했나요? 당신이 시녀였다면, 저는 당신의 오만함을 용서했을 거예요. 그러나 공주는 용서받을 수 없어요. 제 말 알아들어요? 이제 끝장이에요. 끝장이라고요!"

폴이 문을 열었다. "선생님 뭐 시킬 것 있으세요?"

프로코프는 놀라서 잠시 멈추었다. 그러나 마지막 말은 크게 소리쳤다. "아뇨, 폴. 혹 내게 온 편지라도 없어요?"

폴은 머리를 내저었다.

낮은 거미줄에 꼬이듯이 곤란해진다. 벌써 저녁이다. 복도에서 속삭이는 소리가 들려온다. 폴이 기쁨에 젖어 급히 들어온다. "편지, 여기 편지가 있습니다." 그는 승리에 젖어 소리친다. "불을 켜 드릴까요?"

"아니오." 프로코프는 얇은 봉투를 손가락으로 짓이기고, 마치 그 안에 무엇이 있는지 알아내려는 것처럼 친숙한, 자극적인 향을 맞는다. 날카로운 얼음 조각이 그의 가슴 속으로 더 깊이 찌른다. 왜 저녁이 돼서야 쓰는 거야? 왜냐하면 내게 충고만 하고 싶은 거니까. 우리한테로 오면 안 돼요. 바로 그거야. 좋아, 공주, 될 대로 되라지. 만일 끝나면 다 끝장이 나는 거야.

프로코프는 일어나 어둠 속에서 새 봉투를 찾아서 그 속에 개봉하지 않은 그녀의 편지를 넣었다. "폴, 폴. 이거 공주 마마께 즉각 갖다드려요."

폴이 방을 떠나가자 말자 그는 그를 다시 부르고 싶었다. 그러나 이미 늦었다. 프로코프는 그가 방금 한 짓은 되돌이킬 수 없는 절망적이라는 것을 알았다. 모든 것은 끝장났다. 그때 그는 침대에 몸을 던져 자기 의지에 반해, 입으로부터 나오는 뭔가를 베개에서 질식시킬 것만 같았다.

아마도 폴을 통해 위험을 느낀 크라프트가 왔다. 그는 수단과 방법을 다해서 심하게 상처받은 사람을 위로하고 달래려고 노력했다. 프로코프는 위스키를 가져오라고 요구했다. 그는 그것을 마시고 억지로 자신을 되찾았다. 크라프트는 소다수를 조금 마시고 비록 그의 열렬한 이상주의에 반대하는 것일지라도 그의 모든 말에 동의했다. 프로코프는 저주를 퍼붓고, 자신을 책망했다. 그는 마치 모든 것을 저주하고, 침을 뱉고, 짓밟고, 파괴함으로써 기분을 풀듯이 거칠고 저속한 표현을 마구 해댔다. 그는 온갖 저주와 끔찍한 말들을 토해내면서 음란한 말들을 입에 가득 담고 여자들의 오장육부를 뒤집어놓고, 가장 혹독한 말로 그것들을 모욕했다. 그것들은 보통 전혀 입에 담을 수 없는 것들이었다.

크라프트는 공포로 식은땀을 흘리며 격분한 천재를 설득하려고 노력했다. 그러나 프로코프는 너무나 흥분해서 지쳐 버렸고, 침묵하며 우울해졌다. 그래서 그는 몸에 해가 될 정도로 지나치게 많이 마셔 버렸다. 그후 그는 옷을 입은 채 침대에 누워서 보트처럼 흔들면서 눈을 크게 뜨고 빙글빙글 도는 어둠을 주시했다.

이튿날 아침, 그는 일어나서 이성을 차리지 못 하고 혐오감을 가지고 실험실로 영원히 이사를 가버렸다. 그러나 그는 아무것도 안 하고, 방 안을 배회하고, 앞에 있는 스펀지를 발로 걸어찼다. 그때 그에게는 뭔가 특별한 생각이 떠올랐다. 그는 좀 더 큰 재난이 일어날 것을 기대하면서 무시무시하고 불안정한 폭약을 혼합해서 책임자한테 보냈다. 그러나 아무것도 일어나지 않았다. 그는 소파에 몸을 던지고 방해 없이 36시간을 잤다.

그는 완전히 다른 사람이 되어 일어났다. 그는 냉정해지고, 진지해지고, 그의 몸은 굳어졌다. 그는 이전에 일어났던 것에 완전히 냉담해졌다. 그는 다시 고집스럽게, 조직적으로 폭발적인 원자의 분열에 대한 연구에 몰두했다. 그는 이론적으로 너무나 무시무시한 결론에 이르렀다. 그는 자기의 결론으로 우리가 살고 있는 환경 속에서 얼마나 끔찍한 에너지가 내재되어 있는지 깨닫자, 공포로 인하여 머리의 머리카락이 모두 곤두세워지는 것을 느꼈다.

이러한 계산의 한가운데에서 그는 순간적으로 불안에 휩싸였다. 아마 나는 피로한가 보다. 그는 자신에게 말했다. 그리고 그는 모자도 쓰지 않고 잠시 밖으로 나갔다. 그는 어디로 가는지 의식도 없이 자기도 모르게 자동으로 계단을 내려가, 지난번의 그 귀빈실로 향한 복도를 따라갔다. 폴은 늘 앉아 있던 그 소파에 없었다. 프로코프는 안으로 들어갔다. 그곳에는 모든 것이 그가 떠나왔을 당시 그대로 있었다. 그러나 공기 속에는 익숙한, 강한 공주의 향수 냄새가 났다. "말도 안 돼." 프로코프는 생각에 잠겼다. "무슨 기미나 뭐 비슷한 거겠지. 아마 나는 실험실의 강한 냄새를 너무 오래 맡았는가 보다." 좌우간 그것은 그를 고통스러울 정도로 성가시게 했다.

그는 잠시 앉아서 의혹에 잠겼다. 아, 이 모든 것이 얼마나 먼 이야기가 되어 버렸는가. 성 안은 조용했다. 오후의 정적이다. 여기 뭔가 변한 것이 있는가? 그는 복도에서 나는 희미한 발걸음 소리를 들었다. 아마 폴이겠지. 그는 밖으로 나갔다.

그것은 공주였다.

놀라움과 거의 공포가 그녀를 벽 쪽으로 내몰았다. 이제 그녀는 거기에서 눈을 크게 뜨고 죽은 사람 얼굴처럼 창백해졌다. 그녀의 입술은 고통으로 일그러졌다. 산호색깔을 띤 그녀의 잇몸살이 드러났다. 그녀는 귀빈실에서 무엇을 찾고 있단 말인가? 아마도 수발로프스키한테 가겠지. 프로코프에게는 갑자기 그런 생각이 떠올랐다. 그리고 그의 내부에 뭔가가 얼어붙었다. 그는 그녀에게 몸을 맡기듯이 한발 앞으로 내디뎠다. 그러나 그대신 그는 목으로부터 이상한 소리를 내뱉었다. 그는 바깥으로 달려 나갔다. 그를 잡아채는 손이 있었던가? 돌아봐서는 안 돼! 도망가, 도망가, 여기서부터 멀리!

성 너머 멀리, 사격장 모래밭 한가운데서 프로코프는 진흙과 돌에 얼굴을 파묻었다. 왜냐하면 거기에는 오직 수치—저주의 고통보다 더 큰 아픔—만이 있었기 때문이다. 거기서부터 10발짝 멀리 심각하고 집중에 몰두한 홀츠가 앉아 있었다.

이어서 온 밤은 후덥지근하고 숨이 막힐 듯하고 특별히 거무칙칙했다. 곧 비바람이 몰아칠 것 같았다. 그러한 순간에 사람들은 이상하게 짜증이 났고, 자신의 운명에 대해 무엇을 해야 할지 몰랐다. 왜냐하면 때가 좋지 않았기 때문이다.

11시경 프로코프는 실험실 문을 박차고 나와서 졸고 있는 홀츠를 의자로 몇 번인가 내리쳤다. 그리고 그로부터 도망쳐서 어둠 속으로 사라졌다. 공장 정거장 근방에서 두 발의 총성이 들려왔다. 지평선 아래로 불빛이 기분 나쁘게 번쩍거렸다. 그리고 곧 더 어두워졌다. 그러나 입구 쪽 담벼락 꼭대기에서 날카로운 하늘색 탐조등이 비치고, 정기장 둘레를 따라가며, 열차들, 램프들, 석탄 더미들을 비쳤다. 그리고 이제 지그재그로 달리다가 땅에 넘어졌다가 어둠 속으로 사라진 검은 형체를 비췄다. 그 형체는 바라크 사이를 지나 공원으로 들어갔다. 몇몇 사람들이 그를 따라 갔다. 탐조등이 다시 성을 향했다. 다시 두 발의 경고 사격이 있었다. 도망가는 형체는 덤불 숲 속으로 사라졌다.

그후 바로 공주의 창문이 덜커덕거렸다. 공주는 뛰어 올라 창문을 열었다. 그 순간 구겨진 종이로 싼 돌이 날아 들어왔다. 한쪽 면에는 연필로 쓴 알아볼 수 없게 써졌고, 다른 면에는 빡빡하게 작게 쓴 글씨가 적혀 있었다.

공주는 옷을 걸쳤다. 그러나 그 순간 벌써 연못 뒤에서 총성이 들려왔다. 소리로 봐서 진짜 총소리 같았다. 공주는 굳어버린 손가락 때문에 옷 단추를 잠그는 데 머뭇거렸다. 그동안 멍청한 여우같은 하녀는 총소리를 듣고 공포에 사로잡혀 이불 밑에서 떨고 있었다. 그러나 공주는 나가기 전에 벌써 창을 통해서 바깥을 바라보았다. 두 병사가 검은 형체를 끌고 가고 있었다. 그는 사자처럼 으르렁대며 그들을 떨쳐 버리려고 발버둥치고 있었다. 그럼 그자는 상처를 입지 않았구나.

지평선에서만 황금색 불꽃이 넓게 번쩍거렸다. 그러나 잦아지는 폭풍우는 아직 끝나지 않았다.

술이 깬 프로코프는 급히 실험실 일에 매진했다. 아니면 적어도 자신을 스스로 그렇게 하도록 강제했다. 그 직전에 카슨은 그로부터 떠나갔다. 그는 냉엄하게 화가 나서, 모든 것으로 볼 때 프로코프 씨는 보다 더 안전한 곳으로 옮겨가야 한다고 확실하게 선언했다. 이러한 선의를 받아들이지 않는다면 더 나쁘게 될 것이다. 하지만 모든 게 마찬가지다. 이제 아무것도 관계가 없게 됐다. 실험튜브가 프로코프의 손가락들을 작살냈다.

현관에서 홀츠가 머리에 붕대를 매고 쉬고 있었다. 프로코프는 그에게 상처를 입힌 대가로 돈을 주려고 했다. 그러나 그는 받지 않았다. 아, 그가 원하는 대로 하도록 놔둬야지. 그는 다른 곳으로 보내졌다. 될대로 되라지. 빌어먹을 실험튜브들! 하나씩 하나씩 부셔버렸다.

현관에서는 마치 누군가가 꿈에서 깨어나듯이 바스락거리는 소리가 났다. 아마도 또 다시 누군가가 오는가 보다. 크라프트이거나 누구겠지. 프로코프는 버너로부터 몸도 돌리지 않았다. 그때 문이 열리는 소리가 들려왔다. "내 사랑, 내 사랑." 문으로부터 속삭임이 들려왔다. 프로코프는 휘청거리면서 테이블을 잡고, 마치 꿈속에서처럼 몸을 돌렸다. 공주가 문에 기대 서 있었다. 창백한 모습으로 두 눈을 우울하게 고정시키고, 손으로 마치 뛰는 가슴을 억누르듯이 누르고 있었다.

그는 온몸을 떨며 그녀에게로 다가갔다. 그는 이게 그녀인지 믿지 못하겠다는 듯이 손가락으로 그녀의 이마와 어깨를 만져봤다. 그녀는 떨고 있는, 싸늘한 손가락을 그에 입에 댔다. 그녀는 문을 열고 현관을 바라보았다. 홀츠는 자리를 비워 줬다.

제33장

그녀는 굳어버린 듯이 소파에 앉았다. 무릎은 턱밑에 괴고, 그녀의 머리카락은 얼굴위로 늘어뜨려지고, 양손은 마치 경련이 일어난 듯이 목을 휘감고 있었다. 그는 자기가 한 것을 두려워하며 그녀의 머리를 뒤로 젖히고, 무릎에, 양손에, 머리카락에 키스를 하고, 바닥으로 끌어내려서 애원과 애무를 퍼붓기 시작했다. 그녀는 보지도 듣지도 않았다. 그에게, 그녀는 그가 만질 때마다 혐오로 온 몸을 떠는 것 같았다. 그녀의 머리카락은 불안에 젖어 그의 이마에 달라붙었다. 그는 급수전으로 달려가서, 머리를 흐르는 찬 물줄기에 적셨다.

그녀는 조용히 일어나서 거울 앞으로 갔다. 그는 그녀를 놀라게 하려고 조용히 발끝으로 다가갔다. 그러나 거울 속에서 그녀가 거칠고, 무섭고, 절망적으로 추한 표현을 지으며 자신을 바라보고 있었다. 그는 공포에 사로잡혔다. 그녀는 뒤로 돌아서 그에게 달려들었다.

"제가 추하게 보이지 않아요? 제가 당신에게 혐오스럽지 않아요? 제가 무슨 짓을 저질렀죠? 제가 무슨 짓을 저질렀어요?" 그녀는 얼굴을 마치 숨기기라도 하듯이 그의 가슴에 묻었다. "저는 어리석어요, 아시다시피? 저는, 당신이 환멸을 느끼고 있다는 것을 알고 있어요, 알고 있어요. 그러나 당신은 저를 경멸해서는 안 돼요. 아시겠어요?" 그녀는 회개하는 소녀처럼 그의 얼굴로 파고들었다.

"당신은 도망가지 않겠지요? 당신이 원하는 것, 무엇이든지 가르쳐 주면 저는 모든 것을 할 거에요. 아시겠어요?, 마치 당신의 아내처럼. 내 사랑, 내 사랑, 제게 생각할 여유를 주지 마세요. 저는 생각하게 되면, 무서워지면, 저는 다시 못된 사람이 될 거예요. 제가 뭘 생각하고 있는지 상상도 못 할 거예요. 아니, 지금 저를 가만 버려 두지 마세요…." 그녀의 떨고 있는 손가락들은 그의 목을 애무했다. 그는 그녀의 머리를 들고 황홀경에 빠져, 가능한 모든 것을 중얼거리며 그녀에게 키스를 퍼부었다. 그녀는 다시 얼굴이 붉어지고 아름다워졌다.

"제가 추하지 않아요?" 그녀는 키스를 하는 동안 행복에 겨워 망연자실하며 속삭였다. "저는 오직 당신을 위해서 아름다워지고 싶었어요. 아시겠어요, 왜 제가 여기 왔는지요? 저는 차라리 당신이 저를 죽이기를 기다렸어요."

"만일 당신이." 프로코프는 그녀를 팔에 안고 흔들면서 속삭였다. "만일 당신이 무엇이 일어날지 알았다면, 당신은 여기 올 수 있었을까요?"

공주는 머리를 끄덕였다. "저는 무서워요, 아시겠어요? 당신이 저에 대해서 어떻게 생각했는지요! 그러나 당신이 생각하도록 놔두지 않을 거예요." 그는 그녀를 꼭 안고 들어올렸다. "아니에요. 아니에요." 그녀는 간청하고 자신을 방어했다. 그러나 그녀는 눈물에 젖은 달콤한 손가락으로 그의 무거운 이마의 더벅머리를 쓰다듬으면서 속삭였다. "내 사랑, 내 사랑." 그녀는 그의 얼굴에 습기 찬 숨을 내쉬었다. "당신이 요 며칠 동안 저를 얼마나 고문시켰나요! 당신은 저를…?" 그녀는 "사랑하세요?"라는 말을 맺지 못했다.

그는 열정적으로 동의했다. "그리고 당신도?"

"예, 사랑해요. 당신은 이미 알고 있잖아요. 당신은 당신이 어떤지 알고 있어요? 당신은 가장 아름다운 큰 코를 가지고 있어 괴물 같아요. 당신은 성 버나드처럼 눈에 핏발이 섰어요. 그건 일 때문이에요? 만일 당신이 왕자였다면 그렇게 사랑스럽지 않았겠죠? 아 이제 그만해요!"

그녀는 그의 품에서 빠져나와 머리를 빗으러 거울 앞으로 갔다. 그녀는 거울 앞에서 허리를 많이 굽혀서 우아한 절을 했다. "이것이 공주예요." 그녀는 자기 모습을 가리키며 말했다. "그리고 여기에." 그녀는 무미건조하게 덧붙이고 손가락을 자기 가슴으로 가져갔다. "당신의 여자가 있어요. 당신, 마치 공주를 가지고 있다고 생각하지 않으세요?"

프로코프는 갑자기 뭔가를 칠 자세를 취했다. "그건 무슨 뜻에요?" 그는 소리를 지르고 주먹으로 책상을 내리쳐서 유리가 박살났다.

"당신은 선택해야 해요, 공주 또는 여자 중에서. 당신은 공주를 소유할 수 없어요, 당신은 멀리서 그녀를 숭배해야 해요, 그러나 그녀의 손에 키스해서는 안 돼요, 당신은 그녀가 당신을 사랑하는지 그녀 앞에서 물어봐도 안 돼요. 공주는 그렇게 하는 게 금지되어 있어요. 그녀는 수천 년간 순수혈통을 가지고 있어요. 우리들은 오래 전부터 군주였다는 것을 모르세요? 아하, 당신은 아무것도 모르는군요. 당신은 적어도 공주가 수정 산에 있고 거기에는 도달할 수 없다는 것을 알고 있어야 해요. 그러나 당신은 이 평범한 여자를, 이 보통의 갈색피부의 처녀를 소유할 수는 있어요. 자, 손을 뻗쳐요, 이 여자는 당신의 것이에요. 마치 어떤 물건처럼요. 자, 그러니 그 둘 중 원하는 것 하나를 선택하세요."

프로코프는 다시 경직되었다. "공주님." 그는 심각하게 말했다. 그녀는 그에게 다가가 그의 얼굴에 진지하게 키스했다. "당신은 제 것이에요, 아시겠어요? 당신은 제 사랑이에요! 자 보시다시피 당신은 공주를 소유한 거예요. 자 그러니 당신은 공주를 소유하고 있으니 자랑스러워 해야지요? 아시다시피, 공주가 누군가로 하여금 하루이틀 내로 허세를 부리도록 결단을 내려 하는 게 얼마나 무서운지요! 이틀 내로, 이주 내로. 공주조차도 그게 영원히 지속되도록 요구할 수 없어요. 저는 알고 있어요, 저는 알고 있어요. 당신이 저를 본 첫 순간부터 저는 당신이 공주를 원했다는 것을 알고 있었어요. 분노로부터, 남성다운 과대망상으로부터, 또는 뭐 그와 비슷한 것, 그렇지 않아요? 당신은 저를 원하는 만큼 그렇게 저를 저주했어요. 그리고 저는 당신에게 달려갔어요. 당신이 그것이 저를 우울하게 한다고 생각하세요? 그 반대로 저는 제가 그렇게 한 것이 자랑스러워요. 그것은 굉장하지요, 그렇지 않아요? 곤두박질칠 정도로 자신의 품위를 떨어뜨린다는 것, 공주가 된다는 것, 숙녀가 된다는 것, 그리고 오게 된다는 것… 스스로 오게 된다는 것…"

프로코프는 그녀의 말에 아연실색했다. "그만." 그는 간청하고 그녀를 그의 떨고 있는 팔로 끌어 안았다. "나는 당신과는 동등하지 않아요… 태생이…"

"무슨 말씀을 하시는 거예요? 동등? 당신이 공작이었다면 제가 당신에 갔을 것이라고 생각한단 말입니까? 오, 당신은 제가 당신을 동등하게 대하기를 원했더라면, 저는 당신에게… 이렇게… 올 수 없었을 거예요." 그녀는 맨팔을 내밀면서 소리쳤다. "그것이 바로 크나큰 차이에요, 그걸 이해하시겠어요?"

프로코프의 손은 아래로 처졌다. "그렇게 말해서는 안 돼요." 그는 뒤로 물러서면서 이빨 긁는 소리를 냈다.

그녀는 그의 목에 매달렸다. "내 사랑, 내 사랑. 제가 말하도록 내버려두세요! 제가 당신에게 뭔가를 책망하나요? 저는… 홀로 왔어요. …왜냐하면 당신은 도망을 가고 싶어 하든지 아니면 자살하려고 했기 때문이에요. 저는 모르겠어요, 아마도 모든 처녀들이 똑같이… 당신은 제가 그렇게 해서는 안 된다고 생각하세요? 말 좀 해봐요! 제가 잘못했나요? …아시다시피." 그녀는 공포에 사로잡히면서 말했다. "아시다시피, 당신은 또한 그것을 이해하지 못 해요!"

"잠깐 기다려요." 프로코프는 소리쳤다. 그는 그녀의 포용에서 벗어나 큰 발걸음으로 방을 왔다 갔다 했다. 갑작스런 희망이 그를 눈멀게 했다. "당신은 저를 믿어요? 당신은 내가 뭔가 하는 것을 믿어요? 저는 지독하게 열심히 연구할 수 있어요. 저는 영광 같은 것은 생각해 본 적이 없어요. 그러나 만일 당신이 원한다면… 저는 온 힘을 다해 일할 거예요! 아시겠어요? 공작들이 다 원의 관을 메고 무덤에 갔어요. 당신이 원한다면 저는 할 수 있어요. 저는 어마어마한 것을 해낼 수 있어요. 저는 지구의 표면을 변화시킬 수 있어요. 제게 십년만 주세요. 당신은 알게 될 거에요. 알게 될 거에요…."

그녀는 그의 말을 듣지 않고 있는 것 같았다. "만일 당신이 왕자였다면, 제가 당신을 바라보는 것으로 충분했을 거예요. 당신에게 손을 내미는 것으로, 당신은 알았을 거예요, 당신은 믿었을 거예요, 당신은 의심할 필요가 없어요, …그것을 당신에게 증명 해드릴 필요가 없어요. …그럼 저는 얼마나 끔직할까요, 아시겠어요? 십년이라고요! 당신은 십일 간이라도 저를 믿고 기다릴 수 있겠어요? 도대체 십일이라도! 당신도 십분도 참아내기 힘들 거예요. 십분 내로 당신은 우울해지고, 내 사랑, 당신은 공주가 벌써 당신을 원하지 않는다고, …화를 낼 거예요. 왜냐하면 저는 공주이고 당신은 왕자가 아니기 때문예요. 아시겠어요? '당신은 미쳤고 불쌍하다'고 증명해 봐요. 할 수만 있다면 '제가 당신을 설득한다'는 것을 증명해 봐요, 당신의 증명은 어느 것도 위대하지 않아요, 어떤 치욕도 충분히 인간적이지 않아요. '저로 하여금 그들의 뒤를 따르라고, 제 자신을 내놓으라고, 다른 어떤 처녀보다 더 많은 것을 하라'고 하세요. 저는 모르겠어요. 이제 저는 무엇을 해야 할지 몰라요! 저는 이제 당신과 무엇을 해야 하죠?" 그녀는 그에게 다가가서 입술을 내밀었다. "자, 당신은 저를 십년간 믿고 기다리겠어요?"

그는 흐느끼면서 그녀를 거칠게 포옹했다. "벌써 이렇게 됐군요." 그녀는 속삭이고 그의 머리를 쓰다듬었다. "자, 당신은 또 사슬을 잡아당기고 있군요, 그렇지 않아요? 제가 변하지 말라고… 제가 이전처럼 변하지 말라고요. 내 사랑, 내 사랑, 저는 알아요, 당신이 저를 놓아줄 거라고." 그녀는 그의 팔에 안겼다. 그는 그녀를 들어 올려 꼭 다문 입을 강제로 열었다.

그녀는 눈을 감은 채, 거의 숨을 멈추고 꼼짝도 하지 않았다. 프로코프는 그녀에게 얼굴을 기울였다. 그는 답답한 가슴을 가지고 불같이 달아오르고 긴장된 그녀의 얼굴에 나타난 예측할 수 없는 평화를 찾았다. 그녀는 마치 꿈속에서처럼 그의 품에서 벗어났다. "저 수많은 병들로 무엇을 하세요? 저것들은 독약이에요?" 그녀는 선반과 용기들을 살펴보았다. "저에게 독약 좀 주세요."

"왜요?"

"그들이 여기서 저를 데려갈 때를 대비해서요."

그녀의 심각한 얼굴 표정에 그는 불안해서 그녀를 즐겁게 하기 위하여 그는 정제한 분필가루를 작은 상자에 재서 넣었다. 그러나 이미 그녀는 스스로 비소결정체를 잡았다. "그거 손대지 마!"

그는 소리쳤다, 그러나 그녀는 벌써 그것을 핸드백에 넣었다.

"자, 이제 당신은 위대한 인물이 될 수 있겠지요." 그녀는 숨을 내쉬면서 말했다. "아시다시피, 저는 그것은 상상도 못 했어요. 당신이 말하기를, 공작들이 다윈의 관을 메고 묘지로 갔다고 했지요? 어떤 공작들이었어요?"

"글쎄, 그거 상관없어요."

그녀는 그의 얼굴에 키스를 했다. "당신은 내 사랑이에요! 어떻게 그게 상관없단 말입니까?"

"글쎄 아마도… 영국 공작들 그리고 데본가문의 공작들이겠지요." 그는 중얼거렸다.

"정말로요!" 그녀는 생각에 잠겼다가 이맛살을 찌푸렸다. "과학자들이 그렇다는 것을 저는 상상도 못 했어요…. 당신은 제게 그저 그것을 지나가는 말처럼 했잖아요. 자, 말해 봐요!" 그녀는 마치 새로운 물건이라도 되듯이 그의 가슴과 어깨를 만졌다. "그리고 당신도, 당신도 또한 그렇게 할 수 있어요? …정말이에요?"

"글쎄요, 제 장례식을 기다려 봐요."

"아하, 그것이 만일 아주 빨리 왔으면." 그녀는 얼빠진 사람처럼 순진한 잔인함을 가지고 말했다. "만일 당신이 영광스러우면 당신은 매우 아름다울 거예요. 당신의 어떤 점이 저한테 가장 마음에 드는지 아세요?"

"모르겠어요."

"저도 몰라요." 그녀는 생각에 잠겨 말하고 그에게 돌아서서 키스를 했다. "이제 저는 몰라요. 지금, 당신이 누구인지 당신이 무엇인지…" 그녀는 무력하게 어깨를 추슬렀다. "그것은 영원히 그럴 거예요, 아시겠어요?"

프로코프는 이러한 무모한 일부일처 사상에 아연했다. 그녀는 그의 앞에 서서, 푸른 여우털 숄로 감싸고 황혼 속에서 반짝거리고 부드러운 눈으로 그를 바라보았다. "오." 그녀는 갑자기 숨을 몰아쉬고는 의자의 가장자리를 잡았다. "제 발이 떨려요." 그녀는 순진하게 부끄러움도 없이 자기 다리를 어루만지고 주물렀다. "앞으로 저는 어떻게 말을 타고 다니지요? 오세요, 내 사랑, 오늘 저를 만나러 오세요. 우리 삼촌 찰스는 오늘 안 계실 거예요. 그리고 만약 있으셔도… 이제 제게는 마찬가지예요." 그녀는 일어서서 그에게 키스를 했다. "잘 있어요."

그녀는 문에서 멈추어 서서 머뭇거리다가 그에게 되돌아왔다. "제발, 저를 죽여 주세요." 그녀의 팔은 축 처졌다. "저를 죽여 주세요!"

그는 손바닥으로 그녀를 잡아당겼다. "왜?"

"제가 여기서 떠나지 않기 위해서요, …그리고 이제 다시는 여기에 와서는 안 되니까요."

그는 그녀의 귀에 대고 속삭였다. "…내일?"

제34장

그가 저녁 파티에 왔을 때 종일 무엇이 일어날지 알지도 못하고, 그는 너무나 긴장한 나머지 그녀가 얼마나 아름다운지 알아보지 못할 정도였다. 그녀는 질투 때문에 자신의 머리부터 발끝까지 훑어보는 그의 시선을 느꼈다. 그녀는 기쁨으로 발개져서 다른 사람들에게 신경 쓰지 않고 그에게 시선을 쏟아 부었다.

거기에는 드헤몬이라고 하는 외교관인지 뭐 그와 비슷한 신사인 다른 손님이 있었다. 몽골 사람의 얼굴을 하고, 자주색 입술에다가, 주위에는 짧은 검은 수염이 나 있었다. 이 신사는 화학에 정통했고, 베케렐, 플랑크, 닐스 보르, 밀리칸 그리고 다른 화학자들의 이름을 꿰고 있었다. 그는 논문을 통해서 프로코프를 알고 있었고 그의 과업에 지대한 관심을 가지고 있었다. 프로코프는 이것에 자신의 관심을 돌리고 말이 많아졌다. 그는 잠시 공주를 바라보는 것을 잊어버렸다. 그래서 그는 탁상 밑으로 정강이에 한방 맞았다. 그는 벌떡 일어났다가 다시 조용히 앉았다. 게다가 그는 열렬한 질투의 시선을 받았다. 그 순간 그는 수발로프스키 왕자로부터 받은, 사람들이 계속해서 이야기하는 에너지가 무엇인지 같은 어리석은 질문에 대답을 해야 했다.

그는 설탕 그릇을 들고 그것을 마치 공주에게 던지기라도 할듯이 화난 얼굴로 공주를 바라보았다. 그리고는 그는 여기에 담겨 있는 모든 에너지를 동시에 발산시키면 몽블랑과 샤모니를 공기 중으로 날려버리기에 충분하다고 설명했다. 그러나 그러한 일은 일어나지 않았다,

"당신은 그것을 해낼 것입니다." 드헤몬은 확신에 차서 진지하게 선언했다.

공주는 온 몸을 책상 너머로 굽혀서 물었다. "무슨 말씀을 하시는 거예요?"

"이 분이 해낸다고요." 드헤몬은 아주 단순한 확신을 가지고 되풀이 말했다.

"그것 보라니까요." 공주는 매우 큰소리로 말했다. 그녀는 승리감에 젖으면서 자리를 잡고 앉았다. 프로코프는 얼굴을 붉히고 그녀를 감히 바라보지 못했다.

"만일 그 사람이 그것을 해내면." 그녀는 간절히 갈구하듯이 물었다. "그는 지독히 유명해지겠지요? 다윈처럼요?"

"만일 그분이 그것을 해낸다면." 드헤몬은 주저없이 말했다. "아마 왕들이 그의 관을 메고 가는 것을 영광으로 생각할 것입니다. 만일 아직도 왕들이 있다면요."

"말도 안 돼." 프로코프는 중얼거렸다. 그러나 공주는 말로 표현할 수 없는 기쁨에 젖었다. 그는 세상의 무슨 일이 일어날지라도 그녀를 바라보지 않을 것이다, 그는 당황해서 온통 얼굴이 붉어져서 중얼거렸고, 당황하여 손가락으로 설탕 덩어리를 부수었다. 마침내 그는 용기를 내어 두 눈을 들었다. 그녀는 그를 똑바로 사랑이 넘치는 무서운 눈초리로 그를 바라보았다.

"당신은 저를…?" 그녀는 책상 너머로 그에게 목소리를 낮추어 말했다. 그는 너무나 잘 이해했다. '당신은 저를 사랑하세요?' … 그러나 그는 마치 못들은 척 하며 즉각 탁상보를 바라보았다. 하나님 맙소사, 이 아가씨는 미쳤거나 아니면 의도적으로 뭔가를 원하는 거야.

"당신은 저를…?" 책상을 너머로 보다 더 크게, 그리고 보다 더 급박하게 소리가 들려왔다. 그는 재빨리 머리를 끄덕이고 기쁨으로 가득 찬 눈초리로 그녀를 바라보았다. 다행히도 일반적인 대화 속에서 아무도 알아듣지 못했다. 오직 드헤몬 씨만 너무나 신중하고 얼빠진 표정을 지었다.

대화가 여기저기서 꽃을 피우고 있었다. 그때 갑자기 아마도 모든 것을 잘 알고 있는 드헤몬 씨가 폰 그라운 씨에게 13세기부터 시작된 자신의 가문 이야기를 시작했다. 공주는 커다란 흥미를 가지고 그 이야기에 귀를 기울였다. 여기서 새 손님이 거리낌 없이 그녀의 조상에 대해 일장연설을 해댔다.

드헤몬 씨가, 첫 하겐이 에스토니아에서 남작의 가문을 시작했고, 남작은 거기서 누군가를 살해했고, 유전학 연구자가 가지고 있는 정보는 그것이 전부였다고 1007년도까지 이야기하자 공주는 소리쳤다. "충분해요."

그러나 드헤몬 씨는 이야기를 계속했다.

"이 하겐 또는 캄스크 지역 습격 당시 포로로 잡힌 외팔이 아겐은 틀림없이 타타르족 왕자였습니다.

페르시아 역사가 투르크만, 우즈벡, 사르트와 키르키즈의 왕인 기우 칸의 아들인, 칸 아간에 대해 언급하고 있습니다. 그 왕은 또한 정복자 리타이-칸의 아들인 바이부스의 아들입니다. 이 리타이 황제는 중국의 연대기에 의하면 투르크만, 중가르, 알타이와 서 티베트의 통치자였습니다. 그는 오천 명을 살해하고 불태워버렸습니다. 그중에는 중국 통치자도 있었습니다. 그는 젖은 밧줄로 그의 목을 하도 오래 감아서 목뼈가 호두같이 부셔져 버렸습니다. 리타이의 조상에 대한 더 이상은 알려진 것이 없습니다.

아마도 라사 고문서도서관에 들어갈 수 있으면 좀 더 알아내겠지만요. 몽골식으로 봐도 조금 이상한 녀석인 그의 아들 와이부스는 카라 부탁크에서 텐트 받침대로 맞아 죽었습니다. 그의 아들은 기우칸은 치브의 주민들을 몰살하고 이틸 또는 아스트라한까지 쳐들어갔습니다. 거기서 그는 이천 명의 눈을 빼버리고 그들을 밧줄로 묶어 쿠바 초원까지 몰아간 것으로 악명 높습니다.

아간-칸은 걸어서 볼가르까지, 또는 오늘날 심비르스크까지 진격하며 원정대를 이끌었습니다. 거기 어디선가 그는 포로로 잡혀

서 오른손이 잘리고, 리브 족들이 있는 발트로 도망갈 때까지 포로생활을 해야 했습니다. 거기서 그는 독일 주교 고틸리인가 구틸리에 의해서 세례를 받았습니다. 아마도 그는 종교적 열광 때문에 베로에 있는 묘지에서 페초르스키 남작의 열여섯 살 후계자를 찔러 죽이고 그의 누이를 아내로 삼았습니다. 이러한 이중결혼을 통하여 그는 자신의 통치 지역을 페이푸스 호수까지 확장했습니다. 니키포르 연대기를 보세요, 거기에서는 그를 '아겐 왕자'라 하고 오셀 연대기에서는 '아아겐 왕'이라고 묘사하고 있어요. 그의 후손들은 쫓겨났지만 왕위를 빼앗기지는 않았답니다." 조용히 말을 끝내고 드헤몬은 일어서서 허리를 굽히고 잠시 서 있었다.

여러분들은 그의 이야기가 어떠한 돌풍을 일으켰는지 상상도 못할 것이다. 공주는 드헤몬의 말 한 마디마다 한 모금씩 마셨다. 마치 이 타타르의 목 자르기가 이 세상에서 가장 어마어마한 유령이나 되는 것처럼. 프로코프는 놀라움을 가지고 그녀를 바라보았다. 그녀는 이 4천 개의 눈을 뽑아버린 이야기에 눈 하나 깜짝거리지 않았다. 그는 무의식적으로 그녀의 얼굴에서 타타르의 특징을 찾았다. 그녀는 아름다웠고 자신을 돋보이게 했고, 거의 엄숙할 정도로 자기 자신을 차단했다. 갑자기 거기에는 그녀와 다른 사람들 사이에 그런 거리감이 생겨났다. 모두들 마치 왕실만찬에 온 것처럼 형식을 갖추기 시작했다. 벌써 모두들 감히 그녀를 똑바로 쳐다보지 못했다. 프로코프는 수천 번 탁상을 내리치고 싶었다. 뭔가 거친 말을 하고 싶었고, 이 얼어붙고 무력한 장면을 깨뜨리고 싶었다.

그녀는 눈을 아래로 내리뜨고 마치 뭔가를 기다리는 듯이 앉았다. 그녀의 매끄러운 이마에는 뭔가 초조함이 일어났다. 자, 그렇다면 이제 무엇이? 신사들은 서로서로 의심스런 눈초리로 바라보고는 위엄이 있는 드헤몬 씨를 바라보았다. 그리고 한 사람씩 일어서기 시작했다. 프로코프는 또한 무엇이 일어나는지 이해를 하지 못한 채 일어섰다. 도대체 이것은 무엇을 의미할까? 모두들 바지솔기에 손을 붙이고 굳은 자세로 공주를 바라보았다. 그제야 공주는 눈을 들고 존경에 대한 감사의 표시로 머리를 끄덕이고 앉으라는 허락을 내렸다. 모두들 자리에 앉았다. 그리고 그때서야 프로코프도 다시 앉았다. 프로코프는 놀라움을 가지고 이것이 지배자에 대한 존경의 표시라는 것을 이해했다. 그는 고통스런 분노로 땀에 젖었다. 하나님 맙소사, 나도 이런 코미디에서 역할을 하다니! 도대체 어떻게 그들은 그들이 방금 연기한 이러한 우스꽝스럽고 멋진 광대놀이에 웃음을 터뜨리지 않은 것이 가능하단 말인가?

공주가 일어서자 모두들 즉각 따라 일어섰을 때, 그는 이제 맨 먼저 즉각 용감하게 웃음을 터뜨리곤 했다. (하나님 맙소사, 이걸 오직 재미로 한단 말인가?) 프로코프는 이제야 얼음이 깨어질 거라고 확신했다.

그녀는 주위를 둘러보고 뚱뚱한 사촌에게 눈을 고정시켰다. 그는 두세 걸음 그녀에게 다가갔다. 그는 팔은 아래로 고정시켜 차렷자세를 하고, 몸을 앞으로 약간 구부렸다. 이는 숨 막힐 정도로 우스꽝스러워 보였다. 이런, 이건 좌우간 그저 농담이란 말인가. 공주는 그에게 잠시 말을 하고 머리를 끄덕였다. 도대체 무엇이 진행되고 있는 거야? 이제 공주는 프로코프에게 재빨리 눈길을 주었다. 그러나 프로코프는 꼼짝도 하지 않았다. 신사들도 발끝으로 서서 그에게 눈길을 고정시켰다. 공주는 다시 그에게 눈길로 사인을 보냈다. 그는 움직이지 않았다. 공주는 마치 여자의 젖가슴처럼 수많은 메달에 가려진 나이 많은 외팔이 포병출신 중령에게로 향했다. 중령은 벌써 몸을 똑바로 세우려고 했으나, 공주는 몸을 반쯤 돌려서 프로코프 가까이 다가갔다.

"내 사랑, 내 사랑." 그는 조용히 그러나 분명히 속삭였다. "당신도 저를…? 당신은 벌써 화를 내시는군요. 저는 당신에게 키스하고 싶어요."

"공주님." 프로코프는 중얼거렸다. "이 신파극은 무엇을 의미하나요?"

"그렇게 소리치지 마세요. 이건 당신이 생각하는 것보다 더 심각해요. 그들은 이제 저를 결혼키고 싶어 한다는 것을 아시겠어요?" 그녀는 공포로 몸을 떨었다. "내 사랑, 여기서 나가세요. 복도를 따라가다가 세 번째 방으로 가요. 거기서 저를 기다려요, 당신과 할 이야기가 있어요."

"내 말 좀 들어봐요." 프로코프는 뭔가 말하고 싶었다. 그러나 그녀는 벌써 머리로 인사를 건네고 기품 있게 나이 많은 중령에게로 향했다.

프로코프는 자기의 눈을 믿을 수 없었다. 저런 일이 일어날 수 있단 말인가. 저것은 웃음을 위해 준비된 작품이 아닌가? 이 사람들은 자신의 역할을 심각하게 받아들이지 않는단 말인가? 뚱뚱한 사촌은 그의 팔을 잡고 신중하게 한쪽으로 안내했다.

"이것이 무엇을 의미하는지 아시겠어요?" 그는 흥분해서 속삭였다. "나이 많은 하겐 옹이 아침에 중풍으로 쓰러졌어요. 곧 알게 될 거예요. 왕실 가문이에요. 저기 저 후계자를 보았어요? 결혼식이 거행되어야 했어요. 그러나 파혼해 버렸어요. 저 사람, 저 사람을 분명히 이리로 보냈어요. …오 예수님, 도대체 혈통이 무엇이란 말인가!"

프로코프는 그로부터 빠져나왔다. "실례합니다." 그는 중얼거리고 가능한 가장 아둔하게 천천히 복도로 따라 나가서 세 번째 방으로 들어갔다. 그곳은 차를 마시는 작은 내실이었다. 거기는 갓을 씌운 등이 있었고, 모든 것은 옻칠이 되어 있었고, 붉은 도자기, 도금을 한 벽걸이 그림, 그리고 뭐 그와 비슷한 잡동사니들이 있었다. 프로코프는 손을 등 뒤로 하고 이 방을 이리저리 걸어봤다. 그는 이 작은 방에서 유리 창틀에 머리가 부딪힌 쉬파리처럼 웅얼거렸다.

제기랄, 뭔가가 변했어. 품위 있는 사람이라면 부끄러워할 구역질나는 엄격한 타타르 혈통의 한 쌍을 위해서. …멋진 이유야, 좋아 난 원하지 않아! 그러한 훈족의 한 쌍을 위해서, 이 천치들이 겁에 질려서 배를 깔고 기어가고 있다. 그리고 그녀는, 그녀 자신은 쉬파리처럼 광란하여 부딪히고 있는 거야. 지금 …이 타타르 공주는 와서 말하겠지. '내 사랑, 내 사랑, 우리들 사이는 이제 모두 끝났어요. 좌우간 리타이-칸의 증손녀는 구두수선공 아들과는 사랑을 할 수 없다는 것을 염두에 두세요.'

톡톡, 그는 머릿속에서 아버지의 무두질소리를 들었다. 그에게는 마치 강한 가죽 냄새와 지독한 구두수선공의 왁스 냄새가 나는 것 같았다. 푸른 블라우스를 입은 가난뱅이 어머니는 얼굴이 상기된 채 난로 옆에서 서 있는 것 같았다.

쉬파리는 절망적으로 퍼덕거렸다. 그래 일이 어떻게 되어갈지 보자, 공주! 어이 이봐 친구, 어디로, 그대는 어디로 머리를 조아리는 거야! 그녀가 온다면 그대는 이제 무릎을 꿇고, 이마를 바닥에 박고 말할 테지. '자비를, 타타르 공주님. 저는 이제 더 이상 공주님의 안전에 안 나타날 것입니다.'

차 마시는 작은 내실에는 마르멜라 향이 은은히 나고, 불빛은 흐릿하고 온화했다. 절망적인 쉬파리는 머리를 유리창에 부딪치며 거의 인간의 목소리로 신음을 했다. 이제 어디로 머리를 조아릴 건가, 그대 어리석은 자여?

공주는 재빨리 조용히 방으로 들어왔다. 문간에서 그녀는 스위치를 틀어 불을 껐다. 어둠 속에서 프로코프는 부드럽게 지기의 얼굴을 만지고 목 주위에 닿는 손길을 느꼈다. 그는 두 손으로 그녀를 잡았다. 그녀는 너무나 연약하고 실체가 없는 것 같았다. 그는 그녀가 마치 거미줄 같이 부서질 것 같아서 두려워하며 그녀를 만졌다. 그녀는 그의 얼굴에 몽환적인 키스를 불어넣고, 이해할 수 없는 말을 속삭였다. 그녀의 섬세한 애무가 프로코프의 머리카락을 얼어붙게 했다. 그녀의 가냘픈 몸은 떨고 있었고, 그의 목을 감고 있는 팔은 점점 더 세게 눌렀고, 그녀는 축축한 입술로 그의 입에 키스를 퍼부었다. 마치 그들은 소리 없이 애원하듯이 이야기하는 것 같았다. 그녀는 끝임 없는 파도처럼 심하게 떨면서 프로코프를 더욱 더 세게 조여 왔다. 그의 머리를 자기 품으로 당기고, 자신의 가슴과 무릎을 그에게 밀어붙이고, 두 팔로 그를 휘감고 자신의 혀를 그의 입속으로 집어넣었다.

열정적인, 고통스러운 포옹, 서로서로 말없이 이를 부딪치고 짓누른다. 숨 막힐 듯한 인간의 신음소리. 그들은 발작적으로 미친 듯한 포옹으로 비틀거렸다. 떨어지지 마! 서로 집어삼켜! 한 몸이 되든지 아니면 죽어버려! 그녀는 흐느끼면서 기운 없이 무너져 내렸다.

그는 그녀의 무서운 손아귀로부터 벗어났다. 그녀는 자신을 통제를 하지 못하고 취한 듯이 휘청거렸다. 그녀는 젖가슴으로부터 손수건을 꺼내서 자기 입술에 붙은 침인지 피인지를 닦아냈다. 그녀는 말 한마디 없이 불 켜진 옆방으로 갔다.

깨어질 듯한 머리를 가지고 프로코프는 어둠 속에 남았다. 이 마지막 포옹이 그에게는 이별을 의미하는 것 같았다.

제35장

뚱보 사촌의 말이 맞았다. 늙은 하겐은 중풍으로 쓰러졌다. 그러나 아직 완전히 병이 그의 목숨을 빼앗아가지는 않았다. 그는 무기력하게 누워서 의사들한테 둘러싸여 있고, 왼쪽 눈을 뜨려고 발버둥쳤다. 삼촌 론과 다른 친척들이 급히 소집되었다. 늙은 왕자는 자기의 딸을 바라보며 생생한 한 눈으로 뭔가를 그녀에게 말하고자 왼쪽 눈을 뜨려고 계속 애를 썼다.

그녀는 그의 침대 옆에 있었을 때처럼 맨머리 바람으로 아침부터 공원에서 그녀를 기다리는 프로코프에게로 도망갔다. 그녀는 홀츠를 완전히 무시하고 그에게 급히 키스를 하고 그에게 열정적으로 매달렸다. 그녀는 아버지와 찰스 삼촌에 대해서는 거의 언급도 없이 뭔가에 몰두하고, 얼이 빠지고 어리광을 부렸다. 그녀는 팔로 그를 끌어안고 얼굴을 비벼댔다. 그리고 곧바로 정신이 나간 것처럼 멍해졌다. 그는 타타르 왕위에 대해… 조금은 비난조로 조롱하고 농담을 하기 시작했다. 그녀는 그에게 따끔하게 눈총을 주고 이야기를 다른 데로 몰고 갔다. 어제 오후의 사건으로 돌아갔다.

"마지막 순간까지 저는 당신에게 가지 않겠다고 생각했어요. 제가 벌써 30살이라는 것을 아시겠어요? 제가 15살이었을 때 저는 우리 사제에게 사랑에 빠졌어요. 그것은 무서웠어요. 저는 그를 가까이서 보기 위하여 그에게 고해성사하러 갔어요. 그래서 저는 도둑질하거나 거짓말하는 것을 부끄러워했어요. 저는 그에게 제가 간음을 했다고 이야기를 했어요. 저는 그것이 무엇인지 몰랐어요. 그 불쌍한 사제는 저에 대해서 진실을 알아내려고 수많은 노력을 했어요. 이제 저는 더 이상 그에게 고해성사를 하고 싶지 않아요." 그녀는 조용히 말을 그쳤고, 그녀의 입술은 쓰디쓴 표정으로 실룩거렸다.

계속된 그녀의 자기분석이 프로코프를 불안하게 했다. 그는 그녀의 말에서 신랄한 자학을 느꼈다. 그는 뭔가 다른 주제를 찾아 했다. 그러나 그는 사랑에 대해 말을 하지 않으면 무엇에 대해 말을 해야 할지 몰라 아연실색했다. 그들은 성채 요새에 서 있었다.

공주는 어느 정도 안도의 한숨을 쉬고 과거로 돌아갔다. 그녀는 자기 자신에 대해 하잘것없으나 중요한 것들을 고백하기 시작했다.

"당신에게 우리 춤 교사가 뚱뚱한 제 여자 가정교사에게 사랑에 빠졌다고 이야기한 후, 곧 저는 이 소문을 듣고 그들을 목격하게 됐어요, 아시겠어요? 그것은 저에게 너무 추악했어요. 오! 저

318

는 그들을 감시했어요. 저는 그것을 이해할 수 없었어요. 그러나 어느 날 우리들이 춤을 출 때였어요. 그가 저에게 자신의 몸을 밀착시켰을 때 저는 갑자기 이해했어요. 그러고 나서 저는 그가 절대 제게 손을 대지 못하게 했어요. 마침내 저는… 그들을 향해 엽총을 쐈어요. 우리는 그 둘을 쫓아내지 않을 수 없었어요.

그 당시… 그 당시 저는 수학 때문에 쩔쩔매고 있었어요. 저는 전혀 머리가 돌아가지 않았어요, 아시겠어요? 유명한 학자이지만 아주 나쁜 교수가 저를 가르치고 있었어요. 당신들 학자들은 모두 이상해요. 그는 제게 과제를 주고 시계를 바라보고는 한 시간 내로 문제들을 풀어내라고 했어요. 제게 시간이 5분, 4분, 3분밖에 남지 않았는데 저는 아무것도 풀지 못했어요. 그때 가슴이 막 뛰었어요. 저는… 아주 무서운 감정을 느꼈어요….” 그녀는 손가락으로 프로코프의 팔을 찌르고 숨을 몰아쉬었다.

“그 이후 저는 그 수학 시간이 즐거웠어요.”

“제가 19살이었을 때 집안 식구들은 제 남편감을 선택했어요. 그건 모르고 계시죠, 그렇지 않아요? 그리고 저는 벌써 모든 것을 알고 있었기 때문에, 제 약혼자가 저를 절대로 건드리지 못하게 했어요. 2년 후 그는 아프리카에서 죽었어요. 저는 낭만적인가 뭐 그와 비슷한 것으로 몸부림쳤어요. 그래서 더 이상 저를 결혼시키려 하지 않았어요. 저는 이제 모든 문제가 해결되었다고 생각했어요.

아시겠어요? 그 당시 저는 제 자신을 실제로 강제하고 있었어요. 저는 제가 그에게 뭔가 신세를 지고 있다고, 그리고 심지어 그가 죽은 이후에도 그에게 진실해야 한다고 제 자신이 믿도록 강제하고 있었어요. 그리고 마침내 저는 그 모든 것 때문에 그를 사랑하고 있었던 것같이 느껴졌어요. 저는 지금, 제 스스로 제 자신에게 그 모든 것을 연기하고 있었고, 그것은 바보 같은 환상 더 이상 아무것도 아니었다는 것을 느끼고 있다는 것을 알게 되었어요.

아시다시피, 제가 당신에게 제 자신에 대한 이런 것들을 이야기하는 것이 이상하지 않아요? 아시다시피, 제 자신에 대해 아무것도 숨김없이 모든 것을 말한다는 것은 유쾌한 뻔뻔함이지요.

당신이 여기 오셨을 때 제 첫인상에 당신은 바로 수학선생님 같았어요. 저는 당신이 두렵기조차 했어요, 내 사랑. 이제 이자는 내게 그런 과제를 또다시 주는구나, 저는 무섭고, 벌써 제 가슴은 뛰기 시작했어요.

말, 말은 저를 중독 시켰어요. 제가 말을 가졌을 때 저는 사랑이 필요 없다고 생각했어요. 저는 미친 듯이 말을 타고 다녔어요.

제게 사랑은 언제나 뭔가 천하고 그리고… 지독히 역겨운 것 같았어요. 아시다시피 저는 그것을 다루지 못해요. 그것은 저를 공포에 사로잡히게 하고 두렵게 하네요. 그리고 다시 저는 제가 다른 여자와 같아서 기뻐요. 제가 어렸을 때 저는 물을 두려워했어요. 그들은 저로 하여금 맨땅에서 헤엄치는 것을 가르쳐 주었어요. 그러나 저는 연못에 들어가지 않았어요. 저는 거기에 거미가 많다고 생각했어요. 그러나 어떤 날 갑자기 큰 용기와 절망이 제게 찾아왔어요. 저는 눈을 감고 성호를 긋고 뛰어 들어갔어요.

그 이후 제가 오만했었냐고 묻지 마세요. 저는 마치 시험을 통과한 것 같았어요. 마치 모든 것을 알고 있는 것 같았어요. 마치 제가 완전히 변한 것 같았어요. 마치 저는 이제야 성숙된 것 같았어요. …내 사랑, 내 사랑. 저는 성호를 긋는 것을 잊어버렸어요."

그날 저녁 그녀는 실험실로 왔다. 그녀는 불안하고 초조했다. 그가 그녀를 팔로 끌어안았을 때 그녀는 공포에 사로잡혀 더듬거리며 말했다.

"그가 눈을 떴어요, 그는 눈을 떴어요, 오!" 그녀는 늙은 하겐을 염두에 두고 있었다. 그날 오후에 (왜냐하면 프로코프는 미치광이처럼 도사리고 있었다) 그녀는 삼촌 론과 긴 대화를 나누었다. 그러나 그녀는 이 문제에 대해서는 말하지 않았다. 그녀는 뭔가로부터 도망가고 싶어 하는 것 같았다. 그는 프로코프의 품안으로 매우 열정적으로 헌신적으로 몸을 맡겼다. 그녀는 어떤 대가를 치르더라도 무의식의 황홀상태에 빠지고 싶어 하는 것 같았다. 마침내 그녀는 눈을 감은 채 연약한 줄기처럼 마비가 되어 누워 있었다. 그는 그녀가 잠들었다고 생각했다. 그러나 그녀는 속삭이기 시작하였다.

"내 사랑, 가장 사랑스러운 내 사랑, 저는 뭔가를 저지를 거예요. 뭔가 무서운 것을 저지를 거예요. 그러니…, 그러니 이제 저를 버려서는 안 돼요. 제게 맹세해요, 제게 맹세해요." 그녀는 거칠게 억지를 쓰고는 벌떡 일어섰다. 그러니 곧 자기 자신을 제어했다.

"아, 아니에요. 당신이 제게 뭘 맹세하시겠어요? 카드 점을 보니 당신은 저를 떠나간다고 했어요. 당신이 그러길 원하신다면, 그렇게 하세요. 지금 당장 그렇게 하세요, 늦기 전에요."

프로코프는 당연히 로켓처럼 날아올랐다. 그래 이 여자가 나를 없애고 싶어 하는 거야. 타타르의 오만이 그녀의 머리까지 올라온 거야, 아니면 뭐 그와 비슷한 것이. 그녀는 분노해서 그에게 천하고 잔인하다고 하고 그것에 대해 대답을 하라고, …대답을. 고함을 질렀다. 그러나 그 말이 나오기 무섭게 소리치며 그의 목에 매달렸다. 그녀는 비탄에 빠져 뉘우치고 있었다. "저는 짐승이에요, 아시겠어요? 저는 이런 것은 생각지도 못 했어요. 아시다시피 공주는 결코 소리치지 않아요. 공주는 기분이 언짢고, 좌절하고, 충분 그것으로 충분. 그러나 저는 당신에게 소리치네요. 마치, …마치 제가 당신의 아내인 것처럼요. 제발 저를 때려주세요. 잠깐 기다려요, 제가 무엇을 할 수 있는지 보여 드릴게요."

그녀는 그를 놓아주고 갑자기 마치 그녀가 늘 그랬단 듯이, 실험실을 청소하기 시작했다. 마침내 걸레를 수돗물에 적셔서 무릎을 꿇고 바닥 전체를 닦기 시작했다. 그것은 참회의 행동이었다. 그러나 좌우간 그녀는 즐거운 마음으로 했고, 그녀에게는 생기가 돌았다. 그녀는 걸레로 바닥을 문질러대며, 하녀들한테 배운 노래 "너희가 잠들 때까지" 또는 뭐 그와 비슷한 노래를 흥얼댔다. 그는 그녀를 일으켜 세우려 했다. "아니, 잠깐 기다려요." 그녀는 자신을 방어했다. "아직 저기까지요." 그리고 그녀는 걸레를 들고 탁상 밑으로 기어들어갔다.

"이봐요, 이리 와 봐요." 그녀는 잠시 후 탁상 밑에서 놀라서 소리쳤다.

그는 당황하여 뭔가를 중얼거리며 그녀의 뒤에 앉았다. 그녀는 손으로 무릎을 끌어안고 웅크리고 앉아 있었다. "아니, 의자 밑이 어떠한지 보기만 하세요. 저는 그것을 본적이 한 번도 없었어요. 그것이 도대체 어떠한가요?" 그녀는 젖은 걸레 때문에 마비가 된 손을 그의 얼굴에 댔다. "흠, 저는 추위를 느껴요, 아시겠어요? 당신은 이 의자 밑바닥처럼 매우 거칠게 생겼어요. 그것은 당신에게 있어서 가장 사랑스러운 점이에요. 다른 사람들은, 저는 다른 사람들한테서는 오직 부드럽고 매끈한 면만 보았어요. 그러나 당신은, 당신은 첫눈에 바로 그러한 들보이고, 틈새이고 그리고 모든 것이었어요, 아시다시피, 당신은 무엇보다도 모든 그런 인간적인 모습을 가지고 있었어요. 만일 누군가가 당신을 손가락으로 만지면 부스러기를 느낄 거예요. 그러나 동시에 당신은 아름답고 공명정대하게 만들어졌어요. …그래서 그는 다른 것을 … 그러한 부드러운 면보다 더 중요한 뭔가를 보기 시작하게 돼요. 그것이 바로 당신이에요."

그녀는 그의 옆에 파고들었다. "이봐요, 우리가 마치 텐트나 통나무집에 함께 있다고 생각해봐요." 그녀는 황홀경에 빠져 말했다. "저는 한 번도 소년들과 어울려 놀 염두를 못 냈어요. 그러나 언젠가 저는… 비밀히 정원사 아이들한테 놀러갔어요. 저는 그들과 나무를 기어오르고 울타리를 넘어갔어요. …그후 집에서 왜 제 바지가 찢어졌는지 걱정했어요. 제가 그렇게 삐뚤어지고 그들을 따라다녔을 때 저의 가슴은 공포로 벌떡거렸어요. …지금 당신하고 함께 있으니 제 가슴은 그때처럼 아름다운 공포로 뛰어요."

"지금 저는 완전히 숨어 있어요." 그녀는 그의 무릎에 머리를 기대며 행복에 겨워 말했다. "아무도 저를 여기서 찾지 못해요. 저는 마치 그 탁상처럼 거칠어요. 저는 어루만져주기를 바라는 것 외에 아무것도 바라지 않은 보통 여자에요. …왜 사람들은 숨어 있을 때 그처럼 기분이 좋을까요? 당신도 아시다시피 저도 이제 무엇이 행복인지 알아요. 문을 감는 것이에요. …그리고 작은 것을 행하는 것, …아주 자그마한 것을, 그리고 발견되지 않기를 바라는 것이에요."

그는 부드럽게 그녀를 흔들고 헝클어진 머리를 쓰다듬어주었다. 그러나 그의 시선은 그녀의 머리 저 너머 빈 공간으로 향했다.

갑자기 그녀는 그에게로 얼굴을 돌렸다. "당신은 지금 무엇을 생각하시는 거예요?"

그는 수줍어하며 눈을 움직였다. 그는 자신 앞에서 영광스러운 타타르의 공주를, 그러나 이제 고통 속에서 뭔가를 갈망하고 있고, 그리고 위엄이 있고 자신만만한 모습을 한 타타르의 공주를 보았다고 말할 수가 없었다.

"아무것도, 아무것도." 그는 자기 무릎에 기댄 채, 행복해하고 만족해한 얼굴을 바라보면서 중얼거렸다. 그는 볕에 탄 볼을 애무했다. 그것은 사랑의 열정으로 불타올랐다.

제36장

아마도 그가 그날 저녁 거기에 오지 않았었더라면 더 좋을 뻔했다. 그러나 그는 그녀가 그를 금지했기 때문에 달려왔던 것이다. 삼촌 찰스는 그에게 매우 친절했다. 불행하게도 그는 그 둘이서 완전히 어울리지 않고 사람들의 눈길을 끄는 그런 상황에서 손을 잡고 있는 것을 목격했다. 그는 좀 더 잘 보려고 외알 안경을 썼다. 그때서야 공주는 손을 뿌리치고 여학생처럼 얼굴을 붉혔다. 삼촌은 그녀에게 가까이 다가가 뭔가를 속삭이면서 그녀를 데려갔다.

그녀는 되돌아오지 않았다. 오직 론 삼촌만 와서 아무 일도 없었다는 듯이, 신중하게 민감한 장소들을 둘러보면서 프로코프와 이야기를 나누었다. 프로코프는 특별히 주인공이 된 것 같이 행동했고, 아무것도 거슬리지 않아서 친절한 삼촌을 만족시켰다.

"사교모임에서는 매우, 매우 신중할 필요가 있어요." 그는 마침내 말하고 질책과 충고를 동시에 했다. 프로코프는 그후 곧 혼자 있게 되자 매우 안심이 됐다. 그리고 마지막 말의 중대성을 생각해 봤다.

더욱 더 나쁜 것은, 이 모든 증후로 볼 때 뭔가가 비밀히 진행되고 있는 것이었다. 즉 가족의 어른들이 중대한 것을 다시 터뜨리고 있었다.

그 이튿날 아침에 프로코프가 성 주위를 산책하고 있을 때 하녀가 그에게 다가와서 그로 하여금 자작나무 숲으로 오라는 전갈을 보내왔다. 그는 거기로 가서 오랫동안 기다렸다. 마침내 공주는 길고 아름다운 디아나 여신의 발걸음으로 달려왔다.

"이리로 숨어요." 그녀는 재빨리 속삭였다. "삼촌이 제 뒤를 밟고 있어요." 그들은 손을 잡고 라일락 숲 속으로 몸을 숨겼다. 홀츠는 헛되이 다른 숲 속에서 그들을 찾다가 쐐기풀 속으로 주저앉았다. 그리고 벌써 론 삼촌의 반짝이는 모자가 나타났다. 그는 좌우를 바라보며 걸음을 재촉했다. 공주의 눈빛은 젊은 목신(牧神)처럼 기쁨으로 반짝거렸다. 덤불 속에는 습하고 진흙 냄새가 나고 으스스한 곤충들의 삶이 나뭇잎과 가지들을 덮고 있었다. 거기는 마치 정글 같았다. 위험이 오는 것을 기다리지도 않은 채 공주는 프로코프의 머리를 자신한테로 끌어당겼다. 그는 이 사이에서 그녀의 키스를 맛보았다. 그것은 마치 마가목의 열매나 산딸기, 쓰디쓰고 달콤한 과일 같았다. 그것은 유혹이고, 게임이고, 꾀부림이고, 기쁨이고 그리고 그들이 마치 처음 만나듯이 그처럼 새롭고 놀라운 것이었다.

그날 그녀는 그에게 오지 않았다. 온갖 의혹 때문에 제정신이 아닌 그는 성으로 갔다. 에곤의 목에 팔을 걸치고 산보를 하던 그녀는 그를 기다리고 있었다. 그를 보자마자 그녀는 에곤을 보내고 그에게로 왔다. 그녀는 창백하고, 어리둥절해하고, 그 어떤 절망을 이겨내고 있는 모습이었다.

"삼촌은 제가 당신한테 가 있었던 것을 알고 있습니다." 그녀는 말했다. "하나님, 무엇이 일어날지요! 제 생각인데 그들은 당신을 여기서 데려갈 것입니다. 지금 움직이지 마세요. 창을 통해서 우리를 감시하고 있습니다. 오후에 저는 이야기를 나누었습니다. 그와… 그와 …" 그녀는 떨고 있었다. "총감독하고 이야기를…, 아시겠어요? 우리는 언쟁을 했어요. …삼촌은 그냥 당신을 포기하기를, 당신이 도망가길 원했어요. 총감독은 화를 내고는 그따위 말은 듣고 싶어 하지 않았어요. 그들은 당신을 어딘가 다른데 데려갈 거예요. …내 사랑, 밤에 여기로 와요. 제가 밖으로 나갈 거예요, 저는 도망갈 거예요. …도망갈 거예요."

그녀는 실제로 도착했다. 그녀는 물기 없는 근심어린 눈빛으로 흐느끼면서 숨을 몰아쉬며 달려왔다. "내일, 내일." 그녀는 뭔가 말을 하려고 했다. 그러나 그때 강하고 사랑스러운 손이 그녀의 어깨에 내려왔다. 그것은 삼촌 론이었다.

"집으로 가, 민카야." 그는 엄하게 명령했다. "그리고 당신, 여기서 좀 기다려요." 그는 프로코프에게로 향했다. 그는 그녀의 어깨 주위에 손을 돌리면서 그녀를 집으로 안내했다. 잠시 후 그는 나와서 포로코프의 팔을 잡았다.

"친애하는 내 친구여." 그는 화를 내지 않고 슬픔을 이겨내면서 말했다. "나는 당신들 같은 젊은이들을 잘 이해한다오. 그리고… 나는 당신의 심정을 이해한다오." 그는 절망의 손짓을 했다. "일어나지 말아야 할 일이 일어나고 말았소. 나는 물론 당신을 비난하고 싶지 않고 …비난 할 수 없소. 반대로 분명히… 나는 깨닫게 되었소. 물론 이것은 잘못된 시작이오. 황태자가 다른 길을 모색했소."

"…사랑하는 친구여, 나는 당신을 존경하오. 그리고… 나는 당신을 정말로… 무척 좋아한다오. 당신은 정직한 사람이고 천재요, 아주 드문 조합이지요. 나는 그런 동정을 아주 드물게 느낀다오. …나는 당신이 그것을 아주 멀리까지 가지고 가리라는 것을 알고 있소." 그는 안도의 숨을 내쉬었다. "내가 당신을 좋게 생각하고 있다는 것을 믿겠지요?"

"천만에요, 당치도 않은 소리입니다." 프로코프는 감시를 미끼로 삼으면서 온순하게 말했다.

삼촌은 실망했다. "그것 참 유감이군요. 아주 유감입니다." 그는 말을 더듬었다. "왜냐하면 나는 우리가 서로 완전히 신뢰하지 않으면… 예… 내가 하고 싶은 것을 당신에게 다 말할 수 없으니까요."

"왕자님." 프로코프는 정중하게 그의 말을 가로막았다. "아시다시피, 저는 여기에 자유인으로서 선망의 위치에 있지 않습니다.

제 생각인데, 그러한 환경에서 저는 완전히 신뢰할 이유를 가지고 있지 않아요."

"예에." 론 삼촌은 이야기가 이렇게 나온 것에 만족해하며 한숨을 몰아쉬었다. "당신 말이 절대로 옳습니다. 당신은… 에… 당신이 여기에 포로로 있다는 그 고통스러운 사실에 직면하고 있습니다. 아시다시피 그래서 나는 당신과 이야기를 나누고자 합니다. 사랑하는 친구여, 내가 관여하고 있는 것은…. 바로 처음부터… 분개하여… 당신을 이 공장에 감금하는 이런 방식을 비난해 왔습니다. 이것은 불법이고 잔인하고… 그리고 당신의 그 유명도에서 볼 때 간단히 언어도단입니다. 나는 일련의 단계를 시도해왔습니다. …이해하시겠어요, 벌써 오래전부터…." 그는 재빨리 덧붙였다.

"나는 마침내 가장 최고위층과 접촉했습니다. 그러나… 그 고위층 사람들은 국제적인 긴장의 관점에서… 극심한 공포에 사로잡혔습니다. 당신은 여기에 간첩죄로 가택 억류되어 있습니다. 아무것도 소용이 없어요. 오직."

왕자님은 프로코프 귀에 대고 몸을 굽혔다. "당신이 오직 도망칠 수만 있다면. 나를 믿어줘요. 내가 당신에게 방법을 제공할 게요. 약속할게요."

"어떤 방법을요?" 프로코프는 모호하게 말을 내뱉었다.

"단순히… 내가 혼자서 해낼 거예요. 내 차로 당신을 태우고, … 여기시 그들은 내 차는 세우지 못할 거요. 이해하겠어요? 나머지는 다음에. 어디로 가고 싶어요?"

"그냥 두십시오. 저는 전혀 원치 않아요." 프로코프는 확실하게 말했다.

"왜요?" 찰스 삼촌은 놀라서 물었다.

"첫 번째로… 저는 원치 않아요. 왕자님께서 그런 위험을 무릅쓰다니요. 당신 같은 분이…"

"그리고 두 번째로?"

"두 번째로 저는 여기를 좋아하기 시작했어요."

"그리고 또?"

"더 이상 없어요." 프로코프는 미소를 띠며, 왕자가 꼬치꼬치 캐묻는 심각한 모습에 참기 시작했다.

"내 말 좀 들어봐요." 론 삼촌은 잠시 후 말했다. "나는 당신에게 말하고 싶지 않았지만, 핵심은 이렇습니다. 하루 또는 이틀 내로 당신을 다른 요새로 데려갈 거예요. 계속 스파이 혐의로요. 당신은 상상도 못할 거예요. …친애하는 친구여, 시간이 있을 때 도망치세요, 도망가세요!"

"그거 정말이예요?"

"맹세하오."

"자, …자, 제게 제때 주의를 주셔서 정말 감사드립니다."

"무엇을 하게요?"

"글쎄요, 거기에 대비해야겠지요." 프로코프는 피에 굶주린 듯이 선언했다. "왕자님, 일이 그렇게… 간단히 되어가지는 않을 거라고 공주마마께… 전해줄 수 있겠지요?"

"무엇… 무엇… 무엇이 어떻게 된다고요? 제발." 찰스 삼촌은 말을 더듬거렸다.

프로코프는 자기 앞에 뭔가를 상상으로 던지는 흉내를 내면서 공기 속으로 손을 내저었다. "펑." 그는 소리 질렀다.

론 삼촌은 뒤로 물러섰다. "당신은 스스로 방어하려고 하오?"

프로코프는 아무 말도 하지 않았다. 그는 주머니에 손을 넣은 채 무섭게 인상을 쓰고 생각에 잠겼다.

찰스 삼촌은 어두운 밤에 완전히 창백해지고 연약해져서 그에게 가까이 다가왔다. "당신은… 당신은 그렇게 많이 그녀를 사랑하오?" 그는 감정에 복받쳐 감탄하며 거의 숨을 헐떡거렸다.

프로코프는 대답을 하지 않았다.

"당신은 그녀를 사랑하고 있군요." 론은 반복하고 그를 포옹했다. "강해지길 바라오. 그녀를 놓아주길 바라오. 떠나길 바라오! 이렇게 여기에 머무를 수 없어요. 이해하길 바라오, 좌우간 이해하길 바라오! 어디로 가실 거요? 하나님 맙소사, 제발 그녀를 불쌍히 여기길 바라오. …그녀를 스캔들로부터 보호하길 바라오. 당신은 정말 그녀가 당신의 아내가 될 수 있다고 생각하오? 아마도 그녀도 당신을 사랑하고 있는 것 같아요. 그러나 …그녀는 너무나 자존심이 강해요. 만일 그녀가 공주 직위를 포기한다면… 오, 그것은 불가능, 불가능해요! 나는 당신들 둘 사이에 무엇이 있었는지 알고 싶지 않소. 만일 당신이 그녀를 사랑한다면 떠나가길 바라오! 당장 떠나가길 바라오, 오늘밤에 떠나가길 바라오! 사랑의 이름으로 떠나가길, 친구여, 당신에게 에원하오. 그녀를 대신해서 제발. 당신은 그녀를 가장 불행한 여자로 만들 거요, …

그것으로 충분하지 않아요? 그녀가 자신을 보호할 수 없다면 당신이 그녀를 보호해야 하오! 당신은 그녀를 사랑하지요? 그럼 자신을 희생하기를 바라오!"

프로코프는 꼼짝하지 않고 서 있었다. 이마는 마치 염소처럼 숙이고. 그러나 왕자님은 이 검고 거친 멍청이가 내면적으로는 고통으로 아파하고 부서지고 있다고 느꼈다.

그의 가슴은 동정심으로 찢어졌다. 그러나 아직도 그는 다른 무기를 여유로 가지고 있었다. 만일 그것이 통하지 않으면 그는 그것을 포기해야 한다.

"그녀는 자만심이 강하고, 환상적이고, 야망이 아주 크다오. 그녀는 유년시절부터 그랬소. 오늘날 우리는 어마어마한 가치가 있는 서류를 받았소. 공주의 가문은 왕족의 것과 동등하다오. 당신은 이것이 그녀를 위해 얼마나 중요한지 모르오. 그녀를 위해 그리고 우리를 위해. 그것은 아마 편견일지 몰라요. 그러나… 그것이 우리의 삶이라오. 프로코프, 공주는 곧 결혼을 합니다. 그녀는 왕위 없는 대공을 남편으로 맞이하오. 그는 정직하고 순종적인 사람이라오. 그러나 그녀는 왕위를 위해 투쟁할 것입니다. 왜냐하면 왕위를 위한 투쟁이 그녀의 특권이고, 그녀의 사명이고, 그녀의 긍지이니까요. …지금 그녀 앞에 그녀가 꿈꾸던 것이 열리고 있소. 그런데 당신이 그녀와 그녀의 미래 사이에 서 있소. 그러나 그녀는 이제 결단을 내렸소, 다만 비난으로 고통을 받고 있다오."

"아하."

프로코프는 소리쳤다. "그렇게 되었군요? 그리고… 당신은 이제, 이제 제가 물러선다고 생각하시지요? 자, 두고 봅시다!"

론 삼촌이 미처 상황을 깨닫기 전에 프로코프는 어둠 속으로 사라져 실험실로 발걸음 재촉했다. 홀츠는 말없이 그의 뒤를 따랐다.

제37장

그가 실험실에 도착하자 그는 내부를 방어하기 위해 홀츠의 코 앞에서 문을 잠그려 했다. 그러나 홀츠는 한마디 말을 할 수 있었다. "공주님이…."

"뭐라고요?" 프로코프는 급히 그에게로 몸을 돌렸다.

"공주님이 저보고 선생님과 함께 있으라고 지시했어요."

프로코프는 기쁜 놀라움을 억누를 수 없었다. "그녀가 돈을 지불했나요?"

홀츠는 머리를 내저었다. 그의 양피지 같은 얼굴에 처음으로 미소가 나타났다. "그분이 제게 손을 내밀었어요." 그는 존경심을 가지고 말했다. "저는 그분께 당신에게 아무것도 일어나지 않게 하겠다고 약속했어요."

"좋아요. 총 가지고 있어요? 여기서 문을 잘 지키세요. 아무도 내게 들어오게 해서는 안 돼요. 이해하겠어요?"

홀츠는 머리를 끄덕였다. 프로코프는 전 실험실을 난공불락의 요새로써 철저히 전략적 점검을 했다. 상당히 만족한 그는 책상 위에 거기서 구할 수 있는 여러 가지 주석 통들, 금속용기와 금속 상자들을 모았다. 그리고 크나큰 기쁨을 가지고 수많은 못들을 찾아냈다. 그러고 나서 그는 작업에 착수했다.

다음 날 아침에 카슨은 아무 일도 없다는 듯이 프로코프의 실험실로 향했다. 벌써 멀리서 그는 실험실 바라크 앞에서 코트도 입지 않고 틀림없이 돌을 던지고 있는 그를 보았다.

"아주 건강한 스포츠이지요." 그는 멀리서 유쾌하게 말했다.

프로코프는 즉각 코트를 입었다. "건강하고 유용하지요." 그는 즐겁게 말했다. "자, 그런데 저한테 무슨 볼일로 오세요?"

그의 코트 주머니는 툭 불거져 나왔고 거기에 뭔가 덜커덩거렸다.

"주머니에 무엇을 가지고 있어요?" 카슨은 조심스레 물었다.

"질산입니다." 프로코프는 대답했다. "폭발성이 있고 질식시키는 질산입니다."

"흠, 왜 주머니에 그것을 가지고 다니세요?"

"그냥 재미로요. 내게 뭐 할 말 있어요?"

"지금은 없어요. 특히 지금은 없어요." 카슨은 불안해하며 말했다. 그리고는 좀 거리를 두고 있었다. "그리고 저기 저… 저 상자들 안에 뭘 가지고 있어요?"

"못들이지요. 그리고 이것은." 그는 바지 주머니에서 바셀린상자를 보여주었다. "이것은 벤졸테트라옥소조니드

(benzoltetraoxozonid), 최신유행 신제품이지요, 에에?"

"그거 그렇게 흔들면 안 돼요." 카슨은 좀 더 뒤로 물러서면서 말했다. "혹시 원하는 거 뭐 있어요?"

"내 소원?" 프로코프는 즐겁게 말했다. "당신이 그들에게 뭔가를 좀 말해주면 좋겠습니다. 무엇보다도 저는 여기서 떠나가지 않을 거라고요."

"좋아요. 그것은 이해할 만해요. 그리고 또 뭐?"

"그리고 만일 누군가가 부주의하게 저를 건드린다면, …또는 내 몸을 이유 없이 공격한다면 … 저는, 누군가가 저를 살해하는 것이 당신의 의도가 아니길 바랍니다."

"물론 아니지요. 솔직히 말씀드리는 겁니다."

"자, 이제 가까이 올 수 있어요."

"당신은 공중으로 날아가지 않겠지요?"

"저도 조심하고 있습니다. 하나 더 당신에 말씀드리겠습니다. 내가 내 실험실에 없을 때 어느 누구도 들어와서는 안 됩니다. 문에 폭발장치를 해놨습니다. 이봐요, 조심, 당신 뒤에 덫이 있습니다."

"폭발물?"

"디아조벤졸퍼클로레이트뿐입니다. 당신은 사람들한테 경고해야 합니다. 아무도 여기로 보러 와서는 안 된다고요, 아시겠어요? 나는 그럴만한 이유가 있습니다. …나는 위협을 느끼고 있어요. 나는 당신이 이 홀츠로 하여금 어떠한 공격에도 내 자신을 보호하도록 조치를 취해 주면 좋겠습니다. 그에게 무기를 지급하십시오."

"그건 안 됩니다." 카슨은 중얼거렸다. "홀츠는 다른 데로 보내
질 것입니다."

"말도 안 돼요." 프로코프는 항의했다. "나는 여기 혼자 있는 게
두려워요, 아시겠어요? 그에게 잘 지시하세요"라고 말하고 그는
동시에 마치 자신이 양철이나 못으로 만들어진 것처럼 달가닥거
리며, 희망적으로 카슨에게 다가갔다.

"자, 좋아요." 카슨은 즉각 말했다. "홀츠, 엔지니어님을 잘 보살
펴 드려요. 만일 누군가가 그에게 접근하면, …제기랄 자네 맘대
로 해. 아직 뭔가 더 필요한 게 있어요?"

"아무것도. 뭔가 필요하면 당신에게 가겠습니다."

"대단히 감사합니다."

카슨은 으르렁거리고 즉각 위험지역으로부터 물러났다. 그러
나 자신의 사무실로 가서 전화로 매우 필요한 명령을 온 사방으
로 전달했다. 그때 복도에 덜커덕 소리가 나더니 프로코프가 이
음새가 부서질 듯한 깡통폭탄으로 무장하고 문을 박차고 들어왔
다.

"내 말 좀 들어봐요." 프로코프는 창백한 분노를 띠고 말했다.
"누가 나를 공원 안으로 들어가지 말라고 명령했어요? 그 명령을
당장 취소하세요, 그렇지 않으면…"

"조금 떨어져서 말해요." 카슨은 소리치고 책상을 잡았다.

"제기랄, 당신 공원이 나와 무슨 상관이 있단 말인가요? 가시고
싶으면 가세요."

"잠깐 기다려요." 프로코프는 그의 말을 가로막았다. 그는 자기 자신을 제어하고 그에게 인내심을 가지고 설명하기 시작했다. "자, 무엇인가 일어나는 것에 대해 누군가가 전혀 무관심을 가질 때가, 그런 때가, 그런 상황이 있다는 것을 생각해 봐요." 그는 갑자기 고함을 질렀다. "내 말 이해하겠어요?" 그는 덜커덩거리고 달가닥거리면서 벽걸이 달력 쪽으로 달려갔다.

"화요일, 오늘이 화요일입니다! 여기에, 여기에 내가… 가지고 있습니다." 그는 미친 듯이 자기 주머니를 뒤졌다. 대충 끈으로 묶은 비누용 도자기 상자를 꺼냈다. "지금까지 100그램 정도. 이게 뭔지 아시겠어요?"

"크라카티트? 당신, 그거 우리들에게 주시는 거예요?" 카슨은 갑자기 얼굴에 희망의 빛을 띠고 숨을 몰아쉬었다.

"그럼, 그럼요, 물론이지요."

"하지만 천만에라도 말입니다…." 프로코프는 희죽 웃고 상자를 주머니 속에 집어넣었다. "만일 당신들이 나를 귀찮게 굴 때는, 그땐… 그땐 나는 내가 원하는 곳에 그것을 뿌릴 것입니다. 아시겠어요? 자 어떻게 하겠어요?"

"자 어떻게 하겠어요?" 카슨은 기가 죽어 기계적으로 되풀이했다.

"글쎄요, 저 공원입구에 망보는 녀석 좀 치우도록 조치하세요. 내가 공원에 가고 싶으니."

카슨은 재빨리 프로코프를 쳐다보고는 발밑으로 침을 뱉었다.

"이런." 그는 납득이 된다는 듯이 선언했다. "내가 일을 엉망으로 처리했군요!"

"그랬어요." 프로코프는 동의했다. "내가 유리한 비책을 가지고 있을 때 이전에는 그런 것이 내게 일어나지 않았는데요. 자 어떻게 생각해요?"

카슨은 어깨를 들먹였다. "당분간은… 하나님, 이건 사소한 것이에요! 저는 당신이 그것을 성공한 것이 너무나 기뻐요. 제 명예를 걸고, 어마어마하게 기뻐요. 당신은 어때요? 당신은 우리들에게 그 100그램을 주실 테죠?"

"주지 않을 거요. 나 스스로 파괴할 거요. 그리고 먼저… 우리들의 옛 약속이 지켜지는지 보고 싶어요. 자유로운 이동 등등. 어떻게 생각해요? 기억나시죠?"

"옛날 약속이라." 카슨은 고함을 쳤다. "옛날 약속 같은 소리 하고 있네요. 그때 당신은 아직, …그 때 당신은 아직 그런 관계를 가지고 있지 않았지…."

프로코프는 달그락거리면서 그를 향해 튀어 올랐다. "무슨 말을 하고 있는 거요? 내가 무슨 관계를 가지고 있지 않았다고?"

"아무것도, 아무것도." 카슨은 놀라면서 서둘러 말했다. "저는 아무것도 몰라요. 제게는 당신의 사적인 일은 아무 관심 없어요. 공원을 산책하고 싶다고 한 것은 당신의 일이에요, 그렇지 않아요? 오직 제발 바라건대… 가세요. 공원으로 가…."

"내 말 잘 들어요." 프로코프는 의혹에 차서 말했다. "내 실험실로 연결된 전기선을 끊을 생각은 꿈도 꾸지 마시길. 그렇지 않으면 나는…"

"좋아요, 좋아요." 카슨은 확실하게 했다. "현상유지. 됐어요? 행운이 넘치길…" 프로코프가 문밖으로 나가버리자마자 그는 망연자실하며 덧붙였다. "어, 저주받은 녀석 같으니라고."

덜거덕거리는 소리를 내면서 프로코프는 대포처럼 무겁고 단단한 발걸음으로 공원으로 들어갔다. 성 앞에는 여러 신사들이 서 있었다. 멀리서 그를 보자마자 그들은 혼란에 빠져 뒤로 물러섰다. 아마도 그들은 폭발할 것 같고 분노로 가득 찬 이 인물에 대해서 소문을 듣고 있었다. 그들의 뒷모습은 "뭔가를 묵인해준다"는 듯한 가장 강력한 분노를 표현하고 있었다.

그때 크라프트는 에곤에게 훈련을 시키며 함께 걸어오면서 프로코프를 만났다. 그는 에곤을 남겨두고 프로코프에게 달려왔다. "우리 서로 악수할 수 있을까요?" 그는 말하고 자신의 영웅심으로 얼굴이 붉혀졌다.

"이제 저는 이것 때문에 확실히 해고되겠지요?" 그는 자랑스럽게 물었다. 그는 크라프트를 통해서 성 안에 그가, 프로코프가 아나키스트라는 소문이 번개처럼 퍼졌다는 것과 왕위 계승자가 오늘 저녁 여기로 도착한다는 소식을 알게 됐다. …또 간단히 말해 그들은 각하가 조금 늦게 도착하도록 전보를 쳤다고 하고, 동시에 중대한 가족회의가 개최된다는 것을 알게 됐다.

프로코프는 성을 향해갔다. 복도에 있던 두 시종이 그 앞에서 혼비백산하여, 말 한마디 없이 호주머니에 달가닥거리는 것을 가득 채운 공격자가 지나게 내버려 두면서 공포에 사로잡혀 벽에 몸을 붙였다.

거대한 홀에서 가족회의가 개최되고 있었다. 론 삼촌은 근심에 젖어 이리저리 왔다갔다 하고 있었다. 연로한 친척들은 공포에 사로잡혀 이 아나키스트의 돌발행동에 화를 내고 있었고, 뚱보 사촌은 침묵을 지키고 있었고, 다른 신사 한분은 격정적으로 이 미치광이를 위하여 군대를 파견해서 굴복시키든지 그렇지 않으면 사살해야 한다고 주장했다.

그 순간에 문이 활짝 열리고 프로코프는 덜커덩 소리를 내며 홀로 들어왔다. 그는 공주를 찾았으나 그녀가 없는 것을 알게 됐다. 그 순간 다른 모든 사람들은 공포로 인해 일어서서 얼어붙은 채 가장 치명적인 것을 기다리고 있었다.

프로코프는 론 삼촌에게 거친 목소리로 외쳤다.

"저는 후계자에게 아무 일도 일어나지 않으리라는 것을 말씀드리려고 왔습니다. 이제 알게 될 것입니다."

그는 잠시 머리를 숙이고 마치 고관나리의 동상처럼 당당하게 방을 나왔다.

제38장

복도는 텅 비어 있었다. 그는 그가 할 수 있는 가장 조용히 공주의 방 쪽으로 살금살금 다가갔다. 그리고 문 앞에서 마치 저 아래 현관에서 꼼짝 않고 서 있는 무장한 기사처럼 기다렸다. 하녀가 나와서 마치 귀신이라도 본 듯이 소리를 지르고 문 뒤로 사라졌다. 잠시 후 그녀는 문을 열고 놀란 눈으로 바라보면서 말없이 그에게 안으로 들어오라는 신호를 하고 가능한 가장 빨리 사라졌다.

공주는 그를 맞이했다. 그녀는 긴 드레스를 입고 있었다. 그녀는 금방 침대에서 내려온 것 같았다. 머릿결이 이마로 처져 있었고 방금 찬 습포를 제거한 듯이 젖어 있었다. 그녀는 매우 창백했고 아름다워 보이지 않았다. 그녀는 팔을 그의 목에 걸치고 불타는 듯한 입술을 그의 입술로 가져갔다.

"당신은 착하군요." 그녀는 졸리는 듯이 속삭였다. "저는 머리가 아파 죽을 뻔했어요, 오 하나님! 당신 주머니에는 폭발물로 가득하다고 하더군요. 저는 당신이 두렵지 않아요. 지금 가세요. 저는 추해요. 열두시에 당신에게 갈게요. 저는 디너에 가지 않을 거예요, 몸이 아프다고 말할 거예요. 자 가세요."

그녀는 아프고 터진 입술로 그의 입에 키스를 했다. 그녀는 그가 그녀를 보지 못하도록 자기 얼굴을 가렸다.

홀츠의 안내를 받아서 프로코프는 실험실로 돌아왔다. 길에서 그를 만난 사람들은 걸음을 멈추고, 옆으로 물러서거나, 심지어 도랑으로 뛰어들어 몸을 숨기기도 했다. 그는 뭔가에 사로잡힌 듯이 다시 연구에 몰두했다. 그는 어느 누구도 혼합시킬 생각조차 못한 물질을 혼합시켰다. 그는 이것이 폭발물이 될 것이라고 맹목적으로 확신했다. 그는 플라스크, 성냥갑, 통조림 통, 그리고 손에 닿는 모든 것을 채워 넣었다. 그는 그런 것들로 책상 위에, 창턱과 바닥에 가득 채웠다. 이제 너무나 넘쳐나서 어디에 둘 자리가 더 이상 없었다.

정오가 지나자 공주가 그에게로 왔다. 그녀는 베일을 쓰고 코트 깃으로 코까지 가렸다. 그는 그녀에게 달려가서 그녀를 포용하려고 했다. 그녀는 그를 내쳤다.

"아니, 아니에요, 저는 엉망이에요. 제발, 일이나 하세요. 저는 당신이 일하는 것을 바라보고 싶어요."

그녀는 의자 가장자리에 앉았다. 바로 맞은편에는 무서운 폭발물들이 있었다. 프로코프는 꽉 다문 입술로 쉿 소리를 내고, 신맛

이 나는 뭔가의 무게를 재고 혼합시켰다. 그러고 나서 그는 매우 주의를 기울이며 그것을 여과시켰다. 그녀는 손가락 하나 까딱하지 않고 불타는 눈초리로 그의 손을 바라보았다. 그들 둘은 오늘 왕위 계승자가 도착할 것이라는 생각에 잠겼다.

프로코프는 여러 가지 산들이 있는 선반을 자세히 살펴보았다. 그녀는 일어서서 베일을 올리고 그의 목을 끌어안고 그의 입술에 자신의 메마르고 다문 입술로 강하게 눌렀다. 그들은 불안정한 옥소조벤졸과 강력한 뇌산염들이 들어 있는 병들 사이에서 휘청거렸다. 그들 둘은 말없이 경련을 했다. 그러나 그녀는 다시 그를 밀어젖히고 손으로 얼굴을 가리고 앉았다. 그는 그녀가 보는 앞에서 마치 빵집 주인이 빵을 만들 듯이 더욱 빨리 일을 시작했다. 이것은 이때까지 인간이 만든 것 중에서 가장 무서운 물질이, 그 자체로 속도와 인화성의 화신인 과민한 반응의 물질과 무섭고 지독히 민감한 오일이 될 것이다. 그리고 이것은 물처럼 맑고 에테르처럼 유동적이다. 게다가 이것은 어마어마하고 무시무시할 정도로 파괴적인 폭발물이다. 그는 이 이름붙이지 않은 것을 가득 채운 병을 어디에 둘까 둘러보았다. 그녀는 미소를 짓고 그것을 그의 손에서 빼앗아 무릎 위에 얹어놓고 양손으로 꽉 잡았다.

바깥에서는 홀츠가 누군가에게 소리쳤다. "정지!" 프로코프는 바깥을 바라보았다. 론 삼촌이 폭발물을 설치한 덫에 너무 가까이 서 있었다.

프로코프는 그에게로 다가갔다. "무엇을 찾고 계십니까?"

"민카를." 찰스 삼촌은 짧게 말했다. "그녀는 몸이 불편해요, 그 래서…"

프로코프는 입술을 내밀며 말했다. "이리로 와서 그녀를 데려 가세요." 그는 그를 안으로 안내했다.

"아, 찰스 아저씨." 공주는 그를 반가이 맞이했다. "이리 와서 이 것 좀 봐봐요. 이것은 매우 흥미로워요."

론 삼촌은 조심스럽게 그녀와 이 방을 둘러 바라보았다. 그는 안심을 했다.

"민카야, 너는 여기 와서는 안 돼." 그는 꾸중이라도 하듯이 말 했다.

"왜 안 돼요?" 그녀는 순진하게 항의했다.

그는 속절없이 프로코프를 바라보았다. "왜냐하면, 왜냐하면 너 는 열이 있기 때문이야."

"저는 여기 있으니 더 좋아졌어요." 그녀는 차분하게 말했다.

"너는 전혀 하지 말아야 했어…" 왕자님은 눈살을 찌푸리며 심 각하게 말했다.

"아저씨, 아시다시피 저는 늘 하고 싶은 것을 하잖아요." 그녀는 영원한 가족의 무대에 종지부를 찍었다. 반면에 프로코프는 의자 로부터 폭발물이 든 작은 상자들을 치웠다.

"앉으십시오." 그는 정중하게 론에게 말했다.

찰스 삼촌은 이 상황에 못마땅해 했다. "우리가 당신의…, 우리 가 당신의 작업을 방해하는 것은 아닌지요?" 그는 표연히 말했 다.

"전혀 그렇지 않습니다." 프로코프는 말하고 손가락으로 진흙 혼합물질을 말았다.

"무엇을 하고 있습니까?"

"폭발물을 만들고 있습니다. 실례지만 저 컵을." 그는 공주에게로 몸을 돌렸다.

그녀는 그것을 그에게 주고는 "자, 여기 있어요"라고 도전적이고 큰 소리로 말했다.

론 삼촌은 마치 뭔가 찔린 것처럼 움찔했다. 그러나 프로코프가 아주 빠른 솜씨로 조심을 다해 신중하게 투명한 액체를 진흙 뭉치에 붓는 모습이 그에게 흥미를 불러일으켰다.

그는 기침을 하고 물었다. "그것을 어떻게 점화시키나요?'

"흔들어서요." 프로코프는 대답하고 액체 방울을 계속 부었다.

찰스 삼촌은 공주에게로 몸을 돌렸다. "아저씨 만일 무서우시면…." 그녀는 조용히 말했다. "저를 기다릴 필요 없어요."

그는 체념하고 앉았다. 그는 지팡이로 아연으로 된 캘리포니아 복숭아 상자를 두드렸다. "그 안에는 뭐가 있어요?"

"수류탄이 있어요." 프로코프는 설명했다. "헥사니 트로페닐 메틸니트라민(Hexani trofenyl metylnitramin)입니다. 무게를 재보세요"

론 삼촌은 당황했다. "좀 더 신중하게… 다루는 게 더 낫지… 않을까요?" 그는 말하고 책상머리에 있는 성냥갑을 들어서 손가락으로 비틀었다.

"물론이지요." 프로코프는 동의하듯 말하고 그의 손으로부터 성냥갑을 빼앗았다. "그것은 클로라고나트에요. 그것을 가지고 장난칠 일이 아니에요."

찰스 삼촌은 인상을 찌푸렸다. "이 모든 것 때문에 나는 기분 나쁜 협박을… 조금 받는 것 같구먼." 그는 날카롭게 말했다.

프로코프는 그 상자를 책상 위로 던졌다. "무엇이라고요? 저도, 당신들이 저를 요새로 보낸다고 위협해서 협박감을 느꼈어요."

"…내가 감히 말하건대." 론 삼촌은 그의 비난을 받아들이며 말했다. "그런 행동이… 내게 뭐 별로 인상을 주지 않는구먼."

"하지만 제게는 크나큰 인상을 주는데요." 공주는 선언했다.

"너는 그가 하는 것이 무섭지 않니?" 왕자는 그녀에게로 몸을 돌렸다.

"제 생각인데 그는 뭔가를 해낼 거예요." 그녀는 희망에 차서 말했다. "삼촌은 그가 그것을 해내지 못 한다고 생각하세요?"

"아니, 나는 의심하지 않는단다." 론은 말했다. "자 그럼 이제 가지?"

"아니에요, 저는 여기서 그를 돕고 싶어요."

그때 프로코프는 철제 숟가락을 부러뜨렸다.

"그것으로 무엇을 하시게요?" 그녀는 호기심 어린 눈빛으로 물었다.

"못이 더 이상 없어요." 그는 중얼거렸다. "나는 폭탄을 채울 것이 아무것도 없어요." 그는 뭔가 철제 물건들을 찾으며 둘러보았다. 그때 공주는 일어서서 얼굴을 붉히고 장갑 한 짝을 벗고서 금

반지를 빼냈다.

"이것을 사용하세요." 그녀는 조용히 말하고, 얼굴이 홍당무가 되어서 눈을 아래로 내리 깔았다. 그는 공포에 사로잡힌 그녀를 잡았다. 그것은 마치 약혼식처럼… 의식적이었다. 그는 주저주저 하면서 손바닥에서 반지의 무게를 쟀다. 그녀는 다급하고 열렬한 의문 속에서 그에게로 눈을 들어 올렸다. 그는 신중하게 고개를 끄덕이고 그 반지를 아연상자 속에 넣었다.

론 삼촌은 걱정과 근심어린 생각 속에서 그의 새 같은 두 눈을 깜박거렸다.

"이제 우리는 갈 수 있어요." 공주는 속삭였다.

그날 저녁 앞서 말한 왕위 계승자가 성에 도착했다. 성 입구에 는 영광스러운 환영 인파들이 도열했고, 하인들이 두 줄로 서고 온갖 야단법석이 일어났다. 공원과 성은 축제의 등불이 밝혀졌 다. 프로코프는 실험실 앞에 있는 돌더미에 앉아서 우울한 눈초 리로 성을 바라보았다. 여기에는 아무도 오지 않고 조용하고 어 두워지기 시작했다. 오직 성만 불빛이 번쩍거렸다.

프로코프는 깊은 숨을 몰아쉬고 일어났다. "성으로 가시게요?" 홀츠는 묻고는 바지 주머니에서 권총을 빼서 늘 입고 다니는 비 옷 주머니에 넣었다. 그들은 벌써 어두워진 공원을 통과해 갔다. 두 번인가 세 번 그들이 다가가자 누군가가 숲 속으로 들어갔다. 그리고 그들은 아마도 그들로부터 열다섯 발짝 뒤에서 누군가가 계속해서 낙엽 밟는 소리를 들었다. 그러나 그것 외에 거기는 텅 비어 있었다. 완전히 텅 비어 있었다. 오직 성의 한쪽 익면에서는 거대한 노란 창문들이 불빛을 내뿜고 있었다.

때는 가을이다. 벌써 가을이다. 아마 아직도 티니체에서는 은빛 물방울이 샘에 떨어지겠지? 바람 한 점 없다. 그러나 어디선가 차디찬 바스락거림이 들려왔다, 땅에선가 나무에선가?

하늘에는 별 하나가 붉은 빛의 띠를 그리며 떨어진다.

야회복을 입고, 멋진 모습을 한 행복에 젖은 신사들이 성 계단의 테라스로 나와서 하품을 하고, 담배를 피우고, 웃을 터트리고 그리고 다시 돌아간다.

프로코프는 꼼짝도 하지 않고 벤치에 앉아서 상한 손가락으로 아연상자를 비틀고 있다. 그는 이따금 어린이처럼 그것을 달그락거리고 있다. 그 안에는 부러진 숟가락, 반지와 이름 모를 물질이 들어 있다.

홀츠가 조심스럽게 다가왔다. "공주님은 오늘 올 수 없답니다." 그는 신중하게 말했다.

"나도 알고 있어요."

귀빈실 창문에 불이 들어왔다. 그것들은 왕자의 방들이다. 이제 모든 성에 불이 들어왔다. 그것은 마치 꿈속에서처럼 공중누각 같고 실체가 없는 것 같았다.

거기에는 모든 것이 있다. 듣도 보지 못한 부, 아름다움, 야망, 영광과 위엄, 가슴에 달린 훈장들, 즐거움, 생활의 예술, 섬세함과 위트와 자민심, 그들은 마치 다른 세계의 사람들 같았다. …우리와는 다른 사람들.

프로코프는 마치 아이처럼 작은 상자를 흔들어댔다. 차츰 창문들의 불이 꺼지기 시작했다. 저기 아직 불빛이 있다. 론의 방이다. 그리고 붉은 빛이 있는 곳, 그곳은 공주의 방이다. 론 삼촌은 작은 창을 열고 싸늘한 밤공기를 들이쉰다. 그 다음 그는 출입문에서 창문으로 창문에서 출입문으로 계속해서 왔다 갔다 한다. 공주의 커튼 쳐진 창문에는 그림자조차 나타나지 않는다.

론 삼촌도 불을 껐다. 오직 붉은 창 하나만이 불이 켜져 있다. 한 사람의 생각이 다른 사람의 깨어 있는 의식에 도달하기 위하여 길을 찾을 수 있을까? 이 백여 미터의 말없는 공간을 통하여 길을 뚫을 수 있을까? 타타르 공주여, 나는 당신을 위하여 어떤 메시지를 가지고 있을까? 그녀는 잠들었다. 벌써 가을이다. 만일 어떤 신이 존재한다면, 그대의 불덩이 같은 이마를 쓰다듬어 주길.

붉은 창의 불이 꺼졌다.

제39장

그는 아침에 공원으로 가지 않았다. 그는 거기에 가는 것이 금지되었다고 느꼈다. 그는 성에서 실험실로 가는 도중에 있는 상대적으로 낮고 반쯤은 황량한 곳에 몸을 숨겼다. 그곳은 잡풀들이 웃자란 성벽에 의해 가려져 있는 곳이다. 그는 이 숨겨진 성벽으로 기어 올라갔다. 그는 거기서 성의 모퉁이와 공원의 일부분을 바라볼 수 있었다. 그는 그 장소가 맘에 들었다. 그는 거기에 몇 개의 수류탄을 숨겼다. 그는 공원과, 기어가는 딱정벌레와 흔들거리는 나뭇가지 위의 참새들을 번갈아가며 보았다. 울새 한 마리가 거기에 잠시 자리를 잡았다. 프로코프는 숨을 죽이고 새의 불그스레한 목덜미를 자세히 바라보았다. 새는 노래를 부르고 꼬리를 흔들더니 푸드덕 하고 날아가 버렸다.

저 아래 공원에서는 공주가 키가 큰 젊은이의 에스코트를 받으며 걸이가고 있다. 그들 뒤로 무레가 되지 않을 정도로 거리를 두고 일련의 신사들이 따라가고 있다. 공주는 이따금 옆을 바라보며 마치 지팡이로 모래를 휘젓듯이 손을 흔들곤 한다. 더 이상은 보이지 않는다.

한 시간 후 론 삼촌이 뚱뚱이 사촌과 나타났다. 그러고는 또다시 아무것도 보이지 않는다. 그래도 여기 앉아서 기다릴 가치가 있을까?

이제 거의 정오가 다됐다. 갑자기 성 모퉁이에 공주가 나타나서 곧 바로 이리로 온다.

"당신 여기 있어요?" 그는 목소리를 낮추어 부른다. "아래로 그리고 왼쪽으로 오세요."

그는 성벽에서 내려와 풀숲을 지나 왼쪽으로 나아갔다. 거기 벽 옆에는 온갖 쓰레기들이 있었다. 녹이 쓴 테, 구멍투성이인 납 항아리, 깨진 실린더, 더럽고 냄새나는 폐기물. 맙소사 어떻게 저런 물건들이 성에 쌓여 있을까. 이런 형편없는 쓰레기더미 앞에 청순하고 아름다운 공주가 어린이처럼 손가락을 깨물고 서 있다.

"저는 어릴 때 화가 나면 이리로 오곤 했어요." 그녀는 말했다. "이 장소는 아무도 몰라요. 당신 여기 마음에 들어요?"

그는 만일 그가 여기가 맘에 들지 않는다고 말하면 그녀가 불행해 할 것 같아 보였다. "마음에 들어요." 그는 즉각 말했다.

그녀의 얼굴에는 기쁨이 충만했고 그녀는 팔로 그의 목을 끌어안았다. "내 사랑! 저는 제 머리에 깡통을 쓰곤 했어요, 아시다시피, 마치 왕관인양. 그리고 혼자서 왕자를 지배하는 것을 연기했어요. '왕자나리께서는 무엇을 거만하게 명령했을까요?' '사두마치를 준비하라, 자후르로 갈 테다.' 아시다시피, 자후르, 그것은 제가 생각해 낸 장소에요. 자후르, 자후르! 이 세상에 그런 장소가 있을까요? 자, 가요, 우리는 자후르로 갈 것입니다! 저를 위해 그곳을 찾아내세요, 당신은 많이 알고 계시니…."

그녀는 오늘처럼 이렇게 청순하고 명랑한 적이 없었다. 이에 그는 질투가 나고 열렬한 의심이 끓어올랐다. 그는 그녀를 잡고 끌어안으려 했다.

"안 돼요!" 그녀는 자신을 방어했다. "가만 놔둬요. 제발 이성을 찾으세요. 당신은 프로스페로, 자후르의 왕자. 당신은 나를 납치하려고 마법사로 가장을 했을 뿐이에요, 저는 잘 모르지만. 그러나 알리쿠리-필리쿠리-틴틸리-로덴드론 왕국으로부터 리조포드 왕자가 저를 데리려 옵니다. 그자는 코대신 교회 양초와 싸늘한 손을 가지고 있는 무서운, 매우 무서운 사람이에요. 휴! 그리고 당신이 들어와서 '나는 마법사 프로스페로, 자후르의 왕위계승 왕자다'라고 말할 때, 그는 저를 자기의 아내로 삼을 거예요, 그리고 우리 삼촌 메타스타시오가 당신의 목을 잡고 쓰러지고 사람들이 종을 울리고 트럼펫을 불고 예포를 쏠 거예요…."

프로코프는 그녀의 장난기 있는 수다 떨기는 뭔가 아주 중대한, 의미심장한 의미를 가지고 있다는 것을 너무나 잘 이해하고 있었다. 그래서 그녀를 방해하지 않기로 했다. 그녀는 그의 목을 잡고 향수 냄새 나는 입술로 그의 거친 얼굴에 문질러댔다.

"또는 잠깐, 지는 자후르의 공주이고, 당신은 영혼의 왕, 위내한 프로코포코파크예요. 그러나 저는 저주를 받았어요. 그들은 제게 말하곤 하지요. '오레 오레 발레네, 마고트 말리스타 마니골레네'라고, 왜냐하면 저는 물고기에 주어졌거든요. 두 눈을 가지 물고기, 두 손을 가진 물고기, 육체를 가지 물고기, 그리고 그 물고기는 저를 물고기 성으로 데려갔어요. 그러나 그때 위대한 프로코포코파크가 요술 양탄자를 타고 날아와서 저를 데려갔어요. …안녕히."

그녀는 말을 마치고 그의 입술에 키스했다. 그리고 그녀는 여전히 이전에 한 번도 그런 적이 없었던 미소를 짓고, 명랑해지고 장밋빛 모습을 띠었다. 그녀는 그를 자후르의 폐허에 우울한 생각에 빠지게 버려두었다.

도대체 이것은 무엇을 의미할까? 그녀는 그가 그녀를 분명히 돕기를 원했다. '그녀는 압박감에 굴복했어, 내가 어떠하든 그녀를 보호하기를 기다리고 있다! 하나님 맙소사, 난 무엇을 할 수 있단 말인가?'

깊은 생각에 잠겨 프로코프는 실험실로 향했다. 분명히… 이제 대 공격 외에는 아무것도 남은 게 없다. 그러나 어디서 그것을 시작하지? 그는 벌써 문에 도착해서 주머니에서 열쇠를 찾았다. 그 순간 그는 꼼짝하지 못하고 저주를 퍼부었다. 그의 건물 바깥 출입문이 강철 가로대로 바리케이드가 쳐져 있었다. 그는 그것을 강제로 흔들어댔으나 전혀 움직이지 않았다.

문에는 뭔가 지시 사항을 써 놓은 종이가 붙여져 있었다.

"당국의 명령 하에, 필요한 주의사항을 지키지 않고 강력한 폭발물이 불규칙하게 사용되었기 때문에 이 건물은 출입이 금지되었음."

서명은 읽을 수 없었다. 그 밑에는 펜으로 이렇게 쓰여 있다.

"엔지니어 프로코프 씨는 감시초소 바라크 Ⅲ의 경비병 게르스텐센한테 거주할 곳을 보고할 것."

홀츠는 전문가답게 그 바리케이드를 살펴보았다. 그러나 그는 휘파람을 불고 양손을 주머니에 넣을 뿐이었다. 아무것도 할 수 있는 것이 없었다. 프로코프는 화가 나서 얼굴이 창백해져서 바라크 전체를 돌아다녔다. 이전처럼 설치한 폭발물들은 다 제거됐고, 모든 창문에는 창살이 설치되었다.

그는 급히 그의 전쟁물품들을 모았다. 다섯 개의 작은 폭탄은 주머니에 넣고, 네 개의 큰 폭탄들은 자후르 성벽에 숨겼다. 이것은 품위 있는 작전을 위해서는 작은 것에 불과했다. 그는 정신이 나가서 그 저주받을 카슨의 사무실로 달려갔다. '잠깐, 이 깡패 녀석, 네게 본때를 보여주겠어!'

그러나 거기에 도착했을 때 하인이 소장님은 여기에 계시지 않고 오늘 오시지 않는다고 말했다. 프로코프는 그를 밀치고 사무실 안으로 들어갔다. 카슨은 거기에 없었다.

프로코프는 급히 모든 사무실 들여다보며 달려갔다. 그의 행동은 공장의 모든 근무자들을 공포에 사로잡히게 하였다. 그는 마지막으로 전화 받는 여직원한테까지 갔으나 카슨은 보이지 않았다.

프로코프는 적어도 자신의 폭탄들을 구하기 위하여 자후르 성

채로 달려갔다. 그리고 그는 잡목 정글, 자후르성의 쓰레기 더미와 더불어 성채 전체가 철조망 울타리로 둘러싸인 것을 발견했다. 전쟁준비가 완료됐다.

그는 철조망을 끊으려고 했다. 그러나 손에 피만 나고 전혀 어떻게 해볼 수가 없었다. 그는 분노로 흐느끼면서 어떻게 해서 안으로 들어가는 데 성공했다. 거기서 그는 자신의 네 개의 큰 수류탄이 없어진 것을 알게 됐다. 그는 무기력해져서 거의 울 뻔 했다. 엎친 데 덮친다고 보슬비가 내리기 시작했다. 그는 다시 기어나왔다. 옷은 찢어지고, 얼굴과 손에는 피가 흘렀다. 그는 공주, 론, 왕위 후계자나 다른 사람을 만날까 해서 성으로 발걸음을 재촉했다. 그는 건물 현관에서 금발 머리를 한 거인에 의해서 제지당했다. 그는 안면이 있는 자였고 이번에는 그를 보내는 대신 박살을 내려고 했다.

프로코프는 주머니에서 폭탄이 든 작은 상자 하나를 꺼내어 위협적으로 흔들어 댔다. 거인은 눈을 껌벅이고는 물러나지 않고 갑자기 프로코프의 어깨를 잡아챘다. 홀츠는 권총으로 그의 가슴을 있는 힘을 다해 내리쳤다. 거인은 소리를 지르고 그를 놓아주었다.

갑자기 어디서 나타났는지 세 사람이 프로코프에게 다가가려고 하다가 머뭇거리다가 벽 쪽으로 물러났다. 프로코프는 들어올린 손에 상자를 잡고, 움직이고 있는 첫 번째 사나이의 발에 던지려고 했다. 홀츠는(분명히 혁명을 하는 편에 서 있는) 권총을 잡고 기다렸다. 그들 앞에는 네 사람이 앞으로 몸을 조금 숙이고

서 있었다. 그들 중 세 사람은 권총을 들고 있었다. 곧 싸움이 일어날 것 같았다. 프로코프는 전략적으로 계단 쪽으로 움직였다. 네 사나이도 그쪽으로 움직였다. 그들 뒤에서 누군가가 도망을 갔다. 쥐죽은 듯한 침묵이 흘렀다.

"쏘지 마." 그들 중 한 명이 날카롭게 속삭였다. 프로코프는 자기 시계 소리를 들을 수 있었다. 이층으로부터 즐거운 목소리가 들려왔다. 아무도 무엇이 일어나고 있는지 몰랐다. 출구는 계속 열려 있었다. 프로코프는 홀츠의 경호를 받으며 출구 쪽으로 물러났다. 네 사나이는 계단 옆에서 마치 장승이라도 된 듯이 꼼짝하지 않고 서 있었다. 프로코프는 바깥으로 나왔다.

날씨는 춥고 계속 이슬비가 내리고 있었다. 이제 무엇을 한담? 그는 재빨리 상황을 고려하고 호수의 수영장을 진지로 삼으려고 결심했다. 그러나 그는 거기서는 성을 관찰할 수 없었다. 갑자기 프로코프는 다른 결정을 하고 경비실로 달려갔다. 홀츠는 그의 뒤를 따랐다. 그는 경비 할아버지가 점심을 먹는 순간 안으로 들어갔다. 그 경비는 왜 자기가 폭력과 살해위협에 의해서 쫓겨나는지 이해할 수 없었다. 그는 머리를 내저으며 불평을 하러 성으로 갔다.

프로코프는 이런 자리를 차지한 것을 만족해했다. 그는 공원으로 향하는 철문을 닫고, 노인의 점심을 맛있게 먹어치웠다. 그리고 그는 거기서 찾을 수 있는 모든 것들을 모았다. 화학약품 같은 거나, 석탄, 소금, 설탕, 풀, 말라빠진 페인트와 다른 물질들, 그리고 그는 이것들로 무엇을 만들지 생각해 봤다. 그동안 홀츠는 감시를 하면서 창문들을 포문(砲門)으로 개조시키면서 시간을 보냈다. 그것은 그의 네 개의 6mm 탄약통과 견주어 볼 때 좀 뭔가 어울리지 않았다. 프로코프는 부엌을 자신의 실험실로 개조했다. 거기에는 지독한 냄새가 났다. 그러나 그는 드디어 정교하지만 않지만 적은 양의 폭탄을 제조할 수 있었다.

적군들은 아무런 공격을 해오지 않았다. 아마도 그들은 귀빈들이 와 있는 동안, 스캔들을 일으키고 싶지 않는 것 같았다. 프로코프는 성을 어떻게 아사지경으로 몰아갈까라는 생각에 골머리를 앓았다. 그는 전화선을 잘랐다. 그러나 아직 성으로 들어가는 문은 세 개나 더 있다, 자후르 성채를 통해서 공장으로 들어가는 길은 제쳐놓고도. 그는 비록 원하지는 않았지만, 성을 모든 방향에서 에워싸는 계획을 포기해야 했다.

비가 쉬지 않고 내렸다. 공주의 창문은 열렸다. 밝은 모습이 손으로 공중에다가 큰 글씨를 썼다. 프로코프는 그것을 해독할 수 없었다. 그렇지만 그는 자기의 작은 건물 앞에서 똑바로 공중에다가 풍차처럼 팔을 흔들면서 도전적인 메시지를 썼다.

저녁 무렵 크라프트 박사는 반란자들한테 왔다. 그는 자신의 고상한 열정 속에서 스스로 무장하는 것을 잊어버렸다. 그의 미션은 그저 도덕적인 것일 뿐이었다. 폴도 함께 했다. 그는 멋진 차가운 저녁과 적포도주와 샴페인을 많이 가져왔다. 그는 아무도 자기를 보내지 않았다고 떠벌렸다. 좌우간 프로코프는 조심스레 그에게 ─누구라고는 말하지 않고─ 그들에게 "감사를 표하나 포기하지는 않을 것"이라고 전하라고 했다. 귀족들의 만찬에서 크라프트 박사는 아마도 자신의 남자다움을 과시하기 위하여 처음으로 포도주를 마셨다. 그동안 프로코프와 홀츠는 전쟁노래를 불렀다. 각각 다른 언어로 다른 노래를 불렀다. 그러나 그들은 멀리서, 특히 어둠과 빗속에서 무섭고 우울한 하모니를 이루었다.

누군가가 성에서 노래를 듣기 위하여 창문을 열었다. 그러고 나서 그는 멀리서 피아노 반주를 시도했다. 그러나 그는 곧 에로이카를 연주하고 아무런 생각 없이 건반을 두드렸다. 성에 불이 꺼지자 홀츠는 문에 어마어마한 바리케이드를 설치했다. 세 사람의 주인공들은 조용히 잠이 들었다.

이튿날 아침 맨 먼저 폴이 문을 두드려 그들은 일어났다. 폴은 쟁반에 커피 세 잔을 가져왔다.

제40장

비는 계속 내리고 있었다. 하얀 의원 제복을 입은 뚱뚱이 사촌이 프로코프에게 이제 실험실과 모든 것을 되찾을 것이라고 하면서 협상하러 왔다. 그러나 프로코프는 여기서 떠나지 않을 것이며, 차라리 자신을 공중으로 날려버릴 거라고 선언했다. 그러나 그러기 전에 그는 뭔가를 시도할 것이니 곧 보게 될 것이다, 라고 했다. 이 암담하고 위험한 소식을 가지고 사촌은 되돌아갔다. 성으로 향하는 정문이 폐쇄되어 성 안에서는 매우 긴장을 하고 있었다. 그러나 그들은 아무런 소동도 일으키고 싶지 않았다.

평화주의자인 크라프트 박사는 전투적이고 거친 협상들을 가지고 왔다. 성으로 가는 전선의 단선, 급수의 단절, 독가스의 생산, 성으로 독가스 살포. 홀츠는 헌 신문들을 모아서, 자신의 비밀 주머니에서 안경을 꺼내 마치 대학교 교수처럼 신문을 하루 종일 읽었다. 프로코프는 고통스러울 정도로 지루해했다. 그는 뭔가 거대한 작전을 갈망했다. 그러나 어떻게 시작해야 할지를 몰랐다. 마침내 그는 홀츠로 하여금 건물을 지키라고 하고 크라프트와 공원으로 향했다.

공원에는 아무도 없었다. 적군들은 성에 집중했다. 그는 창고와 마구간이 있는 가장자리까지 성을 한 바퀴 돌아보았다.

"휠윈드가 어디에 있지?" 그는 갑자기 물었다. 크라프트는 3미터 높이의 작은 창문을 가리켰다.

"벽에 기대 봐요." 프로코프는 속삭였다. 그는 내부를 보기 위해서 그의 등을 타고 그리고 어깨 위로 올라갔다. 크라프트는 그의 무게 아래서 거의 넘어질 뻔했다. 그리고 더욱 더 나쁜 것은 그는 어깨 위에서 춤을 추고 있었다. …그는 거기서 무엇을 하는가? 무거운 창틀 하나가 바닥으로 떨어졌다. 벽으로부터 흙이 허물어졌다. 갑자기 무거운 짐이 날아올랐다. 공포에 사로잡힌 크라프트는 고개를 들고 겨우 소리를 질렀다. 그는 두 다리가 흔들거리다가 창으로 사라지는 것을 목격했다.

공주는 휠윈드에게 빵 조각을 먹이면서 생각에 잠겼다. 창에서 이상소리가 들려와서 아름답고 어둡지만 찬란한 창을 바라보았다. 그녀는 따뜻한 마구간의 희미한 불빛 속에서 마구간 창문의 쇠창살을 뜯어내는, 눈에 익은 상처 난 손을 알아봤다. 그녀는 소리를 치지 않기 위하여 손으로 입을 가렸다.

손과 머리를 먼지 앞으로 내밀고 프로코프는 휠윈드의 건초 더미에 굴러 떨어졌다가 뛰어내렸다. 그는 여기저기 긁힌 자국이 있었지만 말짱했다. 그는 숨이 차서 미소를 지으려고 애썼다.

"조용히." 공주는 숨이 막힐 지경이었다. 왜냐하면 신랑이 문 뒤에 있었기 때문이다. 그리고 그녀는 벌써 그의 목에 매달렸다. "프로코포코파크!" 그는 창문을 가리켰다. 여기로 빨리 바깥으로!

"어디로요?" 그녀는 속삭이고 그를 껴안으면서 키스를 했다.

"경비실로."

"당신 바보에요! 거기에는 몇 명이 있어요?"

"세 명."

"보시다시피 그건 말도 안 돼요!" 그녀는 그의 얼굴을 어루만졌다. "쓸데없는 짓 하지 마세요."

프로코프는 급히 그녀를 어떻게 납치할 수 있을까 하고 생각해 봤다. 그러나 여기는 어두웠고 말 냄새가 흥분을 자아냈다. 그들의 눈은 빛을 발하고 그들은 열정적으로 키스를 했다. 그녀는 갑자기 몸을 빼고는 숨을 몰아쉬며 뒤로 물러섰다.

"떠나가세요! 가요!" 그들은 몸을 떨면서 마주 바라보고 서 있었다. 그들은 그들을 사로잡고 있는 열정이 깨끗하지 못 하다는 것을 느꼈다.

그는 몸을 돌려서 건초더미 위의 가로대를 떼어냈다. 그때서야 그는 제 정신을 차렸다. 그는 공주에게로 다시 몸을 돌리고 바라보았다. 그녀는 손수건을 입으로 물어뜯어 조각을 내었다. 그리고 그녀는 그것을 자기 입술에 문지르고 말없이 그에게 보상이나 추억으로 주었다. 이에 그는 그녀의 흥분한 손이 놓였던 자기 팔의 그 부분에 키스를 했다. 그들은 말도 할 수 없고 서로 몸이 닿는 것을 두려워한 이 순간처럼 그렇게 야만스레 사랑해 본 적이 없었다.

바깥 안뜰에서 발자국 소리가 들려왔다. 공주는 그에게 눈짓을 했다. 프로코프는 건초더미로 뛰어올랐다. 그는 천정에 있는 뭔가 고리를 잡고, 발 앞으로 해서 창문으로 빠져나왔다. 그가 땅바닥에 내리자 크라프트는 기쁨에 젖어 그를 포옹했다.

"당신은 말 다리의 힘줄을 끊었어요." 그는 피에 굶주린 듯이 속삭였다. 그는 아마도 필요한 전쟁준비를 의미했다.

프로코프는 말 없이 경비실로 향했다. 그는 홀츠에 대해 걱정을 했다. 벌써 멀리서부터 무서운 장면을 목격했다. 두 사나이가 정문에 서 있었다. 정원사가 싸운 흔적들을 지우고 있었다. 가로대 처진 정문은 반쯤 열려 있었고, 홀츠는 없었다. 그들 중 한 명은 손수건으로 손을 동여맸다. 왜냐하면 홀츠가 그에게 큰 상처를 입혔기 때문이다.

프로코프는 우울감에 젖어 말없이 공원으로 되돌아왔다. 크라프트 박사는 자신의 대장이 새로운 공습전략을 짜고 있다고 생각했다. 그래서 그를 방해하지 않았다. 프로코프는 나무둥치에 앉아서 찢겨진 옷 부분에 생각을 집중하고 있었다.

길에는 한 일꾼이 낙엽을 실은 손수레를 끌며 오고 있었다. 크라프트는 그 의심스러운 자를 공격했다. 그는 그를 무섭게 때렸다. 그 순간 그는 안경을 잃어버렸다. 그는 안경 없이는 다시 안경을 찾을 수 없었다. 그때 그는 전쟁터에 남겨진 전리품으로 손수레를 가지고 대장한테로 걸음을 재촉했다. "그는 도망쳤어요." 그의 근시에는 승리의 열기가 타올랐다.

프로코프는 단지 중얼거리며 자기 손에서 빙글 도는 이 부드러운 백색의 전리품을 점검했다. 크라프트는 이 전리품이 무엇에 쓸모가 있는지 생각을 하면서 손수레에 몰두했다. 마침내 그는 손수레의 밑바닥이 위로 향하면 어떨까 하는 생각이 떠올랐다. 그의 두 눈에는 희망의 빛이 반짝거렸다. "여기 앉으면 되겠네요!"

프로코프는 일어나서 양어장 호수로 향했다. 크라프트 박사도 손수레를 가지고 그의 뒤를 따랐다. 아마도 미래의 부상 입은 사람들을 싣기 위하여. 그들은 물속에 있는 말뚝 위에 설치한 욕탕에 자리를 잡았다. 프로코프는 이 샤워실들을 한 바퀴 돌아봤다. 가장 큰 것은 공주의 것이었다. 거기에는 거울과 빗, 머리카락 뭉치와 머리핀들, 부드러운 샤워 가운과 샌들, 사적이며 은밀한 물건들이 있었다. 그는 크라프트를 거기로 들어오지 못하게 하고 그와 함께 반대편에 있는 남자 샤워실로 들어가 자리잡았다.

크라프트는 환한 미소를 지었다. 그들은 이제 두 개의 작은 보트, 카누와 구명보트, 드레드노트 전함 한 대로 이루어져 있는 함대를 가지게 됐다. 프로코프는 오랫동안 침묵을 지키며 회색의 양어장 호수 위에 떠 있는 갑판 위를 서성거렸다. 그 다음 공주의 목욕실로 들어갔다. 그는 그녀의 소파에 앉아서 그녀의 부드러운 샤워 가운에 그의 얼굴을 파묻었다. 자신의 믿을 수 없을 정도의 시력에도 불구하고 크라프트는 그의 비밀에 대해 생각에 잠겼다.

그는 그의 감을 존중했다. 그는 발끝으로 욕실을 걸어 다녔다.

그는 전함으로부터 물을 퍼 내면서 적당한 노를 찾았다. 그는 상당한 전투의 재주를 보여주었다. 그는 용감히 육지로 올라가 이웃 담벼락으로부터 빼난 10킬로그램의 거대한 돌을 포함하여 여러 크기의 돌들을 목욕실로 가져왔다. 그러고 나서 그는 판자를 하나씩 제거해서 목욕실과 육지로 연결된 다리를 절단했다. 드디어 오직 두 개의 통나무 가로대만으로 육지와 연결시켰다. 그는 뜯어낸 판자들로 입구에 바리케이드를 설치하고, 그리고 쓸모없는 녹슨 못들을 노의 끝 바깥으로 나오게 박아 넣었다. 이런 식으로 그는 무시무시하고 강력한 무기를 만들었다.

모든 것을 질서정연하게 한 다음, 아무 이상 없는 것을 확인하고 상관에게 보고하고 싶었다. 그러나 프로코프는 공주의 목욕실에 틀어박혀 있었고, 너무나 조용해서 마치 숨조차 쉬지 않는 것 같았다. 크라프트 박사는 차가운 물결이 조용히 출렁거리는 회색의 양어장 호수 위 갑판에 남아 있었다. 때때로 물고기들이 뛰어올랐다가 내려가고, 갈대가 속삭였다. 크라프트 박사는 혼자서 있는 것이 불안했다.

그는 대장의 부스 앞에서 그의 주의를 끌기 위해 기침을 하거나 속으로 중얼거렸다. 마침내 프로코프는 입을 꽉 다물고 이상한 눈초리를 하고 밖으로 나왔다. 크라프트는 그를 새로운 요새로 안내하고 모든 것을 보여주었다. 마침내 그는 적이 돌을 던질 수 있는 기리까지 오는 경우 증거를 들어가며 보여주었다. 시범을 보이다가 그는 거의 물에 빠질 뻔 했다. 프로코프는 아무 말도 하지 않았다. 그러나 그의 목덜미를 잡고 얼굴에 키스를 해주었다. 크라프트 박사는 얼굴이 벌게져서, 그에게 열 번이라도 키스를 퍼붓고 싶어 했다.

그들은 갈색 피부의 공주가 선탠을 하던 물가 벤치에 앉았다. 서쪽에는 구름이 일어나고 있었고, 아주 멀리 희미한 누런 하늘이 얼굴을 드러냈다. 양어장 호수 전체가 빛을 발하고 물결을 일으키고, 창백하고 슬픈 빛으로 번져갔다. 크라프트 박사는 영원한 전쟁, 권력의 조정 그리고 영웅심을 통한 세상의 구원에 대한 완전히 새로운 이론을 발전시켰다. 그가 말한 모든 것은 그러한 가을 석양의 괴로운 멜랑콜리와 더불어 고통스러운 모순이었다. 그러나 다행히도 크라프트 박사는 근시이고 게다가 이상주의자라서 그러한 멋진 주위에 전혀 아랑곳하지 않았다. 그 둘은 우주의 아름다움을 바라보는 대신 그 순간 추위와 배고픔을 느꼈다.

그리고 그때 그들은 육지에서 바구니를 들고 오는 폴의 서두르는 잰걸음 소리를 들었다. 그는 오른쪽과 왼쪽을 번갈아 둘러보며 작은 목소리로 규칙적으로 "뻐꾹! 뻐꾹!" 하고 불렀다. 프로코프는 전함을 몰고 그에게 다가가서 누가 그를 보냈는지 물었다. "제발, 아무도." 노인은 고집스럽게 말했다. "하지만 내게는 알쥐베타란 딸이 있는데, 부엌에서 일한다오." 그는 자기의 딸 알쥐베타에 대해서 더 이야기하고 싶어 했지만, 그러나 프로코프는 그의 흰 머리칼을 쓰다듬으면서 건강하고 힘이 센 무명의 사나이에게 명령했다.

오늘 크라프트 박사는 거의 혼자 마시고, 주절거리고, 심각하게 이야기를 하고, 다시 모든 철학 강의를 시작하였다. 행동, 그는 주장했다, 행동이 모든 것이다. 프로코프는 공주의 자리에서 몸을 흔들거리며, 줄곧 하나의 별만을 바라보았다. 도대체 왜 그는 바로 그것을 선택했을까, 그것은 오리온 별자리에 있는 오렌지색 별이었다.

그가 건강하다는 것은 사실이 아니었다. 그는 티니체에서 상처 입은 자리들이 이상할 정도로 고통스러웠다. 그는 머리가 빙글 돌았고 추위로 몸을 떨었다. 그는 뭔가를 말하려고 했으나 혀가 말을 듣지 않고 이가 달그락거렸다. 크라프트 박사는 술기운이 날아가고 거의 불안했다. 그는 프로코프를 목욕실 소파에 눕히고 공주의 목욕 가운을 비롯하여 모든 가능한 것들로 덮어 주었다. 그리고 그는 그의 이마에 젖은 수건을 올려 주었다. 프로코프는 감기라고 주장했다. 자정이 되어서야 그는 잠이 들었고 반혼수상태에 빠지고 무시무시한 꿈을 꾸었다.

제41장

아침에 크라프트는 폴의 소리에 가장 먼저 깨어났다. 그는 일어서려고 했으나 그는 완전히 몸이 굳어 있었다. 왜냐하면 그는 밤새도록 몸이 얼어붙었고 강아지처럼 움츠려 잤기 때문이다. 마침내 그가 어떻게 해서 몸을 일으켜 세우고 살펴보니 프로코프가 사라졌다. 그들 함대의 보트 하나가 호수 둑에서 찰랑거리고 있었다. 그는 자신의 지도자가 크게 걱정이 됐다. 그는 그를 찾아야 했다. 그러나 그는 아주 잘 건설한 요새를 비우는 것이 두려웠다. 그는 할 수 있는 한 요새를 돌보고 근시로 프로코프를 찾아보았다.

그동안 완전히 녹초가 된 채 입에는 진흙 냄새를 풍기며, 추위에 몸을 떨고, 몸이 얼어붙은 프로코프는 벌써 오래 전에 공원에 있는 참나무 고목 꼭대기에 올라갔다. 거기서부터 그는 성 전면 전체를 관찰할 수 있었다. 그는 머리가 어지러웠다. 그는 가지를 꽉 잡았으나 떨어질까 봐 두려워서 바로 아래로 내려다 볼 수 없었다.

공원의 이쪽은 분명히 안전해 보였다. 심지어 나이 많은 친척들은 용감히 성의 계단까지 지나다니고 있었고, 두세 사람씩 짝을 이룬 신사들이 지나갔다. 말 탄 기사들이 큰 도로를 따라 행렬을 이루고 지나갔다. 정문에는 다시 할아버지가 근무를 서고 있었다. 열시가 넘어서 왕위 후계자를 동반하여 공주 혼자서 나왔다. 그녀는 일본식 정자로 향했다.

프로코프는 놀라서 머리가 밑으로 떨어지는 것 같았다. 그는 나뭇가지를 꽉 잡고, 나뭇잎처럼 몸을 떨었다.

아무도 그들 뒤를 따라가지 않았다. 그 반대로 모두들 공원을 떠나가서 성 앞에 모였다. 아마도 뭔가 결정적인 대화가 있었던 모양이다. 프로코프는 소리치지 않기 위하여 입술을 깨물었다. 그것은 오래 걸렸다. 아마도 한 시간 또는 다섯 시간. 그리고 나서 거기서부터 계승자는 혼자서 달려 나왔고, 얼굴을 붉히며 주먹을 꽉 움켜쥐고 있었다. 성 앞의 신사들이 흩어지면서 그에게 자리를 내주려고 물러섰다. 계승자는 오른쪽도 왼쪽도 돌아보지 않고 곧바로 계단으로 달려 올라갔다. 거기서 맨머리의 론 삼촌이 그를 맞이했다. 그들은 잠시 이야기를 나누고 왕자는 손으로 이마를 문지르고 그들은 안으로 들어갔다. 성 앞의 신사들이 다시 함께 머리를 맞대고 모였다가 곧 각자 흩어졌다. 성 앞에는 다섯 대의 자동차들이 도열했다.

프로코프는 나뭇가지를 잡고 참나무 꼭대기에서 내려오기 시작했다. 드디어 땅에 쾅하고 닿았다. 그는 일본식 정자로 급히 달려갔다. 그러나 발이 말을 잘 듣지 않아 그의 모습은 우스꽝스러웠다. 그의 머리는 빙글 돌았다. 그는 마치 희미한 안개 속을 뚫고 지나가는 것 같았다. 그는 그 정자를 찾을 수 없었다. 왜냐하면 그의 눈앞에서 모든 것이 혼란스러웠고 이리저리 변하는 것 같았기 때문이다.

마침내 그는 그 정자를 찾았다. 거기에 공주가 앉아서 심각한 입술로 속으로 뭔가를 중얼거리다가 나뭇가지 사이로 획획 소리를 내고 있었다. 그는 그녀에게 당당하게 도달하기 위하여 온 힘을 다했다. 그녀는 일어서서 그를 맞이하러 왔다.

"당신을 기다리고 있었어요." 그는 그녀에게로 다가갔고 거의 그녀에게 넘어질 뻔했다. 왜냐하면 그는 계속 그녀가 멀리 있는 존재처럼 보였기 때문이다. 그는 손을 그녀의 어깨에 얹었다. 그는 이상하게 몸의 균형을 유지하려고 애를 썼다. 그는 조금 휘청거리며 입술을 깨물었다. 그는 자기가 이야기를 하고 있다고 생각했다. 또한 그녀도 뭔가를 이야기했으나 그는 그녀의 말을 이해하지 못했다. 모든 것은 물속에서 일어나는 것 같았다. 그때 사이렌이 울리고 자동차들의 출발 신호가 울려 퍼졌다.

공주는 무릎이 접혀진 것처럼 휘청거렸다. 프로코프는 희미하고 창백한 그녀의 얼굴을 보았다. 거기에는 두 개의 까만 충치가 보였다.

"이제 끝났어요." 그는 가까이서 분명한 말을 들었다. "끝장났어
요. 내 사랑, 내 사랑, 저는 그를 떠나보냈어요!" 만일 그가 온전
한 정신이었다면, 그는 그녀가 상아로 조각되고, 얼어붙고, 자신
의 희생이란 절정의 순간 속에서 고통스러울 정도로 아름답다는
것을 보았을 것이다. 그러나 그는 자신의 떨고 있는 눈꺼풀을 제
어하려고 노력하면서 눈을 깜빡거렸다. 그에게는 그의 발 아래에
있는 바닥이 솟아올라 뒤집어지는 것 같았다. 공주는 손을 이마
에 대고 휘청거렸다. 그는 너무나 큰 결정을 해서 피로에 지친 그
녀를 도와주려고, 그녀를 팔로 안고 가려고 했다. 그러나 그는 그
녀보다 먼저 그녀의 발 앞에 소리 없이 넘어졌다. 그는 형체가 없
이 허물어져 내렸다. 마치 실과 누더기 뭉치처럼.

 그는 의식은 잃지 않았다. 그의 두 눈은 의혹에 사로잡혔다. 그
는 실제로 어디에 있는지 그에게 무엇이 일어나고 있는지 전혀
알 수 없었다. 그에게는 누군가가 공포에 사로잡혀 떨면서 자기
를 들어올리려고 하는 것 같았다. 그는 스스로 일어서려고 했으
나 아무것도 할 수 없었다.
 "이것은… 엔트로피일뿐이에요." 그는 말했다. 그에게는 이것이
상황을 말해주는 것 같았고 그는 그 말을 몇 번이나 되풀이해 말
했다. 그러고 나서 머릿속에 뭔가 강둑 같은 소리가 들려왔다. 그
의 머리는 떨고 있는 공주의 손으로부터 무겁게 떨어져서 땅에
충돌했다. 공주는 미치다시피 일어나서 도움을 청하러 달려갔다.
 그는 무엇이 일어나고 있는지 자세히 알 수 없었다. 그는 세 사

람이 자기를 마치 납덩어리라도 되듯이 운반해가는 것을 느꼈다. 그는 그들의 힘들어 하는 발걸음과 급한 숨소리를 들었다. 그들은 자기를 헌옷처럼 손가락으로만 운반할 수 없다는 것을 느꼈다. 누군가가 줄곧 그의 손을 잡고 있었다. 그는 그것이 공주라는 것을 알게 됐다.

"폴, 당신은 참 친절하군요." 그는 그녀에게 감사의 말을 했다. 그러고 나서 곧 혼란스럽고 숨 막히는 순간이 찾아왔다. 그들은 그를 계단으로 운반하고 있었다. 그러나 프로코프에게는 그들이 모두 저 깊은 심연으로 떨어지는 것 같았다.

"그렇게 세게 밀치지 마세요." 그는 중얼거렸다. 그의 머리는 너무나 세게 돌아서 그는 아무것도 느끼지 못했다.

그가 눈을 떴을 때 그는 또 다시 귀빈실에 누워 있고, 폴이 떨리는 손으로 그의 옷을 벗기고 있는 것을 알게 됐다. 그의 머리맡에는 공주가 눈을 왕방울처럼 크게 뜨고 서 있었다. 프로코프의 머리에는 모든 게 뒤얽혔다.

"제가 말에서 떨어졌지요, 그렇지 않아요?" 그는 힘이 빠져 조잘거렸다. "당신은… 당신은 그때 거기에 있었지요, 그렇지 않아요? 쾅, 폭발. 리트로글리… 니트로기…마이크로… Ch2, On2, O2. 보-보-복잡한 균열. 마치 말처럼 단련된." 그는 이마에 차가운 작은 손을 느꼈을 때 침묵했다. 그러고 나서 그는 그 도살자-의사를 바라보고는 누군가의 차가운 손바닥에 손톱으로 찔렀다.

"나는 필요 없어요." 그는 고함을 질렀다. 왜냐하면 그는 고통이 시작된다는 것을 두려워했기 때문이다. 그러나 도살업자는 머리를 그의 가슴에 얹고 깊게 숨을 들이쉬었다. 불안과 초조 속에서 그는 자기 앞에서 까맣고 화난 두 눈을 보았다. 그것은 그를 매혹시켰다.

도살자-의사는 일어서서 뒤에 있는 누군가에게 말했다. "독감으로 인한 폐렴입니다. 공주 마마를 데려가십시오. 전염성이 있습니다." 누군가가 마치 물밑에서처럼 말한다. 의사가 대답을 한다. "폐에 포말이 생기면 그땐… 그땐…." 프로코프는 희망이 없고 죽는다는 것을 이해했다. 그러나 그것은 그에게 완전히 무관심을 유발했다. 그는 그것이 그렇게 단순한지 상상도 못했다. "40.7도" 박사는 말했다.

프로코프의 유일한 바람은 죽을 때까지 잠을 자는 것이었다. 그러나 그대신 그들은 그를 찬 수건으로 둘러쌌다. 오호! 마침내 그들은 속삭였다. 프로코프는 두 눈을 감았고, 더 이상 아무것도 알 수 없었다.

그가 깨어났을 때, 그의 옆에는 검은 양복을 입은 두 노신사가 서 있었다. 그는 아주 기분이 좋았다.

"안녕하세요." 그는 말하고 몸을 일으키려했다. "움직이면 안 돼요." 한 신사가 말하고 그를 가만히 베개로 다시 눕혔다. 프로코프는 얌전히 누웠다.

"하지만 이제 저는 좋아졌지요, 그렇지 않아요?" 그는 만족하여 말했다. "물론이지요." 다른 신사가 의심스럽다는 듯이 말했다.

"그러나 당신은 꿈틀거려서는 안 됩니다. 진정해요. 아시겠어요?"

"홀츠는 어디에 있어요?" 프로코프는 갑자기 말했다.

"여기요." 그는 구석에서 대답했다. 침대 다리 쪽에 얼굴에 흉터와 붉은 반점이 있는 홀츠가 서 있었다. 그러나 그런 모습과는 달리 여전히 언제나처럼 메마르고 홀쭉했다.

그 뒤에는 맙소사, 크라프트가, 목욕실에서 잃어버린 크라프트가 있었다. 그는 마치 삼일 동안 소리를 친 것처럼 그의 두 눈은 붉고 충혈되었다. 그에게 무엇이 일어났을까? 프로코프는 그를 즐겁게 해주기 위하여 그에게 미소를 지어보였다. 또한 폴도 발끝으로 침대 가까이 왔고 그는 손수건으로 입을 막고 있었다. 프로코프는 모든 사람들이 와 있어서 기뻤다.

그는 두 눈으로 방을 살펴보았다. 두 신사들 뒤로 공주가 보였다. 그녀는 죽은 사람 같이 창백하고, 긴장되고 침울한 눈초리로 프로코프를 바라보았다. 그것은 프로코프를 이해할 수 없을 정도로 숨 막히게 했다.

"나는 이제 괜찮아요." 그는 마치 사과라도 하듯이 속삭였다. 그녀는 눈짓으로 한 신사에게 물었다. 그는 복종하듯이 고개를 끄덕였다. 그때 그녀는 침대 가까이로 다가갔다.

"당신 이제 좋아졌지요?" 그녀는 조용히 물었다. "내 사랑, 내 사랑, 당신은 정말 좋아졌지요?"

"예." 그는 모든 사람들의 심각한 행동에 압박감이 들어서 불확실하게 대답했다. "거의 다 나았어요. 다만… 다만…" 그녀의 고정된 시선은 그에게 혼동과 동시에 불안을 야기했다. 그는 부자연스러운 강박감을 느꼈다.

"필요한 게 뭐가 있어요?" 그녀는 그에게 몸을 숙이며 물었다.

그는 그녀의 모습을 보고 이상한 공포감을 느꼈다. "자고 싶어요." 그는 혼자 있고 싶어서 속삭였다. 그녀는 미심쩍어 하는 듯이 그 두 신사를 바라보았다. 그들 중 한 사람이 머리를 조금 끄덕이며 매우 심각하다는 듯이 그녀를 바라보았다. 그녀는 이해를 하고 더욱 창백해졌다.

"이제 주무세요." 그녀는 이상한 목소리로 말하고 벽쪽으로 돌아섰다. 프로코프는 놀라서 주위를 둘러보았다. 폴은 손수건을 입에 대고 있었고, 홀츠는 두 눈을 껌뻑이며 병사처럼 서 있었고, 그리고 크라프트는 이마를 찬장에 대고 그저 훌쩍거리고 있었고, 칭얼대는 어린이처럼 코를 세게 풀었다.

"그러나 왜들…" 프로코프는 소리치고 일어나려고 했다. 그러나 한 신사가 그의 이마에 손을 얹었다. 그 손은 너무나 부드럽고 친근감을 느끼게 했다. 그 접촉은 그에게 안정감을 주고 고결함을 주어서 그는 즉각 안정을 찾고 안도의 숨을 내쉬었다. 그리고 즉각 잠이 들었다.

그는 아주 이상한 반 무의식 상태에서 깨어났다. 테이블 위의 램프불빛만 비추고 있었고, 침대 옆에 검은 드레스를 입은 공주가 빛을 발하며 넋을 잃은 눈으로 그를 바라보고 있었다. 그는 그녀의 두 눈을 보고 있으면 당황힐까 봐 재빨리 두 눈을 감았다.

"내 사랑, 조금 어때요?"

"몇 시에요?" 그는 몽롱한 상태에서 물었다.

"두시예요."

"오후?"

"밤."

"벌써?" 그는 놀라서 이유도 모른 채 말하고 다시 희미한 잠결 속으로 빠져들었다. 그는 잠시 눈을 가늘게 뜨고 공주를 바라보았다. 그리고 다시 잠들었다.

왜 그녀는 계속 그를 바라보고 있을까? 조금 후 누군가가 그의 입술에 포도주 한술을 떨어뜨렸다. 그는 그것을 삼키고 뭔가 중얼거렸다. 마침내 그는 자기도 모르게 깊은 잠에 빠져들었다.

그가 깨어났을 때, 검은 양복을 입은 신사들 중 한 명이 그의 가슴에 귀를 대고 조심스레 듣고 있었고, 나머지 다섯 명이 주위에 서 있었다.

"믿을 수가 없어요." 검은 양복을 입은 신사가 말했다. "그는 틀림없이 강철심장을 가졌어요."

"저는 죽겠지요?" 프로코프는 갑자기 물었다. 검은 양복을 입은 신사는 놀라서 거의 펄쩍 뛸 뻔했다.

"두고 봅시다." 그는 말했다. "만일 당신 오늘 밤을 견뎌낸다면… 당신은 얼마나 오랫동안 버틸 수 있을까요?"

"무엇을 버텨요?" 프로코프는 놀라서 물었다.

검은 양복을 입은 신사는 손을 내저었다. "조용히." 그는 말했다. "조용히만 하세요." 프로코프는 끝임 없이 절망적이었지만,

그는 웃지 않을 수 없었다. 의사들이 어떻게 해야 할지 모를 때에는 언제나 '조용히'라고 처방을 내리기 때문이다. 그러나 부드러운 손을 가진 또 다른 신사가 그에게 말했다.

"당신이 건강해질 거라는 것을 믿어야 해요. 믿음은 기적을 낳아요."

제42장

그가 땀에 흠뻑 젖은 채 잠에서 깨어났다. 어디… 여기가 어디지? 그의 머리 위에서 천정이 흔들리고 빙글 돈다. 아니, 아니, 떨어진다. 나사처럼 회전하면서 아래로 떨어진다. 거대한 수력압착기처럼 천천히 내려온다. 프로코프는 소리를 치고 싶었지만 할 수 없었다. 천정은 벌써 가까이 내려와서 그는 거기에 앉아 있는 투명 파리를 알아보았다. 회치장 벽토 속에 있는 모래 알갱이, 불규칙한 페인트칠도 보였다. 그리고 계속해서 천정은 아래로 내려왔다. 프로코프는 질식할 듯한 공포감을 가지고 그것을 바라보았다. 그는 쉿쉿 소리 외에 아무 소리도 낼 수 없었다. 불빛이 나갔다. 깜깜한 어둠이 도래했다. 이제 그것은 그를 으스러뜨릴 것이다. 프로코프는 벌써 천정이 그의 곤두선 머리카락에 닿는 것을 느꼈고 그는 소리 없이 외쳤다.

아하, 이제 그는 문을 찾아 열고는 밖으로 났다. 거기도 또한 어두웠다. 아니 그것은 어둠이 아니라 안개였다. 칠흑 같은 안개라서 숨을 쉬기조차 힘들었고 공포 때문에 딸꾹질이 나와서 질식할 것 같았다. 이제 그것이 나를 목 조르는구나, 그는 공포에 사로잡혀서, 아직도 꿈틀거리는 어떤 살아 있는 육체를 밟고 또 밟으면서 계속 도망을 쳤다.

그는 허리를 굽히고 손으로 젊고 넓은 젖가슴을 느꼈다. 그것은, 그것은 바로 안치였다. 그는 기겁을 하고 그녀의 머리를 만졌다. 그러나 그것은 머리대신 접시였다. 그것은 소의 허파처럼 뭔가 끈적끈적한 스펀지가 들어 있는 사기접시였다. 그는 역겨워서 그것으로부터 손을 떼려고 했으나, 그것은 떨면서 그에게 달라붙어서 위로 팔까지 올라왔다. 그것은 대왕 오징어였다. 그것은 그에게 열정적으로 그리고 요염하게 달라붙는 공주의 반짝이는 눈을 가진 축축한 젤리 같은 갑오징어였다. 그것은 그의 발가벗은 육체를 따라 조금씩 다가와서 자신의 흉측하고 뛰어오르는 엉덩이를 놓을 자리를 찾았다. 프로코프는 숨을 쉴 수가 없어서, 그것과 씨름을 하면서 손가락을 이 유연하고 끈적끈적한 물체 속으로 찔러 넣었다. 그리고 그는 깨어났다.

폴이 그에게 허리를 굽히고 그의 가슴에 차가운 압박붕대를 얹었다.

"어디에, 어디에, 안치는 어디에 있어요?" 프로코프는 안도의 한숨을 쉬며 말하고 눈을 감았다.

쾅 쾅 쾅 그는 숨이 찬 채 쟁기로 갈아엎은 밭을 따라 달려가고 있었다. 그는 어디로 그렇게 서두르는지 몰랐다. 그러나 그는 심장이 심하게 긴장할 때까지 달려갔다. 그는 늦게 도착하지 않기 위하여 불안해하면서 돌진했다. 여기에는 출입문도 창문도 없는 집이 있다. 위쪽에는 4시 5분 전을 가리키는 시계만 있었다. 프로코프는 시침이 열두시를 가리킬 때 프라하 전체가 공중 속으로 분해되리라는 것을 순간적으로 알았다.

"누가 내 크라카티트를 훔쳐갔지?" 프로코프는 소리 질렀다. 그리고 마지막 순간에 시계 침을 정지시키려고 벽을 따라 올라가려고 시도했다. 그는 뛰어올라서 손톱을 치장벽토에 찔러 넣었다. 그러나 밑으로 미끄러져 내려왔고, 벽에는 할퀸 자국을 길게 남겼다. 그는 공포에 사로잡혀 소리치며 도움을 청하러 어딘가로 날아가듯이 나갔다. 그는 마구간으로 뛰어들었다.

거기에는 공주가 카슨과 함께 서 있었다. 그들은 스토브 위에서 따뜻한 공기에 의해서 움직이는 인형처럼 갑작스럽고 기계적인 사랑을 나누고 있었다. 그들이 그를 봤을 때 그들은 손을 잡고 빠르게, 빠르게 계속 더욱 빠르게 뛰어올랐다.

프로코프가 위를 쳐다보았을 때 그는 자기 위에서 입을 다물고 불타는 눈초리로 허리를 굽히고 있는 공주를 보았다. "짐승같아." 그는 침울한 증오심을 가지고 중얼거리고 두 눈을 재빨리 감았다. 그의 가슴은 마치 이 두 사람이 뛰어오르듯이 미친 듯이 빠르게 쾅쾅거렸다. 그의 두 눈은 땀에 젖어 따가웠고, 입술에서는 짠맛을 느꼈다. 그의 혓바닥은 입천장에 달라붙어 타올랐다. 목구멍은 멍하니 갈증을 느꼈다.

"뭐 필요한 게 있어요?" 공주는 매우 가까이 다가가면서 물었다. 그는 머리를 내저었다. 그녀는 그가 또다시 잠들고 싶어 한다고 생각했다. 그러나 잠시 그는 거친 목소리로 물었다. "그 소포는 어디 있어?"

그녀는 그가 혼수상태에 있다고 생각했다. 그래서 대답을 하지 않았다. "그 소포가 어디 있어?" 그는 근엄하게 눈살을 찌푸리며 되풀이했다. "여기요, 여기 있어요." 그녀는 즉각 말하고, 그의 손가락 사이에 손에 닿는 종이조각을 쑤셔 넣었다. 그는 나는… 나는 내 소포를 원한단 말이야. 그는 그것을 구겨서 던져버렸다. "이것은 그것이 아니야. 나는… 나는… 나는 내 소포를 원한단 말이야."

그가 끊임없이 되풀이하고 화를 내기 시작하자 그녀는 폴을 불렀다. 폴은 실로 단단하게 맨 어떤 더러운 소포를 본 기억이 났다. 그런데 그게 어디에 있지? 그는 그것을 책상 위에서 발견했다. 여기 있네. 이거 보라니까! 프로코프는 그것을 양손으로 잡아서 가슴에 끌어안았다. 그는 안심을 하고 시체처럼 잠이 들었다.

세 시간 후에 그는 또 새로 땀에 흠뻑 젖었다. 그는 너무나 약해져서 숨도 겨우 쉬었다. 공주는 즉시 의사를 부르도록 했다. 그의 체온은 현저하게 내려가고 심장박동이 거의 멈추었다. 그들은 그에게 캠퍼주사를 놓으려고 했다. 그러나 지방 시골의사는 그런 전문가들 사이에서 부끄러움이 많고 시골식이라 만일 그 환자를 그렇게 하면 영원히 깨어나지 못할 거라고 말했다.

"어쨌든 그는 잠자는 동안 죽을 것이오, 그렇지 않아요?" 유명한 전문가가 말했다. "당신 말이 맞아요."

완전히 녹초가 된 공주는 아무것도 할 수 없다는 것을 확인하고 한 시간 가량 누우러 갔다. 크라프트 박사만이 환자와 함께 남았다. 그는 공주에게 한 시간 후 사태가 어떤지 알려주기로 했다. 그러나 아무것도 알려주지 않았다. 불안한 공주는 직접 보러 왔다. 그녀는 크라프트가 방 한가운데 서서 손을 내젓고 있는 것을 목격했다. 그는 리헤트, 제임스 등등을 언급하면서 목청껏 소리를 지르며 치료법에 대해 설교를 하고 있었다. 프로코프는 밝은 눈초리로 그의 설교를 들으면서 과학적이지만 제한된 회의적인 반대의견을 펴면서 이따금 그를 조롱하기도 했다.

"제가 그를 부활시켰어요, 공주님." 모든 것을 잊어버리고 크라프트는 소리쳤다. "저는 그의 회복에 제 정신을 집중했어요. 저는… 저는 그의 몸 위에다 제 손으로 이렇게 했어요, 아시겠어요? 자연력의 방사선으로. 그것은 사람을 지치게 하네요! 저는 파리처럼 약해졌네요." 그는 선언하고 즉각 포도주인 줄 알고 붕대 세탁용 벤진을 한 컵 들이마셨다. 그는 너무나 자기 성공에 도취되었다.

"말 좀 해봐요." 그는 소리쳤다. "제가 당신을 치료했어요, 안 했어요?"

"치료했어요." 프로코프는 친절히 그러나 아이러니컬하게 말했다.

크라프트 박사는 소파에 쓰러졌다. "저는 제가 그런 강력한 기운을 가지고 있다고 생각지도 못 했어요." 그는 만족스럽게 말했다. "제가 당신 위로 제 손을 얹을까요?"

공주는 놀라서 그들 둘을 번갈아 바라보았다. 그녀는 얼굴이 완전히 발개져 가지고 미소를 띠어 보이고, 갑자기 그녀의 두 눈에는 눈물이 고였다. 그녀는 크라프트의 붉은 머리를 쓰다듬고는 나가버렸다.

"여자들은 참을성이 없어요." 크라프트는 자랑스럽게 말했다. "보시다시피 저는 완전히 평온을 찾았어요. 저는 기운이 제 손가락으로부터 흘러나오는 것을 느껴요. 그것은 사진기로 찍을 수도 있어요. 아시겠어요? 울트라방사선 같은 것."

전문가들이 와서, 항의를 하는 데도 불구하고 크라프트를 내보냈다. 그들은 다시 프로코프의 체온과 맥박을 재고 할 수 있는 것을 다 했다. 체온은 높았고 맥박은 96을 가리켰다. 환자는 식욕을 느꼈다. 자, 이제 그것은 괜찮은 전환이었다. 그러고 나서 전문가들은 성의 두 번째 익면으로 돌아갔다. 거기서도 또한 그들을 필요로 했다. 왜냐하면 공주는 거의 열이 40도나 됐다. 60여 시간이나 병간호를 하고 완전히 지쳐 버렸다. 그 외에도 그녀는 빈혈이 있었고, 결핵의 징후와 더불어 다른 여러 병을 앓고 있었다.

이튿날 벌써 프로코프는 침대에 앉아서 영광스럽게 손님을 맞이했다. 대부분 신사들이 흩어졌고, 오직 뚱뚱한 사촌만이 지루하게 남아서 한숨을 쉬고 있었다. 조금 당황한 카슨이 도착했다. 그러나 일이 잘 풀렸다. 프로코프는 지나간 일에 대해서는 언급하지 않았다. 마침내 카슨은 프로코프가 최근에 만들어낸 그 무시무시한 폭발물은 실험도중에 톱밥처럼 폭발력을 보여줬다고 선언했다. 간단히 말해… 간단히 말해 프로코프는 벌써 그것을 만들 때 열병을 가지고 있었다. 환자는 이 또한 조용히 받아들이고 처음으로 미소를 지어보였다.

"저, 아시다시피." 그는 친절하게 말했다. "그렇지만 제가 당신을 너무 위협했었지요."

"위협했어요." 카슨은 기꺼이 수긍했다. "저는 한 번도 나 자신과 공장에 대해 그렇게 무서워해 본 적이 없었어요."

크라프트는 창백하고 피로에 지쳐 자기 방으로 들어갔다. 그는 많은 양의 포도주를 마시면서 자신의 기적적인 재주를 축하하면서 밤을 보냈다. 이제야 그는 절망에 빠졌다. 그는 자신의 자연치유력이 영원히 다한 것을 슬퍼하고는 오늘부터 요가를 통해서 인도식 금욕주의를 실행한다고 선언했다.

찰스 삼촌도 왔다. 그는 친절하고, 신중하고, 차분하게 대했다. 프로코프는 왕자님이 한 달 전처럼 친절한 말투를 쓰는 것과, 다시 그에게 존칭을 사용하고 자신의 경험에 대해 재미있게 이야기하는 것에 대해 감사를 표했다. 오직 공주에 대한 이야기가 나오자 당황한 모습이 역력하게 나타났다. 그동안 공주는 성의 두 번째 익면 궁전에서 고통스럽게 건조한 기침을 하면서, 매 30분마다 폴로부터 프로코프가 무엇을 하며, 무엇을 먹으며, 누가 그를 방문하는지 보고를 받곤 했다.

그에게는 또다시 열과 무서운 꿈이 나타나곤 했다. 그는 꿈에서 크라카티트가 들어 있는 수많은 통이 저장된 깜깜한 창고를 보았다. 창고 앞에서는 무장한 초병이 앞뒤로 왔다갔다 하며 순찰하였고, 그 이상은 없었으나 그것은 무서운 장면이었다. 그에게는 다시 전쟁이 시작된 것 같았다. 그의 앞에는 주검으로 가득한 들판이 한없이 펼쳐져 있었다. 모두들 죽었다. 그도 역시 죽었다. 대지는 얼어붙었다. 오직 카슨만이 시체 위를 걸어 다녔다. 그는 이 사이로 저주를 퍼붓고 시계를 초조하게 바라보았다. 반대편으로부터는 절름발이 하겐이 실룩거리며 절뚝거리며 다가오고 있었다. 그는 이상하게도 빨리 걸어오다가, 당나귀처럼 뛰어왔다. 매번 헐떡거릴 때마다 삐걱대는 소리가 났다. 카슨은 아무렇게나 인사를 하고 그에게 뭔가를 말했다. 프로코프는 헛되이 귀를 기울였으나 한마디도 알아들을 수 없었다. 아마도 바람 때문인 것 같았다. 하겐은 뼈만 앙상 남은 긴 팔로 멀리 지평선을 가리켰다. 그들은 무슨 말을 주고받고 있는 걸까? 하겐은 몸을 돌리고, 손가락을 입안으로 가져가서 거기서부터 금니들과 턱을 빼내고, 이제 입대신 그는 커다란 검은 구멍을 가지고 있다. 그것은 소리 없이 웃어젖힌다. 다른 한 손으로는 눈구멍에서 거대한 눈을 꺼내서 손가락으로 잡아서 죽은 자의 얼굴에 가까이 갖다 댄다. 다른 손에 있는 금니들이 삐걱대면서 숫자를 센다.

프로코프는 몸을 돌릴 수 없었다, 왜냐하면 그는 죽었기 때문이다. 무서운, 피에 젖은 눈이 그의 얼굴에 닿는다. 말의 이빨 같은 것들이 숫자를 세기 시작했다. "17,129." 그리고 찰가닥거렸다.

이제 하겐은 멀리 사라졌다. 계속해서 숫자를 세고 있고, 공주는 부끄러움도 모르고 치마를 너무나 높이 치켜들고 죽은 자들을 넘어 다니다가 프로코프 가까이 왔다. 그녀는 손에 마치 회초리처럼 타타르 깃대를 들고 흔들었다. 그녀는 프로코프 앞에 서서 그의 코밑을 깃대로 간질이고 그가 죽었는지 어떤지 알아보려고 그녀의 신발 끝으로 그의 머리를 건드렸다. 비록 그는 죽었지만, 그의 얼굴에는 피가 흘러내렸다. 그는 죽었기 때문에 자기 가슴 속에서 뼈 속까지 차가움을 느꼈다. 그렇지만 그는 그녀의 가늘고 아름다운 다리를 차마 볼 수가 없었다.

"내 사랑, 내 사랑." 그녀는 속삭이고 천천히 치마를 아래로 내리고 그의 머리맡에 앉아서, 그의 가슴을 가만히 만졌다. 갑자기 그녀는 주머니에서 그 단단하게 묶은 소포를 꺼내서 일어서서 화를 내며, 그것을 찢어서 바람에 날려버렸다. 그러고 나서 그녀는 양손을 펼쳐서 빙글빙글 돌고 죽은 자들을 따라 돌아다니다가 밤의 어둠 속으로 사라졌다.

제43장

공주가 병이 난 이후 그는 그녀를 보지 못했다. 다만 그녀는 하루에도 몇 번인가 짧고 열정적인 편지를 썼다. 그것들은 뭔가를 보여주기보다는 더 많이 숨기고 있었다. 폴로부터 그는 그녀가 누워 지내거나 다시 방안에서 돌아다니고 있다는 것을 들었다. 그는 그녀가 그에게 오지 않는 것을 이해하지 못했다. 그는 이제 스스로 침대에서 일어나서 잠시라도 그녀가 그를 찾아 올 것이라고 기다렸다. 그는 그녀가 심한 폐결핵으로 피를 토하는 것을 모르고 있었다. 그녀는 그에게 그것에 대해 쓰지 않았다. 그럴 경우 그녀는 그에게 자신이 추하게 보일까 봐 두려웠다. 옛날의 그녀의 키스자국이 그의 입술에서 불타올랐던 것을 생각하니 두려웠던 것이다. 그리고 주로, 주로 그녀는 자신을 통제하지 못하고 지금도 그에게 뜨거운 입술로 키스할까 봐 두려웠던 것이다.

그는 의사들이 그의 폐에서 전염의 흔적을 찾아낸 것을 상상도 하지 못했다. 그는 그것이 공주를 절망적인 자학과 불안으로 몰아넣었다는 것을 상상도 하지 못했다. 그는 단순히 아무것도 몰랐고, 그는 그저 그들이 그에게 뭔가를 얼버무리는 것에 대해 화가 났다. 그는 이제 완전히 건강해졌다는 것을 느꼈을 때, 공주가 그를 보고 싶어 하지 않는다는 것을 드러낸 또 하루가 지나가자 공포에 사로잡혀 몸이 굳어버렸다. '내가 그녀로 하여금 나를 싫증나게 했는가?'고 그는 생각했다. '나는 이 순간의 변덕보다도 그녀를 위해 더 많이 생각해준 적이 없었는데.' 그는 가능한 온갖 것을 의심했다. 그는 그 스스로 만남을 주장하기 위해 저자세가 되고 싶지 않았다. 그는 전혀 그녀에게 편지도 쓰지 않고, 안락의 자에서 아무것도 하지 않고 그녀가 오기를, 적어도 무엇이 일어나고 있는지 알려주기를 기다렸다.

태양이 찬란히 빛나는 요 며칠 동안 그는 이제 숄을 걸치고 가을 공원으로 감히 나갈 수 있었다. 그는 침울한 생각을 하며 양어장 주위 어딘가로 쏘다니고 싶었다. 그러나 크라프트, 폴이나 홀츠 또는 론 자신과, 그리고 상냥하고 사려 깊은 시인 찰스가 함께했다. 찰스는 뭔가 말하려고 하면서도 결코 한 번도 입 밖에 내진 않았다. 그 외에도 그는 또 과학, 개인의 용기, 성공 그리고 영웅심에 대해 일장 연설을 했다. 나는 그가 또 뭐에 대해서 생각하는지 더 이상은 모르겠다. 프로코프는 한쪽 귀로 들었다. 그는 왕자님이 그로 하여금 무슨 이유인지 높은 야망을 가지도록 그에게 흥미를 불러일으키려고 한다는 인상을 받았다. 갑자기 그는 공주로부터 그로 하여금 견뎌내고 부끄러워하지 말라는 대충 갈겨 쓴 쪽지를 받았다. 그리고 곧 바로 론은 그에게 건방진 노신사를 소개했다. 그자는 모든 것으로 봐서 장교인데 일반인으로 가장을 했는 것이 분명했다. 건방진 신사는 프로코프에게 미래에 무엇을 할 계획인지 물었다. 프로코프는 그의 말투에 조금 화가 나서 아주 날카롭고 의연하게 자신의 발명품을 실용화할 거라고 말했다.

"군대용 발명품인가요?"

"저는 군인이 아닙니다."

"당신 연세는?"

"서른여덟 살입니다."

"직업은?"

"무직입니다. 당신은?"

건방진 신사는 조금 당황했다. "당신은 발명품을 파시려고 합니까?"

"아니오." 그는 자기가 심문을 당하고 저울질 당한 기분을 느꼈다. 이것은 그를 성가시게 했다. 그는 간단하게 대답을 해버리고, 다만 그는 이렇게 하는 것이 론을 특별히 기쁘게 한다는 것을 알아서 그자에게 자기가 알고 있는 지식의 일부만을 또는 탄도학 숫자에 대해서만 조금 말해주었다.

실제로 왕자는 눈부시게 빛을 발하고 있었고 계속해서 그 건방진 신사를 바라보고 있었다. 마치 왕자는 그에게 이렇게 묻는 것 같았다. '자 그럼 당신은 그 기적에 대해서 어떻게 생각하세요?' 그러나 건방진 신사는 아무 말도 하지 않고 마침내 얌전하게 떠나갔다.

그 다음날 카슨은 아침 일찍 나타났다. 그는 분명히 뭔가 아주 중대한 것이 있다는 듯이 손을 비벼댔다. 그는 말도 안 되는 이야기를 조잘 되며 프로코프에게 계속 뭔가를 타진했다. 그는 "미래" 그리고 "경력" 그리고 "기가막힌 성공"과 같이 애매모호한 말들을 내뱉었다. 그러고 나서 더 이상 말하고 싶어 하지 않았다. 그동안 프로코프도 전혀 아무것도 물어보고 싶어 하지 않았다.

그후 공주로부터 편지가 왔다. 그것은 매우 중대하고 심각했다. "프로코프, 오늘 당신은 중대한 결심을 해야 합니다. 저도 그렇게 했고 후회하지 않습니다. 프로코프, 이 마지막 순간에 당신에게 말하건대, 저는 당신을 사랑하고 그것이 얼마나 오래 걸리더라도 당신을 기다리겠습니다. 그리고 비록 우리들이 얼마동안 헤어져 있어야 할지라도… 반드시 그래야 하지만요. 왜냐하면 당신의 아내는 당신의 애인이 될 수가 없기 때문입니다. …우리들이 몇 년 간 헤어져 있을지라도 저는 당신의 충실한 신부가 될 것입니다. 저는 벌써 당신에게 말할 수 없기 때문에 매우 행복합니다. 저는 얼이 빠져서 방 안을 배회하며 당신의 이름을 반복해 부르고 있습니다. 내 사랑, 내 사랑, 당신은, 이것이 우리들에게 일어났을 때부터 제가 얼마나 불행에 빠졌는지 상상도 하지 못할 것입니다. 자, 이제 제가 정말로 당신의 부인이라고 불려질 수 있도록 뭐든지 하십시오."

390

프로코프는 이것을 잘 이해하지 못했다. 그는 이것을 여러 번 읽었으나 공주가 아주 단순하게 그리고 당연하게 이야기하고 있다는 것을 믿을 수 없었다. …그는 그녀에게 달려가고 싶었다. 그러나 그는 너무나 당황하여 어쩔 줄 몰랐다. 아마도 이것은 문자 그대로 받아들여서는 안 되고, 전혀 이해할 수 없는 여자의 변덕이나 감정의 폭발일 뿐일까? '그대는 뭘 고백하는 거요?'

그가 그렇게 생각에 잠겼을 때, 찰스 삼촌이 카슨을 데리고 도착했다. 그 둘은 매우 공식적이고 진지하게 보였다. 프로코프는 놀랐다. '그들은 와서 이제 나를 요새로 보낼 것이라고 말할 것이다. 공주가 무엇인가를 꾸몄다. 이것은 나쁜 징조다.' 그는 무기를 찾았다. 만일 폭력을 행사하는 것을 대비해서, 그는 대리석 문진을 모았다. 그는 앉아서 뛰는 가슴을 진정시켰다.

론 삼촌은 카슨을 바라보고 카슨은 침묵의 질문을 가지고 론을 바라보았다. 누가 먼저 시작할까. 이제 론 삼촌이 먼저 시작했다. "우리가 와서 당신께 말하고자 하는 것은… 어떤 점에서는… 의심할 바 없이…" 그는 늘 하듯이 느긋하게 시작했다. 그러나 갑자기 그는 자신을 가다듬고 더욱 용감하게 시작했다. "친애하는 친구여, 우리가 말하고자 하는 것은 매우 중차대하고… 신중한 것이오. 그것은 당신이 해야 할 일은 당신만을 위해서가 아니라… 그 반대라오. …간단히 말해 그것은 맨 먼저 그녀의 아이디어라오. 그리고… 내 개인적으로는 조심스러운 고려 후에… 어떤 경우든 우리는 그녀를 더 이상 관여시켜서는 안 됩니다. 그녀는 고

집이 세고 열정적입니다. 그 외에도 그녀는 그것을 뇌리 속에 새겨놓고 있는 모양 같습니다. 사실 모든 면에서 볼 때 적당한 해결책을 찾는 것이 더 좋을 듯합니다." 그는 안도의 한숨을 쉬고 결론을 내렸다.

"소장님이 당신에게 설명할 것입니다."

카슨 소장은 천천히 진지하게 안경을 다시 고쳐 썼다. 그는 불안할 정도로 심각하게 보였다. 이전의 그의 태도와는 사뭇 달랐다.

"저에게는 영광입니다." 그는 말하기 시작했다. "당신에게 우리 군사령부가 원하는 것을 소개해 드리게 되어 영광입니다. 그들은 당신이 우리 군의 사단에 가입하기를 원하고 있습니다. 그것은 물론 당신의 업적에 관계되는 고차원적 기술직무일 뿐입니다. 그리고 제가 감히 말씀드리건대, 제가 말씀드리고 싶은 것은, 전쟁시가 아닐 경우 민간인 전문가를 고용하는 것은 군대의 관습은 아니지만, 당신의 경우, 현재의 상황은 전쟁과 너무나 비슷해서, 당신의 그 아주 특별한 중요성을 고려해서, 현재의 관계가 더욱 중요한 의미를 띠고 있어서… 당신의 특별한 위치를 고려하여 또는 정확히 말씀드리자면… 당신의 아주 특별한 개인적인 의무로…"

"무슨 의무요?" 프로코프는 거칠게 그의 말을 가로막았다.

"저, 다름이 아니라." 카슨은 좀 놀라서 말을 더듬었다. "제 생각인데요, …당신의 이익, 당신의 관계…"

"나는 당신에게 내 이익에 대해서는 말한 적이 없는데요." 프로코프는 날카롭게 말했다.

"하하." 카슨은 그의 무례함에 의해 기분이 좋아져서 말했다. "아시다시피 물론 말하지 않았습니다. 필요하지 않았지요. 이봐요, 우리는 그것에 대해 저 위에서 자랑스럽게 말한 적이 없어요. 물론 말한 적이 없어요. 단순히 개인적인 고려일 뿐입니다. 그것이 전부예요. 강력한 중재, 아시겠어요? 좌우간 당신은 외국인이잖아요. …그러나 그건 해결될 거예요." 그는 즉각 덧붙였다. "당신이 우리 시민권 획득에 대해 요구만 하시면 충분합니다."

"아하."

"무슨 할 말씀 있으세요?"

"없어요, 그저 아하."

"아하, 그게 전부예요, 그렇지 않아요? 당신이 할 거라고는 그저 요구만 하면 됩니다. 그리고… 그 외는… 자, 아마도 우리는 그 어떤 보증이 필요하다는 것을 이해하시겠지요. 그렇지 않아요? 당신은 특별한 공헌에 대해 당신에게 수여될 영예를 획득하게 될 것입니다. 그렇지 않아요? 당신이 그것을 군 당국에 넘겨 줄 것이라고 간주합시다…. 당신이 넘겨줄 것을 이해하시겠지요?"

무서운 침묵이 흘렀다. 왕자는 창문 밖을 내다봤다. 카슨의 누 눈은 반짝이는 자기 안경 너머로 사라졌다. 프로코프는 가슴이 답답해졌다.

"…당신은 넘겨줄 것이죠? 넘겨줄 것입니다." 카슨은 힘겹게 숨을 몰아쉬며 더듬으며 말했다.

"무엇을요?"

카슨은 손가락으로 허공에다 크게 '크' 자를 썼다. "더 이상 아무것도 아닙니다." 그는 안도의 숨을 내쉬었다. "그 다음 날 당신은… 발틴에 주둔한 특수 공병장교 증명서를 받을 것입니다. 준비완료입니다. 정말입니다."

"그것은 우선 임시 대위로 시작할 뿐입니다." 찰스 삼촌이 덧붙여 언급했다. "우리는 더 이상 목표를 정하지는 않았습니다. 그러나 전쟁이 갑자기 일어나는 것에 대해 우리는 보증을 합니다."

"일 년 내로." 카슨은 소리쳤다. "적어도 일 년 내로."

"…만일 전쟁이 발발하면, …언제 그리고 누가 원하든지 간에… 그땐 당신은 공병장군으로, …기병장군의 계급으로 임명될 것입니다. 그리고 전쟁의 결과에 따라 아마도 정부의 형태가 변하면, 당신은 각하의 칭호가, 그리고 …간단히 말해 먼저 준남작의 직위로. 심지어 이 점에 있어서… 우리는… 벌써 최고위층으로부터 확답을 받았답니다." 론은 잘 들리지 않은 말로 말을 맺었다.

"제가 그걸 원한다고 누가 당신에게 말했어요?" 프로코프는 싸늘하게 말했다.

"하지만 하나님 맙소사." 카슨은 소리쳤다. "누가 그것을 원하지 않을까요? 그들은 제게 기사의 직위를 약속했어요. 그러나 그건 저를 위한 것이 아니고, 맙소사 그것은 당신 위해서 아주 특별한 의미가 있어요."

"제가 당신들에게 크라카티트를 넘겨 줄 것이라고…" 프로코프는 천천히 말했다. "당신들은 생각하고 있겠지요?"

카슨은 펄쩍 뛰어 오르려했다. 그러나 찰스 삼촌은 그를 제제했다. "우리는 당신의 제안이 무엇이든지 받아들일 것입니다." 그는 심각하게 시작했다. "…또는 당신이 어떤 불법적인 것으로부터… 참을 수 없는 지위로부터 하겐 공주를 보호하기 위해 당신이 무슨 희생을 치르시더라도, 당신이 무엇을 하시든지 우리는 모든 것을 받아들일 것입니다. 특별한 조건 하에서라면… 공주는 병사와 결혼할 수 있어요. 만일 당신이 대위가 된다면 당신의 지위는… 엄격한 비밀 약혼으로 확고해질 것입니다. 물론 공주는 떠나갔다가, …그녀가 통치자 가문의 한 분을 결혼식에서 증인으로 확고히 하자마자 돌아올 것입니다.

그때까지, …그때까지 우리는 당신이 결혼할 권리를 획득하기를 기대합니다. 결혼은 당신이나 공주를 위해서 좋다고 생각됩니다. 자, 손을 줘 봐요. 지금 결정할 필요는 없습니다. 당신이 무엇을 할지 잘 고려하세요, 당신의 의무가 뭔지, 당신이 그녀를 위해 헌신할 것이 무엇인지 잘 고려하세요. 저는 당신의 야망에 호소하고 싶습니다. 그러나 저는 당신의 가슴에다가 말하는 겁니다. 포로코프, 그녀는 자신의 권력 때문에 고통스러워하고 있습니다. 그녀는 어떤 여자들보다 사랑에 더 큰 희생을 치렀습니다. 그리고 당신도 고통을 겪었습니다. 프로코프, 당신은 양심의 가책으로 고통스러워하고 있습니다. 그러나 나는 당신에게 스트레스를 주고 싶지 않습니다. 왜냐하면 나는 당신을 믿기 때문입니다. 잘 생각해 보고, 다음에 내게 이야기해 주세요."

카슨은 실제로 머리를 끄덕거렸다. 그는 깊이 감동받았다. "바로 그렇습니다." 그는 말했다. "나 자신 가족 같은 것은 없어요. 그러나 제가 말하고 싶은 것은, 제가 당신에게 말하고 싶은 것은 여자들은 혈통이란 게 있어요. 하나님 맙소사. 그건 첫눈에 알아볼 수 있어요." 그는 주먹으로 자기 가슴 가장자리를 치고는 두 눈을 깜박거렸다. "이봐요 친구, 만일 당신이 그럴 만한 가치가 없었다면… 나는 당신 목을 졸랐을 거요,"

프로코프는 이제 더 이상 듣고 있지 않았다. 그는 벌떡 일어나 방을 이리저리 왔다 갔다 하면서 분노로 얼굴을 찌푸렸다. "나는… 그래서 나는 꼭 해야…, 그렇지 않아요?" 그는 거칠게 내뱉었다. "자, 그래서 나는 해야 한다고요? 좋아요. 내가 꼭 해야 한다면…. 여러분들은 나를 기만했어요! 좌우간 저는 원치 않아요."

론 삼촌은 일어나서 그의 어깨에 손을 얹었다.

"프로코프." 그는 말하기 시작했다. "당신 혼자서 결정하세요. 우리는 당신을 재촉하지 않을 거요. 당신 내면에 있는 가장 좋은 것과 상의하세요. 하나님에게 물어보세요. 사랑 또는 자의식 또는 영예 또는… 나는 모르겠소. 다만 이건 당신만의 문제가 아니라 당신을 무척 사랑하는 그녀의 문제라는 것을 명심하세요. … 그녀는 준비가 되어 있다는 것을 명심하세요."

그는 힘없이 손을 흔들어댔다. "자, 갑시다!"

제44장

　그날은 구름이 잔뜩 끼고 보슬비가 내리고 있었다. 공주는 계속 기침을 해댔고, 온몸이 추웠다 더웠다 했다. 그러나 그녀는 침대에 누워 있을 수 없었다. 그녀는 프로코프로부터 대답을 기다렸다. 그녀는 혹 그가 올까 해서 창밖을 내다보았다. 그리고 다시 폴을 불렀다. 대답은 똑같았다. 엔지니어 프로코프는 방을 이리저리 걸어 다니고 있을 뿐이었다. 아무 말도 없었어요? 아니, 아무 말도 없었다.

　그녀는 벽과 벽 사이를 터벅터벅 걸어 다녔다. 마치 그를 안내라도 하는 것처럼. 그리고 잠시 앉아서 자기의 흥분된 불안을 달래기 위해 온 몸을 이리저리 흔들어 댔다. 오, 이젠 견딜 수도 없다니! 갑자기 그녀는 긴 편지를 쓰기 시작하였다. 그녀는 그가 그녀와 결혼해 주기를 간청하고, 그는 그의 비밀 하나도 크라카티트도 포기할 필요가 없고, 그녀는 그를 따라 죽을 때까지 함께 갈 것이고, 무엇이 일어날지라도 그에게 충실할 것이다. "저는 당신을 너무 사랑합니다"라고 그녀는 썼다. "당신을 위해라면 그것이 아무리 크더라도 어떠한 희생이라도 치를 수 있어요. 저를 시험해 보세요. 가난하고 무명으로 남으세요. 저는 당신의 아내로서 당신을 따를 것입니다. 저는 이제 다시는 제가 버린 세상 속으로 돌아갈 수 없어요. 저는 당신이 저를 오직 얼빠진 당신의 가슴 한 부분으로만, 조금만 사랑한다는 것을 알고 있어요. 그러나 당신은 곧 제게 익숙해질 거예요. 저는 오만하고, 사악하고 열정적이었어요. 이제 저는 변했어요. 저는 제 주위의 모든 것들이 낯설어요. 저는 공주 되기를 그만두었어요." 그녀는 편지를 다 읽고 조용히 찢어버렸다. 저녁이 도래했다. 프로코프로부터 아무런 소식이 없었다.

아마도 그가 직접 올 테지, 그녀는 갑자기 그런 생각을 했다. 그녀는 참을 수 없는 초조함으로 야회복을 입었다. 그녀는 불안에 젖어 거대한 거울 앞에 서서 불타는 두 눈을 살펴보았다. 그녀는 자신의 머리카락과 드레스에 지나치게 무서울 정도로 만족하지 못했다. 그녀는 할 수 있는 한 불타는 얼굴에 분가루를 바르고 또 발랐다.

맨살이 드러난 팔이 그녀를 공포에 사로잡히게 했다. 그녀는 온갖 보석들을 찼다. 그녀는 추해 보였고, 난감했고, 이상해 보였다. "폴이 아직 오지 않았어?" 그녀는 매분마다 물었다. 마침내 폴은 도착했다. 아무것도 새로운 소식은 없다. 프로코프는 어둠 속에 앉아서 불도 켜지 못하게 했다.

벌써 늦은 시간이다, 공주는 완전히 녹초가 되어 거울 앞에 앉았다. 분가루가 불타는 얼굴로부터 떨어져 내리고, 바로 그때 그녀의 모습은 회색빛을 띠고, 양손은 무디어졌다.

"내 옷 좀 벗겨." 그녀는 힘없이 하녀에게 명령했다. 싱싱하고 송아지 같은 소녀가 그녀로부터 보석을 하나씩 걷어내고, 옷을 벗기고 투명한 실내가운을 입혔다. 그리고 그녀가 공주의 헝클어진 머리카락을 빗기 시작했을 때 프로코프가 기척도 없이 문을 박차고 들어왔다.

공주는 몸이 얼어붙었고, 더욱 창백해졌다.

"마리에, 나가 봐." 그녀는 숨을 몰아쉬고 가운으로 빈약한 가슴을 가렸다. "왜… 도대체 왜 오셨어요?"

프로코프는 찬장에 몸을 기댔다. 그의 얼굴은 창백해지고 두 눈은 충혈되었다.

"자, 그래서." 그는 이 사이로 말을 내뱉었다. "그게 당신의 계획이었군요? 그렇지 않아요? 당신 정말 저를 위해 멋지게 했습니다!"

그녀는 한방 얻어맞은 것처럼 일어났다. "당신, 무슨… 무슨… 무슨 말씀을 하시는 거예요?"

프로코프는 이를 갈았다. "나는 내가 무엇을 말하는지 알고 있소. 그것이 의미하는 바는 내가… 내가 크라카티트를 당신들에게 넘겨줘야 한다는 뜻이지요, 그렇지 않아요? 그들은 전쟁준비를 하고 그리고 당신은, 당신은." 그는 부드럽게 고함쳤다. "당신은 그들의 도구예요! 당신과 당신의 사랑이! 당신과 당신의 결혼이! 당신은 스파이예요! 당신은 나를 죽이고, 그리고 당신 자신에게 앙갚음하려고요, 나는 덫에 걸려들었어요."

그녀는 공포에 사로잡혀 두 눈을 크게 뜨고 소파 가장자리에 주저앉았다. 그녀의 온 몸은 무서운 흐느낌으로 흔들거렸다. 그는 그녀에게 달려들고 싶었으나 그녀는 마비된 손으로 그를 제지했다.

"당신은 도대체 누구요?" 프로코프는 이를 갈았다. "당신은 공주요? 누가 당신을 고용했어요? 아무 쓸모도 없는 여자여, 당신은 수백만 명을 죽일 수도 있고, 도시와 우리 세계를, 당신의 세계가 아니라 우리의 세계, 우리 국민을 말살하는 데 도움을 줄 수도 있다는 것을 명심하세요! 말살하고, 분쇄하고, 살육하는 거예요! 왜 당신이 그런 짓을 했어요?" 그는 소리치고 무릎을 꿇고 그녀에게 기어갔다. "당신은 무엇을 하고 싶었어요?"

그녀는 공포와 증오로 가득한 얼굴을 한 채 일어나서 그에게서 물러났다. 그는 그녀가 앉았던 자리에 얼굴을 파묻고 무겁고 거친 젊은이의 울음을 울기 시작했다. 그녀는 그의 옆에 무릎을 꿇고 싶었으나 자신을 이겨내고, 경련으로 뒤틀린 양손을 가슴에 누르고 더 멀리 물러섰다.

"그래서 이것을." 그녀는 속삭였다. "당신은 이것을 염두에 두고 있었군요!"

프로코프는 고통의 무게로 질식할 것만 같았다. "당신은 전쟁이." 그는 소리쳤다. "무엇인지 알기나 해요? 당신은 크라카티트가 무엇인지 알아요? 당신은 내가 남자라는 것을 생각해 본 적이 없어요? 그리고 나는… 나는 당신을 저주해요! 그래서 나는 당신에게 착하게 굴었던 거요! 만일 내가 크라카티트를 넘겨 주었더라면, 모든 것이 끝장났을 거요. 공주는 사라졌을 거요, 그리고 나는… 나는…" 그는 주먹으로 자기 머리를 치며 일어섰다. "내가 그렇게 할 것 같았어요! 수백만의 생명을, 무엇을 위해서… 무엇을 위해… 무엇을 위해서, 그것도 모자라 이백만 명을 죽음으로! 천만 명을 죽음으로! 그것을… 그것을… 그것을 공주와의 결혼 파티를 위해서, 그렇지 않아요? 나는 벌써 그것 때문에 스스로 품위를 떨어뜨렸어요! 나는 미쳤어요! 아아아…." 그는 소리쳤다. "아하! 나는 당신이 두려워요!"

그는 무서워 보였고, 입가에 거품을 가진 괴물 같았고, 얼굴은 부어올랐고, 두 눈은 미쳐서 두리번거리는 같았다. 그녀는 벽에 몸을 바싹 기댔다. 그녀의 얼굴은 창백해지고, 두 눈을 크게 뜨고, 입술은 공포로 일그러졌다.

"가세요." 그녀는 울부짖었다. "여기서 나가세요!"

"겁을 내지 마세요." 그는 목쉰 소리로 말했다. "나는 당신을 죽이지 않아요. 나는 늘 당신이 두려웠어요. 심지어 당신이 나의 사람이 되었을 때도 나는 무서웠어요, 나는 당신을 믿지 못했어요. …심지어 일분도. 그렇지만, 그렇지만 나는 당신을… 나는 당신을 죽이지 않아요. 나는… 나는 내가 무엇을 하고 있는지 잘 알고 있어요. 나는… 나는…" 그는 뭔가를 찾았다. 그는 향수병을 잡아서 손에 향수를 듬뿍 따라서 이마에 문질러댔다. "아하." 그는 숨을 몰아쉬었다. "아하 아하. 겁내지 마세요! 아니… 아니…"

그는 흥분을 가라앉히고 의자에 앉아서 손바닥에 머리를 파묻었다. "지금." 그는 말하기 시작했다. "지금… 지금 우리는 대화를 나눌 수 있지요, 그렇지 않아요? 보시다시피 나는 이제 침착해졌어요. 내 손가락도 떨리지 않아요." 그는 보여주기 위해서 손을 내밀었다. 그것은 떨고 있었다. 바라보기가 무서웠다. "우리는… 아무 방해도 받지 않을 수 있어요. 그렇지 않아요? 나는 완전히 안정되었어요. 당신은 이제 옷을 입어도 돼요. 이제… 당신의 삼촌이 내게 말했어요. 내게는… 해야 할 의무가 있다고요. 내가 당신을 위해서 당신의 실수를 고칠 수 있다는 것은 나의 명예의 문제라고, 그리고 나는 반드시 해야 한다고… 단순히 그 직위를 받아들어야 한다고… 나 자신을 팔아서라도 당신의… 희생에 대해 갚아야 한다고 말했어요."

그녀는 뭔가를 말하려고 죽은 사람처럼 창백해져서 일어섰다. "잠깐 기다려요." 그는 그녀가 말하는 것을 멈추게 했다. "나는 아직 생각해 보지도 않았어요 …당신들 모두는 생각했겠지만요… 당신들은 명예에 대해 당신들 나름대로의 견해를 가지고 있겠지요. 그러나 여러분들은 큰 실수를 한 거예요. 나는 기사가 아니에요. 나는 대장장이의 아들이에요. 그건 별로 상관없어요. 그러나… 나는 부랑자예요, 이해하시겠어요? 나는 계급이 낮고 보통 사람이에요. 나는 아무런 명예도 없어요. 당신들은 나를 도둑으로 내몰 수 있어요. 또는 나를 요새에 가둘 수 있어요. 나는 그것을 못 해요. 나는 크라카티트를 줄 수 없어요. 당신은 내가 비열하다고 생각하겠지요. 나는 당신에게 전쟁에 대해서 내가 어떻게 생각하는지 말할 수 있어요. 나는 전쟁에 참여한 적이 있어요. …
나는 독가스를 보았어요. 그리고 나는 사람들이 무엇을 할 수 있
는지 알아요. 나는 크라카티트를 줄 수 없어요. 왜 내가 그것을
당신에게 설명할 이유가 있을까요? 당신은 그것을 이해하지 못
할 거예요. 당신은 고귀한 타타르 공주예요. 당신은 너무나 고귀
해요. …나는 내가 그것을 할 수 없다는 것만을 말해 줄 수 있어
요. 나는 그런 영광에 대해 겸허히 감사를 드립니다. …그 외에도
나는 약혼한 몸이에요. 나는 그녀가 누군지 모르지만 그녀와 약
혼했어요. …그건 또 다른 나의 비열한 짓이에요. 나는 전혀 당신
의 희생을 받아들일 가치가 없는 것이 유감스럽군요."

그녀는 극도로 겁에 질려서 손톱으로 벽을 파기 시작했다. 지
독한 침묵이 흘렀다. 참을 수 없는 침묵 속에서 그녀가 손톱으로
벽을 파는 소리만 들려왔다.

그는 천천히 힘겹게 일어섰다. "무슨 할 말 있어요?"

"아니요." 그녀는 숨을 몰아쉬었다. 그녀의 커다란 두 눈은 계속
해서 먼 곳을 바라보고 있었다. 그녀의 몸은 열려진 투명 가운 속
에서 매우 어리고 연약해 보였다. 그는 바닥에 무릎을 꿇고 떨고
있는 그녀의 무릎에 키스를 하고 싶었다.

그는 손을 움켜쥐며 그녀에게로 다가갔다. "공주님." 그는 위축
된 목소리로 말했다. "지금 그들은 나를 간첩이나 뭐 그런 죄로
끌고 갈 것입니다. 이제 나는 방어하지 않을 것입니다. 될 대로
되라지. 나는 준비가 되어 있습니다. 나는 이제 당신을 못 볼 거
라는 것을 알고 있습니다. 내가 떠나가는데 뭐 할 말 없어요?"

그녀의 입술은 떨고 있었지만 말은 없었다. 오 하나님, 왜 그녀는 저 빈 공간을 뚫어지게 바라보고 있을까?

그는 그녀에게 가까이 다가갔다. "나는 당신을 사랑했습니다." 그는 말했다. "나는 내가 말로 할 수 있는 것보다 더 많이 당신을 사랑했습니다. 나는 신분이 낮고 거친 사람입니다. 그러나 지금 당신에게 말할 수 있습니다. 나는… 당신을 남달리… 그리고 아주 많이 사랑했습니다. 나는 당신을 사로잡았습니다, 나는 당신이 내 여자라는 것을 확신하지 못 하고, 당신이 나를 버리고 갈 거라는 불안 때문에 당신을 움켜잡았습니다. 나는 확신하고자 했습니다. … 나는 결코 한 번도 그것을 믿을 수 없었습니다. 그래서 나는…" 그는 무엇을 하는지 알지 못 한 채, 손을 그녀의 어깨 위에 얹었다. 그녀는 엷은 천으로 된 투명가운 속에서 몸을 바르르 떨었다. "나는 당신을 사랑했어요. …절망적으로."

그녀는 그에게로 눈을 돌렸다. "내 사랑." 그녀는 속삭였다. 그녀의 창백한 얼굴에는 윤기 없는 핏빛이 희미하게 나타났다. 그는 재빨리 무릎을 꿇고 떨고 있는 그녀의 입술에 키스를 했다. 그녀는 방어를 하지 않았다.

"어떻게, 어떻게." 그는 이를 깨물었다. "나는 이제 당신을 사랑합니다." 그는 거친 손으로 그녀를 벽으로부터 떼어내서 포옹했다. 그녀는 미친 듯이 저항했다. 만일 그가 그녀를 놓아주면 그녀는 바닥에 넘어질 것 같았다. 그는 그녀의 거친 저항에 휘청거리면서 그녀를 더욱 강하게 끌어안았다. 그녀는 이를 악물고 온몸을 비틀었다. 두 손으로는 발작적으로 그의 가슴을 밀어젖혔다.

그녀의 머리카락은 얼굴로 처져 내렸다. 그녀는 소리를 치지 않으려고 머리카락을 깨물었다. 그리고 그녀는 마치 간질병이 발작하듯 넘어지면서 자신으로부터 그를 밀어냈다. 그것은 믿기 어려웠고 끔찍했다. 그는 오직 하나만은 분명히 인식하고 있었다. 그녀를 바닥에 넘어지게 해서는 안 되고, 의자를 넘어뜨려서는 안 되었다. 만일 그녀가 그를 벗어난다면 그는… 무엇을… 어떻게 해야 할까? …그는 수치심으로 땅 속으로 기어들어가야 할 것만 같았다. 그는 그녀를 자기에게로 잡아당겨서 그녀의 헝클어진 머리에 입술을 파묻었다. 그는 불타는 그녀의 이마를 보았다. 그녀는 강하게 저항하며 머리를 돌렸고, 절망적으로 그의 손아귀에서 벗어나려고 발버둥쳤다.

"당신들에게 크라카티트를 줄게요." 그는 자기 자신의 목소리를 듣고 공포에 사로잡혔다. "넘겨준다고요, 내 말 알아들어요? 모든 것을 줄게요! 전쟁도, 새로운 전쟁도, 새로운 수백만의 주검도. 내게는… 내게는 모든 게 마찬가지에요. 당신은 그것을 원하세요? 한 마디만 말하세요. …나는 당신들에게 크라카티트를 넘겨준다고 당신에게 말하고 있는 거예요! 나는 맹세해요, 나는… 나는… 당신에게…. 나는 당신을 사랑해요, 내 말 들려요? 무엇이… 무엇이 일어나든지! 그리고… 그리고… 내가 만일 전 세계를 파괴하더라도… 나는 당신을 사랑해요!"

"저를 놓아주세요." 그녀는 몸을 비틀며 소리쳤다.

"나는 할 수 없어요." 그는 신음소리를 내며 그녀의 머리카락에 얼굴을 묻었다. "나는 가장 불쌍한 사람이오. 나는 온 세상을,

온 인간 세상을 배반했어요. 내 얼굴에 침을 뱉으세요. 그러나 나를 내쫓지 마세요! 왜 내가 당신을 못 가게 할까요? 크라카티트를 드릴게요, 내 말 들려요? 나는 맹세해요, 그러나 이제 나를 잊어버리세요! 어디에⋯ 어디에⋯ 어디에 당신의 입이 있어요? 나는 괴물이에요, 내게 키스해 주세요! 나는 정신이⋯ 정신이⋯ 나갔어요."

그는 마치 넘어질 듯이 균형을 잃었다. 이제 그녀는 그의 품으로부터 벗어날 수 있었다. 그는 팔을 공중 속으로 뻗쳤다. 그녀는 머리를 돌리고 머리카락을 뒤로 제치고 그에게 입술을 내밀었다. 그는 얼어붙고 수동적인 손으로 그녀를 잡고는 꼭 다문 그녀의 입술에, 불타는 볼에, 목에 그리고 두 눈에 키스를 했다. 그는 거칠게 흐느꼈고 그녀는 저항하지 않고 몸이 가는 대로 맡겨두었다. 그는 그녀의 조용한 수동성에 놀라서 그녀를 놔주었다. 그녀는 비틀거리며 손바닥을 이마에 얹고 비참하게 살며시 미소를 짓고 (그것은 너무나 슬픈 미소의 시도였다) 그의 목에 팔을 걸쳤다.

제45장

그들은 서로 붙어 앉아서 어둠 속을 바라보고 있었다. 그는 그녀의 가슴이 미친 듯이 뛰는 것을 느꼈다. 그녀는 오랫동안 말 한마디 하지 않았다. 그녀는 그에게 만족할 줄 모르는 탐욕으로 키스를 하고 다시 물러나서 마치 그의 숨을 두려워하듯이 자신의 입술과 그의 입술 사이에 손수건을 놓았다. 그리고는 얼굴을 돌려 어둠 속을 열렬하게 바라보았다.

그는 자신의 두 무릎을 끌어 안고 앉았다. 그렇다, 나는 길을 잃었다. 올가미에 걸렸다. 수갑이 채워졌다. 블레셋 사람들의 손아귀에 걸려들었다. 이제 일어나야 할 일이 일어나고 말았다. 그대는 무기를 사용하고자 하는 사람들의 손에 주고 말았다. 수백만 명이 죽을 것이다. 자 보세요, 그대 앞에 거대한 폐허의 들판이 펼쳐지지 않았는지? 저것은 교회였고 저것은 건물이었었다. 저것은 인간이었다. 폭력은 무시무시하고 모든 사악한 것은 그것으로부터 나온다. 폭력과, 사악하고 회개하지 않은 영혼에 저주가 내릴지어다, 크라카티트처럼, 나처럼 나 자신처럼.

창조적이고 근면한 인간의 연약함, 그대로부터 나오는 것은 모든 선하고 고결한 것이다. 그대의 과업은 서로 묶고, 연결시키고, 부분들을 결합시키고 그리고 이룩한 것을 지탱하는 것이다. 폭력을 방출한 그대의 손에 저주가 내릴지어다! 결합된 원소들 분해하는 자에게 저주가 내릴지어다! 모든 인류는 거대한 폭력의 대양에 떠 있는 작은 배에 지나지 않는다. 그리고 그대, 그대가 지금까지 보지 못한 폭풍우를 일으켰도다.

그래, 내가 지금까지 보지 못한 폭풍우를 일으켰다. 나는 크라카티트를 넘겨주었다. 원소들을 분해시켰다. 인류의 보트는 산산조각이 날 것이다. 수백만 명이 죽을 것이다. 사람들은 제거되고 도시들은 파괴될 것이다. 손아귀에 무기를 쥐고 있고 부패한 양심을 가진 자에게는 한계가 없을 것이다. 그대, 프로코프가 그것을 행했다. 열정은 무서운 것이다. 인류의 가슴 속에 크라카티트. 모든 악은 그것으로부터 나온다.

불안한 사랑과 동정으로 갈기갈기 찢어진 그는 공주를 바라보았다. …증오 없이. 그녀는 지금 무슨 생각에 잠겼을까? 몸이 굳어버리고 넋이 나갔는가? 그는 몸을 굽혀 그녀의 어깨에 키스를 했다. 이것 때문에 나는 크라카티트를 넘겨주노라. 나는 그것을 넘겨주고 여기서 떠나가리다. 내 자신의 패배로 인한 공포와 수치를 보지 않기 위해. 나는 내 사랑의 무서운 대가를 지불하고 떠나가노라.

그는 무기력하게 몸을 움찔했다. 왜 그들은 그를 떠나가게 하는가? 그가 아직 크라카티트를 다른 사람들에게 넘겨줄 수도 있는데 그들에게 그것은 무슨 소용이 있을까? 아하, 그래서 그들은 나를 영원히 묶어두려고 하는구나! 아하, 그래서 나는 그들에게 내 영혼과 육체를 바쳐야 하는구나! 여기에, 여기에 그대는 남을 것이다, 열정에 사로잡혀서. 그리고 영원히 그대는 이 여자를 증오하리라. 그대는 그 저주받은 사랑에 자신의 몸을 던질 것이다. 그리고 그대는 그 지옥 같은 무기를 발명할 것이다. …그리고 그들에게 봉사할 것이다.

그녀는 숨죽인 표정으로 그에게로 몸을 돌렸다. 그는 꼼짝하지 않고 앉아 있었다. 눈물이 그의 힘들고 거친 얼굴을 따라 흘러내렸다. 그녀는 팔꿈치에 기대고 일어섰다. 그녀는 고통스럽게 의혹에 찬 눈초리로 그에게 눈을 고정시켰다. 그는 이것을 눈치채지 못하고, 눈을 반쯤 감고, 패배의 아둔함에 망연자실했다. 그때 그녀는 조용히 일어서서 옷장 테이블 위에 불을 켜고 옷을 갈아입기 시작했다.

그는 그녀가 빗을 던지는 소리에 비로소 정신을 차렸다. 그는 놀라움을 가지고 그녀를 바라보았다. 그녀는 두 손으로 헝클어진 머리를 손질하고 있었다.

"내일 나는 그것을 넘겨줄 거요." 그는 속삭였다. 그녀는 대답을 하지 않았다. 그녀는 헤어핀 하나를 입에 물고 재빨리 머리 위로 머리를 땋아 올렸다. 그는 그녀의 손 움직임 하나하나를 주시했다. 그녀는 열병에 걸린 듯이 빠르게 손질했다. 또다시 그녀는 얼굴을 붉히고, 바닥을 내려다보았다. 그러고 나서 또 다시 고개를 들고 똑같이 손질을 서둘렀다. 이제 그녀는 일어서서 거울 속에 비친 자신을 가까이 주의 깊게 살펴보았다. 그러고는 방에 아무도 없다는 듯이 얼굴에 파우더를 발랐다. 그리고 옆방으로 갔다가 돌아오면서 머리 위로 스카프를 걸쳤다. 또 다시 그녀는 앉아서 몸을 앞뒤로 움직이면서 명상에 잠겼다. 그러고 나서 고개를 끄덕이고 옆 드레스 룸으로 들어갔다.

그는 일어서서 조용히 그녀의 화장테이블 가까이 갔다. 하나님 맙소사, 여기에는 얼마나 진기하고 놀랍고 섬세한 것들이 있는가! 향수병들, 립스틱, 크림, 수많은 작은 장남감들, 여기는 여성의 수공예이다. 두 눈, 웃음, 향수, 강하고 유혹적인 향수….

그의 몽톡한 손가락들은 이러한 부서질 듯하고 진기한 물건들 위에서 떨고 있었다. 그는 마치 뭔가 금단의 열매를 만지는 기분이었다.

그녀는 털 코트를 입고 머리에는 모자를 쓰고 방으로 들어왔다. 그녀는 커다란 장갑을 끼고 있었다.

"준비하세요!" 그녀는 무미건조하게 말했다. "우리는 떠나갈 거예요."

"어디로요?"

"당신이 원하는 데로요. 필요한 것을 준비하세요, 그러나 서둘러야 해요. 빨리요!"

"그게 무슨 뜻인지요?"

"길게 묻지 마세요. 당신은 이제 여기에 머무를 수 없어요, 아시겠어요? 그들은 당신을 허락하지 않을 거예요. 가시는 거죠?"

"…얼마 동안 떠나가요?"

"영원히."

그의 심장이 요동치기 시작했다. "아니, 아니, 나는 안 갈 거예요!"

그녀는 그에게 다가가서 그의 얼굴에 키스를 했다. "당신은 가야 해요." 그녀는 조용히 말했다. "우리가 바깥으로 나가면 자세히 말해 줄게요. 성 앞으로 오세요. 그러나 어둠이 있을 때까지. 자 가요, 지금 가요!"

"지금 당장." 공주는 침착하게 말하고 차를 빠르게 출발시켰다. 자동차는 똑바로 뛰어올라 앞으로 돌진했다. 병사들이 바로 간신히 비켜났다.

"쏘지 마." 한 병사가 소리쳤다. 자동차는 어둠 속으로 날아갔다. 그녀는 모퉁이에서 급히 꺾었다. 그리고 거의 반대편 차로로 갈 뻔했다. 그녀는 고속도로로 들어가는 차단기 앞에서 조심스럽게 차를 세웠다. 두 병사가 자동차 가까이로 다가왔다.

"책임 근무자가 누구인가?" 그녀는 냉담하게 물었다.

"로흐라우프 중위입니다." 한 병사가 대답했다.

"그자를 불러!"

로흐라우프 중위는 군복의 단추를 잠그며 초소에서 달려 나왔다.

"안녕, 로흐라우프 중위." 그녀는 상냥하게 말했다. "어떻게 지내는가요? 미안하지만 문 좀 열어주겠소?"

그는 존경스러운 마음을 가지고 몸을 바로 세웠다. 그러나 의심스러운 눈초리로 프로코프를 바라보았다. "기꺼이 열어드리겠습니다만, 그러나… 저분은 통행증을 가지고 있는지요?"

공주는 미소를 지어보였다. "이건 그저 내기일세, 로흐라우프. 35분 동안 브로겔까지 갔다가 돌아올 거네. 나 못 믿겠는가? 내가 내기에 지도록 버려두지 말기를!" 그녀는 장갑으로부터 급히 손을 빼내 그에게 내밀었다.

"안녕히…. 좋아. 다음에 또 만나." 그는 발꿈치를 딱 부딪히며 손에 키스를 하고 머리 숙여 인사를 했다. 병사들이 문을 열어주었고 차는 달려 나갔다. "안녕히!" 그녀는 뒤로 소리쳤다.

그들은 끝없는 도로를 따라 달려갔다. 여기저기 사람들 사는 불빛이 지나가고, 시골마을에서는 아이들의 울음소리가 들려왔다. 울타리 너머에서 개가 어둠 속을 날아가는 차를 향해 울부짖었다.

"당신 무슨 짓을 저지른 거요?" 프로코프는 소리쳤다. "홀츠는 다섯 명의 아이들과 장애인 누이를 가지고 있다는 것을 알고 있어요? 그의 인생은… 나나 당신의 인생보다 열배나 더 중요해요." 그녀는 대답을 하지 않았다. 그녀는 이마에 인상을 쓰고 이를 꽉 다물고, 좀 더 잘 보기 위하여 가끔 머리를 위로 올리며 길에 주의를 집중했다.

"어디로 가고 싶어요?" 그녀는 갑자기 잠든 시골 위로 나 있는 교차로에서 물었다.

"지옥으로요." 그는 날카롭게 소리쳤다.

그녀는 차를 세우고 심각하게 그에게로 몸을 돌렸다. "그렇게 말하지 마세요! 제가 수백 번 우리 둘이서 벽으로 들이박고 싶어 했다는 생각을 해본 적 없어요? 우리 둘이서 지옥으로 가고 싶어 했다고 생각해 보지 않았어요? 저는 이게 지옥이라는 거 잘 알고 있어요. 어디로 가고 싶어요?"

"당신과… 함께 있고 싶어요."

그녀는 머리를 내저었다. "그건 안 돼요. 당신은 당신이 한 말 잊어버렸어요? 당신은 약혼했고, 그리고 당신은 이 세상을 뭔가 사악한 것으로부터 구하고 싶어 하잖아요. 자, 그렇게 하세요. 당신은 순수한 영혼을 가지고 있어야 해요. 그렇지 않으면, …그렇지 않으면 당신도 사악해져요. 저는 이제 할 수 없어요." 그녀는 핸들을 쓰다듬었다.

"어디로 가고 싶어요? 도대체 사는 곳이 어디에요?"

그는 온 힘을 다해 그녀의 손목을 잡았다. "당신은 홀츠를 주-죽였어요! 알고나 있어요?"

"알고 있어요." 그녀는 조용히 말했다. "당신은 내가 그것을 못 느끼고 있다고 생각하세요? 제 뼈가 부서지는 느낌이에요. 제 눈 앞에 그가 계속 보여요. 계속해서 그가 차 앞에 보여요, 그리고 또 다시 그는 앞으로 달려가고요." 그녀는 온 몸을 떨었다.

"자 어디로요? 오른쪽으로 왼쪽으로요?"

"여기가 끝인가요?" 그는 조용히 물었다.

그녀는 머리를 끄덕였다. "여기가 끝이에요."

그는 차 문을 열고 바깥으로 나왔다. "몰아요." 바퀴 앞에 서서 거친 목소리로 말했다. "내 위로 차를 몰아요."

그녀는 차를 조금 뒤로 뺐다. "가요. 우리는 더 가야 해요. 제가 적어도 당신을 경계선까지 데려다 줄게요. 어디로 가고 싶어요?"

"되돌아 가자니까요." 그는 이 가는 소리를 냈다. "당신과 함께 되돌아가요."

"저와는 함께 안 돼요. …앞으로도, 뒤로도 함께 못 가요. 당신은 저를 이해하지 못 하겠어요? 저는 제가 당신을 사랑하고 있다는 것을 당신이 확실히 알도록 해야 해요. 당신은 제가 당신이 한 말을 다시 듣고 싶어 한다고 생각하세요? 당신은 되돌아갈 수 없어요. 당신은 당신이 원하지 않은 것을, 그리고 하지 말아야 하는 그것을 포기하든지 해야 해요, 아니면 그들이 당신을 데려갈 거예요. 그리고 저는…"

그녀는 그녀의 손이 무릎 사이로 떨어지게 놔두었다. "아시다시피, 저는 제가 당신하고 함께 앞으로 갈 수도 있다는 것을 생각했어요. …저는 갈 수도 있어요, 저는 틀림없이 갈 수도 있어요, 하지만, …당신은 어딘가에 약혼녀가 있어요. 그녀에게 가세요. 이봐요, 저는 그것에 대해서 한 번도 물어보고 싶은 생각이 없었어요. 만일 어떤 사람이 공주라면 사람들은 그가 이 세상에 홀로

414

있다고 생각하세요. 당신은 그녀를 사랑하세요?"

그는 고통스러운 눈초리로 그녀를 바라보았다. 그렇지만 그는 그것을 부정할 수 없었다.

"그것 봐요." 그녀는 한숨을 내쉬었다. "당신은 거짓말을 할 줄 몰라요, 내 사랑! 하지만, 제가 당신에게 무엇이었는지를 머릿속에서 비교했을 때를 생각해봐요. 제가 한 짓은 무엇이죠? 당신이 저를 사랑했을 때 당신은 그녀를 생각하고 있었나요? 당신은 저를 얼마나 저주했을까요! 아니, 말하지 마세요, 제가 당신에게 이 마지막으로 할 힘을 빼앗지 마세요."

그녀는 자신의 손을 비틀었다. "저는 당신을 사랑했어요! 저는 당신을 사랑했어요. 이봐요, 저는 어느 누구보다도 더 많이 당신을 사랑했어요. …그런데 당신은, 당신은 너무나 무섭게 행동하여 저의 믿음조차 깨뜨렸어요. 제가 당신을 사랑하나요? 저는 모르겠어요. 제가 여기서 당신을 보니 저는 칼로써 제 가슴을 찌르고 싶을 지경이에요. 저는 죽고 싶어요, 저는 모르겠어요. 하지만 저는 당신을 사랑하나요? 저는 …저는 이제 모르겠어요. 당신이 …마지막으로 …저의 손을 잡았을 때, 저는… 제 속에서… 그리고 당신 속에서 뭔가 불결한 것을 느꼈어요. 제 키스를 용서해 주세요. 그것은, 그것은… 불결했어요." 그녀는 조용히 숨을 몰아쉬었다. "우리는 헤어져야 해요."

그녀는 그를 바라보지도 않고 그가 말하는 것을 들으려 하지도 않았다. 갑자기 그녀의 눈썹이 떨기 시작하고, 그 밑으로 눈물이 흘러내리다가, 빨리 떨어졌다가 멈추었다. 그러나서 다시 두 번째로 눈물이 흘러내렸다. 그녀는 소리 없이 울기 시작하고 손을 운전대에 올렸다. 그가 그녀에게 다가가자 그녀는 차를 조금 몰았다.

"이제 당신은 더 이상 프로코포코파크가 아니에요." 그녀는 속삭였다. "당신은 불행한, 불행한 사람이에요. 아시다시피, 당신은 저처럼… 자신의 사슬을 잡아당기고 있는 거예요. 우리를 얽매고 있었던 것은 별로 좋은 끈이 아니었어요. 좌우간 한 사람이 그것을 끊어버리자, 그는 모든 핵심을, 심장도, 영혼도 뒤에 남겨둔 것 같았어요. …만일 인간이 그렇게 텅 비어지고 적막해진다면 그는 순수하게 남을까요?" 그녀의 눈물은 더 세게 흘러내렸다.

"저는 당신을 사랑했어요. 이제 저는 당신을 더 이상 볼 수 없어요. 가세요, 길을 비키고 가세요. 저는 되돌아갑니다."

그는 얼어붙은 듯이 움직이지 않았다. 그녀는 그에게로 차를 가까이 몰았다.

"안녕히, 프로코프." 그녀는 조용히 말하고 도로를 따라 되돌아갔다. 그는 그녀에게로 달려갔다. 그러나 그녀는 차를 더 빨리 더 빨리, 더욱 빨리 몰았다. 그것은 마치 땅속으로 사라지는 것 같았다.

제46장

그는 꼼짝 않고 서서 공포에 사로잡혀서 고속도로 어딘가 코너에서 자동차의 충돌소리가 들리지 않는지 귀를 기울였다. 저 소리는 멀리서 들려오는 자동차 엔진소리가 아닐까? 그것은 무섭고 치명적인 최후의 정적이 아닐까? 프로코프는 정신을 잃고 도로를 따라 그녀의 뒤를 쫓았다. 그는 구불구불한 길을 따라 달려내려가서 언덕 끝까지 갔다. 그러나 자동차의 흔적도 보이지 않았다. 그는 다시 위로 달려가서 길 양편을 살펴보았다. 그는 뭔가 검은 것이나 흰 것을 목격하면 손을 더듬어가면서 다시 내려갔다. 그것은 숲이거나 바위였다. 그는 또다시 넘어지기도 하면서 도로로 접어들었다. 그리고 그는 어둠 속을 주시했다. 혹시나 어딘가 부서진 자동차 부스러기와 그 밑에… 뭔가 없을까 하고….

그는 다시 교차로로 올라왔다. 바로 여기서 그녀는 어둠 속으로 사라지기 시작했었다. 그는 표지석에 앉았다. 조용했다. 너무나 조용했다. 한밤의 차가운 별들, 지금 어딘가로 어두운 자동차의 유성이 날아가고 있는 걸까? 아무 소리도 들리지 않고, 새소리도 들리지 않고, 마을의 개도 짖지 않고, 생명의 흔적이 전혀 없는 걸까? 모든 것이 거대한 죽음의 침묵 속으로 빠져들었다. 그리고 이것이 끝이다. 모든 것이 조용하고, 얼어붙고, 깜깜하고 끝이다. 공허가 어둠과 고요에 의해 둘러싸여 있다. 차가운 공허가 멈추어 있다.

나는 나 자신의 고통을 충족시키기 위해서 어느 구석에 숨어야 하나? 만일 그대가 안개 속에 숨는다면, 만일 세상이 끝난다면! 땅이 열리고, 힘찬 폭풍우 속에서 하나님의 말씀이 들린다. 나는 그대를 다시 데려가리라, 고통스럽고 연약한 인간이여. 그대에게는 순수함이 없어졌고, 그대는 사악한 힘을 퍼트렸노라. 사랑스런 그대여, 그대에게 공허의 침대를 준비해 줄 것이다.

프로코프는 캄캄한 우주의 가시관 아래에서 떨기 시작하였다. 그리고 여기 인간의 고통은 아무것도 아니고 아무 가치도 없다. 그것은 미미하고, 쪼그라들었고, 공허의 밑바닥에서 떨고 있는 거품이다. 좋아, 좋아. 그대는 세상이 무한하다고 말하지, 그러나 만일 내가 죽는다면!

동쪽 하늘이 창백해지기 시작했다. 야한 돌이 깔린 도로가 차갑게 비치기 시작했다. 보라, 자동차 바퀴자국들을, 썩은 먼지 속의 자국들을. 프로코프는 얼어붙고 마비가 된 몸을 일으켰다. 그는 걸음을 내디뎠다. 저기 저 아래로, 발틴을 향하여. 그는 멈추지 않고 터벅터벅 걸어갔다. 여기에 마을이 있고, 마가목 나무 오솔길이, 조용하고 어두운 강 위에 작은 다리가 있다. 안개가 걷히고 햇살이 비친다. 또 다시 회색의 차가운 날이다. 붉은 지붕들, 붉은 소떼들. 발틴까지는 얼마나 멀까? 육칠십 킬로미터. 메마른 잎사귀들, 메마른 잎사귀들뿐이다.

정오가 조금 지나서 그는 자갈더미 위에 앉았다. 더 이상 갈 수 없었다. 이리로 시골 농부의 마차가 다가온다. 농부는 멈추고 피로에 지친 사람을 바라본다.

"태워줄까요?" 프로코프는 감사히 고개를 끄덕인다. 그리고 말없이 그의 옆에 앉는다.

그러고 나서 마차는 작은 도시에 멈춰 선다.

"자, 여기 도착했습니다." 농부는 말했다. "그런데 정확히 어디로 가십니까?"

프로코프는 마차에서 내려서 더 걸어갔다. 발틴까지 어떻게 갈 수 있을까? 거기는 멀까?

비가 내리기 시작했다. 그러나 프로코프는 더 이상 갈 수 없어서 다리 난간에 기대고 앉았다. 다리 아래에는 차가운 시냇물이 사납게 거품을 일으키고 있었다. 맞은편에 자동차가 지나갔다. 다리 위에서 속도를 낮추다가 멈추었다. 거기서 가죽 코트를 입은 신사가 내려서 프로코프에게로 다가왔다.

"어디로 가고 있나요?" 그 사람은 드헤몬 씨였다. 타타르 검은 눈 위에는 자동차용 선글라스를 쓰고 있었다. 그는 거대한 털이 수북한 벌레 같았다. "나는 발틴에서 오는 중이오. 당신을 찾고 있어요."

"발틴까지는 얼마나 멉니까?" 프로코프는 속삭였다.

"사십 킬로미터입니다. 거기서 무엇을 하시게요? 당신을 체포하라는 명령을 내렸어요. 이리 오세요. 제가 태워주겠습니다."

프로코프는 머리를 내저었다.

"공주는 떠나갔습니다." 드헤몬 씨는 조용히 말했다. "오늘 아침에, 론 삼촌과 함께. 무엇보다도 사람을 친… 불쾌한 사건을… 잊어버리기 위해서요."

"그는 죽었습니까?" 프로코프는 한숨을 내쉬었다.

"아직 죽지 않았어요. 그리고 두 번째로, 아시다시피 공주가 결핵에 심하게 걸렸어요. 그녀를 이탈리아 어딘가로 데려갈 겁니다."

"어디로요?"

"저는 몰라요. 아무도 몰라요."

프로코프는 일어서서 휘청거렸다. "그렇다면… 그렇다면…"

"나와 함께 갈래요?"

"모르겠어요, 어디로요?"

"나도… 나도 이탈리아로 가고 싶어요."

"자, 타요." 드헤몬 씨는 프로코프를 차에 태웠다. 그는 그에게 털 담요를 덮어주고 차문을 닫았다. 차는 출발했다.

또다시 시골풍경이 펼쳐졌다. 그러나 이상했다. 마치 꿈 속 같왔고 뒤돌아가는 것 같았다. 작은 도시, 포플러나무 거리, 자갈들, 작은 다리, 구슬 같은 빨간 마가목 열매들, 시골. 드르렁거리는 차는 구불구불한 언덕을 올라갔다. 여기는 그들이 헤어졌던 교차로다.

프로코프는 일어서서 차에서 뛰어내리고자 했다. 그러나 드헤몬은 그를 다시 앉히고 4단 기어를 넣고 페달을 밟아댔다. 프로코프는 두 눈을 감았다. 이제 길을 따라 가는 게 아니라, 공중으로 떠올라서 날아가고 있었다. 바람이 그의 얼굴을 스친다. 그는 습기를 느낀다. 누더기 같은 구름이 얼굴을 때린다. 엔진소리가 길게 그리고 깊게 으르렁거린다. 아래에는 땅이 지나간다. 그러나 프로코프는 다시 날아가는 길이 보일까 봐 눈을 뜨기가 무섭다. 더 빨리! 목이 막힌다! 계속 더 빨리! 공포가 몰아치고 그의 가슴은 조여 온다. 이제 그는 숨을 쉬지도 못하고, 미친 듯이 공간으로 추락하면서 희열로 덜덜 떤다. 자동차는 위로 올라갔다가 내려간다. 어딘가 저 밑 발아래 사람들이 외치는 소리와 개 짖는 소리가 들린다. 마치 폭풍우가 몰아쳐서 그들은 때때로 거의 옆으로 누운 채 방향을 바꾼다. 그리고 또다시 똑바로 날아간다. 순발력 있는 속도, 화살처럼 멀리 날아가는 무섭고 시끄러운 윙윙거리는 소리.

그는 눈을 떴다. 안개가 짙고 어둡다. 한줄기 불빛이 어둠 속을 뚫고 나온다. 공장의 불빛이 내뿜는다. 드헤몬 씨가 차를 복잡한 거리를 몰고 나간다. 자동차는 폐허를 닮은 도시주변을 미끄러져 나아간다. 그리고 다시 벌판을 따라 달린다. 자동차는 긴 전봇대

안테나 앞을 천천히 지나가고, 배설물, 진흙, 돌더미 냄새를 맡고, 굽이치는 길에서 쌩쌩 소리를 내고, 총소리 같은 배기드럼 소리를 내고, 긴 도로를 감아 돌듯이 거기로 돌진한다. 좌우 양쪽으로 산들 사이로 좁은 계곡들이 구불구불 지나간다. 자동차는 그 속으로 들어가고, 숲 속으로 사라진다. 시끄러운 소리를 내며 위로 향하다가 새로운 계곡으로 차머리를 먼저 돌려 내려간다. 시골 마을이 두꺼운 안개 속으로 나타난 불빛의 고리 속에서 숨을 몰아쉬고 있다. 자동차는 굉음을 내며 날아가며 뒤에 불똥의 흔적을 남긴다. 다시 아래로 내려가면서 미끄러지고 회전하다가 위로, 더 위로 올라가면서 뭔가를 넘어가다가 떨어진다.

정지! 그들은 어둠 속에서 멈추어 섰다. 그것은 오막살이였다. 드헤몬 씨는 급히 차에서 내려서 숨을 몰아쉬고 문을 두들기고는 누군가와 이야기를 나누었다.

잠시 후 그는 물을 한 통 들고 와서, 쉭쉭거리는 냉각기에 넣었다. 자동차 전조등의 불빛 속에서 가죽 옷을 입은 그는 어린이 동화에 나오는 악마 같았다. 그는 차를 빙 둘러보고 타이어를 점검하고, 보닛을 들어 올리고는 뭔가 중얼거렸다.

프로코프는 너무나 피로해서 졸기 시작했다. 다시 끝임 없이 율동적으로 떠는 소리는 그를 사로잡았고 다시 차의 구석에서 잠에 골아 떨어져, 무엇이 일어나고 있는지도, 계속 흔들거리는 것 외에는 아무것도 몰랐다. 그는 차가 차가운 산 공기 속에서 눈을 배경으로 밝게 빛나고 있는 호텔 앞에 멈추었을 때야 비로소 정신을 차렸다.

그는 완전히 얼어붙고 피로에 지친 채 잠에서 깨어났다. "여기가… 여기가 이탈리아는 아니지요?" 그는 놀라서 더듬거리며 말했다.

"아직 아닙니다." 드헤몬 씨가 말했다. "하지만 지금 뭐라도 먹으러 갑시다." 그는 수많은 불빛에 의해서 눈이 부신 프로코프를 식당의 외딴 자리로 안내했다. 하얀 탁상보, 은그릇, 따뜻한 온기, 대사 같은 웨이터. 드헤몬 씨는 앉지도 않고, 식당 전체를 돌아다니며 손가락 끝을 바라보았다. 프로코프는 졸음이 오고 몸이 무거워서 의자에 걸터앉았다. 그는 먹든지 먹지 않든지 무관심이었다. 그렇지만 그는 뜨거운 수프를 맛보았다. 그는 어렵사리 포크를 잡고 한두 가지 음식 접시를 찔러보았다. 그리고 손가락들 사이로 와인 잔을 돌리고, 뜨겁고 쓴 커피로 목을 태웠다. 드헤몬 씨는 전혀 앉지도 않고 계속해서 방을 왔다 갔다 하면서 이것저것 맛을 봤다. 프로코프가 다 먹었을 때 그는 프로코프에게 시가를 주고 불을 붙여주었다.

"자 그럼." 그는 말했다. "사업 이야기를 시작하시죠."

"지금부터." 그는 계속 걸어 다니면서 말을 시작했다. "저는 그저 당신을 위해서… 다이몬 동무라고 할게요. 저는 당신을 우리 사람들한테로 모시고 가겠습니다. 여기서 그리 멀지 않습니다. 그들을 너무 심각하게 걱정 안 하셔도 됩니다. 그들 중에는 악당들, 도망자들, 전 세계에서 온 망명자들, 광적인 인간들, 수다쟁이들, 호사가들, 아마추어 메시아들, 공론가들 등이 있습니다. 그들의 계획에 대해서 묻지 마십시오. 그들은 우리가 이용하는 물질에 지나지 않습니다. 중요한 것은, 우리들은 전 세계에 지사를 둔 이 어마어마한 국제적인 비밀조직을 당신의 처분에 맡기겠습니다. 유일한 계획은 직접적인 행동의 실행입니다. 이것을 통해서 우리는 예외 없이 그들 모두를 붙잡아 두는 것입니다. 좌우간 그들은 마치 아이들이 새 장난감을 원하듯이 그것을 가지기 위해 소리치고 있습니다. 좌우간 '새로운 행동 계획'과 '머릿속의 파괴'는 그들에게는 억제할 수 없는 마법이 될 것입니다. 첫 번째 성공 후에 그들은 마치 양처럼 당신을 따를 것입니다. 특히 제가 당신에게 지명하는 사람들을 그들의 지도자들로부터 제거한다면요."

그는 마치 유능한 연설가처럼 말했다. 즉 말하자면 줄곧 다른 것들을 생각하면서 자명한 진리를 가지고 그는 저항이나 의혹을 가지지 못하게 했다. 그것은 프로코프에게 언젠가 그의 말을 들어본 것같이 느껴졌다.

"당신의 경우는 특별합니다." 그는 방을 왔다 갔다 하면서 계속했다. "당신은 벌써 어떤 정부의 제안을 거절했습니다. 당신은 이성적인 사람같이 행동했습니다. 제가 당신에게 베풀 수 있는 것이 당신 스스로 얻을 수 있는 것에 견줄 수 있겠습니까? 당신 자신의 과업을 당신의 손으로부터 놓아버린다면 당신은 미치광이가 될지도 모릅니다. 당신은 세상의 모든 권력을 파괴할 수단을 가슴에 간직하고 있습니다. 저는 당신에게 무한한 신임을 보장합니다. 당신은 5천만 파운드 또는 1억 파운드를 원하십니까? 당신은 그것을 일주일 내로 가질 수 있습니다. 저는 당신이 유일한 크라카티트 소유자라는 것에 만족합니다. 지금 우리 쪽 사람들은 95그램을 소유하고 있습니다. 그것은 발틴 성으로부터 색슨 사람이 가져왔습니다. 그러나 이 불쌍한 사람들은 당신의 그 화학물질에 대해 일자무식입니다.

그들은 그것을 마치 신성한 것인 양 도자기 상자에 보관하고 있어요. 그리고 일주일에 세 번씩이나 폭발이 일어나는 게 하나도 이상할 게 없네요. 어떤 정부 건물들이 공중 속으로 날려보내질 건가가 문제지요. 좌우간 당신은 그 소리를 듣게 될 것입니다. 당신이 있는 곳으로부터는 아무런 위협이 되지 않겠지만요. 이제 발틴에는 크라카티트의 흔적도 없습니다. 토메시 씨가 분명히 자신의 실험을 끝낸 것 같습니다."

"이르카… 이르카 토메시는 어디 있어요?" 프로코프는 물었다.

"그로투프에 있는 화약 공장에요. 거기서는 이미 사람들이 그가 한 약속에 짜증을 내고 있어요. 비록 그가 우연히 그것을 만드는 데 성공하더라도, 그것으로부터 큰 보상은 기대하지 못할 것입니다. 저는 그것에 대해서는 당신에게 자신 있게 말할 수 있습니다. 간단히 말해서 당신은 크라카티트를 소유하고 있는 유일한 사람이고, 그것을 아무에게도 안 주시겠죠. 당신은 인적인 자원과 우리들의 모든 조직망을 당신 마음대로 할 수 있습니다.

저는 당신에게 제가 가지고 있는 인쇄물을 드리겠습니다. 결국 마침내 당신은 신문에서 소위 말하는 '비밀 무선전신국'이라고 하는 것을 마음대로 사용할 수 있습니다. 그 무선국은 우리들의 불법적인 무선국입니다. 거기에서 소위 말하는 반 파동 또는 스파크를 무력화하는 수단에 의해서 약 3천 킬로미터 떨어진 곳에서 당신의 크라카티트를 폭발시킵니다. 그것이 바로 당신의 비장의 카드입니다. 그것을 한번 시도해 보실래요?"

"무엇이라고요, 무엇이라고요? 도대체 당신은 그것으로 무엇을 염두에 두고 있습니까?" 프로코프는 물었다. "제가 그것으로 무엇을 해야 한다고요?"

다이몬 동지는 일어서서 프로코프를 자세히 바라보았다.

"당신은 당신이 하고 싶은 것을 하게 될 것입니다. 당신은 위대한 과업을 행하게 될 것입니다. 누가 당신에게 그것보다 더 큰 것을 제의하겠습니까?"

제47장

다이몬은 프로코프 가까이 의자를 붙여서 앉았다.

"예, 그렇습니다." 그는 생각에 잠긴 듯 시작했다. "그것은 믿을 수 없는 것입니다. 단순히 역사적으로 당신이 손에 잡고 있는 권력에 비유할 것은 없습니다. 당신은 수십 명의 사람들과 함께 전 세계를 손에 넣을 수 있습니다. 예컨대, 코르테즈가 멕시코를 점령했듯이. 아닙니다, 그것은 올바른 비유가 아닙니다. 당신은 크라카티트와 무선전신국으로 체스 판에서 전 세계를 좌지우지할 수 있습니다. 그것은 이상하지만 그게 사실입니다. 당신이 필요한 것은 한 주먹의 가루입니다. 당신은 당신이 명령하는 것을 어느 순간이고 날려 보낼 수 있습니다. 누가 그것을 막을 수 있겠습니까? 사실 당신은 통제받지 않은 세상의 지배자입니다. 당신은 심지어 당신을 보지 못 하는 자들게도 명령을 내릴 수 있습니다. 그것은 우스꽝스럽습니다. 당신은 저를 위해서, 그리고 저 뒤에서 포르투갈과 스웨덴을 공격할 수 있습니다. 3~4일 내로 그들은 평화를 요구할 것입니다. 당신은 현금배상을, 법률을, 국경을, 그리고 당신 생각에 떠오르는 어떤 것이라도 요구할 수 있습니다. 이 순간 막강한 권력자는 하나뿐입니다. 그것은 바로 당신 자신입니다. 제가 과장하고 있다고 생각하십니까? 저는 여기에 모든 것을 할 수 있는 아주 유능한 동료를 가지고 있습니다. 그냥 재미로 프랑스에게 전쟁을 선포해 보십시오. 어느 날 한밤중에 정부부처들, 프랑스 은행, 우체국, 전기공사, 정거장들과 몇몇 군부대들이 공중으로 날아갈 것입니다. 그 다음 날 밤에는 비행장이, 무기 공장들이, 철교들이, 탄약 공장들이, 항구들이, 등대들과 고속도로들이 폭발할 것입니다. 현재 우리에게는 항공기는 7대뿐입니다. 당신이 원하는 곳 어디든지 크라카티트를 뿌릴 수 있습니다. 그리고 무선전신국에서 스위치를 누르십시오. 바로 그것입니다. 자, 어디 시도해 보시겠어요?"

프로코프는 마치 꿈을 꾸고 있는 것 같았다. "아니오! 왜 제가 그것을 하겠어요?"

다이몬은 양 어깨를 추썩거렸다.

"왜냐하면 당신은 할 수 있기 때문입니다. 힘은… 소진되어야 합니다. 당신이 스스로 할 수 있는데 왜 어떤 국가가 당신을 대신해서 해야 합니까? 저는 당신이 수행할 수 있는 모든 것을 알 도리가 없습니다. 실험을 하기 위해서는 시작해야 합니다. 저는 당신이 그것으로 짜릿한 맛을 느끼리라고 보증합니다. 당신은 이 세상의 유일한 통치자가 되고 싶습니까? 좋아요. 당신은 세상을 폭발시키고 싶습니까? 할 수 있습니다. 당신은 세상에게 영원한 평화를 강제하여 그것을 행복하게 하고 싶습니까? 오 하나님, 새로운 질서, 혁명, 뭐 그와 비슷한 것? 왜 안 되겠어요? 시작만 하세요, 계획은 상관없어요. 마침내 당신은 당신에 의해서 창조된 것만을 해낼 것입니다. 당신은 은행을, 왕국을, 산업을, 군대를, 영원한 불의를, 그리고 또 당신이 원하는 것을 파괴할 수 있습니다. 일단 하다 보면 무엇을 하고 싶은지 알게 될 것입니다. 무엇이든지 당신이 시작하면 나머지는 자동으로 따라올 것입니다. 역사에서 비슷한 점을 찾지 마십시오. 당신이 무엇을 해야 하는지 당신 자신에게 물어보지 마십시오. 당신의 지위는 전례가 없습니다. 징기스칸도 나폴레옹도 당신에게 무엇을 해야 한다고, 그리고 당신의 한계가 어디에 있다고 말하지 않을 것입니다. 아무도 당신에게 충고할 수 없습니다. 어느 누구도 당신의 권력을 비난할 수 없습니다. 당신이 끝까지 해내려면 당신 혼자 해야 합니다. 당신에게 어떤 한계를 정하거나 당신에게 어떤 행동을 취하도록 제의하는 자는 당신 곁에 두지 마십시오."

"당신조차도 다이몬?" 프로코프는 날카롭게 물었다.

"물론 저도 아닙니다. 저는 권력 있는 자 편에 있습니다. 저는 노련하고, 경험이 많고 부자입니다. 저는 아무것도 필요 없습니다. 제가 원하는 것이라고는 어떤 사람이 결정한 방향에 의해서 뭔가가 이루어져야 하고 굴러가야 한다는 것입니다. 저의 늙은 마음은 당신이 하는 것에 만족할 것입니다. 가장 아름다운 것을, 가장 용감한 것을, 그리고 가장 놀라운 것을 염두에 두십시오, 그리고 당신의 무한한 힘의 권리에 의해서 그것들을 세상에 부과하십시오. 그것이 바로 저로 하여금 당신에게 봉사하게 하는 데 대한 보상이 될 것입니다."

"당신 손을 주십시오, 다이몬." 프로코프는 의혹에 사로잡혀 말했다.

"아닙니다, 저는 당신을 불타게 할 것입니다." 다이몬은 미소를 지어보였다. "저는 낡고 오래된 열병을 가지고 있습니다. 제가 무슨 말을 하고 있는 거지요? 예, 유일한 가능한 힘은 강제력입니다. 힘은 어떤 것을 움직이게 하는 능력입니다. 당신은 결국 당신 주위에 일어나는 모든 것을 피할 수 없을 것입니다. 먼저 그것에 익숙해지십시오. 사람들을 그저 당신의 도구로만 또는 당신이 머릿속으로 생각하는 그런 생각의 도구로만 평가하십시오. 당신은 불가능한 선을 행하고자 할 것입니다. 그 결과 당신은 아마도 지독히 잔인하게 될 것입니다. 당신이 만일 위대한 이상을 실현하고 싶다면 어떤 것 앞에서도 멈추지 마십시오. 우연하게도 그것은 스스로 올 것입니다. 지금은 당신이 지구를 다스린다는 것이 ─저는 그게 어떤 형식인지 모르지만─ 당신의 힘에 부친다고 보일 것입니다. 당신은 할 것입니다. 그것은 당신 도구들의 힘에 넘치지는 않을 것입니다. 당신의 힘은 모든 신중한 사려분별보다도 더 멀리 도달할 것입니다.

당신은 어느 누구에게도 의존하지 않는 방식으로 당신의 과업을 처리하십시오. 바로 오늘 저는 당신을 정보위원회 회장으로 선출하겠습니다. 이것으로 당신은 실질적으로 비밀 무선전신국을 당신 손아귀에 가지게 될 것입니다. 결국 그것은 저의 사유 재

산인 공장에 위치할 것입니다. 잠시 후 당신은 우리들의 어리석은 동지들을 보게 될 것입니다. 어떤 거대한 계획으로 그들을 놀라게 하지 마십시오. 그들은 당신을 기대하고 있고 열렬하게 당신을 환영할 것입니다. 그들에게 인류의 덕목과 뭐 그와 비슷한 당신이 원하는 것을 한두 마디로 연설하십시오. 그렇지 않으면 정치적인 신념이라고 하는 무질서한 의견의 소용돌이에 휘말릴 것입니다.

당신 스스로 결단을 내려야 합니다. 당신의 첫 공격이 정치적인 노선이든지 경제적인 노선이든지요. 말하자면 당신이 무엇보다도 먼저 군사적 목표물이나 공장과 철로를 공격하기 시작할 것인지 결단을 내려야 합니다. 첫 번째 것이 보다 더 효율적이고 두 번째 것은 보다 더 근본적입니다. 당신은 온 사방으로 총공격을 시작할 수 있습니다. 또는 한 지역을 선택할 수 있습니다. 당신은 공적으로나 사적으로 익명의 혁명을 선택하거나 전쟁을 선포할 수 있습니다.

저는 당신의 기호를 모르겠습니다. 좌우간 당신이 당신의 힘을 과시하는 한 형식은 관계가 없습니다. 당신은 세상의 최고 심판자입니다. 누구든지 심판하십시오. 우리 쪽 사람들이 당신의 결정을 행동에 옮길 것입니다. 인간 목숨의 숫자는 헤아리지 마십시오. 거대한 규모로 작업을 하십시오. 이 세상에는 수백만의 목숨이 있습니다.

이봐요, 저는 기업인이고, 신문기자이고, 은행가이고, 정치가이며, 당신이 원하는 모든 것입니다. 간단히 말해 저는 계산하는 데

습관이 되어 있고, 상황을 고려하고, 그리고 제한된 가능성을 찾고 있습니다. 그래서 저는 당신에게 말씀 드립니다. 그리고 이것은 제가 당신이 권력을 잡기 전에 당신에게 드리는 유일한 충고입니다. 헤아리지 마시고 주변을 살피지 마십시오. 당신이 돌아보는 순간 당신은 롯의 아내처럼 기둥으로 변할 것입니다. 저는 이성이고 숫자입니다. 제가 만일 위를 쳐다 보면 저는 미치광이가 되고 무책임한 사람으로 변하고자 할 것입니다. 존재하는 모든 것은 제한 없는 카오스로부터 피할 수 없이 무의미하게 붕괴될 것입니다. 모든 강력한 권력은 진행되고 있는 몰락에 반대할 것입니다. 모든 위대한 것은 제한을 원치 않을 것입니다. 낡은 경계선을 넘어 넘쳐나지 않은 힘은 죽어버릴 것입니다.

당신은 당신의 손아귀에 무한한 과업을 행할 힘을 가지고 있습니다. 당신은 그것들을 다룰 가치가 있습니까? 아니면 근근이 생계를 이어가시겠습니까? 저는 노련하고 실용적인 사람으로서 당신에게 말씀드리겠습니다. 당신은 거칠고 미친 행동을 전례 없던 규모의 액션을, 믿기 어려운 인간 힘의 기록을 염두에 둘 것입니다. 실제로 당신은 매번 거대한 계획으로부터 50% 또는 80% 이익을 받게 될 것입니다. 그러나 당신이 행하는 성공은 어마어마할 것입니다. 불가능한 것을 시도해 보십시오, 그러면 적어도 당신은 이전에 없었던 가능성을 실행하게 될 것입니다. 당신은 위대한 과업이 얼마나 멋진 실험인지 알게 될 것입니다. 아주 좋아요. 전 세계의 통치자들이 가장 두려워하는 것은 그들이 뭔가 새로운 것을, 들어보지 못한 것을 반대로 시도해야 한다는 것입니다. 인간을 다스리는 것보다 더 보수적인 것은 없습니다.

당신은 이 세상에서 세계를 자신의 실험실로 간주할 수 있는 첫 인물입니다. 이것은 저 높은 산정에 있는 절대적인 유혹입니다. 이 모든 것이 당신에게 주어지는 것은 당신이 권력을 즐기고 향유하기 때문만이 아니라 당신이 그것을 정복하고, 변형시키고 이 불행하고 잔인한 세계를 더 좋게 창조할 수 있기 때문입니다. 이 세상은 계속해서 새로운 창조자가 필요합니다. 그러나 창조자는 절대적인 통치자나 권력자가 아니고 바보일 뿐입니다. 당신의 생각들은 명령이 될 것입니다. 당신의 꿈은 역사적인 혁명이 될 것입니다. 만일 당신이 당신의 기념비 외에 더 위대한 것을 세우지 않더라도 그것으로 충분합니다. 당신의 것을 챙기십시오.

이제 갑시다. 그들이 우리를 기다리고 있습니다."

제48장

　다이몬은 엔진시동을 걸고 차에 올라탔다. "우리는 곧 거기에 도착할 것입니다." 자동차는 유혹의 언덕을 내려와 넓은 계곡으로 내려가다가 조용한 밤을 지나갔다. 이어서 조용한 시골집들을 지나치고 오리나무 사이에 있는 긴 통나무집 앞에 멈추었다. 그것은 옛 방앗간 같았다.

　다이몬은 차에서 내려 프로코프를 계단으로 안내했다. 그러나 거기서 깃을 접어 올린 사람이 그들을 멈추어 세웠다.

　"암호?" 그는 물었다. "한 조각." 다이몬은 말하고 운전용 안경을 벗었다. 그 사람은 뒤로 물러서고 다이몬은 위로 올라갔다. 그들은 마치 학교 강당 같은 커다랗고 천정이 낮은 방으로 들어갔다. 거기에는 의자가 두 줄로 가지런히 나 있었고, 단상과 책상과 칠판이 있었다. 단지 거기에는 연기와 수증기가 자욱하고 시끄러웠다. 의자에는 모자를 쓴 사람들이 차지하고 있었다. 그들은 서로 논쟁을 하고 있었다. 머리털이 붉은 사나이가 단상을 향해 소

434

리치고 있었다. 책상머리에서는 말라빠진 현학적인 노인이 맹렬히 종을 흔들어대고 있었다.

다이몬은 곧 바로 단상으로 뛰어 올라가서 소리쳤다. "동지 여러분들." 그의 목소리는 마치 갈매기 소리처럼 비인간적으로 들렸다. "저는 여러분들에게 크라카티트 동지를 모셔왔습니다." 갑자기 쥐 죽은 듯이 조용해지고, 프로코프는 50쌍의 눈들에 의해서 사로잡히고 감시받는 느낌을 받았다.

그는 마치 꿈속에서처럼 단상으로 올라가서 무엇을 해야 할지 모른 채 연기가 자욱한 강당을 훑어봤다.

"크라카티트, 크라카티트."

아래에서 소리가 울려오고 외치는 소리는 더욱 커졌다.

"크라카티트! 크라카티트! 크라카티트!"

프로코프 앞에는 머리가 헝클어진 아름다운 소녀가 서서 그에게 손을 내밀었다.

"안녕하세요, 동지!" 짧고 뜨거운 악수, 모든 것을 약속하는 불타는 눈초리들, 그리고 벌써 스무 개의 다른 손들, 거칠고, 강하고, 열에 의해서 건조해진, 젖고 차가운 그리고 영적으로 승화된 손들의 고리들이 프로코프의 손에 족쇄를 채우는 것 같았다.

"크라카티트! 크라카티트!"

현학적인 노인이 미치광이처럼 종을 흔들어댔다. 그것이 아무 소용이 없자, 그는 프로코프에게 달려가 그의 손을 흔들어댔다. 그의 손은 양피지처럼 건조하고, 가죽 같았다. 구두장이의 안경 너머에서 그의 눈은 커다란 기쁨에 넘쳐 반짝거렸다. 군중은 열광하여 소리치다가 조용해졌다.

"동지 여러분." 노인은 말하기 시작했다. "여러분들은 크라카티트 동지를 환영했습니다. …진정 마음에서 우러난 기쁨으로, …마음에서 우러나고 생기 넘치는 기쁨으로, 저도 또한 대회장의 자격으로서 그런 기쁨을 표하는 바입니다. 저는 우리들 센터에서 크라카티트 동지를 환영하는 바입니다. 우리들은 또한 다이몬 회장님을 환영합니다. 우리는 그에게 감사를 표하는 바입니다. 저는 크라카티트 동지를 우리의 귀빈으로서 …대회장의 단상으로 모시겠습니다. 제가 계속 회의를 주재해야 하는지 아니면 다이몬 회장님이 주재해야 하는지, 저는 대표단 여러분들이 결정하도록 요청하는 바입니다."

"다이몬! 마자우드! 다이몬"

"마자우드! 마자우드!"

"마자우드란 형식은 집어치워요." 다이몬은 소리쳤다. "당신이 주재하는 것으로 충분해요!"

"그럼 회의를 계속하겠습니다." 노인은 소리쳤다. "대표단의 한 사람인 페테르스가 한 말씀 하실 겁니다."

머리털이 붉은 사나이가 다시 연설을 시작했다. 그는 영국 노동당을 공격했으나 아무도 그의 말을 듣지 않았다. 모든 눈들이 프로코프를 향하고 있었다. 저기 한 구석에서 폐병환자의 커다랗고 꿈꾸는 듯한 두 눈이 보였다. 긴 수염을 한 노인의 툭 불거진 푸른 시선, 시험을 주재하는 교수의 둥글고 반짝이는 안경, 텁수룩한 회색의 머리카락으로부터 반짝거리는 날카로운 작은 눈들이, 조심스럽고, 적대적이고, 움푹 들어가고, 천진하고, 성스러운 그리고 사악한 눈들이 반짝거렸다. 프로코프는 사람들이 빽빽하게 앉은 의자들을 둘러보고, 마치 자신이 불에 타버리는 듯이 움찔했다.

그는 갑자기 머리가 헝클어진 소녀의 시선과 마주쳤다. 그녀는 분명히 파도치는 몸짓으로 마치 누비이불에 넘어지듯이 몸을 숙였다. 반면에 그는 좁은 코트를 입고 있는 심한 대머리 사나이를 바라보았다. 그자는 스무 살인지 오십 살인지 구별하기가 매우 어려웠다. 그러나 그가 구별하기 전에 대머리 전체가 넓고 열광적이고 존경스러운 미소로 주름을 지어보였다. 하나의 시선은 줄곧 그를 고통스럽게 했다. 그는 모든 사람들 사이에서 그를 찾았으나 알아낼 수 없었다.

대표단의 한 사람인 페테르스가 말을 더듬으며 연설을 끝내고 자리로 사라졌다. 그의 얼굴은 붉어졌다. 긴장되고 강압적인 기대를 가지고 모든 시선들이 프로코프에게 집중했다. 노인 마자우드가 뭔가 공식적인 말을 하고 다이몬에게 머리를 숙였다. 주위는 숨소리조차 없이 조용했다. 프로코프는 무엇을 해야 할지 몰라서 일어섰다.

"크라카티트 동지가 한 말씀을 하시겠습니다." 마자우드가 메마른 손을 비비면서 선언했다.

프로코프는 얼빠진 눈초리로 주위를 둘러봤다. '나는 무엇을 해야지? 연설을 할까? 왜? 이 사람들은 모두 누구지?'

그는 폐병환자의 온순한 눈을, 엄격하고 호기심 많고 반짝이는 안경을, 깜빡거리는 눈들을, 이상하고 낯선 눈들을, 아름다운 소녀의 밝고 애간장 태우는 눈빛과 마주쳤다. 그녀는 매우 집중을 하면서 죄를 지은 듯, 뜨거운 입술을 벌리고 있었다. 첫 번째 줄 의자에는 주름진 대머리의 사나이가 앉아서 완전히 매료된 눈으로 그의 입을 바라보고 있었다. 프로코프는 만족하듯이 그에게 미소를 지어보였다.

"동지 여러분." 그는 마치 꿈속에서처럼 조용히 시작했다. "지난밤에 저는 어마어마한 대가를 치렀습니다. 저는 살아남았고… 그리고 잃었습니다." 그는 온 힘을 모으려고 노력했다. "때때로 여러분들도 경험할 것입니다. …이제 벌써 여러분들의 것이 아닌 그런 고통을 …그리고 여러분들은 두 눈을 뜨고 보게 될 것입니다. 우주는 캄캄해지고, 지구는 고통 속에서 숨을 멈춥니다. 세상은 반드시 구원을 받아야 합니다. 여러분들이 혼자서 고통을 받는다면 그것을 이겨낼 수 없을지도 모릅니다. 여러분들 모두는 지옥을 경험했습니다. …여러분들 모두는…."

그는 강당을 둘러보았다. 모든 것들이 생명이 없는 번쩍이는 해저식물로 합쳐지는 것 같았다. "크라카티트를 어디에 가지고 있습니까?" 그는 짜증을 내며 물었다. "그것을 어디에 놔두었습니까?"

노인 마자우드는 조심스럽게 성스러운 항아리를 들어서 그의 손에 넘겨주었다. 그것은 히브슈몬카에 있는 실험실에 있었던 바로 그 도자기 항아리였다. 그는 뚜껑을 열고 손가락으로 낱알로 된 가루에 집어넣고, 문질러서 부수고 냄새를 맡고는 혀에 묻혔다. 그는 톡 쏘고 강한 쓴맛을 알아보고, 기쁨에 넘쳐 맛을 봤다. "좋아요." 그는 숨을 몰아쉬고 이 귀중한 물건을 마치 얼어붙은 손에서 그것을 따뜻하게 하는 것처럼 두 손바닥으로 감쌌다.

"그대가 바로 그것입니다." 그는 낮은 목소리로 말했다. "저는 그대를 알아. 그대는 폭발하는 요소입니다. 그대의 순간이 올 것입니다. 그대는 모든 것을 해방시킬 것입니다. 아주 좋아요." 그는 불안하게 눈썹 아래로 내려다보았다.

"여러분들은 무엇을 알고 싶으세요? 저는 오직 두 가지만 알고 있어요. 별들과 화학. 무한한 시간의 바다는… 아름다워요. 영원한 질서와 지속성, 성스러운 우주의 산술학, 저는 감히 여러분들께 말하건대 더 이상 아름다운 것은 없습니다. 그러나 저는 영원의 법칙에 신경 쓸까요? 그대의 순간이 올 것입니다. 그대는 폭발할 것입니다. 그대는 사랑을, 고통을, 생각을 해방시킬 것입니다. 저는 모르겠어요. 그대의 가장 위대하고 가장 강력한 것은 오직 순간일 뿐입니다. 그대는, 그대는 영원한 질서에 속하지 않고, 수백만 년 광년의 일부분이 아닙니다. 그러니 그대의 모든 것이 가치가 있도록 하세요. 가장 고결한 불꽃으로 폭발하세요. 그대는 갇혔다고 느끼세요? 자 그러면 분쇄기를 부수고 바위를 폭파하세요. 그대의 유일한 순간을 위해 장소를 마련하세요. 자 좋아요."

그는 자신이 무엇을 말하는지 자신도 잘 이해하지 못했다. 그러나 모호한 충동이 그를 다시 상황에서 빠져나오도록 뭔가를 말하도록 몰아갔다. "저는… 화학자일 뿐입니다. 저는 물질을 알고 있고 물질을 이해하고 있습니다. 그것이 전부입니다. 물질은 공기와 물에 의해서 분해됩니다. 그것은 분열되고, 발효되고, 부패되고, 타버리고, 산소를 흡수하거나 해체됩니다. 그러나 결코, 제 말 듣고 있어요, 결코 그 안에 있는 모든 것을 내보내지 못합니다. 비록 물질이 전체 순환을 통과하더라도, 지구의 일부분이 식물이나 생생한 육류로 합쳐지더라도, 그리고 뉴턴의 뇌 세포가 되어서 그와 함께 죽어버리고 분열되더라도, 그것은 모든 것을 내보내지 않을 것입니다. 그러나 그것을 힘으로 분열시키고 강제로 방출시킨다면 그것은 수천분의 일초 내로 폭발할 것입니다. 이제야 처음으로 자신이 보유한 모든 역량을 쏟아 부을 것입니다. 그리고 그것은 아마 잠도 자지 않을 것입니다. 그것은 오직 묶여 있고, 질식하고, 어둠 속에서 투쟁을 하고, 그의 순간이 올 때를 기다릴 것입니다. 모든 것을 방출하기 위하여! 그것은 그의 권리입니다. 저는, 저도 또한 모든 것을 방출할 것입니다. 저도 오직 부패하도록 제 자신을 노출시키도록 기다려야 할까요? …지저분하게 발효시키고, 분열시키고, 그러고 나서 …즉시 …인간 전체를 방출해야 할까요? 무엇보다도 …벌써 무엇보다도 절정의 한 순간에 …모든 것들을 통해…. 왜냐하면 저는 모든 것을 방출하는 것은 좋다고 믿기 때문입니다. 그것이 좋든지 나쁘든지. 저에게 있는 모든 것은 하나로 합쳐집니다. 좋은 것과 나쁜 것 그리고 가장 위대한 것이. 살아있는 자는 마치 모든 것이 허물어지듯이 악과 선을 행합니다. 저는 이것과 저것을 행합니다. 그러나 지금 저는 가장 위대한 것을 방출해야 합니다. 그것이 인간의 구원입니다. 그것은 제가 행한 것에 속하지 않습니다. 그것은 저의 일부분입니다. …마치 건물 속의 돌처럼, 그리고 저는 또 힘에 의해서 그것을 부셔야 합니다. 마치 탄약통을 박살내듯이. 저는 제가 폭발시키는 것이 무엇인지 묻지 않겠습니다. 그러나 그것은 필요합니다. …아마도 제가 가장 위대한 것을 방출해야 하는 것은 필요합니다."

그는 단어들과 씨름을 하고, 뭔가 표현할 수 없는 것을 표현하려고 애썼다. 그는 매 단어마다 할 말을 잃어버렸다. 그리고 이마를 찡그리고 청취자들의 얼굴에서 그가 표현하고자 하는 것을, 또는 표현하지 못 하는 것을 알아차리는지 어떤지를 살펴봤다. 그는 폐결핵 환자의 두 눈에서 열광적인 동정을 보았다. 그리고 그는 저기 저 뒷자리에 있는 텁수룩한 거인의 푸르고, 휘둥그레진 눈에서 집중된 노력을 보았다. 키가 작고 쭈글쭈글한 사나이는 철저한 신자의 헌신을 가지고 그의 말을 삼키고 있었고, 반쯤 누워 있는 아름다운 소녀는 사랑스럽게 몸을 흔들며 그의 말을 받아들이고 있었다. 반면에 다른 얼굴들은 몰인정하고 호기심 어리게 또는 점증되는 무관심으로 그를 바라보았다. 그는 왜 실제로 연설을 하고 있는 걸까?

"저는 경험했습니다." 그는 더듬거리며 말하기 시작하고 벌써 어느 정도 짜증을 내기 시작했다. "저는 인간이 경험할 수 있는 만큼… 그만큼 경험했습니다. 왜 저는 이것을 여러분들께 말하고 있는 건가요? 왜냐하면 저는 그것에 만족하지 않기 때문입니다. 왜냐하면… 저는 아직 구원받지 않았기 때문입니다. 가장 고귀한 것이 거기에 없습니다. 그것은 물질에 에너지가 있듯이 인간 속에 내재해 있습니다. 그대는 물질이 자신의 힘을 발산시키도록 그것을 분열시켜야 합니다. 인간은 자신의 가장 고귀한 불꽃을 내뿜도록 해방되어야 하고, 훼손해야 하고, 부수어야 합니다. 아아, 그것은… 그가 그것을 찾지 못하게 하기에는… 그것에 도달하기에는… 벌써 너무 지나친 것 같아요."

그는 더듬거리며 말하고는 기분이 언짢았다. 그는 크라카티트가 담긴 상자를 내던지고 자리에 앉았다.

제49장

긴장감이 도는 침묵이 흘렀다.

"그것이 전부란 말입니까?" 한가운데 자리에서 조롱 섞인 목소리가 울려나왔다.

"이게 전부입니다." 프로코프는 역겨워하며 소리쳤다.

"아닙니다." 다이몬이 말하고 일어섰다. "크라카티트 동지는 대표단 여러분들이 충분히 이해하려는 의지가 있다고 예상하고 있습니다."

"오호!" 강당의 한가운데서 울려 퍼졌다.

"예, 메지에르스키 대표단원은 벌써 인내심을 가져야 합니다. 자, 제 이야기를 끝내겠습니다. 크라카티트 동지가 그것을 우리들에게 그것이 필요하다고 비유적으로 말했습니다."

여기서 다이몬의 목소리는 새소리처럼 꽥꽥거렸다. "단계 이론을 보지 않고 혁명을 시작할 때입니다. 인류는 자기 속에 내재해 있는 가장 위대한 것을 분출시키는 파괴와 폭발의 혁명을 시작할 때입니다. 인간은 모든 것을 방출하기 위하여 폭발해야 합니다. 사회는 자신 속에 있는 가장 위대한 선을 찾기 위하여 부서져야 합니다. 여러분들은 여러 해 동안 인류의 가장 위대한 선에 대해서 논쟁을 해왔습니다. 크라카티트 동지는 인류가 논쟁에서 원했던 것보다 훨씬 더 높이 불살라 오르도록 하기 위해서는 인류가 폭발하도록 하는 것이 충분하다는 것을 우리에게 보여줬습니다. 그리고 우리는 그동안 폭발에 의해서 파괴되는 것에 대해서는 신경 쓸 필요가 없습니다. 저는 크라카티트 동지가 옳다고 생각합니다."

"맞아요, 맞아요, 맞아요!" 갑자기 외침과 박수소리가 터져 나왔다.

"크라카티트! 크라카티트!"

"조용히." 다이몬이 소리쳤다. "그의 말씀은 더욱더 큰 중대성을 가지고 있습니다. 왜냐하면 그것들은 이 폭발을 가져온 실제적인 힘에 의하여 지지를 받았기 때문입니다. 크라카티트 동지는 말하는 사람이 아니라 행동하는 사람입니다. 그는 우리들에게 직접적인 행동을 보여주기 위해서 왔습니다. 그리고 저는 여러분들에게 그것은 어느 누가 꿈꾸던 것보다도 더 무섭다는 것을 말하고자 합니다. 그것은 오늘, 내일 그리고 일주일 내로 폭발할 것입니다."

그의 말은 묘사할 수 없는 혼동 속에 사라졌다. 사람들의 물결이 자리에서 단상으로 밀려와 프로코프를 에워쌌다. 그들은 그를 포옹하고 그의 손을 잡고 외쳤다.

"크라카티트! 크라카티트!"

머리가 헝클어진 아름다운 소녀는 군중들을 헤치고 가려고 거칠게 발버둥쳤다. 그녀는 그들에 의해서 떠밀려서 프로코프의 가슴을 짓눌렀다. 그는 그녀를 밀어내려고 했으나 그녀는 그를 포옹하고 이상한 언어로 뭔가를 열렬하게 속삭였다. 그동안 단상의 한쪽 끝에서 안경을 쓴 사나이가 천천히 그리고 조용히 텅 빈 자리를 향해, 그것은 이론적으로 무기물로부터 사회학적인 결론을 추론하는 것은 허용되지 않았다고 설명하기 시작했다.

"크라카티트! 크라카티트!"

군중들이 고함을 질러댔다. 아무도 의자에 앉아 있지 않았다. 마자우드는 청소부처럼 종을 흔들어댔다. 갑자기 얼굴이 검은 젊은이가 연단으로 올라와서 크라카티트 상자를 높이 손에 쳐들고 모두들 머리 위로 흔들기 시작했다.

"조용히." 그는 소리쳤다. "아래로 내려가세요! 아니면 이것을 여러분들 발아래로 던져버리겠소!"

갑자기 조용했다. 군중들은 단상으로부터 내려가서 뒤로 물러났다. 단상에는 혼란에 빠져서 무엇을 해야 할지 모른 채 종을 든 마자우드, 테이블에 기댄 다이몬과 프로코프만이 남아 있었다. 그리고 또 까만 머리의 메나다는 아직도 프로코프의 목에 매달려 있었다.

"로소." 사람들이 외쳐댔다. "그자를 내려 보내! 로소 내려와!"

연단에 있는 젊은이는 불타는 눈초리로 사납게 강당을 둘러봤다. "아무도 움직이지 마세요! 메지에르스키가 저에게 총을 쏘려고 합니다. 저는 이걸 던질 것입니다." 그는 소리치고 상자를 돌리기 시작했다. 군중들은 화난 동물처럼 으르렁대며 뒤로 물러섰다. 두세 사람들이 손을 치켜들었고, 다른 사람들이 따라했다. 잠시 질식할 듯한 침묵이 흘렀다.

"아래로 내려가!" 노 마자우드가 소리쳤다. "누가 당신에게 말할 권리를 주었어?"

"저는 던져버릴 것입니다." 로소는 팽팽한 활처럼 위협했다.

"그것은 규칙에 위배되오." 마자우드가 흥분해서 소리쳤다. "나는 항의하는 바요, 그리고… 대표직을 그만두겠소." 그는 종을 바닥에 던지고 단상으로부터 내려왔다.

"브라보 마자우드." 누군가 풍자적으로 말했다. "당신이 그를 도와주었소.

"조용히." 그는 이마로부터 머리카락을 뒤로 넘겼다. "저는 할말이 있어요. 크라카티트 동지가 우리에게 말했습니다. '그대의 순간이 도래할 것이다. 그대는 폭발할 것이다.' 이러한 특별한 순간을 위하여 자리를 마련하세요. …좋아요. 저는 그의 말씀을 가슴에 새기겠습니다."

"그걸 의미한 것은 아닙니다."

"크라카티트 만세!"

누군가가 휘파람을 불기 시작하였다.

다이몬은 프로코프의 팔꿈치를 잡고 테이블 뒤 문으로 데려갔다.

"여러분들은 휘파람을 불 수 있습니다." 로소는 조롱하듯이 계속했다. "이 외국인이 여기서 여러분들 앞에서 섰을 때, 그리고 자신의 순간을 위하여 자리를 했을 때 여러분들 중 아무도 휘파람을 불지 않았습니다. 왜 다른 사람이 그것을 시도하지 않았을까요?"

"그것은 사실이에요." 누군가가 조용히 말했다.

아름다운 소녀가 프로코프를 자신의 몸으로 보호하기 위하여 그의 앞에 섰다.

그는 그녀를 밀어내려고 했다.

"그것은 사실이 아니에요." 그녀는 불타는 듯한 눈초리로 소리쳤다. "그분은… 그분은… "

"조용히 해!" 다이몬은 말했다. "누구든지 연설을 할 수 있어요." 로소는 흥분하여 말했다. "제가 이것을 손 안에 가지고 있는 한, 나는 연설할 것입니다. 제가 나가든지 말든지 저에게는 마찬가지입니다. 아무도 여기서 밖으로 나갈 수 없습니다! 갈래소, 문을 잘 지켜! 자 이제 우리는 토론을 할 것입니다."

"좋아요, 지금 우리는 토론을 할 것입니다." 다이몬이 날카롭게 대답했다.

로소는 마치 번갯불처럼 그에게 몸을 돌렸다. 그러나 그 순간 의자로부터 푸른 눈의 거인이 마치 양처럼 머리를 아래로 내리고 그에게로 달려들었다. 그리고 로소가 몸을 돌리기 전에 그의 두 다리를 잡아당겼다. 로소는 머리를 아래로 하고 단상으로부터 날아가듯이 떨어졌다. 무서운 침묵 속에서 그는 굴러 넘어지고 머리를 바닥에 부딪쳤다. 도자기 항아리 뚜껑은 연단으로부터 아래로 굴러서 의자들 밑으로 굴러갔다.

프로코프는 의식을 잃은 육체를 향해 달려갔다. 로소의 가슴, 얼굴, 바닥 그리고 그의 몸 아래의 피바다는 크라카티트의 하얀 가루로 덮였다. 다이몬은 프로코프를 잡았다. 그 순간 커다란 함성이 터지고 몇몇 사람들이 단상으로 달려갔다.

"크라카티트를 밟지 마세요, 그것은 폭발할 것입니다." 누군가가 떨리는 목소리 소리쳤다. 그러나 벌써 사람들이 바닥으로 몸을 날려 성냥갑에다가 하얀 가루를 끌어 모으기 시작했다. 그들은 서로 싸우고 엉켜서 바닥에 나동그라지기도 했다.

"문을 잠가요." 누군가가 고함을 질렀다. 불이 꺼졌다. 그 순간 다이몬은 책상 뒤쪽에 있는 작은 문을 발로 찼다. 그리고 프로코프를 어둠 속으로 안내했다. 그는 손전등을 켰다. 거기에는 창문이 없는 오두막이 있었고, 거기에 있는 테이블 위에는 또 다른 테이블이 쌓여 있고, 맥주쟁반, 먼지가 수북한 옷들이 있었다. 그는 재빨리 프로코프를 더 멀리 안내했다. 통로로 들어가는 구멍에서는 불쾌한 냄새가 났고, 아래로 내려가는 어둡고 좁은 계단들이 있었다. 계단 중간쯤에서 머리가 텁수룩한 소녀가 그들을 따라잡았다.

"저도 당신들과 함께 갈 것입니다." 그녀는 말하고 프로코프의 팔 밑으로 손가락을 들이밀었다. 다이몬은 그들을 마당으로 안내하고 손전등으로 둘레를 비쳤다. 주위는 칠흑 같이 어두웠다. 그는 문을 열고 도로로 나왔다. 프로코프는 차로 다가가기 전에 소녀를 밀쳤다. 벌써 차는 시동이 걸리고 다이몬이 운전대를 잡았다.

"빨리!" 프로코프는 차로 몸을 던졌다. 소녀는 그의 뒤를 따랐다. 자동차는 움직이기 시작하더니 날아가듯이 어둠 속으로 출발했다. 날씨는 얼음같이 차가웠다. 소녀는 엷은 옷을 입고 떨고 있었다. 프로코프는 털 덮개로 그녀를 둘러싸고 자기는 한쪽 끝에 자리를 잡았다.

자동차는 험하고 단단하지 않은 길로 접어들었고 길 이쪽저쪽으로 오르락내리락하다가 속도를 늦추고, 그리고 갑자기 다시 덜커덩거리며 속도를 냈다. 프로코프는 화를 내며 차의 흔들림이 그를 소녀 쪽으로 넘어지게 할 때마다 뒤로 물러나곤 했다. 그러나 그녀는 그에게 기대곤 했다.

"당신은 춥지요. 그렇지 않아요?" 그녀는 속삭이고 털 덮개를 펼쳐서 그를 감싸주었다. 그리고는 그에게 몸을 기댔다. "몸을 따뜻하게 해야 해요." 그녀는 야릇한 미소를 지어보이고는 온 몸을 그에게 기댔다. 그녀는 마치 나체처럼 몸이 불타오르고 팽창했다. 그녀의 헝클어진 머리카락들은 거칠고 쓰디쓴 냄새를 풍겼다. 그것들은 그의 얼굴을 간질이고 그의 눈을 덮었다. 그녀는 그에게 이상한 외국어로 말하고, 또 계속해서 더 부드럽게 더 조용히 되풀이했다. 그녀는 미묘하게 조잘거리는 치아 사이로 그의 귓불을 살짝 깨물었다. 그리고 그녀는 갑자기 그의 가슴에 기대고 누워서 자신의 입술로 그의 입술에 타락하고 노숙하고 축축한 키스를 했다. 그는 그녀를 거칠게 밀어냈다. 그녀는 놀라고 화가 나서 일어서서 뒤로 물러앉았다. 그리고 어깨를 흔들어 털 덮개가 떨어지게 했다. 차가운 바람이 불고 있어서 그는 털 덮개를 다시 그녀의 어깨 위에 덮어주었다. 그녀는 분노하며 자신의 몸을 세게 흔들어 털 덮개는 다시 차 바닥에 떨어졌다.

"당신이 원한다면." 프로코프는 중얼거리고 몸을 돌렸다.

자동차는 다시 단단한 도로로 접어들고 굉음을 내며 빨리 달려갔다. 다이몬으로부터는 뻣뻣한 염소털 같은 머리카락 뒷모습만 보였다. 프로코프는 차가운 바람 때문에 숨을 겨우 몰아쉬며 소녀를 바라보았다. 그녀는 머리카락을 목 주위로 감고 자신의 엷은 옷차림으로 떨고 있었다. 그는 그녀가 불쌍했다. 그는 털 덮개를 주워서 그녀에게 던져주었다. 그녀는 화를 내며 그것을 밀어제쳤다. 그는 털 덮개로 그녀의 머리부터 발끝까지 온 사방을 소포꾸러미처럼 둘러싸고 그녀를 양팔로 꼭 잡았다.

"꼼짝하지 마세요!"

"또다시 무슨 짓을 하는가요?" 다이몬은 운전대로부터 조용히 한마디를 던졌다. "자, 그렇게 그녀를…" 프로코프는 그의 비꼬는 말을 못 들은 척 했다. 그러나 그의 팔에 묶여 있는 소포꾸러미는 조용히 낄낄거리기 시작했다.

"그녀는 착한 소녀예요." 다이몬은 무관심하게 계속했다. "네 아버지는 작가였지, 그렇지 않아?" 소포꾸러미는 머리를 끄덕거렸다. 다이몬은 프로코프에게 아주 유명하고, 인텔리이며, 순수한 이름을 말해주었다. 이에 프로코프는 망연자실하여 자기도 모르게 거칠게 잡고 있던 것이 느슨하게 됐다. 소포꾸러미는 온몸을 비틀어 그의 무릎에 올라탔다. 덮개 밑으로 아름답고 사악한 발이 어린아이처럼 공중으로 헛발질을 해댔다. 그는 그녀가 얼지 않도록 털 덮개로 그녀를 가능한 꽉 잡았다. 그녀는 이것을 놀이라고 생각하는 것 같았다. 그녀는 조용히 웃으면서 겨우 숨을 몰아쉬었고 헛발질을 계속 해댔다. 그는 가능한 한 그녀를 꽉 잡았다. 그러나 다시 그녀는 손을 위로 빼서 마치 이상한 사랑놀이처럼 그의 얼굴을 쓰다듬고 그의 머리카락을 잡아당기고 그의 목을 간질이고, 손가락으로 꽉 다문 그의 입을 벌리려고 애썼다.

마침내 그는 그녀가 하는 대로 놔두었다. 그녀는 그의 이마를 만지고, 심하게 주름진 것을 알아차리고는 마치 그녀가 불에 덴 듯이 뒤로 물러섰다. 이제 그것은 무엇을 해도 되는지 모르는 수줍어하는 어린이의 손이었다. 그녀의 손은 은밀히 그의 얼굴로 다가가서 얼굴을 건드리고, 뒤로 물러섰다가 다시 만지고 부드럽게 어루만졌다. 그리고 그녀는 마침내 그의 거친 얼굴에 조심스럽게 손을 올려놨다. 털 덮개로부터는 깊은 한숨이 흘러나오고 추위로 얼어붙었다.

자동차는 잠자는 작은 도시를 통과하고 넓은 변두리로 들어갔다.

"자 그래서." 다이몬은 몸을 돌리며 말했다. "우리들의 동지들에 대해서 어떻게 생각하세요?"

"조용히." 꼼작도 하지 않은 프로코프가 속삭였다. "그녀는 잠이 들었어요."

제50장

자동차는 어두운 숲 계곡에 멈췄다. 프로코프는 어스름 속에서 권양탑(捲楊塔)과 돌 찌꺼기 더미를 알아봤다.

"자, 우리 여기에 도착했습니다." 다이몬이 중얼거렸다. "여기가 저의 광산이고 단조 공장입니다. 이건 아무것도 아닙니다. 자, 내려요!"

"그녀를 여기에 남겨둘까요?" 프로코프는 조용히 물었다.

"누구요? 아하, 당신의 미인. 깨우세요. 우리는 여기에 머물 겁니다."

프로코프는 조심스럽게 그녀를 팔로 안고 내렸다. "어디에 그녀를 놔둘까요?"

다이몬은 적막한 집의 자물쇠를 열었다. "무엇이라고요? 잠깐 기다려요. 여기에는 방이 몇 개 있어요, 당신이 그녀를 내려놓을…. 제가 당신에게 보여 드릴게요."

그는 불을 켜고 차가운 여러 사무실 복도를 지나 그를 안내했다. 마침내 그는 어떤 방으로 들어가서 스위치를 켰다. 그것은 더럽고 공기가 통하지 않은 방이었다. 침대는 정리되어 있지 않았고, 블라인드는 내려져 있었다.

"아하!" 다이몬은 소리쳤다. "아마 내 친구가… 여기서 하룻밤을 잔 것 같군요. 여기는 방이 별로지요, 그렇지 않아요? 저, 마치 젊은이의 방처럼. 여기 침대에 그녀를 내려좋으세요."

프로코프는 심하게 숨을 몰아쉬는 소포꾸러미를 조심스럽게 내려놓았다. 다이몬은 방안 여기저기 왔다 갔다 하면서 손을 비벼댔다.

"이제 우리의 무선전신국으로 갑시다. 저 위쪽 언덕에 있어요. 여기서 10여분 걸릴 겁니다. 아니면 여기에 머무시겠습니까?" 그는 잠자는 소녀에게로 다가가서 털 덮개를 위로 조금 걸어 올리니, 그녀의 다리가 무릎까지 드러났다. "그녀는 아름다워요. 보이시죠? 저는 이미 너무 늙어서 유감인군요."

프로코프는 인상을 쓰고 다시 그녀를 발까지 덮어주었다.

"당신의 기지국을 보여 주세요." 그는 메마르게 말했다. 다이몬의 입술에는 미소가 감돌았다. "갑시다."

다이몬은 그를 안뜰로 안내했다. 거기 공장에는 불이 켜져 있었고, 기계 돌아가는 소리가 들려왔다. 안뜰에서는 화부가 어슬렁거리고 있었고, 그는 소매를 위로 걸어 올리고 담배를 피우고 있었다. 한쪽 위로는 광산 손수레들을 실어 나르는 케이블 궤도가 있었다. 그 구조물은 죽은 도마뱀의 늑골처럼 보였다.

"저는 세 개의 갱도를 폐쇄해야 했습니다." 다이몬이 설명했다. "그것들은 전혀 수익을 내지 못했어요. 기지국이 아니었다면 오래 전부터 팔아버리려고 했어요. 이쪽으로 오세요."

그는 숲을 통과하여 언덕으로 올라가기 위해 가파른 길로 접어들었다. 프로코프는 오직 소리에 의존해서 그의 뒤를 따라갔다. 때는 깜깜한 어두운 밤이었고 때때로 가문비나무로부터 무거운 방울들이 떨어지곤 했다. 다이몬은 걸음을 멈추고 겨우 숨을 몰아쉬었다.

"저는 늙었어요." 그는 말했다. "저는 이제 옛날처럼 숨을 쉴 수 없어요. 저는 점점 더 사람들한테 의존해야 해요. …오늘은 기지국에 아무도 없어요. 전신 기사는 다른 사람들과 저 밑에 있어요. …그건 상관없어요. 이리 와요!"

언덕 꼭대기는 전쟁터 같이 반반하게 파져 있었다. 폐허가 된 탑, 전선들, 거대한 버려진 돌더미들, 가장 커다란 돌 찌꺼기더미 위에는 안테나가 달린 나무 막사가 있었다.

"이것이 기지국입니다." 다이몬은 숨을 겨우 몰아쉬면서 말했다.

"이것은 4만 톤 자철석 위에 세워졌습니다. 자연축전기입니다. 이해하시겠어요? …그것은 거대한 전선망입니다. 언젠가 당신에게 자세히 설명드리겠습니다. 위로 올라가게 저를 좀 도와 주세요." 그는 무너져 내리는 돌 찌꺼기 더미를 따라 힘겹게 올라가며 말했다. 무거운 자갈들이 그의 발밑에서 소리를 내며 굴러 떨어졌다. 그러나 마침내 기지국에 도달했다.

프로코프는 자신의 눈을 믿을 수가 없었다. 어쨌든 그것은 히브슈몬카 주위 들판에 세워진 그의 집 실험실 바라크였다! 똑같이 페인트가 벗겨진 출입문, 최근에 수선한 밝은 색깔의 두 개의 판자, 눈을 닮은 나무 매듭들. …그는 마치 꿈속에서처럼 문틀을 만져보았다. 그가 직접 박아 넣었던 똑같은 녹이 슨 구부러진 못!

"어디서 이것을 가져왔어요?" 그는 흥분하여 소리쳤다.

"무엇을요?"

"바라크요."

"이것은 여기에 오래 전부터 있었습니다." 다이몬은 무관심하게 말했다. "왜 그렇게 관심 있으세요?"

"아무것도 아닙니다." 프로코프는 오두막 전체를 돌아다니며 벽이랑 창문이랑 만져보았다. 그래, 여기에 홈이 있어. 갈라진 나무 틈, 깨진 창문의 유리, 떨어져 나간 매듭, 정확하게 안쪽으로 종이로 막아놓은 것. 그는 떨리는 손으로 잘 알고 있고, 이 비참할 정도로 상세한 것을 점검해 봤다. 모든 것은 이전에 있던 그대로다. 모든 것은….

"자, 어때요." 다이몬이 말했다. "이제 다 살펴 봤어요? 문을 열어보세요, 열쇠 가지고 계시지요?"

프로코프는 주머니에 손을 넣었다. 물론 그는 자기의 집 근처 옛 실험실 열쇠를 가지고 있었다. 그는 자물쇠에 그것을 넣어서 열고 안으로 들어갔다. …마치 거기 자기 집에서처럼 … 그는 자동적으로 왼쪽에 있는, …집에서처럼 단추대신 못으로 된 스위치를 돌렸다. 다이몬은 그의 뒤를 따라 들어왔다. 하나님 맙소사, 여기에는 아직도 정돈되지 않은 나의 널판지 침대, 나의 세면대, 가장자리가 깨진 물 항아리, 스펀지, 수건, 모든 것들이. …그는 구석으로 돌아가 봤다. 거기에는 전선으로 파이프를 수리한 옛 쇠 스토브가 있었다. 바닥에는 석탄 부스러기가 있는 상자, 철사줄과 밧줄이 삐져나온 다리가 부러진 안락의자. 여기에는 바닥에는 바로 그 튀어나온 못, 여기에는 또 불에 탄 판자, 옷장, …그가 옷장을 열자, 거기로부터 낡은 바지가 흘러내렸다.

"여기는 별로 멋지지 않지요." 다이몬이 언급했다. "우리 전신기사는 그런 좀 이상한 사람입니다. 자, 기구들을 어떻게 생각하세요?"

프로코프는 마치 꿈속에서처럼 책상을 향해 돌아섰다. 아니, 그것은 여기 없었어, 아니, 아니야, 그것은 여기에 속하지 않아. 화학 기구들 대신 거기 카운터 가장자리에는 수화기, 수신기, 콘덴서, 바리오미터, 조절기가 달린 평범한 해양 무선전신국 기구들이 있었다. 책상 아래에는 일반적인 변환장치가 있었고 그리고 반대쪽 끝에는….

"이것은 일상의 대화를 위한 평범한 기지국입니다." 다이몬은 설명했다. "두 번째 것은 우리들의 소화용 기지국입니다. 그것으로 우리는 반 파동, 역류, 인공적인 자석 폭풍, 또는 당신이 이름

짓기를 원하는 그 무엇을 방출합니다. 그것은 우리들의 비밀입니다. 이해하시겠어요?"

"아니오." 프로코프는 자기가 알고 있는 것과는 전혀 다른 장치들을 재빨리 살펴보았다. 거기에는 전기 저항기들이 많았고, 전선 스크린과 같은 것들, 음극관, 어떤 분리된 드럼들, 또는 뭐 그와 비슷한 것들, 독특한 무선 전신용 검파기(檢波器), 계전기, 자동차단기… 그는 이것들이 무엇을 의미하는지 전혀 이해하지 못했다. 그는 장치를 남겨두고, 집에서 언제나 노인의 머리를 상기시켰던 나무에 특별한 표시가 있는지 알아보기 위해 천정을 바라보았다. 그렇다, 그것은, 그것은 거기에 있었다. 그리고 저기에 한쪽 구석이 금이 간, 작은 거울이 있었다.

"이 장치를 어떻게 생각해요?" 다이몬이 물었다.

"이것은 …첫 모델인가요, 그렇지 않아요? 이것은 매우 복잡하네요." 그는 어떤 하나의 사진을 자세히 바라보았다. 그는 손으로 그것을 집어 올렸다. 그것은 매우 아름다운 소녀의 머리 사진이었다.

"이 소녀가 누구에요?" 그는 쉰 목소리로 물었다.

다이몬은 어깨 너머로 그것을 보았다. "어떻게 그녀를 알아보지 못한단 말인가요? 그녀는 당신이 팔로 안고 온 바로 그 미녀예요. 눈부시게 아름다운 소녀지요, 그렇지 않아요?"

"그녀는 어떻게 여기에 도착했어요?"

다이몬은 얼굴을 찡그렸다. "글쎄요, 아마도 우리의 전신기사가 그녀를 숭배하는가 봐요. 저기 큰 스위치를 켜보지 않을래요?

저 레버가 달린 것. …그는 오그라진 작은 사람입니다. 그를 알아보지 못하겠습니까? 그는 첫 번째 줄 의자에 앉아 있던 사람입니다."

프로코프는 그 사진을 책상 위에 던져버리고 스위치를 켰다. 푸른 불꽃이 금속망을 따라 지나갔다. 다이몬이 손가락으로 실험 스위치를 조작했다. 그때 짧은 푸른 불꽃들이 기구 전체로 퍼져 나가기 시작했다. "자 그래서." 다이몬은 만족스럽다는 듯이 숨을 몰아쉬고는 꼼짝하지 않고 불꽃의 진행을 바라보았다.

프로코프는 불타는 손으로 그 사진을 잡았다. 그래 물론, 그녀는 저 아래 그 소녀였다. 그건 틀림없어. 그러나 만일… 만일 아마도 그녀가 베일을 쓰고 있었더라면, 가죽 코트를, 이슬 맺힌 가죽코트를 입까지 가리고 입고 있었더라면, …그리고 장갑을…. 프로코프는 이를 갈았다. 그녀가 그렇게 비슷하다는 건 있을 수 없어! 그는 반쯤 눈을 감고 사라지는 환영을 잡으려고 발버둥쳤다. 또다시 그는 봉인된 소포를 가슴에 안고 있는 베일을 쓴 소녀를 보았다. 지금, 지금 그녀는 청순하고 절망적인 시선을 그에게 돌리고 있었다.

그는 흥분하여 어쩔 줄 모르며 사진과 사라지는 환영을 비교해봤다. 하나님 맙소사, 그녀는 얼마나 닮았는가? 좌우간 난 모르겠어. 그는 놀랐다. 나는 오직 그녀가 베일 쓰고 있었고, 아름답다는 것만 알고 있어. 그녀는 아름답고, 베일을 쓰고 있었어. 그리고 그 이상 아무것도, 아무것도 나는 보지 못했어. 그리고 여기 있는 이 사진, 커다란 눈, 심각하고 부드러운 입술, 이것이… 바로 그… 저 아래 잠자던 소녀일까? 그녀는 입술을 반쯤 열고, 죄를 지은 듯, 그리고 입을 반쯤 열고, 그리고 머리카락을 내려뜨리고, 아니 그렇게 보이지 않아, …그렇게 보이지 않아. 그의 눈앞에는 이슬 맺힌 베일이 어른거렸다. 아니야, 이건 말도 안 돼. 이 사진은 저 아래 있는 소녀가 아니야. 그녀는 전혀 닮지 않았어, 그녀는 얼굴을 베일로 가렸어. 그녀는 슬픔에 젖었고 불안에 떨었어. 그녀의 이마는 조용했고, 그녀의 두 눈은 고통으로 얼룩졌어. 입술까지 베일이 누르고 있었어, 이슬이 맺힌 거친 베일이었어. …내가 그녀를 알아볼 수 있게 그때 왜 그녀는 베일을 들어 올리지 않았을까!

"이리 와 봐요. 당신에게 보여줄 게 있습니다." 다이몬은 말하고 프로코프를 밖으로 안내했다. 그들은 돌 찌꺼기 더미에 올라섰다. 그들의 발아래에는 어둡고 잠든 지면이 어마어마하게 펼쳐져 있었다.

"저기를 바라보세요." 다이몬은 말하고 지평선을 가리켰다. "아무것도 보이지 않으세요?"

"아무것도. 예, 저기 작은 불빛이 보이네요. 약한 불꽃이."

"그게 뭔지 알겠어요?'

그때 소리가 약하게 들려왔다. 그것은 마치 고요한 밤에 슬픈 바람소리 같았다. "바로 그것입니다." 다이몬은 엄숙하게 말하고 모자를 벗었다. "굿나이트, 동지들."

프로코프는 의아한 듯이 그에게로 몸을 돌렸다.

"이해하지 못 하겠어요?" 다이몬은 말했다. "지금에서야 비로소 폭발음이 우리에게 도달했습니다. 50킬로미터라는 공기의 마법이지요. 정확하게 2.5분 걸렸습니다."

"무슨 폭발?"

"크라카티트. 저 불쌍한 녀석들이 성냥갑에 모았던 것 말입니다. 제 생각인데 이제 우리는 그들 때문에 신경을 안 써도 될 것 같습니다. 우리는 새로운 회의를 소집할 것입니다. …새로운 대의원 선출이 있을 것입니다."

"당신이… 그들을…?"

다이몬은 머리를 끄덕였다. "그들과 함께 사업을 할 수 없었습니다. 마지막 순간까지 그들과 전술에 대해 논쟁을 했습니다. 저기 화재가 났음이 틀림없어요."

희미한 붉은 불빛만이 지평선에 어렴풋이 보였다.

"우리 무선전신국을 창안한 자도 저기에 남아 있어요. 모두들 저기에 남아 있어요. 자 이제 당신은 그것을 스스로 당신 손에 넣을 수 있습니다. …저것 좀 보세요, 얼마나 조용해졌는지 잘 들어보세요. 그렇지만 여기 이러한 전선들로부터 소리 없이 정확한 포격이 공중으로 발사됩니다. 이제 우리는 모든 무선통신망을 무력화했고, 전신기사들의 귀에는 탁탁 소리만 들릴 것입니다. 그들이 신경질을 내게 놔두십시오. 그동안 토메시 씨가 그로투프 어딘가에서 크라카티트를 완성하려고 발버둥칠 것입니다.…그는 결코 그것을 해내지 못할 것입니다. 만일 그 순간에 그가 그것을 직접 해낸다면 모든 게 끝장이 날 것입니다.

　…자 그러니 열심히 해, 기지국이여, 조용히 점화해, 그리고 전 세계를 포격해.

　어느 누구도, 당신 외에는 어느 누구도 크라카티트를 다루지 못할 것입니다. …이제 당신만이, 당신 자신만이, 당신만이 유일한…"

　그는 손을 프로코프의 어깨에 올리고 조용히 온 세상을 둥글게 그리며 보여 주었다. 온 세상은 어둡고, 별이 없고 텅 비어 있었다.

　"아하, 저는 피로한가 봐요." 다이몬은 하품을 했다. "오늘은 그런대로 만족스러운 날이군요. 자, 아래로 내려갑시다."

제51장

다이몬은 집에 도착하기 위해 걸음을 재촉했다.

"그로투프가 정확히 어디입니까?" 그들이 아래로 내려왔을 때 프로코프는 느닷없이 물었다.

"이리 와요." 다이몬은 말했다. "제가 당신에게 그것을 보여 드릴게요."

그는 프로코프를 공장 사무실로 데려가서 벽에 걸린 지도를 보여 주었다.

"여기입니다." 그는 커다란 못으로 지도에 있는 작은 원을 가리켰다. "한 잔 마시지 않겠어요? 이것은 당신을 따뜻하게 해줄 것입니다." 그는 자기 잔과 프로코프 잔에 뭔가 검은 액체를 따랐다.

"건강을 위하여!" 프로코프는 자기 잔을 들어 마셨다. 그것은 발갛게 달아오른 철 같았고 키니네처럼 쓰디썼다. 그는 머리가 빙글 도는 것 같이 어지러웠다.

"한 잔 더 하시지 않겠어요?" 그는 누런 이빨을 내보이며 말했다. "거참 안됐군요. 당신은 당신의 그 미녀를 기다리게 놔두지 않겠지요?" 그는 여러 잔을 마셨다. 그의 두 눈은 초록색으로 빛났다. 그는 뭔가 중얼거리고 싶었지만 혀가 말을 듣지 않았다.

"내 말 좀 들어봐요. 당신은 좋은 친구요." 그는 선언했다. "내일 그 작업을 시작하세요. 이 늙은 다이몬이 당신이 요구하는 것을 모두 줄 것입니다."

그는 불안하게 일어서서 그에게 허리 굽혀 절을 했다. "자 이제 모든 것은 잘 되었습니다. 그리고 지금… 잠깐 기다리세요." 그는 동시에 여러 언어로 말하려고 했다. 프로코프가 이해하는 한 그것들은 가장 추악하고 더러운 말들이었다. 마침내 그는 무의미한 노래를 흥얼거렸다. 그는 마치 발작을 일으킨 듯이 몸을 던지고 의식을 잃어버렸다. 그의 입술에는 누런 거품이 삐져나왔다.

"이봐요, 무슨 일이요?" 프로코프는 소리치고 그를 흔들어댔다.

다이몬은 어렵사리 흐리멍덩한 눈을 떴다. "무엇, … 무엇이라고요?" 그는 중얼거리고, 자신을 조금 일으켜 세우고, 몸을 흔들어댔다. "아하, 저는… 저는… 그저 아무것도 아닙니다." 그는 이마를 문지르고 발작적으로 하품을 해댔다.

"예, 저는 당신을 당신 방으로 안내할게요, 좋아요?" 그는 지독하게 창백해졌고, 그의 타타르 얼굴 전체는 갑자기 무기력해졌다. 그는 마치 사지가 굳어버린 것처럼 불안하게 걸어갔다. "자, 갑시다."

그는 곧 바로 소녀를 남겨뒀던 방으로 갔다. "아하." 그는 문간에서 소리쳤다. "그 미녀가 잠에서 깨어났네요, 자, 어서 들어와요."

그녀는 벽난로 옆에 무릎을 구부리고 앉아 있었다. 그녀는 틀림없이 불을 지피고 있었고, 탁탁 소리 내는 불꽃을 바라보고 있었다.

"이것 봐요, 그녀가 얼마나 잘 정돈했는지요." 다이몬은 감사하는 마음으로 말했다. 분명히 방 안의 답답하고 혼란스러운 무질서는 놀랍게도 사라졌다. 그것은 마치 자기 자신의 집처럼 소박하고 안락했다.

"너는 정말 잘하는구나." 다이몬은 칭찬을 아끼지 않았다. "아가야, 너는 벌써 정착할 줄 아는구나." 그녀는 일어서서 얼굴을 매우 붉히고 혼동에 빠졌다.

"이제 놀라지 말거라." 다이몬은 말했다. "여기에 네가 좋아하는 그 친구가 있어, 봐봐."

"예, 좋아해요." 그녀는 단순하게 말하고 창을 닫고 블라인드를 내렸다.

벽난로가 밝은 방에 온기를 내뿜었다.

"아가야, 넌 정말 여기를 멋있게 정리했어." 다이몬은 만족해하며 말하고 벽난로 가에서 손을 따뜻하게 했다. "나도 여기에 머물고 싶구나."

"제발 좀 나가세요." 그녀는 재빨리 외쳤다.

"지금 당장, 귀염둥이야." 다이몬은 이빨을 내보이며 말했다.

"난, …나는 사람들이 없어서 힘이 드는구나. 이것 봐, 네 친구가 놀라서 말문이 막혔나 봐. 잠깐 기다려 내가 그에게 말을 붙여볼게."

그녀는 갑자기 화를 냈다. "그에게 아무 말도 하지 마세요. 그가 하고 싶어 하는 대로 그냥 두세요!"

그는 놀라서 텁수룩한 눈썹을 실룩거렸다. "무엇이라고? 무엇이라고? 혹 너 그에게 사랑에 빠진…"

"그게 당신에게 무슨 상관이에요?" 그녀는 두 눈을 반짝이며 그의 말을 가로챘다. "누가 당신보고 여기 오라고 했어요?"

그는 조용히 웃으며 벽난로에 몸을 기댔다. "그것이 네가 딱 어울리는 것을 네가 알기만 한다면! 아가야, 아가야, 그것이 정말 네게 왔단 말인가! 보여줘 봐!" 그는 그녀의 턱을 잡으려고 했다. 그녀는 분노로 파랗게 질려서 뒤로 물러서서 이빨을 내보였다.

"뭘 하려는 거야? 나를 물고 싶어? 너는 어제 저녁 누구와 함께 있었지? 너는 그런…, 아하 나는 알고 있어. 로소였지, 그렇지 않아?"

"그건 사실이 아니에요." 그녀는 목소리에 눈물을 머금고 말했다.

"그녀를 가만 두세요." 프로코프는 엄숙하게 말했다.

"글쎄요, 좌우간 상관없어요." 다이몬은 중얼거렸다. "자, 그럼 나는 당신들을 방해하지 않을게요, 됐어요? 잘들 자요, 친구들." 그는 물러나서 벽에 기댔다. 그리고 프로코프가 쳐다보기 전에 그는 사라졌다.

프로코프는 의자를 벽난로 가까이 붙이고 그녀를 쳐다보지도 않고 불꽃을 바라보았다. 그는 그녀가 발끝으로 방안을 돌아다니며 뭔가를 정돈하는 소리를 들었다. 그는 그녀가 무엇을 하는지 알 수 없었고 그는 조용히 서 있었다. …불꽃이 아주 강하고 물이 끓는 소리가 이상했다. 그는 시선을 고정시키고, 망연자실하고, 꼼짝하지 않고, 아무 생각도 하지 않고, 아무것도 모르고 아무것도 기억하지 못 했다. 그러나 그에게는 형체도 없이 시간도 없이 살아왔던 모든 것이 다시 일어나고 있었다.

슬리퍼 던지는 소리가 하나 둘 차례로 들려왔다. 아마도 그녀가 그것을 벗고 있었던 모양이다. '아가씨, 잠을 자러 가. 그대가 잠들면 그대가 누구를 닮았는지 내가 보겠소.' 그녀는 조용히 방을 가로질러 오더니 걸음을 멈추었다. 또다시 뭔가를 가지런히 정돈했다. 하나님 맙소사. 왜 그녀는 그처럼 멋지게 깨끗하게 정돈하는 걸까. 그리고 갑자기 그녀는 그의 앞에 무릎을 꿇고 가느다란 그녀의 손을 그의 발쪽으로 뻗쳤다.

"신발을 벗겨 드릴까요?" 그녀는 조용히 말했다.

그는 손바닥으로 그녀의 머리를 잡아 자기한테로 돌렸다. 그녀는 아름답고, 복종적이었고, 매우 심각해 보였다.

"토메시를 알고 있어?" 그는 거친 목소리로 물었다.

그녀는 잠시 생각하다가 머리를 내저었다.

"거짓말 하지 마! 그대는, …그대는 …결혼한 누이가 있지?"

"없어요." 그녀는 거칠게 그의 손아귀로부터 몸을 뺐다. "왜 제가 거짓말을 하겠어요? 저는 모든 것을 솔직히 당신에게 말할게요. 그러면 당신이 이해하시겠지요. …솔직하게 …저는 타락한 여자에요."

그녀는 얼굴을 그의 무릎에 파묻었다. "모두들 저를 모두들…당신은 알게 되겠지요."

"다이몬도?"

그녀는 대답을 하지 않고 몸을 부르르 떨었다. "당신은 저를 차버릴 수도 있어요. 저는 아아…, 저를 건드리지 마세요. …저는 …당신이 아신다면." 그 순간 그녀는 굳어버렸다.

"그건 그만." 그는 괴로워하면서 소리치고 강제로 그녀의 머리를 들어올렸다. 그녀는 절망과 불안으로 두 눈을 크게 떴다. 그는 그녀의 머리를 놔주고 괴로워했다. 그녀는 너무나 닮아서 그는 공포로 숨이 막힐 지경이었다.

"말하지 마. 적어도 말하지 마." 그는 이상하게 으르렁거리는 목소리로 말했다.

또다시 그녀는 얼굴을 그의 무릎에 파묻었다. "저를 가만히 놔두세요, …저는 모든 것을 …저는, 저는 열세 살 때부터 시작했어요."

그는 손바닥으로 그녀의 입을 막았다. 그녀는 그의 손가락을 깨물고 그의 손가락 사이로 그 무서운 고백을 계속했다.

"조용히 해." 그는 소리를 질렀다. 그러나 말이 그녀로부터 밀고 나왔다. 그녀는 이를 달그락거리고 온몸을 떨었다. 그녀는 말하다가 더듬었다. …어떻게 해서든 그는 그녀를 침묵시키고 싶었다.

"오오" 그녀는 신음했다. "만일 당신이, 사람들이 어떻게 … 무슨 짓을 했는지 아시기만 한다면! 모두들, 모두들 제게 난폭했어요. …마치 제가 짐승도 아닌 것처럼, 돌도 아닌 것처럼!"

"그만해." 그는 정신을 잃고 소리쳤다. 그는 무엇을 해야 할지 모른 채, 떨고 있는 자기의 뭉툭한 손가락으로 그녀의 머리를 어루만졌다. 그녀는 진정하고 숨을 몰아쉬고 꼼짝하지 않았다. 그는 그녀의 불타는 숨소리와 목에서 뛰는 맥박을 느낄 수 있었다.

그녀는 조용히 키득거리기 시작했다. "당신은 제가 자동차 안에서 잠들었다고… 생각했겠지요. 저는 자지 않았어요. 저는 일부러 자는 척 했어요, …당신도 …다른 사람들처럼 행동하리라고 기다렸어요. 왜냐하면 당신은 제가 누구이고 어떤 여자인지 알고 있었어요. 그리고 당신은 단지 화를 내고, 제가 마치 어린 소녀처럼… 어떤 성스러운 것처럼… 저를 안아 주셨지요." 그녀는 웃음 속에서 눈물을 흘리고 있었다.

"저는, 저는 갑자기, 저는 이전에 없었던…, 이전에 없었던 것처럼 왜 그렇게 기뻤는지 몰라요. …그리고 저는 자랑스러워요. …저는 너무나 부끄러웠어요, 그러나 그러시는 동안 저는 너무나 행복했어요."

그녀는 떨리는 입술로 그의 무릎에 키스를 했다. "당신은, …당신은 저를 깨우지도 않았어요, …그리고 저를 마치 성스러운 것처럼 조심스럽게 놓았어요. …그리고 제 발을 덮어 주셨고요, 그리고 한마디 말도 하지 않았어요." 그녀는 갑자기 울음을 터뜨렸다.

"저는, 저는 당신에게 봉사할게요. 제발 저로 하여금…. 당신의 신발을 벗겨 드릴게요. 제발, 제발 부탁인데, 제가 잠자는 척 했다고 제게 화를 내지 마세요! 제발…"

그는 그녀의 머리를 들어 올리려고 했다. 그녀는 그의 손에 키스를 퍼부었다.

"하나님 맙소사, 울지 마요!" 그는 소리를 질렀다.

"왜 그러세요?" 그녀는 놀라서 몸을 일으키며 울음을 그쳤다. "왜 당신은 제게 존댓말을 하세요?" 그는 그녀의 얼굴을 들어 올리려고 했다. 그녀는 온 힘을 다해 자신을 방어하고 그의 무릎을 휘감기 시작했다.

"아니에요, 아니에요." 그녀는 웃으면서, 동시에 공포에 사로잡혀서 겨우 숨을 몰아쉬었다. "저는 줄곧 울고 있었어요. 저는… 당신 맘에 들지 않을 거예요." 그녀는 조용히 숨을 몰아쉬며 눈물로 얼룩진 얼굴을 가렸다.

"당신은 그처럼… 오랫동안… 오지 않았어요! 저는 당신을 섬길 거예요 그리고 편지를 쓸 거예요. …저는, 저는 타자기로 쓰는 법을 배울 거예요. 저는 다섯 나라 말을 할 줄 알아요. … 당신은 저를 쫓아내지 않겠지요? 당신이 그토록 오랫동안 오지 않았을 때 저는 제가 할 수 있는 모든 것을 생각해봤어요. …그는 모든 것을 망치고 마치… 제가 …인 것처럼 …제가 …인 것처럼 말했어요. …그건 사실이 아니에요. 저는 벌써 모든 것을 말했어요. 저는… 저는 … 당신이 시키는 것을 할 거예요. 저는 착한 사람이 되고 싶어요."

"자, 제발 일어서 봐요!"

그녀는 발뒤꿈치로 쪼그리고 앉아서 두 손을 무릎에 얹고 희열에 젖어 그를 바라보았다. 이제… 그녀는 더 이상 그 베일을 쓴 소녀와 닮지 않았다. 그는 울음을 울던 안치를 상기했다.

"더 이상 울지 마세요."그는 부드럽게, 그러나 불확실하게 중얼거렸다. "당신은 아름다워요."

그녀는 존경심을 가지고 숨을 몰아쉬었다. 그는 얼굴을 붉히고 무슨 말을 해야 할지 몰라서 중얼거렸다.

"잠자러 가세요."그는 헐떡거리며 불같은 그녀의 볼을 쓰다듬었다.

"당신은 저를 싫어하나요?"그녀는 얼굴을 붉히며 속삭였다.

"아니오. 절대로 아뇨."그녀는 꼼짝하지 않고 근심어린 눈초리로 그를 바라보았다. 그는 허리를 굽혀 그녀에게 키스를 했다. 그녀는 처음으로 키스를 하는 것처럼 얼굴을 붉히고 혼동에 빠져 어색하게 그에게 키스를 했다.

"이제 잠자러 가요, 가."그는 멋쩍은 듯이 중얼거리기 시작했다.

"나는 아직… 뭔가를 좀… 생각해 봐야…."

그녀는 공손하게 일어서서 조용히 옷을 벗기 시작하였다. 그는 그녀를 방해하지 않기 위하여 한쪽 구석에 앉았다. 그녀는 아무런 부끄럼 없이 옷을 벗었다. 그러나 그녀는 또한 조금도 천박함 없이 단순하게, 물론 자기 가족의 한 여인처럼 옷을 벗었다. 그녀는 서두르지 않고 단추를 끄르고, 레이스를 풀고, 조용히 벗은 속옷을 던져놓고, 자신의 튼튼하고 잘 생긴 다리로부터 천천히 스타킹을 벗었다. 그녀는 잠시 생각에 잠겼다가 바닥을 살펴보고 그리고 아이들처럼 자신의 긴 발가락을 바라보았다. 그리고 그녀는 프로코프를 바라보았다.

그녀는 수줍어하면서 기쁨을 가지고 미소를 띠고 속삭였다. "저는 조용히 할게요."

프로코프는 한쪽 구석에서 겨우 숨을 몰아쉬고 있었다. 좌우간 또다시 그녀는 바로 그 여자야. 베일을 쓴 아가씨. 그처럼 튼튼하고 아름답고 잘 발달된 육체는 그녀의 것이야.

이처럼 그녀는 신중하고 아름답게 그녀의 옷을 차례로 하나씩 하나씩 던져놓았다. 또한 그녀는 머리카락을 자신의 진정된 어깨 너머로 넘겼다. 그녀는 그렇게 똑같이 생각에 잠겨서 몸을 숙이고 자신의 광택 없는 무딘 팔을 쓰다듬었다.

…그는 두 눈을 감았다. 그의 가슴은 쿵쿵거리며 뛰기 시작했다.

'그대는 가장 적막한 고독 속에서, 그녀가 자기 가족의 램프 아래에서 조용히 서서 그대에게 몸을 돌려 그대가 전혀 알지 못하는 말을 속삭이고 있는 그녀를 본 적이 없는가? 그대는 그대의 손을 무릎 사이에 넣고 비비면서 자신의 눈썹 아래에서 그녀의 부자연스러운 손의 움직임을 본적이 없는가? 그대는 모든 평화롭고 소리 없는 가족의 기쁨이 깃든 단순하고 고상한 움직임을 본 적이 없는가? 그대는 언젠가 한번 그녀가 그대에게 모습을 나타내서 그대의 뒤에 서서 머리를 무엇인가에 기대고, 다른 때에는 그녀가 저녁 램프 아래에서 책을 읽고 있는 것을 보았겠지. 이것은 아마도 계속 되풀이될 뿐이겠지. 만일 내가 눈을 뜨면 그것은 사라질지도 모르겠지. 그리고 고독만이 남을지도 모르겠지.'

그는 눈을 떴다. 아가씨는 침대에 누워서 턱까지 이불을 덮고 있었고, 지독할 정도로 순종적인 사랑의 눈초리로 그를 뚫어져라 바라보고 있었다. 그는 그녀에게 가까이 다가가 그녀의 얼굴에 허리를 굽혀 날카롭고 견딜 수 없는 집중을 가지고 그녀의 특징을 살펴보았다. 그녀는 미심쩍어 하는 듯이 그를 바라보고 자신의 옆에 자리를 준비했다.

"아니, 아니오." 그는 중얼거리고 그녀의 이마에 가볍게 키스를 했다.

"잠이나 자요." 그녀는 복종적으로 눈을 감았고 숨조차 쉬지 않았다.

그는 발끝으로 자기 구석으로 돌아왔다. 아니, 그녀는 닮지 않았어. 그는 확신했다. 그에게는 그녀가 눈을 반쯤 뜨고 그를 바라보고 있는 것 같았다. 그것은 그를 고문했다. 그는 생각조차 할

수 없었다. 그는 고통스러웠다. 그는 고개를 돌렸다. 그러나 마침
내 일어서서 발끝으로 걸어서 그녀를 바라보러 갔다. 그녀는 두
눈을 감고 있었고 숨조차 쉬지 않았다. 그녀는 아름다웠고 충실
했다.

"잘 자." 그는 속삭였다. 그녀는 머리를 약간 끄덕였다. 그는 불
을 끄고 손을 비비며 발끝으로 걸으며 창가 자신의 자리로 돌아
갔다.

길고 고통스러운 시간 후 그는 마치 도둑처럼 문으로 기어갔
다. '그녀는 깨어나지 않겠지?' 그는 주저주저하며 열쇠로 문을
열고 안뜰로 나왔다. 그의 가슴은 뜀박질했다.

아직 밤이었다. 프로코프는 돌 쓰레기 더미 사이를 살펴보다가
울타리를 기어올랐다. 그는 땅에 뛰어내려서 먼지를 털고 도로를
찾았다.

그는 겨우 길을 볼 수 있었다. 그는 자신을 둘러보고 추위로 몸
을 떨었다. 어디로? 도대체 어디로 가야 한담? 발틴으로?

그는 몇 발짝 가다가 멈춰서 땅바닥을 내려다보았다. 이제 발
틴으로? 그는 눈물 없이 거칠게 울면서 딸꾹질을 하며 되돌아가
기 시작했다.

그로투프로!

제52장

세상의 길들은 이상하게 돌고 돌아간다. 만일 그대가 자신의 발자취와 여행길을 따라간다면 그 모양이 얼마나 복잡하게 그려질 수 있을까? 왜냐하면 누구나 자신의 발자취로 자기 나름대로의 세상 지도를 그릴 수 있기 때문이다.

프로코프가 그로투프 공장의 철조망 울타리 앞에 섰을 때는 벌써 저녁 무렵이었다. 그 공장은 거대한 바라크들이 펼쳐져 있는 들판에 있다. 거기는 둥근 아치모양의 램프가 희미하게 비추고 있었다. 아직도 공장 창문 한두 개에는 불이 들어와 있었다. 프로코프는 철조망 사이로 머리를 들어 밀고 소리쳤다.
"여보세요!"
문지기인지 경비병인지가 가까이 다가왔다.
"무엇을 원합니까? 안으로 들어오는 것은 금지되어 있습니다."
"실례합니다만, 여기 아직 엔지니어 토메시가 있습니까?"

"그에게 무슨 볼일이 있어요?"

"저는 그에게 꼭 할 말이 있습니다."

"… 토메시 씨는 아직 실험실에 있습니다만, 그와는 이야기할 수 없어요."

"그에게 말 좀 해주세요.… 그에게 말 좀 해주세요. 친구 프로코프가 기다리고 있고, 그에게 뭔가 전해줄 게 있다고요."

"철조망에서 떨어져요." 그는 소리치고 누군가를 불렀다.

15분 후에 누군가가 흰 가운을 입고 철조망으로 달려왔다.

"자네 토메시인가?" 프로코프는 낮은 목소리로 소리쳤다.

"아닙니다. 저는 실험실 조교입니다. 엔지니어 선생님은 올 수 없습니다. 엔지니어 선생님은 중대한 작업을 하고 있어요. 무엇을 원하세요?"

"저는 그와 긴급하게 할 이야기가 있어요."

실험실 조교는 뚱뚱하고 활동적인 사나이였다. 그는 어깨를 으쓱거렸다. "죄송하지만 그건 안 됩니다. 토메시 씨는 오늘 일초도 시간이 없어요."

"크라카티트를 만들고 있습니까?"

실험실 조교는 믿기지 않은 듯이 콧방귀를 끼었다. "그것이 당신과 무슨 상관이 있어요?"

"나는 그에게 …나는 그에게 경고할 게 있어요. 그에게 뭔가 전해줄 게 있어요."

"제게 주세요. 제가 전해줄게요."

"아니오, 제가 꼭 그에게 줘야 해요. 그에게 말해 봐요."

"마찬가지에요, 당신은 그걸 여기에 남겨두세요." 하얀 가운을 입은 사나이는 몸을 돌려 떠나갔다.

"잠깐 기다려요." 프로코프는 그를 불렀다. "그에게 이것을 전해 줘요. 그에게 설명 좀 해줘요, 그에게 설명 좀 해줘요."

그는 주머니에서 구겨진 소포를 꺼내서 철조망 구멍을 통해서 그에게 주었다. 실험실 조교는 미심쩍다는 듯이 그것을 손가락으로 잡았다. 프로코프는 뭔가를 잘라내는 것 같은 아픔을 느꼈다.

"제가 여기서 그를 기다리고 있으며, 그리고 그가 여기로 오기를 간청한다고 그에게 말 좀 해줘요!"

"제가 그에게 그것을 전할게요." 실험실 조교는 말하고 떠나갔다.

프로코프는 표지석에 걸터앉았다. 울타리 반대편에서는 조용한 그림자가 계속 그를 감시하고 있었다. 때는 차가운 밤이었고, 벌거벗은 나무 가지가 안개 속으로 뻗어 있었다. 주위는 끈적끈적하고 추웠다.

십오 분 후에 누군가가 울타리 쪽으로 다가왔다. 그는 잠을 설쳐서 창백했고 커드치즈 같은 얼굴색을 하고 있었다.

"엔지니어 선생님은 매우 감사하지만 올 수가 없고, 자기를 기다릴 필요가 없다고 말씀하셨습니다." 그는 기계적으로 말을 전했다.

"잠깐 기다려요." 프로코프는 조바심내며 말을 했다. "나는 그와 꼭 이야기를 해야 하고, 그의 목숨이 달린 문제라고 말 좀 해줘요. 내가 오늘 그에게 전해준 소포를 내게 맡긴 그 여인의 이름과 주소를 그가 알려주기만 한다면 그가 원하는 모든 것을 준다고 말해줘요. 내 말 알겠어요?"

"엔지니어 선생님은 매우 감사하다고만 말했어요." 그 소년은 졸음 섞인 목소리로 말했다. "그리고 선생님은 기다릴 필요가 없다고요."

"하지만 그럼 악마한테나 가든지!" 프로코프는 이빨 사이로 으르렁대며 말했다. "그가 여기 오면 내가 그에게 설명할게요, 그렇지 않으면 나는 여기서 움직이지 않을 거예요. 그리고 그는 여기를 떠나가야 한다고 말해요, 그렇지 않으면 …그렇지 않으면 그는 공중으로 날아갈 거예요. 이해하겠어요?"

"실례합니다." 그 소년은 따분하게 말했다.

"그가 여기 오라고 해요! 그에게 내게 주소를, 주소만 주라고 말하세요, 그러면 나는 모든 것을 그에게 주겠다고, 내 말 이해하겠어요?"

"실례합니다. 자 이제 어서 가세요, 빨리 가세요. 제기랄…"

그는 몹시 흥분하여 안절부절못하며 기다렸다. 저 안에 사람의 발자국 소리가 아닌가? 그는 갑자기 다이몬의 환영을 봤다. 그는 삐뚤어진 자주색 주둥이를 하고 자기 기지국의 푸른 불꽃을 보고 있었다. 그리고 이 불쌍한 토메시는 오지 않는구나! 그는 저기서 뭔가를 준비하고 있다. 불 켜진 창이 보이는 저 곳에서, 그는 곧 폭탄 세례를 받을 것을 알지도 못하고, 알지도 못하고, 재빠른 손으로 자기 자신을 위한 무덤을 파는지도 모르고, 그리고…. 저건 사람의 발자국이 아닌가? 아무도 오지 않는다.

프로코프는 심한 기침 때문에 떨었다. '이 미친 녀석아, 그녀의 이름만이라도 말해주려고 내게 온다면 나는 모든 걸 네게 줄 거야! 나는 그녀를 찾는 것 외에 아무것도 원하지 않아. 이젠 아무것도 원하지 않아. 만일 네가 오직 한 가지만 말해주면, 나는 네게 모든 것을 줄 거야!'

그는 두 눈으로 텅 빈 공간을 바라보았다. 지금 여기 그녀는 베일을 쓰고 서 있다. 발에는 마른 잎들이 있다. 이 칙칙한 어둠 속에서 그녀는 창백하고 이상할 정도로 심각해 보였다. 그녀는 손으로 가슴을 누르고 있다. 벌써 소포는 가지고 있지 않고, 그녀는 깊고 고정된 눈초리로 그를 응시하고 있다. 그녀의 베일과 털 코트는 이슬방울이 맺혀 있다.

"당신은 제게 잊을 수 없을 정도로 친절하군요." 그녀는 조용히 희미한 목소리로 말했다. 그는 그녀에게 손을 들어 올렸고 그는 또다시 기침을 심하게 해댔다. '아아, 아무도 오지 않는 것인가?'

그는 철조망을 뚫고 가려고 자신의 온 몸을 철조망 울타리를 향해 돌진했다.

"거기 서 있어요, 아니면 발포합니다." 울타리 너머에서 그림자가 소리쳤다. "여기서 무엇을 원해요?"

프로코프는 울타리를 놓았다. "제발." 그는 절망적으로 거친 목소리로 말했다. "토메시 씨한테 말 좀 해줘요, …그에게 말 좀 해쥐요."

"당신 스스로 그에게 말하세요." 목소리는 비논리적으로 그의 말을 가로챘다. "그러나 조심하고 여기서 물러나세요."

프로코프는 표지석에 앉았다. '아마도 토메시가 또 다시 실패하면 올 거야. 틀림없이, 틀림없이 그는 크라카티트를 만드는 것을 알아내지 못할 테니까. 그러면 그는 스스로 와서 나를 부를 거야'

그는 탄원자처럼 등을 구부리고 앉았다. "제 말 좀 들어봐요." 그는 소리쳤다. "저를 안으로 …들여보내 주시면 …일만을 드릴게요."

"계속 그러면 당신을 체포할 거요!" 목소리는 날카롭고 냉혹하게 말했다.

"저는… 저는…" 프로코프는 말을 더듬었다. "저는 오직 주소만 알고 싶어요, 아시겠어요? 저는 오직 알고만… 싶어요. …당신이 그것을 제게 제공한다면 저는 모든 것을 당신에게 줄게요! 당신은 …당신은 결혼도 했고 아이들이 있지요, 하지만 저는 독신자에요. …그리고 저는 오직 찾고 싶을 뿐이에요…"

"조용히 해요." 목소리는 비난했다. "당신은 취했군요."

프로코프는 침묵하고 표지석에 앉아서 몸통을 흔들어 댔다. '나는 기다려야 해.' 그는 따분하게 생각에 잠겼다. '왜 아무도 오지 않지? 나는 모든 것을 그에게 줄 거야. 크라카티트도, 나머지 모든 것도, 다만 만일 그가 주소만 준다면…

"하나님, 당신은 제게 잊을 수 없을 정도로 친절하십니다. 하나님이여 저를 보호하소서. 저는 사악한 인간이에요. 그러나 당신

480

은, 당신은 제게 사랑의 열정을 깨우쳤어요. 만일 당신이 저를 한 번 바라보기만 한다면 저는 세상의 모든 것을 해낼 거예요. 당신은 왜 제가 여기 있는지 알고 계시지요? 당신에게 있어서 가장 아름다운 것은 제가 당신에게 봉사하도록 하는 힘을 당신이 가졌다는 것입니다. 그래서 제 말 듣고 있어요? 저는 당신을 사랑하지 않을 수 없답니다!"

"줄곧 무슨 일인가요?" 울타리 너머에서 목소리가 저주를 퍼부었다. "입을 닥치겠어요? 안 닥치겠어요?"

프로코프는 일어섰다. "제발, 제발 그에게 한마디만 해주세요."

"당신을 쫓아내도록 개를 부르겠습니다."

하얀 가운을 입은 사나이가 시가를 물고 울타리 가까이 한가하게 다가왔다.

"너 토메시니?" 프로코프가 불렀다.

"아니오, 당신 아직도 여기 있어요?" 그는 실험실 조교였다. "이봐요, 당신 미쳤군요."

"실례지만 토메시가 직접 이리로 오나요?"

"그는 전혀 그럴 생각이 없어요." 실험실 조교는 경멸적으로 말했다. "그는 당신이 필요없대요. 십오 분 내로 모든 게 준비될 거예요. 그러고 나면 승리의 영광이! 그러면 저는 한잔 할 거요."

"제발 그에게 말해서 그 주소만이라도… 제게 좀 주라고 하세요!"

"그건 심부름하는 꼬마하고 다 해결하지 않았나요?" 실험실 조교는 말했다. "엔지니어 선생님이 당신보고 지옥에나 가라고 말했어요. 그분이 하는 일에서 손을 떼라고요, 들었어요? 지금 한창 잘 되어가는 순간이에요. 벌써 우리는 그것을 다 만들었어요. … 바로 그거 말이에요."

프로코프는 공포에 사로잡혀 소리쳤다. "그에게 달려가서 말하세요, …빨리 …고주파 전류를 켜지 못하게 해요! 그걸 멈추어야 해요! 그렇지 않으면, …그렇지 않으면 큰일이 일어날 거예요. … 지금 당장 달려가요! 그는 모르고 있어요. …그는 …그는 다이몬이 뭘 준비하는지 모르고 있어요. 하나님 맙소사, 그로 하여금 그만두게 해야 해요!"

"쳇" 실험실 조교는 짧게 웃음을 터뜨렸다. "토메시 선생님은 무엇을 하는지 잘 알고 있어요. 그리고 당신은…" 불타는 담배꽁초가 울타리 너머로 날아왔다. "잘 가요!"

프로코프는 울타리에 뛰어올랐다.

"손들어!" 안쪽에서 고함 소리가 들려왔다. 그리고 즉각 보초의 호루라기 소리가 날카롭게 들려왔다. 프로코프는 도망을 치기 시작했다.

그는 도로를 따라 달리고, 구덩이를 뛰어넘고, 부드러운 초원을 따라 달렸다. 갈아엎은 밭에서 비틀거리다가 넘어졌다. 그는 다시 일어나 계속 달려갔다. 그는 심장이 너무 세게 뛰어 잠시 걸음을 멈추었다. 주위는 온통 안개가 끼었고 텅 빈 들판이 나타났다. '이제 그들은 나를 못 잡을 거야.' 그는 귀를 기울였다. 주위는 조

용했고 그에게는 오직 자기의 숨소리만 들려왔다. '하지만 만일
…만일 그로투프가 공중분해가 된다면 어떻게 될까?' 그는 머리
를 감싸쥐고 계속 달려갔다. 깊은 골짜기로 내려가다가 다시 위
로 기어오르고 절뚝거리며 갈아엎은 밭고랑을 뛰어넘었다. 그는
옛 상처가 아파오는 것을 느꼈다. 가슴에서는 찌르는 듯한 고통
이 느껴졌다. 그는 더 이상 달릴 수가 없었다. 그는 차가운 밭이
랑에 앉아서 반짝거리는 램프 불빛 속에서 희미하게 보이는 그로
투프를 바라보았다. 그것은 끝없는 어둠 속 한가운데 있는 빛나
는 섬 같았다.

주위는 무섭고 숨 막힐 정도로 조용했다. 그렇지만 주위 수천
킬로미터의 범위 내에서는 끔찍하고 끊임없는 공격이 시작되었
다. 다이몬은 자기의 자철석 언덕에서 정확하고 소리 없이 전 세
계를 포격하고 있었다. 퍼져가는 파동이 수 킬로미터의 진폭에
의해서 이 지구 어딘지 크라카티트의 첫 번째 가루를 포착하고
파괴하기 위하여 온 사방으로 퍼져 나갔다. 그리고 여기 한밤중
에 창백한 불빛의 홍수 속에서 고집불통의 어리석은 인간이 비밀
스런 변환의 과정에 몰두하고 있다.

"토메시, 조심해." 프로코프는 소리쳤다. 그러나 그의 목소리는
마치 어린이의 손에 의해서 풀장으로 던져진 돌처럼 어둠 속에
잦아졌다.

그는 공포와 추위로 온 몸을 떨며 펄쩍 일어나서 더 멀리, 오직
그로투프로부터 멀리 달아나기 시작했다. 그는 늪지에 빠진 자신
을 발견하고는 걸음을 멈추었다. 그는 폭발 소리를 들었는가? 아

니, 주위는 조용했다. 그리고 프로코프는 새로운 공포의 돌풍 속에서 경사진 곳으로 달려내려 가고, 비틀거리다가 무릎으로 기어가다가 다시 일어나 마구 달려갔다. 그는 깊은 숲속으로 돌진하다가, 손으로 더듬어 맹목적으로 헤쳐나고 또 미끄러져 아래로 내려갔다. 그는 다시 일어서서 피가 나는 손으로 땀을 훔치고 더 멀리 도망쳤다.

그는 벌판 한가운데서 뭔가 반짝이는 것을 발견했다. 그것을 만져봤다. 그것은 쓰러진 십자가였다. 그는 겨우 숨을 몰아쉬면서 텅 빈 받침대에 기대앉았다. 그로투프 위로 자욱한 안개가 벌써 멀리 보였다. 그것은 아주 먼 지평선이었다. 그것은 다만 땅 위에 나타난 낮은 불빛일 뿐이었다. 프로코프는 깊은 안도의 한숨을 쉬었다. 아무것도 일어나지 않았다. 주위는 조용하다. 아마도 토메시는 성공하지 못 했고 무시무시한 일은 일어나지 않았는지 모른다. 그는 조심스럽게 멀리로 귀를 기울였다. 아무것도 들리지 않고, 땅 밑 배수로에 차가운 물방울 소리만 들려왔다. 아무것도, 오직 심장 뛰는 소리만….

그때 거대한 검은 불덩어리가 그로투프 위로 솟아올랐다. 모든 불빛이 꺼졌다. 잠시 후 어둠이 흩어지듯이 불기둥이 공중으로 솟아올라, 무섭게 퍼지고, 어마어마한 연기가 흩어졌다. 그리고 곧 공기에 커다란 충격이 가해졌다. 뭔가가 부서졌다. 나무들이 부스럭거리기 시작하고, 그리고 탁! 회초리 소리가 지독하게

났다. 드르륵 거리는 소리, 천둥치는 소리와 우르릉 거리는 소리. 땅이 흔들리고 떨어진 나뭇잎들이 공중에서 맴돌았다. 숨을 헐떡이며 날아가지 않기 위하여 그는 두 손으로 십자가 받침대를 잡았다. 프로코프는 포효하는 용광로를 바라보았다.

불의 힘에 의해서 땅은 갈라지고, 천둥소리 속에서 하나님의 목소리가 들려왔다.

충격에 충격이 가해지고, 두 번째와 세 번째의 단층지괴 덩어리가 솟아오르고, 붉은 불의 띠에 의해서 부서졌다. 그리고 가장 무서운 폭발, 아마도 무기고가 불길에 휩싸였을 것이다. 불덩어리가 공중으로 날아오른다. 폭발이 일어나고, 불꽃들이 떨어진다. 어마어마하게 터지는 천둥소리가 울려오고 그 굉음은 쾅쾅거리는 폭발로 변한다. 무기고에서는 불붙은 로켓들이 폭발하고, 내리치는 망치 아래에서 불꽃이 일어나듯이 날아오른다. 대화재의 진홍색 불꽃이 넘쳐나고, 자동소총의 연속적인 총성처럼 불꽃은 타타타 하고 계속 터지는 소리를 낸다. 폭발하는 유탄의 굉음 소리와 더불어 네 번째, 다섯 번째 폭발이 일어났다. 대화재가 양쪽으로 다 번지고, 곧 지평선의 절반이 불꽃에 휩싸였다.

그때야 비로소 그로투프의 숲들이 잘려나가는 절망적인 소리가 들려왔다. 그러나 불타는 무기고의 시끄러운 폭발이 그 소리와 뒤섞여 버렸다. 여섯 번째 폭발은 강하고 날카로운 굉음을 내고 사방으로 울려 퍼졌다. 다이너마이트가 든 통이 둔탁한 소리를 내며 폭발하고, 거대한 불꽃 튀기는 발광탄이 하늘 높이 치솟았다. 이어서 높은 불꽃이 타오르다가 꺼지고, 다시 좀 더 멀리에서 솟아났다. 그러나 수초가 지난 후에야 천둥소리 같은 진동과 폭발음이 들려왔다. 잠시 후 조용해졌다가, 땔감이 부서지는 소리처럼 불꽃 튀는 소리가 들려왔다. 또다시 새로운 천둥소리와 무거운 충돌, 그로투프 공장 위로 불꽃이 솟아오르고, 재빠르게 날아가는 불꽃이 그로투프 도시 전체를 불태웠다.

공포에 사로잡힌 프로코프는 일어나서 비틀거리며 걸어갔다.

제53장

그는 숨을 겨우 몰아쉬며 도로를 따라 달려갔다. 언덕 꼭대기를 지나서 계곡으로 내려갔다. 붉은 불꽃이 그의 뒤에서 사라졌다. 흐릿한 불빛에 의해서 보이던 여러 대상물들과 이어서 발생하는 안개에 의해서 펼쳐진 그림자들도 사라졌다. 모든 것들이 실체가 없이 무기력하게 흘러가는 것 같았다. 그리고 물결이 일지 않고, 갈매기도 울지 않는 강둑이 없는 큰 강에 떠내려가는 것 같았다. 모든 것들이 조용히, 무한하게 흘러가는 흐름 속에서 둔탁한 자신의 발걸음 소리에 프로코프는 공포에 사로잡혔다. 그는 여기서 발걸음을 천천히 내딛고, 소리 나지 않게 안개 낀 어둠 속으로 계속 걸어갔다.

그의 앞에 펼쳐진 도로에는 불빛이 반짝거렸다. 그는 그것을 피하고 싶어서 걸음을 멈추고 주저주저했다. 테이블 위에는 램프가 있고, 벽난로에는 타다 남은 모닥불, 길을 찾는 손전등, 힘이 빠진 나방이가 반짝이는 불빛을 따라 날개짓을 한다. 그는 모험을 하고 싶지 않아 서두르지 않고 천천히 다가간다. 그는 잠시 멈추어 서서 조금 떨어진 곳에서 깜빡거리는 불의 따스한 기운을 느꼈다. 그는 더 가까이 다가갔으나 또다시 그것이 자기를 몰아낼까 봐 겁이 났다.

그는 조금 거리를 두고 발걸음을 멈추었다. 그것은 천으로 만든 덮개를 한 마차였다. 마차의 손잡이 대에는 불 켜진 램프가 달려 있었다. 램프는 백마에게, 하얀 바위에 그리고 길가에 있는 하얀 자작나무 그루터기에 한줌의 흔들거리는 빛을 비추고 있었다. 말 주둥이에는 거친 마포가 쓰여 있었다. 말은 머리를 숙이고 귀리를 씹고 있었다. 말은 긴 은빛 갈퀴를 가지고 있었고, 꼬리는 전혀 흔들지 않았다.

말 머리 옆에 키가 작은 노인이 서 있었다. 그 노인도 하얀 머리카락과 은빛 수염을 가지고 있었다. 그도 역시 마차 덮개처럼 거칠고 흐릿한 옷을 입고 있었다. 그는 이리저리 발걸음을 옮기고 생각에 잠겼다가 자기 자신에게 뭔가를 중얼거리고, 손가락으로 하얀 말 갈퀴를 쓰다듬었다.

그때 그는 몸을 돌려 무의식적으로 어둠을 바라보다가 떨리는 목소리로 물었다.

"자네 프로코프 아닌가? 자 이리 오게나, 나는 자네를 기다리고 있었네."

프로코프는 놀랐다. 그는 무척 마음이 놓였다.

"예, 지금 가고 있습니다." 그는 숨을 몰아쉬었다. "저는 언제나 달려가고 있어요!"

노인은 그에게 다가가 그의 코트를 잡았다. "자네는 완전히 젖었군." 그는 꾸중하듯이 말했다. "이러다가 감기 걸리겠네."

"할아버지." 프로코프는 거칠게 소리쳤다. "그로투프가 폭발한 것을 알고 계세요?"

노인은 슬프다는 듯이 고개를 내저었다. "얼마나 많은 사람들이 죽었을까! 자네는 도망쳤군, 그렇지 않아? 여기 마부석 옆에 앉게나. 내가 데려다 줄게."

그는 말에게 다가가서 천천히 귀리 자루를 치웠다. "히, 히, 이제 충분해." 그는 중얼거렸다. "자, 가자꾸나. 여기 손님이 탔어."

"마차 덮개 아래 무엇을 가지고 있나요?" 프로코프는 물었다.

할아버지는 그에게 몸을 돌리고 미소를 지으며 말했다. "세상을 가지고 있네. 자네는 아직 세상을 보지 못했나?"

"보지 못했습니다."

"자, 그럼 자네에게 보여 줄게. 잠깐 기다려." 그는 귀리 자루를 마차에 싣고, 마차의 한쪽 면에서 천천히 덮개를 벗기기 시작했다. 그는 덮개를 잡아 당겼다. 그 밑에는 유리로 덮어 씌워진 작은 구멍이 있는 상자가 있었다. 주마등이었다.

"잠깐." 그는 되풀이해서 말하고, 땅바닥에서 뭔가를 찾았다. 그는 나뭇가지를 집어 들고, 불빛 가까이 웅크리고 앉아서 아주 천천히 그리고 신중하게 나뭇가지에 불을 붙였다. "자, 불이여, 잘 타거라, 타거라." 그는 나뭇가지에 대고 말했다. 그리고 그는 그 것을 손바닥으로 감싸서 상자 안에 넣고, 뚜껑을 열고 작은 램프에 불을 붙였다.

"나는 기름을 사용하지." 그는 설명했다. "어떤 사람들은 카바이드를 사용하지만, 그러나 …그것은 눈을 상하게 하지. 그리고 또한 그것은 폭발하기도 하지. 거봐, 또한 그것은 누군가를 해치기도 하고. 그리고 이것은 기름이지. 교회 안처럼 보일 거야." 그는 작은 구멍으로 몸을 숙이고 창백한 눈으로 내부를 들여다 보았다.

"아주 잘 보이네. 그것은 자네에게도 아름답게 보일 거야." 그는 열광적으로 속삭였다. "자, 이리 와서 봐. 그러나 자네는 허리를 굽혀야 할 거야, …아이처럼. 그렇지, 바로 그렇게."

프로코프는 작은 구멍으로 몸을 굽혔다.

"이것은 기르젠트에 있는 그리스 사원이군요."

노인이 진지하게 말하기 시작하였다. "시칠리아 섬에, 신이나 주노(그리스 신화의 헤라: 역주)에 헌정되었지. 이 기둥들을 보게나. 이 것들은 거대한 돌 조각들로 잘 만들어져서 한 가족이 그 각각의 조각 위에서 식사를 할 수도 있어. 그 작업이 어떤지 상상이나 해 봐. 자, 내가 돌려도 될까? …알프스의 페네갈 산에서 볼 수 있는 석양이 보이네. 그리고 매우 아름답고 기묘한 불빛에 의해서 비쳐진 눈이 저기 보이네. 그것은 알프스의 빛이지, 저 산은 라테마르라 하지. 계속 할까? …저것은 인도의 성스러운 도시 베나레스

네이고, 저 강은 신성해서 죄를 정화시켜 준다네. 수많은 사람들이 자기들이 원하는 것을 여기서 찾았지."

그 그림들은 열정적으로 조심스럽게 그렸고 손으로 색칠을 했다. 색깔은 약간 바랬고, 종이는 누레졌지만, 그러나 그것들은 사랑스럽고, 화려한 푸른색을 띠고 있고, 사람들의 옷들은 초록색, 황금색 그리고 붉은 색을 띠고 있고, 창공은 순순한 하늘색을 띠고 있었다. 모든 풀들도 사랑과 세심한 주의를 기울여서 그렸다.

"저 성스런 강은 갠지스 강이지." 노인은 경건함을 가지고 말하고 손잡이를 돌렸다.

"그리고 이것은 자후르야, 세상에서 가장 아름다운 성이지."

프로코프는 그 순간 눈을 작은 구멍에 고정시켰다. 그는 우아한 둥근 지붕, 높은 야자수와 푸른 폭포가 있는 장엄한 성을 보았다. 터번에 깃털을 달고, 자주색 코트와 황금색 통바지를 입은 키 작은 사람이 타타르 검을 차고, 활보하는 말의 굴레를 잡고 몰고 가는 하얀 드레스를 입은 귀부인에게 허리 굽혀 인사를 한다.

"자후르는 어디에… 어디에 있어요?" 프로코프는 속삭였다.

할아버지는 어깨를 추썩거렸다. "저기 어딘가에." 그는 불확실하게 말했다. "가장 아름다운 곳에. 어떤 사람은 그곳을 찾지만 다른 사람들은 그곳을 찾지 못 한다네. 계속 돌릴까?"

"아직 안 돼요."

노인은 조금 뒤로 물러나서 말의 다리를 쓰다듬었다. "기다려, 아니, 아니, 아니, 기다려." 그는 부드럽게 말했다. "우리는 그에게 보여줘야 해, 알겠지? 그가 기뻐하게."

"할아버지, 돌려봐요." 프로코프는 망연자실하며 말했다. 그는 함부르크 항만을, 크레믈린을, 북극의 오로라가 있는 극지의 풍경을, 크라카타우 화산을, 브루클린 다리를, 노트르담을, 보르네오의 원주민 마을을, 다운가의 다윈의 집을, 폴드후의 무선전신국을, 상하이의 거리를, 빅토리아 폭포를, 게른스타인의 성을, 바쿠의 유전을 보았다.

"그리고 이것은 그로투프의 폭발이지." 노인이 설명했다. 그림에는 유황색 불꽃에 의해서 절정에 도달한 붉은 연기의 고리가 그려져 있었다. 연기와 불꽃 한가운데에 사람들 육체의 일부분들이 눈에 보였다. "오천 명 이상의 사람들이 죽었어. 그것은 정말 거대한 불행이었지." 할아버지는 한숨을 내쉬었다. "이것이 마지막 그림일세. 자, 이제 충분히 세상 구경 했는가?"

"충분히 구경하지 못 했습니다." 충격에 빠진 프로코프는 말했다.

노인은 실망에 젖어서 머리를 내저었다. "자네는 너무나 많은 것을 보고 싶어 하는군. 자네는 오래 살아야 해." 그는 작은 구멍 위에 달린 램프를 입으로 불어서 끄고는 속으로 중얼거리며 천천히 덮개를 내렸다.

"자, 좌석에 앉아. 출발하자." 그는 말로부터 자루를 벗겨서 프로코프의 어깨를 덮어주었다. "자네는 추우면 안 돼." 그는 프로코프 옆에 앉으면서 말했다. 그는 말고삐를 잡고 조용히 휘파람을 불렀다. 말은 부드럽게 출발했다. "히! 목동아!" 할아버지는 노래를 흥얼거리기 시작했다.

마차는 자작나무와 마가목 거리를, 안개 속에 반쯤 드러난 별
장들을, 잠이 들어 조용해진 시골을 지나갔다.

"할아버지." 갑자기 프로코프 입에서 말이 새어나왔다. "왜 제게
그 모든 일들이 일어났나요?"

"무슨 일?"

"왜 저는 그렇게 많은 사건들을 만나게 되었나요?"

노인은 생각에 잠겼다. "그것은 아마도… " 그는 마침내 말문을
열었다. "사람이 무엇을 만나는 것은 바로 자신한테서 나오는 법
이지. 그것은 타래로부터 실이 풀어지듯이 오직 자네로부터 나오
는 것이야."

"그것은 사실이 아니에요." 프로코프는 항의조로 말했다. "왜 저
는 공주를 만나게 되었나요? 할아버지. 당신은… 당신은 아마도
저를 알고 있지요? 그런데 저는… 다른 여자를 찾았어요, 아시겠
어요? 좌우간 일이 그렇게 되었어요. …근데 왜요? 말씀 좀 해주
세요!"

노인은 부드러운 입술을 우물거리며 생각에 잠겼다. "그것은
아마 자네의 자존심 때문이겠지." 그는 천천히 말했다. "그런 것
은 때때로 인간에게 일어나는 법이야. 왜 그런지는 모르지만, 그
것은 그의 내면에 존재하고 있었을 것일세. 그리고 그는 자기 자
신을 그런 상황 속으로 치닫게 했겠지." 그는 회초리로 그것을 보
여주었다. 그래서 말은 불안해지고, 걸음을 재촉하기 시작했다.

"프르르, 뭣이라고? 뭣이라고?" 그는 가느다란 목소리로 말을 부르기 시작했다.

"자네도 알다시피 그것은 어떤 젊은이가 거드름을 피울 때와 같아. 그는 모두를 화나게 만들지. 그런 야단법석을 떨 필요가 없어. 자, 가만히 앉아 있어, 그리고 앞길을 잘 보게나, 그래야 도달할 수 있네."

"할아버지." 프로코프는 눈이 아파서 눈을 반쯤 감고 말했다. "제가 뭘 잘못했나요?"

"잘못도 했고, 그렇지도 않아." 노인은 조심스럽게 말했다. "자네는 사람들을 해쳤어. 만일 자네가 이성이 있었더라면 그렇게는 하지 않았겠지. 사람은 모든 것이 다 이유가 있다는 것을 염두에 둬야 해. 예컨대, …자네는 백 코루나 지폐를 불태울 수도 있고, 빚을 갚을 수도 있어. 자네가 그것을 태우면, 그것은 보기에 더 위대한 것 같아. 그러나… 그것은 여자들과 마찬가지지." 그는 갑자기 덧붙였다.

"제가 나쁜 짓을 했나요?"

"무엇을?"

"저는 나쁜 사람인가요?"

"…자네는 내면적으로 깨끗하지 못 했어. 사람은… 느끼는 것보다 더 많이 생각해야 해. 그리고 자네는 미친 듯이 모든 것에 자네 자신을 내던졌어."

"할아버지, 그것은 크라카티트 때문이었어요."

"무엇이라고?'

"저는… 어떤 발명품을 만들었어요. 그것을 통해서…"

"그것이 자네 내면에 없었더라면 그것은 자네의 발명품이 되지 않았을 거네. 사람은 모든 것을 자기 자신으로부터 행하는 거지. 잠깐 기다려. 생각 좀 해봐. 자네의 발명품이 무엇으로부터 유래됐고, 어떻게 만들었는지 생각하고, 기억해내 봐. 잘 생각하고, 그러고 나서 자네가 무엇을 알고 있는지 말해 봐봐. 히~, 노노노 프시시!"

마차가 울퉁불퉁한 길에서 흔들거렸다. 하얀 말이 우쭐해하며 멋을 부리며 발걸음을 내딛었다. 불빛이 땅바닥을 따라, 나무등치를 따라, 바위를 따라 춤을 추었고 노인은 자석에서 오르락내르락 하면서 조용히 노래를 흥얼거렸다. 프로코프는 이마를 세게 문질렀다.

"할아버지." 그는 속삭이기 시작했다.

"왜 그래?"

"저는 이제 그것을 알지 못 해요."

"무엇을"

"저는… 저는 이제 몰라요, 어떻게… 크라카티트를 만드는지요!"

"그래, 그렇게 되었군." 노인은 만족하다는 듯이 말했다.

"좌우간 자네는 뭔가를 발견했군."

제54장

　프로코프에게는 그들이 그의 유년시절 평화로운 시골을 지나
가는 것 같았다. 그러나 거기는 안개가 너무나 자욱했고, 램프 불
빛은 깜박거리며 흔들려서 길가를 겨우 비추고 있었다. 도로의
양쪽은 조용하고 분간할 수 없는 세상이었다.

　"호호호트." 할아버지는 소리쳤다. 말은 도로를 벗어나 똑바로
희미한 소리 없는 세계로 방향을 바꾸었다. 바퀴는 부드러운 풀
밭으로 파고 들어갔다. 프로코프는 좁은 협곡을 구별할 수 있었
다. 양쪽에는 이파리가 없는 숲이 있었고, 그들 사이에는 아름다
운 초원이 펼쳐져 있었다.

　"프르르르." 노인은 소리치고 마차에서 내렸다. "일어나." 그는
말했다. "자, 이제 우리는 도착했어." 그는 천천히 말의 봇줄을 풀
었다. "보다시피 아무도 우리들에게 오지 않아."

　"누가요?"

　"…경찰들, 질서를 잡아야 하니까. …그러나, 그러나 그들은 늘

무슨 서류를, …난 그게 뭔지 모르지만, …그리고 허가서 …그리고 어디 출신인지 …그리고 어디로 가는지 …나는 그게 뭔지도 모르지만."

그는 말의 안장을 풀면서 그에게 조용히 말했다. "조용히 해, 빵 한 조각을 얻게 될 거야."

여행 동안 몸이 얼어붙은 프로코프는 마차에서 뛰어내렸다. "우리는 어디에 있는 거요?"

"여기, 오막살이가 있는 곳이지." 노인은 불확실하게 말했다. "자네는 저기서 자게 될 거야, 괜찮아질 거야." 그는 마차의 가로 대 손잡이로부터 램프를 내려서 짚이나 뭐 비슷한 것을 찾기 위해 작은 판자 헛간을 비추었다. 그러나 그것은 낡고 허름하고 기울어져 있었다.

"내가 불을 피울게." 노인은 노래하듯이 말했다. "그리고 차를 끓여 줄게. 자네는 땀이 나면 다시 괜찮아질 거야." 그는 프로코프를 자루로 감싸고 그의 앞에 램프를 놓았다.

"잠깐 기다려, 땔감을 가져올 테니. 여기 앉아 있어." 그가 막 가려는 참에 그에게 뭔가가 일어났다. 그는 주머니에 손을 넣고는 프로코프를 의심스럽다는 듯이 바라보았다.

"할아버지, 무슨 일이에요?"

"나는… 나는 모르겠는데… 그러나 만일 자네가 원한다면… 나는 또한 별자리를 읽을 줄 알아." 그는 다시 주머니에서 손을 뺐다. 손가락 사이에서 붉은 눈을 가진 하얀 생쥐가 바라보고 있었다.

"나는 알고 있어." 그는 재빨리 중얼거렸다. "자네는 이걸 믿지 않겠지만, 그러나 이 생쥐는 아주 귀엽지. …시도해 보겠어?"

"시도해 보고 싶어요."

"좋아." 노인은 기쁨에 넘쳐 말했다. "쉬-쉬-쉬 말-라 호프!" 그는 손바닥을 폈다. 하얀 생쥐는 민첩하게 그의 팔소매를 따라서 어깨까지 올라갔다. 그리고 텁수룩한 귀에 살며시 냄새를 맡고는 칼라 사이에 숨었다.

"생쥐가 귀여워요." 프로코프는 숨을 몰아쉬었다.

노인의 얼굴에는 빛이 나기 시작했다. "잠깐, 고것이 무엇을 할 줄 아는지 기다려 봐." 그는 마차로 달려가서, 여기저기 헤집어서 잘 정리된 카드들이 가득한 작은 상자를 가지고 돌아왔다. 그는 작은 상자를 뒤흔들고 반짝거리는 눈으로 허공을 바라보았다.

"생쥐야, 보여줘, 그의 사랑을 보여줘." 그는 마치 박쥐처럼 이빨 사이에서 휘파람 소리를 냈다. 생쥐는 뛰어올라 소매를 따라 내려가서 상자 속으로 들어갔다. 프로코프는 숨을 죽이고 카드를 찾는 생쥐의 붉은 발톱들을 바라보았다. 생쥐는 카드 한 장을 이빨로 물고 그것을 당겨내려고 했다. 그것을 꺼내지 못 하자 머리를 흔들다가 즉시 옆 카드를 잡아서 꺼냈다. 생쥐는 뒷발로 서서 작은 발톱을 물어뜯기 시작했다.

"자, 이것이 자네의 사랑이야." 노인은 기분이 고양되어서 속삭였다. "그걸 잡아."

프로코프는 그 카드를 잡아서 즉시 불빛 가까이로 가져갔다.

그것은 소녀의 사진이었다. …헝클어진 머리카락을 가졌던 소녀였다. 아름다운 젖가슴을 드러낸, 정열적이고 깊은 두 눈을 가진 소녀였다. …프로코프는 그녀를 알아봤다.

"할아버지." 그는 신음 소리를 냈다. "이 사진은 그녀가 아니에요!"

"내게 보여줘." 노인은 놀라면서 그에게서 그림을 낚아챘다. "아… 아, 거참 유감이군." 그는 애석하다는 듯이 흥얼거렸다. "그처럼 아름다운 소녀인데! 랄라, 릴리트코, 그것이 그녀가 아니라, 나나나 크스 크스 말-라!" 그는 그 그림을 다시 상자에 넣고, 조용히 휘파람을 불기 시작하였다. 생쥐는 붉은 눈동자로 바라보고는 바로 그 카드를 입으로 물고는 머리로 잡아당겼다. 아니 그것은 나오지 않았다. 생쥐는 옆 카드를 꺼내서 긁기 시작했다.

프로코프는 그 그림을 잡았다. 그것은 시골에서 찍은 안치 사진이었다. 그녀는 자기 손으로 무엇을 해야 할 줄 몰랐다. 그녀는 주일 복장을 하고 있었고, 거기에 우아하게 그러나 약간은 어수룩하게 서 있었다.

"그것은 그녀가 아니야." 프로코프는 속삭였다. 할아버지는 그에게서 사진을 잡아채서 부드럽게 만지고 뭔가를 말하려고 했다. 그는 프로코프를 불만족스럽다는 듯이 슬프게 바라보고 또다시 조용히 휘파람을 불었다.

"화를 내시는 거예요?" 프로코프는 겸연쩍게 물었다.

노인은 아무 말도 안 하고 생각에 잠겨 생쥐를 찾았다. 또다시 그 생쥐는 바로 그 카드를 꺼내려고 시도했다. 아니, 꺼낼 수가 없었다. 생쥐는 몸을 떨다가 옆 카드의 끝을 잡아당겼다. 그것은 공주의 사진이었다. 프로코프는 신음소리를 내고 그것을 땅바닥에 던졌다.

노인은 허리를 굽혀 그것을 집어 들어올렸다.

"제가 직접, 제가 직접…." 프로코프는 거칠게 말하고는 손을 상자 속으로 집어넣었다. 할아버지는 그의 손을 잡았다. "그건 금지되어 있어!"

"저기에 있어요. …저기에 그 여자가 있어요." 프로코프는 이빨 사이로 말을 내뱉었다. "저기에 있는 것이 바로 그 여자에요!"

"아…아, 저기에는 모든 사람들이 다 있지." 노인은 말하고 자기의 상자를 쓰다듬었다. "이제 자네는 자네 자신의 별자리를 갖게 될 걸세." 그는 조용히 휘파람을 불렀다. 생쥐는 소매로부터 나와서 초록색 카드를 잡아당겼다. 그리고 다시 생쥐는 그것은 총알처럼 거기로 되돌아갔다. 분명히 프로코프가 그것을 놀라게 했을 것이다.

"자네가 스스로 그것을 읽어봐." 노인은 말하고 조심스레 상자를 치웠다. "그동안 땔감을 가져올게. 이제 걱정하지 말게나." 그는 말을 쓰다듬고 상자를 마차 바닥에 놓고는 숲을 향해 떠나갔다. 그의 밝은 코트는 어둠 속으로 사라졌다. 말은 그를 지켜보다가 머리를 내젓고는 그의 뒤를 따라갔다.

"이하하." 할아버지 노래 소리가 들려왔다. "너도 나와 함께 가고 싶은 거지? 아…아 이놈을 봐라! 호티, 호티호티, 말-리!"

그들은 안개 속으로 사라졌다. 프로코프는 초록색 카드를 상기해냈다. "당신의 별자리." 그는 깜빡이는 불빛 아래에서 읽기 시작했다.

"당신은 고귀한 사람이다. 선한 마음을 가지고 있고, 당신은 직업에서 다른 사람들보다 뛰어나다. 당신은 많은 반대자들 때문에 고통을 겪을 것이다. 그러나 당신이 성급함과 오만함을 피하면 당신은 이웃들로부터 존경과 훌륭한 지위를 얻을 것이다. 당신은 많은 것을 잃지만 나중에 보상받을 것이다. 당신의 불행한 날은 화요일과 금요일이다. Saturn conj. b. b. Martis. DEO gratias."

할아버지는 나뭇가지를 한 아름 안고 나타났고 하얀 말머리가 그 뒤를 따라왔다. "자, 어땠어?" 그는 긴장하며 그 어떤, 저자의 부끄러움을 가지고 물었다. "읽어봤어? 자네의 별자리는 좋았어?"

"예, 할아버지."

"보다시피, 그렇다니까." 노인은 만족한 듯이 안도의 숨을 내쉬었다. "모든 것이 잘 됐구먼. 일이 그렇게 됐으니 하나님 덕분이네." 그는 많은 덤불더미를 내려놓고, 뭔가 중얼거리며 오막살이 앞에서 불을 붙였다. 그리고 그는 또다시 마차를 뒤져서 주전자를 꺼내서 물을 가지러 갔다.

"금방, 금방 준비될 거야." 그는 정열적으로 말했다. "끓어라, 끓어라, 주전자야, 우리에게 손님이 왔단다." 그는 안절부절 못 하는 안주인처럼 달렸다. 그는 금방 빵과 베이컨을 가지고 오면서 유쾌하게 냄새를 맡았다. "그리고 소금, 소금." 그는 자신의 이마를 치면서 소리치고는 마차로 다시 달려갔다.

마침내 그는 불 앞에 자리를 잡았다. 그는 프로코프에게 더 많이 주고는 천천히 한입, 한입 씹기 시작했다. 프로코프는 연기인지, 뭐 때문인지 눈물을 흘리며 먹었다. 노인은 한입은 먹고 한입 건너서 자기 어깨 너머로, 벗겨져서 반짝이는 머리를 굽히고 있는 말에게 먹여 주었다.

지금 프로코프는 갑자기 뿌연 눈물 때문에 그를 알아보았다. 좌우간 그것은 언제나 그의 실험실 나무천정에 보였던 늙은 주름살 낀 얼굴이었어! 그는 졸면서 얼마나 그 얼굴을 많이 바라보았던가! 그리고 아침에, 그가 깨어났을 때는 전혀 알아보지 못했다. 그것은 옹이와 나이테 그리고 습기와 먼지…일 뿐이었다.

할아버지는 미소를 지어보였다. "맛있게 먹었는가? 아…아, 벌써 또다시 그는 얼굴을 찌푸리는구나! 그러나, 그러나!" 그는 주전자 위로 몸을 숙이고 "벌써 물이 끓어." 그는 힘들게 그것을 들고 마차로 달려갔다. 잠시 후 그는 머그잔들을 가지고 돌아왔다. "자, 이거 잡아."

프로코프는 머그잔을 잡았다. 거기에는 〈루드밀라〉라는 이름이 금박으로 새겨져 있었고 주위는 물망초 화환으로 장식되어 있었다. 그는 그것을 이십 번이나 읽으며 눈물을 흘렸다. "할아버지." 그는 속삭였다. "이것이… 그녀의… 이름이에요?"

노인은 슬프고 자애로운 눈으로 그를 바라보았다. "꼭 알고 싶

502

다면….” 그는 조용히 말했다. “그렇다네.”

“그리고… 제가 어디서 그녀를 찾을 수 있을까요?”

할아버지는 아무 말도 하지 안했다. 그러나 재빨리 눈을 깜빡거렸다. “이리 줘 봐.” 그는 불안하게 말했다. “차를 따라줄 테니까.”

프로코프는 떨리는 손으로 머그잔을 내밀었다. 노인은 그에게 검은 색깔의 차를 따라주었다. “자, 마셔보게.” 그는 부드럽게 말했다. “따뜻할 때 마셔야 해.”

“감사…합니다…” 프로코프는 흐느끼면서 진한 차를 조금 마셨다.

노인은 생각에 잠겨 긴 머리카락을 쓰다듬었다. “차는 쓰디쓸 걸세.” 그는 천천히 말했다. “그것은 매우 쓸 거야, 그렇지 않아? 설탕을 조금 넣지 않을래?”

프로코프는 머리를 내저었다. 그는 입에서 쓰디쓴 눈물을 느꼈다. 그러나 가슴에는 자비로운 따스함이 가득 찼다.

노인은 잔을 요란하게 소리를 내며 마셔댔다. “자, 이제 이것 좀 봐.” 그는 말하고 주제를 바꾸었다. “내가 내 잔에 무엇을 그렸는지.” 그는 프로코프에게 자기 잔을 내밀었다. 거기에는 닻, 심장 그리고 십자가가 그려져 있었다. “이것은 믿음과 사랑 그리고 희망을 뜻하지. 그러나 이제 울지 말게나.”

그는 양손을 꽉 잡고 불 위로 일어섰다. “내 사랑, 내 사랑.” 그는 조용히 말했다.

“이제 자네는 더 이상 더 위대한 것을 하지 않을 것이며, 그리고 모든 것을 내보내지 않을 것이야. 자네는 힘으로 자기 자신을 망가뜨리고 싶겠지, 그러나 자네는 전체로서 남을 것이야, 자네는 세상을 구할 수도 없고 세상을 파괴할 수도 없어. 자네에게는 난로 안의 불처럼 많은 것이 갇혀 있어. 자, 좋아, 그것은 희생이지. 자네가 너무나 위대한 것을 하고 싶어 하면 자네는 작은 것을 하게 될 것일세. 자, 좋아."

프로코프는 불 앞에 무릎을 꿇고 앉아서 눈을 들어 올릴 용기가 나지 않았다. 그는 이제 그에게 주 하나님이 말하고 있다는 것을 깨달았다.

"자, 좋아." 그는 속삭였다.

"자, 좋아. 자네는 사람들에게 좋은 일을 하게 될 것이야. 가장 높은 것을 생각하는 사람은 사람들로부터 눈을 돌릴 것일세. 그 대신 자네는 그들에게 봉사할 것이야."

"자, 좋아요." 프로코프는 무릎을 꿇은 채 말했다.

"자, 자네가 보다시피." 할아버지는 만족한 듯이 말하고 웅크리고 앉았다. "이것 봐, 자네의 그것이 무엇이지? …그 발명품을 뭐라고 부르지?"

프로코프는 머리를 들어올렸다. "저는… 저는 벌써 잊어버렸어요."

"괜찮아, 그건 마찬가지야." 노인은 그에게 확신을 시켰다. "자네는 다른 것을 해낼 거야. 잠깐만 기다려. 내가 무슨 말을 하려고 했지? 아하. 왜 그렇게 거대한 폭발이 일어났지? 그것 때문에 더 많은 사람들이 상처를 입었지? 하지만, 찾아보고 살펴 봐봐. 아마도 자네는 찾아낼 것이야. …저, 그래서 아마도 프프 프프 프 프 같은 것을." 할아버지는 부드러운 볼로 공기를 내뿜는 것을 보여주었다. "알겠어? 그것은 오직 푸프 푸프…일 뿐이고 그리고 사람들을 위해서 더 좋게 일하기 위해서 뭔가를 해야 해. 이해하겠어?"

"당신은." 프로코프는 중얼거렸다. "뭔가 값싼 에너지를 염두에 두고 있지요, 그렇지 않아요?"

"값싼 것, 값싼 것." 노인은 즐거이 동의했다. "매우 유용하고. 그리고 빛을 내고 따뜻하게 하도록 하기 위해서. 알겠어?"

"잠깐 기다려 봐요." 프로코프는 생각에 잠겼다. "저는 모르겠어요. …그것은 시도해 봐야겠어요, …다른 쪽 끝에서부터요."

"바로 그거야. 다른 쪽 끝에서부터 시도해 봐. 바로 그거야. 자, 알다시피, 곧 바로 자네는 뭔가를 할 수 있어. 그러나 지금은 그냥 두게나. 내일도 또한 날이니까. 지금은 자네를 위해 잠자리를 마련해 줄게."

그는 일어서서 마차 쪽으로 어정어정 걸어갔다. "하토 호트, 말-리." 그는 말하고 램프를 들고 나무 오두막으로 들어갔다. "자 여기에는 지푸라기가 충분히 있구나." 그는 잠자리를 만들며 중얼거렸다. "우리 셋을 위해서, 하나님에게 축복을."

프로코프는 지푸라기 위에 앉았다. "할아버지." 그는 깜짝 놀라서 소리쳤다. "이것 봐요!"

"무엇을?"

"여기 벽 위에요." 오막살이 옆면 나무판자에는 분필로 커다란 글자가 쓰여 있었다. 프로코프는 램프의 반짝이는 불빛 아래서 그것들을 읽었다.

K---R---A---K---T---

"그건 아무것도 아니야. 아무것도 아니야." 노인은 안심을 시키듯이 중얼거렸다. 그리고 모자로 즉각 글씨를 지워버렸다. "벌써 없어졌어. 그냥 누워 있기만 해. 내가 자루로 덮어 줄게. 자, 됐어."

그는 문간으로 갔다. "다다다 말-리." 그는 떨리는 목소리로 노래를 부르기 시작했다. 말은 아름다운 은빛 머리를 문 속으로 들어 밀어서 주둥이로 노인의 코트를 문질러댔다.

"자, 들어와, 안으로 들어와." 노인은 말에게 명령했다. "그리고 누워라."

말은 들어와서 발굽으로 맞은편 벽을 문지르고는 앉았다.

"나는 너희들 둘 사이에 누울 거야." 할아버지는 말했다.

"말은 자네에게 숨을 불어넣을 걸세, 그러면 자네는 따뜻해질 거야. 자, 그렇게."

그는 조용히 문 가까이 앉았다. 그의 뒤로 어둠 속에서 아직도 사그라지는 불이 이글거렸다. 그에게로 향하는 창백하고 푸른 말의 눈이 보였다. 노인은 속으로 뭔가를 중얼거리고 끄르륵 소리를 내고는 머리를 끄덕였다.

프로코프는 차가운 축복 속에서 두 눈을 감았다.

'왜냐하면… 왜냐하면 그는 돌아가신 우리 아버지니까.'

그는 속으로 말했다. '하나님 맙소사, 그는 얼마나 늙어버렸는가! 그의 목은 벌써 얼마나 말라빠져 버렸는가.'

"프로코프, 벌써 잠들었는가?" 노인은 속삭이기 시작했다.

"아직 안 자요." 프로코프는 사랑에 젖어 떨면서 대답했다.

할아버지는 재미있고 조용한 노래를 부드럽게 부르기 시작했다. "랄랄라 호우, 다다다 판, 빈클리 분클리 호우 따따…"

드디어 프로코프는 꿈도 꾸지 않고 평화롭고 상쾌한 잠에 빠져 들었다.

작품 해설

　카렐 차페크(Karel Čapek 1890.1.9.~1938.12.25)는 20세기 체코가 낳은 가장 위대한 작가로 평가받을 뿐만 아니라 체코 문학사 천년 동안에 체코인들의 가장 많은 사랑과 존경을 받고 있다. 그는 또 20세기 세계문학사에도 두드러진 공헌을 한 작가로 널리 평가 받고 있다.

　차페크는 무엇보다도 자신의 희곡『로숨의 유니버설 로봇』(Rossum's Universal Robots, 1921), 소설『크라카티트』(Krakatit, 1924)를 통해 20세기 반 유토피아 희곡 및 과학소설(SF)을 개척한 대표적인 작가 중의 한 사람이 되었으며, 실용주의 철학의 상대주의와 깊은 휴머니즘에 바탕을 둔 작품들로 세계적인 명성을 얻었다. 차페크는 또한 전통적인 사실주의에 입각하면서도 유토피아적이고 과학적인 요소와 탐정소설과 대중소설의 기법을 가미하여 독창적인 작품세계를 구축하였다.

　1922년『압솔루트노 공장』(Tovàrna na absolutno)을 시작으

로 장편소설에도 손을 대기 시작한 그는 1924년『크라카티트』
(Krakatit), 1936년『도롱뇽과의 전쟁』(Válka s mloky) 등 일련의
빼어난 SF를 써내면서 SF 문학의 선구자가 되었다.

『압솔루트노 공장』은 작가가 소설에서 과학의 테마를 시도한
첫 작품이다. 큰 에너지 소모 없이 단순히 원자의 핵 분해에 의해
서 무한한 힘을 발휘하는 '압솔루트노'라는 기계를 발명함으로써
인류가 겪게 되는 갈등, 전쟁과 파괴를 다루고 있다. 이는 동시에
당시의 극단적인 교권주의, 국수주의적인 민족주의, 군국주의 등
의 정치적인 상황에 대한 경고를 담은 작품이기도 하다.

원자물리학의 발달로 생겨난 핵폭탄의 쟁탈전을 묘사한『크라
카티트』는 오늘날의 원자로문제와 원자탄에 의한 전쟁위협 등을
예견하였다고도 할 수 있다.

『도롱뇽과의 전쟁』에서 차페크는 로봇의 메커니즘으로 전환한
도롱뇽들의 인류에 대한 위협을 파시즘의 위협과 빗대면서 당시
유럽에 전쟁위협이 고조되어 가는 것을 미리 경고하고 있다. 자
본가에 의하여 양식된 도롱뇽이 진화하여 도구를 사용하는 등 인
간화하여 대량으로 증식되고 마침내 인간 세계를 정복하게 된다
는『도롱뇽과의 전쟁』은 명백한 독일 파시즘에 대한 경종이었다.

20세기 초 모더니즘 시대의 소설답게 차페크는『크라카티트』
에서 리얼리즘과 알레고리를 혼합하고, 꿈 또는 의식의 흐름 기
법으로 묘사한다. 주인공인 과학자가 전쟁을 준비 중인 발틴 성

의 젊은 공주와 경험하게 되는 사랑 이야기는 차페크 소설 중에서도 보기 드문 생생한 에로티시즘의 묘사다. 또 일생 동안 다시 만나려고 발버둥쳤으나 다시 만나지 못한 베일을 쓴 미모의 여인에 대한 환상은 이룰 수 없는 첫 사랑의 이야기 같다. 이는 또 차페크 특유의 근본적인 동화 같은 소설의 구성이다.

가공할 폭탄을 소유하여 세계를 전쟁으로 지배하고자 하는 집단이나 정부가 여성을 이용한 유혹적인 방법과 사악한 방법으로 프로코프를 이용하려고 하나 그를 완전히 사로잡지는 못 한다. 오히려 집단의 권력에 맞서 사랑을 지켜내려는 주인공의 사투와 희생에서는 휴머니즘이 더 빛을 발하고 있고, 전쟁과 파괴보다는 희생과 사랑 그리고 건설적인 창조를 강조하는 이 소설의 철학적인 결론은 무척 흥미롭다.

이 모든 것으로 볼 때 『크라카티트』는 놀랍고 기묘하고 시대를 앞서간 창조와, 미친 과학자의 심리와 사랑의 감정을 잘 교직시킨 복잡다단한 SF 소설이다.

차페크의 핵물리학에 대한 예견과 지식은 훗날 인류의 미래에 대한 작가의 깊은 관심을 보여준다. 그리고 과학문명의 발달로 인한 과학자의 발명이 인류에게 오용될 때의 그의 책임감을 강조한다. 1945년 이차대전 말기 핵폭탄은 인류가 만든 가장 피해가 큰 폭발물이다. 체코의 과학소설가 차페크는 1924년 『크라카티트』 속에서 이미 원자폭탄의 등장을 보여 주었다.

이 소설은 1947년 영화로 제작되어 인기를 끌었다.

김규진

한국외국어대학교 러시아어과를 졸업하고 동대학원 러시아어과에 재학 중 미국으로 유학을 떠났다. 시카고 대학교 대학원 슬라브어문학과에서 석·박사과정을 수료했고, 체코 프라하 카렐 대학교에서 수학했다. 체코 카렐 대학교 한국학과 교환교수를 거쳐 2014년까지 한국외국어대학교 체코·슬로바키아어과 교수로 재직했다. 현재 명예교수로 체코문학 번역에 전념하고 있다. 한국외국어대학교 글로벌캠퍼스 부총장과 동유럽학대학장을 지냈다. 전국부총장협의회 회장직을 지냈다. 한국동유럽발칸학회 회장, 세계문학비교학회 부회장, 번역원 이사, 대한민국오페라연합회 상임고문 등을 맡았다. 현재 대학에서 '서양문학의 이해와 감상', '카렐 차페크', '동유럽 문화와 예술' 등의 과목을 가르치고 있으며 1990년부터 신문 및 잡지 등에 러시아와 동유럽의 문학과 예술에 대한 여행기를 써왔다.

저서로는『한 권으로 읽는 밀란 쿤데라』『카렐 차페크 평전』『일생에 한번은 프라하를 만나라』『체코현대문학론』『프라하 —매혹적인 유럽의 박물관』『여행 필수 체코어 회화』『여행 필수 슬로바키아어 회화』『러시아·동유럽 문학·예술기행』등이 있고, 번역서로 밀란 쿤데라의 소설『참을 수 없는 존재의 가벼움』『이별의 왈츠』, 카렐 차페크의 소설『별똥별』『첫 번째 주머니 속 이야기』『두 번째 주머니 속 이야기』『압솔루트노 공장』『크라카티트』『체코 단편소설 걸작선』(공역), 미할 아이바스의 소설『제2의 프라하』, 편역으로『러시아문학 입문』등이 있다.

※이 책의 번역은 2020년 체코공화국 외무부의 지원 하에 이루어졌다.
The translation of this book into Korean Language was supported by the Ministry of Foreign Affairs of the Czech Republic.

512